연애하는 여인들

부클래식
003

연애하는 여인들

데이비드 허버트 로렌스

김정매 옮김

부북스

차 례

제1장 자매들

어슐라와 구드룬 브랑원은 어느 날 아침 벨도버의 아버지 집 내닫이 창에 앉아 작업하며 말을 나누고 있었다. 어슐라는 밝은색의 천에 수를 놓고, 구드룬은 무릎에 놓은 화판에 그림을 그리고 있었다. 그들은 거의 말없이 지내다 생각이 떠오르면 말을 했다.

"어슐라," 구드룬이 물었다. "언닌 정말 결혼하고 싶지 않아?" 어슐라는 자수감을 무릎에 내려놓고 눈을 쳐들었다. 그녀의 얼굴은 침착하고 생각에 잠겨 있었다.

"모르겠는데." 어슐라가 대답했다. "결혼이란 말이 무슨 뜻인가에 따라 다르지."

구드룬은 약간 놀랐다. 그리곤 언니를 얼마 동안 쳐다보았다.

"으응, 저—," 구드룬은 빈정대는 투로 말했다. "보통은 한 가지 뜻이지 뭐! 하지만 어쨌든, 언닌 결혼하면—" 동생은 얼굴이 약간 어두워졌다— "지금보다 나은 처지가 될 거로 생각지 않아?"

어슐라의 얼굴에 좀 그늘이 졌다.

"그럴 수 있겠지." 언니 어슐라가 대답했다. "그렇지만 자신 없어."

구드룬은 좀 짜증이 나서 말을 멈췄다. 언니가 자기의 의견을 좀 확실히 밝히길 원했다.

"언니는 결혼의 경험이 필요하다고 생각지 않아?" 동생이 물었다.

"넌 결혼이 경험이어야 한다고 생각하니?" 어슐라가 물었다.

"어떤 식으로든 경험일 수밖에," 구드룬이 냉담하게 말했다. "바람직한 건 아니라도 어떤 종류든 경험일 수밖에 없지."

"그렇지 않아. 결혼은 경험의 종착점이 되는 거지." 언니가 대꾸했다.

구드룬은 꼼짝 않고 앉아 이 말에 귀를 기울였다.

"물론 그 점을 고려해야겠지." 이 말에 대화가 끊겼다. 구드룬은 좀 화가 나서 지우개를 집어 그림 일부를 빡빡 지우기 시작했다. 어슐라는 바느질에 정신을 집중했다.

"좋은 청혼 자리가 나면 고려해 보지 않겠어?" 구드룬이 물었다.

"난 좋은 자리를 여러 번 퇴짜 놓았는데." 어슐라가 대답했다.

"정말!" 구드룬이 낯을 짙게 붉혔다─"정말 괜찮은 자리였어? 정말 그랬어?"

"연 수입이 천 파운드인 아주 멋진 사람이었어. 그일 엄청나게 좋아했지." 어슐라가 말했다.

"정말! 그렇지만 엄청나게 끌리지 않았어?"

"생각으론 그랬는데 실제 감정은 안 그랬어." 어슐라가 속내를 털어놓았다. "결혼한다는 생각을 하니 영 마음이 동하지 않더라고─아, 끌렸다면 곧바로 결혼했겠지. 단지 하고 싶지 않은 마음만 들더라고." 두 자매의 얼굴은 갑자기 즐거운 빛으로 환해졌다.

"결혼하고 싶지 않은 생각이 강하게 드는 게 너무도 놀라워!" 둘은 서로를 쳐다보며 웃었다. 그러나 마음속으론 좀 겁이 났다.

한참 동안 말이 없었고 그동안 어슐라는 수를 놓았고 구드룬은 스케치를 계속했다. 이 자매는 이제 성인이 되었다. 어슐라는 26살이고 구드룬은 25살이었다. 그러나 둘은 현실과는 거리가 멀고, 현대적인 숫처녀의 표정을 지닌 여성들이었다. 세속적인 헤베 신* 스타일보다는 아르테미스 신** 스타일이었다. 구드룬은 매우 아름답고 수동적이며 피부는 보드랍고 팔다리는 유연했다. 그녀는 짙푸른 비단 드레스를 입었는데, 목둘레와 소매 끝엔 푸르고도 초록색이 나는 리넨 레이스의 장식용 주름 끈이 달려 있었다. 그리고 옥색의 스타킹을 신고 있었다. 그녀의 자신만만하면서도 수줍어하는 표정이 언니의 기대에 찬 민감한 표정과 대조를 이루었다. 이 지방 사람들은 구드룬의 완전한 냉정함과 유별나게 도도한 태도에 주눅이 들어서 "저 여잔 잘난 여자야"라고 말을 했다. 구드룬은 막 런던에서 돌아왔고 그곳에서 수년간 지내면서 학생으로서 예술학교에 다녔고, 작품 활동도 했다.

"난 지금 남자가 나타나길 바라고 있는데." 구드룬이 갑자기 아랫입술을 깨물면서 말했다. 반은 능청스러운 미소를, 반은 고민하며, 얼굴을 찌푸렸다. 어슐라는 좀 염려가 되었다.

"그래, 남자를 기대하면서 고향에 돌아온 거야?" 언니가 웃으면서 물었다.

"원, 뭐." 구드룬이 귀에 거슬리는 소리로 외쳤다. "내가 남자를 찾아 나서진 않을 거야. 그렇지만 만약에 상당한 수입을 가진 굉장히 매력적인 남자가 나타난다면—그렇다면—" 그녀가 빈정대는 어조로

---

* 그리스 신화에서 제우스와 헤라 사이에서 태어난 딸로 신들에게 술을 따르는 작부의 일을 한다.-역자 주(이하의 '역자 주'는 생략함)

** 그리스 신화에서 아폴로의 쌍둥이 누이로 달과 사냥의 여신.

말꼬리를 흐렸다. 그리곤 언니의 반응을 탐색하려고 어슐라를 자세히 쳐다보았다. "언닌 따분하지 않아?" 그녀가 언니에게 물었다. "언닌 일이 제대로 되지 않는다고 느끼지 않아? 뭐 제대로 되는 게 하나도 없어! 모든 게 봉오리째 시들어버려."

"뭐가 봉오리째 시들지?" 어슐라가 물었다.

"아, 모든 게—나 자신도—일반적으로 모든 게." 말이 끊겼고, 자매는 각자의 운명을 막연히 생각해 보았다.

"정말 겁이 나." 어슐라가 말을 했다. 그리고 다시 말이 끊겼다. "그렇지만 넌 결혼으로 꿈을 이루기를 바라는 거니?"

"그게 불가피한 다음 단계인 것 같아." 구드룬이 대답했다. 어슐라는 좀 씁쓸해서 이 말을 되씹었다. 그녀는 여러 해 동안 윌리 그린 중등학교의 담임교사였다.

"무슨 말인지 알아." 그녀가 대꾸했다. "머릿속으로 생각할 땐 그런 것 같아. 그렇지만 정말 한 번 상상을 해봐. 자, 아는 한 남자를 상상해 봐. 그가 매일 저녁에 집에 와서는 '여보'라고 부르며 키스하는 것 말이야—"

아무 대응이 없었다.

"그래." 구드룬이 볼멘소리로 대답했다. "그런 건 정말 있을 수 없어. 남자가 그런다는 건 말이야."

"물론 애들도 생기겠지—" 어슐라가 의심쩍은 어투로 말했다.

구드룬의 얼굴이 굳어졌다.

"언니, 정말 애들을 원해?" 구드룬이 냉랭하게 물었다. 당혹스럽고 어찌할 바 모르는 표정이 어슐라의 얼굴에 떠올랐다.

"그건 우리 마음대로 되는 문제가 아니라고 느끼는데." 어슐라가 말했다.

"언니, 정말로 그렇게 느껴?" 구드룬이 물었다. "난 애들을 갖는다는 생각엔 전혀 감흥이 없어."

구드룬이 가면을 쓴 양 무표정한 얼굴로 언니를 쳐다보았다. 어슐라가 이마를 찌푸렸다.

"어쩌면 그건 진짜 생각은 아닐 거야." 어슐라가 우물거리며 말했다. "마음속 깊이에선 아이들을 원하지 않을 거야─단지 겉으로만 그런 거지." 구드룬의 얼굴에 굳은 표정이 퍼져나갔다. 그녀는 이런 일에 너무 단정적으로 말하길 바라지 않았다.

"다른 사람들의 애들을 생각하면─" 어슐라가 말을 이었다.

구드룬이 거의 적대적인 태도로 언니를 다시 쳐다보았다.

"맞아!"라고 말하고서 이 대화를 끝내버렸다.

두 자매는 말없이 계속 작업을 했다. 어슐라는 원천적인 불꽃의 기이한 광채를 항상 드러내고 있었다. 그런데 그 불꽃은 번져나가면서 그물망에 걸리고 반대에 부닥쳤다. 그녀는 상당 시간을 자신에 몰두해서 혼자 지내면서 매일 매일을 지냈다. 항상 생각에 잠겨 인생을 부여잡고 이해가 미치는 대로 인생을 파악하려 애썼다. 그녀의 교사로서의 일상생활은 잠시 정지되었다. 그러나 저 밑 내면세계에서는 무엇인가가 일어날 참이었다. 오직 그녀가 그 마지막 겉껍질을 뚫고 나갈 수만 있다면! 그녀는, 마치 자궁 속의 태아처럼, 손을 밖으로 뻗으려 애썼지만, 할 수가 없었고 아직은 아니었다. 그런데도 그녀에겐 이상한 예지가 있었다. 무언가가 일어날 것이란 예감이 들었다.

그녀는 수틀을 내려놓고 동생을 쳐다보았다. 동생 구드룬이 너무나 예쁘게, 너무나도 예뻐 보였다. 살갗은 보드랍고 섬세하게 풍요로운 데다 얼굴선 하나하나가 우아했다. 동생에겐 또한 장난스러운 면과 톡 쏘듯 비꼬는 기질과 끄떡 않는 내면세계가 있었다. 어슐라는 온 정신을 다 해 동생을 찬탄해 마지않았다.

"프룬*, 왜 집으로 돌아왔지?" 어슐라가 물었다.

구드룬은 언니가 자길 찬탄해 마지않는 걸 의식했다. 그녀는 그림을 그만두고 등을 의자 깊숙이 대고는 아름답게 곡선을 이룬 속눈썹을 쳐들며 언닐 보았다.

"왜 돌아왔느냐고?" 그녀는 언니의 질문을 되풀이했다. "나 자신에게도 수없이 물어봤어."

"그런데 모르겠어?"

"아니, 알 것 같아. 내가 집에 온 건 더 큰 도약을 위해 잠시 뒤로 물러선 거야."

그리곤 만사를 안다는 눈빛으로 언닐 오랫동안 천천히 쳐다보았다.

"무슨 말인지 알겠어!" 어슐라가 소리쳤다. 그런데 진짜는 모르는 듯 약간 어리벙벙하고 속아 넘어간 표정을 지었다. "그런데 어디로 도약을 한다는 거지?"

"아, 그건 문제가 안 돼." 구드룬이 상당히 당당하게 대꾸했다. "만약에 낭떠러지에서 뛰어내리면 어딘가엔 내려앉는 법이니까."

"그렇지만 그건 너무 모험적이지 않니?"

구드룬의 얼굴에 빈정거리는 미소가 천천히 번져나갔다.

"아! 이런 것은 전부 말뿐이잖아!" 구드룬은 웃으며 말을 뱉고는 다시 대화의 문을 닫아버렸다. 그렇지만 어슐라는 계속 생각에 잠겨 있었다.

"그래, 집에 돌아오니 어때?" 어슐라가 물었다.

"완전히 물 위의 기름 같은 신세지 뭐."

"그래, 아버진 어때?"

구드룬은 자신이 궁지에 몰린 양 화가 난 표정으로 언니를 쳐다보며 냉랭하게 대답했다. "아버지 생각은 안 해 봤어. 안 하기로 했어."

"그래." 어슐라가 주춤했다. 그리고 대화는 진짜 여기서 끝이 났다. 자매는 절벽 끝에서 밑을 내려다보는 듯이, 막막한 허공과 소름 끼치는 낭떠러지에 맞닥뜨린 느낌이었다.

자매는 얼마 동안 아무 말 없이 하던 일을 계속했다. 구드룬은 솟구치는 감정을 억눌러 뺨이 새빨갛게 달아올랐다. 언짢은 감정이 되살아나 불쾌했다.

"우리 결혼식 보러 갈까?" 구드룬이 마침내 애써 태연한 척 제안했다.

"그러자!" 어슐라가 열렬하게 대꾸하였고, 바느질감을 옆으로 던지며 벌떡 일어났다. 자신이 동생 구드룬의 신경을 건드려 긴장감과 혐오감을 일으킨 것을 부지중에 털어내고 싶은 것 같았다.

어슐라는 이 층으로 올라가면서 집 안과 그녀를 에워싼 집안 분위기를 예민하게 느꼈다. 집이 싫었다. 이 고리타분하고 지긋지긋하게 낯익은 곳이! 집과 환경, 케케묵은 생활의 전체적인 분위기와 환경에 대한 자신의 심한 혐오감에 내심 겁이 났다. 이런 감정이 무서웠다.

두 자매는 금방 벨도버의 중심가를 잽싸게 걸어가고 있었다. 넓은 길에 상점들도 들어섰고 주택들도 있는데 완전히 볼품이 없고 낡아 보였지만 그렇다고 가난을 풍기진 않았다. 구드룬은 런던의 예술가 지역인 첼시와 서식스에서 돌아온 지 얼마 안 되어 미들랜즈의 작은 탄광 마을의 이런 볼품없는 추한 모습에 몸이 몹시 움츠려졌다.

그렇지만 계속 앞으로 걸어갔다. 하잘 것 없는 지저분한 지역과 볼품없이 길게 늘어진 탄가루로 버석거리는 길을. 모든 사람이 그녀를 뚫어지게 쳐다보고 있어 계속 괴로워하며 걸었다. 이런 곳을 고향이라고 다시 찾아와 이렇게 하잘 것 없이 황량하고 추한 곳이 어떨까 하고 자신을 시험하다니! 왜 이런 곳에 자신을 굴종시키려 했던가? 아직도 이런 곳에, 이 흉물스럽고 무익한 사람들에게, 이 더러운 시골구석의 참을 수 없는 괴롭힘에 자신을 굴종시키고 싶은가? 그녀는 자신이 먼지구덩이에서 억지로 기어가는 딱정벌레 같다는 느낌이 들었다. 혐오감에 치를 떨었다.

자매는 신작로를 벗어나서 시커먼 공동 채소밭을 지나갔다. 거기엔 탄가루를 뒤집어쓴 시커먼 양배추 그루터기가 파렴치하게 서 있었다. 아무도 부끄러워하지 않았다. 아니, 아무도 이 모든 흉측스런 모습에 낯 뜨거워하지 않았다.

"이건 지옥의 한 마을 같아." 구드룬이 말했다. "광부들은 땅 위로 이런 지옥을 퍼올리고 있잖아. 언니, 경이로워, 정말 경이로운 곳이야—정말 놀라운, 완전히 다른 세상이야. 이곳 사람들은 모두가 악귀들이고 모든 것이 흉흉해. 모든 것이 현실 세계를 모방한 악귀의 세상이야. 모방, 악귀, 모든 게 더럽고 야비해. 언니, 온통 미친 것 같아."

자매는 시커멓고 더럽혀진 들판 가운데의 시커먼 길을 걷고 있었다. 왼편에는 커다란 풍경이, 탄광들이 들어선 골짜기가, 맞은편 언덕엔 보리밭과 숲이 있는데, 모두가 거리가 멀어 상복의 베일을 통해 보는 듯 시커멓게 보였다. 희고 검은 연기가 흔들림 없는 기둥이 되어, 어두운 하늘을 넘지 않고, 마술처럼, 서 있었다. 가까이에는 사택들이 여러 줄로 길게 늘어서 있었는데, 언덕 비탈에선 곡선으로, 꼭대기에선 직선으로 들어서 있었다. 사택들은 시꺼메진 붉은 벽돌집이었고, 지붕엔 검은 슬레이트를 얹어 부실해 보였다. 자매들이 걷고 있는 길은 집과 탄광 사이를 오가는 광부들의 발에 밟혀 시꺼멨으며, 철책으로 들녘과는 경계가 지어졌다. 다시 큰길로 연결하는 울타리 층계는 오가는 광부들의 바지에 스쳐 반짝반짝 윤이 났다. 이제 두 소녀는 더 살림이 구차한 사택 지역을 지나고 있었다. 아낙네들은 거친 앞치마 위로 팔짱을 끼고 사택의 끝에 서서 잡담을 늘어놓다가, 토박이 특유의 호기심 가득 찬 시선으로 브랑윈 씨의 두 딸을 뚫어지게 쳐다보았다. 아이들은 큰 소리로 욕을 퍼부었다.

구드룬은 정신이 멍해져 걸어갔다. 만약에 이런 것이 인간 생활이고, 이들이 하나의 완벽한 세상에서 사는 인간들이라면, 그녀가 사는 세상은 인간 세상이 아닌 외계란 말인가? 구드룬은 자신이 걸친 풀빛 초록색 스타킹과 챙이 넓은 초록색 벨벳 모자와 짙푸른 색의 풍성한 코트를 의식했다. 그녀는 마치 하늘 위를 걷고 있는 양 중심을 잡을 수 없었고 어느 순간이든 땅 위로 곤두박질할 것 같아 심장이 오그라들었다. 그녀는 덜컥 겁이 났다.

어슐라 언니에게 바싹 달라붙었다. 언니는 오랫동안 익숙해져 이런 어둡고 혼란스러운 적대적인 세계의 야유에 면역되어 있었다. 그렇지만 그녀의 마음은 어떤 시련을 겪고 있는 양 내내 외치고 있었다. "난 돌아가고 싶어. 난 멀리 떠나고 싶어. 난 이런 세상 알고 싶지 않고 존재한다는 것도 알고 싶지 않아." 그래도 앞으로 걸어가야 했다.

어슐라는 동생이 괴로워하는 것을 느낄 수 있었다.

"넌 이곳이 증오스럽지?" 어슐라가 물었다.

"당혹스러워." 구드룬이 말을 더듬었다.

"넌 여기 오래 못 있을 거야." 어슐라가 대꾸했다.

구드룬은 이곳을 벗어나고 싶어 총총걸음으로 걸었다.

그들은 탄광 지역을 벗어나 굴곡진 언덕을 넘어, 다른 쪽의 좀 더 순수한 시골길로 들어섰다. 윌리 그린으로 가는 길이었다. 그런데 여기까지도 검은 석탄가루가 어렴풋이 반짝이며 들판과 언덕 숲 위에 떠 있었고 공중에서 검은빛을 내는 것 같았다. 어쩌다 햇빛이 반짝 비치는 싸늘한 봄날이었다. 노란 미나리아재비 꽃이 생울타리 밑에서 삐죽이 목을 내밀었고 윌리 그린의 주택가 마당에는 구스베리 관목들이 잎을 피우고 있었다. 자잘한 알리섬 꽃이 돌담 위에 늘어진 회색 잎사귀 위에 하얗게 피어나고 있었다.

그들은 가던 길의 방향을 바꿔 높은 둑 사이로 난 큰길을 따라 교회를 향해 걸어 내려갔다. 바로 거기, 길이 가장 움푹하게 파인 곳, 나무 밑 낮은 곳에서, 기대에 찬 한 무리의 사람들이 결혼식을 구경하려고, 기다리며 서 있었다. 이 지역의 광산주인 토마스 크라이치 씨의 딸이 해군 장교와 결혼하는 것이었다.

"돌아가자." 구드룬이 몸을 획 돌리며 말했다. "온통 저런 사람들 뿐이잖아."

그리곤 길에서 주춤거리며 서 있었다.

"신경 쓸 것 없어." 어슐라가 말했다. "저 사람들 괜찮아. 날 잘 알고 있으니 문제가 될 것 없어."

"그렇지만 저 사람들 사이를 지나가야 하잖아?" 구드룬이 물었다.

"정말 괜찮아." 어슐라가 말하면서 앞으로 걸어나갔다. 그래서 자매는 함께 그들을 빤히 쳐다보며 어색해 하는 동네 사람들 가까이 갔다. 그들은 주로 여자들, 훨씬 주변머리 없는 광부의 아낙들이었다. 그들은 지하 세계 얼굴로 자매를 빤히 쳐다보았다.

자매는 잔뜩 긴장하고 대문 쪽으로 곧장 걸어갔다. 아낙들은 길을 내주었지만 내키지 않는 듯 겨우 지나갈 정도로 뒤로 물러섰다. 자매는 묵묵히 돌 대문을 통과한 후 빨간 융단을 밟으며 층계로 올라갔다. 경찰이 그들을 지켜보고 있었다.

"저 스타킹 값이 얼마!" 구드룬 등 뒤에서 들렸다. 갑자기 격한 분노가 구드룬을 뒤흔들어 살의가 동했다. 그들을 깡그리 섬멸해 버리고 청소해서, 세상이 그녀만을 위해 깨끗해져 있기를 바랐다. 그들이 보는 앞에서 교회묘소 길을 걸어 올라가 붉은 양탄자 위를 계속 걷는 것이 너무나도 싫었다.

"난 교회 안엔 안 들어갈 거야." 구드룬이 갑자기 너무도 단호하게 말해, 어슐라는 즉시 걸음을 멈추고, 뒤로 돌아서서 옆으로 난 작은 길로 들어섰다. 그 길은 중등학교의 작은 문과 통했고, 학교 마당은 교회 마당과 인접해 있었다.

교회묘소 밖으로 나서니 관목이 우거진 학교의 대문 안에 바로 들어서게 되었다. 어슐라는 월계수 숲 아래에 있는 낮은 돌담 위에 잠시 앉아 쉬었다. 그녀의 등 뒤로 빨간 벽돌의 커다란 학교건물이 평화롭게 서 있었고, 창문들은 쉬는 날이라 활짝 열려 있었다. 그녀 앞 관목 위로는 오래된 교회의 희뿌연 지붕과 종탑이 보였다. 두 자매는 나무에 가려 있었다.

구드룬은 묵묵히 앉아 있었다. 입은 꼭 다문 채 얼굴은 옆으로 돌렸다. 자신이 부모 곁으로 돌아온 것을 통렬하게 후회하고 있었다. 어슐라는 동생을 쳐다보았고, 당혹감으로 얼굴이 달아오른 동생의 모습이 놀랍도록 아름답다는 생각이 들었다. 하지만 동생 구드룬이 그녀에게 구속감을 주어 좀 지쳐 있었다. 어슐라는 구드룬의 존재가 주는 긴장감과 속박감에서 벗어나 홀로 있고 싶었다.

"여기 그냥 있을 거야?" 구드룬이 물었다.

"잠시 쉬고 있는 거야." 어슐라는 질책을 받은 듯 벌떡 일어섰다. "저기 파이브즈* 구기장 옆 구석에 서 있으면 모든 걸 다 볼 수 있을 거야."

그 순간 햇빛이 교회묘소 위를 찬란하게 비추었고 수액과 봄의 향기가 은은히 퍼졌다. 무덤가에 핀 오랑캐꽃 내음인 듯도 했다. 하얀 데이지 꽃이 천사들처럼 환하게 피어 있었다. 머리 위에는 구릿빛 너도밤나무가 핏빛의 빨간 잎사귀를 펼치고 있었다.

정각 11시가 되자 마차들이 도착하기 시작했다. 마차 한 대가 다가오자, 대문 가 구경꾼들 사이의 동요가 한쪽으로 쏠렸다. 결혼 하객들이 층계를 올라가 붉은 카펫을 밟고 교회로 향했다. 마침 햇살이 화창하게 비추자 사람들은 모두 즐거워하며 신이 났다.

구드룬은 객관적인 호기심으로, 하객들을 면밀하게 살폈다. 한 사

---

* 2-4명이 하는 핸드볼 비슷한 공놀이.

람 한 사람을 마치 책 속에 나오는 인물이나 그림 속 인물이거나 극장 내의 인형극에 나오는 꼭두각시처럼 완성된 창조물로 보았다. 그녀 앞에서 하객들이 교회에 이르는 길을 걸어가자, 그녀는 그들의 다양한 특징을 알아내고, 그들을 알맞게 채색하고 적절한 환경을 설정한 후, 그들을 최종적으로 평가하는 것을 즐겼다. 일단 그녀가 그들을 속속들이 알아내면 그것으로 끝이 났다. 그들은 봉해지고 도장이 찍히면 그것으로 완전히 끝이 났다. 그녀가 이해 못 하고, 미해결한 사람은 한 사람도 없었는데, 크라이치 씨 집안사람들이 나타나기 시작했다. 그때 구드룬의 관심이 거기로 확 쏠렸다. 여기엔 그렇게 쉽게 결정할 수 없는 무언가가 있었다.

신부의 어머니인 크라이치 씨의 부인이 맏아들 제럴드와 함께 나타났다. 그녀는 분명히 결혼식에 어울리게 치장을 했음에도 불구하고 야릇하게 후줄근해 보였다. 그녀의 얼굴은 맑고 투명한 피부에 창백하고 누르스름했다. 몸은 다소 앞으로 기울었고, 안중에 아무것도 없는 맹금류의 긴장된 눈빛을 띠며, 이목구비의 선은 뚜렷하고 잘 생겼다. 희뿌연 머리카락은 흐트러졌고, 몇 가닥은 푸른색 실크 모자 밖으로 나와 짙푸른 자루 모양의 코트 위로 늘어졌다. 은밀하지만 매우 자부심을 느끼는 편집광이 있는 부인 같아 보였다.

부인의 아들은 금발에, 햇볕에 그을린 피부에, 중간을 훨씬 넘는 키에, 옷은 지나치다 할 정도로 잘 차려입었다. 그러나 그에겐 야릇하게 경계하는 태도, 마치 주변 사람들과는 다른 인종에 속하는 양, 무의식적 빛남이 있었다.

구드룬은 즉시 그에게 쏠렸다. 그에겐 어딘가 북유럽적인 면이 있어 그녀를 끌어당겼다. 북구지역 사람의 투명한 살갗과 금발에는 얼음 결정체를 통해 나오는 햇빛 같은 광채가 있었다. 그리고 그는 아주 새롭고, 아직 뚜껑을 열지 않았으며, 북극 물건인 양 순수했다. 나이는 한 삼십쯤, 아니면 조금 더 위였을 거다. 반짝이는 아름다움, 남자다움이, 미소 짓는 명랑한 늑대 새끼를 연상시켰지만, 구드룬은 이에 눈멀지 않고 그의 태도에 깃들어 있는 의미심장하고 불길한 정적을, 그의 억누를 수 없는 기질에 숨어있는 위험성을 감지했다. '저이의 토템 상은 늑대야'라며 그녀는 혼자서 연거푸 중얼거렸다. '저이의 어머닌 길들지 않은 늙은 늑대고.' 그리곤 지구 상의 그 누구에게도 알려지지 않은 믿지 못할 커다란 발견을 자신이 한 양 온몸에 심한 경련을 일으키며 황홀경에 빠졌다. 야릇한 황홀경이 그녀를 통째로 사로잡았고, 핏줄은 죄다 격렬하게 흥분하며 경련을 일으켰다.

'세상에! 이게 뭐지?' 그녀는 자신에게 큰 소리로 물었다. 그리고 잠시 후 자신만만하게 말했다. '난 저 남자에 대해 많은 것을 알아내야겠어.'

그녀는 그를 다시 만나야겠다는 욕망으로, 일종의 향수병으로 몸이 달아올랐다. 반드시 그를 다시 만나서 이 모든 느낌이 오해가 아님을 확인해야 했다. 정말로 주체할 수 없이 밀려오는 이 야릇한 느낌과 마음속에서 우러나오는 이런 육감과 강력한 인식이 망상에서 나온 것이 아니라 사실에 근거했음을 반드시 확인해야 했다.

'내가 정말 그를 위해 특별히 선택된 건가? 정말로 황금빛의 북극 광채가 있어 우리 둘만을 에워싸고 있는 건가?' 그녀는 자신에게 물었다. 그런 것을 믿을 수가 없어 생각에 골똘하다 보니 주변에서 일어나는 일은 거의 의식하지 못했다.

신부 들러리들은 와있는데 신랑은 아직 도착하지 않았다. 무슨 일이 잘못된 것은 아닐까? 그래 결혼식이 파탄 나는 건 아닐까 하는 생각을 어슐라는 했다. 그녀는 그 모든 일이 자기에게 달린 것처럼 걱정했다. 신부 들러리 대표들은 이미 와있었다. 어슐라는 그들이 층계를 오르는 것을 쳐다보았다. 그중 알고 있는 한 여자는 키가 크고, 마지못해 하는 것처럼 움직임이 느렸고, 길고 숱이 많은 금발에다 얼굴은 헬쑥하고 길었다. 크라이치 집안의 친구인 허마이어니 로디스였다.

그녀는 고개를 곧추 세우고 엄청나게 큰 연노랑 벨벳 모자의 무게 균형을 잡으며 지금 나타났다. 모자 위엔 베이지색과 회색의 타조 깃털이 꽂혀 있었다. 그녀는 거의 의식 없이 떠내려가듯 앞으로 움직였고 창백한 긴 얼굴을 높이 쳐들고 세상은 거들떠보지 않는 듯했다. 그녀는 부유했다. 연노랑색의 야들야들한 비단결의 벨벳 드레스를 입었고 자잘한 장미색의 시클라멘꽃을 잔뜩 손에 들고 있었다. 구두와 스타킹은 모자의 깃털과 같은 색인 회갈색이었다. 머리 숱은 많았으며, 묘하게 엉덩이를 고정한 채 내키지 않는 야릇한 동작으로 떠내려갔다.

그녀의 모습은 강했으며, 아름다운 연노랑과 갈색이 도는 장밋빛 드레스를 입었지만, 어딘가 소름이 끼치며 역겨웠다. 그녀가 지나갈 때 사람들은 침묵했다. 강한 인상을 받고 감정이 솟구쳐 빈정대고 싶었지만, 왠지 입을 다물게 되었다. 화가 로제티* 그림의 주인공처럼 높이 치켜든 그녀의 창백한 긴 얼굴은 무엇에 취한 듯했다. 마치

---

* 댄티 가브리엘 로제티, 1828-82, 라파엘 전파 화풍의 대가로 그림이 색조와 구성에서 영성을 암시한다.

기이한 생각의 뭉치가 그녀의 컴컴한 마음속에 똬리를 틀고 있어 그녀를 절대로 놓아주지 않을 것 같았다.

어슐라는 넋을 놓고 그녀를 주시했다. 그녀에 대해 아는 바가 좀 있었다. 그녀는 미들랜즈 지역에서 가장 주목받는 여자였다. 그녀의 부친은 구 학파의 더비셔 준 남작이며 그녀는 신 학파의 여성으로 지성이 넘치며 자의식이 강해 신경이 소진될 지경이었다. 개혁에 열정적으로 관심을 보이고 온 정신을 공적인 대의명분에 송두리째 바쳤다. 그러나 그녀는 남자의 여자였다. 그녀를 지탱하는 것은 남자의 세계였다.

그녀는 역량 있는 다양한 남성들과 지성과 영혼이란 면에서 다양하게 친교를 맺었다. 어슐라는 이러한 남성 중에서 단지 루퍼트 버킨만 알고 있었고 그는 군(郡) 장학관 중 한 사람이었다. 그러나 구드룬은 다른 남성들을 런던에서 만난 적이 있었다. 구드룬은 사교계에서 다른 종류의 예술가 친구들과 활동하면서 명성과 사회적 신분이 있는 상당수의 많은 사람을 이미 알고 있었다. 그녀는 허마이어니를 두 차례 만난 적이 있지만 서로 끌리지 않았다. 그들이 런던의 다양한 친지들의 저택에선 동등한 입장으로 만났다가, 이제 사회적 입지가 너무도 차이가 나는 미들랜즈에서 다시 만난다면 구드룬에겐 기분이 찜찜할 것이다. 구드룬은 사회적으로 성공한 사람이라, 예술계와 계속 연관을 맺고 있는 유한 귀족층 가운데 친구들이 있기 때문이었다.

허마이어니는 자신의 멋진 옷차림을 의식하고 있었다. 그녀는 윌리 그린에서 만나게 될 사람들보다는 자신이 좀 우월하던가, 아니면 사회적으로 동등하리라 알고 있었다. 그녀는 자신이 교양과 지성의 세계에서 인정받고 있음을 알았다. 그녀는 문명의 옹호자며, 관념들의 문화를 위한 매개체였다. 사교계이든, 사상계이든, 공적인 운동에서든, 또는 심지어 예술계이든 간에, 그녀는 최고의 사람들과 하나가 되었고 최전방에서 움직였고 최상의 사람들과 친숙히 지냈다. 아무도 그녀를 얕잡아 볼 수 없었고 또 비아냥거릴 수도 없었다. 까닭은 그녀가 최고에 속했고 그녀를 반대하는 자들은 사회적 지위나 부나 사상과 진보와 이해에 대한 고차원적인 면에서도 그녀보다 밑이기 때문이었다. 그래서, 그녀는 상처를 받을 수 없는 인물이었다. 여태까지 살아오면서 그녀는 자신이 사람들의 판단 영역을 초월하여, 상처를 받을 수 없고 공격을 받을 수 없는 인물이 되려고 노력했다.

그럼에도 불구하고 그녀의 영혼은 괴롭힘을 받았고 공격에 노출되어 있었다. 교회로 가는 오솔길을 걸을 때도 자신이 모든 면에서 저속한 비판을 초월해 있고 최고의 판단 기준으로 따져 볼 때 자신의 외모가 끝내주게 완벽하다는 것을 잘 알면서도, 겉으로 내보이는 자신만만함과 자부심과 달리 자신은 상처와 조롱과 악의에 직면해 있다고 느껴 심히 괴로워했다.

그녀는 항상 쉽게 상처 입을 수 있다고 느꼈다. 그녀의 갑옷에는 남모르는 금이 가 있었다. 자신도 그것이 무엇인지 잘 몰랐다. 그것은 활기찬 자아의 결핍이었다. 그녀는 천성적으로 충족감을 몰랐다. 그녀 안에는 무시무시한 공허와 결핍과 존재의 결핍이 있었다.

그래 누군가가 이 결핍을 채워주기를, 영원히 메꿔주길 바랐다. 그녀는 루퍼트 버킨을 열렬히 좋아했다. 그가 곁에 있을 때는 자신이 완전해지고 충만해서 온전해짐을 느꼈다. 그가 없을 때는 자신이 모래 위나 깊이 갈라진 틈 위에 서 있다고 느꼈다. 그렇게 대단한 자만심과 담보물이 있음에도 불구하고, 적극적이고 활달한 기질의 상스런 하녀는 보일 듯 말 듯한 야유나 멸시의 몸짓만으로 그녀를 끝없는 결핍의 나락으로 내동댕이칠 수 있었다. 그러는 동안 내내 그녀는 괴로워하며 울적한 나머지 미에 대한 지식과 교양과 세계의 비전과 공평함이란 나름대로 방어수단을 쌓아올렸다. 그러나 결핍이란 무시무시한 틈새를 도저히 메꿀 수가 없었다.

오로지 버킨이 그녀와 친밀하고 영속적인 관계를 형성한다면 그녀는 이 짜증스런 인생의 항해에서 안전할 것이었다. 버킨이 그녀를 튼실하고도 의기양양한 존재로 만들어, 하늘의 천사까지도 짓누르게 할 수 있을 것이다. 그가 그렇게만 해준다면! 그러나 그녀는 두려움과 불안을 느끼며 괴로워했다. 그녀는 자신을 아름답게 치장했다. 그의 마음을 사로잡을 정도의 아름다움과 빼어남에 이르도록 무던히 애를 썼다. 그런데도 항상 부족한 데가 있었다.

버킨도 성미가 비꼬인 데가 있었다. 그녀를 멀리 격퇴했다. 그는 항상 그녀를 멀리 내몰았다. 그녀가 그를 자신에게 끌어오려고 안간힘을 쓰면 쓸수록 그녀를 한층 더 세게 몰아냈다. 그들은 이제 수년간 연인 사이로 지내왔다. 오, 그것은 너무나 진이 빠지고 온몸이 욱신거리는 싸움이었다. 그녀는 너무나도 지쳐 있었다. 그렇지만 그녀는 아직 자신이 있었다. 그가 그녀를 떠나려는 것을 알고 있었다. 그녀와 완전히 결별하고 자유로운 몸이 되려고 하는 것을 알고 있었다. 그렇지만 그녀는 자신이 그를 잡아둘 힘이 있다고 믿었다. 자신의 고차원적인 지식의 힘을 믿고 있었다. 버킨의 지식은 높은 수준이고, 그녀는 진리의 주요한 시금석이었다. 그녀는 오로지 그와의 결합만이 필요했다.

그런데 이러한 그녀와의 결합은 버킨에게도 최상의 성취였지만 그는 고집스러운 아이의 비뚤어진 심사로 이 결합을 거부했다. 그는 고집불통 아이의 외고집으로 그들 사이의 신성한 연결을 끊어버리려 했다.

그는 이 결혼에 오리라. 신랑 들러리를 설 테니까. 교회에서 그녀를 기다리며 있으리라. 그녀가 언제 오는지 알고 있으리라. 그녀는 교회 문을 들어서면서 불안스러운 염려와 욕망으로 몸을 부르르 떨었다. 그는 분명히 그곳에 있으면서 그녀의 옷차림이 얼마나 아름다운지를 보리라. 그녀가 그를 위해 얼마나 아름답게 치장했는지를 보리라. 그는 이해하리라. 그녀가 그를 위해 얼마나 정성껏 제일 멋지게 최고로 단장했는지를 보게 되리라. 드디어 그는 분명히 그의 최고의 운명을 용납하리라. 그녀를 거부하지 않으리라.

그녀는 이런 열망으로 너무 지쳐서 약간 몸을 떨며 교회에 들어서서 천천히 시선을 돌리며 그를 찾았다. 그녀의 가냘픈 몸이 불안해서 바르르 떨었다. 그는 신랑 들러리로 제단 옆에 서 있으리라. 그가 꼭 있으리라는 자신감은 아직 드러내지 않고 그녀는 천천히 시선을 돌렸다.

그런데 거기에 그가 없었다. 마치 무서운 폭우가 그녀를 덮쳐 익사시키는 듯했다. 그녀는 황폐화하는 절망에 사로잡혀 있었다. 그녀는 기계적으로 제단 쪽을 향해 걸어갔다. 이런 식의 총체적이고 최종적인 절망의 아픔을 전에는 느껴본 적이 없었다. 그것은 죽음을 능가하는 것이고 완전히 허무하고 황량한 것이었다.

신랑과 들러리가 아직 도착하지 않아 밖에서는 아연실색하는 분위기가 짙어갔다. 어슐라는 자기의 책임인 듯 느꼈다. 신부는 도착했는데 신랑이 없다는 상황을 어슐라는 감내할 수가 없었다. 결혼식이 우스꽝스러운 실패작이 되어선 안 되었다. 그래선 안 되었다.

이쪽에 리본과 꽃 모양의 휘장으로 장식된 신부의 마차가 도착했다. 잿빛 말들은 교회 대문인 목적지에 당도하자 신이 나게 높이 뛰어올랐고 이 전체의 움직임엔 웃음이 배어있었다. 이쪽에 모든 웃음과 기쁨의 진수가 있었다. 이날의 꽃인 신부가 나오기 위해, 마차의 문이 활짝 열렸다. 도로에 있던 구경꾼들은 불만스런 어투로 들릴 듯 말듯 작게 웅얼거렸다. 신부의 아버지가 아침 공기 속으로 그림자처럼 첫발을 내디뎠다. 그는 키가 크고 야위었으며 심려로 지쳐 보였고, 숱이 적은 검은 수염엔 드문드문 백발이 섞여 있었다. 그는 마차 문에서 자신을 드러내지 않으며 참을성 있게 기다렸다

마차 문밖으로 꽃다발과 새하얀 공단과 레이스의 드레스가 보이더니 쾌활한 목소리가 들렸다.

"어떻게 내려가지?"

만족스러운 느낌이 기대에 찬 손님들 사이로 물결처럼 퍼져 나갔다. 그들은 신부를 맞이하려고 바짝 다가와서 앞으로 기울인 꽃장식을 한 금발 머리와 마차의 디딤대에 내리며 머뭇거리는, 섬세하고 하얀 발을 흥미 있게 쳐다보았다. 갑자기 흰 거품처럼 드레스가 몰려나오고 신부가 갑작스레 밀려오는 흰 파도같이 아침 나무그늘 아래서 온통 하얀 모습으로 아버지 옆에서 붕 떠갔다. 신부의 면사포는 웃는 듯 흘러내렸다.

"이제 됐어요!" 신부가 말했다.

신부는 근심에 시달리며 병색이 도는 아버지의 팔짱을 끼고, 가볍게 늘어진 드레스를 들어 올리며 영원 같은 빨간 양탄자 위를 걸

어갔다. 신부 아버지는 말이 없고 안색이 누르스름한 데다 그의 검은 수염이 그를 더 야위어 보이게 했다. 그는 정신이 나가 있는 듯 몸을 뻣뻣이 세워 층계를 올라갔다. 그러나 그와 함께 걸어가는 신부의 안개처럼 번지는 웃음은 여전했다.

그런데 신랑은 도착하지 않다니! 어슐라는 도저히 참을 수가 없었다. 심장은 조바심으로 바싹바싹 타들어 가고 그녀는 멀리 언덕배기를 주시하고 있었다. 신랑이 나타나야 할 하얀 내리막길이었다. 마차가 보였다. 마구 달리고 있었다. 막 시야에 들어온 것이다. 그래, 신랑이었다. 어슐라는 신부와 하객들 쪽으로 몸을 돌렸고 서 있는 자리에서 들릴까 말까 하는 소릴 질렀다. 신랑이 오고 있다는 걸 예고하고 싶었다. 그러나 그녀의 목소리는 작아서 들리지 않았다. 그녀는 알리고 싶은 욕망과 수줍어하는 당혹감 사이에서 얼굴이 새빨갛게 달아올랐다.

마차가 덜커덕거리며 언덕을 내려와 가까이 다가왔다. 사람들이 소릴 질렀다. 층계의 꼭대기 층에 막 당도한 신부는 웬 소동인가 보려고 즐거워 몸을 돌렸다. 사람들이 한쪽으로 몰리고 마차가 막 정차하고 신랑이 뛰쳐나와 말과 구경꾼들 사이를 빠져나가는 것을 보았다.

"자기야! 자기!" 신부가 볕이 드는 길 꼭대기에 서서 꽃다발을 휘두르면서 갑자기 흥분된 목소리로 불러댔다. 신랑은 손에 모자를 들고 날쌔게 달리느라 듣질 못했다.

"자기야!" 신부는 신랑 쪽을 내려다보며 다시 큰 소리로 불렀다.

신랑이 어쩌다 쳐다보다가 신부와 장인이 바로 위의 길에 서 있는 것을 보았다. 그가 흠칫 놀라더니 야릇한 표정을 지었다. 그는 잠시 머뭇거렸다. 그러더니 그녀를 따라잡기 위해 뛰려고 몸을 움츠렸다.

"아!" 하고 신부가 이상한 소릴 질렀으나 곧 입안에서 흐려졌다. 그녀는 반사적으로 흠칫 놀라 몸을 돌리고 달렸다. 하얀 발을 생각할 수 없이 재빠르게 내리치며 교회를 향해 흰 드레스를 질질 끌며 냅다 달렸다. 신랑은 사냥개처럼 그녀 뒤를 따라가며 층계를 한꺼번에 여러 단을 뛰어넘고 장인 옆을 스쳐 지나갔다. 그의 엉덩이는 사냥물을 덮치는 사냥개처럼 유연하게 움직였다.

"그래요. 따라 잡아요! 신부를!" 이 놀이에 갑자기 휘말렸던 여자가 저 밑에서 상스럽게 소리쳤다.

신부는 교회의 모퉁이를 돌려고, 꽃다발은 거품처럼 뒤흔들면서, 몸의 무게 중심을 잡고 있었다. 뒤를 흘낏 돌아보다 웃으며 도전적인 소릴 크게 지르면서 방향을 바꾸고 균형을 잡은 후 잿빛 석조 버팀벽 뒤로 사라졌다. 눈 깜짝할 사이에 신랑이 몸을 앞으로 구부리며 달려, 손으로 묵직한 석조 모서리를 잡더니 몸을 날려 눈앞에서 사라졌다. 그의 유연하고 튼튼한 허리는 신부를 추격하느라 자취를 감추었다.

즉각적으로 대문 근처의 사람들 사이에서 흥분의 외치는 소리가 터져 나왔다. 그때 어슐라가 크라이치 씨의 구부정한 검은 모습을 다시 보게 되었다. 그는 길에 멈춰 서서, 신랑, 신부가 앞서거니 뒤서거니 하며 교회로 달려가는 광경을 무표정한 얼굴로 지켜보았다.

그 게임은 끝났고 크라이치 씨는 몸을 돌려 뒤를 보았는데 루퍼트 버킨의 모습이 보였다. 버킨은 곧 앞으로 걸어 나와 그와 함께 걸었다.

"우린 뒤에서 가지요." 버킨이 옅은 미소를 얼굴에 지으며 말했다.

"그러지." 신부 아버지가 짤막하게 대답했고 두 사람은 함께 길을 걸어 올라갔다.

버킨은 크라이치 씨만큼이나 말랐고 얼굴이 창백하고 안색이 안 좋았다. 그의 몸은 가슴이 좁았지만, 균형이 잡힌 좋은 체격이었다. 그가 한쪽 발을 약간 끌며 걸었는데 그건 자의식에서 나온 것이었다. 그는 신랑 들러리 역에 맞게 옷을 입었지만, 천성적으로 주위와 부조화를 이루어 겉모습이 좀 우스꽝스러웠다. 그의 본성은 영리하고 독자적이어서 관례적인 의식엔 잘 어울리질 못했다. 그럼에도 통속적인 관념에 자신을 종속시켜 자신을 우스꽝스럽게 만들었다.

그는 아주 평범한 척하기 위해서, 완벽하고 놀랍도록 일상적이었다. 그런 척을 정말 잘해서, 주변의 분위기를 맞추고, 대화 상대방과 처지에 신속히 적응하여, 일상적인 평범한 태도를 능숙하게 취했다. 그 순간엔 주위 사람들의 비위를 하도 잘 맞추기 때문에 그의 유별남을 공격하려던 사람들의 마음을 누그러트렸다.

두 사람이 오솔길을 걸어가면서, 버킨은 크라이치 씨에게 거침없이 기분 좋게 말을 걸었다. 그는 팽팽한 외줄 타기를 하는 사람처럼 상황에 맞추었다. 그러나 외줄 타기를 할 때는 언제나 편안한 척했다.

"우리가 늦어서 죄송합니다." 버킨이 말을 했다. "구두의 단추 걸이를 찾을 수가 없었어요. 그래서 우리의 긴 목구두의 단추를 채우는 데 시간이 오래 걸렸어요. 그런데 어르신께서는 일분도 늦지 않고 시간에 맞추셨군요."

"보통은 시간을 잘 지키지요." 크라이치 씨가 대답했다.

"그런데 전 늘 늦어요. 그렇지만 오늘은 진짜로 시간을 지키려고 했는데 예기치 못한 일로 늦어서 죄송합니다." 버킨이 말했다.

두 사람이 어슐라의 시야에서 사라져 한동안 어슐라의 눈엔 아무것도 들어오지 않았다. 어슐라는 혼자 버킨에 대한 생각에 잠겼다. 그가 그녀를 자극했고 시선을 끌며 신경을 건드렸다.

어슐라는 버킨에 대해 좀 더 알고 싶었다. 그이와 한두 번 이야기 나누었지만 그건 장학관이란 공적인 입장에서였다. 그녀 생각에 버킨은 그들 사이에 어떤 유사성이 있다고 인정하는 것 같았다. 무언의 이해심을 타고났고 같은 종류의 언어를 사용한다는 점이다. 그러나 이러한 인식이 더 진전될 시간이 지금까지 없었다. 무언가가 그녀를 그에게 당기는가 하면 동시에 멀리하게 했다. 그에게는 어떤 적의랄까, 숨겨진 근원적인 거리가 있어서 차갑게 느껴졌고 접근하기가 어려웠다.

그럼에도 그를 알고 싶었다.

"넌 루퍼트 버킨 씨를 어떻게 생각하니?" 그녀가 약간은 내키지 않는 태도로 동생에게 물었다. 그에 대해서 이러쿵저러쿵 말하고 싶진 않았다.

"루퍼트 버킨 씨를 어떻게 생각하느냐고?" 구드룬이 되물었다. "매력적이지—단연코 매력적이야. 그에게서 내가 참지 못할 것은 사람들을 대하는 그의 태도야—형편없는 멍청이 여자를 마치 대단한 여자처럼 대하는 그의 태도야. 나 같은 사람은 도매금으로 함께 넘어간다는 느낌을 받지."

"왜 그렇게 행동하지?" 어슐라가 물었다.

"좌우간 사람들에 대해—진정한 판단력이 없기 때문이야." 구드룬이 대답했다. "그이는 형편없는 멍청이를 마치 나나 언니를 대하듯 대접하는 거야—그건 대단한 모욕이야."

"아, 그래." 어슐라가 말했다. "응당 분별해서 사람을 대해야지."

"당연히 분별해야지." 구드룬이 거듭 말했다. "그럼에도 다른 면에선 훌륭한 이야—놀랄 만한 인격이지. 그렇지만 그를 믿지는 말았으면 해."

"그래." 어슐라가 막연히 대답했다. 그녀는 동생과 의견이 완전히 일치하지 않을 때도 동생의 말에 항상 동의해야 했다.

자매는 결혼식 하객이 교회 밖으로 나오기를 기다리며 묵묵히 앉아 있었다. 구드룬은 말이 하고 싶어 입이 근질근질했다. 그녀는 제럴드 크라이치에 대해 생각하고 싶었다. 자신이 그에게서 받은 강한 느낌이 진정인가를 알고 싶었다. 그녀는 마음의 준비를 하고 싶었다.

교회 안에서는 결혼식이 진행 중이었다. 허마이어니 로디스는 오로지 버킨 생각뿐이었다. 버킨이 가까이에 서 있었다. 그녀는 몸이 물리적으로 그이 쪽으로 끌려가는 것 같았다. 그의 몸을 스치며 서 있고 싶었다. 그의 몸에 닿지 않으면 그가 가까이에 있다는 것을 좀처럼 확신할 수 없었다. 그러나 결혼식 내내 그녀는 얌전히 서 있었다.

그녀는 그가 나타나지 않았을 때 너무도 통렬히 괴로워했기 때문에 지금까지 정신이 멍멍했다. 아직 신경통에 걸린 양 시달렸고 그가 앞으로 그녀를 떠날 것이란 생각에 괴로웠다. 그녀는 불안한 고뇌로 인해 좀 열띤 상태에서 그를 기다렸다. 그녀가 수심에 잠겨 서 있을 때 영적인 듯한 황홀한 표정을 얼굴에 담고 있어 천사를 연상

시켰다. 그러나 그건 고뇌에서 생긴 것으로 그의 마음을 연민의 정
으로 찢는 강한 호소력을 갖고 있었다.

버킨은 그녀의 숙인 고개와 황홀한 표정의 얼굴을 보았다. 거의
악녀 같은 황홀한 얼굴이었다. 그가 보고 있다는 것을 느끼며 그녀
는 얼굴을 들고 그의 눈길을 찾았다. 그녀는 아름다운 잿빛 눈을
크게 뜨고 안다는 눈빛을 보냈다. 그러나 그는 그녀의 시선을 피했
다. 그녀는 고뇌와 자괴감에 고개를 숙였고 심장은 갉아 먹히듯 계
속 아파져 왔다. 그 또한 자괴감과 근본적인 혐오감과 그녀에 대한
강한 연민으로 괴로웠다. 그는 그녀의 눈길과 마주치는 것을 원치
않았고 그녀의 안다는 눈빛을 받아들이고 싶지 않았기 때문이다.

신부와 신랑은 정식으로 부부가 되었고 하객들은 부속실로 들어
갔다. 허마이어니는 본의 아니게 사람들 틈에서 버킨 쪽으로 밀려
그의 몸에 살이 닿았다. 버킨은 그것을 참았다.

밖에서는 구드룬과 어슐라가 자기네 아버지가 치는 오르간 소리
에 귀를 기울였다. 아버지는 결혼 행진곡 연주를 즐길 것이다. 이제
결혼식을 치른 신랑, 신부가 나오고 있었다! 교회 종이 울리면서 공
기를 뒤흔들었다. 어슐라는 나무와 꽃이 이 진동을 느낄 수 있는지,
허공의 이 기이한 음파를 어떻다고 생각하는지 궁금했다.

신부는 신랑의 팔짱을 끼고는 아주 새침하게 굴었다. 신랑은 지
상에도 천상에도 발을 딛고 있지 않은 듯이 무의식적으로 눈을 껌
뻑거리며 하늘을 응시했다. 그가 갑자기 많은 사람의 관심거리가 되
자 감정적으로 동요되었음에도 그 상황에 적응하려고 눈을 껌뻑이
는 것이 좀 희극적이었다. 그는 씩씩하고 임무에 충실한 전형적인 해
군 장교같이 보였다.

버킨은 허마이어니와 함께 나왔다. 그녀는 추방되었다가 본향을 되찾은 천사같이 황홀해 하며 의기양양해 하는 표정이었다. 그러나 버킨의 팔짱을 끼고 있는 그녀 모습이 묘하게 악녀 같아 보였다. 의심할 바 없이 운명 같은 그녀에게 붙잡혀 있는 그는 표정도 없고 중립적이었다.

제럴드 크라이치가 나왔다. 금발에 잘 생기고 건장하며 정력이 넘쳐 보였다. 그는 자세가 꼿꼿하고 완벽했지만, 그의 귀염성 있고 행복스러운 외모에 은밀하게 번뜩이는 이상한 기운이 감돌았다. 구드룬이 별안간 벌떡 일어나서 나갔다. 그냥 앉아 있을 수가 없었다. 그녀는 혼자 동떨어져 있으면서, 자신의 피의 성질을 통째로 바꿔놓은 이 기이하고 자극성이 강한 접종을 곰곰이 생각해 보고 싶었다.

제2장 숏랜즈 저택

브랑윈 가족들은 벨도버의 집으로 돌아갔고 결혼식 하객들은 크라이치의 저택, 숏랜즈에 모였다. 숏랜즈는 길고 낮고 오래된 집인데 일종의 영주 저택으로, 폭이 좁고 작은 윌리 워터 호수 바로 너머에 있는 낮은 언덕의 꼭대기에 자리 잡고 있었다. 거기선 큰 나무들이 여기저기 드문드문 서 있어 공원 같은 비탈진 초원이 내려다보였고, 좁은 호수 넘어 숲이 우거진 언덕은 탄광이 들어선 골짜기를 완전히 잘 가렸으나, 그곳에서 올라오는 연기는 가릴 수 없었다. 그럼에도 불구하고 그 풍경은 전원적이며 그림같이 아름답고 아주 평화로웠고, 저택은 나름대로 매력이 있었다.

저택은 지금 가족들과 하객들로 붐볐다. 몸이 불편한 아버지는 쉬려고 자리를 떠났다. 제럴드가 주인 역할을 했다. 그는 수수하게 보이는 현관에 서서 다정하고 편안한 자세로 남자 손님들을 맞이하고 있었다. 이런 사교적인 역할을 즐기는 듯했고 미소를 지으며 친절하게 손님을 접대했다.

여자 손님들은, 이 댁의 시집간 세 딸이 이쪽저쪽으로 이끄니, 좀 혼란스럽게 왔다 갔다 했다. 접대 내내 크라이치가(家)의 이 딸 저 딸의 그 특유의 명령조의 목소리가 들렸다. "헬렌, 이쪽으로 당장 와." "마저리, 이리—와요." "아, 저, 위덤 부인—" 치마들이 스치는 소리가 크게 났고, 멋지게 차려입은 부인들이 힐끗 보이고, 어린 애 하나가 현관 쪽으로 뛰어갔다가 오고, 하녀가 바삐 왔다 갔다.

한편 남자들은 조용히 몇 명씩 무리 지어 서서 잡담을 하고 담배를 피우며, 살랑살랑 생기 넘치는 여자들의 세계에 별 관심이 없는 척했다. 그렇지만 여자들의 흥분되고 냉랭한 웃음소리와 계속 떠드는 말소리가 뒤섞여 귀에 맑게 들려 왔기 때문에 그들은 제대로 말을 할 수가 없었다. 남자들은 어색하고 긴장되고 다소 지루해하며 기다렸다. 그러나 제럴드는 자신이 이 피로연의 중심축이란 것을 알면서도 자기가 손님을 접대하는지, 그냥 있는지를 의식하지 못하며 그냥 상냥하고 행복한 듯했다.

갑자기 크라이치 부인이 소리 없이 방 안으로 들어와, 인상이 강하고 해맑은 얼굴로 사방을 두리번거렸다. 부인은 아직 모자를 쓰고 파란색 비단 코트를 입고 있었다.

"어머니, 왜 그러세요?" 제럴드가 물었다.

"아니, 아무것도 아니다!" 부인이 모호하게 대답했다. 그리곤 곧장 버킨에게 갔다. 그는 크라이치 사위 한 명과 말을 하고 있었다.

"버킨 씨, 안녕하셨어요?" 그녀는 다른 손님들은 별로 안중에 없는 듯 나지막한 소리로 인사를 하며 악수를 청했다.

"아, 사모님. 그만 제가 먼저 인사를 못 드렸습니다." 버킨은 금방 어조를 바꿔 대답했다.

"난 여기 있는 사람들 절반가량은 몰라요." 그녀가 낮은 소리로 말했다. 그녀의 사위가 겸연쩍어하며 다른 쪽으로 갔다.

"사모님은 낯선 사람을 좋아하지 않으시지요?" 버킨이 웃으며 말했다. "저 자신도 어쩌다 다른 사람과 같은 방에 있게 되었다고 그 사람을 고려할 이유는 없다고 봅니다, 도대체 왜 꼭 그들을 의식해야 합니까?"

"정말이에요. 맞아요, 맞아!" 부인이 낮고 긴장한 목소리로 대꾸했다. "그냥 여기에 있다는 것뿐이지요. 이 집에 있는 사람들 난통 몰라요. 아이들이 나한테 사람들을 소개하지요—'어머니, 이 분은 모모 씨예요.'라고. 그런데 난 더는 관심이 없어요. 모모 씨와 그의 이름이 무슨 상관이에요?—내가 그자나 그의 이름과 무슨 상관이 있어요?"

부인이 버킨을 올려다보았다. 그를 깜짝 놀라게 했다. 그녀는 좀처럼 다른 이들을 거들떠보지 않기 때문에 그녀가 그에게 말을 걸었을 때 그는 우쭐해졌다. 그는 선이 굵은 부인의 탱탱하고 맑은 얼굴을 내려다보았다. 그러나 무겁게 자기를 보고 있는 그녀의 푸른 눈을 들여다보고 싶지는 않았다. 대신에 그녀의 머리카락이 둥글게 축 처져서 잘 생긴 귀 위로 지저분하게 늘어진 것을 보았다. 그녀의 귀는 깨끗하지 않았다. 그녀의 목도 깨끗하게 씻겨있지 않았다. 그 점에서도 그는 다른 손님들보다 그녀와 같은 부류인 것 같았다. 그러나 그는 속으로, 난 늘 몸을 깨끗이 씻어. 하여튼 목과 귀까지는 씻어, 라고 생각했다.

버킨은 이런 생각을 하면서 살짝 미소를 지었다. 그렇지만 긴장은 했는데, 까닭은 자신과 이 늙수그레한 외톨이 부인이 함께 다른 사람들의 진영에 서서 배신자나 적군처럼 상의한다고 느꼈기 때문이다. 한쪽 귀는 발소리가 나는 뒤로 쫑긋 세우고, 다른 쪽 귀는 무슨 일이 앞으로 생길지 알려고 앞으로 세운 사슴을 닮았다.

"사실 사람들은 별로 문제가 되지 않아요." 그는 더는 말을 잇고 싶지 않은 마음에 이런 말을 했다.

부인은 갑자기 어두운 표정으로 반문하듯 그를 올려다보아 그의 진정성을 의심하는 듯했다.

"'문제가 된다'는 말이 무슨 뜻이요?" 그녀가 날카롭게 물었다.

"많은 사람이 중요한 건 아니라는 말이지요." 그는 하는 수 없이 자신이 원하는 것보다 더 깊은 속내를 털어놓았다. "사람들은 낄낄거리며 경박하게 굴어요. 그들을 싹 쓸어 없애면 좋겠어요. 본질적으로 그들은 존재하지 않는 거지요. 여기에 없는 거예요."

그가 말하는 동안 부인은 그를 유심히 보았다.

"우리가 그들에 대해 상상을 안 하는 거지요." 부인이 날카롭게 말했다.

"상상할 거리가 없어요. 그래서 존재감이 없는 거지요."

"글쎄. 난 그 정도까지는 생각하지 않아요. 존재하건 않건 간에 사람들이 저기에 있는 걸요. 저들의 존재 여부를 결정짓는 건 나한테 달린 일이 아니지요. 난 단지 내가 저들 모두를 중요시하지 않는다는 걸 알 따름이에요. 저들이 어쩌다 이곳에 왔다고 내가 저들을 다 알 수는 없지요. 내 입장에서 보면 저들은 없는 거나 매한가지예요."

"바로 그거예요." 그가 맞장구를 쳤다.

"그렇지요." 그가 같은 말로 대답했다. 그리고 잠시 말이 끊어졌다.

"저 사람들이 여기에 와 있다는 것뿐인데, 그래도 신경 쓰이는 일이에요." 그녀가 말을 했다. "내 사위들이 있어요." 또 독백처럼 말을 이어갔다. "이제 로라가 결혼했으니 또 다른 사위가 생긴 거지요. 그런데 난 사위들을 구분하지 못해요. 사위들은 나에게 와서 어머니라고 불러요. 그들이 나한테 와서는—'어머니, 안녕하셨어요?'라고 말할 것을 알지요. 그러면 어떻든 간에 '난 네 어머니가 아니다.'라고 말을 해야겠지요. 그렇지만 무슨 소용이 있어요? 여기에 떡하니 버티고들 있는데. 내가 낳은 자식들이 있지요. 내 자식들과 다른 여자가 낳은 자식들과는 구분해요."

"그러시겠지요." 그가 말했다.

부인은 버킨에게 말을 하고 있다는 걸 잊었는지 흠칫 놀라 그를 쳐다보았다. 그리곤 무슨 말을 자기가 했는지 잊은 것 같았다.

그녀는 막연히 방을 둘러보았다. 버킨은 그녀가 무얼 찾는지 무슨 생각을 하는지 짐작이 안 갔다. 분명히 아들들을 찾고 있었다.

"우리 애들이 다 여기 있나?" 그녀가 문득 물었다.

버킨은 깜짝 놀라 웃었지만, 걱정도 좀 되었다.

"전 제럴드 외엔 잘 몰라요." 그가 대답했다.

"제럴드!" 부인이 소릴 질렀다. "그 애가 자식 중에서 제일 모자라요. 지금 저 모습을 보면 절대 그런 생각이 안 들 거예요. 그렇지요?"

"네." 버킨이 대답했다.

어머닌 방 건너편의 맏아들을 보더니 얼마 동안 무거운 표정으로 그를 빤히 보았다.

"그래!" 이해할 수 없는 외마디를 그녀가 내뱉었는데 대단히 냉소적으로 들렸다. 버킨은 겁이 덜컥 나면서 이를 감히 인정하지 못했다. 그리곤 그를 잊고는 그녀가 발걸음을 옮겼다. 그러다 가던 길을 되돌아왔다.

"난 저 애에게 친구가 있었으면 해." 그녀가 툭 말을 던졌다. "저 애는 친구가 없거든."

버킨은 무겁게 쳐다보는 부인의 푸른 눈 속을 들여다보았다. 그 표정을 이해할 수 없었다. "제가 아우를 지키는 사람입니까?" 그는 경망스러울 정도로 혼자 중얼거렸다.

그러다 그건 카인이 외친 말이란 기억이 나 좀 충격을 받았다. 그리고 만약 누군가라면? 제럴드가 그 누구보다 카인이었다. 그가 어쩌다 동생을 죽이긴 했지만, 그 또한 카인은 아니었다. 순전한 사고가 있는 법이고 비록 그런 식으로 동생을 죽이긴 했지만, 그 결과는 그의 탓이 아니다. 제럴드는 아이 때 우연한 사고로 동생을 죽였다. 그러면 어떻단 말인가? 우연한 사고를 일으킨 삶에 왜 낙인을 찍고 저주한단 말인가? 사람은 우연히 살고 우연히 죽을 수 있다. 아니면, 그럴 수 없단 말인가? 모든 사람의 목숨은 순전한 사고에 종속돼야 하나? 보편적 기준이 있는 것은 단지 속(屬), 유(類), 종(種)이란 말인가? 아니면, 이것은 진실이 아닌가? 순수한 사고 같은 것은 없단 말인가? 일어나는 모든 것은 보편적인 의미를 지닌단 말인가? 그렇단 말인가? 버킨은 서서 이런 생각을 곰곰이 하면서 크라이치 부인이 그를 잊은 것처럼 그도 그녀를 잊었다.

그는 우연 같은 것은 믿지 않았다. 가장 깊게 속을 들여다보면 죄다 관련을 맺고 있었다.

그가 바로 이런 결정을 내리고 있을 때에 크라이치 딸 하나가 나타나서 말했다.

"어머니, 이쪽으로 오셔서 모자 벗지 않으실래요? 곧 앉아서 식사하실 텐데요. 공식적인 피로연 자리니까요." 딸은 엄마의 팔짱을 끼고 자리를 떴다. 버킨은 바로 옆 사람에게 다가가서 말을 걸었다.

징이 울리며 공식 오찬을 알렸다. 남자들은 눈을 쳐들어 보았지만 아무도 식당 쪽으로 움직이지 않았다. 이 집의 여자들은 그 소리에 별 의미가 없는 것처럼 느끼는 것 같았다. 5분이 지났다. 늙수그레한 하인 크로더가 격노하여 식당 입구에 서 있었다. 그는 제럴드를 호소하듯 쳐다보았다. 제럴드가 선반에 놓여있는 커다랗게 구부러진 소라껍데기를 들고 아무 예고 없이 부서지는 소리를 내었다. 그것은 경각심을 일깨우는 기이한 소리로 심장을 뛰게 했다. 그 소집은 거의 마술적이었다. 모든 사람이 신호를 받은 듯 총총걸음으로 왔다. 손님들은 한 번의 충동으로 식당 쪽으로 움직였다.

제럴드는 여동생이 여주인의 역할을 맡도록, 잠시 기다렸다. 그는 어머니가 그런 역할에 아무 관심 없는 것을 알고 있었다. 그러나 여동생은 단지 사람들 틈에 끼어 자기 자리로 찾아갔다. 따라서 제럴드는 약간 일방적인 태도로 손님들에게 제 자리에 앉도록 지시했다.

전채(前菜)가 식탁 위를 돌아가자 모든 이의 시선이 이에 집중되며 잠시 침묵이 흘렀다. 이 침묵을 뚫고 등 뒤로 긴 머리를 늘어뜨린 열세네 살 되어 보이는 여자애가 침착하고도 차분하게 말했다.

"오빠, 그 괴상한 소릴 낼 땐 아버지가 계신다는 걸 깜빡한 거야."

"그런 건가?" 그가 대답하고는 좌중에 말했다. "아버님이 몸이 좋지 않으셔서 누워 계세요."

"정말, 어떠셔?" 출가한 딸 하나가 큰 소리로 물으며 테이블 한가운데 높이 서 있는 엄청나게 큰 케이크를 슬쩍 둘러보았다. 케이크의 조화가 떨어져 있었다.

"아프신 데는 없는데 좀 피곤하셔." 등 뒤로 머리를 드리운 여자애, 위니프레드가 대답했다.

와인 잔이 채워지고 모든 사람이 떠들썩하게 이야기했다. 테이블 저쪽 끝에는 머리를 둥글게 늘어뜨린 어머니가 앉아 있었다. 옆에 버킨이 앉아 있었다. 그녀는 가끔 몸을 앞으로 구부리고는 줄지어 앉은 사람들의 얼굴을 사나운 시선으로 무례하게 빤히 쳐다보았다. 그리곤 낮은 목소리로 버킨에게 묻곤 했다.

"저 젊은이가 누구요?"

"모르겠는데요." 그가 조심스레 대답했다.

"내가 본 적 있나?" 그녀가 물었다.

"못 보셨을 겁니다. 제가 못 보았는데요." 그가 대답했다. 그녀는 흐뭇해 했다. 그녀가 지쳐 눈을 감으니 평온한 빛이 얼굴에 퍼지고, 편히 쉬고 있는 여왕 같았다. 그러다가 흠칫 놀라면 예의상 약간의 미소를 머금었고 잠깐 기분 좋은 여주인 같았다. 잠시 모든 사람을 환영하고 마음에 든다는 듯이 우아하게 고갤 숙였다. 그러다가 곧이어 어두운 빛이 돌아오면 기분 나쁜 독수리 표정을 짓고 궁지에 몰린 사악한 짐승처럼 눈을 깔고 사람들을 흘리면서 그들 모두를 증오했다.

"엄마, 나 포도주 마셔도 돼요?" 위니프레드보다 약간 나이가 든 딸애인 다이애나가 물었다.

"그래. 마셔도 된다." 그녀가 자동적으로 대답했는데, 이런 질문엔 완전히 무관심했기 때문이다.

다이애나는 하인에게 자기 잔을 채우라는 시늉을 했다.

"제럴드 오빠가 막지 말았어야 하는데." 그녀가 주변 손님들에게 조용히 말했다.

"그래, 괜찮다." 제럴드가 상냥하게 말했다. 그녀는 포도주를 마시면서 도전하는 눈빛을 보냈다.

이 집에는 무질서에 이를 정도의 이상한 자유가 있었다. 그건 해방이라기보다는 권위에 대한 저항이었다. 제럴드는 어떤 주어진 지위 때문이 아니라 성격상 타고난 얼마큼의 위엄이 있었다. 그의 목소리에는 사근사근하지만, 지배적인 면이 있어 그보다 어린 동생들을 움츠러들게 했다.

허마이어니는 국민성에 관해 신랑과 토론을 벌이고 있었다.

"아니요." 그녀가 말했다. "내 생각엔 애국심에 호소하는 것은 잘못이에요. 그건 한 기업체가 다른 기업체와 겨루는 것과 같아요."

"저, 그런 말은 좀처럼 할 수 없지요. 안 그래요?" 토론을 아주 좋아하는 제럴드가 외쳤다. "한 인종을 기업체라 부를 수 없지요. 안 그래요?—그리고 국민성은 대개 인종과 상응한다고 생각해요. 그렇게 되어 있다고 생각해요."

잠시 말이 끊겼다. 제럴드와 허마이어니는 항상 이상하지만 공손하고 평등한 입장에서 맞섰다.

"그래 당신은 인종이 국민성과 상응한다고 생각하세요?" 그녀는 생각에 잠겨 망설이며 무표정한 채 물었다.

버킨은 자신이 끼어들기를 그녀가 기다리는 걸 알고 있었다. 그래서 그는 의무감에서 입을 열었다.

"난 제럴드가 옳다고 생각해요—적어도 유럽에서는 인종이 국민성의 근원적 요소지요."

다시 허마이어니는 말을 끊었다. 마치 이런 언술의 열기가 가라앉기를 기다리는 듯. 그러다 이상한 권위의 태도를 보이며 그녀가 말했다.

"그래요. 그렇다 하더라도 애국적인 호소가 인종적 본능을 향한 호소가 되나요? 그건 오히려 소유적 본능, 상업적 본능에 하는 호소가 아닐까요? 그리고 이것이 우리가 소위 민족성이라고 하는 의미가 아닐까요?"

"뭐 그럴 수도 있겠지요." 이 토론이 때와 장소에 맞지 않는다고 느끼며 버킨이 말했다.

그러나 제럴드는 논쟁의 단서를 이제 잡았다.

"인종엔 상업적인 측면이 있겠지요." 그가 말했다. "사실 그래야 하고요. 그건 한 가족과 같아요. 응당 가족의 식량을 마련해야죠. 그리고 식량을 마련하기 위해선 다른 가족과 국가에 대항해 싸워야지요. 그러지 않아야 할 이유가 없지요."

허마이어니가 다시 말을 멈추다가 오만하고 냉랭한 태도로 대답했다. "그래요. 경쟁심을 유발하는 것은 항상 잘못된 거로 생각해요. 그건 불화를 만들어요. 불화는 쌓이지요."

"그렇지만 경쟁의식을 완전히 없앨 수는 없지요." 제럴드가 대꾸했다. "그건 생산과 개선에 꼭 필요한 유인책 중의 하나지요."

"아니요." 허마이어니가 여유가 있게 대답했다. "경쟁의식은 없앨 수 있다고 생각하는데요."

"난 이 말은 꼭 해야겠는데, 경쟁의식을 혐오해요." 버킨이 말했다. 허마이어니는 천천히 약간은 조롱하는 동작을 취하면서, 손가락으로 잡고 있는 빵 한 조각을 이빨로 물어뜯어 먹고 있었다. 그녀는 버킨 쪽으로 몸을 돌렸다.

"그래요, 경쟁의식을 싫어한다고요?" 그녀는 만족스럽고 친근하게 말했다.

"혐오해요." 그가 되풀이했다.

"그래요." 그녀가 확인하고 만족하여, 작은 소리로 웅얼거렸다.

"그렇지만," 제럴드가 집요하게 말을 이어갔다. "우린 한 사람이 이웃의 생계수단을 앗아가도록 허용치 않지요. 그렇다면 왜 한 국가가 다른 국가의 생계수단을 빼앗아 가도록 허용해야 하는지요?"

허마이어니는 길고 느리게 웅얼거리더니, 갑자기 냉담하고 간결하게 내뱉었다.

"그건 늘 소유물의 문제는 아니지요. 안 그래요? 모든 게 재물의 문제가 아니지 않나요?"

제럴드는 이런 식으로 천박한 물질주의를 암시하는 것에 기분이 상했다.

"그래요. 다소간은." 그가 대꾸했다. "만약에 내가 한 남자의 모자를 벗겨 온다면 그 모자는 그 남자의 자유의 상징물이 되지요. 그가 모자를 찾으려고 나에게 대들면 그는 자유를 위해 싸우는 것이지요."

허마이어니는 처지가 난처해졌다.

"그런데," 그녀는 짜증이나 말했다. "실례를 상상하며 이런 식으로 논쟁을 벌이는 것은 신뢰가 안 가요. 안 그래요? 남자가 나에게 다가와 내게서 모자를 벗겨가지는 않아요. 안 그래요?"

"단지 법이 금지하니까 그렇지요." 제럴드가 말했다.

"법 때문만은 아니지." 버킨이 끼어들었다. '백 사람 중에 아흔아홉 명은 내 모자를 원치 않아요.'

"그건 각자 의견에 따라 다르지." 제럴드가 받아넘겼다.

"아니면 어떤 모자냐에 따라 다르지요." 신랑이 웃으며 끼어들었다.

"그리고 가령 그자가 내 모자를 원한다면, 그러라지," 버킨이 말을 이었다. "내 모자와 내 자유 중에서 무심한 자유인인 나에게 어느 쪽이 더 큰 손실인가를 결정하는 것은, 나에게 달렸지. 만약 내가 하는 수 없이 싸울 입장이 된다면 난 후자를 포기하는 거요. 그건 나의 기분 좋은 행동의 자유와 모자 중 어느 것이 나에게 더 소중 하느냐의 문제지."

"그래요." 허마이어니가 기이한 눈빛으로 그를 쳐다보며 응수했다. "그렇지요."

"그렇지만 실제로 누군가가 당신에게 다가와 모자를 채가도록 두시겠어요?" 신부가 허마이어니에게 물었다.

키가 크고 꼿꼿한 허마이어니가 끌리는 듯 새로운 대화자 쪽으로 얼굴을 천천히 돌렸다.

"아니지." 낄낄 웃음을 참는 듯이 기이하고 낮은 어조로 그녀가 대답했다. "아니, 그 누구도 내 모자를 벗겨가게 하진 않을 거야."

"그래, 어떻게 막을 거요?" 제럴드가 물었다.

"모르겠는데요." 허마이어니가 천천히 대답했다. "아마 그자를 죽여야겠지요."

그녀의 어조엔 낄낄 웃음이 이상하게 스며있었다. 그 태도엔 살의를 믿게 하는 위험스런 기미가 엿보였다.

"물론 난 루퍼트 자네의 처지를 이해하네." 제럴드가 말했다. "자네에겐 모자와 마음의 평화 어느 쪽이 더 중요한가의 문제구먼."

"몸뚱이의 평화지." 버킨이 말했다.

"그거야 자네가 좋아할 대로 하고." 제럴드가 이어서 말했다. "그런데 이런 문제를 국가의 경우엔 어떻게 결정하지?"

"하느님 맙소사!" 버킨이 웃으며 말했다.

"그래, 결정해야 한다면?" 제럴드가 집요하게 물고 늘어졌다.

"그렇다면 답은 똑같지, 뭐. 나라의 왕관이 낡아빠진 모자라면 도씨보고 가져가시라 그러지, 뭐."

"그렇지만 나라 혹은 민족의 왕관이 낡아빠진 모자일 수가 있어?" 제럴드가 재차 물었다.

"많은 경우엔 낡은 모자일 걸." 버킨이 대답했다.

"난 그런 확신이 안 서는데." 제럴드가 응수했다.

"루퍼트, 난 동의 안 해요." 허마이어니가 말했다.

"됐어요." 버킨이 대답했다.

"난 전적으로 나라의 낡은 모자를 택하겠네." 제럴드가 웃으며 말했다.

"그 안엔 바보가 앉아 있겠지." 막 10대에 들어선 그의 여동생이 당돌하게 외쳤다.

"아, 우린 이 낡은 모자 타령을 통 이해할 수가 없어요." 로라 크라이치가 큰 소리로 떠들었다. "제럴드 오빠, 이제 그런 말은 끝내요. 축배를 들려고 해요. 자, 축배를 듭시다. 축배요. 잔들을 듭시다. 자, 건배! 건배 제의를 해주세요! 건배 제의요!"

버킨은 민족이나 국민의 죽음을 생각하면서 자기 잔이 샴페인으로 채워지는 걸 보았다. 거품이 잔의 가장자리까지 차오르자, 하인은 물러났다. 버킨은 막 잔이 채워진 것을 보자 갑자기 갈증을 느껴 샴페인을 단숨에 마셔버렸다. 방 안의 분위기가 좀 야릇해지자 제정신이 들었다. 그는 굉장히 거북스러웠다.

"내가 어쩌다 마신 건가? 아니면 고의로 마신 건가?" 그는 스스로 물었다. 속된 말로 "고의적으로 우연히" 마신 것이라 결정했다. 그는 샴페인을 따랐던 하인 쪽으로 고개를 돌려 쳐다보았다. 하인은 하인 특유의 불만스런 발걸음을 조용히 옮기며 그에게 왔다. 버킨은 축배가 싫었고, 하인들과 그곳에 모인 사람들, 대부분의 그런 몰골의 인간이 혐오스럽다는 생각이 들었다. 그러다 일어서서 건배 제의를 했다. 그러나 어쨌든 모든 것이 역겨웠다.

마침내 오찬이 다 끝났다. 남자 여럿이 정원으로 걸어나갔다. 잔디밭과 꽃밭이 있었고, 작은 들판과 공원 경계지역엔 철책이 둘러쳐 있었다. 풍경이 마음에 들었다. 나무 아래로 낮은 호숫가를 따라 큰길이 곡선을 그리며 나 있었다. 봄날 기운 속에 호숫물이 반짝였고, 건너편의 숲은 새싹들이 돋아나 자줏빛을 띠고 있었다. 잘생긴 저 지종(種)의 젖소가 철책 가로 와서 사람들에게 매끄러운 주둥이를 내밀며 거칠게 숨을 쉬었다. 빵조각을 바라는 것 같았다.

버킨이 철책에 몸을 기댔다. 젖소 한 마리가 그의 손에 축축한 더운 기운을 내보냈다.

"귀여운 소예요. 아주 귀여워요." 사위 중의 한 사람인 마샬이 말했다. "이 젖소들은 최고의 우유를 내줘요."

"그래." 버킨이 대답했다.

"아, 내 귀염둥이, 아 예뻐라!" 마샬이 야릇한 고음의 가성으로 떠드니, 버킨이 위까지 경련이 날 정도로 웃었다.

"럽튼, 그런데 경주에서 누가 이겼어?" 그는 웃음을 숨기려고 신랑에게 큰 소리로 물었다.

신랑이 입에서 피우던 시가를 뺐다.

"경주라고요?" 신랑이 외쳤다. 그리고 잔잔한 미소가 그의 얼굴에 퍼졌다. 그는 교회 문 앞까지 달려간 일에 대해 말하고 싶지 않았다. "우린 동시에 도착했어요. 신부가 먼저 교회 문에 손을 대었지만 전 신부 어깨에 손을 댔거든요."

"이게 무슨 소리야?" 제럴드가 물었다.

버킨이 그에게 신부와 신랑의 달리기에 대해 말해주었다.

"흠!" 제럴드가 못마땅해 하며 물었다. "그래, 자네들은 왜 늦었어?"

"럽튼이 인간의 불멸성에 대해 떠들었지. 그러다가 목구두의 단추 걸이를 못 찾았어." 버킨이 설명했다.

"아니, 맙소사!" 마샬이 소리쳤다. "혼인날에 영혼의 불멸성이라! 그래, 그보다 나은 생각이 없었어?"

"그게 뭐가 잘못된 말인가?" 수염을 바짝 깎은 해군 장교인 신랑이 예민하게 낯을 붉히며 물었다.

"결혼 대신에 교수형 받으러 가는 사형수의 말 같구먼. 영혼의 불멸성이라!" 그 사위가 우스워 죽겠다는 듯 다시 떠벌였다.

그러나 주위 사람들이 그의 말에 아무런 반응을 보이지 않았다.

"그래, 결론은 어떻게 내렸나?" 형이상학적인 말을 주고받을 생각에 귀를 쫑긋 세우며 제럴드가 물었다.

"이봐, 자넨 오늘 영혼이 필요 없어." 마샬이 말했다. "오늘 같은 날엔 방해될 걸세."

"제기랄! 이봐, 마샬! 어디 딴 데 가서 얘기해." 제럴드가 더는 못 참고 소리 질렀다.

"제발이지, 가겠소이다!" 마샬이 분이 나서 말했다. "이건 지나치게 영혼 운운하며 말이 많아서—"

마샬이 화가 나서 자리를 떴다. 제럴드는 화가 난 눈으로 그를 째려보다가 뚱뚱한 체구의 그가 멀리 사라지자 천천히 차분하고 나긋나긋한 표정으로 바뀌었다.

"럽튼, 한 가지 확실한 것은 있네." 제럴드가 갑자기 신랑 쪽으로 고갤 돌리며 말했다. "로라는 언니 로티처럼 우리 집안에 저런 멍청이는 안 데려온다는 거지."

"그런 말로 위로를 삼게." 버킨이 신랑에게 말했다.

"전 그의 말에 전혀 개의치 않아요." 신랑이 웃으며 말했다.

"그런데 이 달리기란 뭐지―누가 시작했어?" 제럴드가 물었다.

"우리가 그만 늦었어. 우리의 마차가 막 도착했을 때 로라가 교회 묘지 층계 맨 꼭대기에 서 있었어. 신랑이 자길 향해서 막 뛰어가는 것을 보자 신부 로라가 교회 쪽으로 뛰기 시작했어. 그런데 자네 왜 그렇게 골이 나 있나? 이 일이 자네 가문의 명예를 손상했다고 생각이라도 하는 건가?"

"분명히 그렇지." 제럴드가 말했다. "자네, 일하려면 제대로 해. 제대로 못 하겠거든 그만두던가."

"아주 멋진 금언이군." 버킨이 말했다.

"그래 동의하지 않나?" 제럴드가 물었다.

"물론이지." 버킨이 응수했다. "단지 자네가 금언적으로 나오면 난 싫증이 난단 말이야."

"제기랄, 이봐. 자넨 모든 금언이 자네 식으로 되길 바라지." 제럴드가 말했다.

"아니, 난 아예 내 앞에서 치워버리고 싶어. 그런데 자넨 항상 내 길에다 쑤셔 넣는단 말이야."

제럴드는 이런 익살스러운 말에 기분 나쁘게 웃었다. 그리곤 눈썹을 치켜뜨며 일축하는 몸짓을 했다.

"자넨 모든 것에 행동의 기준이 있다는 것을 믿지 않지?" 제럴드가 비판적인 말로 버킨에게 도전했다.

"기준—안 믿어. 기준이란 것을 증오해. 그렇지만 어중이떠중이한테는 필요하겠지. 주관이 있는 사람은 있는 그대로 하고 싶은 대로 행동하지."

"있는 그대로라니 무슨 뜻이야?" 제럴드가 물었다. "금언이야? 케케묵은 상투어야?"

"내 뜻은 그냥 자기가 하고 싶은 대로 하는 거야. 내 생각에 로라가 럽튼을 보자 교회 문을 향해 냅다 달려간 것은 완전히 자연스러운 행동이었지. 그건 완전 자연스러운 행동의 걸작품이었어. 이 세상에서 충동에 따라 자발적으로 행동하는 게 제일 힘들지—그건 유일하게 진정 고상한 일이야—단, 할 만한 자격이 있어야지."

"내가 그 말을 진정으로 받아들이길 기대하는 것은 아니지?" 제럴드가 물었다.

"아니. 자네야말로 내가 이 말을 받아들이길 바라는 몇 안 되는 사람 중 하나야."

"그렇다면 난 여하튼 자네 기대에 부응 못 하겠네. 자넨 사람들이 하고 싶은 대로 행동해야 한다고 했지."

"내 생각에 사람들은 늘 그런다고 봐. 그렇지만 난 사람들이 속에 품고 있는 순수한 개성에 따라 독자적으로 행동하길 바라. 그런데 사람들은 집단으로 움직이는 것만 좋아한단 말이야."

"그런데 난 말이야, 자네가 말하는 소위 사람들이 개성적으로 자연스레 행동하는 세상에 사는 건 원치 않네." 제럴드가 말했다. "5분 안에 모든 사람이 다른 사람의 목을 자를 거야."

"그건 자네야말로 모든 사람의 목을 자르고 싶다는 말이지."

"어떻게 그런 말이 나오지?" 제럴드가 골이 나서 물었다.

"그 아무도 말이야." 버킨이 말을 이었다. "자기가 원치 않는 한 그리고 다른 사람이 원치 않는 한, 다른 사람의 목을 자르지 않지. 이건 완전한 진리야. 살인이 성립되려면 두 사람이 필요해. 살인자와 피살자. 그리고 피살자는 살인 당할 만한 사람이지. 살인 당할 만한 사람이란 마음속으로 은근히 자신이 피살되길 바라는 사람이지."

"자넨 가끔 완전히 허튼소릴 한단 말이야." 제럴드가 말했다. "사실 우리 중 그 누구도 자기 목이 달아나는 것을 원치 않아. 대부분 사람은 누군가가 다른 사람의 목을 대신 치길 바라지—언제고 말이야—"

"그건 고약한 생각이야, 제럴드." 버킨이 말했다. "그런 생각을 하니까 자넨 자신을 무서워하고 불행할까 겁먹지."

"어떻게 내가 자신을 무서워해?" 제럴드가 물었다. "그리고 난 불행하다고 생각 안 해."

"자넨 분명히 자네 내장이 잘리는 욕망을 은근히 품고 있고, 모든 사람이 자네를 해치려고 소매 속에 칼을 감추고 있다고 상상하고 있어." 버킨이 말했다.

"어떻게 그렇게 유추하지?" 제럴드가 물었다.

"자네 말에서지."

두 남자 사이는 기이한 적의로 인해 잠시 말이 끊어졌다. 그것은 사랑에 더 근접한 감정이었다. 그 둘 사이는 항상 그러했다. 항상 그들의 대화는 둘을 치명적으로 가깝게 접촉하게 하였고 기이하고 위험스런 친교에 이르게 했다. 그건 증오 아니면 사랑의 감정, 또는 두 가지가 합친 감정이었다. 그들은 겉보기로는 무덤덤하게 헤어졌다. 마치 그들의 헤어짐은 사소한 일인 양 말이다. 하지만 각자의 가슴은 상대방의 가슴에서 불이 옮아와 타고 있었다. 그들은 속으로는 서로에게 불을 질렀다. 이 사실을 그들은 절대로 인정하지 않았다.

그들은 그들의 관계를 자연스러우며 자유롭고 편한 우정으로 지닐 작정이었다. 그들 사이에 가슴앓이를 있게 하여 사내답지도 부자연스럽게도 놔두진 않을 것이었다. 그들은 남자들 사이의 깊은 우정을 조금만치도 믿지 않았다. 이러한 불신이 그들의 강력하고 절제하는 우정이 더 발전되는 것을 막았다.

제3장 교실

하루의 학교 수업이 끝나가고 있었다. 교실에서는 마지막 수업이 진행 중이었고 평화롭고 조용했다. 초급 식물학 시간이었다. 책상 위에는 꽃차례와 개암나무, 버드나무가 널려 있고 학생들이 그것을 그리고 있었다. 그러나 오후가 끝나가고 있어서 하늘은 어두웠다. 그림을 그리기엔 빛이 별로 없었다. 어슐라는 교실 앞에 서서 질문을 하여, 학생들이 꽃차례의 구조와 의미를 이해하도록 가르치고 있었다.

짙은 구리 색깔의 빛이 서쪽 창문을 통해 들어와 학생들의 머리 윤곽을 붉은 황금빛으로 물들이고 건너편 벽엔 황금색 붉은빛을 드리웠다. 그러나 어슐라는 이런 광경을 거의 의식하지 못하고 있었다. 그녀는 마음이 바빴다. 하루가 끝나가고, 만조가 되어 곧 숨죽여 밀물처럼 쏠려나갈 평화로운 조수처럼 수업이 진행되었다.

이날도 그 많은 날처럼 꿈결 같은 활동 속에서 지나갔다. 끝에 가서는 시작한 것을 마무리하기 위해 좀 서둘렀다. 어슐라는 학생들에게 질문을 계속 던졌다. 끝나는 종이 울릴 때쯤에는 학생들이 알아야 할 것을 죄다 알 수 있도록 하기 위해서였다. 그녀는 교실 앞 그늘진 곳에 서서 손에 꽃차례를 들고 학생들을 향해 몸을 구부리며 가르치는 일에 정신을 쏟고 있었다.

그녀는 교실 문이 찰칵하는 소릴 들었지만, 눈길을 주진 않았다.

갑자기 흠칫 놀랐다. 그녀는 가까이 있는 불그스름한 구리색 빛살 속에서 한 남자의 얼굴을 보았다. 한 얼굴이 불꽃처럼 광채를 내며 그녀를 주시하면서, 그녀가 의식하길 기다렸다. 그녀는 무지무지하 게 놀랐다. 기절하는 줄 알았다. 억눌려 있던 모든 잠재의식의 공포 감이 겉으로 튀어나와 괴로웠다.

"놀라셨어요?" 버킨은 그녀와 악수하며 물었다. "제가 들어오는 소릴 들으신 줄 알았습니다."

"못, 못—들었어요." 어슐라는 말이 안 나와 더듬었다.

그는 미안하다며 웃었다. 어슐라는 왜 그가 우스워하는지 의아 했다.

"교실 안이 너무 어둡군요. 불을 켤까요?" 그가 말했다.

그리곤 그가 옆으로 움직여 촉수가 높은 전깃불을 켰다. 교실 안 이 눈에 확 들어오면서 눈이 부셨다. 그가 들어오기 전엔 마술처럼 은은한 빛이 부드럽게 가득 메웠던 교실이 완전 낯선 곳이 되었다. 버킨은 호기심에 어슐라 쪽으로 몸을 돌려 쳐다보았다. 그녀의 눈 은 휘둥그레지고 의아하며 어리둥절한 표정이고 입술은 약간 떨렸 다. 갑자기 잠에서 깨워진 사람 같았다. 그녀의 얼굴에서 부드러운 새벽빛이 비치는 것처럼, 살아있는 부드러운 아름다움이 풍겼다. 그 는 장학사란 공적인 입장을 떠나 마음속으로 기뻐하며 새로운 즐거 움에 그녀를 쳐다보았다.

"꽃차례를 가르치고 있어요?" 그는 앞에 있는 학생의 책상에서 개암나무 가지를 집어 들며 물었다. "꽃차례가 이 정도로 자랐습니 까? 올해엔 아직 보질 못했어요."

그는 손안의 개암나무 꽃차례의 겉 술을 정신을 놓고 보고 있었다.

"빨간 술도 나왔군요!" 그는 암술에서 나온 진빨강 술을 들여다 보았다.

그리고는 학생들 사이로 들어가서 식물 교본을 보았다. 어슐라 는 그가 진지하게 앞으로 나아가는 걸 보았다. 그의 동작에는 고요 가 깃들어 있어 그녀의 심장이 숨을 죽였다. 그녀는 자신이 정지된 침묵 속에 비켜서서, 다른 집중된 세계에서 그가 움직이는 것을 보 는 듯했다. 그의 몸가짐이 아주 조용해서 마치 하나로 통합된 대기 속의 공간 같았다.

그가 갑자기 그녀를 향해 고개를 들었고, 그녀의 심장은 그의 목 소리가 들리자 두근거렸다.

"학생들에게 크레용을 나눠줄래요?" 그가 말했다. "그러면 학생 들이 암꽃은 빨갛게, 양성(兩性)의 꽃은 노랗게 칠할 수 있지요. 나 는 다른 색은 쓰지 않고 단지 빨강과 노란색 분필로만 확실하게 그 리겠어요. 이런 경우 선은 거의 중요치 않지요. 한 가지 사실만 강 조하면 되지요."

"우리 반엔 크레용이 없는 걸요."

"어딘가에 있을 거예요—빨강과 노란색만 있으면 되니까."

어슐라가 찾아보게 남학생 한 명을 내보냈다.

"이렇게 칠하면 책이 지저분해질 텐데요" 어슐라가 얼굴을 붉히 며 말했다.

"별로 그렇지 않을 겁니다. 이런 것들은 분명하게 표시를 해둬야 합니다. 당신이 강조하고 싶은 것은 사실이지, 주관적인 인상을 기 록하려는 것은 아니지요. 여기에서 무엇이 사실이지요?—암꽃의 작 은 빨간 암술머리와 늘어진 노란 수술 꽃차례와 한쪽에서 다른 쪽으로 날아가는 노란 꽃가루지요. 이 사실을 그림으로 잘 표시하는 것이지요. 학생들이 사람 얼굴을 그릴 때—눈 두 개, 코 하나, 이가 있는 입을 그리듯 말입니다—그래야—" 그리곤 버킨은 흑판에 그림을 그렸다.

그 순간에 다른 모습이 교실 문 유리를 통해 보였다. 허마이어니 로디스였다. 버킨이 가서 문을 열어주었다.

"당신 차를 봤어요." 그녀가 그에게 말했다. "내가 들어가서 구경을 해도 돼요? 당신이 장학관으로 일하는 모습을 보고 싶었어요."

허마이어니는 버킨을 친근하고 장난스럽게 오랫동안 쳐다보다 잠시 웃었다. 그리곤 어슐라에게 시선을 돌렸다. 어슐라는 반 학생 모두와 이 두 연인이 벌이는 광경을 보고 있었다.

"브랑윈 선생님, 안녕하셨어요?" 그녀는 야릇하게 코맹맹이 소리로 노래하듯 천천히 인사를 했다. 그 인사는 마치 그녀를 조롱하는 투처럼 들렸다. "내가 들어가도 될까요?"

그녀의 잿빛이 도는 냉소적인 시선이 어슐라에게 내내 머물렀는데 마치 어슐라의 인격을 가늠이라도 하는 듯했다.

"아, 괜찮아요." 어슐라가 대답했다.

"정말이에요?" 허마이어니가 완전히 냉랭하고 야릇하게 을러대는 듯한 뻔뻔스러운 태도로 재차 물었다.

"아 괜찮아요. 아주 좋습니다." 어슐라가 좀 흥분되고 당혹스러워서 웃으며 대답했다. 그 까닭은 허마이어니가 그녀와 아주 친근한 사이인 양 바짝 가까이 다가서며 강요하다시피 물었기 때문이다. 그렇지만 그녀와 어떻게 친근해질 수 있단 말인가?

어슐라의 대답이 바로 그녀가 원했던 것이다. 그녀는 흡족해서 버킨 쪽으로 몸을 돌렸다.

"무얼 그리고 있어요?" 그녀가 호기심에 찬 어조로 편하게 지저 귀었다.

"꽃차례요." 버킨이 대답했다.

"정말이네! 그런데 학생들이 어떤 점을 배우나요?" 그녀는 이 일 전체를 조롱이나 하듯 놀리는 듯한 장난기 어린 어조로 말했다. 그 녀는 버킨이 열중해 있는 모습에 자극을 받아 꽃차례 한 개를 잡 아 들었다.

그녀는 교실과 안 어울리는 희한한 모습이었다. 초록빛이 도는 오 래된 큰 망토를 입고 있었는데 흐린 황금색의 돋을무늬가 있는 옷 감이었다. 목까지 올라온 옷깃과 망토의 안쪽은 검은 모피로 안을 대었다. 망토 안에는 멋진 연보랏빛 드레스를 입었는데 그 가장자 리는 모피로 장식되었다. 모자는 꼭 끼는 스타일인데 모피와 흐릿 한 초록색과 황금색 무늬 옷감으로 만든 것이었다. 그녀는 키가 크 고 좀 기이해서, 어떤 괴이하고 새로운 그림에서 걸어 나온 듯했다.

"열매를 맺는 이 작은 빨강 암꽃을 알고 있어요? 이걸 본 적이 있 어요?" 버킨이 그녀에게 물었다. 그리곤 가까이 다가와 그녀가 들고 있는 가지에서 그 부분을 가리켰다.

"아니요. 이것들이 뭔데요?"

"이것들은 작은 씨를 만드는 꽃이고, 저 긴 꽃차례는 꽃가루를 만 들어내 수정을 하지요."

"그렇군요! 정말 그렇군요!" 허마이어니가 자세히 관찰하며 되풀 이해 물었다.

"이 작은 빨간 것들에서 열매가 생겨요. 단 저 긴 수술한테서 꽃가루를 수정받아야 해요."

"작은 빨간 꽃술이, 자그마한 빨간 꽃술이." 허마이어니가 혼자 중얼거렸다. 그리곤 하늘거리는 빨간 꽃술이 달린 암술머리만 얼마 동안 보고 있었다.

"예쁘지 않아요? 정말 예쁘네요." 그녀는 버킨에게 가까이 다가와 빨간 꽃술을 자신의 길고 하얀 손가락으로 가리키며 말했다.

"전에 본 적이 없어요?" 그가 물었다.

"네. 전혀 본 적이 없어요." 그녀가 대답했다.

"이제는 늘 눈여겨보게 되겠군요." 그가 말했다.

"앞으로는 늘 눈여겨볼 거예요." 그녀가 되풀이해 말했다. "나에게 이런 걸 알려줘서 고마워요. 너무나 아름답게 보여요—저 작은 빨간 꽃들이—"

암꽃에 홀린 그녀의 모습은 기이하고 거의 황홀경에 빠진 듯했다. 버킨과 어슐라는 잠시 잠자코 있었다. 그 작고 빨간 암술 꽃은 허마이어니에게 어떤 기이하고 신비스러운 강한 매력을 발휘했다.

수업이 끝나고 교과서는 치워지고, 마침내 학생들은 떠났다. 그런데 허마이어니는 여전히 책상에 앉아 있었다. 손으로 턱을 괴고 팔꿈치는 책상에 대고 길고 하얀 얼굴을 치켜들며 아무것도 보지 않고 있었다. 버킨은 창가로 가서 눈부시게 전깃불이 켜진 교실에서 잿빛인, 창백한 바깥을 내다보고 있었다. 비가 소리 없이 내리고 있었다. 어슐라는 자기 물건들을 정리장에 챙겨 넣었다.

마침내 허마이어니가 일어나 그녀 가까이 왔다.

"동생이 집에 와있나요?" 그녀가 물었다.

"그래요." 어슐라가 대답했다.

"동생이 벨도버에 돌아와서 좋아하나요?"

"아니요." 어슐라가 대답했다.

"그렇죠. 글쎄, 동생이 참아낼 수 있을지 의문이에요. 내가 이곳에 머물 때면 이 지역의 흉측함을 견뎌내려고 젖먹던 기운까지 내요. 언제 우리 집에 놀러 오시겠어요? 동생과 같이 브레덜비에 오셔서 며칠 묵으시겠어요?—꼭 오세요—"

"대단히 고맙습니다." 어슐라가 대답했다.

"그럼 초청장을 보내겠어요." 허마이어니가 말했다. "동생이 올 것 같아요? 오신다면 너무나도 기쁠 거예요. 동생은 대단해요. 동생의 작품은 참으로 훌륭해요. 나에게 두 마리 할미새 목각 작품이 있는데, 색이 입혀진 거예요—어쩌면 보셨을 거예요?"

"아니요." 어슐라가 대답했다.

"그건 완전히 경이로워요—본능의 번뜩임이랄까—"

"동생의 작은 조각품은 진짜 기묘해요." 어슐라가 대꾸했다.

"완벽하게 아름다워요—원시적인 열정이 물씬 풍겨요—"

"동생분이 늘 작은 작품만 좋아하니 좀 묘하지 않아요?—새나 작은 동물 같은, 사람들의 손안에 쏙 들어오는 작은 작품만 늘 하는가 봐요. 동생분은 쌍안경의 반대쪽을 들여다보고 세상을 그런 식으로 읽기를 좋아하나 봐요—왜 그런다고 생각하세요?"

허마이어니가 초연한 듯 객관적인 관찰의 시선으로 어슐라를 오랫동안 내려다보았고, 나이 어린 어슐라는 이에 좀 흥분이 되었다.

"그래요." 허마이어니가 마침내 입을 열었다. "신기해요. 자그마한 것들이 동생에게 더 섬세하게 보이는 것 같아요—"

"그렇지만 작다고 그런 건 아니지요. 안 그래요? 가령 생쥐가 사자보다 더 섬세한 것은 아니지요. 안 그래요?"

허마이어니가 다시 찬찬히 훑어보며 어슐라를 내려다보았다. 자기 생각의 가닥을 계속 이어가며 상대방의 말에는 거의 신경을 쓰지 않는 듯했다.

"모르겠네요." 어슐라가 대답했다.

"루퍼트, 루퍼트!" 허마이어니가, 부드럽게 노래 부르듯이, 불렀다. 그가 말없이 다가왔다.

"작은 것이 큰 것보다 더 섬세한가요?" 그녀가 이 질문으로 그를 놀리는 양, 목소리에 야릇한 불평의 웃음을 섞으며 물었다.

"몰라요." 그가 대답했다.

"전 섬세한 것들을 싫어해요." 어슐라가 말했다.

허마이어니가 그녀를 천천히 쳐다보았다.

"그래요?"

"난 항상 섬세함은 연약함의 표시라고 생각해요." 어슐라가 자신의 위신이 위협받는 양 반기를 들며 말했다.

허마이어니는 전혀 신경을 쓰지 않았다. 갑자기 그녀의 얼굴에 주름이 잡혔다. 생각하느라 이마를 찌푸렸다. 무슨 말을 꺼내려고 애를 쓰느라―얼굴이 일그러진 것 같았다.

"루퍼트, 정말로 그렇게 생각해요?" 그녀가 어슐라는 아예 없는 양 물었다. "그런 식의 교육이 정말로 가치 있다고 생각해요? 아이들의 의식을 일깨워주는 것이 더 좋다고 정말 생각해요?"

검은빛이, 무언의 분노 빛이, 그의 얼굴에서 번뜩였다. 그의 뺨은 움푹 파이고 창백하여, 거의 소름이 끼쳤다. 그리고 허마이어니는 양심을 괴롭히는 질문을 진지하게 던지며 그의 급소를 건드려 아프게 했다.

"학생들의 의식을 일깨운 게 아니에요." 버킨이 말했다. "아이들이 좋든 싫든 의식은 하게 돼 있어요."

"그렇지만 아이들의 의식을 일깨워 자극하는 것이 더 좋다고 생각해요? 암수 개암나무에 대해 모른 채 있는 것이, 이 모든 것을 낱낱이 파헤치지 않고 하나의 온전한 전체로 알고 있는 것이 아이들에게 더 좋지 않을까요?"

"당신은 작은 빨간 꽃이 꽃가루를 찾아 길게 내미는 것을 아는 편을 원해요? 모르는 편을 원해요?" 버킨이 거칠게 물었다. 그의 목소리가 야수 같고 경멸적이고 잔인하게 들렸다.

허마이어니는 얼굴을 쳐들고 멍하니 있었다. 버킨은 골이 나서 잠자코 있었다.

"몰라요." 그녀가 약간 주저하면서 대답했다. "모르겠어요."

"그렇지만 아는 것이 당신에겐 모든 것이고, 당신의 삶의 모든 것이지." 그가 화를 터뜨리며 말했다. 그녀가 그를 천천히 쳐다보았다.

"그런가요?" 그녀가 물었다.

"아는 것이 당신의 모든 것이고 그것이 당신의 삶이요─당신에겐 이것, 이 지식만이 존재하지요." 그가 외쳤다. "당신은 입만 열면, 오로지 이 지식의 나무, 선악과만을 입에 달고 있어요."

또다시 그녀는 얼마 동안 잠잠했다.

"그런가요?" 그녀가 마침내 여전히 태연자약한 태도로 응수했다. 그러다가 호기심이 발동한 변덕스러운 어조로 물었다. "무슨 과일이지요, 루퍼트?"

"그 영원의 사과 말이요." 그는 자신의 비유적인 말에 증오가 일었고, 화가 치밀어 대답했다.

"그래요." 그녀가 대답했다. 그녀에겐 지친 기색이 완연했다. 얼마 동안 침묵이 흘렀다. 그러다 허마이어니가 부르르 떨고 몸을 추스른 다음, 편하고 단조로운 어조로 다시 말을 이었다.

"그렇지만, 루퍼트, 나의 경우는 접더라도, 아이들이 이런 지식을 알아서 더 좋아지고 풍요로워지고 더 행복해진다고 생각해요? 정말 그렇다고 생각해요? 아니면 아이들의 의식을 안 건드려 자발적으로 살게 그냥 두는 게 더 낫지 않을까요? 아이들이 자의식에 가득 차고 자발적으로 살지 못하게 되느니 차라리 그 무엇이든, 아니 조잡하고 사납고 순수한 동물로 남는 편이 더 낫지 않을까요?"

버킨과 어슐라는 그녀의 말이 끝난 줄 알았다. 그러나 그녀는 목 안에서 이상한 소리를 내며 웅얼거리더니 다시 말을 이어갔다. "그 애들이 정신적인 절름발이로, 감정적인 절름발이로 자라—그토록 되던져져서—그토록 자신에게 돌아가서—자발적인 행동은 전혀 할 수 없어서, 언제나 고의적으로, 언제나 선택이란 부담을 안고, 휩쓸려 가느니, 차라리 그밖에 다른 상태가 더 낫지 않을까요?" 그녀는 몽환경에 빠진 양 주먹을 움켜쥐고 말했다.

다시 버킨과 어슐라는 그녀가 말을 끝낸 줄 알았다. 그러나 버킨이 막 대답을 하려고 할 때 그녀가 야릇하고 몽환적인 말을 다시 이었다—"자기 자신을 벗어나 결코 열중하지 못하고, 언제나 의식적이며 언제나 자의식적이며, 자신만을 의식하는 것보다 차라리 아무것이라도 되는 것이 더 낫지 않아요? 동물이 되는 것이 낫지 않나요, 이, 이 무와 같은 상태보다 지성이 전혀 없는 순수한 동물 상태가 더 낫지 않나요?"

"그래, 당신은 지식이 우리를 삶답게 살지 못하게 하고, 자의식적으로 만든다고 생각해요?" 그가 골이 나서 물었다.

그녀는 눈을 뜨고 그를 천천히 보았다.

"그래요." 그녀가 대답했다. 그러면서 말을 멈추고 내내 흐릿한 눈빛으로 그를 빤히 보았다. 그러다 지친 듯 손가락으로 이마를 쓸었다. 그게 그를 비통하게 괴롭혔다. "그건 지성이고 또 그건 죽음이에요." 그녀가 그를 향해 눈을 천천히 치켜떴다. 그녀는 몸을 떨며 말을 이었다. "지성, 바로 그것이 우리의 죽음이 아닌가요? 지성이 우리의 모든 자발성을 파괴하고 우리의 모든 본능을 파괴하지 않나요? 오늘날의 젊은이들이 진정 살 기회를 얻기 전 정말로 죽은 채 자라고 있는 것은 아닌가요?"

"그들은 지성이 너무 과해서가 아니라 너무 적기 때문이요." 버킨이 잔인하게 쏘아댔다.

"정말 그렇다고 믿어요?" 그녀가 외쳤다. "내 생각엔 그 반대예요. 젊은이들이 지나치게 의식적이며, 죽도록 의식에 짓눌려 있어요."

"제한되고 거짓된 일련의 개념에 갇혀서요." 그가 소리쳤다.

그러나 그녀는 전혀 개의치 않고 자신의 광상적인 질문만 퍼부었다.

"우리가 지식을 갖고 있으면 지식 외의 모든 것은 잃어버리지 않나요?" 그녀가 가엾다는 듯이 물었다. "만약에 내가 꽃에 대해 알게 되면 꽃은 놓치고 지식만 얻는 건 아닌가요? 우리가 실체를 그림자와 바꾸는 건 아닌가요? 우린 삶을 저버리고 지식이란 죽은 덩어리를 끌어안는 꼴이 아닌가요? 결국, 이런 것이 나에게 무슨 소용이 있나요? 앎 모두가 나에게 무슨 의미가 있나요? 그건 아무 의미 없어요."

"당신은 말만 주워섬기는 거요." 버킨이 말했다. "지식은 당신에게 모든 것을 의미해요. 당신의 동물주의조차 머리로 원하는 거요. 당신은 진짜 동물이 되기를 바라는 것이 아니고 자신의 동물적인 기능을 관찰하길 원하는 거요. 동물적 기능에서 지적인 희열을 느끼기를 바라는 거요. 이런 것은 죄다 부차적이죠—가장 편협한 주지주의보다 더 퇴폐적이지요. 열정과 동물적 본능에 대한 당신의 애정이란, 주지주의의 최악이고 최후의 형태가 아니면 뭐란 말이요? 열정과 본능—당신이 이들을 대단히 원하는데 단지 머리로, 생각으로만 원하는 거지. 그 모든 것이 죄다 당신의 머릿속에서, 당신의 그 두개골 안에서 일어나는 거지. 실제로 있는 것을 의식하지 않으려 하고, 당신의 나머지 사상과 어울릴 허위를 원할 따름이지."

허마이어니가 이런 공격을 받고 몸이 굳어져 독기를 풍기고 있었다. 어슐라는 경이와 수치심에 쌓여 서 있었다. 이들이 서로 증오하는 현장을 목격하니 겁이 났다.

"이것은 죄다 샬롯성의 귀부인*이 하는 타령이지." 버킨이 강하고 초연한 큰 소리로 말했다. 그는 불투명한 공간 앞에서 그녀를 비난하는 것 같았다. "당신에겐 그 거울이 있어. 당신 자신의 고정된 의지 말이요. 당신의 불멸하는 이해력, 꽉 짜인 당신의 의식 세계 말이야. 그렇지만 그 너머엔 아무것도 없소. 거기, 그 거울 속에서 당신은 모든 것을 가져야만 하지. 그러나 이제 모든 결론에 이르게 되니까 당신은 되돌아가서 지식이 없는 야만인이 되고자 하는 거지. 당

---

* 아서왕 전설 중에 나오는 미녀로, 세상을 거울로만 보도록 운명지어졌다.

신은 순수한 감각과 '열정'의 삶을 원하는 거요."

그는 '열정'이란 낱말을 그녀를 비꼬기 위해 인용했다. 허마이어 니는 그리스의 아폴로 신전에서 고통받는 여사제처럼 분노와 격정 으로 몸을 비틀며 말없이 앉아 있었다.

"당신의 열정은 위선이요." 그가 폭력적으로 말을 이어갔다. "그 건 전혀 열정이 아니지. 그건 바로 당신의 의지요. 약자를 윽박지르 는 의지일 뿐이요. 모든 걸 손아귀에 움켜쥐고 당신의 권력 안에 소 유코자 해요. 사물들을 당신의 권력 안에 소유하고 싶은 거요. 왜 그런 줄 아오? 당신에겐 진짜 몸뚱이가 없기 때문이요. 암흑의 살아 있는 관능적인 몸뚱이 말이요. 당신에겐 관능성이 없어요. 당신에겐 의지 그리고 의식의 자부심, 알고자 하는 권력욕만이 있을 뿐이요."

버킨이 허마이어니를 증오와 멸시가 섞인 시선으로 보았다. 또한, 동시에 그녀가 괴로워하기 때문에 그도 아파했고 자신이 그녀를 괴 롭힌다는 것을 알기에 수치심을 느꼈다. 그는 무릎 꿇고 용서를 빌 고 싶은 충동을 느꼈다. 그러나 그보다 더 비통한 시뻘건 분노가 불 타올라 그를 격분시켰다. 그는 그녀를 의식하지 못하게 되었고, 격분 에 차서 떠드는 목소리에 불과했다.

"자발적이라고!" 그가 외쳤다. "당신과 자발성이라! 당신이야말로 지상에서 지금까지 걸었거나 기어 다녔던 존재 중에 가장 의도적인 자요! 당신이야말로 아주 의도적으로 자발적인 척하는 존재지—그 게 바로 당신이요. 당신 자신의 의지 안에, 의도적으로 자발적으로 만든 의식 안에 모든 걸 소유하고자 하기 때문이요. 당신은 그 모든 걸 그 혐오스러운 당신의 작은 두개골 안에 죄다 넣길 바라지. 그 두 개골은 호두처럼 깨버려야 마땅해요. 깨지지 않으면 여전할 테니까.

껍질을 입고 있는 벌레처럼 말이요.

"어쩌면 당신의 두개골을 깨면 당신한테서 진짜 관능성을 지닌 자발적이며 열정적인 여자가 나올지 모르지. 하지만 실상은 당신이 원하는 건 외설이란 말이요—거울 속에서 자신을 보는 것, 거울 속에서 당신의 발가벗은 동물적인 동작을 지켜보는 것, 그래서 그 모든 것을 의식 속에 담아 정신적으로 만드는 거요."

대기 중엔 상대방의 인격을 모독하였다는 분위기가 팽배했다. 너무 지나치게 말을 해 도저히 용서받지 못하리란 분위기였다. 그러나 어슐라는 그의 말에 비추어 자신의 문제를 해결하는 데만 신경이 쓰였다. 그녀는 창백하고 넋이 나가 있었다.

"당신은 정말로 관능성을 원하나요?" 어슐라는 의심스러워 물었다.

버킨이 그녀를 쳐다보더니 진지하게 설명을 했다. "그래요." 그가 대답했다. "이 시점에서는 그것만을 원해요. 그것은 자아성취지요—당신의 머리로는 가질 수 없는 위대한 암흑의 지식이지—무의식적인 암흑의 존재이지요. 그것은 한 자아의 죽음이지요—그러나 그것은 또 다른 자아의 탄생이에요."

"그렇지만 어떻게 그렇게 돼요? 어떻게 머리가 아닌 곳에 지식을 담을 수 있어요?" 그의 말을 이해할 수 없어 그녀가 물었다.

"핏속에 담지요." 그가 말을 이었다. "지성과 지성에 알려진 세계가 암흑 속에 잠길 때—모든 것이 싹 쓸려나가야 해요—대홍수가 응당 일어나야 해요. 그런 후에 당신이 명백한 암흑의 몸뚱이로 변한 것을 발견하지요. 악마랄까—"

"그렇지만 왜 내가 악마가 돼야 하나요—?" 그녀가 물었다.

"오, 악마적인 연인을 찾으며 슬피 우는 여인이여" 그가 시구를 인용했다. "왜냐고요? 나도 모르겠네요."

허마이어니가 죽음—전멸상태에서 나오듯 일어났다.

"저 사람은 저렇게 끔찍스런 악마주의자예요. 그렇지 않아요?" 그녀가 야릇하게 울리는 목소리로 어슐라에게 느릿느릿 말했다. 그 말 끝엔 야유하는 날카로운 웃음이 짧게 뒤따랐다. 두 여자가 그를 조롱하여 무와 같은 존재로 만들었다. 의기양양해 하며 날카롭게 비웃는 암컷의 웃음소리가 허마이어니에게서 울려 나왔고 그를 거세 당한 수컷인 양 조롱했다.

"아니," 그가 말했다. "당신이야말로 생명을 존재하지 못하게 하는 진짜 악마지."

그녀가 악의적이고 건방진 시선으로 그를 천천히 오랫동안 쳐다보았다.

"그래, 거기에 대해 죄다 알고 있다고요?" 그녀가 차갑고 교활한 조롱조로 느리게 말했다.

"충분히." 그가 대답했고, 얼굴이 강철처럼 곱고 맑은 표정으로 굳어졌다. 끔찍한 절망감이, 그리고 동시에 안도감과 해방감이 허마이어니에게 몰려왔다. 그녀가 기분 좋은 친근감으로 어슐라에게 몸을 돌렸다.

"분명히 브레덜비에 오실 거지요?" 그녀가 강요하듯 말했다.

"네, 정말 가고 싶어요." 어슐라가 대답했다.

허마이어니가 만족스러워하며 그녀를 내려다보았다. 그녀는 생

---

* 사무엘 콜리지의 시 〈쿠빌라이 칸(汗)Kubla Khan〉에 나오는 시구.

각에 잠긴 듯, 이상하게 멍해 보였다. 무엇에 홀린 듯, 마치 정신은 그곳에 없는 듯했다.

"너무도 기뻐요." 그녀가 다시 정신을 차리며 말했다. "대강 보름 후에요. 괜찮지요?—이곳으로, 학교로 초청장을 보내도 될까요?—네.—확실히 오실 거지요?—네.—난 너무도 기쁠 거예요. 그러면 안녕히 계세요. 아—ㄴ—녕."

허마이어니가 손을 내밀며 어슐라의 눈 속을 들여다보았다. 그녀는 어슐라를 사랑의 적수로 알아보았고 그 느낌이 이상하게 그녀를 신 나게 하였다. 그녀는 또한 자리를 뜨고 있었다. 언제나 자리를 뜨면서 다른 사람을 뒤에 남겨둔다는 건 우월감과 유리한 입장을 주었다. 더구나 그녀가 증오는 할지라도, 남자를 데리고 가지 않는가.

버킨이 고정된 그림자처럼 옆에 서 있었다. 그러나 지금, 그가 작별인사를 해야 할 때에, 말을 다시 하기 시작했다.

"실제의 관능적인 존재와 많은 인간이 탐닉하는 부도덕하며 정신적으로 의도적인 방탕 사이에는 엄청난 차이가 있어요." 그가 말했다. "우리는 밤이 되면 전기를 키고 우리 몸을 보고, 그 모습을 정말로 머리로 기억하지요. 그런데 진정으로 관능적인 실체를 알기 위해선 그 전에 당신이 사라져야 합니다. 사라져서 의식을 포기해야 합니다. 진정으로 존재하려면 그에 앞서 존재하지 않는 법을 배워야 해요.

"그러나 우리는 우리 자신에 대해 너무나 자만해요—그게 현 상태예요. 우리가 너무도 자만해서 도대체 자부심이 없어요. 자부심은 없고 죄다 자만심뿐이에요. 풀 먹인 종이로 만든 자아에 우리는 대단히 자만심을 느껴요. 우린 독선적인 외고집의 자아를 버리느니 차라리 죽음의 길을 택할 겁니다."

방 안엔 침묵이 흘렀다. 두 여자는 적의를 품고 화가 나 있었다. 그가 마치 한 모임을 대상으로 얘길 하는 것 같았다. 허마이어니는 전혀 주목하지 않고 혐오를 나타내며 어깨를 움츠리고 서 있었다.

어슐라는 자기가 보고 있는 것을 제대로 인식하지 못하는 듯 은밀하게 그를 주시하고 있었다. 그에겐 대단한 신체적인 매력이—기이하게 감추어진 풍요로움 같은 것이 있었다. 그건 그의 야위고 창백한 몸에서 전혀 다른 목소리로 흘러나와 그의 다른 면을 알려주고 있었다. 그의 눈썹과 턱의 곡선에, 섬세하며 풍요롭게 보이는 이목구비와 생명 그 자체의 힘찬 아름다움이 있었다. 그건 눈에 보이지는 않지만, 만족을 주는 웃음 같은 것이었다. 또한, 그의 넓적다리에서 흘러나오는 매력이, 넓적다리 안쪽의 굴곡이 그녀를 매혹했다. 그게 무언지는 알 수 없었다. 그러나 풍요로우며 강하고 자유로운 해방의 느낌이 흘러나왔다.

"그렇지만 우린 자신을 그렇게 만들지 않고도 충분히 관능적이지 않나요?" 어슐라가 초록빛이 도는 눈에서 황금빛 웃음을 뿜으며, 일종의 도전처럼 질문했다. 즉각적으로 그의 눈과 이마에 기이하지만, 굉장히 매력적인 미소가 자연스레 나타났다. 그러나 입은 굳은 채로 있었다.

"아니요, 그렇지 않아요." 그가 대답했다. "우린 자아에 지나치게 몰두해 있어요."

"분명히 그건 자만심의 문제가 아니지요." 그녀가 외쳤다.

"아니요. 바로 그것이 문제지요."

어슐라는 솔직히 말해 무슨 말인지 통 알 수 없었다.

"사람들이 무엇보다도 자신들의 관능적인 힘에 제일 자만한다고 생각지 않으세요?" 그녀가 또 물었다.

"바로 그래서 그들이 관능적이지 못해요―단지 감각적이기만 하지요. 그건 또 다른 문제지요. 그들은 항상 자신들을 의식해요―그리고 너무도 자만심이 강해서 자신을 해방하고 다른 세계에서 다른 중심을 기준으로 해서 사느니보다, 그들은―"

"선생님, 차 마실 시간이지요?" 허마이어니가 아량 있는 듯이 친절하게 어슐라를 향해 말했다. "온종일 가르치셨는데―"

버킨이 하던 말을 뚝 그쳤다. 어슐라가 화가 치밀고 분통이 터져 몸을 부르르 떨었다. 그의 얼굴은 굳어 있었다. 그는 더는 그녀에게 관심이 없는 양 작별인사를 했다.

그들은 사라졌다. 어슐라는 얼마 동안 문 쪽을 바라보며 서 있었다. 그러다 전깃불을 껐다. 그렇게 하고는 생각에 골몰해 멍한 채, 자기 의자에 다시 앉았다. 그리곤 비통하고 또 비통해서 흐느껴 울기 시작했다. 그러나 비참해선지 기뻐선지 이유는 알 수 없었다.

제4장 잠수부

그 주간은 지나갔다. 토요일엔 비가 왔다. 가랑비가 부드럽게 내리다가 가끔 그치기도 했다. 비가 그친 때에 구드룬과 어슐라는 산책을 나서서 윌리 워터 쪽으로 걸었다. 대기는 잿빛으로 반투명했고 새들은 어린 나뭇가지 위에서 쩍쩍거렸으며, 대지는 성장을 재촉하며 서두르는 듯했다. 두 소녀는 촉촉한 안개를 가득 채운 보드랍고 섬세한 아침 바람을 쐬며 즐거이 발걸음을 재촉했다. 길섶에선 야생 자두나무가 촉촉한 하얀 꽃을 피웠고, 안개처럼 뽀얀 꽃 안에선 조그만 호박색 꽃술이 아련하게 불타올랐다. 보라색 가지들은 잿빛 대기에서 거무스레하게 빛났고, 큰 생울타리는 살아있는 그림자처럼 빛을 내며 점점 더 가까이 서성거려 그 모습이 눈에 확 들어왔다. 아침은 새로운 창조로 가득했다.

자매가 윌리 워터에 다다랐을 때 호수는 온통 잿빛이어서 환영 같았고, 축축하고 반투명한 나무와 초원의 풍경이 길게 뻗어 있었다. 발전기가 가늘게 돌아가는 소리가 길 아래 숲 골짜기에서 들렸고, 새들은 서로 지저귀고 호수에서 흘러나오는 물은 신비롭게 철썩거렸다.

두 자매는 바람을 타고 사뿐사뿐 걸어갔다. 그들 앞, 호수가 구부러진 큰길 가엔 호두나무가 서 있었고 그 아래엔 이끼 낀 보트

저장고가 있었다. 작은 부잔교(浮棧橋)엔 한 대의 보트가 매여있었는데, 푸르스름하게 썩어가는 나무기둥들 밑의 정체된 잿빛 물 위에서 그림자처럼 흔들리고 있었다. 모든 것에 여름이 다가와 녹음이 지고 있었다.

갑자기 하얀 모습이 보트 저장고에서 뛰쳐나왔고, 깜짝 놀랄 정도로 재빠르고 날쌘 동작으로 승강대 위로 달려갔다. 그 물체가 공중에 하얀 반원을 그리는가 싶더니 물이 철썩 갈라졌다. 그리곤 잔물결 사이로 한 수영객이 희미하게 몸을 들썩이며 호수의 넓은 곳으로 나가고 있었다. 동떨어진 수면 아래의 세계를 통째로 그가 독차지하고 있었다. 그는 순수하게 반투명한 스스로 존재하는 잿빛 물속으로 들어가고 있었다.

구드룬이 돌담 옆에 서서 이를 지켜보고 있었다.

"너무도 부러워!" 그녀가 낮은 소리로 부러움을 드러냈다.

"욱!" 어슐라가 몸을 떨었다. "너무도 차가울 거야!"

"그래. 그렇지만 저기까지 수영해 가다니 얼마나 기분 좋고 멋있을까!" 자매는 계속 서서 수영객이 잿빛의 넓은 호수 속으로 멀리 들어가는 걸 지켜보았다. 그는 작게 움직이며 차츰차츰 침입하여 나아갔고 호수 주위로는 안개와 희뿌연 숲이 드리워 있었다.

"언니였으면! 하고 바라지 않아?" 구드룬이 언니를 쳐다보며 물었다.

"나도 그래." 어슐라가 대답했다. "그렇지만 잘 모르겠어—흘딱 젖었어."

"아니야." 구드룬이 마지못해 대꾸했다. 그녀는 홀린 듯 호수 한복판에서 움직이는 그의 동작을 지켜보고 있었다. 그는 어느 정도

72

멀리 수영을 해나갔기에 몸을 돌려 배영을 하면서 담 옆의 두 자매에게 시선을 보냈다. 희미하게 물결치는 가운데 그들은 그의 벌겋게 달아오른 얼굴을 보았고 그가 그들을 지켜본다는 걸 느낄 수 있었다.

"제럴드 크라이치네." 어슐라가 말했다.

"알아." 구드룬이 대답했다.

그리곤 그가 꾸준히 헤엄을 치면서 그의 얼굴이 수면으로 올라갔다 내려갔다 하는 것을 그녀가 꼼짝 않고 응시하고 서 있었다. 그의 동떨어진 환경에서 그들을 보았고, 자기만의 세상을 자기 혼자, 유리하게 차지했다는 생각 때문에 의기양양해 했다. 그는 침해받을 염려가 없고 완벽했다. 그는 자신의 활기차게 내뻗은 동작과 그를 물 위에 뜨게 하면서 사지에 와 닿는 매우 차가운 물의 격렬한 자극을 아주 즐겼다. 멀리 떨어진 물 밖에서 자매가 그를 지켜보는 것을 볼 수 있었고, 그래서 기분이 상쾌했다. 그는 인사의 표시로 한쪽 팔을 물에서 쳐들었다.

"저이가 팔을 흔들어." 어슐라가 말했다.

"그래." 구드룬이 대답했다. 그들이 그를 지켜보았다. 그가 다시 팔을 흔들었고, 그건 먼 거리에서도 알아본다는 야릇한 동작이었다.

"물속의 요정 같아." 어슐라가 웃으며 말했고, 구드룬은 아무 말도 않고 그냥 물 위를 물끄러미 보며 서 있었다.

제럴드가 갑자기 몸을 돌리더니 이번엔 옆으로 팔을 저으며 재빠르게 헤엄을 쳐 나갔다. 그는 이제 홀로, 그만이 독차지한 호수 한가운데서 침해받지 않은 채 홀로 떠 있었다. 그는 새로운 환경에 홀로 있으면서 신이 났다. 의심받지 않고 천성에 따르는 곳이었다. 그는 다리와 온몸을 내뻗으며, 그 어느 곳과의 구속이나 관련 없이 물의 세계에 홀로 떠 있으니 행복했다.

구드룬은 가슴이 쓰라릴 정도로 부러웠다. 이렇게 잠깐이라도 호수를 독차지하며 홀로 있다는 것이 그녀에겐 너무나도 부러운 일이어서 자기가 땅 위 큰길에 서 있는 것이 저주스러웠다.

"세상에! 남자로 태어난다는 건 굉장한 거야!" 그녀가 외쳤다.

"뭐라고?" 어슐라가 놀라서 물었다.

"저 자유와 해방과 기동성을 봐!" 구드룬이 이상하게 환히 달아오른 얼굴로 소리쳤다. "남자라면 하고 싶은 일을 그냥 할 수 있어. 여자 앞을 가로막는 천 개의 장애물이 없지."

어슐라는 구드룬이 무슨 생각을 하기에 저렇게 울분을 쏟아내나 하고 궁금했다. 도대체 이해할 수가 없었다.

"넌 무얼 하고 싶은데?" 언니가 물었다.

"아무것도 없어." 구드룬이 재빠르게 반박하며 소리쳤다. "그렇지만 내가 하고 싶은 일이 있다고 가정해 봐. 내가 저 물에서 헤엄치고 싶다고 가정해 봐. 불가능해, 내가 홀딱 옷을 벗어 던지고 저 물속에 뛰어드는 건, 내 생애에서 하지 못할 일 중의 하나야. 그게 웃기지 않아? 그런 게 우리 삶을 가로막고 있지 않아?"

구드룬이 굉장히 핏대를 세우며 분통을 터트려서 어슐라는 당황했다.

자매는 길을 따라 계속 걸었다. 그들은 숏랜즈 저택 바로 아래의 숲 사이를 걷고 있었다. 축축한 아침 안갯속에 흐릿하며, 매혹적으로 보이는 길고도 낮게 뻗어있는 저택을 쳐다보았다. 창문 앞에는 삼나무가 비스듬히 서 있었다. 구드룬이 자세히 관찰하는 것 같았다.

"어슐라 언니, 멋있지 않아?" 구드룬이 물었다.

"굉장해." 어슐라가 말했다. "굉장히 평화롭고 매혹적이야."

"심미적인 형식도 지니고 있어—시대적인 운치를 풍기고 있어."

"어느 시대?"

"아, 확실히 18세기야. 도로시 워즈워스와 제인 오스틴*적인 분위기 말이야. 그렇지 않아?"

어슐라가 웃었다.

"그렇게 생각하지 않아?" 구드룬이 되물었다.

"그럴 수 있지. 그러나 크라이치가(家) 사람들이 그 시대에 어울리는 것 같지 않아. 제럴드가 집의 조명을 위해 사설 발전기를 설치하고 모든 것을 최신식 기구로 개량하고 있거든."

구드룬이 재빨리 어깨를 움츠렸다.

"물론. 그건 불가피할 거야." 그녀가 말했다.

"그래." 어슐라가 웃으며 대답했다. "그이에겐 수 세대의 젊음이 한 번에 있어. 그것 때문에 사람들이 싫어해. 그가 사람들의 목덜미를 잡아 내동댕이친단 말이야. 가능한 모든 것을 개량하고 더 이상의 개량할 것이 없으면 그는 죽을 거야. 그리곤 더는 개량할 것이 없게 되겠지. 어쨌든 대단한 에너지야."

"확실히 에너지가 대단해." 구드룬이 맞장구쳤다. "사실, 난 그렇게 많은 에너지를 보이는 사람을 본 적이 없어. 불행한 일은 그의 에너

---

* 워즈워스: 영국의 시인(1770~1850), 오스틴: 영국의 소설가(1775~1817). 이들은
18세기에 태어났으나 19세기의 작가로 본다.

지가 어디로 가고 어떻게 쓰이느냐이지."

"아, 난 알아." 어슐라가 말했다. "에너지를 최신 기계를 응용하는 데 쏟지!"

"바로 그거야!" 동생이 대답했다.

"그이가 동생을 쏘아 죽인 거 알아?" 어슐라가 말했다.

"동생을 쏘았다고?" 구드룬이 인정하지 못하겠다는 듯 얼굴을 찡그리며 소리 질렀다.

"몰랐어? 아, 그랬어!—난 아는 줄 알았지. 그와 동생이 총을 가지고 같이 놀았대. 그가 동생에게 총구를 들여다보라고 했고, 총알이 장전되어 있어서 동생의 머리가 날아갔대. 끔찍한 얘기 아니니?"

"너무나 끔찍해!" 구드룬이 소리쳤다. "그렇지만 오래전이지?"

"아, 그래. 그들은 아이들에 불과했어." 어슐라가 대답했다. "이건 내가 아는 이야기 중 제일 끔찍한 얘기야."

"그리고 물론, 그는 장전된 걸 몰랐지?"

"그래, 몰랐지. 그 총은 헛간에 여러 해 동안 있던 거래. 아무도 그게 발사될 줄은 꿈도 못 꾸었지. 그리고 물론, 장전된 줄은 상상도 못 했고. 그렇지만 그런 일이 벌어지다니 너무 끔찍하지 않니?"

"끔찍해!" 구드룬이 외쳤다. "그리고 어릴 때 그런 일이 일어나서 평생 그 책임을 짊어지고 살아야 하는 걸 생각만 해도 너무 소름이 끼쳐. 상상을 해봐. 두 어린애가 함께 놀다가—이유야 어떻든 돌연히 이런 일이 일어나다니! 언니, 너무 끔찍해! 그건 내가 감내할 수 없는 일 중의 하나야. 살인, 그건 생각할 수 있지. 왜냐하면, 그 뒤엔 살의가 있는 법이니까. 그렇지만 이런 일이 일어나다니—"

"어쩌면 무의식적인 의도가 그 뒤에 있었을 거야." 어슐라가 말했다. "이 살인 흉내 놀이엔 죽이고자 하는 어떤 원초적인 욕망이 있다고 보지 않니?"

"욕망이라고?" 구드룬의 몸이 좀 굳어지며 냉랭하게 물었다. "난 그들이 정말로 살인 흉내 놀이를 했다고 생각지 않아. 한 애가 다른 애에게 '내가 방아쇠를 당기는 동안 넌 총구를 들여다보며 어떤 작용이 일어나나 볼래?'라고 말했다고 봐. 그건 가장 순수하게 일어난 사고 같아."

"아니." 언니가 말했다. "나 같으면 누군가가 총구를 들여다본다면, 총알이 없는 총이라 해도 방아쇠를 절대로 당기지 못해. 사람은 본능적으로 그렇게 하지 않지—할 수 없어."

구드룬은 날을 세워 반대하면서 얼마 동안 잠자코 있었다.

"물론, 만약에 여자이고 다 성장했다면 본능적으로 그런 일을 못하지. 그러나 그런 논리가 함께 놀고 있는 두 아이에게 어떻게 적용되는지 모르겠어." 구드룬이 냉정하게 말했다.

그녀의 목소리가 차갑고 화가 나 있었다.

"적용되지." 어슐라가 집요하게 말을 이으려 했다. 그런데 그 순간 얼마 떨어지지 않은 곳에서 여자의 목소리가 크게 들렸다.

"에이, 빌어먹을!" 그들이 앞으로 나갔고 로라 크라이치와 허마이어니가 생울타리 반대편의 들판에 있는 것을 보았다. 로라 크라이치가 밖으로 나오려고 대문을 여느라 낑낑대고 있었다. 어슐라가 대번에 서둘러 가 대문 빗장을 올리도록 도와주었다.

"대단히 고마워요." 로라가 빨갛게 달아오른 얼굴을 들면서 말했다. 그녀는 아마존 여걸 같은 표정을 지었지만 좀 얼떨떨해 있었다. "돌쩌귀가 잘 맞질 않아요."

"그러네요." 어슐라가 말했다. "문이 너무 무거워서 그래요."

"정말 놀라운 걸요!" 로라가 말했다.

"안녕하셨어요?" 허마이어니가 자기 목소리가 들릴 만한 거리에 이르자 들판 밖에서 인사를 했다. "이젠 날씨가 좋아요. 산책 나오셨어요? 그래요? 신록이 아름답지 않아요? 너무도 아름다워요—불타는 것 같아요. 그럼 안녕히—안녕히—가세요—꼭 놀러 올 거지요? 아주 고마워요—다음 주에—그래요—안녕, 아—안—녕."

구드룬과 어슐라가 서서 그녀를 지켜보았다. 허마이어니가 고개를 천천히 위아래로 끄덕이며 손을 천천히 흔들면서 그들이 가도 된다는 듯 이상한 가장한 미소를 짓고 있었다. 숱 많은 금발이 눈까지 내려온 그녀의 모습은 키가 크고 이상해서 소름이 끼쳤다. 그런 후에 그들은 마치 아랫사람들이 허락을 받은 것처럼 떠나기 시작했다. 그렇게 네 여자가 헤어졌다.

그들이 말소리가 들리지 않을 정도로 멀리 가자마자 어슐라가 뺨이 달아올라 말했다.

"저 여자 시건방져."

"누구? 허마이어니 로디스?" 구드룬이 물었다. "왜?"

"사람을 대하는 태도 말이야—시건방져!"

"저런, 언니. 뭐가 그리 시건방져 보였어?" 구드룬이 좀 냉랭하게 물었다.

"저 여자의 태도 전부야. 아, 못 참겠어. 사람을 윽박지르는 그 태도 말이야. 순전한 위협이야. 시건방진 여자야. 마치 우리가 특권을 누리게 돼 고마워서 굽실대야 하는 것처럼 '꼭 놀러 올 거지요?'라고 말했어."

"언니, 난 이해 못 하겠어. 무엇 때문에 그렇게 화를 내는지." 구드 룬이 좀 화를 내며 말했다. "저런 여자들이 건방진 건 알지—자신들을 귀족주의에서 해방한 이 자유 여성들 말이야."

"그렇지만 너무도 불필요하게 그래—너무 천박해." 어슐라가 소리쳤다.

"아니, 난 모르겠는데. 설사 내가 그렇게 느낀다 해도—" 구드룬이 "난 그녀의 존재를 무시해 버릴 거야(pour moi elle n'existe pas)"라고 말했다. "나한테 건방지게 굴 권리를 허용치 않겠어."

"넌 저 여자가 널 좋아한다고 생각하니?" 어슐라가 동생에게 물었다.

"아, 아니야. 날 좋아한다고 생각하지 않아."

"그러면 왜 저 여자가 널 브레덜비에 묵으라고 초청하지?"

구드룬이 어깨를 살짝 으쓱하면서 쳐들었다.

"결국, 우리가 보통 사람이 아니라는 걸 알만한 지각은 있다는 거지." 구드룬이 말했다.

"어떻든 간에 저 여잔 바보가 아니야. 나라도 자기 패거리만 고집하는 보통 여자보다는 내가 혐오하는 사람을 초청할 거야. 허마이어니 로디스가 어떤 면에선 정말 모험을 하는 거지."

어슐라가 이 말을 잠시 숙고했다.

"그렇지 않을걸." 어슐라가 대답했다. "실상 그녀가 모험하는 것은 없어. 학교 선생인 우릴 초청해도 모험하는 건 없다는 걸 알고 있으니 칭찬해 줘야겠어."

"바로 그거야!" 구드룬이 말했다. "그런 일을 감히 못 하는 수많은 여자를 생각해 봐. 허마이어니는 자기의 특권을 십분 이용하는 거지—그게 대단한 거야. 우리도 그녀 입장에 서서 똑같이 행동해야 한다고 생각해."

"아니야," 어슐라가 말했다. "아니지. 그런 일에 난 싫증이 날 거야. 그녀 식으로 놀아주며 시간을 낭비할 수는 없어. 그건 품격을 낮추는 일이야."

두 자매는 가위의 양날 같아서 그들 사이에 들어오는 것은 죄다 싹둑 잘라버렸다. 아니면 칼과 숫돌 같아서 한쪽이 다른 쪽을 예리하게 만들어 주었다.

"물론이지." 어슐라가 갑자기 큰 소리로 말했다. "우리가 초청에 응한다면 그녀는 행운에 감사해야 할 거야. 넌 완벽하게 아름다워. 현재나 과거의 그녀보다 수천 배 더 아름다워. 그리고 내 생각엔 네가 수천 배로 아름답게 옷을 입지. 그 여잔 한 번도 꽃처럼 청초(淸楚)하거나 자연스러운 적이 없어. 항상 늙어 보이고 용의주도하니까. 그리고 우린 대부분 사람보다 훨씬 똑똑하지."

"물론이지." 구드룬이 맞장구쳤다.

"이 사실은 그냥 인정해야지." 어슐라가 말했다.

"확실히 그래야지." 구드룬이 말했다. "그렇지만 진짜로 멋진 것은 아주 완전히 평범하고, 아주 완벽하게 일상적이고 보통 사람 같아, 그 결과로 언니가 진짜로 인간성의 걸작품이라는 거야. 실제로 거리의 보통 사람이 아니라, 자신을 예술적으로 창출하는—"

"야, 그건 너무 끔찍해!" 어슐라가 소리쳤다.

"그래, 언니. 대부분의 경우에 끔찍해. 언니는 놀랄 정도로 평범치 않은 것은 무엇이든 되길 원치 않아. 너무도 평범하다 보니 평범함을 예술적으로 창출하게 되는 거야."

"자신을 더욱 좋게 창출하지 못한다면 아주 멍청한 거야." 어슐라가 웃으며 말했다.

"아주 멍청한 거지!" 구드룬이 대꾸했다. "언니, 정말로 그건 멍청하다는 말 그대로야. 사람은 잰체하길 좋아해서 코르네유*의 극 중 인물같이 장황하게 떠들어 대지." 구드룬은 얼굴이 달아올랐고 자신이 이렇게 똑똑한 것에 신이 났다.

"우쭐대며 걷지.**" 어슐라가 말했다. "사람은 거위 가운데 백조가 되어, 우쭐대길 원하지."

"바로 그거야." 구드룬이 외쳤다. "거위 가운데 백조가 되는 거."

"사람들은 미운 오리 새끼 노릇을 하느라 모두 바쁘지." 어슐라가 조롱하는 웃음을 웃으며 말했다. "난 조금도 내가 후줄근하고 애처로운 미운 오리 새끼라 생각지 않아. 거위 가운데 백조라고 느껴—그건 어쩔 수 없어. 사람들이 그렇게 느끼게 해. 그리고 난 사람들이 날 어찌 생각하든 관심 없어. 조금도 개의치 않아(Je m'en fiche)."

구드룬이 약간의 부러움과 혐오가 섞인 야릇한 태도로 언니를 쳐다보았다.

"물론, 우리가 할 일은 사람들을 모두 멸시하는 거야—깡그리 말이야." 그녀가 말했다.

자매는 다시 집으로 가서, 책을 읽고 이야기도 나누고 일을 하였고, 월요일에 학교에 가길 기다렸다. 어슐라는 일 주간이 시작되고

---

* 프랑스의 극작가.

** 셰익스피어는 《맥베스》 5막 5장에서 인간을 무대 위에서 우쭐거리고 걷는 못난 배우에 빗대었다.

끝나는 것과 휴일이 시작되고 끝나는 것 외에 자신이 도대체 무얼 기다리고 있는지 자주 의아해 했다. 이것이 삶 전체란 말인가! 가끔 온몸이 공포로 죄어드는 때가 있었다. 그런 때면 그녀의 인생은 스러지고 사라져 그 이상은 되지 못할 것 같았다. 그러나 그런 생각을 절대로 용납하지 않았다. 그녀의 정신은 왕성하고 그녀의 삶은 아직 땅 위로 올라오진 않았지만, 꾸준히 자라고 있는 싹 같았다.

제5장 기차 안에서

그 무렵 어느 날 버킨이 런던에 가야 했다. 그의 거처가 확정되지 않았다. 노팅엄엔 숙소가 있었는데, 그 까닭은 그의 일이 주로 그 도시에 있었기 때문이다. 그러나 그는 종종 런던이나 옥스퍼드에 있었다. 그는 상당히 많이 옮겨 다녔기에, 그의 삶은 불확실해 보였고 일정한 리듬이나 유기적인 의미가 없었다.

그가 기차역 정류장에서 신문을 읽고 있는 제럴드 크라이치를 보았는데 기차를 기다리고 있는 것이 분명했다. 버킨은 그와 좀 떨어져서 다른 사람들 틈에 서 있었다. 누구에게 먼저 다가가는 것은 그의 생리에 맞지 않았다.

제럴드가 그 특유의 태도로 가끔 고개를 들어 주위를 둘러보았다. 신문을 자세히 읽고 있으면서도 주위를 유심히 보는 게 틀림없다. 이중의 의식이 그의 속에 흐르고 있는 것 같았다. 그는 신문에서 읽은 무언가를 열심히 생각하면서, 동시에 그의 눈은 그의 주변 삶의 겉모습을 훑어보며 하나도 놓치질 않았다. 그를 주시하던 버킨은 그의 이러한 이중성에 신경이 쓰였다. 제럴드가 흥이 날 때는 이상하게 상냥하고 사교적인 태도를 보임에도 불구하고, 항상 궁지에 몰려 모든 사람과 등지고 있는 것 같았다.

이제 막 제럴드의 얼굴에 이러한 상냥한 표정을 띠며, 손을 내밀며 그에게 다가오는 것을 보고 버킨은 소스라치게 놀랐다.

"어이, 루퍼트. 어딜 가나?"

"런던에. 자네도 그런 것 같은데."

"그래—"

제럴드는 호기심에 찬 시선으로 버킨을 보았다.

"괜찮다면 같이 앉아서 가지." 그가 말했다.

"자넨 보통 1등 칸에 타지 않나?" 버킨이 물었다.

"난 사람들이 바글거리는 걸 견딜 수 없어." 제럴드가 대답했다. "그렇지만 3등 칸도 괜찮지. 식당차가 있으니 같이 차를 마시며 가지."

두 사람은 할 이야기가 더 없어 역의 시계를 쳐다보았다.

"신문에서 무슨 기사를 읽고 있었나?" 버킨이 물었다.

제럴드가 그를 재빨리 쳐다보았다.

"신문에 실린 기사들이 정말 우스워." 그가 말했다. "여기 두 편의 사설이 있는데—" 그가 《데일리 텔리그래프》를 내밀었다. "통상적인 신문 용어로 가득해—" 그리곤 그가 기사란을 읽어 내려갔다—"그리고 여기에 짧은 글이—이런 글을 뭐라 부를까, 에세이랄까—사설하고 나란히 실렸는데, 이 글에 의하면 새로운 가치관과 진리와 새로운 삶의 태도를 제시할 인물이 나오지 않으면 우린 몇 년 내로 무와 같은 상태로 와해할 것이라고, 파멸의 국가가 될 거라고—"

"내 짐작엔 그 기사도 신문에 늘 나오는 말투 같은데." 버킨이 말했다.

"그런데 필자는 진지하게 진심에서 말하는 것 같아." 제럴드가 말했다.

"나한테 줘봐." 버킨이 손을 내밀어 신문을 받았다.

기차가 왔고, 그들은 승차해, 식당 칸의 창가의 작은 테이블에 마주 보고 앉았다. 버킨이 신문을 훑어보고 제럴드를 쳐다보았는데, 그는 버킨의 반응을 기다리고 있었다.

"글을 보니 진심이라는 생각이 드네." 버킨이 말했다. "뭔가를 의미하는 한에서는."

"자넨 그 말이 맞다고 생각해? 우린 정말 새로운 복음이 필요하다고 생각하나?" 제럴드가 물었다.

버킨이 어깨를 으쓱했다.

"내 생각에 새로운 종교를 원하는 사람들은 실상 새것을 절대 받아들이지 않을 사람들이야. 새것을 원하긴 하지. 그러나 우리는 자신들에게 부과한 삶을 직시하고 거부하고 옛 가치관을 까뭉개는 일은 절대로 하지 않을걸. 옛것을—심지어 자신 안에서—몰아내려는 마음이 아주 간절해야 새것이 나타날 수 있지."

제럴드가 그를 자세히 쳐다보았다.

"우리가 새 출발을 위해선 이 삶을 까뭉개야 한다고 생각해?" 그가 물었다.

"이런 삶. 그래. 그렇게 생각해. 우린 이걸 완전히 까부셔야 해. 아니면 꽉 조이는 겉껍질 안에 든 것처럼 오그라들걸. 더는 늘어나지 않기 때문이지"

제럴드의 눈에 야릇한 미소가 스며들었다. 그건 재미있고, 조용하고 호기심에 찬 표정이었다.

"그래 시작을 어떻게 하라고 제안할 건가? 사회질서 전체를 개혁하자는 말인가?" 그가 물었다.

버킨은 양미간을 좀 찌푸렸다. 그 또한 이런 대화에 짜증이 났다.

"난 제안 같은 건 전혀 안 해." 그가 대답했다. "우리가 진정으로 더 나은 것을 원할 땐 낡은 것을 때려 부숴야지. 그렇게 하지 않는 한 제안이란 건 잘난 체하는 자들과 벌이는 진력나는 놀이에 불과해."

미미한 미소가 제럴드의 눈에서 사라지기 시작했고 버킨을 차갑게 응시하며 그가 말했다.

"그래, 자넨 이 세상이 정말 글렀다고 생각해?"

"완전히 글렀어."

미소가 다시 그의 얼굴에 나타났다.

"어떤 식으로 말인가?"

"모든 면에서." 버킨이 말했다. "우린 대단히 따분한 거짓말쟁이야. 우리가 열중하는 한 가지 생각은 자신에게 거짓말을 하는 거야. 청결하고 곧바르고 만족스럽다는, 완전한 세상에 대한 이상을 우린 갖고 있지. 그래서 우린 지구를 더러운 것으로 덮어버리지. 오물 속에서 허둥대는 벌레처럼 삶은 노동으로 얼룩져 있어. 그렇게 열심히 일하면 당신네 광부는 거실에 피아노를 들여놓고, 최신식 집에 하인을 거느리고 자동차도 소유하지. 하나의 국민으로서 우리는 리츠 같은 고급식당과 엠파이어 같은 음악당과 개비 데질즈 같은 유명 무용수를 구경하고 일요판 신문을 구독하지. 이건 굉장히 따분한 짓거리야."

제럴드가 이런 장광설을 들은 후 잠시 자기 생각을 좀 수정했다.

"자넨 우리가 집 없이 살면서—자연으로 돌아가길 바라나?" 그가 물었다.

"난 아무것도 바라지 않네. 사람들은 오직 하고 싶은 것만 하지—그리고 할 수 있는 것만 하고. 만약에 그들이 그 밖에 무언가를 할 수 있다면, 할 만한 일이 생기겠지."

다시 제럴드가 곰곰이 생각했다. 그는 버킨에게 성내지는 않을 것이었다.

"자네가 말했듯이, 광부의 피아노가 광부의 생활에서 아주 절실한 것의 상징, 고차원적인 것에 대한 진정한 욕구의 상징이 아닐까?"

"고차원이라고?" 버킨이 큰 소리로 물었다. "그렇지. 곧추 선 장엄의 놀라운 높이가 되겠지. 옆집 광부의 눈엔 피아노의 키가 높은 만큼 더 고급으로 보이겠지. 그는 이웃의 눈에 비친 대로의 자신을 보겠지. 마치 브록큰 산정*의 운무 속에서처럼 피아노 덕택에 몇 자 더 크게 보이고 이에 만족하겠지. 그는 말하자면 브록큰 산정의 허상을 위해서, 인간 눈에 비친 자신의 영상을 위해서 사는 거지. 자네도 마찬가질세. 만약에 자네가 인류에 대단히 중요한 인물이라면 자넨 자신에게 대단히 중요한 사람인 거야. 바로 그것 때문에 자네가 탄광에서 그렇게 열심히 일하는 거지. 만약에 자네가 하루에 5천 명의 먹거리를 요리할 만큼의 석탄을 생산할 수 있다면, 자넨 자네의 먹을 걸 요리할 때보다 5천 배나 더 중요한 인물이 되지."

"그렇다고 생각해." 제럴드가 웃으며 말했다.

"자넨 이걸 모르겠나?" 버킨이 물었다. "이웃이 먹도록 돕는 것은 자신이 먹는 것과 같다네. '내가 먹는다. 그대가 잡수신다. 그가 먹는다. 우리가 먹는다. 당신네가 먹는다. 그들이 먹는다'—그다음엔 어떻게 되는 거지? 왜 '먹는다'라는 동사를 격변화 시켜야 하는지? 내

---

* 독일의 브록큰 산정에 오르면 운무 속에서 사람의 영상이 실제보다 더 크게 비친다고 함.

겐 일인칭 단수로 충분해."

"자넨 물질적인 것에서부터 시작해야겠어." 제럴드가 말을 했고 버킨은 이 말을 무시했다.

"우린 무언가를 위해 살아야 해. 우린 풀을 뜯어 먹고 그것으로 만족하는 가축이 아니야." 제럴드가 말했다.

"나한테 말해 보게나. 그래, 자넨 무엇을 위해 사나?" 버킨이 물었다.

제럴드의 얼굴이 당혹스러워졌다.

"내가 무엇을 위해 사냐고?" 그가 되풀이해 물었다. "목적이 있는 존재인 이상 난 무언가를 생산하기 위해 산다고 생각해. 그것과 별도로, 내가 살고 있으니 사는 거고."

"자네의 일이 무언가? 매일 땅속에서 수천 톤의 석탄을 더 많이 캐내는 것. 우리가 원하는 석탄을 다 캐고, 모든 푹신한 가구와 피아노를 소유하고, 토끼를 잘 요리해 먹고, 따뜻하고 배가 부르고, 젊은 여자가 피아노 연주하는 걸 들으면, 그다음엔 어떻게 한담? 자네가 물질적인 것들로 출발을 잘한 뒤에는 무엇을 하지?"

버킨의 이러한 말과 빈정대는 기질에 제럴드가 웃으며 앉아 있었다. 그러나 그도 생각에 잠겼다.

"우린 아직 그런 단계엔 못 미쳤어." 그가 대답했다. "상당수의 사람이 아직도 토끼고기와 요리할 불이 필요해서 기다리고 있어."

"그래, 자네가 석탄을 캐는 동안 나는 토끼를 사냥하라고?" 버킨이 제럴드를 조롱하며 말했다.

"뭐, 그런 말이 되겠지." 제럴드가 대답했다.

버킨이 그를 빤히 쳐다보았다. 그는 제럴드의 완전히 태평스런 냉

담함과 생산성이란 그럴듯한 윤리 안에서 번뜩이는 이상한 악의마
저 느꼈다.

"이봐, 난 자네가 증오스러워."

"그렇다는 걸 알아." 제럴드가 말했다. "그런데 왜지?"

버킨이 속을 알 수 없는 표정으로 얼마 동안 생각에 잠겼다.

"난 자네가 나를 증오한다는 것을 의식하길 바라네." 마침내 그
가 입을 열었다. "자넨 의식적으로 나를 혐오하고—불가사의한 증오
심으로 날 미워한 적이 있나? 난 별이 반짝이듯, 자넬 묘하게 미워
할 때가 있어."

제럴드가 대단히 놀랐고 좀 당황하기까지 했다. 무슨 말을 해야
할지 몰랐다.

"물론 나도 자넬 가끔은 미워하네." 그가 말했다. "그렇지만 그걸
의식은 못 해—말하자면 날카롭게 의식하지는 않지."

"그런 만큼 더 나쁜 거지." 버킨이 말했다.

제럴드가 호기심 어린 시선으로 그를 쳐다보았다. 그를 제대로
이해할 수 없었다.

"그만큼 더 나쁘다고?" 그가 되풀이해 물었다.

두 사람 사이에 얼마 동안 침묵이 흐르는 사이, 기차는 계속 달
렸다. 버킨의 얼굴엔 좀 짜증스런 긴장감이 서렸다. 그가 양미간을
잔뜩 찌푸렸는데 그건 날카롭고 난처한 표정이었다. 제럴드가 그를
주의해서 조심스레 좀 계산적으로 쳐다보았다. 왜냐하면, 그가 무얼
노리는지 알 수가 없었기에.

갑자기 버킨이 상대방의 눈을 똑바로 압도하듯 들여다보았다.

"제럴드, 무엇이 자네 인생의 목적이고 대상이라 생각하나?" 그

가 물었다.

제럴드가 다시 흠칫 놀랐다. 그의 친구가 무엇을 노리는지 알 수가 없었다. 나를 놀리려는 건가? 아닌가?

"이 순간엔 즉각적으로 대답할 수 없네." 그가 약간은 빈정대는 투로 대답했다.

"자넨 사랑이 인생 전부이고 최후의 목적이라 생각하나?"

버킨이 굉장히 심각하게 직설적으로 물었다.

"내 인생의?" 제럴드가 물었다.

"그래."

정말로 당혹스러운 침묵이 흘렀다.

"그렇다고 말할 수 없어." 제럴드가 대답했다. "지금까지 그렇지 않았어."

"그러면 지금까지 자네 인생은 어땠나?"

"아—나 자신을 위해 상황을 파악하고—경험을 쌓고—일이 돌아가도록 했지."

버킨이 잔뜩 이마를 찡그렸는데 그 모양이 꼭 강철에 예리하게 골이 파인 것 같았다.

"내가 발견하기는," 그가 말을 시작했다. "사람은 진짜로 순수하고 독자적인 한 가지 활동이 필요하다는 거야—난 사랑을 순수한 독자적인 활동이라고 보겠어. 그렇지만 난 진정으로 누굴 사랑하고 있지 않아—지금은 아니야."

"누군가를 진짜 사랑해본 적이 있어?" 제럴드가 물었다.

"그렇기도 하고 아니기도 해." 버킨이 대답했다.

"궁극적으로는 아니야?" 제럴드가 물었다.

"궁극적으로—궁극적으로—아니." 버킨이 대답했다.

"나도 아니야." 제럴드가 말했다.

"그래 사랑하고 싶나?" 버킨이 물었다.

제럴드가 거의 냉소적인 눈을 반짝이며 상대방의 눈을 오래 들여다보았다.

"모르겠어." 그가 대답했다.

"난 원해—난 사랑하고 싶어." 버킨이 말했다.

"그렇다고?"

"그래. 난 사랑의 궁극성을 원해."

"사랑의 궁극성이라." 제럴드가 되풀이해 말했다. 그리곤 잠시 기다렸다.

"오로지 한 여자만?" 그가 말을 덧붙였다. 바깥 들판을 노랗게 물들이는 저녁 빛이 버킨의 긴장되고 추상적이며 단호한 얼굴을 비춰 주었다. 제럴드는 아직 그 말을 이해할 수가 없었다.

"그래. 한 여자야." 버킨이 다시 말했다.

그러나 제럴드에게는 버킨이 신념이 아니라 고집을 부리는 말처럼 들렸다.

"난 여자를 믿지 않거니와 여자만이 내 삶을 이루리라 믿지 않아." 제럴드가 말했다.

"자네와 여자 사이의 사랑이—삶의 중심과 핵심이 아니란 말인가?" 버킨이 물었다.

제럴드가 야릇하고 위험스럽게 보이는 미소를 지으며 눈을 작게 뜨고는 버킨을 주시했다.

"난 인생을 그런 식으로 느낀 적이 없어." 그가 대답했다.

"그런 적 없다고? 그렇다면 자넨 어디에 인생의 중심축을 두지?"

"모르겠는데—누군가가 그걸 나에게 말해주면 좋겠어. 내가 이해하는 한, 인생엔 중심이 전혀 없어. 사회적 기계 장치(mechanism)에 의해 인위적으로 한데 뭉친 것이지."

버킨이 무언가를 깨려는 듯이 생각을 곰곰이 했다.

"알아." 그가 말했다. "삶에 중심이 없어. 낡은 이상들은 완전히 죽었고—거기엔 아무것도 없어. 내 생각엔 여자와의 완전한 결합만이 남은 것 같아—일종의 궁극적인 결혼이지—그 밖에 다른 길은 없어."

"그럼 그런 여자가 없다면, 인생에 아무것도 없단 말인가?" 제럴드가 물었다.

"그렇다는 말이 되겠지—하느님이 없다는 걸 아는 지금은 말이야."

"그렇다면 우린 어쩔 수 없이 그런 지경에 처해 있구먼." 제럴드가 말했다. 그가 고개를 창밖으로 돌려 휙휙 지나가는 황금색 경치를 내다보았다.

버킨은 무심해지려는 용기를 내었지만, 그의 얼굴이 얼마나 잘 생기고 군인다운지를 인정하지 않을 수 없었다.

"자넨 삶이 우리에게 매우 불리하다고 생각하나?" 버킨이 물었다.

"만약에 한 여자로 우리의 삶을 이루어야 한다면, 한 여자만이라면, 그래. 그렇다고 생각해." 제럴드가 말했다. "그런 식으로 내 삶이 성공적일 거라 믿질 않아."

버킨이 그를 성난 듯한 표정으로 주시했다.

"자넨 태어나길 불신자로 태어났어."

"난 내가 느끼는 것만 느껴." 제럴드가 말했다. 그리고 버킨을 거의 냉소적으로 다시 쳐다보았다. 그의 푸른 눈은 사나이다웠고 날카로운 빛을 내고 있었다. 그 순간 버킨의 눈은 분노로 가득했다. 그러나 그 눈은 재빠르게 걱정스럽고 의심스러운 표정으로 바뀌었고 따스하고 풍부한 애정과 웃음으로 가득했다.

"난 자네가 심히 걱정돼, 제럴드." 그가 이마를 찌푸리며 말했다.

"그렇다는 걸 알겠어." 제럴드가 이 말을 하며, 곧 사내답고 군인답게 웃으며 이빨을 드러냈다.

제럴드는 무의식중에 버킨에게 끌렸다. 그는 버킨 가까이 있기를 바랐고 그의 영향권 안에 있기를 바랐다. 버킨에겐 그와 아주 동질적인 면이 있었다. 그러나 이 선을 넘어서면 별로 관심을 두지 않았다. 제럴드, 그 자신이, 어떤 남자가 알고 있는 것보다 더 단단하고 오래갈 진실을 지녔다고 그는 느꼈다. 자신이 더 연륜이 많고 더 아는 것이 많다고 느꼈다. 그가 친구에게서 좋아한 것은 재빨리 변하는 동정심과 융통성, 재기 넘치는 온정의 말이었다. 그가 즐긴 것은 풍부한 말장난과 재빠른 감정의 주고받음이었다. 말의 진짜 내용을 진지하게 생각해 본 적은 없었다. 그 자신이 더 잘 아니까.

버킨이 이 점을 잘 알고 있었다. 제럴드가 그를 좋아하면서도 그의 말은 진지하게 받아들이길 원치 않는다는 걸. 그래서 그가 굳어지고 냉담하게 되었다. 기차가 달려갈 때에 그는 대지를 쳐다보았고, 제럴드는 생각에서 떨어져 나가, 그에게 아무것도 아니게 되었다.

버킨이 저녁놀이 비친 대지를 바라보며 생각에 잠겼다. "만약에 인류가 파괴되고, 우리 인종이 소돔처럼 멸망한다 해도 빛나는 대지와 나무와 더불어 이 아름다운 저녁이 있다면 난 만족하겠어. 이 모든 것의 형성 원리가 되는 것은 여기에 있고 절대로 상실되지 않을 테니까. 결국, 인류란 이해하지 못할 세계의 한 가지 표현에 지나지 않지. 만약에 인류가 사라지면, 그건 한 특정한 표현이 완성되어 끝났다는 것을 의미할 따름일 거야. 표현된 것, 표현될 것은 줄어들지 않아. 석양이 비치는 저녁, 저곳에 있지. 인류가 사멸되라고 하지—사라질 때가 되었어. 창조의 말씀들은 그치지 않을 것이며, 그것들은 저기에 있을 따름이야. 인류가 미지 세계의 말씀을 더는 구현하지 않아. 인류란 죽은 글자에 불과해. 새로운 구현이 새로운 방식으로 생기겠지. 인류란 될 수 있는 한 빨리 사라지라고 하지."

제럴드가 질문하여 그의 생각을 중단시켰다.

"런던 어디서 묵을 거야?"

버킨이 눈을 쳐들었다.

"소호*에 있는 한 친구네에서. 아파트의 집세 일부를 내가 내고 필요할 때 거기서 묵어."

"좋은 생각이네—일종의 자네만의 거처가 있으니까." 제럴드가 말했다.

"그래. 그렇지만 별로 맘에 안 들어. 거기서 만나는 치들에게 싫증 났어."

"어떤 치들인데?"

"미술—음악—런던의 보헤미아인들—가장 비열하게 금전 문제를 따지는 보헤미아 지대야. 그렇지만 몇 명은 젊잖아. 어떤 면에선 말이야. 그들이야말로 세상을 철저히 배척하는 자들이지—어쩌면 그 치들은 배척과 부정의 제스처로만 살아간다고 할까—그렇지만 하여튼 부정적으로 상당한 인물이지."

---

* 런던의 중심 지역으로 극장, 영화관, 음식점이 밀집한 곳.

"직업이 뭔데?—화가, 음악가?"

"화가, 음악가, 작가—식객, 모델, 진보적인 젊은이, 인습과는 공개적으로 사이가 틀어지고 특별히 어디에도 속하지 않은 치들이지. 대학에서 내려온 젊은이도 종종 있어. 독자적인 삶을 사는 여자도 있고."

"모두가 무절제한가?" 제럴드가 물었다.

버킨은 그의 호기심이 발동한 것을 알 수 있었다.

"한 가지 면에선. 대부분은 각기 다른 방식으로 묶여있어. 그들의 충격적인 면에서는 모두가 일색이지."

그가 제럴드를 쳐다보았다. 그의 푸른 눈이 알고자 하는 의욕의 작은 불꽃으로 밝아진 것을 알 수 있었다. 그가 얼마나 잘 생겼는지도 다시 알았다. 제럴드는 매력적이었다. 피가 자극을 받아 원활히 흐르는 듯했다. 그의 푸른 눈은 예리하지만 차가운 빛으로 이글이글 타올랐고 그의 신체, 체격엔 그 어떤 매력과 아름다운 수동성이 있었다.

"우리 서로 좀 만나지—난 런던에 2, 3일 있을 거야." 제럴드가 제안했다.

"그러지." 버킨이 응했다. "난 극장이나 음악당엔 갈 마음 없어—자네가 내 아파트에 들르면 핼러데이와 그 단짝들이 어떤 자들인지 판단할 수 있을 거야."

"고맙네—그러지." 제럴드가 웃었다. "오늘 저녁엔 뭘 할 건가?"

"폼퍼두어 카페에서 핼러데이와 만나기로 약속했어. 형편없는 곳이지만 그밖에 갈 곳이 없어."

"어디 있는데?" 제럴드가 물었다.

"피커딜리 광장.*"

"아, 그래—내가 거기로 갈까?"

"물론이지. 재미날 걸세."

땅거미가 지고 있었다. 기차가 베드포드를 지났다. 버킨이 시골 풍경을 쳐다보았고 일종의 절망감이 마음에 차올랐다. 그는 런던이 가까워져 오면 항상 기분이 이러했다. 그의 인간과 인간 무리에 대한 혐오감은 거의 질병이나 진배없었다.

> 조용한 빛깔의 석양이 미소를 짓네
>
> 멀리, 멀리—**

그가 저주받아 죽게 된 사람처럼 혼자 중얼거리고 있었다. 미묘하게 긴장되고, 신경을 곤두세우고 있던 제럴드가 몸을 앞으로 기울고 미소를 지으며 물었다.

"뭐라고 그랬지?" 버킨이 그를 힐끗 보고 웃으며 되풀이했다.

> 양들이 졸고 있는 저 호젓한
>
> 초원 위에
>
> 조용한 빛깔의 석양이 미소를 짓네.
>
> 멀리, 멀리—

---

* 런던 번화가의 중심.

** 영국의 19세기 시인 로버트 브라우닝의 시, 〈폐허 속의 사랑〉의 첫머리.

제럴드도 이제 시골 풍경을 내다보고 있었다. 그리고 무슨 이유에서인지 지금은 지치고 기가 꺾인 버킨이 그에게 말했다.

"기차가 런던으로 들어올 때면 난 언제든 최후의 날을 맞는 느낌이야. 난 너무도 절망을 느끼고 낙심되어서 세상의 종말이라는 느낌이 들어."

"정말!" 제럴드가 물었다. "종말이라 겁을 먹게 되나?"

버킨이 어깨를 들어 천천히 으쓱했다.

"모르겠어." 그가 대답했다. "세상의 종말이 임박했지만 정작 닥치지 않으니 겁이 나지. 그러나 사람들이 나에게 아주 고약한 느낌을 줘—아주 고약한."

제럴드의 눈엔 즐거운 미소가 피어났다.

"그래?" 그가 물었다. 그리곤 버킨을 비판의 눈으로 주시했다.

몇 분 만에 기차가 런던 교회의 지저분한 지대를 지나고 있었다. 기차 칸의 모든 사람이 긴장하고 내릴 준비를 하고 있었다. 마침내 기차가 엄청나게 큰 기차역 지붕 안으로 들어갔다. 이 도시의 어마어마하게 큰 음지였다. 버킨이 완전히 자신을 닫아버리고—이제 자신 속으로 들어가 있었다.

두 사람은 택시를 같이 탔다.

"저주받았다는 느낌이 안 들어?" 버킨이 물었다. 그는 쏜살같이 달리는 작은 택시 안에 앉아서 흉측스런 큰길을 내다보았다.

"아니." 제럴드가 웃었다.

"이건 진짜 죽음이야." 버킨이 말했다.

제6장 박하 리큐르*

그들은 여러 시간 후에 카페에서 다시 만났다. 제럴드가 여닫이문을 통과해 천정이 높은 커다란 방에 들어섰는데 거기엔 술을 마시는 사람들의 얼굴과 머리가 희뿌연 담배 연기 속에서 어렴풋이 보였다. 이 모습은 벽에 있는 큰 거울에 더 흐릿하게 반사되었고 무한대로 반복되었다. 그는 푸른 담배 연기 속에서 유령 같은 사람들이 웅성거리는 희미한 세계로 들어서는 듯했다. 그러나 빨간 플러시 천 좌석이 쾌락의 거품 내부에다 실체감을 주었다.

제럴드가 조심스러운 얼굴빛으로 찬찬히 둘러보면서 테이블 사이를 지나가자 사람들이 어렴풋이 보이는 얼굴로 쳐다보았다. 그는 이상한 영역으로, 조명이 된 새로운 지역으로 들어가서 한 무리의 방탕한 사람들 사이에 있는 듯했다. 그는 기분이 좋았고 재미있었다. 희미하게 점멸하고, 테이블 위에서 기묘하게 조명을 받는 수그린 얼굴들을 그가 둘러보았다. 그때에 버킨이 일어나 손짓하는 것을 보았다.

버킨의 테이블에는 복슬복슬하고 검고 부드러운 머리를 한 여자가 앉아 있었다. 머리를 예술가 모양으로 짧게 자르고 곧게 부풀려

---

* 리큐르는 향료를 넣은 단맛의 독한 술로 주로 식후에 마심.

내려서 이집트 공주 같은 스타일이었다. 그녀는 몸집이 작고 연약하였고, 볼은 발그레하며 크고 검은 눈은 적의를 품고 있었다. 그녀의 자태에는 거의 아름답다고 할 정도의 우아함이 있었지만 동시에 어느 정도 매력적인 야비한 기질이 보였다. 이에 제럴드의 눈에는 즉각적으로 작은 불꽃이 일었다.

잠잠하며 존재감이 없어 보이는 버킨이 자신의 존재는 죽이고 그녀를 대링턴 양이라고 소개했다. 그녀가 갑자기 마지못해 손을 내밀었다. 그러는 내내 제럴드를 크게 뜬 검은 눈으로 쳐다보았다. 그가 앉는데 몸이 달아올랐다.

웨이터가 나타났다. 제럴드가 다른 두 사람의 잔을 힐끗 보았다. 버킨은 초록색의 무엇인가를 마시고 있었고, 대링턴 양은 리큐르용 작은 유리잔을 들고 있었는데 거의 바닥이 드러나 있었다.

"더 마시겠어요—?"

"브랜디요."라고 여자가 말하면서 나머지를 홀짝 마시고 잔을 내려놓았다. 웨이터가 사라졌다.

"아니요." 그녀가 버킨에게 말했다. "내가 돌아온 걸 그인 몰라요. 이곳에서 날 보면 질겁을 할 거예요."

그녀가 약간 어린애같이 혀 짧은소리로 발음했는데 그건 취기 때문이기도 했고 그녀의 성격을 그대로 드러내 주었다. 그녀의 목소리는 나른하고 단조로웠다.

"그러면 그이는 어디 있어요?" 버킨이 물었다.

"스넬그로브 귀부인 댁에서 개인전을 열고 있어요." 그녀가 대답했다. "워른스도 거기 있어요."

잠시 침묵이 흘렀다.

"저, 그러면," 버킨이 차분히 두둔하는 태도로 물었다. "어떻게 할 거요?"

여자는 시무룩해 하며 가만히 있었다. 그런 질문이 싫었다.

"어떤 대응도 하지 않을 거예요." 그녀가 대답했다. "내일 모델을 할 자리를 좀 알아보려고요."

"누구한테 갈 건데요?" 버킨이 물었다.

"우선 벤틀리 씨 화실로 갈 거예요. 그렇지만 그분은 내가 도중에 도망쳤다며 성이 나 있어요."

"성모 마리아 모델을 하다가요?"

"네. 만약에 날 원치 않으면 커마던 씨에게서 모델 자리를 구할 수 있을 거예요."

"커마던 씨?"

"커마던 경인데요—그는 예술 사진을 찍어요."

"시폰을 걸친 어깨를—"

"네. 그렇지만 그분은 굉장히 점잖아요." 잠시 말이 없었다.

"줄리어스'와의 관계는 어떻게 하고요?" 그가 물었다.

"아무것도 안 하지요." 그녀가 대답했다. "그냥 무시할 거예요."

"그와의 관계는 완전히 청산한 거요?" 그러나 그녀는 시무룩해서 얼굴을 돌리고 그 질문에 대답하지 않았다.

다른 젊은이가 서둘러 테이블로 왔다.

"안녕! 버킨. 안녕! 푸썸". 잘 있었어? 언제 돌아왔어?" 그가 열심

---

* 핼러데이 씨의 이름.

** 대링턴 양의 별명.

히 물었다.

"오늘."

"핼러데이가 알고 있어?"

"몰라. 난 관심 없어."

"아하! 바람은 아직도 그곳에서 일고 있나? 이 테이블로 옮겨와도 괜찮겠어?"

"난 지금 우퍼트 씨와 얘기 중인데." 그녀가 냉정히 그러나 어린 애처럼 간청하듯 말했다.

"터놓고 하는 고백이라―정신 건강에 좋겠는데? 응?" 젊은이가 말했다. "그럼, 안녕!"

그리곤 젊은이가 버킨과 제럴드를 날카롭게 쏘아보고는 코트 자락을 휙 날리며 떠났다.

이러는 동안 내내, 제럴드는 완전히 무시되었다. 그러나 그 여자가 가까이서 그를 육체적으로 의식한다는 걸 그가 느꼈다. 그는 기다리며 귀를 기울였고 대화를 이어 맞추려고 애썼다.

"아파트에 묵으실 거예요?" 그녀가 버킨에게 물었다.

"사흘 동안이요." 버킨이 대답했다. "당신은?"

"아직 모르겠어요. 난 버사 집에 언제든 갈 수 있어요." 침묵이 흘렀다.

갑자기 그 여자가 제럴드에게 고갤 돌리며, 다소 격식을 차린 공손한 목소리로 물었다. 그건 자신이 사회적으로 열등하다는 것을 인정하여 거리를 두는 여자의 태도였다. 그러면서도 이야기하는 남자에게 친밀한 감정을 담은 어조였다.

"런던을 잘 아세요?"

"그렇다고 말할 수 없어요." 제럴드가 웃었다. "런던엔 여러 번 왔지만, 이곳은 전에 와본 적이 없거든요."

"그러면 예술가가 아니세요?" 그를 외부인으로 보는 어조로 그녀가 물었다.

"예." 그가 대답했다.

"저분은 군인이고 탐험가이고 산업계의 나폴레옹 같은 거물이에요." 버킨이 그가 보헤미아에 들어올 인물임을 인정하며 소개했다.

"군인이세요?" 그녀가 차갑지만 생생한 호기심을 가지고 물었다.

"아니요. 장교직을 퇴임했어요." 제럴드가 대답했다. "몇 년 전에요."

"보어 전쟁에 참전했어요." 버킨이 말했다.

"정말이에요?" 그녀가 물었다.

"그리고 아마존 유역도 탐험했고, 지금은 탄광을 거느리고 있어요." 버킨이 덧붙였다.

여자가 꾸준하고 차분한 호기심을 갖고 제럴드를 바라보았다. 제럴드는 자신이 소개되는 걸 들으며 웃었다. 그는 또한 자부심을 느꼈고, 남성의 힘이 넘쳤다. 그의 날카롭고 푸른 눈은 웃음이 일자 밝게 빛났고, 윤기 나는 금발인 그의 불그스레한 얼굴에는 만족감이 넘쳤고 생명력으로 달아올랐다. 그가 여자를 자극한 것이다.

"얼마나 묵으실 거예요?" 그녀가 그에게 물었다.

"하루나 이틀쯤이요." 그가 대답했다. "그렇지만 특별히 서두를 필요는 없어요."

여자가 그의 얼굴을 계속 천천히 뚫어지게 보는데, 그건 그에게 매우 큰 흥분과 호기심을 일으켰다. 그는 자신을, 자신의 매력을 예민하고 기분 좋게 의식했다. 힘이 넘치는 걸 느꼈고, 일종의 전기력을 내보낼 수 있을 것 같다고 느꼈다. 그리고 그녀의 진하게 달아오른 시선이 그에게 와 닿는 걸 의식했다. 그녀의 눈은 아름답고 진했으며 크게 뜬 채 달아올라 그를 볼 때에 적나라하게 드러났다. 눈에는 퇴폐의 얇은 막이, 비탄과 샐쭉함의 막이 물 위에 기름처럼 떠 있는 듯했다. 여자는 더운 카페 안에서 모자를 쓰지 않았고, 헐렁하고 간소한 원피스를 입고 있었는데, 그 끈이 목둘레에 매여 있었다. 그러나 그 옷은 진한 복숭아 색깔의 크레이프 감이었고 탄탄한 목에서 가느다란 손목까지 부드럽게 축 늘어져 있었다. 그녀의 외양은 단순하면서 완전했고 정말로 아름다웠다. 왜냐하면, 그녀의 몸매는 균형이 잡혔고, 부드럽고 숱이 많은 검은 머리카락은 머리 양쪽에 수직으로 찰랑거렸고, 이목구비는 곧고 작으면서 부드러웠고 약간 통통하게 굴곡진 것이 이집트인 같았고, 그녀의 목은 가늘었고 환한 색의 겉옷이 가냘픈 어깨에 드리워졌기 때문이다. 그녀는 아주 조용한, 거의 무와 같은 태도를 보이며, 동떨어져 유심히 지켜보고 있었다.

그녀는 제럴드에게 대단한 매력을 발휘했다. 그가 강력한 힘으로 그녀를 기분 좋게 지배한다고 느꼈다. 잔인함에 가까울 정도로 그녀를 본능적으로 꽉 껴안는 것 같았다. 왜냐하면, 그녀는 희생물이기 때문이었다. 그녀가 자기의 손아귀 안에 들어있다고 느꼈기에 관대하게 굴었다. 짜릿짜릿함이 그의 사지를 팽창하게 하여 관능적으로 풍부하였다. 그의 내뿜는 힘으로 그녀를 완전히 으스러뜨리고자 했다. 그러나 그녀는 자신을 내어 맡긴 채, 떨어져서 기다리고 있었다.

그들은 일상적인 일에 대해 얼마 동안 이야길 나누었다. 갑자기 버킨이 소리쳤다.

"저기 줄리어스가 보이네!" 그리고 그가 반쯤 일어나 그에게 손짓했다. 여자는 호기심에 고약한 몸짓으로 몸은 꼼짝 않고 어깨너머로 시선을 보냈다. 제럴드가 그녀의 검고 부드러운 머리카락이 귀 위로 쏠리는 걸 눈여겨보았다. 여자가 다가오는 남자를 뚫어지게 본다는 느낌이 들어 그도 쳐다보았다. 안색이 창백하고 체격이 떡 벌어진 젊은이였다. 검은 모자를 썼는데 그 밑으로 꽤 긴 금발이 쪽 고르게 늘어져 있었다. 그는 여기저기 의자에 걸리며 걸어왔다. 얼굴엔 청순하고 따스한 미소를 짓고 있었는데 어딘가 생기가 없어 보였다. 그가 버킨 쪽으로 다가와서 서둘러 반갑게 인사를 했다.

그가 아주 가까이 와서야 여자를 알아보았다. 그가 몸을 움츠리며, 하얗게 질리더니 고성으로 비명을 질렀다.

"푸썸, 당신 여기서 뭘 하고 있어?"

카페에 있던 모든 사람이 비명 소릴 듣고 동물처럼 쳐다보았다. 핼러데이가 얼어붙은 듯 서서 저능아 같은 미소를 허연 얼굴에 짓고 있었다. 여자는 검은 눈으로 그를 노려보기만 했다. 그 눈에선 측정할 수 없는 무서운 앎과 무기력한 빛이 번뜩였다. 그녀는 그 앞에서 좀 주눅이 들어 있었다.

"왜 돌아왔어?" 핼러데이가 똑같이 신경질적인 고성으로 다시 물었다. "돌아오지 말라고 했잖아."

여자는 대답하지 않았다. 단지 똑같이 차갑게 무표정하며 무거운 시선으로 그를 똑바로 응시했고, 그는 몸을 지탱하려는 듯 옆 테이블에 기대어 움츠리고 서 있었다.

"당신은 저 여자가 돌아오길 원했잖소―자 이리 와서 앉아요." 버킨이 그에게 권했다.

"아니요. 난 저 여자가 돌아오길 원하지 않았고, 돌아오지 말라고 했어요. 푸썸, 왜 돌아왔어?"

"당신에게서 뭘 바라서가 아니야." 그녀가 원한이 가득하고 묵직한 목소리로 대답했다.

"그렇다면 도대체 왜 돌아온 거야?" 핼러데이가 비명처럼 목소리를 높여 물었다.

"오고 싶으니까 온 거 아니요." 버킨이 말을 거들었다. "앉을 거요? 그만둘 거요?"

"싫어, 푸썸과는 같이 앉지 않아요." 핼러데이가 큰 소리로 말했다.

"해치지 않을 테니 겁먹을 거 없어요." 여자가 핼러데이에게 아주 퉁명스럽게 그렇지만 그를 보호하는 어조로 말했다.

핼러데이가 와서 테이블 앞에 앉으며 손을 가슴에 얹고 외쳤다.

"아, 난 깜짝 놀랐어! 푸썸, 이런 일 제발 안 했으면 좋겠어. 왜 돌아왔지?"

"당신에게 뭘 바라서가 아니래도." 그녀가 거듭 말했다.

"그런 말은 전에도 했잖아." 그가 고성으로 외쳤다.

여자가 그에게서 완전히 몸을 돌려 제럴드 크라이치를 향했다. 제럴드의 눈은 묘하게 즐거운 빛으로 반짝거렸다.

"댁은 야만인을 아쭈 많이 무서워한 적 있으세요?" 그녀가 차분하며 어린애 같은 목소리로 조용히 물었다.

"아니요—아주 무서워한 적 없어요. 대체로 그들은 해롭지 않아요—아직 제대로 태어나지 못한 것이니, 정말 그들을 무서워할 수가 없지요. 그들을 다룰 수 있다는 걸 알게 돼요."

"진짜로요? 아쭈 사납지 않아요?"

"별로요. 사실상, 사나운 것들은 별로 없어요. 사람이든 동물이든 정말로 위험한 요소를 지닌 것은 많지 않아요."

"무리를 지을 때 말고는." 버킨이 끼어들었다.

"정말로 그래요?" 그녀가 말했다. "아, 난 야만인은 죄다 아주 위험하다고 생각했어요. 사람이 눈을 들기도 전에 삼켜버리는 줄 알았어요."

"그랬어요?" 제럴드가 웃었다. "야만인들이 과장된 거지요. 그들은 다른 사람들과 너무도 비슷해요. 처음 만날 때 말고는 흥분되지도 않아요."

"그럼 탐험가가 되려면 아주 놀랍도록 용감해야 하지 않나요?"

"그러지 않아도 돼요. 그건 공포의 문제가 아니라 고생을 어떻게 이겨내느냐의 문제지요."

"아! 그럼 한 번도 무서워 한 적 없었어요?"

"내가 살면서요? 모르겠네요. 그래요. 내가 무서워하는 게 있어요―갇힌다든가, 가령 어딘가에서 감금된다든가―또는 묶인다든가 뭐 그런 것. 손발이 묶이는 게 무서워요."

그녀가 검은 눈으로 그를 계속 쳐다보았다. 그 시선이 그에게 머물며 내면 아주 깊이 그를 흥분시켜서, 그의 위쪽의 자아(upper self)를 상당히 침착하게 했다. 그녀가 마치 그의 신체의 가장 깊고 어두운 골수에서, 그의 자아가 드러나게 그녀가 겉으로 끌어당기는 것을 느끼니 아주 기분이 좋았다. 그녀는 알고 싶어 했다. 그녀의 검은 눈이 그의 벌거벗은 유기체를 꿰뚫어보는 것 같았다. 그가 느끼기에, 그녀는 어쩔 수 없이 그에게 끌려왔고, 그와 접촉하도록 운명지어졌고, 그를 보게 될 것이고 알게 될 것이었다. 그리고 이런 느낌이 묘한 희열감을 일으켰다. 또한, 그가 느끼기에, 그녀는 그의 손아귀에 자신을 포기하고 그를 따라야만 했다. 그녀는 아주 비속한 노예같이 그를 주시하면서 그에게 빨려들었다. 그가 하는 말엔 그녀의 관심이 없었다. 그녀가 그의 자아의 드러남, 그 자체에 홀딱 빠져서 그의 은밀한 곳을, 남성인 그의 존재를 경험하고 싶어 했다.

제럴드의 얼굴은 기괴한 미소로 환해졌고, 활력과 흥분이 넘쳤으나 의식하지는 못했다. 그는 테이블에 팔을 대고 앉았고, 햇볕에 그을려 좀 음흉스런 짐승의 손 같았지만 잘 생기고 매력적인 그의 손을 그녀 쪽으로 뻗었다. 그리고 그의 손이 그녀를 매혹했다. 자신의 매혹됨을 그녀는 알았고, 주시하고 있었다.

다른 남자들이 그 테이블로 와서 버킨과 핼러데이와 말을 나누었다. 제럴드가 낮은 목소리로 따로 푸썸에게 말을 걸었다.

"어디서 돌아왔어요?"

"시골에서요." 푸썸이 아주 낮지만 잘 울리는 목소리로 대답했다. 그녀의 얼굴은 굳게 닫혀 있었다. 그녀는 계속해서 핼러데이를 흘낏 흘낏 쳐다보았고 어두운 빛이 그녀 눈에 퍼졌다. 그 숱 많은 금발의 청년은 그녀를 완전히 무시했다. 그는 정말 그녀를 무서워했다. 얼마 동안 그녀는 제럴드를 의식하지 않으려 했다. 아직은 그가 그녀를 정복하지 못했다.

"그래 핼러데이 씨가 이 일과 무슨 상관이요?" 그가 계속 숨죽인 목소리로 물었다.

그녀는 잠시 대답을 하지 않으려 했다. 그러다 마지못해 말했다.

"저이가 나와 함께 살았어요. 이제 나를 내동댕이치려 해요. 그렇지만 내가 다른 사람에게 가는 건 원치 않아요. 내가 시골에 묻혀 살길 원해요. 그리곤 내가 그를 못살게 군다며, 나를 제거할 수 없다고 말해요."

"자기 마음을 모르나 봐요." 제럴드가 말했다.

"그이에겐 마음이란 게 없나 봐요. 그래서 알 수가 없어요." 그녀가 말했다. "그는 누군가가 무엇을 하라고 얘기해주길 기다려요. 자기가 하고 싶은 것을 한 적이 없어요—자기가 원하는 것이 무언지 모르니까요. 완전히 어린애예요."

제럴드가 잠시 핼러데이에게 시선을 주며 그 젊은이의 부드럽고 좀 타락해 보이는 얼굴을 주시했다. 얼굴이 보들보들한 것이 매력이었다. 얼굴이 보드랍고 포근하고 타락한 성질을 띠어 누구든 즐거운 마음으로 폭 빠질 만했다.

"그렇지만 저 사람이 당신을 꽉 잡고 있는 건 아니지요?" 제럴드가 물었다.

"내가 원치 않는데 저이가 강제로 나를 자기와 함께 살게 했어요." 그녀가 대답했다. "그가 와서는 눈물을 질질 흘리면서—그렇게 우는 건 본 적이 없어요—내가 그에게 돌아가지 않으면 견딜 수 없다고 했어요. 그가 떠나지 않고 언제까지나 있으려 했어요. 그래 날 돌아가게 했어요. 그리곤 매번 이런 식으로 처신해요. 이제 내가 아기를 가지니까 나에게 100파운드를 주곤 시골구석으로 보내려 해요. 그래서 영영 날 보지 않고 소식도 듣지 않으려는 거죠. 그렇지만 난 그렇게 하지 않을 거예요. 이후에—"

야릇한 표정이 제럴드의 얼굴에 나타났다.

"그래 애를 가질 거요?" 그가 믿기지가 않아 물었다. 그녀를 보니 너무나 어린 데다 출산과는 정신적으로 너무나 멀었고 그건 가

당찮아 보였다.

그녀가 그의 얼굴을 뚫어지게 보았다. 어린 그녀의 검은 눈이 이제 교활한 표정을, 사악을 아는, 어둡고 완강한 표정을 지었다. 그의 가슴에 불꽃이 내밀하게 달려왔다.

"그래요." 그녀가 말했다. "구역질 나는 일이지요?"

"애를 원하지 않소?" 그가 물었다.

"원치 않아요." 그녀가 강조하며 대답했다.

"그렇지만—" 그가 다시 물었다. "임신을 안지 얼마나 되었소?"

"10주요." 그녀가 대답했다.

그녀는 말하는 내내 흐릿한 검은 시선을 그에게 고정했다. 그는 아무 말 없이 생각에 잠겼다. 그러다가 태도를 바꾸어 냉정한 채로 사려 깊고 친절한 어조로 물었다.

"이 집에서 먹을 만한 것이 있어요? 당신이 먹고 싶은 게 있나요?"

"그래요." 그녀가 대답했다. "굴이 매우 먹고 싶어요."

"좋아요. 굴을 먹읍시다." 그리고 그가 웨이터에게 손짓했다.

핼러데이가 전혀 모르고 있다가, 작은 접시가 그녀 앞에 놓이는 걸 보았다. 그때에야 그가 갑자기 소리쳤다.

"푸썸, 브랜디를 마실 땐 굴을 먹어선 안 돼."

"당신과 무슨 상관이에요?" 그녀가 물었다.

"없지. 없어." 그가 외쳤다. "그렇지만 브랜디를 마실 땐 굴을 먹으면 안 돼.

"난 브랜디를 마시고 있지 않아요." 그녀가 대답하며 잔 밑에 남은 리큐르를 그의 얼굴에 뿌렸다. 그가 괴성을 질러댔고, 그녀는 무심한 듯 그를 쳐다보며 앉아 있었다.

"푸썸, 왜 이런 짓을 하지?" 그가 공포에 떨며 소리쳤다. 제럴드에 겐 그가 여자를 무서워하며 바로 그 상태를 즐긴다는 인상을 주었다. 그녀에 대한 경악과 증오를 즐기며, 진짜 공포 상태에서 그 감정을 뒤집어 가며 단맛을 쪽쪽 뽑아내는 것 같았다. 제럴드는 그가 이상한 멍청이라고 생각했지만, 상황은 통쾌했다.

"그렇지만, 푸썸. 저이에게 상처 주지 않는다고 약속했는데." 한 남자가 아주 작고도 빠른 이튼' 억양으로 말했다.

"난 상처 주지 않았어요." 그녀가 대답했다.

"무얼 마시겠어요?" 그 젊은이가 물었다. 그는 살갗이 거무칙칙하고 매끄러웠으며 은밀한 활력이 넘쳤다.

"맥심, 난 흑맥주는 싫어요." 그녀가 대답했다.

"샴페인을 주문해야지." 다른 사람의 부드럽게 속삭이는 목소리가 들렸다.

제럴드가 갑자기 이 말이 그에게 암시라고 깨달았다.

"샴페인 들까요?" 그가 웃으며 물었다.

"그래요. 쌉쌀한 맛이 나는 거로요." 그녀가 어린애처럼 혀 짧게 발음했다.

제럴드는 그녀가 굴을 먹는 걸 지켜보았다. 그녀는 지나치게 섬세하게 굴며 먹고 있었다. 그녀의 손가락은 가늘고 끝은 매우 민감한 듯해서, 아주 섬세한 손놀림으로 굴 껍데기를 가른 후에 조심스레, 섬세하게 굴을 먹었다. 그걸 보니 제럴드는 기분이 매우 좋았지만, 버킨은 신경이 쓰였다. 그들은 모두 샴페인을 마시고 있었다. 얼

---

* 런던 서남방에 있는 유서 깊은 이튼 고교를 말함.

굴이 매끈하고 따스한 빛을 띠고, 검은 머리칼엔 기름을 바른 새침한 러시아 청년 맥심 그만이 완전히 침착하고 말짱한 듯했다. 버킨은 멍하고 부자연스러워졌으며, 얼굴은 창백하였고, 제럴드는 계속 밝고 재미있어하는 차가운 미소를 눈에 짓고 있었다. 그는 보호하듯 푸썸 쪽으로 몸을 좀 기대고 있었는데 그녀는 아주 아름답고 부드러웠다. 그 모습은 선정적으로 활짝 피어난 빨간 연꽃 같았고, 지금은 와인을 마시며 남자들과 함께 어울려 흥분해 홍조를 띠우고 으쓱해졌다. 핼러데이는 우습게 보였다. 와인 한 잔을 마시자 곧 취해서는 킬킬거렸다. 그렇지만 그에겐 항상 즐겁고도 따스한 천진함이 있어 모두에게 호감을 주었다.

"난 까만 바퀴벌레 말고는 무서워하는 게 없어요." 푸썸이 갑자기 고개를 쳐들고 검은 눈으로 응시했는데 눈 위에는 제럴드를 향한 보이지 않는 열정의 막이 깔린 듯했다. 제럴드는 핏속에서부터, 위험스럽게 웃어젖혔다. 그녀의 어린애 같은 말투가 그의 신경을 애무하듯 건드렸다. 막이 깔리고 타오르는 그녀의 눈이 완전히 그에게 쏠리면서, 전의 자신의 행동은 죄다 잊어버리고 그에게 추파를 던졌다.

"난 무섭지 않아요." 그녀가 항의하듯 말했다. "다른 것은 무섭지 않아요. 단지 검은 바퀴벌레만—억!" 그녀는 생각만 해도 도저히 견딜 수 없다는 듯이 몸을 부르르 떨었다.

"그래," 제럴드가 술에 취한 남자의 곰상스런 어조로 물었다. "바퀴벌레를 보기만 해도 무섭다는 거요? 아니면 물릴까 봐, 해를 입을까 봐 무섭다는 거요?"

"물기도 하나요?" 그녀가 소리쳤다.

"너무도 징그러워!" 핼러데이가 소리쳤다.

"몰라요." 제럴드가 좌중을 둘러보며 대답했다. "바퀴벌레가 사람을 무나요?—그러나 그게 문제가 아니지요. 물릴까 봐 무서워요, 아니면 상상에서 오는 혐오감 때문인가요?"

푸썸은 그러는 내내 탁 풀린 시선을 그에게 쏟고 있었다.

"오, 바퀴벌레는 징그럽고 끔찍해요." 그녀가 큰 소리로 말했다. "보기만 해도 온몸에 소름이 끼쳐요. 만약에 내 몸에 기어오른다면 분명 난 죽을 거예요—분명 그럴 거예요."

"그러지 않길 바라요." 러시아 청년이 속삭였다.

"맥심, 분명 난 그럴 거예요." 그녀가 단언했다.

"그럼 그놈도 당신 몸에 기어오르려 하지 않을 거예요." 제럴드가 알아차리고 웃으며 말했다. 참 이상야릇하게도 그가 그녀의 생리를 이해할 수 있었다.

"제럴드 말대로 그건 형이상학적인 거예요." 버킨이 말했다.

좀 불안한 기운이 감돌며 잠시 말이 없었다.

"푸썸, 그럼 그것 말고는 무서운 것 없어요?" 러시아 젊은이가 나지막하고 빠른 말투로 우아하게 물었다.

"정말 안 그래요." 그녀가 대답했다. "내가 무서워하는 게 또 있지만, 똑같이 무서워하진 않아요. 난 피도 안 무서워요."

"피가 안 무섭다고!" 한 젊은이가 소리쳤다. 그의 얼굴은 창백하고 두툼한 데다 야유하는 표정을 지었다. 그가 조금 전 같은 테이블로 합석했고 위스키를 마시고 있었다.

푸썸이 그에게 혐오의 눈빛, 밑으로 내리까는 흉측스런 시선을 보냈다.

"그래, 정말로 피가 무섭지 않아요?" 그 젊은이가 얼굴 전체에 빈정거리는 표정을 짓고 고집스럽게 물었다.

"아니, 무섭지 않아요." 그녀가 톡 쏘아댔다.

"저런, 기껏 치과의 침받이에서만 피를 보았지요?" 젊은이가 빈 정거렸다.

"당신한테 말 한 거 아니야." 그녀가 아주 고자세로 되받았다.

"나에게도 대답할 수 있잖아요, 안 그래요?" 그가 말했다.

그녀는 대답 대신에 난데없이 칼로 그의 두툼하고 새하얀 손을 찔렀다. 그가 깜짝 놀라 저속한 욕설을 퍼부으며 일어났다.

"본색을 드러내는군." 푸썸이 경멸조로 말했다.

"이 망할 것!" 젊은이가 테이블 옆에 서서 그녀를 악의에 찬 시선으로 매섭게 쏘아보았다.

"그만둬요." 제럴드가 본능적으로 재빠르게 명령했다.

젊은이가 냉소적인 멸시의 시선으로 그녀를 내려다보며 서 있었다. 그의 통통하고 창백한 얼굴엔 겁먹고 자의식적인 표정이 담겨있었다. 피가 그의 손에서 흘러내리기 시작했다.

"아, 소름 끼쳐. 치워요!" 핼러데이가 새파랗게 질린 얼굴을 돌리며 소릴 질렀다.

"구역질 나요?" 냉소적인 젊은이가 관심을 보이며 물었다. "줄리어스, 구역질 나? 이것 봐. 이건 아무것도 아니야. 저 여자가 굉장한 무훈을 세웠다고 우쭐거리게 하지 마요—그런 만족감을 주지 말라고, 이봐—저 여자가 원하는 게 바로 그거야."

"아!" 핼러데이가 외마디소릴 질러댔다.

"맥심. 저이가 토할 거예요." 푸썸이 경고하듯 내뱉었다.

나긋나긋한 러시아 청년이 일어나 핼러데이의 팔짱을 끼고 밖으로 데려갔다. 버킨은 파랗게 질리고 위축되어서, 불쾌한 듯 쳐다보았다. 칼에 찔리고 조롱하는 젊은이는 자리를 떠나면서, 보란 듯이 자기의 상처를 무시하였다.

"진짜 저자는 굉장히 겁쟁이라고요." 푸썸이 제럴드에게 말했다. "저자가 줄리어스에게 크게 영향을 줘요."

"누군데요?" 제럴드가 물었다.

"진짜로 유대인이에요. 난 저자를 참을 수가 없어요."

"저자는 인물이 별로예요. 그런데 줄리어스는 왜 그런 거지요?"

"줄리어스는 세상에서 가장 머저리 겁쟁이에요." 그녀가 소리쳤다. "내가 칼만 들면 기절을 해요—나를 굉장히 무서워한다고요."

"흠!" 제럴드가 대꾸했다.

"이곳 사람들은 죄다 날 무서워해요." 그녀가 말했다. "단지 저 유대인만이 용기가 있다는 걸 보이려고 하지요. 그렇지만 그자가 무리 중에서 가장 큰 겁쟁이예요, 정말로, 왜냐하면, 그자는 사람들이 자기를 어떻게 생각할지 두려워하고 있거든요—그런데 줄리어스는 그런 것엔 신경 안 써요."

"그 사람들 자기들끼리는 용기가 많군요." 제럴드가 기분 좋게 말했다.

푸썸이 천천히 미소를 지으며 그를 쳐다보았다. 그녀는 아주 예뻤고 볼은 달아올랐으며 이런 끔찍스런 상황에서 자신만만해 보였다. 두 개의 작은 불꽃이 제럴드의 눈에서 번쩍 튀었다.

"왜 사람들이 당신을 푸썸이라 불러요? 고양이를 닮았다고?" 그가 물었다.

"그런 것 같아요." 그녀가 대답했다.

그의 얼굴에서 미소가 더 짙어졌다.

"당신은 확실히 고양이 같아요—아니면 어린 암표범 같다고 할까."

"아니, 세상에. 제럴드!" 버킨이 역겨워하며 외쳤다.

그 두 남녀는 불안한 표정으로 버킨을 쳐다보았다.

"유퍼트. 오늘 밤엔 조용하네요." 그녀가 제럴드와 함께 있어 안심하여, 그에게 좀 무례하게 말을 걸었다.

핼러데이가 돌아왔는데 비참하고 속이 안 좋아 보였다.

"푸썸." 그가 말을 시작했다. "제발, 이런 짓은 하지마—오!" 그가 신음하며 의자에 주저앉았다.

"집에 가는 게 좋겠어요." 그녀가 그에게 말했다.

"난 집으로 가겠어." 그가 말했다. "당신네도 같이 가지 않을 거요? 당신도 아파트에 같이 가지 않겠소?" 그가 제럴드에게 말했다. "함께 가시면 좋겠어요. 함께 가요—멋질 거예요. 그러실 거지요?" 그가 둘러보며 웨이터를 찾았다. "택시 좀 잡아줘요." 그리곤 그가 다시 신음했다. "아, 정말이지 기분이—아주 메스꺼워! 푸썸, 당신이 나한테 무슨 짓을 했나 봐."

"그런데 왜 그렇게 천치처럼 굴어요?" 그녀가 부루퉁해서 조용히 말했다.

"난 천치가 아니야! 오, 이거 너무해! 자, 모두 가요. 아주 멋질 거예요. 푸썸, 당신도 가는 거지? 뭐라고? 오, 꼭 가야만 하지. 그래, 가야만 해. 뭐라고? 이 사랑스러운 여자애야, 이제 더는 난리를 치지마. 난 기분이 완전히—아, 너무 끔찍해—어이!—어! 아!"

"당신은 술 마셔선 안 돼요." 그녀가 그에게 냉랭하게 말했다.

"술 때문이 아니야—당신의 혐오스러운 행동 때문이야. 푸썸, 바로 그 때문이야. 아, 너무 끔찍해! 리비드니코프, 제발 가자."

"저인 단지 한 잔만 마셨어요—한 잔만." 러시아 청년이 숨죽인 목소리로 빠르게 말했다.

그들은 모두 출입문 쪽으로 갔다. 푸썸은 제럴드 옆에 있으면서 그의 리듬에 따라 움직이는 것 같았다. 제럴드는 이것을 의식했고, 그가 움직이면 두 사람이 똑같이 움직인다는 사실에 악마적인 만족감을 느꼈다. 그는 의지의 깊숙한 곳에서 그녀를 꽉 잡고 있었다. 그녀는 그곳에서 다른 사람들의 눈에 뜨이지 않게 비밀스레 부드럽게 움직였다.

다섯 사람이 택시 안으로 꾸역꾸역 들어갔다. 핼러데이가 맨 처음 들어가서 창가 깊숙이 자리를 잡았다. 그리곤 푸썸이 자릴 잡았고 제럴드가 옆에 앉았다. 러시아 청년이 기사에게 방향을 지시했고 다섯 사람은 시커먼 택시 안에 몸을 바짝 잇대고 앉았다. 핼러데이가 신음하며 창밖으로 고개를 내밀었다. 택시가 빠르고도 소리 없이 움직이는 걸 모두 느꼈다.

푸썸이 제럴드 가까이 앉았는데 그녀의 몸이 나긋나긋해지면서 제럴드의 뼛속으로 미묘하게 젖어드는 것 같았다. 마치 검은 전류의 흐름같이 그의 몸속으로 스며드는 것 같았다. 그녀의 존재가 검은 자력 속으로 빨려가듯, 그의 핏속으로 흘러들어 가 엄청난 힘의 원천인 그의 척추 밑으로 몰렸다. 한편 그녀가 버킨이나 맥심과 천연덕스럽게 이야기를 나눌 때는 고음인 그녀의 목소리가 태연하게 들렸다. 그녀와 제럴드 사이에는 침묵이 흘렀고 검은 전류 같은 이해가 암흑 속에서 이루어졌다. 어쩌다 그의 손이 눈에 띄자 그녀는 작고도 단단한 자기 손으로 그걸 꽉 움켜잡았다. 너무나도 새까만 암흑 속이었는데, 그토록 솔직하게 의사표시를 하자, 흥분의 진동이 그의 피와 뇌 속으로 순식간에 퍼져서 그는 더는 자신을 통제할 수 없었다. 그녀의 목소리는 여전히 종소리처럼 울렸는데 거기엔 비웃는 어조가 섞여 있었다. 그리고 그녀가 머리를 획 돌렸을 때 그녀의 고운 머리 다발이 그의 얼굴을 스치자 그의 신경 모두에 불이 붙었다. 마치 전기와 마찰을 일으킨 것같이. 그러나 그의 거대한 힘의 중추는 굳건히 버티었다. 그건 그의 척추 기저에 있으면서 그의 당당한 자부심의 원천이었다.

그들은 여러 건물이 모여 있는 한 구역에 도착해서 승강기를 타고 위층으로 올라갔다. 얼마 안 있어 힌두인이 문을 열었다. 제럴드가 놀라서 쳐다보았다. 그가 옥스퍼드 대학 출신의 힌두인 신사가 아니겠느냐는 생각이 들었다. 그러나 아니었다. 하인이었다.

"하산, 차를 준비해." 핼러데이가 말했다.

"내가 잘 방이 있나? 버킨이 물었다.

이런 질문에 하인은 희쭉 웃으며 중얼거렸다.

그의 모습에 제럴드는 좀 불안했다. 그가 키가 크고 날씬한 데다 말이 없어 꼭 신사처럼 보였기 때문이다.

"당신 하인은 어떤 사람이요?" 그가 핼러데이에게 물었다. "아주 멋져 보여요."

"아, 그래요—그건 다른 사람의 정장을 빌려 입어서 그래요. 사실은 신사와는 먼 인간이요. 길에서 기아 상태에 있는 저자를 발견한 거요. 그래서 이곳으로 데려왔고 한 사람이 그에게 저 옷을 주었지요. 그는 겉보기와는 아주 달라요—저자를 고용한 이점이 있다면 저자가 영어를 할 줄 모르고 이해를 못 한다는 것이지요. 그러니 어떤 말을 해도 아주 안전해요."

"아주 더러운데요." 러시아 청년이 낮은 어조로 빠르게 말했다.

곧 하인이 문간에 나타났다.

"뭐지?" 핼러데이가 물었다

그 힌두인은 희쭉 웃으면서 수줍어하며 중얼거렸다.

"저 주인님한테 얘기할 게 있는데요."

제럴드가 호기심에서 주시했다. 문간의 하인은 잘생기고 사지가 깨끗했고 태도가 침착했다. 그는 우아하고 귀족적으로 보였다. 그럼에도 그가 멍청이처럼 희쭉 웃으니 야만인같이 보였다. 핼러데이가 복도로 나가 그와 말을 했다.

"뭐라고?" 그의 목소리가 들렸다. "뭐라고? 뭐라 그랬지? 다시 말해봐. 뭐라고? 무슨 돈? 돈이 더 필요하다고? 무엇에 쓰려고 돈이 필요해?" 힌두인이 말하는 소리가 웅얼웅얼 들렸고, 조금 후에 핼러데이가 방 안에 들어왔다. 그도 멍청이처럼 웃으며 입을 열었다.

"내복을 살 돈이 필요하대요. 누가 일 실링만 빌려줄 수 있소? 아, 고마워요. 일 실링이면 저자가 필요한 내복을 다 살 거예요." 그가 제럴드에게서 돈을 받아 다시 복도로 나갔다. 그들이 하는 말이 들렸다. "더는 돈 못 줘. 어제 삼 실링 육 펜스를 받았잖아. 돈을 더 달라고 해선 안 돼. 빨리 차를 들여와."

제럴드가 방을 둘러보았다. 그 방은 평범한 런던 아파트의 거실이었다. 분명 가구가 딸린 채로 세놓는데 좀 저질로 흉측했다. 그러나 서아프리카산 목각 흑인 상이 여러 개 있었는데 이상하게 그의 신경을 건드렸다. 그 흑인 조각상은 인간의 태아 모양을 닮았다. 한 조각상은 여자가 발가벗은 채 이상한 자세로 앉아 있는데 배는 툭 튀어나왔고 몹시 괴로워하는 모습이었다. 러시아 청년은 그녀가 앉아서 해산하는 중이라고 설명했다. 그녀는 산고를 이겨내려고 자기 목에 건 띠의 양 끝을 양손으로 움켜잡고는 출산을 쉽게 하려고 애쓰고 있었다. 그 여자의 이상하고 꼼짝 못 하는 불완전한 얼굴을 보고 제럴드는 태아를 연상했다. 그것은 정신적인 의식의 한계를 넘어서 극단적인 육체의 감각을 암시하는 굉장히 놀라운 조각상이었다.

"저 조각상들이 아주 외설적이지 않아요?" 그가 불만을 드러내며 물었다.

"모르겠네요." 러시아 청년이 빠르게 대답했다. "난 외설의 정의를 내려본 적이 없어요. 대단히 훌륭한 작품이라 생각해요."

제럴드가 몸을 돌렸다. 방 안엔 미래파 양식의 사진 한두 점이 걸려 있었다. 또 큰 피아노 한 대가 있었다. 이것들과 함께 보통의 런던 셋집의 좀 질이 나은 가구가 거실 전체를 꾸미고 있었다.

푸썸이 모자와 코트를 벗고 소파에 앉았다. 그녀는 분명히 이 집이 편한 것 같았으나 어정쩡한 상태에서 불안해 보였다. 자기의 설 자리를 잘 모르고 있었다. 지금 당장엔 제럴드와 인연이 있어서, 이 관계를 이 방 안의 남자들이 어느 정도까지 용납할지를 몰랐다. 이 상황을 어떻게 밀고 나갈지를 궁리하고 있었다. 그녀는 새로운 경험을 하기로 마음먹었다. 야밤중인 지금, 그녀는 방해받지 않을 것이었다. 그녀의 얼굴이 투쟁하려는 듯 벌겋게 달아올랐고 눈은 생각에 잠겼으나 결의에 차 있었다.

하인이 차와 퀴멜 술병을 들고 들어왔다. 그가 소파 앞 작은 테이블 위에 쟁반을 내려놓았다.

"푸썸, 차를 따라요." 핼러데이가 말했다.

그녀는 꿈쩍도 하지 않았다.

"따르지 않을래요?" 핼러데이가 겁을 먹은 상태에서 불안해하며 다시 말했다.

"난 그전의 나로 여기에 온 게 아니에요." 그녀가 말했다. "당신 때문이 아니라 다른 사람들이 원해서 왔을 따름이에요."

"나의 사랑 푸썸, 당신은 늘 당신 마음대로 행동하지 않소? 난 당신이 편리한 대로 이 아파트를 사용하길 바랄 뿐이요─당신이 잘 알지 않소. 내가 수없이 말했는데."

푸썸은 대답을 하지 않았지만, 조용히 서름서름하게 차 주전자 쪽으로 팔을 뻗었다. 그들 모두가 둘러앉아 차를 마셨다. 제럴드는 그녀가 자제 당하여 조용히 앉아있을 때, 자신과 그녀와의 관계가 너무나도 짜릿짜릿하게 느껴서 총체적으로 다른 상황이 벌어졌다. 그녀의 침묵과 꼼짝하지 않는 것이 그를 당황케 했다. 어떻게 그녀에게 다가갈 것인가? 그러나 그건 필연적이라고 느꼈다. 그는 전적으로 그들을 지탱해 주는 전류 같은 마력에 맡겼다. 그가 당황한 것은 피상적인 것에 불과했다. 옛것은 굴복하고, 새로운 상황이 지배하고 있었다. 여기서는 그것이 무엇인지는 몰라도 그냥 이끌리는 대로 행동했다.

버킨이 일어났다. 거의 새벽 1시였다.

"나 자러 가네." 그가 말했다. "제럴드, 내가 아침에 자네 숙소로 전화하지─아니면 이곳으로 전화하게."

"그러지." 제럴드가 대답했고 버킨이 나갔다.

그가 나가고 얼마 지나자, 핼러데이가 활기찬 목소리로 제럴드에게 말했다.

"저, 여기서 묵지 않겠어요?—오, 제발 여기서 있어요!"

"모든 사람을 여기서 재울 순 없지 않소." 제럴드가 말했다.

"아, 완전히 그럴 수 있어요—내 것 말고 침대가 세 개 더 있어요—제발, 여기서 묵어요. 모든 게 다 준비되어 있어요—항상 사람들을 여기서 자게 해요—집이 사람들로 북적대는 게 좋아요."

"그렇지만 방이 두 개뿐인데." 푸썸이 냉랭하고 적의에 찬 목소리로 말했다. "루퍼트 씨가 여기 와있으니까."

"방이 두 개뿐인 건 알아." 핼러데이가 야릇하게 고음으로 말했다. "그래, 그게 무슨 상관이지?"

그가 좀 바보스레 미소를 지었다. 그리고 넌지시 암시하는 듯 단호한 태도로 말했다.

"줄리어스와 내가 같은 방을 쓰지요." 러시아 청년이 분별 있고 정확한 목소리로 말했다. 핼러데이와 그는 이튼 학교 시절부터 친구로 지냈다.

"아주 간단하군요." 제럴드가 일어나 양팔을 뒤로 젖히며 몸을 죽 뻗었다. 그리곤 그림 중 하나를 보러 다가갔다. 그의 팔과 다리마다 짜릿짜릿한 힘으로 팽창하였고, 그의 등은 마치 선잠 자는 불길을 품은 호랑이의 등인 양, 욕정으로 팽팽하게 당겨졌다. 그는 아주 자신만만했다.

푸썸이 일어났다. 그녀는 핼러데이에게 음험하고 무시무시하며, 험악한 눈길을 주었는데, 핼러데이 얼굴에 오히려 멍청하고 즐거워하는 미소를 짓게 했다. 그런 다음 그들 모두에게 냉랭하게 인사를 한 후 방을 나갔다.

잠깐 침묵이 흘렀다. 문이 닫히는 소리가 들렸다. 그러자 맥심이 품위있는 목소리로 말했다.

"괜찮아요."

그가 의미심장하게 제럴드를 쳐다보았고 약간 고개를 끄덕이며
다시 말했다.

"괜찮아요—당신 괜찮아요."

제럴드가 그 매끈하고 불그스레하며 곱상한 얼굴 그리고 이상하
고 의미심장한 눈을 쳐다보았다. 러시아 청년의 목소리가, 아주 작고
완전하여, 공기 중이 아니라 핏속에서 울리는 것 같았다.

"그럼, 나도 괜찮소." 제럴드가 말했다.

"네! 그래요! 당신 괜찮아요." 러시아인이 말했다.

핼러데이는 계속 미소만 짓고 아무 말도 하지 않았다.

갑자기 푸썸이 문간에 다시 나타났다. 그녀의 어린애 같은 얼굴
이 샐쭉하니 앙심을 품고 있었다.

"내 잘못을 찾아내려는 거 알아요." 그녀의 냉랭하고 쩡쩡 울리
는 목소리가 들렸다. "그렇지만 난 개의치 않아요. 얼마나 많이 잘못
을 캐내든 상관 안 해요."

그녀는 몸을 돌리고 사라졌다. 그녀는 헐렁한 보라색 비단 잠옷
을 입고 허리를 끈으로 묶었다. 몸집이 너무나 작고 어린애 같고 쉽
사리 손상을 입어 애처로울 정도였다. 그러나 그녀 눈의 음험한 표
정에 제럴드는 거의 경악게 하는 무시무시하고 강력한 암흑 속에서
익사한다는 느낌을 받았다.

사내들은 또 다른 담배 개비에 불을 붙이고 편안하게 이야기했다.

제7장 맹목적 숭배물

제럴드는 아침 늦게 잠에서 깨었다. 그는 아주 곤히 잠을 잤다. 푸썸은 아직 자고 있었다. 어린애 같고 애처롭게 보였다. 작은 몸을 웅크리며 자고 있어 무방비의 분위기가 감돌아, 제럴드의 핏속에는 만족을 모르는 열정의 불꽃이 다시 당겨졌다. 통째로 삼키고 싶은 연민의 정이었다. 그녀를 다시 쳐다보았다. 그녀를 깨우는 것은 너무 잔인한 짓일 것이다. 그는 자제하고 침실을 나섰다.

거실에서 말하는 소리가 들려와, 핼러데이가 리비드니코프에게 말하는 소리였고, 제럴드가 문으로 가서 들여다보았다. 이 독신 남자들의 집 안에서 바지와 셔츠 바람으로 다니는 게 괜찮은지 알아보려고 했다.

깜짝 놀랍게도 그는 두 젊은이가 홀딱 벗은 채 벽난로 가에 있는 걸 보았다. 핼러데이가 쳐다보았는데, 아주 즐거웠다.

"좋은 아침이에요." 그가 말했다. "아—수건이 필요해요?" 그리고 그는 무생물인 가구들 사이를 지나 기이하고 하얀 몸으로, 발가벗은 채 홀로 갔다. 그가 수건을 들고 돌아와서, 철사 망 있는 벽난로 앞 좀 전의 자리로 가서 웅크리고 앉았다.

"살갗에 불기가 닿는 것이 좋지 않아요?" 그가 물었다.

"아주 기분 좋지요." 제럴드가 대답했다.

"얼마나 완벽하게 환상적일까요. 옷을 전혀 입지 않고 지낼 수 있는 고장에서 산다면." 핼러데이가 말했다.

"그래요." 제럴드가 대답했다. "물고 뜯는 벌레만 없다면 말입니다."

"그게 불리한 점이에요." 맥심이 중얼거렸다.

제럴드가 그를 쳐다보았다. 약간의 혐오감으로, 발가벗고 황금빛인 인간 동물을 좀 창피스럽다고 생각하며 보았다. 핼러데이는 달랐다. 그의 몸은 아주 묵직하며 좀 처지고, 깨진 아름다움이 있었고, 하얗고 단단했다. 그는 피에타에 나오는 그리스도 같았다. 동물다운 면은 전혀 없고, 단지 묵직하고 상처받은 아름다움만 있었다. 제럴드는 핼러데이의 눈도 아주 아름답다고 느꼈다. 아주 파랗고 따스했으나 그 표정은 상처받아 얼떨떨해 보였다. 난로 불빛이 그의 묵직하고 좀 처진 어깨를 비췄고 그는 철사 망 앞에 처진 채 웅크리고 있었다. 그의 얼굴은 위로 쳐들었는데 퇴행한 듯 보였다. 어딘가 약간 망가졌으나 나름대로 감동을 자아내는 아름다움이 있었다.

"물론," 맥심이 말했다. "사람들이 벗은 채 돌아다니는 더운 나라에 당신이 계셨으니까요."

"아. 정말!" 핼러데이가 소리쳤다. "어딘데요?"

"남아메리카―아마존이요." 제럴드가 대답했다.

"아! 얼마나 완벽하게 환상적일까! 그게 내가 가장 하고 싶은 일 중의 하나예요―옷이란 건 한 오라기도 걸치지 않고 매일매일 살아가는 것! 그럴 수만 있다면 진짜 산다는 느낌일 거예요."

"왜 그렇지요?" 제럴드가 물었다. "옷을 입든 안 입든 큰 차이가 없다고 보는데요."

"아! 내 생각에 그건 완벽하게 환상적일 거예요. 확실히 삶은 완전히 다른 것이 될 거예요—완전히 다르고 완벽하게 경이로울 거예요."

"그렇지만 왜 그렇지요?" 제럴드가 다시 물었다. "왜 그렇게 되지요?"

"아—사물을 그냥 보는 대신에 피부로 느낄 테니까요. 난 공기가 내 피부에 닿고, 사물을 그저 보는 대신에 나의 촉감으로 느끼고 싶어요. 인생이 너무 시각적인 것에 의존해서 확실히 잘못되어 있어요—우린 듣지 못하고 피부로 느끼지 못하고 이해하지도 못하고 오로지 볼 수만 있어요. 확신하건대 그건 전적으로 잘못된 거예요."

"그래요. 맞아요. 맞아." 러시아 청년이 맞장구쳤다.

제럴드가 그를 힐끗 보고, 자세히 보았는데, 그의 부드럽고 황금빛 몸에는, 검은 털이 가늘고 덩굴손처럼 제멋대로 나서 그의 팔다리가 매끄러운 줄기 같았다. 그는 아주 건장하고 잘 생겼다. 그런데 왜 저자의 몸을 보고 수치감을 느끼게 되지? 왜 혐오감을 느끼게 되지? 왜 제럴드는 그를 싫어하게 될까? 왜 그 몸이 그의 위엄을 훼손한다고 보는 걸까? 기껏해야 인간은 저 정도밖에 되지 못하는가? 너무나도 생동감이 없어! 제럴드가 생각했다.

버킨이 갑자기 문간에 나타났다. 또한, 나체 상태로 수건과 잠옷을 팔에 걸친 채였다. 그는 몸이 매우 마르고 하얗고 동떨어져 보였다.

"이제 욕실이 비었으니 쓸 수 있어요." 그가 모두에게 말하고 다시 나가려는데 제럴드가 그를 불렀다.

"이봐, 루퍼트!"

"왜?" 그 유별난 하얀 모습이 다시 나타나며 방 안에 존재감을 주었다.

"저기 있는 저 조각상을 어떻게 생각해? 알고 싶은데." 제럴드가 말했다.

하얗고 이상하게 존재감을 주는 몸으로, 버킨이 산고 중인 흑인 여자의 조각상으로 갔다. 배가 앞으로 튀어나온 그녀의 발가벗은 몸은 이상하게 웅크린 자세를 취하며, 양손은 가슴 위에 있는 끈의 양쪽 끝을 꽉 잡고 있었다.

"예술이지." 버킨이 말했다.

"대단히 아름다워요. 정말 아름다워요." 러시아 청년이 말했다.

그들 모두가 자세히 보려고 가까이 갔다. 제럴드가 발가벗은 남자들을 쳐다보았다. 러시아인은 금발에 수상 식물 같았고, 핼러데이는 키가 크고 중후하며 깨어진 아름다움을 지녔고, 조각상을 자세히 보고 있는 버킨의 몸은 매우 희면서 뭐라 규정되지 않았고, 한계 지어지지 않았다. 제럴드도 이상하게 기분이 상승하여서 눈을 들어 조각상의 얼굴을 쳐다보았다. 그런데 그의 심장이 조여들었다.

그는 정신 차리고 앞으로 내민 흑인 여자의 회색빛 얼굴을 생생하게 보았다. 완전히 육체적인 고통으로 넋이 나간 아프리카식의 긴장된 얼굴이었다. 그건 무시무시한 얼굴이었으며, 공허하고 야위었고, 하체의 고통에 짓눌려 거의 무의미하게 된 멍한 얼굴이었다. 그는 그 얼굴에서 푸씸을 보았다. 마치 꿈을 꾸는 듯 그녀를 인식했다.

"어떻게 그게 예술이지?" 제럴드가 충격을 받고 불쾌해서 물었다.

"그건 완전한 진실을 전달하고 있어." 버킨이 말했다. "자네의 느낌이 어떻든 간에 그건 산고 상태의 총체적인 진실을 구현하고 있어."

"그렇지만 그걸 고급 예술이라고 부르진 않겠지." 제럴드가 말했다.

"고급이라니! 저 조각상 뒤엔 수 세기, 아니 수백 세기 동안 직선으로 발전해 온 예술이 담겨 있네. 그건 확고한 계열의, 문화의 끔찍한 절정이지."

"무슨 문화?" 제럴드가 반대하며 물었다. 그는 순전히 아프리카 것이 싫었다.

"순수한 감각의 문화, 육체적 의식의 문화, 진짜 종국적인 육체적 의식, 지성은 없고, 완전히 감각적이지. 너무나도 감각적이어서 끝에 도달한 최고의 경지이지."

그러나 제럴드는 그 말에 분개했다. 그는 나름대로 환상을 계속 유지하고 싶었다. 옷은 입어야 한다는 관념이었다.

"루퍼트, 자넨 그릇된 걸 좋아해. 자네와는 전혀 맞지 않는 것들 인데." 제럴드가 말했다.

"아, 알고 있네. 이것이 모든 건 아니지." 버킨이 물러서며 대답했다.

제럴드가 욕실에서 방으로 돌아갔을 때 그 또한 옷을 들고 갔다. 이 집에선 알몸으로 다니지 않으면 규범에 어긋나는 듯했다. 결국, 나체로 다니는 게 참 좋았고, 진정한 단순함이 있었다. 그렇지만 모든 사람이 일부러 벌거벗는 것은 꽤 우스웠다.

푸썸은 꼼짝 않고 침대에 누워 있었다. 그녀의 둥글고 검은 눈은 불행한 시커먼 물웅덩이 같았다. 그녀의 눈에서 오로지 시커멓고 바닥이 안 보이는 물웅덩이만을 그는 읽어낼 수 있었다. 어쩌면 그녀가 괴로워서 그렇겠지. 그녀의 어수선하며 괴로워하는 감각적 모습이 그에게서 날카로운 욕정을 불러일으켰다. 그건 통렬한 연민이면서 거의 잔인한 욕정이었다.

"이제 깼군요." 그가 그녀에게 말을 걸었다.

"몇 시지요?" 그녀가 낮은 소리로 물었다.

그가 접근하자 그녀는 거의 물처럼 거슬러 가더니 그에게서 멀리 떨어진 데서 힘없이 가라앉는 듯했다. 그녀의 모습은 폭행을 당하면 당할수록 더 만족하는 노예같이 흐트러져 있었고, 이런 모습을 보자 그의 온 신경이 날카롭게 밀려오는 욕정으로 떨렸다. 결국, 이 판을 지배하는 것은 그의 의지였고 그녀는 그의 의지에 피동적으로 따르는 물체에 불과했다. 그의 몸은 무언가가 미묘하게 쏘아대어 따끔거렸다. 그때야 그가 깨달았다. 그가 그녀에게서 떠나야 하고 그들은 완전히 이별해야 한다는 사실을.

아침 식사는 조용하고 평범하였고, 네 남자 모두가 목욕해서 아주 청결하게 보였다. 제럴드와 러시아 청년 둘 다 외양과 예절이 올바르고 단정했다. 버킨은 수척하고 아파 보였고, 제럴드와 맥심처럼 제대로 옷을 차려입으려 노력했지만, 실패한 듯했다. 핼러데이는 트위드와 녹색 플란넬 셔츠를 입었고, 누더기 같은 넥타이를 매었는데 아주 제격이었다. 힌두인 하인이 부드러운 토스트를 상당히 많이 가져왔는데, 전날 밤과 한 치의 차이도 없어 보였고 말 없는 것도 똑같았다.

아침 식사가 끝날 때쯤에 푸썸이 나타났는데, 보랏빛 실크 숄에 일렁이는 띠를 매고 있었다. 그녀는 근력을 좀 회복한 것 같았으나 말이 없고 여전히 생기가 없었다. 누군가가 그녀에게 말을 걸면 고문 같았다. 그녀의 얼굴은 잘생긴 작은 가면 같았지만, 그 속엔 원치 않는 고통을 품고 있어 악의가 보였다. 거의 대낮이었다. 제럴드가 일어나 용무 차 나갔는데 이 집을 떠나는 게 기뻤다. 그러나 그의 일이 끝난 것은 아니었다. 저녁에 다시 돌아와 다 함께 저녁 식사를 할 것이었다. 그리고 버킨을 제외한 모든 사람을 위해서 음악 홀에 좌석을 제럴드가 예약해 놓았다.

밤에 그들은 또다시 술을 마셔 벌겋게 취해 늦게 아파트로 돌아왔다. 다시 하인—틀림없이 밤 10시에서 12시 사이에 사라진다—이 조용하고 헤아리기 어려운 표정으로 차를 들고 들어와 테이블에 쟁반을 표범같이 천천히 기이하게 몸을 구부리며 조용히 내려놓았다. 그의 얼굴은 변화가 없고 귀족적으로 보였으며, 살갗 밑은 약간 회색빛이 감돌았다. 그는 젊고 미남이었다. 그러나 버킨은 그를 쳐다보며 약간의 메스꺼움을 느꼈다. 가벼운 회색빛을 재나 타락으로 느꼈고 귀족적인 헤아리기 어려운 표정에서는 메스꺼움을 유발하는 짐승 같은 멍청함을 보았다.

다시 그들은 다정하게 신 나게 함께 이야기를 나누었다. 그러나 이미 깨어지는 듯한 분위기가 퍼져나갔다. 버킨은 짜증이 나 화를 냈고, 핼러데이는 제럴드에게 광적으로 증오심을 드러냈고, 푸썸은 부싯돌 칼처럼 단단하고 차가웠고, 핼러데이는 그녀의 마음에 들려고 애를 썼다. 그리고 그녀의 의도는 궁극적으로 핼러데이를 손아귀에 넣고 완전히 좌지우지하는 것이었다.

아침에 그들은 모두 다시 활보하며 왔다 갔다 했다. 그러나 제럴드는 그를 향한 이상한 적개심이 감도는 것을 느낄 수 있었다. 그런 분위기에 그가 완고한 기질을 드러내며 용감하게 대항했다. 그는 이틀 동안 더 버티었다. 그 결과 나흘째 저녁 고약하고 발광적인 장면을 핼러데이와 연출하게 됐다. 핼러데이가 카페에서 어처구니없는 적의를 품고 그에게 달려들었다. 소동이 일어난 것이다. 제럴드가 핼러데이의 얼굴을 내리칠 참이었다. 그때 갑자기 혐오감과 냉담함이 몰려와 그 자리를 박차고 떠났다. 핼러데이는 승리를 흡족해하는 멍청한 상태에 있었고, 푸썸은 굳은 표정으로 제 자리를 지키고 있었고, 맥심은 멀리 떨어져 있었다. 버킨은 현장에 없었다. 그는 다시 런던을 떠나 있었다.

제럴드가 푸썸에게 돈을 주지 못한 채 떠났기 때문에 기분이 언짢았다. 그녀는 그가 돈을 주든 말든 신경 쓰는 스타일이 아니었고 그도 그렇다는 걸 물론 알고 있었다. 그러나 그녀가 10파운드에 아주 기뻐했을 것이며, 그는 그 돈을 그녀에게 줘서 아주 흡족했을 것이다. 이제 그는 잘못된 처지에 빠져 있다고 느꼈다. 짧게 자른 콧수염의 끝에 입술이 닿을 정도로 입술을 깨물며 자리를 떠났다.

그가 떠나자 푸썸이 너무도 기뻐한다는 것을 그가 알았다. 그녀는 자기가 원하던 핼러데이를 얻게 되었다. 그를 완전히 손아귀에 넣고 싶었다. 그러면 그와 결혼할 수 있으니까. 그녀는 그와 결혼하길 원했다. 그녀는 핼러데이와 결혼하기로 작정했던 것이다. 제럴드에 대해선 다시 듣고 싶지 않았다. 어쩌면 궁지에 몰릴 때는 몰라도. 왜냐하면, 결국 제럴드는 그녀가 말하는 소위 남자다운 남자였기 때문이다. 다른 남자들, 핼러데이, 리비드니코프, 버킨과 보헤미안 무리 전체는 반편(半偏) 남자에 불과했다. 그러나 반편 남자라야 그녀가 다룰 수 있었다. 그들과 함께 있을 때는 자신감이 있었다. 제럴드와 같은 진짜 남자들은 그녀의 위치에서 한 발자국도 나가지 못하게 했다.

그럼에도 불구하고 그녀는 제럴드를 존경했다. 진정으로 존경했다. 그녀는 수소문해 그의 주소를 알아 두었다. 그래야 역경에 처했을 때 그에게 동정을 구할 수 있으니까. 그녀는 그가 돈을 주고자 하는 걸 알고 있었다. 어쩔 수 없이 궁핍한 날에는 그에게 편지를 쓰리라.

제8장 브레덜비 장원

브레덜비 장원은 코린트식의 둥근 기둥이 있는 조지 왕조식의 저택이며, 크롬퍼드에서 멀지 않아, 더비셔의 훨씬 부드럽고, 짙푸른 언덕에 서 있었다. 앞쪽으로는 잔디밭 너머 몇 그루의 나무들이 내려다보이고, 조용한 공원의 분지에 있는 일련의 물고기 연못들에 이르게 된다. 뒤쪽으로는 나무들이 들어섰는데, 그 가운데 마구간과 큰 채소밭이 보였고 그 뒤로는 숲이 이어졌다.

그곳은 매우 조용한 곳으로, 더웬트 골짜기 뒤편의 중심도로에서 몇 마일 떨어져, 전시용 경치 바깥쪽에 있다. 조용하고 쓸쓸한 황금색 치장 벽토가 나무 사이로 보였고, 집의 전면은 예로부터 변함없는 공원을 내려다보았다.

그러나 최근에 이 집에서 허마이어니가 상당히 많은 시간을 보냈다. 그녀는 런던과 옥스퍼드에 등을 돌려 이 시골의 고요함을 찾았다. 부친은 외국에 머물러 대부분 부재중이었고 그녀는 여러 손님과 같이 묵거나, 아니면 독신자이며 하원의 자유당* 의원인 남동생과 함께 지냈다. 남동생은 하원이 열리지 않을 때는 항상 브레덜

---

* 1830년에 창당된 혁신적 당이었으나 일차대전 이후에 보수당과 노동당이 우세해지면서 정치적 기반을 잃었다.

비에 내려와 장원에서 지내는 듯했지만, 그는 하원의 출석에는 가장 성실하게 임했다.

어슐라와 구드룬이 두 번째로 이곳을 찾았을 때는 막 여름이 시작되고 있었다. 그들이 자동차를 타고 공원에 들어선 후, 정적 속에 고즈넉해 보이는 연못이 있는 분지를 지나, 원주가 늘어선 집의 전면을 보았다. 집은, 나무들이 배경인 푸른 언덕 꼭대기에 서 있어서, 고전 화풍의 영국 그림에 나오는 것처럼, 자그마하고 햇볕을 받아 환했다. 푸른 잔디에 작은 모습들이 보였는데, 자세히 보니 연보라색과 노란색 옷을 입은 여자들이 엄청나고, 아름답게 균형이 잡힌 삼나무의 그늘로 가고 있었다.

"너무도 완벽해!" 구드룬이 말했다. "이건 오래된 애쿼틴드식 판화*처럼 완벽해." 그녀는 좀 분한듯한 목소리로 말했는데, 마치 마지못해 매료되어서, 마치 의지와는 정반대로 칭찬해야 해서.

"이 집이 마음에 들어?" 어슐라가 물었다.

"마음엔 안 들지만 나름대로 꽤 완벽하다고 생각해."

자동차가 언덕을 내려갔다가 다시 단숨에 올라갔다. 그리고 그들은 옆문 쪽으로 방향을 틀었다. 하녀가 나타났고 다음에 허마이어니가 창백한 얼굴을 쳐들며 막 도착한 손님들을 향해 양손을 뻗으면서 앞으로 걸어 나왔다. 노래하듯 말을 했다.

"아, 도착하셨군요―이렇게 만나니 아주 반가워요―" 그녀가 구드룬에게 키스했다.―"만나서 아주 기뻐요―" 그녀가 어슐라에게 키스하고 그녀에게 팔을 두르고 있었다. "아주 피곤하지요?"

---

* 동판 부식법으로 만든 판화.

"아니요. 피곤하지 않아요." 어슐라가 대답했다.

"구드룬, 피곤해요?"

"전혀 아니에요. 고마워요." 구드룬이 대답했다.

"아니라고요—" 허마이어니가 말을 늘였다. 그리곤 서서 자매를 쳐다보았다. 자매는 그녀가 길 위에서 호들갑을 떨며 환영을 해야 한다며, 집으로 들어갈 생각을 안 해서 좀 당황했다. 하녀들이 기다리고 있었다.

"들어가요." 허마이어니가 자매를 양껏 음미한 다음에야 마침내 말했다. 구드룬이 훨씬 아름답고 매력적이라고 그녀는 다시금 단정했다. 어슐라가 훨씬 육체적이며, 훨씬 여성스러웠다. 구드룬의 의상을 더 찬탄했다. 그것은 초록색 포플린 옷이며, 그 위에 진초록과 진갈색의 넓은 줄이 처진 헐거운 코트를 걸치고 있었다. 모자는 새 건초색인 연초록 밀짚모자이며, 검정과 오렌지색으로 엮은 리본이 달려 있었다. 스타킹은 짙은 녹색, 구두는 검은색이었다. 그건 멋진 옷차림이었고 유행을 따르면서도 개성이 있었다. 어슐라는 짙푸른 옷을 입었는데 멋있게 보였지만 훨씬 평범했다.

허마이어니 자신은 짙은 자두색의 실크 드레스를 입었고, 산호 목걸이와 산호색 스타킹을 신고 있었다. 그러나 드레스가 후줄근하고 때가 타서 더럽게 보였다.

"머무를 방을 보고 싶겠지요? 그래요. 2층으로 올라갈까요?"

어슐라는 방에 홀로 있게 되자 안도의 숨을 쉬었다. 허마이어니가 너무 오랫동안 머물러 있어서 굉장히 긴장했다. 그녀는 어슐라에 너무 가까이 서 있어서 그녀 몸으로 어슐라를 눌러대는 느낌을 주었다. 그건 매우 당혹스럽고 억압적이었다. 그녀는 상대방의 움직임을 방해하는 듯해 보였다.

점심은 커다란 나무 아래의 잔디밭에서 차려졌는데, 나무의 거무스레하고 굵은 가지들이 풀밭까지 늘어져 있었다. 호리호리하고 유행을 따르는 젊은 이탈리아 여자와 운동선수처럼 강해 보이는 젊은 브래들리 양, 50세의 유식하고 까칠하며, 항상 경구 말을 하고 사람들의 말에 거친 소리를 내며 크게 너털웃음을 웃는 준남작, 그리고 루퍼트 버킨 여비서인 메르츠 양이 있었는데 젊고 날씬하며 예뻤다.

음식은 아주 좋았다. 그건 굉장한 것이었다. 구드룬은 매사에 비판적이었지만 음식엔 대만족이었다. 어슐라는 환경이 마음에 들었다. 삼나무 옆의 하얀 테이블과 갓 나온 햇빛의 향기와 잎이 우거진 공원의 경치와 멀리서 평화롭게 풀을 뜯고 있는 사슴들이 보기에 좋았다. 꿈속에서처럼 그곳 주변에 마술적인 원이 그려져 있어, 현재를 원 밖으로 내몰고, 즐겁고 소중한 과거와 나무와 사슴과 정적을 원 안에 둘러싼 듯했다.

그러나 그녀는 기분이 행복하지 않았다. 대화는 작은 포가 덜컹대며 쏘아대듯 계속되었고 금언 같은 말로 항상 좀 과장 되었다. 계속 경구를 터뜨려 강조만 하였고, 계속 재담을 터뜨려서 비판적이며 일반적인 대화의 흐름에 경박감을 주었다. 자연스럽게 흐르는 냇물보다는 인위적인 운하 같은 대화였다.

사고방식은 머리만 굴리는 것이어서 매우 진력이 나게 했다. 몰지각할 정도로 신경섬유가 너무 길긴 초로의 완고한 사회학자만이 완전히 행복한 듯했다. 버킨은 풀이 죽어있었다. 허마이어니가 그를 놀랍도록 집요하게 조롱하여, 모든 사람이 보는 앞에서 그를 굴욕적으로 보이게 하려는 듯했다. 허마이어니가 얼마나 성공적으로 잘 해내는지, 버킨이 얼마나 그녀 앞에서 무기력하게 보이는지 놀라웠다. 그는 완전히 형편없어 보였다. 이런 일을 처음 본 어슐라와 구드룬은 대부분 입을 다물었고, 허마이어니의 느리게 읊조리는 단조로운 말투나, 조슈아 경의 재담이나, 독일 처녀의 수다나, 다른 두 여자의 반응에 귀를 기울였다.

오찬이 끝나, 잔디밭에선 커피가 나오고, 일행은 테이블을 떠나 각자 좋을 대로 그늘이나 양지에 있는 안락의자에 앉았다. 독일 여자는 집 안으로 들어갔고, 허마이어니는 자수 거리를 집어 들고, 작은 백작 부인은 책을 펴들고, 브래들리 양은 가는 풀로 바스켓을 짜고 있었다. 그들은 모두 이른 여름 오후에 잔디밭에 나와 한가로이 소일하며 반쯤 지적이며 신중한 이야기를 쏟아냈다.

갑자기 브레이크 소리와 자동차의 문이 닫히는 소리가 들렸다.

"샐지가 왔네!" 허마이어니가 느리고 즐거운 노랫조로 소리쳤다. 그녀가 자수 감을 내려놓고 천천히 일어나, 잔디 위를 천천히 걸어가더니 관목주위를 돌아 눈앞에서 사라졌다.

"누구지요?" 구드룬이 물었다.

"로디스 씨예요—로디스 양의 남동생—적어도 그런 것 같은데." 조슈아 경이 대답했다.

"샐지요? 네, 그녀의 동생이에요." 몸집이 작은 백작 부인이 잠시 책에서 눈을 떼더니 정보를 주려는 듯이, 약간 목 깊은 곳에서 나오는 걸걸한 영어로 말했다.

그들은 모두 기다렸다. 그리곤 관목 주변에서 키가 큰 알렉산

더 로디스가 모습을 드러냈다. 그는 디즈레일리*를 기억하는 메러디스** 소설의 주인공처럼 낭만적으로 성큼성큼 걸어왔다. 그는 모든 사람에게 정중하게 인사를 했다. 그가 곧 아주 자연스럽게 환대하는 주인의 태도를 보이며 허마이어니 누님의 손님들을 깍듯이 대했다. 그는 방금 런던의 하원에서 내려오는 길이었다. 곧 하원의 분위기가 잔디밭에 가득 퍼졌다. 내무장관은 이러이러한 말을 했고 로디스 씨 자신은 그 반대로 이러저러한 생각이 들어 수상에게 여차여차하다고 말을 했다.

이제 허마이어니가 제럴드 크라이치와 관목을 돌아 걸어왔다. 제럴드가 알렉산더와 함께 시골로 내려왔다. 제럴드가 모든 이에게 소개되었고, 사람들이 보는 앞에서 허마이어니와 잠시 떨어져 말을 나누었고, 역시 그녀에게 이끌려 갔다. 그는 분명히 그 순간엔 그녀만의 손님이었다.

내각에는 분열이 생겼다. 교육부 장관이 부정적인 비판 때문에 사직서를 냈다. 이 말에 교육에 대한 대화가 시작됐다.

"물론," 허마이어니가 음유시인처럼 얼굴을 쳐들고 말했다. "지식 자체의 기쁨과 아름다움 말고는 교육해야 할 그 어떤 이유나 구실이 있을 수 없어요." 그녀는 잠시 마음속의 생각을 뇌이며 반추하는 듯했다. 그러다가 그녀가 말을 계속했다. "직업 교육은 교육이 아니에요. 교육의 종식이에요."

제럴드가 토론이 막 시작되는 것을 눈치를 채고 즐거운 마음으

---

* 영국의 정치가.

** 영국 소설가.

로 참견하려고 했다.

"반드시 그런 건 아니지요." 그가 끼어들었다. "교육은 운동 같은 게 아닌가요? 교육의 목적은 잘 훈련되고 활발하고 정력적인 지성의 배출이 아닌가요?"

"운동하면 몸이 튼튼해져 어떤 일도 할 수 있는 것과 똑같지요." 브래들리 양이 진심으로 동의를 나타냈다.

구드룬이 혐오감을 느끼며 말없이 그녀를 쳐다보았다.

"글쎄요—" 허마이어니가 웅얼거렸다. "모르겠네요. 나에겐 앎의 기쁨이 너무도 지대하고 너무도 경이로워서—내 생애에서 확실한 지식만큼 의미 있는 건 없어요—정말, 확신컨대 아무것도 없어요."

"허마이어니 누이, 예를 들어 어떤 지식인데?" 알렉산더가 물었다.

허마이어니가 얼굴을 쳐들고 뭐라고 웅얼거렸다.

"으-음. 잘 모르겠는데—그렇지만 한 가지가 있다면 별들이에요. 내가 별들에 대해 무언가를 정말로 알게 되었을 때죠. 너무나도 고양되고, 너무나도 제약에서 벗어난 느낌이—"

버킨이 화가 치밀어 얼굴이 하얘지며 그녀를 쳐다보았다.

"왜 제약에서 벗어나는 느낌을 원해요?" 그가 냉소적으로 물었다. "당신은 제약에서 벗어나길 원치 않는데."

허마이어니가 불쾌해서 움츠러들었다.

"그래요. 그러나 인간에겐 한계를 벗어난 느낌이 있어요." 제럴드가 말했다. "그건 산꼭대기에 올라가 태평양을 내려다보는 것과 같지요."

"'다리엔'의 산봉우리에서 조용히 말이죠" 이탈리아 여자가 책에

---

* 스페인의 파나마 동부 지역. 이곳 산정에 오르면 태평양이 잘 보인다.

서 잠시 얼굴을 들고 중얼거렸다.

"꼭 다리엔일 필요는 없어요." 제럴드가 말을 하는데 어슐라가 웃기 시작했다.

허마이어니가 소란이 가라앉기를 기다리다 미동도 없이 말을 했다.

"그래요. 그건 인생에서 가장 위대한 것이에요—안다는 건. 그건 진짜로 행복해지고 자유로워지는 거예요."

"물론 앎은 해방이지요." 맬리슨이 말했다.

"응축된 알약 모양으로 말이지요." 버킨이 그 준남작의 메마르고 뻣뻣한 작은 몸매를 보며 말했다. 순간적으로 구드룬의 눈엔 그 유명한 사회학자가 응축된 해방의 알약을 담은 납작한 병으로 보였다. 그런 연상이 재미있었다. 조슈아 경에겐 그런 라벨이 붙여져 그녀 마음에 박히게 되었다.

"루퍼트, 그게 무슨 뜻이죠?" 허마이어니가 조용히 면박을 주며 물었다.

"엄밀히 말하면 인간은 과거에 종결된 것들에 대한 지식만을 얻을 수 있어요. 그건 이미 구스베리가 절여진 병에다 지난여름의 해방을 집어넣는 거나 진배없어요."

"그래 과거의 지식만을 가질 수 있단 말이요?" 준남작이 신랄하게 물었다. "예를 들어 우리의 인력 법칙에 대한 지식이 과거의 지식이라 볼 수 있소?"

"그래요." 버킨이 대답했다.

"이 책에 아주 멋진 표현이 나와요." 갑자기 작은 이탈리아 여인이 작은 소리로 말했다. "이 책에 '그 남자가 문으로 가서 길에다 시선을 던졌다'가 나와요."

모두가 한바탕 웃어젖혔다. 브래들리 양이 다가가서 백작 부인의 어깨너머로 들여다보았다.

"보세요!" 백작 부인이 말했다.

"바자로프가 문으로 가서 성급하게 길에다 시선을 던졌다." 그녀가 읽었다.

또다시 크게들 웃었다. 그중에서 가장 깜짝 놀라게 하는 웃음이 준남작의 웃음이었다. 그는 마치 돌이 때굴때굴 굴러가듯이 달가닥달가닥 소릴 내며 웃었다.

"무슨 책이에요?" 알렉산더가 재빨리 물었다.

"투르게네프의 《아버지와 아들》이에요." 그 이탈리아 여자가 발음 하나하나를 분명하게 대답했다. 그리곤 그녀 자신이 책 겉장을 보며 재확인했다.

"오래된 미국 판이군요." 버킨이 말했다.

"하—물론이지요—프랑스어판에서 번역한 것이지요." 알렉산더가 낭독하듯 그 대목을 프랑스어로 멋지게 읊었다. "바자로프가 문을 열고 길거리에다 시선을 던졌다(Bazarov ouvra la porte et jeta les yeux dans la rue)."

그는 좌중을 환한 표정으로 둘러보았다.

"그 '성급하게'가 프랑스어로 뭐였더라?." 어슐라가 궁금해했다.

그들 모두가 이렇게 저렇게 짐작하기 시작했다.

그때, 모두가 놀랄 정도로, 하녀가 차와 간식을 담은 커다란 쟁반을 들고 급히 나왔다. 오후가 그렇게 쏜살같이 지나갔던 것이다.

차를 마신 후에 그들은 모두 산책하러 나가려고 모였다.

"산책하러 나가시겠어요?" 허마이어니가 한 사람 한 사람에게 물었다. 그리고 그들 모두가 그러겠다고 대답했는데, 왠지 운동하러 모인 죄수처럼 느꼈다. 버킨만이 거절했다.

"루퍼트, 산책하러 나갈래요?"

"아니요, 허마이어니."

"확실해요?"

"확실해요." 잠깐 주저했다.

"왜 안 나가는 거죠?" 허마이어니가 노랫조로 물었다. 사소한 일에서조차 거절당하면, 그녀의 피가 곤두섰다. 모두가 그녀와 함께 공원으로 산책가기를 마음으로 바랐다.

"난 떼 지어 다니는 게 싫어요." 그가 대답했다.

목구멍 안에서 무어라 중얼거리는 소리가 들렸다. 그리곤 야릇하게 침착한 어조로 말했다.

"그럼 어린애는 놓고 갑시다. 저렇게 샐쭉해 있으니."

그녀가 그를 모욕하는 걸 정말로 즐기는 듯했다. 그러나 버킨은 표정이 굳어질 뿐이었다.

그녀가 멀리 일행 쪽으로 가서, 뒤를 보며 그에게 손수건을 흔들었고, 킬킬 웃으며 노래하듯 말했다.

"아-ㄴ-녕. 잘 있어요. 어린아이."

"잘 가라. 시건방진 할매야." 그가 중얼거렸다.

그들 모두는 공원을 가로질러 걸었다. 허마이어니는 그들에게 작은 언덕에 핀 야생 수선화를 보여주고 싶었다. 그녀가 가끔 "이쪽으로, 이쪽으로요"라며 여유롭게 말했다. 그러면 모두는 그쪽으로 가야 했다. 수선화는 저토록 예쁘게 피었는데 누가 와서 봐준담? 어슐라는 이때쯤엔 불쾌해서 온몸이 굳어 있었다. 이 전체 분위기에

벨이 꼴렸다. 구드룬은 객관적이며 조롱하며 눈여겨보았고 모든 것을 머리에 입력했다.

그들이 수줍어하는 사슴을 보았을 때 허마이어니가 이 수사슴에게 말을 걸었는데 그 말투가 꼭 남자애를 달콤한 말로 희롱하듯 했다. 수사슴이었으니 그녀는 으레 힘을 휘둘러야 했다. 그들은 양어장의 오솔길로 돌아왔는데, 허마이어니가 한 암컷 백조의 사랑을 얻으려고 다툰 두 마리의 수컷 백조 이야길 들려주었다. 그녀는 퇴짜 맞은 백조가 자갈밭에서 날개 밑에 머릴 박고 앉았던 이야길 하면서 킬킬거리며 웃어댔다.

그들이 집에 돌아왔을 때 허마이어니가 잔디밭에 서서 이상하게 작고 높은 소리를 내자 멀리까지 퍼져나갔다.

"루퍼트! 루퍼트!" 첫째 음절을 높고 느리게 불렀고, 둘째 음절은 뚝 떨어트렸다. "루--우-퍼트."

그러나 대답이 없었다. 하녀가 나타났다.

"앨리스, 버킨 씨가 어디 있지?" 상냥하며 붕 뜬 허마이어니 목소리였다. 그 붕 뜬 목소리 저변에는 얼마나 집요하며 거의 광적인 의지가 깔렸나!

"저, 방에 계신 것 같아요."

"그래?"

허마이어니가 천천히 층계를 올라가 복도를 향해 높고 작은 목소리로 노래하듯 불러댔다.

"루--우-퍼트! 루--우-퍼트!"

그녀가 그의 방문으로 와서 두드리며 여전히 "루--우-퍼트"라고 불렀다.

"네." 드디어 그의 목소리가 들렸다.

"무얼 해요?"

그 목소리는 온화하고 호기심에 찼다.

대답이 없었다. 그러다 그가 방문을 열었다.

"우리 돌아왔어요." 허마이어니가 말했다. "수선화가 너무도 예뻤어요."

"그래요. 나도 봤어요." 그가 말했다.

그녀가 느리고 태연한 시선으로 오랫동안 그를 쳐다보았다.

"그랬어요?" 그녀가 되받아 물었다. 그리고 그를 쳐다보며 서 있었다. 애처럼 토라져, 꿈쩍 않는 그를 브레덜비 장원에 안전하게 데리고 있으면서 그녀가 그와 갈등에 처해 있을 때, 그녀는 활기를 띠게 되었다. 그러나 마음속에서 불화가 닥쳐오는 걸 감지했다.

"뭐 하고 있어요?" 그녀가 유순하고 태연한 어조로 되풀이해 물었다. 그는 대답하지 않았고 그녀가 거의 무의식적으로 그의 방으로 걸어 들어갔다. 그가 허마이어니의 방에서 중국의 거위 그림을 가져다가 대단한 솜씨를 부리며 생생하게 모사를 하고 있었다.

"그림을 모사하고 있군요." 그녀가 테이블 가까이에 서서 그의 그림을 내려다보며 말했다. "그렇군요. 너무나도 아름답게 그리네요! 이 그림 정말 좋아해요?"

"경이로운 그림이에요." 그가 대답했다.

"그래요? 당신이 좋아한다니 난 아주 기뻐요. 왜냐하면, 내가 이 그림을 항상 좋아했거든요—중국 대사님이 나에게 선물했어요."

"알아요." 그가 대꾸했다.

"그렇지만 왜 이 그림을 모사하고 있어요?" 그녀가 지나가는, 단조로운 어투로 물었다. "왜 독창적인 그림을 그리지 않아요?"

"난 이걸 알고 싶어요." 그가 대답했다. "모든 책을 읽기보다 이 그림을 모사하는 게, 중국에 대해 더 많이 알게 해줘요."

"무얼 알게 되는데요?"

그녀의 호기심이 즉시 발동되었다. 그에게서 비밀을 빼내기 위해 그의 몸에 난폭하게 손을 댄 셈이 되었다. 그녀는 반드시 알아야 했다. 그가 알고 있는 모든 것을 그녀가 알려고 하는 건 무시무시한 횡포요, 아집이었다. 얼마 동안 그는 대답하기 싫어서 잠자코 있었다. 그러다 하는 수 없이 말을 시작했다.

"난 이들이 무엇에 뿌리를 두고 사는지 알게 돼요—그들이 무얼 인식하고 느끼는지—차가운 진흙탕 물의 흐름 속에서 사는, 거위의 자극적이고 뜨거운 뿌리를 알게 돼요—거위 피의 묘하게 자극적인 열기가 파괴적인 불의 접종처럼, 그들의 피로 들어가는 것 말이오. 차갑게 타고 있는 진흙탕의 불—연꽃의 신비를 말이오."

허마이어니가 좁고 창백한 뺨으로 그를 쳐다보았다. 그녀의 눈은 기이했으며, 축 늘어진 눈꺼풀 아래로 무엇에 취한 듯 무겁게 처졌다. 그녀의 얄팍한 가슴이 경련을 일으키며 움츠러들었다. 그가 악마 같고 움직이지 않는 시선으로 그녀를 응시했다. 그녀가 또 한 번 이상하게 경련을 일으키더니 메스꺼운 듯 몸을 돌렸다. 그녀의 몸속에서 해체가 시작되는 것을 느끼는 듯했다. 왜냐하면, 그녀의 정신으로는 그의 말을 이해할 수가 없었는데, 말하자면 모든 방어물 밑에 숨어있는 그녀를 그가 붙잡아서 음흉하고 비밀스러운 힘으로 파괴했기 때문이다.

"그래요." 그녀가 마치 자신이 무슨 말을 하는지 모르는 듯 말했다. "그래요." 그녀가 침을 꿀꺽 삼키고 제정신을 차리려고 애썼다. 그러나 그럴 수가 없었다. 그녀는 분별이 없어지고 중심이 풀려나갔다. 아무리 의지력을 다 발동해도 회복할 수가 없었다. 그녀는 자아가 무섭게 해체되어 사라지는 놀라운 경험을 했다. 그리고 그는 꼼짝 않고 서서 그녀를 쳐다보았다. 그녀는 마치 사람을 계속 따라다니는 무덤-위력에 의해 공격을 받아 잡아먹힌 사람처럼, 혼령처럼 해쓱해져 길을 헤매고 있었다. 그리고 그녀는 송장처럼 가버리니, 실체나 연루가 없게 되었다. 그는 냉담한 채 앙심을 품고 있었다.

허마이어니가 정찬 때에 이상하고 죽음 같은 분위기로 내려왔다. 그녀의 눈은 축 늘어졌고 죽음의 암흑과 위력으로 차 있었다. 그녀는 뻣뻣하고 오래된 초록색 양단 드레스를 입었는데, 몸에 꼭 끼어서 키가 더 크고 무시무시하게 소름이 끼쳐 보였다. 응접실의 밝은 불빛 아래서 그녀는 섬뜩하고 억압적으로 보였다. 그러나 식당의 흐릿한 조명 아래, 테이블의 갓을 씌운 촛불 앞에 뻣뻣이 앉았을 때, 그녀가 하나의 힘으로, 실체로 보였다. 그녀는 약 먹어 취한 듯 남의 말에 귀를 기울이고 주목했다.

파티는 즐거웠고, 옷은 도가 지나칠 정도로 사치스러웠다. 버킨과 조슈아 맬리슨 경을 제외하고는 모든 사람이 야회용 예복을 입었다. 몸집이 작은 이탈리아 백작 부인은 주황색과 황금색, 검은색이 은은하게 넓게 줄이 간 얇은 벨벳 드레스를 입었고, 구드룬은 기이한 망사 망이 달린 에메랄드 초록색 드레스를, 어슐라는 노란색에 흐린 은빛 베일이 덮인 드레스를 입었다. 브래들리 양은 회색과 빨간색, 흑옥색의 드레스를 입었고, 매르츠 양은 연푸른 드레스를 입었다. 허마이어니는 촛불 아래서 화려한 의상들을 보자 갑작스레 기분이 좋아서 파르르 떨었다. 그녀는 이야기가 끊임없이 계속되는 걸 의식했다. 조슈아 경의 목소리가 좌중을 지배했다. 또 여자들의 가벼운 웃음소리와 재잘거리며 주고받는 말, 찬란한 의상들, 하얀 식탁, 천장과 바닥의 그림자를 의식했다. 그녀는 대만족하여 황홀하고, 즐거워서 파르르 떠는 듯했으나, 여전히 병들었고, 낯빛은 유령처럼 창백했다. 그녀는 대화에 거의 가담을 하지 않았지만, 모든 대화를 들었고 그것은 죄다 그녀의 것이었다.

그들은 한가족인 양 격식을 갖추지 않고 자연스레 응접실로 함께 들어갔다. 매르츠 양이 커피를 전달했고 모든 이는 궐련이나, 한 묶음 준비한 흰 점토의 긴 고급 파이프 담배를 피웠다.

"담배 피우시겠어요?—궐련이요? 아니면 파이프요?" 매르츠 양이 귀엽게 물었다. 사람들은 둥그렇게 둘러앉았다. 18세기 고전 스타일 차림인 조슈아 경, 명랑한 영국 미남 젊은이인 제럴드, 귀족적이며 명쾌하였고 키가 크고 잘생긴 정치인 알렉산더, 키다리 카산드라*인 허마이어니, 갖가지 색깔로 야하게 차려입은 여자들, 모두가 긴 흰색 파이프 담배를 의무적으로 피우며, 대리석 벽난로의 훨훨 타는 통나무 주변으로, 은은하게 빛이 비치는 안락한 응접실에 반원 모양으로 둘러앉았다.

이야기는 주로 정치나 사회 문제에 관한 것이었고, 흥미로웠으며 묘하게 무정부주의적이었다. 방 안에는 강력하며 파괴적인 힘이 점점 쌓여갔다. 모든 것이 도가니에 던져지는 듯했고, 어슐라에겐 모든 이가 마녀가 되어 도가니를 부글부글 끓게 하는 것 같았다. 그

---

* 호메로스의 《일리아스》에 나오는 여자 예언자로 트로이아의 패배를 예언했다.

모든 이야기엔 의기양양함과 만족감이 있었지만 처음 온 사람들에겐 잔인하도록 지루했다. 이 무자비한 지적 압력, 이 강력하고 소진하게 하며 파괴적인 지적 작용은 조슈아 경과 허마이어니, 버킨에게서 비롯했고 좌중을 지배했다.

그러나 메스꺼움과 구역질이 허마이어니를 사로잡았다. 이야기가 잠시 잠잠해졌는데, 이는 허마이어니의 무의식적이나 매우 강력한 의지로 중지된 듯했다.

"샐지, 무슨 다른 놀이를 하지 않을래요?" 허마이어니가 이야길 완전히 단절시키며 물었다. "누군가가 춤출래요? 구드룬, 춤추겠어요? 췄으면 좋겠네요(Anche tu, Palestra, ballerai)?" 갑자기 이탈리아어로 말을 이었다. "댁도 춤추실래요(si, per piacere)? 그래요. 좀 추세요. 어슐라 씨도."

허마이어니가 일어나 벽난로 가에 걸린 황금빛 수놓은 띠를 천천히 당기니, 그것이 잠시 매달려있다가 순식간에 내려왔다. 그녀는 여사제 마냥 무의식 상태에서 몰아 지경으로 들어갔다.

하인이 왔다가, 비단옷과 숄과 스카프를 한 아름 들고 다시 나타났는데, 대부분은 동양산으로 허마이어니가 사치스럽고 아름다운 의상을 좋아해서 서서히 수집한 것들이었다.

"여자 셋이 함께 춤춰요." 그녀가 말했다.

"무슨 춤이면 좋을까?" 알렉산더가 부산하게 일어나며 물었다.

"세 공주의 춤이요." 이탈리아 백작 부인이 곧 제안했다.

"그 춤은 아주 나른해요." 어슐라가 말했다.

"그럼 《맥베스》에 나오는 세 마녀는요." 매르츠 양이 쓸 만한 제안을 했다. 그래서 최종적으로 나오미와 룻, 오르바의 춤으로 결정되었다. 어슐라가 나오미, 구드룬이 룻, 백작 부인이 오르바를 맡기로 했다. 구상은 러시아의 파블로바와 니진스키 스타일로 짧은 발레를 추는 것이었다.

백작 부인이 먼저 준비하고, 알렉산더는 피아노로 가, 넓은 공간이 만들어졌다. 오르바는 아름다운 동양의 옷을 걸치고 남편의 죽음을 천천히 춤으로 추기 시작했다. 그다음에 룻이 나타나서, 둘은 함께 울며 통곡을 했다. 그다음에 나오미가 나타나 그들을 위로했다. 그 모든 것을 무언극으로 했으며, 여자들은 몸짓과 동작으로 감정을 표현했다. 그 작은 드라마가 15분간 계속되었다.

어슐라는 나오미로서 아름다웠다. 집안의 모든 남자—그녀의 남편과 두 아들—가 죽었지만, 그녀는 불굴의 자세로 그 어떤 것도 탓하지 않고 홀로 섰다. 룻은 여성을 사랑하는 성품으로 그녀를 사랑했다. 오르바는 생생하고 감각적이며 예민한 과부로 예전의 삶, 반복되는 삶으로 돌아가고자 했다. 세 여자 사이의 관계는 사실적이어서 소름이 끼칠 정도였다. 구드룬이 무겁고 절망적인 열정으로 어슐라에게 달라붙으면서도 미묘한 악의를 품은 미소를 짓는 것을 보니, 그리고 어슐라가 자신을 위해서나 며느리 룻을 위해서나 어떤 대책도 내놓지 못하면서, 위험한 상황에서 꿋꿋이 슬픔을 마다하는 것을 보니 기이했다.

---

* 《구약》〈룻기〉에 나오는 세 여인. 홀시어머니 나오미의 밑에서 청상과부로 있던 며느리 룻과 오르바. 오르바는 친정이 있는 이방으로 갔고, 룻은 열녀로 시어머니 곁에 남아 있다가 유대의 한 유력자와 결혼하여 다윗왕의 증조모가 된다.

허마이어니는 재미있게 구경했다. 백작 부인의 담비같이 빠른 선 정성, 구드룬이 언니의 여성적인 면에 궁극적이지만 기만적인 매달림, 마치 어슐라가 운명에 짓눌리고 잡혀있는 것처럼, 그녀의 꼼짝없이 위험한 상태에 처한 연기를 잘 음미할 수 있었다.

"그건 매우 아름다웠어요." 모두가 한 소리로 칭찬했다. 그러나 허마이어니는 그녀가 알지 못한 점을 알게 돼서, 마음이 뒤틀렸다. 그녀가 누구든 춤을 더 추라고 외쳤고, 이러한 그녀의 의지에 따라 백작 부인과 버킨이 말브루크*곡에 맞춰, 조롱하듯 춤추었다.

제럴드는 구드룬이 나오미에게 몸부림치며 매달리는 것을 보고 흥분했다. 마음속 깊이 있는 여성적인 무모성과 조롱의 진수가 그의 피를 뒤흔들었다. 그는 구드룬의 손을 쳐들고, 내맡기고 매달리면서, 무모하면서도 조롱하는 듯한 연기를 잊을 수가 없었다. 버킨은 소라게가 게 집에서 나와 구경하듯, 어슐라의 빼어난 좌절감과 무기력의 연기를 보았다. 어슐라는 풍요롭고 위험스런 힘이 넘쳐흘렀다. 그녀는 마치 강력한 여성성의 야릇하고 무의식적인 꽃봉오리 같았다. 그는 자기도 모르게 그녀에게 끌렸다. 그녀가 그의 미래였다.

알렉산더가 헝가리 무곡 몇 곡을 연주했고, 그들 모두가 그 분위기에 사로잡혀 춤을 추었다. 제럴드는 자신이 구드룬을 향하여 춤추는 동작으로 다가가는 것을 보고는 믿어지지 않게 기분이 고조되었고, 고작 왈츠와 투스텝 정도의 발을 놀리며 춤을 추었지만, 무엇에 사로잡힌 듯 힘이 사지와 몸에 퍼지는 것을 느꼈다. 그는 아직 사람들이 추는 격동적인 재즈 종류의 춤을 출지는 몰랐지만 시작할 줄

---

* 영국에서 부르던 18세기 프랑스 동요.

은 알았다. 버킨은 싫어하는 사람들의 압박감에서 벗어났을 때 정말 쾌활하고도 빠르게 춤을 추었다. 허마이어니는 이런 무책임한 쾌활함을 보고 얼마나 증오했나.

"이제 알겠어요." 백작 부인이, 자신에게 몰두해 춤추는 버킨의 순수하게 쾌활한 동작을 보고 외쳤다. "버킨 씨는 변덕쟁이예요."

허마이어니가 천천히 그녀를 쳐다보았고 오직 외국인만이 이것을 알아보고 발설할 수 있다는 것을 알고는 몸을 부르르 떨었다.

"팔레스트라, 그게 무슨 뜻이죠(Cosa vuol dire, Palestra)?" 허마이어니가 단조로운 어조로 물었다.

"보세요." 백작 부인이 이탈리아어로 말했다. "저이는 인간이 아니고 카멜레온이에요. 변덕쟁이란 말이에요."

'저이는 인간이 아니야. 우리 중에 속한 사람이 아니고 반역자야'란 생각이 허마이어니의 의식을 스쳤다. 그녀의 영혼은 그에게 앙심을 품고 있으면서도 복종을 해야 하니 몸부림쳤다. 왜냐하면, 그가 그녀에게서 도망을 쳐서 그녀와 다른 방식으로 존재하려는 힘 때문이었고, 그가 일관성이 없이 인간답게 굴지 않고 인간 이하로 놀기 때문이었다. 그녀는 절망감에 그를 증오했고 그 절망감은 그녀를 박살내 으스러뜨렸다. 그래서 그녀는 송장처럼 순순한 소멸함을 감내해야 했고, 그녀 자신, 몸과 영혼 안에서 일어나고 있는 무시무시한 소멸의 현기증 외에는 아무것도 의식하지 못했다.

집 안이 손님으로 가득 차서 제럴드에겐 아주 작은 방이 배정되었는데 원래 탈의실로 버킨의 침실과 연결되어 있었다. 그들 모두가 촛불을 들고 층계를 올라가니 호롱불이 얌전히 비추고 있다. 허마이어니가 말을 나누려고, 어슐라를 붙잡고 자기 침실로 데리고 갔다. 그 크고 이상한 방에서 일종의 압박감이 어슐라를 덮쳤다. 허마이어니가 그녀를 내리누르고 호소하는 듯했는데, 무시무시하고 뒤죽박죽이었다. 그들은 그 자체로 호화스럽고 관능적인 인도산 실크 셔츠를 보고 있었는데, 형태는 거의 타락한 듯 호화스러웠다. 그리고 허마이어니가 가까이 다가왔고 그녀의 가슴은 몸부림을 쳤다. 어슐라는 잠시 공황상태에서 정신이 멍해졌다. 잠시 허마이어니의 퀭한 눈이 어슐라의 얼굴에서 두려운 표정을 보고 다시 와해의 느낌을, 와르르 무너짐을 느꼈다. 어슐라는 14세의 어린 공주를 위해 만든 진한 빨강과 파란색의 실크 셔츠를 집어 들고는 기계적으로 외쳤다.

"너무나 멋있지요—누가 감히 강한 이 두 색을 한데 배합했을까요—?"

그때 허마이어니의 하녀가 조용히 들어왔고 어슐라는 겁에 질려 강력한 충동에 이끌려 도망쳤다.

버킨은 곧장 잠자리로 갔다. 그는 행복하고 졸리었다. 춤을 추었으므로 행복했다. 그러나 제럴드는 그에게 말을 하고 싶어 했다. 제럴드는 야회복을 입은 채 이야기를 꼭 해야 해서, 버킨이 누워있는 침대 한쪽 끝에 앉았다.

"저 브랑윈 씨네 두 딸은 누구야?" 제럴드가 물었다.

"밸도버에 살지."

"벨도버라고? 그렇다면 누군데?"

"학교 교사들이야."

잠시 말이 없었다.

"그렇군!" 마침내 제럴드가 소리쳤다. "어디서 본 듯해."

"그래, 실망했나?" 버킨이 물었다.

"내가 실망했냐고? 아니지—그렇지만 어떤 연유로 허마이어니가 그들을 초청했지?"

"구드룬을 런던에서 알고 지냈데—저 동생 말이야. 머리카락이 더 짙은 여자—예술가이지—조각하고 모형을 제작해."

"그러면 동생은 학교의 교사가 아니고—언니만 교사인가?"

"둘 다야—구드룬은 미술 선생이고, 어슐라는 담임선생이야."

"아버진 뭘 해?"

"학교의 수공예 교사야."

"그렇다고!"

"계급 간의 벽이 무너져 버리는군!"

제럴드는 버킨이 좀 빈정거리는 어투로 말할 때는 언제나 불편했다.

"아버지가 학교의 수공예 교사라고! 그게 나와 무슨 상관이야?"

버킨이 웃어댔다. 제럴드가 버킨의 얼굴을 쳐다보았다. 버킨은 베개를 베고 누워서 웃으면서도 씁쓸하고 무관심한 표정을 지었다. 그런데도 제럴드는 자리를 뜰 수 없었다.

"내 생각엔 앞으로 구드룬은 별로 보지 못할걸. 그녀는 부단히 옮겨 다니는 새이거든. 아마 일이 주 내에 사라질 거야." 버킨이 말했다.

"어딜 갈 건가?"

"런던, 파리, 로마—누가 알겠나. 그녀가 다마스쿠스나 샌프란시스코로 훌쩍 떠나리란 생각이 들어. 극락조라 할까. 벨도버와는 별 상관이 없는 여자지. 꿈속에서처럼 반대로 돌지."

제럴드가 잠시 생각에 잠겼다.

"자넨 어떻게 그녀에 대해 그렇게 잘 알지?" 그가 물었다.

"런던에서 알고 지냈어." 그가 대답했다. "앨저넌 스트레인지의 모임에서. 아마도 푸썸과 리비드니코프와 나머지 사람들도 알 걸―사적으론 몰라도 말이야. ―절대로 그런 무리에 속하진 않지―어떤 면에선 더 인습적이지. 안지 한 2년 되었어."

"그럼 가르치는 것 말고 다른 수입도 있나?" 제럴드가 물었다.

"좀 있겠지―불규칙적으로. 소형 조각품을 팔 수 있겠지. 명성이 좀 있거든."

"작품의 값은 대개 얼마야?"

"1기니에서 10기니."

"그래 작품이 좋나? 어떤 것들인데?"

"내 생각에 어떤 때는 아주 훌륭한 작품들이 나와. 왜, 허마이어니 개인 방에 있는 두 마리의 할미새가 그녀 작품이야―아마 본 적 있을 거야―나무에 조각한 후 색을 입혔어."

"난 야만인 조각인 줄 알았는데."

"아니야. 구드룬의 작품이야. 그게 그녀의 작품이지―동물, 새, 때로는 괴이하게 생긴 일상복 차림의 사람들. 제대로 완성이 되면 정말로 훌륭해. 자연스러우면서 미묘한 익살스러움이 배어있지."

"언젠가는 유명한 예술가가 될 것 같나?" 제럴드가 생각에 잠겨 혼잣말했다.

"그럴 수 있겠지. 그렇지만 내 생각엔 그러지 않을 거야. 만약에 다른 일이 그녀의 시선을 끌면 예술을 그만둘 거야. 그녀의 외고집이 예술을 심각히 하는 걸 막을 수 있지―그녀는 절대로 너무 심각해지지 않으려 해. 그녀는 자신을 죄다 드러낸다고 느끼거든. 그래서 자신을 다 드러내지 않으려고 해—항상 자기방어적이야. 바로 그런 점 때문에 내가 그녀 같은 유형을 감내하지 못하는 거야. 그건 그렇고, 내가 떠난 후에 푸썸과의 관계는 어떻게 끝났나? 아무 소식도 못 들었거든."

"아, 아주 역겨웠어. 핼러데이가 무례해서 난 진짜 본격적인 싸움에서 그의 복부를 걷어차고 싶은 걸 겨우 참았어."

버킨이 잠자코 있었다.

"물론," 버킨이 말했다. "줄리어스는 좀 미쳤어. 그는 한편으로는 종교적으로 광신자야. 하지만 다른 한편으론 외설적인 것에 현혹되어 있어. 그는 그리스도의 발을 씻는 순수한 제자가 되던가 아니면 예수를 외설적인 존재로 그리지—작용과 반작용—그리고 그 둘 사이엔 아무것도 없고. 그자는 정말 머리가 돌았어. 얼굴이 어린애같이 청순한 백합 같은 여자를 좋아하는가 하면, 다른 한편으론 푸썸과 지내면서 자신을 비하하지."

"그게 바로 내가 이해 못 할 부분이야." 제럴드가 말했다. "그자는 푸썸을 사랑하는 거야? 안 하는 거야?"

"사랑하는 것도 아니고 안 하는 것도 아니지. 푸썸은 매춘부로 그에겐 간음하는 진짜 매춘부지. 그자는 불결한 그녀에게 자신을 던지고자 갈망을 하고 있지. 그러다 그자가 일어나 어린애 얼굴을 한 청순한 여자의 이름을 불러대지. 그러니 그자는 두루 즐기는 거야. 그건 늘 있는 이야기지—작용과 반작용만 있을 뿐—그 중간엔 아무것도 없다는 것."

"난 그자가 왜 푸썸을 그처럼 모욕하는지 모르겠어." 제럴드가 잠시 후에 말했다. "그 여잔 아주 불결하다는 인상을 심어주었어."

"그렇지만 자넨 그 여잘 좋아했다고 생각하는데." 버킨이 큰 소리로 말했다. "난 늘 그 여잘 좋아했어. 그렇지만 사적으로는 그 여자와 아무 상관이 없어. 그건 사실이야."

"그녀를 좋아했지. 한 이틀 정도는." 제럴드가 말했다. "그렇지만 일주일 동안 같이 지낸다면 아마 내가 환장할 거야. 그런 여자들의 살갗에선 고약한 냄새가 나. 그래 결국엔 말할 수 없이 역겹게 되지—처음엔 좋아하지만 말이야."

"알아." 버킨이 말했다. 그리곤 좀 짜증을 내며 말했다. "제발 자러 가자. 지금 몇 시인지 모르겠다."

제럴드가 자기 시계를 들여다보았다. 그리곤 드디어 침대에서 일어나 그의 방으로 갔다. 그러나 몇 분 후에 그가 셔츠 바람으로 다시 돌아왔다.

"한 가지만 말해야겠어." 그가 다시 침대 끝에 앉으며 말했다. "우린 급작스럽게 관계를 끊게 되어서 푸썸에게 아무것도 주질 못했어."

"돈?" 버킨이 물었다. "필요한 건 핼러데이한테서 받을 거야. 아니면 친지한테서 받겠지."

"그렇지만," 제럴드가 말을 이었다. "난 그녀가 받을 걸 주고 계산을 끝내고 싶어."

"푸썸은 신경 안 쓸 거야."

"그래, 안 쓸 수도 있겠지.—그렇지만 거래가 끝나지 않았다는 느낌이야. 난 거래를 끝내고 싶거든."

"그러길 바라나?" 버킨이 물었다. 그리곤 제럴드의 하얀 다리를 쳐다보았다. 제럴드가 셔츠 바람으로 그의 침대의 옆구리에 앉아 있었다. 그의 두 다리의 피부는 하얗고 통통하며 근육질인 데다 잘 생기고 단단했다. 그런데도 버킨은 어린애의 다리를 보는 듯이 연민의 정과 애정이 절절히 다가왔다.

"난 계산을 끝내고 싶어." 제럴드가 막연히 되풀이하며 말했다.

"이렇든 저렇든 문제 될 게 없어." 버킨이 말했다.

"자넨 언제나 문제 될 게 없다고 말해." 제럴드가 약간은 당황하며, 버킨의 얼굴을 애정이 어린 눈으로 내려다보며 말했다.

"거래가 끝났건 안 끝났건 상관없어." 버킨이 말했다

"그렇지만 그녀는 정숙한 축에 끼는 여자였어. 정말이야."

"여자 카이사르의 것은 여자 카이사르에게 돌려주라.* " 버킨이 돌아누우며 말했다. 그에겐 제럴드가 이야기하고 싶어서 계속 이야기하는 것 같았다. "제발 가게. 나 피곤해―밤이 너무 늦었어."

"자네가 나한테 정말 상관있는 걸 말해주면 좋겠어." 제럴드가 버킨의 얼굴을 내내 내려다보며 말했다. 그는 무슨 대답을 기다렸다. 그러나 버킨은 고개를 옆으로 돌렸다.

"그래. 그러면 자러 가네." 제럴드가 말하며 버킨의 어깨를 애정 어린 손으로 만지고 떠났다.

아침에 제럴드가 깼을 때 버킨이 움직이는 소릴 듣고 소리쳤다. "곰곰이 생각해보니 역시 푸썸에게 10파운드를 줘야겠어."

"아, 세상에!" 버킨이 말했다. "제발 그렇게 사무적으로 굴지 마. 정 원한다면 마음속에서 거래를 끝내. 자네가 거래를 못 끝내는 건 자네 마음속에서야."

"내가 그렇다는 걸 어떻게 알지?"

---

* 〈마태복음〉 22장 21절 참조. 푸썸이 여성이므로 여자 카이사르란 말을 사용했음.

"자넬 잘 아니까." 간결한 대답이 들렸다.

제럴드가 얼마 동안 곰곰이 생각했다.

"푸썸과 같은 여자와의 관계에서 해야 할 올바른 일은 돈을 주는 것으로 생각해."

"그리고 연인을 위한 옳은 일은 연인과의 관계를 계속 유지하는 것이고 아내를 위한 옳은 일은 아내와 같은 지붕 아래서 사는 것이지. 사악한 행동에서 벗어나서 인생을 온전하고 순수하게 지킨다 (Integer vitae scelerisque purus)*!" 버킨이 말했다.

"이 일에 그렇게 고약하게 굴 필요가 없어." 제럴드가 대꾸했다.

"그 일에 난 싫증이 나. 자네의 사소한 잘못에 관심이 없다고."

"자네가 관심이 있든 없든 간에 난 상관없어―내가 관심이 있으니까."

아침엔 다시 햇빛이 밝게 들었다. 하녀가 이미 들어와서 세숫물을 갖다놓았고 커튼을 열어 놓았다. 버킨은 침대에 일어나 앉아 게으름을 피우며 기분 좋게 공원을 내다보았다. 아주 푸르고 인적이 없었고 낭만적이며 과거의 것이었다. 그는 과거에 속한 모든 것들이 얼마나 아름답고 확실하며 미적인 형태를 갖추었고 얼마나 완벽한지를 생각했다. 아름답게 완성된 과거―너무나 황금빛 정적에 잠긴 이 장원, 수 세기에 걸쳐 평화의 단잠을 자는 공원. 그러나 정지된 것들의 이 아름다움이란 얼마나 무서운 함정이며 환각인가―브레덜비란 장원이란 실제론 얼마나 끔찍스런 무생명의 감옥인가! 이 평화란 게 얼마나 견딜 수 없는 구속인가! 그렇지만 서로 빼앗으려

---

* 호라티우스의 "부시" 2권에 나오는 말.

고 다투는 현재의 추한 갈등보다는 이것이 더 낫지. 인간이 원하는 대로 미래를 창조할 수만 있다면—자그마하고 순수한 진실을 위해, 단순한 진실을 삶에 용감하게 적용하길 원한다고 그의 심장은 끊임없이 외쳐댔다.

"도대체 자네 생각에 관심을 가질만한 일이 내게 무엇이 있는지 모르겠네." 제럴드의 목소리가 탈의실에서 들렸다. "푸썸과 같은 여자도 아니고 광산 일도 아니고 그밖에 다른 것도 아니니."

"제럴드, 자네가 할 수 있는 일에 관심 두게. 난 단지 관심이 없을 따름이야." 버킨이 말했다.

"그러면 난 도대체 어쩌라는 거야?" 제럴드가 외쳤다.

"하고 싶은 것을 하는 거지.—나는 뭘 해야 할까?"

침묵 속에서 버킨은 제럴드가 이 문제를 곰곰이 생각하는 것을 느낄 수 있었다.

"내가 안다면 축복이지." 쾌활한 목소리가 들렸다.

"이것 봐." 버킨이 말을 시작했다. "자네의 한쪽은 푸썸을, 오로지 푸썸만 원하지. 다른 쪽은 탄광일, 사업을, 오로지 사업만을 원해—그러니 자넨 동강이 나 있지."

"그리고 다른 한쪽은 그 외에 다른 것을 원하지." 제럴드가 괴이하고 차분하고 진심 어린 목소리로 말했다.

"뭐라고?" 버킨이 깜짝 놀라 물었다.

"그게 자네가 말해주길 바라는 거지." 제럴드가 대꾸했다.

얼마 동안 침묵이 흘렀다.

"말해줄 수가 없네.— 자네 길은 고사하고 내 길도 못 찾는데. 결혼할 수도 있겠지." 버킨이 대답했다.

"누구— 푸썸하고?" 제럴드가 물었다.

"그럴 수도 있겠지." 버킨이 대답했고, 일어나 창가로 갔다.

"그게 자네의 만병통치약이구먼." 제럴드가 말했다. "그렇지만 아직 자네에게도 그 약을 써보지 않았잖아. 자네도 그 약을 써야 할 정도로 병이 들었는데."

"그래." 버킨이 말했다. "그래도, 난 낫게 될 거야."

"결혼으로?"

"그래." 버킨이 고집스레 대답했다.

"그렇지만 아니야." 제럴드가 덧붙였다. "아니지, 아니라고. 이 봐, 아니야."

그들 사이엔 침묵이 흘렀고 이상하게 긴장된 적의가 배어 있었다. 그들 사이엔 항상 틈바구니가 있었고 거리감이 있었고. 그들은 항상 상대방에게서 자유롭기를 원했다. 그러면서도 서로에게 묘하게 끌리는 바가 있었다.

"여성이 구세주라(Salvator femininus)." 제럴드가 냉소적으로 말했다.

"왜 안 되지?" 버킨이 물었다.

"못되란 법은 없지." 제럴드가 말했다. "정말로 일이 잘된다면 말이야. 그렇지만 누구하고 결혼할 건데?"

"여자 하고." 버킨이 대응했다.

"좋지." 제럴드가 말했다.

제럴드와 버킨이 아침 식사를 먹으러 아래층에 내려온 마지막 손님이었다. 허마이어니는 모든 사람이 일찍 움직이기를 좋아했다. 자신의 하루가 줄어든다고 느끼면 안달을 했다. 삶 일부를 상실했다고 느꼈다. 그녀는 시간의 목덜미를 꽉 부여잡고, 시간한테서 자신의 삶을 억지로 뺏는 듯했다. 그녀는 아침에 혼자 남겨진 양, 좀 창백하고 해쓱했다. 그러나 힘이 있었고 그녀의 의지가 이상하게도 팽배해 있었다. 제럴드와 버킨, 두 청년이 들어서자 갑자기 긴장감이 감돌았다.

허마이어니가 얼굴을 쳐들고 즐거운 노랫가락을 읊듯 말했다.

"좋은 아침이에요! 잘들 주무셨어요?—기쁘네요."

그리곤 그녀가 그들을 무시하면서 몸을 획 돌렸다. 그녀의 성미를 잘 아는 버킨이 보기에, 그의 존재를 무시하려는 의도였다.

"식기대에서 필요한 걸 갖다 쓰시겠어요?" 알렉산더가 불만이 약간 묻어나는 어조로 말했다. "음식이 식지 않았기를 바라요. 아, 아니지! 루퍼트, 식탁용 냄비의 불 좀 꺼줄래요? 고마워요."

허마이어니가 냉정할 때는 알렉산더마저 권위적으로 굴었다. 그는 불가피하게 누나의 어조를 따랐다. 버킨이 앉아서 식탁을 쳐다보았다. 그는 수년간 친교를 해오며 이 집과 이 방과 이 분위기에 너무도 익숙해 있었다. 이제는 이 모든 것에 완전히 적의를 느꼈고 그와는 아무 상관이 없다는 생각이 들었다. 그가 허마이어니를 얼마나 잘 알고 있었는가! 그녀가 그곳에 꼿꼿이 말없이 좀 멍하니 앉아 있지만 얼마나 영향력이 있고 강력한가! 그가 그녀를 변함없이, 최종적으로 잘 알고 있기 때문에 거의 미칠 것 같았다. 자신의 정신이 온전하다고 믿기가 힘들 지경이었다. 또 죽은 자들이 모두 태곳적부터 거대하게 앉아 있는 어떤 이집트 무덤에서 왕들의 전당에 있는 인물이 자신이 아닌가 하는 착각까지 들었다.

그가 조슈아 맬리슨을 얼마나 잘 알고 있는가! 그는 엄격하면서도 으스대는 목소리로 끊임없이, 끊임없이 지껄이지 않는가. 항상 고도의 지적 상태를 유지하며 흥미롭지만 이미 잘 알려진 이야길 하지 않는가. 그의 얘기가 아무리 새롭고 재기 넘치는 것이라 해도 이미 기정사실로 알려진 것이 아닌가. 알렉산더는 무정할 정도로 자유로우며 자연스럽게 최신식 주인 노릇을 하지 않는가. 독일 여자는 때맞춰서 맞장구치고, 몸집이 작은 이탈리아 백작 부인은 누구도 후대하지 않고 객관적이고 냉담하게 자기만의 작은 놀이를 하고 있지 않은가. 족제비같이 모든 것을 주시하면서 자신은 조금도 내어주지 않고 자기만의 재미를 쪽쪽 빨아들이지 않는가. 굼뜨고 알랑거리는 브래들리 양은 허마이어니에게서 재미삼아 하는 멸시를 받고 따라서 자연히 모든 이에게서 멸시를 받지 않는가.

모든 인물의 위치가 정해진 게임처럼, 이 모든 것은 얼마나 잘 알려졌는가. 항상 똑같은 모습들, 체스의 여왕, 기사들, 졸들이 수백 년 전과 똑같이, 똑같은 말들이 이 게임을 구성하는 무수한 순열 중의 하나가 되어 빙빙 돌아가지 않는가. 그러나 그 게임은 다 알려진 것이고 진행이 미친 듯이 계속되어 아주 소진해 버렸다.

제럴드는 얼굴에 즐거운 빛을 띠우고 있었다. 그에게 이 게임은 재미있었다. 구드룬은 커다란 적의를 품은 눈으로 꾸준히 주시했다. 이 게임이 그녀를 매혹했지만, 왠지 혐오스러웠다. 어슐라는 상처를 입은 양 약간 놀란 표정을 지었는데 그 아픔이 그녀의 의식 밖으로 보였다.

갑자기 버킨이 벌떡 일어나 나갔다.

"이것으로 충분해." 그가 자기도 모르게 혼자 중얼거렸다.

허마이어니는 비록 의식은 하지 않았지만, 그가 나가는 걸 알았다. 그녀가 무거운 눈을 쳐들고, 그가 급작스런 알지 못할 물결을 타고, 갑자기 사라지는 걸 보았는데, 그 파도가 그녀 위로 몰려와 부서졌다. 단지 그녀의 불굴 의지만이 정지된 채 기계적으로 남아있었다. 그녀가 생각에 잠겨 이런저런 언급을 하며 식탁에 앉아 있었다. 그러나 암흑이 그녀를 덮쳐서 그녀는 가라앉은 배 같았다. 그녀에겐 또한 끝장이었다. 그녀는 암흑 속에서 난파되었다. 그럼에도 그녀 의지의 굴하지 않는 기계적인 동작은 계속되고 활동을 지속했다.

"우리 오늘 아침에 수영하러 갈까요?" 그녀가 갑자기 모든 사람을 보며 물었다.

"멋진데요." 조슈아 경이 말했다. "수영하기에 이상적인 아침이에요."

"아, 아름다운 생각이에요." 독일 여자가 맞장구쳤다.

"그래요. 수영 가요." 이탈리아 여자가 말했다.

"난 수영복이 없는데요." 제럴드가 말했다.

"내 것 입어요." 알렉산더가 제안했다. "난 교회에 가서 성경을 읽어야 해요. 사람들이 날 기다리고 있어요."

"신자세요?" 이탈리아 백작 부인이 갑자기 관심을 가지며 물었다.

"아닙니다." 알렉산더가 대답했다. "신자 아니에요. 그렇지만 난 구제도를 지켜나가는 것이 옳다고 믿어요."

"구제도는 참 아름답지요." 독일 여자가 우아하게 말했다.

"아, 그래요." 브래들리 양이 큰 소리로 맞장구쳤다.

그들 모두가 잔디밭으로 줄지어 나갔다. 햇빛이 화창하고 부드럽게 비치는 이른 여름의 아침이었다. 생명력이 추억처럼 세상 가득히 흐르고 있었다. 교회 종이 좀 떨어진 곳에서 울려 퍼졌고 하늘엔 구름 한 점 없었다. 백조는 저 아래 물 위에서 백합처럼 노닐었고 공작새는 풀밭의 응달을 긴 다리로 가로질러 햇볕 속으로 활개치며 걸어 들어갔다. 모두가 그 모든 것의 예스러운 완벽함에 정신을 잃고 취하고 싶었다.

"잘들 있어요." 알렉산더가 그의 장갑을 쾌활하게 흔들며 작별인사를 한 후 관목 뒤로 사라져 교회 가는 길로 접어들었다.

"자, 이제 헤엄치러 갈까요?" 허마이어니가 권했다.

"난 헤엄 안 쳐요." 어슐라가 말했다.

"안 한다고요?" 허마이어니가 그녀를 천천히 쳐다보며 물었다.

"네, 하고 싶지 않아요." 어슐라가 대답했다.

"나도요." 구드룬이 말했다.

"내 수영복은 어떻게 된 거지요?" 제럴드가 물었다.

"모르겠네요." 허마이어니가 웃으며 야릇하게 즐거워하는 어조로 말했다. "손수건이면 되겠어요?—큰 손수건이요."

"그것이면 되요." 제럴드가 대답했다.

"그러면 따라와요." 허마이어니가 노래하듯 말했다.

잔디밭을 처음 가로질러 뛰어간 사람은 몸집이 작은 이탈리아 여자였다. 고양이같이 그녀가 머리를 약간 숙이고 걸어갈 때 하얀 다리가 반짝였고 머리는 황금빛 비단 헝겊으로 묶여 있었다. 그녀는 대문을 지나 풀밭을 내려가 물가에서 상아와 구리로 된 작은 조각상처럼 서 있었다. 수건을 바닥에 떨구곤, 놀라서 다가온 백조들을 보고 있었다. 그다음엔 브래들리 양이 짙푸른 수영복을 입고 커다랗고 둥글둥글한 자두처럼 뛰어 나갔다. 그다음엔 제럴드가 허리춤에 주홍색 비단 헝겊을 두른 채 수건을 팔에 걸치고 나타났다. 그는 햇빛 아래에서 좀 자신의 몸을 으스대는 듯했다. 그는 어슬렁거리고 웃고 자연스레 거닐었고 발가벗은 몸이 하얗고 자연스럽게 보였다. 그후엔 조슈아 경이 긴 코트를 걸치고 나타났고 마지막으로 허마이어니가 커다란 보라색 비단 망토를 걸치고 우아하고 꼿꼿한 자세로 성큼성큼 걸었다. 그녀의 머리는 보라색과 황금빛 헝겊으로 묶여 있었다. 그녀의 길고 뻣뻣한 몸과 하얀 다리는 잘 생겼다. 그녀가 걸어갈 때 망토가 흩날리자 정적인 우려함이 풍겼다. 그녀는 낯선 기억과 같은 잔디밭을 가로질러 천천히 위엄 있게 물가를 향해 걸어갔다.

세 개의 연못이 골짜기에 층층대 식으로 내려가며 이어졌는데 햇빛 아래서 규모가 크고 잔잔하여 아름다웠다. 물은 작은 돌담을 지나 작은 바위 위를 흘렀고 한 연못에서 그다음 연못으로 물을 튀기며 흘렀다. 백조들은 건너편 둑으로 옮아갔고 갈대는 향긋한 내음을 풍기고 미풍이 살갗을 살며시 간질였다.

제럴드가 조슈아 경 다음으로 물속에 뛰어들어 연못의 건너편 끝까지 헤엄쳐 갔다. 그곳의 물에서 나와 돌담 위에 앉았다. 또 다른 이가 물속에 뛰어들었고 몸집 작은 백작 부인이 쥐처럼 헤엄을 쳐 그가 있는 곳으로 갔다. 두 사람은 햇빛 속에서 가슴 위로 팔짱을 끼고 웃으며 앉아 있었다. 조슈아 경이 그들에게로 헤엄쳐서 가 그들 가까이에서 겨드랑이까지 물에 담그고 서 있었다. 그다음엔 허마이어니와 브래들리 양이 헤엄을 쳐 갔고 그들 모두가 둑 위에 한 줄로 앉았다.

"저 사람들 흉측스럽지 않니? 정말로 흉측스럽지 않아?" 구드룬이 물었다. "도마뱀 같지 않니? 커다란 도마뱀 같아. 조슈아 경 같은 모습을 본 적 있어? 그렇지만 정말, 어슐라 언니, 저분은 커다란 도마뱀이 기어 다니던 태곳적 세상에서 온 것 같아."

구드룬이 당황스러워하며 조슈아 경을 쳐다보았다. 그는 물속에 가슴까지 잠그고 서 있었는데 그의 긴 백발은 물에 씻기어 눈까지 내려왔고 그의 목은 굵고 조잡한 어깨에 얹혀 있었다. 그가 브래들리 양에게 말을 하고 있었는데, 그녀는 바로 위 둑에 앉아 있었고 통통하고 크며 온통 물에 젖은 몸이 언제고 동물원의 바다사자처럼 물속으로 미끄러져 들어갈 것 같았다.

어슐라는 잠자코 주시했다. 제럴드가 허마이어니와 이탈리아 여자 사이에 앉아 행복하게 웃고 있었다. 그의 모습이 디오니소스*를 연상시켰는데 그의 머리카락이 샛노랗고 몸은 아주 건장한 데다 마구 웃었기 때문이었다. 허마이어니는 그녀의 뻣뻣하고, 불길하고 우아한 큰 몸을 그이 가까이에 기대고 있었는데 그가 좀 겁을 먹고 있었다. 그녀가 언제고 무책임하게 위험한 행동을 할 것 같았기 때문이었다. 그는 그녀에게 위험성이, 발작적인 광증이 있다는 걸 알고 있었다. 그러나 그는 그에게 얼굴을 반짝이며 슬쩍 돌리고 있는 작은 백작 부인 쪽으로 자주 얼굴을 돌리며, 더 많이 웃을 뿐이었다.

그들 모두는 물속으로 뛰어들었고 함께 물개 떼처럼 헤엄을 쳤다. 허마이어니가 물속에서 강력하고 자연스럽게 팔다리를 천천히 크게 움직였고, 팔레스트라는 물 쥐처럼 빠르면서 조용히 움직였다. 제럴드는 펄럭여서 자연스러운 흰 그림자 같았다. 그리곤 한 사람씩 차례로 모두 물에서 나와 집을 향해 올라갔다.

---

* 트라키아 지방의 초인간적인 야생 신이다. 다른 초목 신같이 그도 폭력에 의해 사망하나 다시 소생한다.

그러나 제럴드는 잠시 머물며 구드룬에게 말을 걸었다.

"물을 좋아하지 않아요?" 그가 물었다.

그녀는 그를 불가해 한 시선으로 천천히 오랫동안 쳐다보았다. 그가 그녀 앞에 자유분방하게 서 있었는데 물방울이 온몸에 맺혀 있었다.

"난 물을 아주 좋아해요." 그녀가 대답했다.

그는 그녀가 무슨 설명을 덧붙이길 기다리며 말을 멈췄다.

"헤엄을 치세요?"

"네, 헤엄쳐요."

그렇지만 그는 그녀가 왜 물에 들어가지 않았느냐고 묻지는 않으려 했다. 그녀에게서 빈정거리는 기미를 느낄 수 있었다. 그는 처음으로 화가 나서 자리를 떴다.

"왜 수영을 안 하려고 하지요?" 그가 제대로 옷을 입어 예의 바른 젊은 영국신사가 되었을 때 다시 물었다.

구드룬이 그의 집요함에 맞서며 대답하기 전 잠시 머뭇거렸다.

"떼 지어 다니는 게 싫어서요." 그녀가 대답했다.

그가 큰 소리로 웃었고 그녀의 말이 그의 의식 안에서 메아리치는 것 같았다. 그녀의 허구적인 말씨가 그에겐 통쾌하게 들렸다. 그가 원하든 않든, 그녀는 그에게 진짜의 세계를 의미했다. 그는 그녀의 기준에 맞추어 그녀의 기대에 부응하길 원했다. 그녀의 판단 기준이 유일하게 의미 있는 것이라 인식했다. 다른 이들은 사회적으로 어떤 위치에 있든 간에 본능적으로 볼 때 죄다 외부인에 불과했다. 제럴드는 어쩔 수가 없었다. 그는 그녀의 판단 기준에 도달하기 위해, 남자와 인간에 대한 그녀의 생각을 충족시키기 위해 노력해야 했다.

점심 후에 모든 사람이 각자 방으로 쉬러 갔을 때 허마이어니와 제럴드와 버킨이 뒤에 남아서 하던 말을 마무리 짓고 있었다. 새로운 국가와 새로운 인간세계에 대해서 전반적으로 상당히 지적이며 인위적인 토론을 벌이고 있었다. 만약에 이 구닥다리 사회주의 국가가 정말로 조각나 파괴된다면 혼돈에서 무슨 일이 벌어질까?

위대한 사회적 이상이란 인간의 사회적인 평등이라고 조슈아 경이 말했다. 제럴드는 그게 아니라, 그 이상이라는 것은 각자는 각자의 과제에 적합하니─그가 그 일을 하면서 즐기도록 하는 것이라 했다. 하나로 통합하는 원리가 당면한 일이라 했다. 일만이, 생산의 활동만이 인간을 한데 뭉치게 한다고 했다. 그건 기계적이지만 그러나 사회 자체가 하나의 기계적 조직이라 했다. 일을 떠나면 사람들은 고립되어 그들이 제멋대로 행동하게 된다고 했다.

"오! 세상에." 구드룬이 외쳤다. "그러면 우리에겐 더는 이름이 없겠네요─우린 독일인들처럼 사람을 일의 직급에 국장 씨, 과장 씨라고만 부르겠네요. 상상이 가네요─'난 탄광 지배인 크라이치 씨의 부인─나는 하원 의원 로디스 씨 부인. 나는 미술 선생 브랑윈 양이 되겠네요.' 그거 아주 멋지네요."

"일이 훨씬 잘 돌아가겠지요. 브랑윈 미술 선생님." 제럴드가 말했다.

"탄광 지배인 크라이치 씨, 무슨 일 말입니까? 예를 들어 당신과 나의 관계요?"

"네. 예를 들어," 이탈리아 여자가 끼어들었다. "남녀 사이의 문제라니─!"

"그건 비사회적이죠." 버킨이 빈정거리며 말했다.

"바로 그거야." 제럴드가 말했다. "나와 여자 사이엔 사회적인 문제가 개입되지 않지. 그건 나 자신의 사적인 일이지."

"그 말에 10파운드 걸겠어." 버킨이 말했다.

"그러면 여자가 사회적인 존재란 걸 인정치 않는 거예요?" 어슐라가 제럴드에게 물었다.

"여자는 양쪽 다 걸리지요." 제럴드가 대답했다. "사회에 관한 한은 여자는 사회적인 존재지요. 그러나 그녀 자신의 사적인 자아로 말하면 여자는 자유로운 행위자로 그녀가 하는 일은 그녀 자신의 문제지요."

"그렇지만 그 두 개의 반쪽 자아를 하나로 맞추는 것이 상당히 힘들지 않을까요?" 어슐라가 물었다.

"아니, 그렇지 않지요." 제럴드가 대답했다. "그들은 자연스럽게 잘 조정이 돼요—우리가 지금 사방에서 보는 것같이."

"위기를 모면할 때까지는 그렇게 기분 좋아라. 웃지 말게." 버킨이 말했다.

제럴드는 잠깐 짜증이 나 이마를 찡그렸다.

"내가 웃고 있었나?" 제럴드가 물었다.

"만약에," 허마이어니가 드디어 말을 시작했다. "우리가 정신적으로 모두 하나이고 정신적으로 모두가 평등하고 그 점에서 모두가 형제라는 것을 깨닫기만 한다면—나머지는 문제 될 게 없지요. 더 이상의 허물을 들추어내고 질시하고 권력을 위한 이런 투쟁도 없어질 거예요. 권력 투쟁은 파괴하고 또 파괴할 따름이지요."

이 말은 묵묵히 받아들여졌고 거의 즉각적으로 사람들이 식탁에서 일어났다. 그러나 다른 사람들이 다 떠났을 때 버킨이 몸을 돌리고 비통한 연설조로 말을 시작했다.

"허마이어니. 실은 그 반대예요. 상반돼요. 우리 모두 정신적으로 다르고 불평등해요—우발적인 물질적 조건에 기반을 둔 사회적 차이에 불과해요. 우리가 모두 추상적으로나 수학적으로는 평등하다고 할 수 있지. 모든 사람이 배고프고 갈증을 느끼고 눈이 두 개고 코는 하나이고 다리는 둘이니까. 숫자상으론 우리는 다 똑같지. 그러나 정신적으로는 전적인 차이가 있어. 평등이나 불평등이 문제가 안 돼요. 바로 이러한 두 가지 지식을 기반으로 해서 국가를 창설해야 해요. 당신이 말하는 민주주의는 철저한 거짓말이지—당신의 형제애도 만약에 수학적인 추상을 넘어 그 이상으로 적용하면 순전한 허위지. 우리는 모두 처음엔 우유를 마시고 빵과 고기를 먹고 자동차를 타기를 원하지—바로 여기에 인간 형제애의 시작과 끝이 있는 거요. 말하지만 평등이란 없소.

"그러나 나 자신인 내가, 다른 남자나 여자와의 평등과 무슨 상관이 있는 거요? 별이 서로 떨어져 있는 것과 같이, 난 정신적으로 동떨어져 있고 질이나 양에서 아주 달라요. 그것을 토대로 국가를 건설해요. 한 사람은 다른 사람보다 더 낫지 않아요. 그들이 평등해서가 아니라 본질적으로 타자이기 때문에 비교할 공통 기준이 없어요. 비교하는 순간에 한 사람이 다른 사람보다 훨씬 훌륭해 보이고, 상상할 수 있는 모든 불평등이 본질적으로 생기는 거요. 나는 모든 사람이 세상의 물질에서 제 몫을 차지하길 원해요. 그러면 나는 그의 집요한 요구에서 해방되어 난 그에게 말할 수 있게 돼요. '이제 당신이 원하는 걸 가졌다—세상 소유물 중에서 당신 받을 몫을 차지했으니. 이제 입만 달린 멍청아, 이제 당신 일이나 챙기고 나를 방해하지 마요'라고."

허마이어니는 곁눈질을 하며 그를 노려보았다. 그가 한 모든 말을 증오하고 혐오하는 격렬한 파도가 그녀에게서 출렁이며 나오는 것을 그는 느낄 수 있었다. 그건 역동적인 증오와 혐오감이었으며, 강하고 험악하게 무의식에서 밀려 나왔다. 그녀는 그의 말을 무의식적인 자아로 들었지만, 의식적으로는 귀가 먹은 것처럼 그의 말에 주의를 기울이지 않았다.

"루퍼트, 과대망상증처럼 들리는데." 제럴드가 상냥한 어조로 말했다.

허마이어니는 야릇하고 투덜거리는 소리를 냈다. 버킨은 뒤로 물러났다.

"그래. 그렇다고 치지." 그가 갑자기 말했는데, 의기양양하며 기세등등하게 모든 사람을 내리눌렀던 어조가 그의 목소리에서 빠져나갔다. 그리곤 그가 자리를 떠났다.

그러나 후에 그는 양심의 가책을 좀 느꼈다. 그가 불쌍한 허마이어니에게 폭력적이고 잔인하게 굴었다는 생각이 들었다. 그는 그녀에게 보상해주고, 변상해주고 싶었다. 그녀에게 상처를 주었고 앙심을 품었던 것이다. 그는 그녀와의 사이가 다시 좋아지길 원했다.

그가 그녀의 내실로 찾아들었다. 외지고 매우 안락한 곳이었다. 그녀가 책상에 앉아 편지를 쓰고 있었다. 그가 들어올 때 그녀는 멍하니 얼굴을 쳐들고 그가 소파에 가서 앉는 걸 보았다. 그리곤 다시 편지지를 내려다보았다.

그는 전에 읽었던 두꺼운 책을 들고 그 저자에 대해 자세히 주목하고 있었다. 그의 등이 허마이어니 쪽을 향하고 있었다. 그녀는 편지를 더 쓸 수가 없었다. 그녀의 마음 전체가 혼돈상태였다. 암흑이 그녀를 침범해 들어왔고 그녀는 의지를 발동시켜 자제하려고 고투했다. 마치 헤엄치는 사람이 소용돌이치는 물결을 만나 고투하는 것처럼. 그러나 아무리 노력을 해도 그녀는 떠내려갔고, 암흑이 그녀를 덮치는 것 같아서 심장이 터지는 것같이 느꼈다. 무시무시한 긴장이 점점 더 세졌고 마치 높은 벽에 갇힌 것같이 엄청나게 무서운 고뇌에 휩싸였다.

그러다가 그녀가 깨달았다. 그의 존재가 바로 벽이고 그의 존재가 그녀를 파괴하고 있다는 것을. 그녀가 깨부수고 나오지 못하면 그녀는 공포 속에서 벽에 갇혀 매우 끔찍하게 죽을 것이다. 그가 벽이었다. 그녀가 그 벽을 부수어야 했다. 그녀가 앞에 있는, 그녀의 삶을 끝까지 방해하는 무시무시한 장애물인 그를 부수어야 했다. 그 일은 이루어져야 했다. 아니면 그녀가 매우 끔찍하게 죽어야 하니까.

무시무시한 충격이 그녀의 몸으로 퍼졌다. 그건 마치 전압이 센 전기가 갑자기 그녀를 내려친 전기 충격 같았다. 그녀는 생각조차 할 수 없는 사악한 장애물인 그가 거기에 조용히 앉아있는 것을 의식했다. 바로 그의 조용히 구부린 등이, 그의 뒤통수가 그녀 마음을 뭉개어 지워버렸고 호흡 자체를 내리눌러 숨이 막히게 했다.

무시무시하게 육감적인 전율이 그녀 팔에 쫙 퍼졌다—그녀는 이제 관능적인 쾌락의 절정을 맛볼 것이었다. 그녀의 팔이 떨렸고 헤아릴 수 없고 저항할 수 없을 정도로 힘이 강해졌다. 어떠한 환희이며, 어떠한 힘의 환희인가! 그 어떠한 쾌락의 광란인가! 그녀는 마침내 관능적인 황홀경의 극치를 맛볼 것이다! 그건 다가오고 있었다!

최대한의 공포와 고뇌 속에서, 지고의 환희 속에서 그것이 그녀에게 덮쳤음을 알았다. 그녀의 손이 책상 위에 있던 문진으로 쓰이는 아름다운 하늘색 유리 공 위쪽을 잡았다. 그녀가 조용히 일어서면서 유리 공을 손안에서 굴렸다. 심장이 가슴 속에서 활활 타는 불꽃이 되었고 그녀는 황홀경에서 완전히 무의식의 상태였다. 그가 있는 쪽으로 걸어가서 잠시 황홀경에 잠겨 그의 뒤에 서 있었다. 그는 마술에 걸려 꼼짝 않고 무의식의 상태에서 앉아 있었다.

그러다 불꽃이 흐르는 전기처럼 그녀의 몸을 푹 적시고 형용할 수 없게 완전한 성취감을, 형용할 수 없는 만족감을 주는 순간에, 그녀가 재빨리 온 힘을 다해 그의 머리 위로 공 모양의 준보석 덩어리를 내리쳤다. 그러나 그녀의 손가락이 사이에 끼면서 타격이 약해졌다. 그럼에도 불구하고 그의 머리는 책이 놓였던 책상 위로 쓰러졌고 문진 돌은 그의 귀 위로 비스듬히 미끄러져 갔다. 그건 손가락이 공에 찌인 아픔에서 불타오르는, 그녀에게 순수한 희열의 경련이었다. 그것은 왠지 불완전한 것이었다. 그녀가 정신을 잃고 책상 위에 엎드려 있는 그의 머리를 한 번 더 치려고 팔을 높이 쳐들었다. 그녀는 그걸 부셔야 했다. 그녀의 황홀경을 영원히 성취하기 위해, 충족하기 위해 그 머리를 까부수어야 했다. 수천 개의 생명이나 수천 개의 죽음은 지금 문제가 되지 않았다. 단지 이 완전한 황홀경의 성취만이 문제였다.

그녀는 행동이 재빠르지 못했다. 단지 천천히만 움직일 수 있었다. 그의 강한 정신이 그를 깨워 얼굴을 쳐들고 돌려서 그녀를 보게 했다. 그녀가 팔을 위로 올리고 있었고 손은 하늘빛 유리 공을 꽉 쥐고 있었다. 그녀가 왼팔을 쳐들고 있었다. 그는 그녀가 왼손잡이란 걸 깨달으며 경악했다. 황급히 자기 머리를 투키디데스*의 두꺼운 책 밑으로 들이미는 순간 타격이 가해져 그의 목이 부러질 뻔했고 그의 심장이 박살 나는 듯했다.

그는 엄청난 충격을 받았지만, 겁을 먹지는 않았다. 몸을 홱 돌려 그녀와 대면하면서 그가 테이블을 밀치고 그녀에게서 빠져나갔다. 그는 산산이 부서진 유리병 같았다. 그는 자신이 산산이 부서져 온통 조각이 났다고 느꼈다. 그럼에도 그의 동작은 완전히 일관성 있으며 확실했고, 그의 정신은 온전하며 놀라지 않았다.

"아니, 그러지 마요. 허마이어니." 그가 낮은 소리로 말했다. "그렇게 하게 놔두지 않겠어요."

그는 그녀가 납빛이 되어 잔뜩 긴장해서 버티고 서 있는 걸 보았다. 손으로는 유리 덩어리를 움켜쥐고 있었다.

"물러서요, 나가게." 그가 그녀에게 다가가며 말했다.

마치 어떤 손으로 제지를 당한 듯 그녀가 뒤로 물러섰다. 능력을 상실한 천사처럼 그녀가 그와 대치한 채 꼼짝 않고 그를 내내 주시했다.

"이건 소용없어요." 그녀 앞을 지나쳤을 때 그가 말했다. "죽을 사람은 내가 아니야. 알아들어요?"

그는 뒤로 물러나면서 계속 그녀의 얼굴을 쳐다보았다. 다시 그를 내리치지 못하게 하기 위해서였다. 그가 방어하는 동안엔 그녀가 감히 꼼짝 못 했다. 그가 방어하자 그녀가 기력을 잃었다. 그렇게 그가 방을 빠져나갔고 그녀는 멍하니 서 있었다.

---

* 그리스의 역사가.

그녀는 몸이 완전히 경직되어 오랫동안 그 자리에 서 있었다. 그러다 긴 의자로 비틀거리며 다가가서 몸을 눕혔고 곤한 잠에 빠져들었다. 잠에서 깼을 때 자신의 행동이 생각났다. 그러나 그가 그녀를 괴롭히니까 어떤 여자라도 했을 것같이 그를 때린 것에 불과하다고 느꼈다. 그녀는 전적으로 옳았다. 그녀가 옳았다는 걸 정신적으로 알고 있었다. 그녀는 완전히 순수한 동기에서 반드시 해야 할 일을 했다. 그녀는 옳았고 순수했다. 약에 취한 듯, 거의 사악한 종교적인 표정이 그녀 얼굴에 영원히 자리 잡았다.

버킨은 간신히 의식을 붙잡고, 완전히 똑 부러지는 태도로 집을 나서 공원을 가로질러 탁 트인 자연 속, 언덕으로 갔다. 화창하던 하늘엔 구름이 잔뜩 끼고 빗방울이 떨어지고 있었다. 그는 정신없이 걸어서 거친 골짜기에 이르렀다. 거기엔 개암나무 덤불과 여러 가지 꽃과 히스 잡목 숲이 있었다. 어린 전나무의 작은 덤불엔 부드러운 이파리가 나오고 있었다. 사방이 축축하게 젖어있었고 골짜기 밑엔 시냇물이 졸졸 흐르고 있었다. 골짜기 밑은 음산했거나 음산해 보였다. 그는 자신이 의식을 되찾을 수 없다는 걸, 일종의 암흑 속에서 움직이고 있다는 걸 의식했다.

그렇지만 그는 무엇인가를 원했다. 축축한 언덕배기에 있으니 행복했다. 그곳은 잡목과 꽃들로 무성했고 어두컴컴했다. 그는 이 모두를 만지며, 그들의 촉감으로 자신의 몸을 가득 채우고 싶었다. 옷을 벗고 앵초꽃 사이에 발가벗은 채 앉았다. 발을 앵초꽃 사이로 부드럽게 움직이고 다리와 무릎과 양팔도 겨드랑이까지 부드럽게 문질렀다. 그 위에 누워서 배와 가슴팍에도 꽃이 닿게 했다. 그의 몸 전체에 너무나도 좋고 시원하고 보드라운 느낌이 와 닿았다. 그의 몸엔 꽃과의 감촉으로 가득 찬 듯했다.

그러나 꽃과 덤불은 그에게 너무 부드러웠다. 그는 높이 자란 풀 사이를 헤치고, 사람 키 정도로 자란 어린 전나무 덤불로 갔다. 부드 러우면서도 날카로운 가지들이 그의 몸을 탁탁 쳤다. 그가 따끔따 끔 찔리면서 가지 사이를 지나갈 때 그의 배에 차가운 물방울이 떨 어졌고 부드러우며 날카로운 침엽 다발이 그의 둔부를 내려쳤다. 엉 경퀴가 그를 세게 찔러댔지만 그리 심한 건 아니었다. 그가 매우 조 심스럽게 살살 지나갔기 때문이다. 끈적끈적하고 시원하게 와 닿는 어린 히아신스 위에 누워서 뒹굴기도 하고 또 배를 깔고 누워서 등 에다 몇 줌의 가는 젖은 풀을 얹으니 스치는 바람처럼 보드라웠다. 그 어떤 여자의 살갗보다 더 섬세하고 아름다웠다. 그리곤 넓적다리 는 탱탱하고 거친 전나무의 뾰족뾰족한 이파리에 찔리고 어깨는 개 암나무가 가볍게 내리치며 찔러댔다. 그가 은빛 백양나무 등걸을 가 슴으로 끌어안으니 그 매끄럽고 단단한 옹이와 등걸이 탱탱하게 느 껴졌다—이것이 좋았다, 이 모두가 너무나도 좋고 만족스러웠다. 그 어떤 것도 이렇지 못할 것이었다. 그 어떤 것도 이처럼 만족스럽지 못할 것이었다. 초목의 이 시원하고 보드라운 기운이 핏속으로 흘러 들어 가고 있었다. 그는 얼마나 운이 좋은가! 이렇게 사랑스럽고 섬 세하게 반응하는 초목이 그를 기다리고 있었다니! 그가 기다렸던 것처럼 말이다. 얼마나 성취감을 만끽하며 행복한가!

그가 손수건으로 몸의 물기를 닦으면서 허마이어니와 그녀가 내 려친 타격을 생각했다. 머리 한쪽에 있는 통증을 느낄 수 있었다. 그렇지만 그게 뭐 그리 문제가 된담? 도대체 허마이어니가 무슨 문 제가 되고 사람들이 무슨 문제가 되는가? 이렇게 완전하게 시원한 호젓함이 있는데. 이토록 아름답고 신선하고 아무의 손이 닿지 않은 호젓함이 있는데. 사람이 필요하고 여자가 필요하다고 생각을 했으니, 정말로 얼마나 큰 실수를 그가 저질렀는가! 여자는 필요 없었다—조금만치도. 잎사귀와 앵초꽃과 초목이 정말로 아름답고 시원하고 바람직하였다. 그들이 정말로 그의 핏속으로 들어와 그에게 힘을 보태었다. 이제 그는 측량할 수 없도록 기운이 넘쳤고 너무도 기뻤다.

허마이어니가 그를 죽이려 했던 건 상당히 타당했다. 그가 그녀와 무슨 상관이 있단 말인가? 도대체 왜 그가 인간들과 상관이 있는 척했단 말인가? 여기에 그의 세계가 있는데. 그는 그 누구도 원치 않았다. 이 아름답고 섬세하고 반응을 보이는 초목과 그만이 필요했다. 자신의 살아있는 자아만이.

세상으로 다시 돌아가는 것은 필요했다. 그건 사실이었다. 그러나 자신이 속한 곳을 알고 있는 한 그건 문제가 되지 않았다. 그는 이제 자기가 속한 곳을 알고 있었다. 자신의 몸을, 씨앗을 심을 곳을 알고 있었다—바로 초목과 새롭게 자라는 섬세한 이파리들이 모여있는 곳이었다. 이곳이 그의 땅이고 그가 결혼할 곳이었다. 세상은 부차적이었다.

그가 골짜기에서 빠져나왔다. 자신이 미치지 않았나 생각도 들었다. 그러나 그렇다손 치더라도 평상시의 말짱한 제정신보다 미쳐있는 게 더 좋았다. 그는 자신의 미친 상태를 기뻐하며 즐겼다. 자유로웠다. 세상의 오래된 제정신을 원치 않았다. 그건 너무도 역겨웠다. 그는 광적인 상태에서 새로 찾은 세상을 즐겼다. 그건 너무나도 신선하고 보드랍고 만족스러웠다.

그는 동시에 영혼에서 어느 정도의 슬픔을 느꼈다. 그건 단지 낡은 윤리의 찌꺼기로 인간성에 매달리게 했다. 그러나 그는 낡은 윤리에, 인간과 인간성에 신물이 났다. 이제 그는 보드랍고 섬세한 초목을 사랑했다. 그건 너무나도 시원하고 완전했다. 그는 낡은 슬픔을 무시하고, 낡은 윤리를 집어 던져, 새로운 상태에서 자유롭게 될 것이었다.

그는 머리의 상처가 순간마다 점점 더 고통스러운 걸 의식했다. 가장 가까운 역으로 이어진 길을 따라 지금 걷고 있었다. 비가 오는데 모자가 없었다. 그러나 요즈음에 많은 괴짜가 비 오는 날 모자를 쓰지 않고 돌아다니지 않는가.

그는 가슴이 무겁고 울적한 것이 얼마나 걱정에 기인한 건가 속으로 생각했다. 그가 숲 속에서 벌거벗고 누워있는 걸 누군가는 보았겠지 하는 우려였다. 그가 인류를, 다른 사람들을 얼마나 무서워하고 있는가! 그건 거의 공포에 이르고 악몽에 떠는 경악—다른 사람들의 눈에 띄었을까 하는 공포감—에 가까웠다. 만약에 그가 알렉산더 셀커크*처럼 동물과 초목만이 자라는 무인도에 산다면 그는 자유롭게 느끼며 기뻐했을 것이다. 이렇게 가슴을 조이며 불안해하는 것은 없었을 것이다. 그는 초목을 사랑하며 아주 행복했을 것이다. 아무의 간섭도 안 받고 혼자서 말이다.

그가 허마이어니에게 쪽지로 소식을 알리는 게 낫겠다는 생각이 들었다. 그녀가 그에 대해 걱정을 할 것이고 그는 이런 식의 부담을 원치 않았다. 그래 기차역에서 그가 편지를 썼다.

---

* 대니얼 디포의 소설 《로빈슨 크루소》의 주인공으로 무인도에 살았다.

난 런던으로 갈 거요—당분간 브레덜비로 갈 생각이 없소. 그러나 형편은 괜찮아요—나에게 강타를 가한 것을 조금만치도 걱정하는 걸 원치 않소. 다른 사람들에겐 그건 내 기분이 뚱해서라고 말해요. 나를 내려친 것은 상당히 잘했어요—당신이 그러길 원했으니까. 그러니 일은 그렇게 끝난 것이오.

그러나 기차 속에서 그는 몸이 아팠다. 몸을 조금이라도 움직이면 참을 수 없이 아파져 왔고 어지러웠다. 그가 역에서 몸을 질질 끌고 가서 택시를 탔다. 눈이 먼 사람처럼 한 걸음 한 걸음 유의해서 걸었고, 오로지 희미한 의지만으로 몸을 지탱했다.

일이 주 동안 그는 몹시 앓았다. 그러나 허마이어니에게 이 사실을 알리지 않았고 그녀는 그가 샐쭉해 있다고 생각했다. 그들 사이는 완전히 갈라졌다. 그녀는 자신이 전적으로 옳았다는 확신 속에 파묻혔다. 그녀는 자기 정신의 정당함에 대한 확신 속에서, 자존감으로 살았다.

제9장 석탄가루

브랑윈 가의 두 딸이 어느 날 오후에 학교에서 집으로 가면서 윌리 그린의 아름다운 주택가 사이의 언덕을 내려와 철도 건널목에 도착했다. 건널목 차단기가 내려져 있는 것을 보았다. 그 까닭은 탄광 기차가 덜거덕거리며 가까이 오고 있었기 때문이다. 그들은 작은 기관차가 둑 사이의 길을 조심스레 따라오면서 거칠게 숨을 몰아쉬는 소리를 들었다. 길옆의 작은 신호소에서 외다리 남자가 달팽이 집에서 게가 내다보듯 그의 안전한 위치에서 밖을 응시하고 있었다.

두 자매가 기다리고 있는 동안 제럴드 크라이치가 붉은 아랍산 암말을 타고 빠르게 왔다. 그는 무릎 사이에서 말의 섬세한 움직임을 기분 좋게 느끼며 사뿐히 기분 좋게 말을 타고 왔다. 그는 그림같이 아주 멋져 보였다. 적어도 구드룬의 눈에는 날씬한 붉은 암말 위에 사뿐히 앉아 있는 그의 모습이 그렇게 보였다. 말의 긴 꼬리는 공중에서 길게 늘어져 있었다. 그가 자매에게 인사를 하고, 차단기가 올라가기를 기다리며 건널목에서 고삐를 당기고 서 있었다. 그는 다가오는 기차를 보려고 철도를 내려다보았다. 그의 멋진 모습에 빈정대는 미소를 지었지만, 구드룬은 그를 보는 게 좋았다. 골격이 잘 짜여서 편안하게 보였고, 햇볕에 적당히 그을린 그의 얼굴엔 희끗희끗하고 거친 콧수염이 돋보였다. 그의 푸른 눈에는 먼 곳을 주시할 때 날카로운 빛이 가득했다.

기관차가 보이지 않았지만, 둑 사이에서 천천히 숨을 몰아쉬며 오고 있었다. 그 말은 그것을 싫어했다. 암말은 그 알지 못할 소리에 상처받는 듯, 몸을 움츠리며 물러나기 시작했다. 그러나 제럴드는 암말을 다시 끌어가서 건널목 문에 그 머리를 대게 했다. 칙칙거리는 기관차의 날카로운 파열음이 점점 더 세게 암말 쪽으로 들려왔다. 처음 듣는 무시무시한 소리가 거듭 날카롭게 들리면서 말의 몸속으로 진동하며 전달되었고 말은 경악해서 뒤로 물러났다. 암말은 탁 놓은 용수철처럼 뒤로 움츠러들었다. 그러나 번뜩이는 미소의 표정이 제럴드의 얼굴에 나타났고 그는 꼼짝 못 하게 암말을 다시 제자리로 끌고 왔다.

기적이 길게 울렸고, 강철 연결고리가 달린 작은 기관차가 날카롭게 덜커덩 소리를 내며 큰길에 나타났다. 암말은 뜨겁게 달아오른 철판 위에서 물방울이 튕기듯 뒤로 물러났다. 어슐라와 구드룬은 겁이 나서 생울타리 쪽으로 바싹 물러났다. 그러나 제럴드는 말을 엄하게 부리면서 다시 제 자리로 돌아오게 했다. 그건 마치 그가 자석처럼 말에 찰싹 붙어서 말의 의도와는 반대로 다시 끌어올 수 있어 보였다.

"저런 멍청이!" 어슐라가 큰소리로 외쳤다. "왜 저이는 기차가 지나갈 때까지 멀리 떨어져 있지 않지?"

구드룬은 눈의 검은자위가 커진 채 마술에 걸린 양 그를 쳐다보고 있었다. 그러나 그는 달아올라 옹고집을 부리면서 뒤로 빙빙 돌아가는 말을 강제로 당겼다. 말은 회오리바람처럼 빙빙 돌며 길을 벗어났지만, 그의 의지의 장악에서 벗어나지 못했고 또한 자신의 몸속으로 진동하며 퍼지는 광란의 소란도 피할 수가 없었다. 화차 칸은 쿵쾅거리며 천천히 무겁게 겁을 주며 하나씩 잇달아 건널목 철로를 지나가고 있었다.

기관차가 마치 무슨 일을 할 수 있는지 알고 싶어하는 듯 갑자기 제동을 걸었고, 화차칸들이 강철 완충기에서 위로 튕기면서 무시무시한 소릴 냈다. 심벌즈 같은 소리가 났고 겁나게 귀에 거슬리는 격동 속에서 점점 더 가까이서 쨍그랑 울렸다. 암말은 입을 벌리고 마치 공포의 바람을 타고 위로 들려지는 듯 천천히 일어났다. 그러다 암말이 너무 놀라서 완전히 발작을 일으키며 앞발을 앞으로 내리쳤다. 말은 뒤로 물러났고 자매는 서로를 꽉 잡았다. 왜냐하면, 말이 제럴드를 까뭉개며 뒤로 넘어진다고 느꼈기 때문이다. 그러나 그가 몸을 앞으로 기울였고 얼굴에는 한결같은 즐거움으로 빛이 났다. 마침내 그가 말을 밑으로 당겨서 내려앉게 해, 원래 위치로 다시 끌어왔다. 그러나 그가 강력하게 협박하는 것만큼 말도 완전히 겁에 질려서 강력하게 반발했다. 암말이 공포에 질려 철로에서 멀리 물러가려고 하니 소용돌이의 중심에 있는 듯이 두 다리를 짚고 몸을 빙빙 돌렸다. 이 광경을 본 구드룬이 심한 어지럼증을 느끼며 실신했고, 어지럼증은 그녀의 심장까지 침투한 듯했다.

"안 돼!—안 돼!— 말을 놓아줘요! 놓아줘! 이 바보야! 멍청아—!"
어슐라가 이성을 잃고 목청껏 소리쳤다. 그리고 구드룬은 제정신을 잃은 언니를 심히 증오했다. 언니 어슐라가 그렇게 감정을 드러내며 소리 지르는 걸 차마 견딜 수가 없었다.

날카로워진 표정이 제럴드의 얼굴에 나타났다. 그는 급소를 찌르는 칼날처럼 자신의 몸으로 암말을 내리쳐서 말이 몸을 억지로 돌리게 했다. 말은 숨을 내쉬며 그르렁거렸고 콧구멍은 열기를 내뿜는 두 개의 커다란 구멍이 되고, 입은 헤벌려지고 눈은 격분해 있었다. 혐오스러운 광경이었다. 그러나 제럴드는 칼날로 말의 몸을 찌르듯이 날카롭게, 거의 기계적인 가혹함으로 손에서 힘을 빼지 않고 고삐를 당겼다. 사람과 말 양쪽이 격렬하게 땀을 흘리고 있었다. 그럼에도 그는 차가운 햇살처럼 침착했다.

한편 계속 이어지는 화차 칸이 덜거덕거리며 아주 천천히 줄지어 연달아 왔는데 그건 끝나지 않는 혐오스러운 악몽 같았다. 연결고리는 당기는 힘이 달라짐에 따라 서로 갈리고 삐걱삐걱 소리를 냈고, 암말은 앞발로 땅을 긁으며 이제는 몸을 기계적으로 옆으로 돌렸다. 이제 제럴드가 암말을 꼼짝 못 하게 부여잡고 있으니까 말의 공포심은 점점 더해갔다. 말이 공중에 발을 찰 때에 앞발은 마구 날뛰었고 그것이 애처롭게 보였다. 제럴드는 암말이 자기 몸뚱이의 일부나 되는 것처럼, 몸을 암말에 찰싹 붙이고 말을 땅으로 끌어 내렸다.

"아, 저 말이 피를 흘려!—피를 흘린다고!" 어슐라가 제럴드의 행동에 반대하며 증오가 치밀어 미친 듯 소리쳤다. 그녀만이 그의 행동을 완전히 이해했고, 순수하게 반대했다.

구드룬은 암말의 옆구리에서 핏방울이 떨어지는 것을 물끄러미 쳐다보다 이를 알아보고 얼굴이 새하얗게 질렸다. 그런데 그때, 바로 그 상처 위에 박차가 번쩍이며 잔인하게 내리쳤다. 구드룬에게 세상이 빙빙 돌더니 사라졌다. 더 이상은 알 수 없었다.

구드룬이 정신을 차렸을 때 그녀의 영혼은 침착하고 냉담했고 어떤 느낌도 없었다. 기차 칸들이 덜커덩거리며 지나갔고 제럴드와 암말은 여전히 다투고 있었다. 그러나 그녀 자신은 냉담했고 동떨어져 있어 이들에 대한 감정은 더는 없었다. 그녀는 굳어지고 냉랭하고 무관심해졌다.

그들은 덮개가 있는 차장이 탄 기차가 다가오는 것을 볼 수 있었다. 화물차 칸의 소리가 점점 줄어들어 참을 수 없는 소음에서 벗어나리란 희망이 생겼다. 반쯤 넋이 나간 암말의 헐떡거리는 숨소리가 자동적으로 들렸고, 제럴드가 의지의 손상 없이 빛나며 자신만만하게 긴장을 푸는 것 같았다. 차장이 탄 칸이 다가오더니 천천히 지나갔고 차장이 지나가면서 길 위의 광경을 뚫어지게 쳐다보았다. 그리고 구드룬은 차장의 시선을 통해, 영원 속에 고립된 환상처럼, 따로 떼어내 순간적으로 전체의 장관을 볼 수 있었다.

사라지는 기차의 뒤로 아름답고 고마운 정적이 꼬리를 잇는 것 같았다. 이 정적은 얼마나 달콤한가! 어슐라가 사라지는 기차의 연결고리를 증오의 눈으로 쳐다보았다. 건널목지기가 초소의 문에 기다리고 서 있다가 앞으로 나와 차단기 문을 열려고 했다. 그러나 구드룬이 몸을 뒤틀고 있는 말 앞으로 갑자기 튀어나와 빗장을 올리고 문을 활짝 열어젖혔다. 문의 한 짝은 건널목지기한테 열어젖히고, 다른 한 짝은 앞으로 밀면서 뛰어 나갔다. 제럴드가 갑자기 말을 가게 해서, 앞으로 펄쩍 뛰어 나와, 거의 구드룬에게 달려들다시피 했다. 그러나 그녀는 겁나지 않았다. 그가 말머리를 옆으로 획 당기자, 구드룬이 갈매기처럼 혹은 철길 옆에서 비명을 질러대는 마녀처럼, 이상한 고음으로 소리쳤다.

"대단히 당당하시네요!"

그 말이 명료하게 들렸다. 제럴드는 춤추듯 비틀거리는 말 위에서 몸을 옆으로 돌려 그녀를 보고서 좀 놀라며 의아해 하는 관심을 보였다. 암말이 건널목의 각목 위를 발굽으로 세 번 춤추듯 구르니 북 두드리는 소리가 나더니, 사람과 말이 용수철처럼 튕기며, 흔들리며 길을 올라갔다.

자매는 그들이 가는 걸 지켜보았다. 건널목지기가 목발을 짚고 건널목의 통나무 위를 절름거리며 걸어 나와서 건널목 문을 움직이지 않게 고정했다. 그리곤 몸을 돌려 자매에게 큰 소리로 말했다.

"대단한 젊은 기마수이유—저분이야말로 누가 뭐래도 제 주장대로 살 사람이유."

"그래요." 어슐라가 달아오르고 건방진 목소리로 외쳤다. "왜 저이는 말을 멀리 데리고 가지 않았지요? 화차가 다 지나갈 때까지 말이에요. 저이는 멍청이에다 깡패예요. 말을 괴롭히는 게 사내답다고 생각하나 봐요. 말도 생명이 있는데 왜 저이가 못살게 고초를 주는지요?"

건널목지기는 잠시 말을 않다가 고개를 저으며 대답했다.

"그래유. 사람이 볼 수 있는 아주 멋진 작은 암말이지유—참한 작은 말이지유.—아마 그의 아버님은 짐승일랑 저렇게 다루진 않을 거예유.—정말이에유. 그이는 아버님과는 생판 달라유. 완전히 달라유."

잠시 말이 없었다.

"그렇지만 왜 저렇게 굴지요?" 어슐라가 큰 소리로 말했다. "왜 그러지요? 자기보다 훨씬 더 예민한 동물을 괴롭히면 멋져 보인다고 생각해선가요?"

그가 다시 말을 삼가며 아무 말도 하지 않았다. 그러다 더 이상은 말하지 않고 생각이나 하겠다는 듯 고개를 절레절레 저었다.

"말이 어떤 일도 견디게 훈련하는 거 같아유." 그가 대답했다. "순수 혈통의 아랍 말이어유―이 고장에 익숙한 말은 아닌가 봐유―우리네 말과는 생판 틀린가 봐유. 사람들이 그러는데 콘스탄티노플에서 사왔대유."

"그랬겠지요!" 어슐라가 대꾸했다. "그가 터키에 그냥 두는 게 나을 뻔했네요. 분명한 건 터키 사람들은 저 말을 더 점잖게 다루었을 거예요."

건널목지기가 차를 마시러 초소에 들어갔고 자매는 검은 탄가루가 쌓여서 푹신푹신한 오솔길을 걸었다. 구드룬은 제럴드가 불굴의 부드러운 몸으로 살아있는 말의 몸뚱이를 내리꽂는다는 생각을 하니 마음이 마비되는 듯했다. 금발의 사내가 힘이 센 불굴의 넓적다리로 암말의 할딱거리는 몸뚱이를 바싹 조여 완전히 꼼짝 못 하게 하다니. 엉덩이와 넓적다리와 발목에서 보드랍고 하얀 최면적인 힘을 발휘하며 암말을 바싹 조이고 에워싸서 아주 꼼짝 못 하게 유순한 피의 복종 상태로 몰아치는 것은 끔찍스러웠다.

자매가 조용히 걸어갔다. 왼편엔 석탄이 언덕 모양으로 쌓였고 이를 받치는 주축대가 일정한 간격으로 세워졌다. 그 밑의 검은 철로 위엔 화물차 칸이 서 있어, 항구가 있는 듯이 보였다. 화물차 칸이 서 있는 철도 주변은 커다란 만 같아 보였다.

반짝이는 수많은 철로를 가로지르는 보도가 있는 두 번째 건널목 가까이엔 탄갱에 속하는 밭이 있었고, 엄청나게 큰 지구 모양의 쇳덩어리, 폐기된 보일러가 녹이 슨 채 길 가 풀밭 위에 덩그러니 버려져 있었다. 암탉들이 그 주위에서 무언가를 쪼아 먹었고, 병아리들이 물통 위에서 균형을 잡고 서 있었으며 할미새들이 화물차 칸

사이에서 물을 마시다 멀리 날아갔다.

넓은 건널목 다른 편의 길가에는 도로를 보수할 연회색의 돌무더기와 마차 한 대가 있었는데 구레나룻을 기른 중년의 남자가 삽에 몸을 기대고서, 말머리에 서 있고 멜빵을 한 청년에게 말을 걸고 있었다. 두 남자는 건널목을 향하고 있었다.

그들이 두 자매가 걸어오는 걸 보았다. 늦은 오후의 강한 햇빛 아래 좀 떨어진 거리에서 반짝이는 작은 모습이었다. 두 여자는 가볍고 밝은 여름 드레스를 입고 있었다. 어슐라는 주황색의 뜨개질로 짠 코트를, 구드룬은 연노랑 코트를 입었다. 어슐라는 카나리아 노란색 스타킹을, 구드룬은 밝은 장미색 스타킹을 신어서, 구부러진 넓은 건널목을 걸어오는 두 여자의 모습은 빛나는 듯했다. 흰색, 주황색, 노란색, 장미색이 석탄가루로 깔린 달궈진 동네를 가로질러 오며 빛을 발산하고 있었다.

두 남자가 뜨거운 대낮에 이들을 지켜보며 조용히 서 있었다. 손위 남자는 작달막하고 얼굴이 단단해 보이는 중년의 정력적인 남자이고, 젊은이는 23세쯤 된 노동자였다. 그들은 자매가 다가오는 모습을 조용히 지켜보며 서 있었다. 그들은 자매가 가까이 와서 그들 앞을 지나 석탄가루가 덮인 길을 걸어갈 때까지 지켜보았다. 그 길의 한쪽엔 광부 주택이 들어섰고 다른 쪽엔 탄가루를 뒤집어쓴 밀이 자라고 있었다.

얼굴에 구레나룻을 기른 손위 남자가 호색적인 태도로 젊은이에게 말했다.

"저 여자 몸값이 얼말까? 저 여자면 괜찮겠지?"

"어느 쪽이요?" 젊은이가 열 내며 웃으며 물었다.

"빨강 스타킹 신은 여자. 어떻게 생각하나?─5분에 일 주간의 노임을 내겠네.─그래!─단 5분을 위해서."

젊은이가 다시 웃었다.

"아주머니가 바가지깨나 긁을 걸요."

구드룬이 몸을 돌리고 두 남자를 쳐다보았다. 그들은 연회색 광석찌끼 더미 옆에 서서 그녀를 계속 쳐다보았는데 구드룬에겐 사악한 인물로 보였다. 구레나룻을 기른 남자를 혐오했다.

"아가씬 일류야." 그 남자가 그녀에게까지 멀리 들리게 말했다.

"그래 저 여자가 주급의 가치가 있다고 생각해요?" 젊은이가 곰곰이 생각하며 물었다.

"그렇게 생각하느냐고? 난 지금 당장에 주급을 척 내놓겠는데─"

젊은이는 어슐라와 구드룬의 뒤를 담담한 눈으로 보았다. 그의 주급을 바치면 대신 무엇을 얻어낼까 계산하는 태도로 보였다. 그는 회의적인 태도를 확실히 드러내며 고개를 저었다.

"아니요." 그가 말했다. "나에겐 그만한 가치가 없네요."

"그렇지 않다고?" 중년의 사내가 물었다. "정말이지, 내겐 그만한 가치가 있고 말고!"

그러고 나서 그가 돌을 삽으로 퍼 날랐다.

자매는 슬레이트 지붕의 집들과 거무스레한 벽돌담 사이를 걸어 내려오고 있었다. 짙은 황금빛의 저녁노을이 탄광지대 전체를 비추고 있었다. 추한 이곳이 아름다운 노을빛을 받으니 마치 최면술에 걸린 양 아름답게 보였다. 탄가루가 스며든 길 위에 황금색 놀이 더 따스하고 더 짙게 내려앉았고 흉측스럽고 추한 지역이 하루를 마감하는 빛으로 인해 일종의 마술에 걸린 듯했다.

"이곳엔 흉측스런 매력이 있어." 구드룬이 분명 마음이 끌려 착잡해서 물었다. "언니, 이곳에 이상하게 짙고 열기에 찬 매력이 있다는 걸 느끼지 못하겠어? 난 느끼겠어. 날 얼빠지게 해."

그들은 광부 사택의 구역 사이를 지나고 있었다. 여러 사택의 공용 뒷마당에서 이 무더운 저녁에 광부가 두꺼운 면직물 바지를 거의 밑으로 내리고 허리춤까지 벗은 채, 몸을 씻는 것이 보였다. 이미 몸을 씻은 광부들은 등을 벽에 기대고 쭈그리고 앉아서 피곤한 몸을 쉬면서, 이야길 하거나 편안함을 즐기며 조용히 앉아 있었다. 그들의 목소리가 강한 억양으로 울려 퍼졌고 심한 사투리가 묘하게 핏속까지 어루만지는 것 같았다. 마치 광부가 구드룬을 애무하며 껴안는 것 같았다. 전체의 대기 중에는 건장한 사내들의 반향이 있었다. 육체적 노동과 사내다움의 강한 매력이 대기에 충만했다. 그러나 이 지역은 언제나 똑같아서 정작 이곳에 사는 주민들은 느끼지를 못했다.

그러나 구드룬에게 그건 위력적이면서 좀 혐오스러웠다. 그녀는 벨도버가 런던이나 남부 지역과 왜 그렇게 완전히 다른지 이유를 말할 수 없었다. 왜 전체적인 느낌이 그렇게 다르고 왜 완전히 다른 지역에 사는 것처럼 보이는지 알 수 없었다. 이제야 그녀는 이곳이 대부분 시간을 암흑 속에서 보내며 지하에서 일하는 강력한 남자들의 세계라는 걸 깨달았다. 그들의 목소리에서 암흑의 육감적인 울림을, 분별없고 비인간적이며 강력하고 위험한 지하 세계의 울림을 그녀는 들을 수 있었다. 그들은 차갑고 쇠처럼 단단했다.

그녀가 집에 오면 매일 저녁 똑같았다. 그녀는 파괴적인 힘의 파도 사이로 지나가는 것 같았다. 그 파도는 활력에 차고 절반쯤은 기계화된 지하 세계의, 수천 명의 광부의 존재에서 분출되었고, 그 파괴의 힘은 치명적인 욕망과 치명적인 냉담함을 일깨우며 뇌와 심장으로 다가왔다.

이곳에 대한 향수가 그녀를 덮쳤다. 그녀는 이곳을 증오했다. 이곳이 얼마나 완전히 차단되었고 얼마나 흉물스럽고 얼마나 메스꺼울 정도로 지각이 없는지를 잘 알았다. 때로는 그녀가 현대판 다프네 요정*같이 날개를 퍼덕였지만, 그녀는 나무가 아닌 기계로 변했다. 그럼에도 불구하고 그녀는 향수에 압도당했다. 그녀는 안간힘을 다해 이곳의 분위기와 조화를 이루려고 애썼고 거기에서 만족감을 얻으려고 갈망했다.

그녀는 저녁이면 탄광 도시의 중심가로 마음이 끌리는 걸 느꼈다. 중심가는 혼란스럽고 흉측했지만, 강렬하고 검은 냉담함과 똑같이 강력한 분위기로 차고 넘쳤다. 광부들이 항상 여기저기에 있었다. 그들은 이상하게 일그러지고 당당한 태도로 움직였고 얼마간의 아름다움과 부자연스런 정적을 담고 있었다. 그들의 창백하고 종종 퀭한 얼굴은 반쯤 체념한 듯 멍한 표정을 담고 있었다. 그들은 다른 세상에 속해 있었다. 그들은 이상한 매력을 지녔고 그들의 목소리는 견딜 수 없이 깊이 울려서 윙윙 돌아가는 기계 소리 같았다. 옛날 세이렌**의 노래보다 사람을 더 실성케 했다.

구드룬은 금요일 저녁이면 그 작은 시장에 이끌리듯 가서, 보통의 상스런 여자들과 섞여 지냈다. 금요일은 광부들이 주급을 받는

---

* 그리스 신화에서 아폴로의 사랑을 받고 쫓기다가 월계수로 변한 요정.

** 그리스 신화의 요정으로 아름다운 노래로 뱃사람을 실성케 해 바다에 빠져 죽게 했다.

날이어서 그날 밤엔 장이 섰다. 여자들은 죄다 밖으로 나왔고 남자들도 나와서 아내와 함께 물건을 사던가 아니면 친구들과 어울렸다. 보도는 사람들이 길게 몰려와서 시커멓게 보였다. 언덕 꼭대기에 있는 작은 장터와 벨도버의 중심가는 남자와 여자들로 잔뜩 붐벼 시커멨다.

사방은 어두웠고 장터는 석유 램프의 불빛으로 달아올랐다. 램프 불은 흥정을 하는 아낙들의 심각한 얼굴과 남자들의 멍청하고 허연 얼굴을 시뻘겋게 비추었다. 사방은 고래고래 소리 지르는 장사꾼들과 떠들어대는 사람들의 소리로 가득 찼다. 잔뜩 몰려 있는 사람들이 보도 위로 움직이며 장터 쪽으로 갔다. 훤히 빛나는 상점들에는 아낙들로 꽉 찼다. 길에는 남자, 대부분 남자, 모든 나잇대의 광부들이 있었다. 대범하다고 할 정도로 돈을 마구 썼다.

마차들은 사람들 사이를 빠져나갈 수가 없었다. 그래서 기다려야 했고 마부가 마구 소릴 지르고 욕설을 퍼부으면 마침내 군중들이 길을 터주었다. 인근의 외곽 지역에서 온 젊은이들이 길이나 사방 모퉁이에 서서 처녀들과 이야길 나누고 있었다. 선술집의 문은 활짝 열려있고 불빛이 환하게 비쳤다. 남정네들이 줄 지어서 계속 들락거렸다. 남자들이 사방에서 서로에게 소릴 지르거나 아니면 서로를 만나려고 길을 건넜다. 아니면 작은 무리를 지어 서서 끊임없이 토론을 벌였다. 윙윙대거나 귀에 거슬리는 소리로 좀 비밀스러운 이야기나 탄광과 정치에 관한 논쟁을 끊임없이 벌인다는 느낌이 들었다. 그 소리는 어귀가 잘 맞지 않는 기계 소리같이 공기를 울렸다. 구드룬을 기절할 정도로 정신 나가게 한 것이 그 소리였다. 그 소리는 야릇한 향수의 욕망을 일으키며 가슴을 아리게 했다. 거의 귀신들린 것처럼 그 욕망을 채울 수가 없었다.

그 지역의 다른 보통의 여자애처럼 구드룬은 장터와 가장 가까운 보도의 환히 불이 밝혀진 200보 되는 거리를 계속 오르락내리락했다. 그것이 천박한 짓이란 것을 알고는 있었다. 그녀의 부모들이 알았다면 그냥 두지 않았을 것이다. 그러나 이곳에 대한 향수가 그녀를 엄습해서 그녀는 이곳 사람들과 뒤섞여야 했다. 때로는 영화관에서 시골뜨기들 사이에 앉아 있었다. 그들은 망나니같이 보였고 영 끌리는 데가 없는 촌뜨기였다. 그럼에도 그녀는 그들 사이에 끼어있어야 했다.

다른 보통의 아가씨처럼 그녀도 '남자친구'를 하나 사귀었다. 그는 제럴드가 도입한 새로운 탄광 체계에 따라 유입된 전기 기술자 중의 하나였다. 그는 진지하고 영리한 젊은이로 사회학에 열정을 가진 과학자였다. 그는 윌리 그린의 한 농가에 혼자 하숙하며 살고 있었다. 중산계층 출신으로 수입이 충분했다. 그의 안집 여주인이 그에 대해 소문을 퍼뜨렸다. 그는 침실에 목제 욕조를 들여놓길 고집했고 퇴근 후엔 매일 양동이로 수없이 물을 퍼다 올리고는 목욕을 했다. 그리고는 날마다 깨끗한 셔츠와 내의와 실크 양말을 신었다. 이런 면에선 까다롭고 엄격했으나 다른 면에선 아주 평범하고 태깔스럽지 않다고 했다.

구드룬은 이 모든 것을 알고 있었다. 브랑윈 집엔 이런 소문이 자연스럽게 당연히 미치는 집이었다. 파머는 처음에 어슐라의 친구였다. 그러나 그의 창백하고 우아하며 진지한 얼굴엔 구드룬이 느끼는 것과 같은 향수가 배어 있었다. 그도 금요일 저녁이면 그 거리를 오르락내리락 걸어야 직성이 풀렸다. 그래서 그는 구드룬과 함께 걷게 되었고 그들 사이에 우정이 싹텄다. 그러나 그는 구드룬을 사랑하지는 않았다. 그는 진심으로 어슐라를 원했지만 어떤 이유에선지 그와 어슐라 사이엔 그런 감정이 생기지 않았다. 그는 구드룬과 동료로 같이 다니길 좋아했지만—그것이 전부였다. 그리고 구드룬도 그에 대한 감정이 전혀 없었다. 그는 과학자로 그를 뒷받침해줄 여자가 필요했다. 그러나 그는 정말 비인간적이었고 말하자면 세련된 기계부품의 정교함이 있었다. 그는 너무 차갑고, 너무 파괴적이고, 대단한 이기주의자여서, 진정으로 여자에게 관심을 두지 못했다. 그는 광부들과는 상반되는 극을 이루었다. 그는 개인적으로 광부들을 혐오했고 멸시했다. 그러나 집단으로는 기계류가 그를 매혹하는 것과 같이 광부들이 그를 매혹했다. 그에게 광부들은 새로운 종류의 기계류로 그가 효율을 예측할 수 없는 존재였다.

그렇게 구드룬은 파머와 함께 거리를 걸어 다니거나 영화관엘 함께 갔다. 그의 길고 창백하며 매우 우아한 얼굴은 냉소적인 말을 할 때면 빛이 났다. 그들 두 사람은 그렇게 함께 지냈다. 어떤 의미에서 보면 세련된 두 사람이었지만, 다른 면에서는 일그러진 광부들로 가득한 일반 대중에게 완전히 달라붙는 두 개의 단위에 불과했다. 똑같은 비밀이 구드룬이나 파머나 젊은 망나니나 야윈 중년 사나이의 마음속에서 움직이는 것 같았다. 모두가 힘에 대하여, 겉으로 드러내지 않는 파괴적인 욕망과 운명적인 내키지 않는 마음과 타락한 의지를 지니고 있다고 느꼈다.

때때로 구드룬은 깜짝 놀라 옆으로 물러나서, 그 모든 것을 조감하며 자신이 가라앉고 있다는 걸 인식했다. 그러면 멸시와 분노로 달아올랐다. 자신이 다른 사람들과 한 덩어리가 되어 가라앉는다고—모두가 아주 가까이서 뒤섞여 숨차한다고—느꼈다. 그건 끔찍스러웠다. 숨이 막혔다. 도망칠 준비를 했다. 열병에 걸린 것같이 일터로 도망쳤다. 그러나 곧 놓아버렸다. 그녀는 시골로 길을 떠났다—시커멓고 매혹적인 시골로. 마술이 다시 힘을 발휘하기 시작했다.

제10장 스케치북

어느 날 아침 자매가 윌리 그린 호수의 외진 끝자락에서 그림을 그리고 있었다. 구드룬이 물살을 헤치며 자갈이 많은 모래톱 쪽으로 나가더니, 불교 신자같이 가부좌상을 틀고 앉아서 얕은 물가 진흙에서 올라온 다육성 수초를 꼼짝 않고 응시했다. 구드룬의 눈에 들어온 것은 진흙이었다. 물을 머금은 부드러운 진흙이었다. 그 썩어가는 차가운 진흙에서 수초가 올라왔다. 대가 굵고 통통했으며 아주 곧게 올라왔는데 살이 많았다. 잎사귀를 똑바로 내밀었는데 색깔은 진초록에 짙은 보라색과 청동색의 얼룩무늬가 어우러져 검으면서 화려했다. 그러나 그녀는 관능적인 환상을 보는 양 수초의 두텁고 부드러운 모양새를 느낄 수 있었다. 수초들이 어떻게 진흙에서 나왔는지를 감지했다. 어떻게 자신에게서 대를 뻗어내고, 어떻게 대기에 기대어 물기를 머금은 채 빳빳하게 서 있는지를 감지했다.

어슐라는 나비들을 유심히 보고 있었다. 나비들은 물가에 수십 마리가 있었고 작은 푸른색 나비는 텅 빈 공간에서 갑자기 모습을 드러내 보석 같은 빛을 발했다. 검붉은 큰 나비는 꽃 위에 사뿐히 앉아서 무엇에 취한 양, 부드럽게 날갯짓을 하며 순수한 천상의 햇빛을 들이키고 있었다. 두 마리의 흰 나비가 낮은 공중에서 다투는데 그들 주위로 광채가 났다. 아, 그들이 좀 더 가까이 내려왔을 때

보니 날개 끝이 주황색이었고, 바로 이 주황색이 광휘를 만든 것이었다. 어슐라는 일어나 나비 떼처럼 자기도 모르게 정처 없이 발걸음을 옮겼다.

구드룬은 너울대는 수초를 멍하니 바라보며, 모래톱에 구부리고 앉아 오랫동안 고개를 들지 않고 넋을 잃은 채 그림을 그리다가, 빳빳하게 모습을 드러낸 다육성 줄기를 넋을 놓고 무의식적으로 응시하고 있었다. 맨발로 있었고 모자는 건너편 둑에 놓여 있었다.

노를 젓는 소릴 듣고 그녀는 무아의 경지에서 흠칫 놀라 정신을 차렸다. 주위를 둘러보았다. 야한 색깔의 일본식 파라솔이 있는 보트가 있었고, 흰옷을 입은 남자가 노를 젓고 있었다. 여자는 허마이어니였고 남자는 제럴드였다. 구드룬은 즉각적으로 알았다. 그리고 즉각적으로 기대에 찬 심한 전율로 몸이 나른해졌다. 그건 그녀의 핏속에 전기가 통한 듯 찌릿찌릿한 강력한 진동으로, 벨도버의 대기속에서 항상 낮게 윙윙거리는 진동보다 훨씬 더 강력했다.

제럴드는 그녀에게 도피처였다. 지하계의 기계적인 해쓱한 광부들의 깊은 수렁에서 그녀가 빠져나올 도피처였다. 그는 진흙탕에서 빠져나와 광부들의 주인이 되었다. 그녀가 그의 등과 하얀 허리춤의 움직임을 보았다. 그러나 그게 아니었다. 그가 노를 젓기 위해 몸을 앞으로 구부릴 때 감싸는 듯한 흰 곳을 그녀가 본 것이다. 그는 무엇인가에 몸을 구부리는 것 같았다. 그의 반짝이는 희끄무레한 머리카락은 천상의 전기 같았다.

"구드룬이 있어요." 허마이어니의 목소리가 물 위로 낭랑하게 울려왔다. "가서 인사해요. 괜찮지요?"

제럴드가 둘러보았다. 그리고 물가에 서서 그를 쳐다보는 그녀를 보았다. 그녀 생각은 안 했지만, 그가 자석에 끌린 듯 보트를 그녀 쪽으로 저었다. 그의 세계에서, 그의 의식적인 세계에서, 그녀는 아직 하찮은 존재였다. 그는 허마이어니가 적어도 겉보기로는 사회적인 차이를 허무는 데에 묘한 즐거움을 느낀다는 걸 알기에 이번 일도 그녀에게 맡겼다.

"안녕하세요, 구드룬?" 허마이어니가 유행을 따라 그녀의 세례명을 부르며 인사했다. "뭘 하고 있어요?"

"안녕하셨어요, 허마이어니? 스케치하고 있었어요."

"그랬어요?" 보트가 더 가까이 다가와 용골이 둑에 부딪혀 삐걱거렸다. "구경 좀 할까요? 아주 보고 싶은데요."

허마이어니의 고의적인 의도를 막을 수는 없었다.

"글쎄요." 구드룬이 마지못해 말했다. 왜냐하면, 그녀는 미완성의 작품을 남에게 보이길 늘 싫어했기 때문이다—"조금도 흥미로운 게 없을 텐데요."

"없다고요? 그렇지만 좀 봐요. 그래도 되지요?"

구드룬이 스케치북을 내밀었고 제럴드가 보트에서 그걸 받으려고 팔을 내밀었다. 그리고 그는 그렇게 하면서 구드룬이 지난번에 한 말이 생각났다. 자꾸 벗어나려는 말 위에 그가 앉아 있었을 때 그녀가 얼굴을 쳐들고 한 말이. 갑자기 강력한 자부심이 그의 신경에 퍼져나갔다. 왜냐하면, 왠지 그녀가 그에게 끌려온다고 느꼈기 때문이다. 그들 사이에 감정의 주고받음은 강력했고 그들의 의식과는 별개의 문제였다.

그리고 마치 마술에 걸린 양, 구드룬이 그의 몸뚱이를 의식하게 되었다. 그의 몸이 습지의 불꽃처럼 그녀를 향해 뻗치며 몰려왔고,

그의 손이 수초의 줄기처럼 곧바로 앞으로 다가왔다. 그녀가 그를 관능적으로 예리하게 감지하자 그녀의 피가 멈추는 듯했고 정신이 몽롱하여 의식을 잃었다. 그리고 흔들리듯 인광처럼 그는 물 위에서 완벽하게 흔들렸다. 그가 몸을 돌려 보트를 보았다. 보트가 좀 떠내려가고 있었다. 그가 보트를 다시 끌어오기 위해 노를 쳐들었다. 탁 하고 부드러운 물에서 보트를 천천히 멈추게 하는 것은 절묘하게 기쁨을 주어 정신이 까무러칠 정도로 완벽했다.

"저걸 그린 거군요." 허마이어니가 물가의 수초를 자세히 보고 구드룬의 그림과 비교해 보며 말했다. 구드룬이 허마이어니의 수초를 가리키는 긴 손가락 쪽으로 몸을 돌려 보았다. "바로 저것이죠?" 허마이어니가 확인을 하고 싶어 재차 물었다.

"그래요." 구드룬이 별로 주의를 기울이지 않고 자동적으로 대답했다.

"좀 봐요." 제럴드가 스케치북을 잡으려고 손을 내밀었다. 그러나 허마이어니가 그를 무시했다. 그녀가 감상을 끝내기 전에 그가 나서서는 안 되는 것이었다. 그러나 그의 고집도 그녀의 고집처럼 좌절되거나 움츠러들지 않는 성향이라 그가 스케치북에 손이 닿도록 팔을 앞으로 내밀었다. 허마이어니가 좀 충격을 받은 데다 그를 완강히 저항하는 혐오감이 무의식적으로 그녀를 흔들었다. 그가 스케치북을 제대로 잡기 전에 그녀가 스케치북을 놓았고 스케치북이 보트의 옆구리를 스치며 물속으로 튕겨 들어갔다.

"저런!" 허마이어니가 악의가 담긴 승리의 어조를 기이하게 울리며 소리쳤다. "아유 너무나 미안해요. 정말 미안해요. 제럴드, 건질 수 없어요?"

이 마지막 말엔 조바심과 야유가 섞여 있어서 제럴드의 피가 그녀를 향한 증오감으로 따끔거리며 아파져 왔다. 그는 보트 밖으로 멀리 몸을 구부려 팔을 물속으로 뻗었다. 그는 자신의 자세가 우스꽝스러움을 느꼈다. 그의 엉덩이가 몸 뒤쪽으로 그대로 드러났기 때문이다.

"그건 별로 중요하지 않아요." 구드룬의 쨍쨍 울리는 목소리가 강하게 들렸다. 그 목소리는 그녀가 그의 몸에 손을 대는 것 같았다. 그러나 그는 몸을 좀 더 굽혔고 보트가 심하게 흔들렸다. 그런데도 허마이어니는 놀라지 않고 그대로 있었다. 그가 물 밑에서 스케치북을 움켜쥐고 물이 뚝뚝 흐르는 것을 물 위로 들어 올렸다.

"정말 미안해요—정말 미안해요." 허마이어니가 거듭 말했다. "모두가 내 잘못이에요."

"하나도 중요하지 않은 거예요—정말이에요. 확실히 말하는데 그건 조금도 문제 되지 않아요." 구드룬이 큰 소리로 강조해서 말했고 그녀의 뺨이 새빨갛게 달아올랐다. 그리고 이 일을 그만 끝내려고 조바심을 내며 스케치북을 받으려고 손을 내밀었다. 제럴드가 그 스케치북을 그녀에게 주었다. 그는 제정신이 아니었다.

"너무나도 미안해요." 허마이어니가 되풀이해 말했다. 마침내 제럴드와 구드룬이 화가 치밀었다. "뭐, 보상해드릴 방법이 없나요?"

"어떤 식으로요?" 구드룬이 차갑게 빈정대며 물었다.

"저 그림을 살릴 수 있나요?"

잠시 아무 말이 없었고, 그렇게 함으로써 구드룬이 허마이어니의 집요한 태도에 반박한다는 것을 분명히 했다.

"확실히 말하는데요," 구드룬이 딱 잘라 명확하게 말했다. "저 그림들은 현 상태로 내 목적에 들어맞아요. 참고하는 자료 정도 거든요."

"그렇지만 새 스케치북을 드리면 안 될까요? 그렇게 했으면 좋겠어요. 전 정말로 미안하단 말이에요. 모두 제 잘못이라 생각해요."

"내가 본 바로는" 구드룬이 말했다. "그건 당신 잘못이 전혀 아니에요. 만약에 잘못이 있다면, 그건 크라이치 씨의 잘못이지요. 그렇지만 이 일 전체는 아주 사소한 거예요. 그러니 이 일 가지고 신경쓰는 건 우스꽝스럽죠."

구드룬이 허마이어니를 퇴짜놓는 동안 제럴드는 구드룬을 면밀하게 주시했다. 그녀에겐 차가운 힘의 덩어리가 있어 보였다. 그는 투시력에 맞먹을 정도의 관찰력으로 그녀를 주시했다. 그녀에게서 조금도 미약해지거나 사라지지 않을 적대감에 찬 위험스런 정신을 보았다. 더구나 그건 완전히 끝장을 내는 완벽한 몸짓이었다.

"문제가 안 된다니 매우 기뻐요." 그가 말했다. "만약에 진짜 아무 손도 끼치지 않았다면요."

그녀는 잘생긴 푸른 눈으로 그를 돌아다보았다. 그리고 그녀가 "물론 조금도 문제 될 게 없어요"라고 말할 때, 그녀의 목소리는 그를 거의 애무하듯, 친밀감 있게 울리면서 그의 정신에다 충분히 신호를 보냈다.

그 시선으로, 그녀의 어조로 그들 사이엔 긴밀한 관계가 맺어졌다. 그녀의 어조에서 그녀는 이 점을 이해했음을 명확히 했다.—즉 그들은 똑같은 종류의 인간이며 그와 그녀 사이엔 일종의 악마적인 비밀 유대가 설정되었다는 사실을. 그리고 그 이후부터는 그녀가 그를 지배한다는 걸 그녀는 알았다. 그들이 어디서 만나건 간에, 그들은 내밀하게 연합되어 있을 것이었다. 그리고 이러한 연합에서 그가 무기력하게 될 것이었다. 그녀는 미칠 듯이 기뻤다.

"안녕! 날 용서해주니 기뻐요. 아—안—녕!"

허마이어니가 작별인사를 노래하듯 하며 손을 흔들었다. 제럴드는 자동적으로 노를 잡고 보트를 저었다. 그러는 내내 그는 미묘하게 미소를 지으며, 찬탄의 빛을 담은 반짝이는 눈으로 구드룬을 쳐다보았다. 그녀는 모래톱에서 젖은 스케치북을 흔들어 물을 털어내며 서 있었다. 그녀는 등을 돌렸고 점점 멀어져가는 보트를 무시했다. 그러나 제럴드는 노를 저으며 그녀를 돌아다보았다. 자기가 무얼 하는지도 잊은 채 그녀를 계속 바라다보았다.

"우리가 너무 왼쪽으로 가는 거 아니에요?" 현란한 파라솔을 아래 무시당하며 앉아있는 허마이어니가 말했다.

제럴드가 아무 대답도 않고 주위를 돌아보았고, 노는 균형이 맞고 햇빛 아래서 반짝였다.

"괜찮은 것 같은데요." 그가 명랑하게 말했고, 자기가 무얼 하는지 생각지도 않고 다시 노를 젓기 시작했다. 그리고 허마이어니는 기분 좋은 망각 상태에 있는 그를 지독히도 싫어했다. 그녀가 아무것도 아닌 존재로 되어버렸고 다시 그를 위에서 지배할 수 없었다.

제11장 하나의 섬

한편 어슐라는 윌리 호수에서부터 반짝이는 작은 시내를 따라 정처 없이 걸었다. 그 오후엔 종달새가 사방에서 지저귀고 있었다. 햇빛이 환하게 비치는 언덕배기엔 가시금작화가 연기처럼 차분히 피어올랐다. 물망초도 몇 송이 물가에 피어있었다. 사방에서 만물이 잠을 깨어 주위를 둘러보고 있었다.

어슐라는 여념 없이 개울물을 건너 계속 걸었다. 위쪽에 있는 물방아용 저수지로 가고 싶었다. 큰 물방앗간엔 아무도 찾지 않았고 부엌에 사는 일꾼과 아내만 있었다. 그래서 어슐라는 텅 빈 농가 마당과 황폐해진 정원을 지나, 수문 옆의 둑으로 올라갔다. 오래되고 벨벳처럼 잔잔한 연못을 보려고 둑 꼭대기에 올라가, 눈앞에 펼쳐진 이곳에 시선을 던지자, 둑 위에서 펀트 배*를 고치고 있는 한 남자가 눈에 들어왔다. 톱질하고 망치질을 하는 버킨이었다.

그녀는 수문 꼭대기에 서서 그를 쳐다보았다. 그가 인기척을 느끼지 못하고 있었다. 매우 바쁘게 몸을 놀리는 모양이 마치 일에 열중해서 계속 움직이는 들짐승 같았다. 그가 그녀를 원치 않을 것 같아 자리를 떠야 한다고 그녀는 느꼈다. 그는 너무 일에 몰두해 있는

---

* 삿대로 움직이는 사각형 평저선.

것 같았다. 그러나 그곳을 떠나고 싶지 않았다. 그래서, 그가 고개를 쳐들기를 바라며 계속 둑길을 걸어갔다.

그가 곧 고개를 쳐들었다. 그녀를 보는 순간, 그가 연장을 내려놓고 앞으로 걸어 나오며 말을 걸었다.

"안녕하세요? 난 지금 펀트에 물이 스며들지 않게 손을 보고 있어요. 제대로 되었는지 말해줘요."

그녀가 그와 펀트 쪽으로 갔다.

"당신은 목공예 선생님의 따님이니 제대로 되었는지 말할 수 있겠지요." 그가 말했다.

그녀가 허리를 굽히고 땜질을 한 펀트를 내려다보았다.

"내가 우리 아버지의 딸은 분명해요." 어슐라가 판단을 내려야 하니 겁이 나서 말했다. "그렇지만 목수 일에 대해선 아는 게 없어요. 보기엔 괜찮아 보이는데, 댁의 생각은 어때요?"

"네, 그런 것 같네요. 물밑으로 가라앉지만 않으면 되지요. 또 그런다 해도 그리 큰 문제는 아니에요. 내가 다시 시작할 테니까요. 이 배를 물 위에 띄우려 하는데 좀 도와주시겠어요?"

그들은 둘이 힘을 합쳐서 그 무거운 배를 뒤집어서 물에 띄웠다.

"자," 그가 말했다. "한번 타 볼 테니, 어떤가 봐주세요. 제대로 뜨면 댁을 저 섬까지 태워다 드리죠."

"제발 그래 주세요." 그녀가 열심히 관찰하며 큰 소리로 말했다.

그 연못은 제법 컸고 완전히 물이 잔잔하여 아주 깊은 곳은 시커먼 빛을 냈다. 두 개의 작은 섬엔 덤불이 무성했고 가운데엔 몇 그루의 나무가 자랐다. 버킨은 장대를 밀어 물가를 떠나 연못 가운데로 서투르게 저어갔다. 다행히 펀트는 움직였고, 그가 버드나무 가지를 붙잡아서 섬에 다가갈 수 있었다.

"너무 잡초가 무성하네요." 그가 섬 안쪽을 들여다보며 말했다. "그렇지만 아주 좋은데요. 제가 가서 댁을 데려올게요. 보트가 약간 새네요."

잠시 후에 그가 그녀 쪽으로 다시 왔고 어슐라가 바닥이 젖은 보트 안으로 발을 들여 놓았다.

"이 보트는 뜨는 데 괜찮을 거예요." 그가 말하며 다시 배를 조심조심 섬 쪽으로 저어갔다.

그들은 버드나무 밑에 닿았다. 그녀는 바로 앞에서 무성한 작은 풀숲을 보고 몸을 움츠렸다. 현삼과 미나리아재비가 악취를 풍기고 있었다. 그러나 그는 섬을 탐색하려고 안으로 들어섰다.

"내가 이 풀을 짧게 깎을게요." 그가 말했다. "그러면 폴과 비르지니'가 지내던 곳처럼 낭만적이 될 거예요."

"그래요. 이곳에서 와토식의 피크닉"을 할 수 있겠네요." 어슐라가 신이 나서 외쳤다.

그의 표정이 어두워졌다.

"난 이곳에서 와토식의 피크닉을 하자는 게 아니에요." 그가 말했다.

"그러면 비르지니만 있는 거로 하지요." 그녀가 웃으며 말했다.

"비르지니만 있으면 돼요." 그가 심술궂게 웃었다. "아니, 난 그녀도 필요 없어요."

---

* 프랑스 소설가 상 피에르가 지은 목가적 로맨스의 주인공들.

** 프랑스 화가 와토는 공원 같은 장소에서의 피크닉을 그린 그림으로 유명하다.

어슐라가 그를 자세히 보았다. 브레덜비에서 만난 후 지금 처음 보는 것이었다. 그는 아주 말랐고 소름이 끼치도록 얼굴이 해쓱했다.

"그동안 편찮으셨어요?" 그녀가 거부감을 느끼며 물었다.

"그래요." 그가 차갑게 대답했다.

그들은 섬의 아늑한 곳인 버드나무 아래에 앉아 연못을 쳐다보고 있었다.

"아플 때 겁나지 않으셨어요?" 그녀가 물었다.

"뭐가요?" 그가 시선을 돌려 그녀를 쳐다보며 물었다. 그의 안에 있는 비인간적이고 당돌한 무언가가 그녀를 뒤흔들어 평상시의 자아에서 깨어나게 했다.

"몸이 심하게 아플 때는 겁이 나지요?" 그녀가 물었다.

"유쾌한 건 아니지요." 그가 말했다. "죽음을 정말 무서워하는지 안 하는지는 아직 결정을 못 내렸어요. 어떤 기분에선 조금도 무섭지 않고, 다른 기분이 되면 굉장히 무섭지요."

"그러나 아프니까 굴욕적으로 되지 않아요? 몸이 아프면 정말 창피스러워요—병이 들면 무지무지하게 창피스러워요. 그렇지 않아요?"

그가 얼마 동안 곰곰이 생각했다.

"그럴 수 있지요." 그가 대답했다. "비록 인생이 근본에서 올바르지 않다는 걸 항상 알고는 있지만. 그게 바로 모멸감이지요. 이런 생각을 하면 병이란 게 그리 중요한 게 아니지요. 인간이 똑바로 살지 않으니까 병이 나지요—똑바로 살 수 없어요. 삶의 실패가 병을 낳고, 모멸감을 느끼게 하죠."

"그렇지만 댁은 삶에 실패하셨나요?" 그녀는 빈정대는 투로 물었다.

"아, 그래요—난 일상을 그리 성공적으로 살지 못하고 있어요. 앞에 있는 빈 벽에다 코를 계속 쥐어박는 느낌이에요."

어슐라가 웃었다. 겁이 났다. 겁이 날 때면 으레 웃으며 경쾌한 척했다.

"아, 저 불쌍한 코!" 그녀가 그의 코를 쳐다보며 말했다.

"그러니 잘못 생길 수밖에요." 그가 대답했다.

그녀가 자기기만과 갈등을 겪으며 잠시 잠잠히 있었다. 그녀는 본능적으로 자신의 진면목을 숨겼다.

"그렇지만 전 참 행복해요—내 생각에 삶은 엄청나게 즐거운 거예요." 그녀가 말했다.

"좋네요." 그가 무관심한 태도로 냉랭히 대꾸했다.

그녀는 호주머니에서 작은 초콜릿을 쌌던 종잇조각을 꺼내서 배를 접기 시작했다. 그는 그녀의 말에 개의치 않고 그녀의 손동작만 주시했다. 그녀의 손동작에는 어딘가 이상하게 애처로우면서 부드러운 면이 있었다. 무의식적으로 움직이는 손가락 끝이 조바심을 보이며 상처를 입은 듯했다.

"전 정말 모든 걸 즐겨요—안 그러세요?" 그녀가 물었다.

"아, 그렇고말고요! 그렇지만 나의 진정으로 성장하는 부분을 올바르게 이끌 수 없어 정말 분통이 터져요. 모든 게 뒤엉켜서 난장판이 된 기분이에요. 그런데 왠지 바로 잡을 수가 없어요. 난 정말 어찌해야 할지 모르겠어요. 어디선가 뭔가를 하긴 해야 하는데."

"왜 항상 뭔가를 꼭 해야 하나요?" 그녀가 톡 쏘았다. "그건 너무 평민의 사고방식이에요. 진정으로 귀족적인 것이, 마치 걸어가는 꽃과 같이, 무얼 하지 않고 단순히 그대로 있는 것이, 훨씬 훌륭하다고 생각해요."

"아주 동감이에요." 그가 말했다. "활짝 꽃을 피울 수 있다면 말이오. 그렇지만 왠지 내 꽃은 피울 수가 없어요. 봉오리 상태에서 시들던가 아니면 질식시키는 벌레에 물리던가 아니면 영양이 부족해요. 빌어먹을! 꽃봉오리도 못 돼요. 쪼그라든 나무 옹이에 불과해요."

그녀가 다시 웃었다. 그는 아주 고약하게 짜증이 나고 화가 나 있었다. 그러나 그녀는 조바심이 나고 당황스러웠다. 어떻게 하면 사람이 뒤얽힌 삶에서 빠져나올 수 있을까. 어딘가에 빠져나올 구멍이 있을 텐데.

잠시 침묵이 흘렀고 그녀는 울고 싶었다. 그녀는 또 다른 초콜릿 종이쪽지를 꺼내서 새 배를 접기 시작했다.

"그런데 왜 꽃을 피우지 못하고, 고귀함이 인간 삶에 없다는 거예요?" 그녀가 마침내 물었다.

"생각 전체가 죽은 거요. 인간성 자체가 정말 말라비틀어진 거요. 덤불에 수없이 많은 인간이 걸려있어요—그리고 그들 모두가 아주 멋지고 장밋빛으로 보이지요. 당신네 건강한 젊은 남녀 말이요. 그러나 실상은 소돔의 사과에 불과해요. 사해에서 나온 쓰디쓴 사과에 불과해요. 그들에게 무슨 의미가 있다는 건 거짓이지요—배 속엔 썩어빠진 쓰디쓴 재밖에 없어요."

"그렇지만 좋은 사람들도 있다고요." 어슐라가 대들며 말했다.

"오늘 생활하기에 좋겠지요. 그러나 인류는 사람들의 쓸개즙을 걸

---

* 고대 죄악의 도시로 사해 연안에 있었다.

에다 반짝반짝 광이 나게 발라놓은 죽은 나무에 불과해요."

어슐라는 이 말에 단호히 반대할 수밖에 없었다. 그 말은 너무나 그림처럼 생생하고 최후 같았다. 그러나 그가 말을 계속하도록 놔둘 수밖에 없었다.

"만약에 그렇다고 치면 왜 그런 거죠?" 그녀가 적의를 품고 물었다. 그들은 서로가 열을 내며 반대하도록 자극하고 있었다.

"왜냐고요, 왜 사람들이 쓰디쓴 가루 뭉치에 불과하냐고요? 그들이 익었을 때 나무에서 떨어지길 거부하기 때문이지요. 자기네 자리를 차지할 때가 지났는데도 그 옛 자리를 꽉 붙잡고 놓지를 않아요. 그러다 마침내 작은 벌레들이 죄다 먹어 말라 비틀어져요."

오랫동안 잠잠했다. 그의 목소리가 뜨겁게 달아오르고 굉장히 냉소적으로 되었다. 어슐라는 언짢고 당혹스러웠다. 그들은 둘 다 모든 것을 잊은 채 토론에 푹 빠져있었다.

"만약에 모든 사람이 틀렸다면—선생님이 어디 지점에서 옳은가요?" 그녀가 큰 소리로 물었다. "댁은 어디 지점에서 더 나은가요?"

"나요?—난 옳지 않아요." 그가 큰 소리로 되받아쳤다. "최소한 내가 옳은 유일한 점은 이러한 것을 안다는 사실에 있지요. 난 자신의 겉모습을 혐오해요. 인간으로서의 나 자신을 혐오해요. 인간성은 거대한 거짓말 집합체이고, 거대한 거짓은 자그마한 진리보다 훨씬 못해요. 인간성은 개인보다 못났어요, 훨씬 더 못났어요. 왜냐하면, 개인은 때로 진실할 수가 있는데 인간성은 거짓말이 주렁주렁 달린 나무에 불과하니까요.—그리곤 사랑이 가장 위대하다고 말하지요. 집요하게 이 말을 해요. 고약한 거짓말쟁이지요. 그들의 행동을 한번 보세요! 매분 사랑이 가장 위대하고 자선이 가장 위대하다고 떠들어대는 수천만의 사람들을 보세요—그리고 그들이 정작 하는 행동을 봐요. 그들의 일을 보면 추악한 거짓말쟁이이고 겁쟁이라는 걸 알게 돼요. 그들은 자신들의 말은커녕, 자신들의 행동을 지키지도 못하지요."

"그렇지만 사랑이 가장 위대하다는 사실을 그것이 변화시킬 수는 없지 않나요?" 어슐라가 슬퍼서 물었다. "그들이 하는 행동 때문에 말이 담고 있는 진실이 바뀔 수는 없지 않나요?"

"완전히 바뀌지요. 왜냐하면, 만약에 그들의 말이 정말 진실이라면, 그렇다면 그들은 진실대로 행동을 안 할 수가 없지요. 그러나 그들이 거짓말을 계속 하니까 나중에는 미친 듯 날뛰게 되지요. 사랑이 가장 위대하다고 말하는 것은 거짓말이에요. 증오가 가장 위대하다고 말하는 것이 낫지요. 왜냐하면, 모든 것의 정반대가 균형을 잡아 주니까요.—사람들이 원하는 건 증오지요—증오 그것밖엔 아무것도 없어요. 그리고 정의와 사랑의 이름을 팔아 사람들은 증오를 얻지요. 그들은 자신을 스스로 증류시켜 니트로글리세린*으로 변모시키지요. 그들 전부가 사랑 그 자체에서 증오를 얻어 내요.—파멸시키는 것은 거짓말이지요. 만약에 우리가 증오를 원한다면 증오를 하자고요—죽음, 살인, 고문, 폭력적인 파괴—증오를 하자고요. 그러나 사랑이란 이름을 팔아서 증오하진 맙시다.—난 인간성을 혐오해요. 인간들이 죄다 싹 쓸어 없어지길 바라요. 인류는 다 멸망해도 괜찮아요. 모든 인간이 내일 멸망한다 해도 완전한 손실은 없을 겁니다. 진짜는 손상을 안 입을 거예요. 아니, 훨씬 나아질 거예요. 진짜 생

---

* 폭약, 혈관 확장제로 쓰임.

명의 나무에선 가장 소름이 끼치는 사해의 열매가 대량으로 제거될 거예요. 견딜 수 없는 짐이었던 수많은 환영 같은 인간들이, 무한히 무겁던 치명적인 거짓말이 떨어져 나갈 거예요."

"그러니까 이 세상의 모든 사람이 파괴되길 바라세요?" 어슐라가 물었다.

"정말 그래요."

"그럼 세상에는 사람이 텅 비는데요?"

"그래요. 진심으로요. 당신도 사람들이 사라져 풀이 마음대로 잘 자라고, 산토끼가 자유롭게 앉아있는 세계가 참 아름답고 깨끗한 곳이란 생각이 안 들어요?"

어슐라는 그의 진지하고 유쾌한 목소리에 말을 멈추고 자기 생각을 곰곰이 되짚어 보았다. 정말로 그의 말에 끌리는 데가 있었다. 인간이 없는 청결하고 아름다운 세상이라. 그건 정말로 바람직스러워 보였다.—그녀의 마음이 주저주저하다가 높이 고양되었다.—그래도 역시 그의 태도는 불만스러웠다.

"그렇지만," 그녀가 반대했다. "당신 자신도 죽을 텐데요. 그러면 당신에게 무슨 소용이 있나요?"

"지구에서 모든 사람이 깡그리 없어진다는 걸 알면 나도 당장에 죽을 거예요. 그거야말로 가장 아름답고 자유롭게 하는 생각이지요. 그렇게 된다면 우주를 오염시킬 또 다른 더러운 인간이 다시는 창조되지 않을 테니까요."

"그래요." 어슐라가 대응했다. "세상엔 아무것도 없을 거예요."

"뭐라고요! 아무것도 없다고요? 단지 인간이 싹 쓸려나갔기 때문에요? 당신 망상이지. 모든 게 그대로 있을 거요."

"그렇지만 사람들이 없을 텐데 어떻게요?"

"당신은 창조가 인간에 좌우된다고 생각해요? 전혀 그렇지 않아요.—나무도 있고 풀도 있고 새도 있어요. 이른 아침에 종달새가 인간이 없는 세계에서 높이 치솟는 걸 생각하는 게 훨씬 기분이 좋아요. 인간은 실수이니, 마땅히 사라져야 해요.—더러운 인간이 방해를 안 하면 풀, 들 토끼, 독사 그리고 눈에 안 보이는 주인 무리와 진짜 천사들이 자유롭게 나다닐 거예요—그리고 순수한 몸을 가진 악마도 말이에요. 아주 좋겠지요."

그가 말한 내용이 어슐라를 즐겁게 했다. 환상적인 이야기로 그녀를 아주 즐겁게 했다. 물론 그건 즐거운 공상에 불과했다. 그녀 자신도 인간의 진짜 면모를 너무도 잘 알고 있었다. 그 흉측스런 진면모를. 그녀는 인간이 그렇게 깨끗하게 편리하게 사라지지 않을 것임을 알고 있었다. 인간은 아직 오랜 길을 갈 것이고, 멀고도 흉측스런 길을 걸어갈 것이다. 그녀의 여성스럽게 섬세하고 악마적인 영혼이 그걸 잘 알았다.

"만약에 인간이 지상에서 싹 쓸려나간다면, 인간 없는 새로운 창조가 아주 경이롭게 진행될 거예요. 인간이 잘못된 창조물 중에 하나니까요—어룡같이 말이에요.—만약에 인간이 다시 사라지기만 한다면 해방된 시대에서 얼마나 아름다운 일이 벌어질지를 생각만이라도 해 봐요. 불에서 곧장 생기는 것들을요."

"그렇지만 인간은 절대로 사라지지 않을 걸요." 어슐라가 인간의 끔찍스런 집요함을 음흉스럽고도 교활하게 잘 알기에 이런 말을 했다. "세상은 인간과 함께 계속 나갈 거예요."

"아, 아니요." 그가 대꾸했다. "그렇게 되지 않아요. 난 인간의 선구

자였던 자부심이 센 천사와 악마들이 이 일을 해낼 거라 믿어요. 그들이 우리 인간을 파괴할 거요. 왜냐하면, 우리가 제대로 떳떳지가 못하니까요. 어룡들은 자신들에 대해 자부심이 없었어요. 우리처럼 땅바닥을 기어 다니며 몸부림을 쳤어요.—그 밖에 딱총나무의 꽃과 종 모양의 푸른 꽃을 보세요.—그들은 순수한 창조의 징조예요—나비조차도 그렇지요. 그러나 인간은 애벌레의 단계를 절대로 넘어서지 못해요—인간은 번데기 때에 썩어서 날개도 못 나와요, 인간은 원숭이와 비비처럼 반대(反對)창조에 불과해요."

어슐라는 그가 말할 때 계속 주시했다. 얘기하는 동안 내내 그는 성급한 분노를 품고 있으면서 동시에 모든 것을 대단히 즐기며 크게 포용하는 면을 보였다. 그녀가 불신하는 것은 분노가 아니라 이 관용의 자세였다. 그는 자기도 모르게 자신이 세상을 구원해야 한다는 태도를 보였다. 이걸 보니 그녀의 마음이 조금은 만족스럽고 안정감과 위로를 얻었지만, 한편 그에 대해 날카로운 멸시와 증오감이 끓어올랐다. 그를 그녀만이 독점하고 싶었다. 그의 구세주인 척하는 기질이 미웠다. 그건 그의 몸에 쫙 퍼져 배어 있었다. 그걸 그녀는 참을 수가 없었다.—그는 누구든 자기에게 오는 사람에게, 자기에게 다가오길 원하는 사람에게 똑같은 식으로 처신하고 똑같은 말을 하며 완전히 자기 속을 드러낼 것이다. 그건 비열하고 매우 음흉스런 행태의 매춘이었다.

"그러나 인간을 사랑하는 것은 믿지 않아도 사적인 사랑은 믿으세요?" 어슐라가 물었다.

"난 사랑이란 걸 전혀 믿지 않아요—말하자면 내가 증오나 슬픔을 믿지 않는 정도로. 사랑이란 모든 다른 감정 중의 하나에 불과하지요—그러니 사랑을 느끼는 동안엔 사랑한다는 것은 괜찮지요. 그러나 사랑이 어떻게 절대치가 되어야 하는지는 통 이해가 안 가요. 그건 그저 인간관계 일부에 불과하지요. 그 이상은 아니에요. 그건 그 어떤 인간관계든 그 일부에 불과하지요. 왜 인간은 항상 사랑을 느껴야 한다고 요구하는지 난 이해가 안 돼요. 항상 비탄이나 특별한 기쁨을 느껴야 한다고 요구하는 거나 마찬가지예요. 사랑은 절실히 필요한 것이 아니에요—그건 상황에 따라 느끼기도 하고 못 느끼기도 하는 감정이지요."

"그런데 선생님은 사랑을 믿지 않는다면서 왜 사람들에 관해 관심을 두지요?" 그녀가 물었다. "왜 인간 때문에 신경을 쓰세요?"

"왜 그러냐고요? 그것에서 벗어날 수가 없기 때문이에요."

"선생님이 인간을 사랑하기 때문이지요." 어슐라가 집요하게 물고 늘어졌다.

그 말에 그가 짜증이 났다.

"만약에 내가 인류를 사랑한다면 그건 나의 병이지요." 그가 대답했다.

"그렇지만 그건 치료받고 싶어 하지 않은 병이지요." 그녀가 차갑게 빈정거리며 말했다.

그녀가 그를 모욕하고 싶어 한다고 느껴서, 그는 이제 입을 다물었다.

"만약에 선생님이 사랑을 믿지 않으신다면 대체 무얼 믿으세요?" 그녀가 놀리듯 물었다. "단순히 세상의 종말과 잡초만요?"

그는 바보스럽게 느끼기 시작했다.

"난 눈에 보이지 않는 주인 무리를 믿어요." 그가 대답했다.

"그밖에는 아무것도 안 믿으세요?—선생님은 풀과 새 외엔 눈에 보이는 건 뭐든지 안 믿으세요?—댁이 믿는 세상은 참 형편없군요."

"그럴지도 모르지요." 그는 이제 불쾌해 하며 고자세로 냉랭히 대꾸했다. 참을 수 없도록 깐깐한 고자세를 취하다가, 적당한 거리감을 두고 물러났다.

어슐라는 그가 싫었다. 그러면서도 무언가를 상실했다는 느낌이 들었다. 둑 위에 웅크리고 앉아있는 그를 쳐다보았다. 그에겐 주일학교 선생같이 잰체하는 면이 있었다. 잰체하는 뻣뻣한 태도. 그럼에도 동시에 그의 몸매는 아주 민첩하고 매력적인 데가 있고, 굉장한 자유의 분위기를 풍겼다. 그의 눈썹과 턱과 전체의 생김새가 병색이 도는데도 불구하고 아주 발랄해 보였다.

이런 이중의 감정을 그가 불러일으키니까 그에 대한 미묘한 증오심이 그녀 속에서 부글부글 끓어올랐다. 그에겐 경이롭고 바람직한 생명의 약동이, 완전히 차지하고 싶은 사나이의 희귀한 특성이 있었다. 그러면서도 우스꽝스럽고 비열한 자신의 실체를 구세주와 주일학교 교사라는 가장 뻣뻣하고 잰체하는 자세 뒤에 그는 숨겨버렸다.

그가 그녀를 올려다보았다. 그녀의 얼굴이 이상하게 불이 붙은 듯했다. 마치 속으로부터 사랑스러운 불이 강력하게 퍼져 나오는 것 같았다. 그의 영혼은 경이감에 사로잡혔다. 그녀는 자기 생명의 불꽃으로 타오르고 있었다. 경이감에 사로잡혀, 순수하고 완전한 매력에 이끌리어 그가 그녀에게 다가갔다. 그녀는 기이한 여왕처럼 앉아 있었다. 거의 초자연적으로 광채를 내며 풍요로운 미소를 지었다.

"사랑에 대한 나의 의견은," 그의 의식이 이 새로운 입장에 맞게 조정하며 말을 했다. "우리가 사랑이라는 낱말을 비속화시켰기 때문에 그 낱말을 싫어한다는 얘기지요. 그 낱말은 앞으로 수년 동안 우리 입에서 추방되고 금기시되어야 해요. 우리가 새롭고 더 나은 개념을 갖도록 말이요."

그들 사이에 이해의 눈빛이 오갔다.

"그렇지만 사랑은 언제나 똑같은 것을 의미해요." 어슐라가 말했다.

"아니, 세상에. 아니지요. 더는 그런 걸 의미하게 두지 마세요." 그가 소리쳤다. "예전 의미는 사라지라고 해요."

"그러나 그건 여전히 사랑이지요." 그녀가 집요하게 말했다. 그녀의 눈에서 이상하고 사악한 노란빛이 그를 향해 번득였다.

그가 당혹해서 머뭇거리며 뒤로 물러났다.

"아니요." 그가 말했다. "그건 아니에요. 이 세상에서 절대로 그런 식으로 말해선 안 돼요. 당신은 그 낱말을 입에 담을 권리가 없어요."

"그 낱말을 적절한 순간에 언약궤에서 끄집어내는 일은 당신에게 맡겨야 하겠네요." 그녀가 조롱조로 말했다.

그들은 다시 서로를 쳐다보았다. 그녀가 갑자기 벌떡 일어나더니 그에게 등을 돌리고 뚜벅뚜벅 걸어갔다. 그도 천천히 일어나 물가로 가서 웅크리고 앉아 넋을 잃고 생각에 잠겼다. 데이지 꽃을 한 잎 따서 연못에 떨구자 줄기가 용골이 되어 꽃이 작은 수련처럼 둥둥 떠내려가면서 하늘을 향해 얼굴을 활짝 펼쳤다. 그 꽃은 이슬람교 수도승의 빙빙 도는 춤처럼 천천히 돌면서 멀리 떠내려갔다.

그가 그것을 주시한 다음, 또 다른 데이지 꽃을 물속에 떨구고 또 다른 꽃을 떨구며, 둑 가까이에 웅크리고 앉아, 몰두하며 밝은 표정으로 이들을 쳐다보았다. 어슐라가 몸을 돌려 쳐다보았다. 이상한 감정이 그녀를 사로잡아 마치 무슨 일이 벌어지는 듯 느꼈다. 그러나 그것은 죄다 손에 잡히는 것이 아니었다. 어떤 지배력이 그녀를 내리눌렀다. 그녀는 알 수가 없었다. 그녀는 단지 데이지의 찬란하고 둥근 작은 꽃이 반짝이는 검은 물 위로 천천히 떠내려가는 것을 주시할 따름이었다. 그 작은 꽃이 빛 가운데로 둥둥 떠내려가, 멀리서 한 무리의 하얀 점들로 보였다.

"저 꽃들을 따라 물가를 죽 따라가요." 그녀가 더는 이 섬에 갇혀 있는 것이 무서워서 말했다. 그리고 그들은 보트를 떠밀어 움직였다.

그녀는 다시 탁 트인 육지에 오니 마음이 놓였다. 그녀는 수문을 향해 둑길을 따라 걸었다. 데이지 꽃들이 연못 위에서 죄다 흩어져서, 작디작고 반짝이는 점, 이곳저곳에 찬란한 빛을 발하는 점으로 보였다. 왜 저들이 저렇게 강력하고도 신비롭게 떠내려갈까?

"여길 봐요." 그가 말했다. "당신이 만든 보라색 종이배가 저 꽃들을 호위하고 있어요. 저 종이배가 뗏목의 호위대 같군요."

데이지 꽃 몇 송이가 그녀 쪽으로 천천히 다가왔다. 시커멓게 들여다보이는 맑은 물 위에서 머뭇거리는 듯 수줍어하며 밝게 춤추며 다가왔다. 그들이 가까이 왔을 때 그들의 명랑하고 밝고 솔직한 모습에 너무나 감동하여 그녀는 눈물을 글썽거렸다.

"왜 저 꽃들이 저다지도 사랑스럽지요?" 그녀가 소리쳤다. "왜 나에게 저 꽃들은 저토록 사랑스럽게 보이지요?"

"좋은 꽃이지요." 그녀의 감격 어린 어조가 그를 내리누르자 이렇게 그가 말했다.

"데이지는 한 무리의 작은 통꽃, 한 집합체인데, 개체가 된 것에요. 식물학자들이 데이지를 진화의 계열에서 가장 위에 놓지 않던가요? 그렇다고 생각하는데요."

"국화과예요. 네, 그렇다고 생각해요." 무엇 하나 자신이 없는 어슐라가 대답했다. 어슐라는 한순간에 완전하게 잘 알던 것도 다음 순간엔 자신이 없어졌다.

"그러면 이렇다고 설명을 하지요." 그가 말했다. "데이지는 작지만 완전한 민주적인 꽃이에요. 그래서 꽃 중에서 최고 자리를 차지해요. 그러니까 매력이 있어요."

"아니요," 그녀가 소리쳤다. "아니요—절대로 아니에요. 민주적이지 않아요."

"그래요." 그가 인정했다. "그 꽃은 게으른 부자들의 과시하는 흰 울타리에 둘러싸인 황금빛 프롤레타리아 계급이지요."

"듣기 싫어요—당신이 말하는 그 사회 질서!" 그녀가 소리쳤다.

"그래요! 이건 데이지 꽃이니까—그냥 그대로 둡시다."

"그래요. 일단은 미지의 생명체*로 그냥 둬요." 그녀가 말했다. "무엇이든 당신에게 미지의 생명체로 보인다면 말이에요." 그녀가 비꼬며 덧붙였다.

그들은 무관심하게 서 있었다. 그들은 조금 정신이 멍해졌는지 둘 다 거의 의식을 놓은 채 꼼짝 않고 있었다. 그들이 일으켰던 작은 갈등이 그들의 의식을 갈기갈기 찢어서 두 개의 비인성적인 힘으로 만들었고, 거기서 접촉 중이었다.

이렇게 일탈 중임을 그가 알게 되었다. 그는 무슨 말인가를 하고

---

* 원문은 dark horse이다.

싶었다. 더 일상적인 새로운 처지에 발을 놓으려고.

"내가 이곳 방앗간에 방이 있는 걸 알아요? 우리 함께 좋은 시간을 보낼 수 있지 않을까요?"

"아, 그런가요?" 그들이 친숙한 사이임을 암시하는 그의 말을 무시하며 그녀가 대꾸했다.

그는 당장 태도를 바꿔 평상시의 거리를 유지했다.

"만약에 내 힘으로 충분히 살아갈 수만 있다면" 그가 말을 이었다. "일을 완전히 내놓을 거예요. 그 일은 나에게 의미가 없어요. 내가 일부인 척하는 인간사회엔 신뢰가 안 가요. 내가 지금껏 의지해 살아온 사회적 이상엔 조금도 관심이 없어요. 난 사회적 인간의 죽어가는 유기체를 증오해요—그러니 교육에 종사한다는 건 겉만 번지르르한 것에 불과해요. 내 일을 다 청산하고—나 홀로 서게 되면 곧 직장을 떠날 거예요—어쩌면 내일이라도."

"살아갈 돈은 충분히 있으세요?" 어슐라가 물었다.

"네—일 년에 이백 파운드 정도의 수입은 있어요. 그걸로 편히 살아갈 거예요."

잠시 침묵이 흘렀다.

"그러면, 허마이어니와의 관계는 어떻게 되나요?" 어슐라가 물었다.

"그 일은 완전히 끝났어요.—완전한 실패였지요. 그렇게밖에 될 수 없었어요."

"그렇지만 아직도 서로 알고 지내지요?"

"우린 완전히 모르는 사람처럼 지낼 수는 없지 않나요?"

고집스러운 침묵이 흘렀다.

"하지만 그건 미봉책이 아닌가요?" 어슐라가 마침내 물었다.

"그렇다고 생각지 않아요." 그가 대답했다. "그런지 안 그런지를 알 수 있을 거예요."

다시금 몇 분 동안의 침묵이 흘렀다. 그는 곰곰이 생각했다.

"사람은 자기가 원하는 최종의 것을 얻기 위해선 모든 것을—내던져야 해요. 모든 것을 말이에요. 모든 것을 내놓아야 해요." 그가 말했다.

"무얼 말이에요?" 그녀가 도전적으로 물었다.

"모르겠네요.—함께 나누는 자유." 그가 말했다.

어슐라는 그가 '사랑'이란 말을 쓰길 바랐었다.

저 밑에서 개가 요란하게 짖는 소리가 들렸다. 그 소리에 그의 마음이 착잡해진 듯했다. 그녀는 모르는 척했다. 단지 그가 불편해하는 것으로 생각했다.

"사실은," 그가 아주 작은 소리로 말했다. "지금 허마이어니가 제럴드 크라이치와 오는 것 같아요. 가구를 들여놓기 전에 방을 한번 보고 싶어 했어요."

"알아요." 어슐라가 말했다. "댁을 위해서 방의 가구 배치를 총괄하겠지요."

"아마도 그럴 거예요. 그게 문제 되나요?"

"오, 아니요. 그렇다고 생각지 않아요." 어슐라가 말했다. "비록 사적으로는 그녀를 참아낼 수가 없지만요. 내 생각에 그녀는 당신이 늘 말하는 거짓말쟁이 같아요." 그리고는 그녀가 잠시 심사숙고하다가 말을 터뜨렸다. "그래요. 그녀가 당신 방에 가구를 들여놓는다면 난 기분이 언짢아요—난 불쾌해요. 도대체 당신이 그녀가 계속 달라붙도록 놔두는 게 싫어요."

그가 얼굴을 찡그리며 잠시 말이 없었다.

"어쩌면," 그가 말했다. "그녀가 내 방을 꾸미는 걸 원하지 않아요—그리고 그녀가 달라붙도록 놔두는 것이 아니에요. 단지 내가 그녀에게 야비하게 굴 필요는 없지 않소?—하여간에 난 지금 내려가서 그들을 만나야 해요. 같이 갑시다. 그럴래요?"

"아니요." 그녀가 망설이며 차가운 어조로 말했다.

"같이 안 갈래요? 가시죠, 그래요. 함께 가서 내 방들을 봐요. 가요."

제12장 양탄자 깔기

버킨이 둑을 내려갔고 어슐라도 마지못해 그와 같이 갔다. 그렇다고 멀리 떨어져 있기는 싫었다.

"우린 이제 서로를 잘 알게 되었어요." 그가 말했다. 그녀는 대답하지 않았다.

방앗간의 컴컴한 커다란 부엌에서 일꾼의 아내가 째지는 소리로 허마이어니와 제럴드에게 말하고 있었는데, 제럴드는 흰옷을, 그녀는 푸른색이 도는 반짝이는 비단옷을 입어서 컴컴한 부엌에서 이상하게 빛났다. 한편 벽 쪽의 새장에서 열두어 마리의 카나리아가 목청껏 울어댔다. 여러 개의 새장이 뒤쪽의 네모난 작은 창문 주변에 달려있었다. 창문으로 햇빛이 들어왔고, 아름다운 한 줄기 빛살이 한 나무의 푸른 잎사귀를 통과해 들어왔다. 새먼 부인은 새들의 짹짹거리는 소리보다 더 목청을 높였다. 새들의 소리는 점점 더 사납고 의기양양해졌으며 부인은 새들보다 점점 더 목소리를 높였다. 새들은 이에 질세라 더 활기차게 울어댔다.

"루퍼트가 오네요!" 제럴드가 시끄러운 새 소리 속에서 소리쳤다. 그는 소리에 대단히 민감해서 굉장히 괴로웠다.

"아이고, 저놈의 새들. 시끄러워 말을 못하겠어요—!" 일꾼 부인이 넌더리 치면서 소리쳤다. "새장들을 덮을게요."

그리곤 그녀가 이쪽저쪽으로 뛰어다니며 행주와 앞치마, 수건, 밥상보로 새장을 덮었다.

"자, 이제 잠잠해라. 우리 얘기 좀 하게." 그녀가 아직도 너무 높은 소리로 말했다.

세 사람이 그녀를 주시했다. 곧 새장을 헝겊으로 씌워놓으니 꼭 장례식장 같은 기분이 감돌았다. 그렇지만 수건 밑에서 야릇하게 항의하는 새의 지저귐과 거품이 이는 듯한 소리가 울려 나왔다.

"아, 계속 저러지는 않을 거예요." 새면 부인이 안심시키며 말했다. "이제 잠이 들 거예요."

"정말로요." 허마이어니가 공손히 말했다.

"그럴 거예요." 제럴드가 말했다. "이제 밤이라는 인상을 받았으니 자동적으로 잠들 거예요."

"그렇게 쉽게 속아요?" 어슐라가 큰 소리로 물었다.

"아, 그래요." 제럴드가 대답했다. "파브르의 이야기 모르세요? 그가 소년 시절에 암탉의 머리를 날개 밑에 넣었더니 곧장 잠들었다는 얘기 말이에요. 정말 사실이에요."

"그래서 박물학자가 되었나?" 버킨이 물었다.

"어쩜 그랬는지 모르지." 제럴드가 대답했다.

한편 어슐라가 헝겊 밑으로 새장을 들여다보았다. 카나리아가 한 구석에 모여앉아 깃털을 세우고 잘 준비를 하고 있었다.

"정말 어처구니가 없네요!" 그녀가 외쳤다. "정말 밤이 온 줄로 알아요! 진짜 멍청이예요! 정말 저렇게 쉽사리 속아 넘어가는 새를 어떻게 존중하지요?"

"그래요." 허마이어니가 노래하듯 대꾸하고, 들여다보려고 다가

왔다. 그녀는 손을 어슐라의 팔에 얹고 낮게 킬킬거렸다. "그래요. 웃기지 않아요?" 그녀가 킬킬거렸다. "멍청이 남편 같네요."

그리곤 여전히 어슐라의 팔에 손을 얹은 채 어슐라를 옆으로 데려가더니 온화한 소리로 노래하듯 물었다.

"어떻게 여기에 오셨어요? 우린 구드룬도 보았어요."

"연못 구경을 하러 왔다가 거기서 버킨 씨를 만났어요." 어슐라가 말했다.

"그랬어요?─이곳은 정말 브랑윈 사람들 세상이군요!"

"그러길 바랐지요." 어슐라가 말했다. "당신네가 저 호수 밑에서 보트를 타고 막 떠나는 것을 보고 이곳으로 도망쳐 왔어요."

"그랬어요?─그런데 우리가 당신을 굴속으로 몰아넣었군요."

허마이어니가 눈꺼풀을 이상하게 처들었다. 즐거운 빛이었지만 피곤해 보였다. 그녀는 항상 야릇하고 골똘한 표정을 지었는데 그건 부자연스럽고 신뢰가 가지 않았다.

"막 떠나려던 참이었어요." 어슐라가 말했다. "그런데 버킨 씨가 방 구경을 하자고 했어요. 이곳에 살면 참 쾌적하겠지요? 완벽해요."

"그래요." 허마이어니가 넋이 빠진 듯 대답했다. 그리곤 곧 어슐라 곁을 떠났고 어슐라의 존재는 완전히 무시되었다.

"루퍼트, 건강은 어때요?" 그녀가 전혀 다른 애정에 찬 어조로 버킨에게 노래하듯 물었다.

"아주 좋아요." 그가 대답했다.

"그래, 편히 지냈어요?" 야릇하고 악의를 품은, 골똘한 표정이 그녀의 얼굴에 나타났다. 그녀는 몸을 떨며 가슴을 움츠렸고 얼마쯤은 넋이 나간 듯했다.

"아주 편했어요." 그가 대답했다.

오랫동안 말이 없었고 허마이어니가 약에 취한 듯한 두꺼운 눈꺼풀을 아래로 깔며 그를 오랫동안 바라보았다.

"그래 여기서 행복할 것 같아요?" 그녀가 마침내 물었다.

"분명히 그럴 거예요."

"제가 힘닿는 데까지 선상님을 위해 어떤 일도 해드리겠시유." 일꾼 부인이 말했다. "그리고 우리 주인도 그럴 거예유. 그러니 선상님께서 정말 편히 지내시길 바래유."

허마이어니가 몸을 돌려 그녀를 천천히 쳐다보았다.

"매우 고마워요." 그녀가 말했다. 그리곤 그녀와 완전히 등을 돌렸다. 그녀는 원래 자세에서 얼굴을 버킨에게로 돌리고 그만을 향해 말했다.

"방들의 크기를 재어 보았어요?"

"아니요." 그가 대답했다. "보트를 수리하고 있었어요."

"지금 잴까요?" 그녀가 몸의 균형을 잡으며 냉정한 어투로 천천히 말했다.

"새면 부인, 줄자 있어요?" 버킨이 부인을 향하며 물었다.

"네, 선상님. 하나 있을 거예유." 부인이 대답하며 즉시 바구니 쪽으로 서둘러 갔다.

"이것이 제가 가진 전부인데유. 될는지 모르겠어유."

허마이어니가 그에게 주는 걸 가운데서 낚아챘다.

"정말 고마워요." 허마이어니가 말했다. "이거면 정말 충분해요. 정말 고마워요." 그리고 버킨을 향해, 좀 즐거운 몸짓을 하며, 말했다. "루퍼트, 지금 시작할까요?"

"다른 사람들은 어떡하고요. 심심할 텐데." 그가 마지못해 말했다.

"괜찮지요?" 허마이어니가 모호하게 어슐라와 제럴드를 향하며 물었다.

"그럼요, 괜찮아요." 그들이 대답했다.

"어느 방을 먼저 잴까요?" 그녀가 이제 그와 함께 일하게 되어 전과 같이 신이 나서 다시 버킨에게 몸을 돌리며 물었다.

"손에 잡히는 대로 하지요." 그가 말했다.

"그 일을 하시는 동안에 제가 차를 준비할까유?" 일꾼의 여자가 자기도 할 일이 생겼기에 신바람이 나서 물었다.

"그래 주시겠어요?" 허마이어니가 부인을 자기 가슴팍 가까이 당겨서 안다시피 하여 묘하게 친근함을 드러내며 말했다. 그러다 보니 다른 사람들과는 동떨어지게 되었다. "아주 좋지요. 그런데 어디서 차를 마실까요?"

"어디서 마시겠어유? 이곳으로 할까유? 아니면 저 바깥 풀밭이유?"

"우리 어디서 차를 마실까요?" 허마이어니가 일행 모두에게 노래하듯 물었다.

"연못가 둑이요. 새면 부인이 준비해 놓으면 우리가 들고 가지요." 버킨이 말했다.

"좋아유." 기분 좋은 부인이 대답했다.

일행이 통로를 내려가 앞방으로 들어갔다. 방은 비어있었으나 깨끗하고 해가 들이비쳤다. 흐트러진 앞 정원 쪽으로 창문이 하나 있었다.

"이건 식당이에요." 허마이어니가 말했다. "이런 식으로 잴 거예요. 루퍼트―당신은 저쪽으로 가요―"

"내가 대신 재면 어떨까요?" 제럴드가 줄자의 끝을 잡으러 오며 말했다.

"아니, 괜찮아요." 허마이어니가 소리치며 반짝이는 푸르스름한 비단옷을 입은 몸을 바닥까지 굽혔다. 버킨과 함께 일을 한다는 자체가, 그리고 일을 하며 명령을 내린다는 것이 그녀에겐 크나큰 기쁨이었다. 버킨은 양순하게 그녀의 명령을 따랐다. 어슐라와 제럴드는 구경하고 있었다. 허마이어니의 유별난 점은 매 순간 한 사람과 매우 친숙하게 지내면서, 동석한 나머지 사람들은 구경꾼이 되게 하는 것이었다. 이럴 때면 그녀는 의기양양했다.

그들은 식당에서 방의 크기를 재며 의논을 하고 있었고, 허마이어니는 바닥에 깔 자재를 결정하고 있었다. 그녀의 계획이 방해를 받으면 그녀는 이상하게 발작적으로 분노를 터뜨렸다. 버킨이 그 순간엔 항상 그녀의 주장을 따랐다.

다음에 그들은 현관을 가로질러 다른 앞쪽 방으로 갔는데 처음 방보다 좀 작았다.

"이건 서재예요." 허마이어니가 말했다. "루퍼트, 당신이 이 방에 깔았으면 하는 깔개가 내게 하나 있어요. 당신에게 줘도 되겠지요. 그렇게 해요―당신에게 주고 싶어요."

"어떻게 생겼는데요?" 버킨이 무뚝뚝하게 물었다.

"못 본 거예요. 주로 장밋빛 빨간색인데 푸른색과 금속성의 연푸른색과 아주 부드러운, 진 푸른색이 섞인 거예요. 좋아할 거예요. 마음에 들 것 같아요?"

"아주 멋있겠는데요." 그가 대답했다. "어떤 거예요? 동양산인가요? 보풀이 있고?"

"그래요. 페르시아제예요! 비단 같은 낙타 털로 만든 거예요. 버가모스라고 불리지요.—길이가 12피트이고 폭이 7피트예요.—어울릴 것 같아요?"

"어울리겠어요." 그가 대답했다. "그렇지만 왜 나에게 비싼 깔개를 주지요? 난 오래된 옥스퍼드산 터키식 깔개이면 대만족인데요."

"그렇지만 당신에게 드릴 테니, 제발 받으세요."

"얼마 주었는데요?"

그녀가 그를 쳐다보더니 말했다.

"기억이 안 나요. 아주 쌌어요."

그가 굳은 얼굴로 그녀를 쳐다보았다.

"허마이어니, 난 받고 싶지 않아요."

"그걸 방한테 주도록 해요." 그녀가 그에게 다가가서 팔에 자기 손을 살짝 얹고 조르듯 말했다. "아니면 난 굉장히 실망할 거예요."

"난 당신이 내게 물건 주는 게 싫어요." 그가 할 수 없이 같은 말을 또 했다.

"내가 당신에게 물건을 주려는 게 아니에요." 그녀가 놀리듯 말했다. "그렇지만 이건 꼭 받으실 거지요?"

"그러지요." 그가 패배해서 말했고, 그녀는 승리했다.

그들이 이 층으로 올라갔다. 위층엔 아래층 방과 같은 위치에 두 개의 침실이 있었다. 그중 한 개는 반쯤 가구가 갖추어졌고 버킨이 그곳에서 잔 게 분명했다. 허마이어니는 그 방을 주의 깊게 둘러보며 낱낱이 살폈다. 그 태도가 마치 방 안의 모든 물건에 배어있는 그

---

* 터키의 융단 산지인 버가모에서 온 이름

의 자취를 흡수하는 것 같았다. 침대를 손으로 만져 보고 이불을 자세히 조사했다.

"확실히 편해요?" 그녀가 베개를 눌러보며 물었다.

"완벽해요." 그가 냉랭하게 대답했다.

"주무실 때 따뜻했어요? 솜털 누비이불이 없네요. 반드시 하나 필요할 거예요. 너무 무거운 이불을 덮으면 안 돼요."

"솜털 이불 하나 있어요." 그가 대답했다. "곧 올 거예요."

그들은 방들의 크기를 쟀고 고려해야 할 일 하나하나에 신경을 쓰며 시간을 보냈다. 어슐라가 창가에 서 있다가 방앗간 여자가 연 못의 둑 위로 차를 가지고 올라가는 것을 보았다. 그녀는 허마이어 니가 장시간 협의하는 걸 싫어했지만 차는 마시고 싶었다. 그녀는 제 발 이 야단법석과 일만 아니면 좋았다.

마침내 그들 모두가 차를 마시려고 둑 위의 풀밭으로 올라갔다. 허마이어니가 차를 따랐다. 그녀는 이제 어슐라의 존재를 완전히 무 시했다. 그리고 어슐라는 좀 전의 불쾌감에서 벗어나 제럴드를 향 해 말을 했다.

"저, 크라이치 씨, 난 저번에 당신이 너무나도 미웠어요."

"왜요?" 제럴드가 약간 흠칫 놀라며 물었다.

"말을 너무나 잔인하게 다뤄서요. 아, 난 댁이 너무나도 싫었어요!"

"어떻게 했는데요?" 허마이어니가 노래하듯 물었다.

"저분이 아주 많은 화물 기차가 지나가는 내내, 아름답고 민감 한 아랍산 말을 건널목에 억지로 서 있게 하는 거예요. 그래 그 불 쌍한 말이 완전히 미칠 듯이 괴로워했어요. 상상할 수 있는 가장 끔 찍한 장면이었어요."

"제럴드, 왜 그랬어요?" 허마이어니가 의문스러워 하며 침착하게 물었다.

"그 암말은 그런 걸 참는 걸 배워야 해요—기차가 기적을 울리며 지나갈 때마다 피하며 도망가면 이 고장에서 말이 나에게 무슨 쓸모가 있어요?"

"그렇지만 왜 불필요한 고문을 가해요?" 어슐라가 항의했다. "왜 기차가 지나가는 내내 건널목에 서 있게 하죠? 당신이 도로에서 후진했다면 말의 공포감을 없앨 수 있었어요. 그 암말의 옆구리에서 피가 줄줄 흐르는데 당신이 그 위에다 박차를 가했어요. 그건 너무 잔인해요."

제럴드의 몸이 굳어졌다.

"나는 말을 타야 해요." 그가 대답했다. "내가 말을 전적으로 잘 타려면 말이 소음 이기는 걸 배워야 해요."

"왜 그래야 하는지요?" 어슐라가 열이 나서 소리쳤다. "암말은 살아 있는 동물이에요. 그런데 당신이 그렇게 하길 선택했다고 왜 말이 그런 걸 견뎌내야 해요? 당신이 당신 자신에게 권리가 있는 것처럼 말도 그런 권리가 있어요."

"난 그 점에선 의견이 달라요." 제럴드가 말했다. "그 암말은 내가 사용하기 위해 있는 거요. 내가 말을 구매해서가 아니라 그게 자연적인 질서요. 인간이 말에게 무릎을 꿇고 말이 하고 싶은 대로 하라고 하며, 말 자신의 놀라운 본성대로 행동하라고 간청하는 것보다, 인간이 말을 택해서 인간이 좋아하는 대로 사용하는 것이 훨씬 자연스러운 거요."

어슐라가 막 화가 나서 말을 꺼내려 할 때에 허마니어니가 얼굴을 쳐들고 생각에 잠긴 듯 단조로운 어조로 말을 시작했다.

"난 이렇게 생각해요—우리보다 낮은 동물을 우리의 필요에 맞게 이용할 용기가 있어야 한다고요. 살아있는 모든 생명체를 마치 우리 자신인 양 생각하는 것은 잘못된 것이에요. 우리 자신의 감정을 모든 동물에게 부여하는 것은 잘못된 것이라 진정 느껴요. 그건 분별력의 부족이며 비판력의 부족이지요."

"정말 그래요." 버킨이 날카롭게 말했다. 인간의 감정과 의식을 동물에게 감상적으로 돌리는 것보다 더 혐오스러운 것은 없어요."

"그래요." 허마이어니가 지쳐서 말했다. "우린 정말로 어떤 입장인지 확실히 해야 해요. 우리가 동물을 이용하든지, 동물들이 우릴 이용하든지."

"그게 사실이에요." 제럴드가 말했다. "말도 인간처럼 의지는 있어요. 엄격히 말해 이성은 없지만. 그리고 만약에 당신의 의지가 주인 노릇을 못하면, 말이 당신의 주인이 될 거예요. 그리고 이건 내가 피할 수 없는 거예요. 내가 말의 주인이 되어야 해요."

"만약에 우리가 우리의 의지를 이용하는 법을 배울 수 있다면," 허마이어니가 말을 했다. "우린 어떤 일도 할 수 있을 거예요. 의지는 어떤 것도 치유해서 옳게 고칠 수 있어요. 만약에 우리가 의지를 제대로, 똑똑히 이용만 한다면—그럴 수 있다고 확신해요."

"의지를 제대로 사용한다는 것이 무슨 말이요?" 버킨이 물었다.

"굉장히 훌륭한 의사가 나에게 가르쳐 주었어요." 그녀가 어슐라한테인지 제럴드한테인지 모호하게 말했다. "예를 들면 나쁜 버릇을 고치기 위해서는 강제로라도 그 일을 해야 한다고 했어요. 하고 싶지 않은 때에—억지로 그 일을 하게 하면—그 버릇이 없어진다고 했어요."

"무슨 말이지요?" 제럴드가 물었다.

"예를 들어 손톱을 이빨로 물어뜯는 경우요. 당신이 손톱을 물어뜯고 싶지 않을 때에 억지로 물어뜯게 해요. 그러면 그 습관을 그만둔대요."

"그래요?" 제럴드가 말했다.

"네. 난 아주 많은 면에서 나 자신을 잘 조정해 왔어요. 난 아주 별나고 신경질적인 소녀였어요. 내 의지의 사용법을 배운 이후로는 단지 나의 의지를 이용함으로써 나 자신을 바로 잡았어요."

허마이어니가 냉정하고 이상하게 긴장된 목소리로 천천히 말하는 내내 어슐라가 그녀를 쳐다보았다. 어슐라의 몸에 묘하게 소름이 끼쳤다. 이상하고 발작적인 어두운 힘이 허마이어니에게 매혹적이면서도 불쾌감을 풍겼다.

"의지를 그렇게 이용하는 것은 치명적이고 구역질이 나요." 버킨이 가혹하게 소리쳤다. "그런 의지는 역겨운 일이요."

허마이어니가 그늘지고 무거운 눈으로 그를 오랫동안 쳐다보았다. 그녀의 얼굴이 부드럽고 창백하며 야위었고, 인광까지 냈다. 그녀의 턱은 홀쭉했다.

"확신하건대 그렇지 않아요." 그녀가 드디어 말했다. 그녀가 느끼고 체험한 듯한 것과 그녀가 실제로 말하고 생각하는 것 사이엔 항상 간격이, 이상한 차이가 있는 것 같았다. 그녀는 혼란스러운 검은 감정과 이에 대해 반작용이 일어나는 큰 소용돌이의 표면에서 마침내 그녀의 생각을 포착한 듯했다. 그리고 버킨은 항상 혐오감으로 가득 찼다. 그녀는 실수 없이 잡아냈고, 그녀의 의지는 그녀를 저버린 일이 없었다. 그녀의 목소리는 항상 냉정하고 긴장이 되고 완전히 자신만만했다. 그럼에도 불구하고 그녀는 구역질이 날 듯해 몸을 부르르 떨었다. 일종의 뱃멀미 같은 것이 항상 그녀의 지성을 압도하려고 위협했다. 그러나 그녀의 지성은 깨어지지 않았고 의지는 여전히 완전했다. 그것이 버킨을 거의 실성케 했다. 그러나 그는 절대로, 그녀의 의지를 꺾어, 마침내 그녀의 소용돌이치는 잠재의식이 봇물처럼 터져 나와 그녀가 궁극적으로 실성 상태에 빠지는 걸, 무슨 일이 있더라도 절대로 보길 원하지 않았다. 그럼에도 그는 항상 그녀를 공격했다.

"그리고 물론," 그가 제럴드에게 말을 했다. "말은 인간처럼 완전한 의지를 갖고 있지 않아. 말은 하나의 의지를 가진 게 아니야. 모든 말은 엄밀히 말해서 두 개의 의지를 갖고 있지. 한 가지로는 인간의 힘에 완전히 자신을 맡기기를 원하지─그리고 다른 의지로는 해방되어 제멋대로 하길 원하지. 이 두 의지가 때로는 결합해─잘 알겠지만, 자네가 말을 탈 때 내빼려는 건 바로 그때지."

"말을 탈 때, 말이 내빼려는 걸 느낀 적이 있어." 제럴드가 말했다. "그렇다고 말에 두 가지 의지가 있는 줄은 몰랐어. 겁을 먹은 걸로만 알았지."

허마이어니가 이들의 말을 더 듣지 않았다. 그녀는 이런 주제가 시작될 때 이를 딱 무시하고 잊어버렸다.

"왜 말이 자신을 인간의 힘에 맡겨야 할까요?" 어슐라가 물었다. "그건 통 이해 못 하겠는데요. 전 말이 그러길 원했다고 믿지 않아요."

"네, 말은 원해요. 그건 아마도 최종적이고 최상의 사랑 충동일 거예요. 자신의 의지를 고차원적인 존재에 맡기는 건." 버킨이 대답했다.

"사랑에 대해 참 희한한 생각을 하고 있네요." 어슐라가 빈정거렸다.

"그리고 여자도 말과 똑같아요. 두 개의 의지가 여자 맘속에서 서로 겨루고 있지요. 한쪽 의지로는 자신을 완전히 내맡기길 원하고 다른 의지로는 내빼서 말 탄 사람을 내동댕이쳐 파멸시키고자하지요."

"그럼 전 내빼는 말이네요." 어슐라가 웃음을 터뜨리며 말했다.

"여자는 말할 것도 없고, 말을 길들인다는 건 위험한 일이에요." 버킨이 말했다. "지배의 원리엔 탁월한 적대자가 따르는 법이죠."

"좋은 점도 있어요." 어슐라가 말했다.

"그래요." 제럴드가 미소를 살짝 지으며 말했다. "재미가 더 생기지요."

허마이어니는 더는 참을 수 없어, 일어나며 자연스레 읊조리듯 말했다.

"저녁이 참 아름답지요? 어떤 땐 아름답다는 느낌이 너무 차올라 견딜 수가 없어요."

허마이어니가 어슐라를 보며 이 말을 호소하듯 했고, 어슐라는 비개인적인 내면까지 감동되어 그녀와 함께 일어났다. 버킨은 그녀에게 증오스럽도록 오만한 괴물 같아 보였다. 그녀가 허마이어니와 함께 연못의 둑을 따라 걸으며 아름답고 기분 좋은 것들을 말하며 다소곳한 앵초꽃을 꺾었다.

"이 꽃처럼 노랑 바탕에 주황색 점이 박힌—면으로 된 드레스를 입고 싶지 않으세요?" 어슐라가 허마이어니에게 물었다.

"그래요." 허마이어니가 걸음을 멈추고 그 꽃을 보며 대답했다. 그 생각이 마음에 절실하게 다가오자 기분이 좋았다. "참 예쁘겠지요? 정말 입고 싶어요."

그리곤 진정한 애정을 느끼며 어슐라를 향해 미소 지었다.

그러나 제럴드는 버킨과 그냥 남아 있었다. 제럴드는 말에 두 가지 의지가 있다는 것의 의미를 버킨에게 철저하게 타진하고 싶었다. 제럴드의 얼굴에서 흥분의 빛이 춤추듯 했다.

허마이어니와 어슐라는 갑자기 깊은 애정과 친밀감의 유대를 느끼며 계속 걸었다.

"난 이런 식으로 인생에 대한 비평과 분석을 하도록 강요받는 걸 정말 원치 않아요. 난 정말 사물을 총체적으로, 아름다움이 있는 그대로, 온전한 상태로, 자연의 성스런 자태대로 보길 원해요.—느끼지 않으세요? 그보다 많은 것을 인식하도록 고문받는 것을 참을 수 없다는 걸 느끼지 않으세요?" 허마이어니가 어슐라 앞에서 발을 멈추고 움켜진 주먹을 아래로 내리며 말했다.

"네." 어슐라가 대꾸했다. "나도 느껴요. 이렇게 꼬치꼬치 캐는 것에 진저리가 나요."

"당신이 그렇다니, 아주 기뻐요. 때로는," 허마이어니가 다시 발걸음을 멈추고 앞으로 나가길 그만두고 어슐라에게 말했다. "때로는 말이에요, 내가 이런 실정에 따라야만 하는지, 거부하는 것은 내가 나약해서가 아닌가 하는 생각이 들어요. —그렇지만 그렇게 할 수 없다고 느껴요.—그렇게 할 수 없어요. 모든 사물을 파괴하는 것 같아요. 그 모든 아름다움과 또—그리고 진정한 거룩함이 파괴돼요—그런데 난 그런 것들 없이는 살 수 없다고 느껴요."

"그런 것들 없이 산다는 건 정말 잘못된 거지요." 어슐라가 외쳤다. "아니지요. 모든 것이 머리로 이해되어야 한다는 건 너무 불경스러워요. 정말이지, 무언가를 조물주에게 남겨드려야지요. 항상 존재하고 앞으로 존재할 테니까요."

"그래요." 허마이어니가 아이처럼 다시 자신감을 느끼며 말했다. "그래야지요. 그렇지요? 그런데 루퍼트는—" 그녀가 무슨 생각에 잠겨 얼굴을 하늘로 향했다. "그이는 사물을 조각조각 찢어버려요. 정말 소년처럼 사물이 어떻게 만들어졌는지 알고 싶어서 모든 걸 조각조각으로 찢어버려요. 난 그게 옳다고 생각지 않아요—댁의 말대로 그건 너무 불경스러워요."

"꽃이 어떻게 생겼는지 알려고 꽃봉오리를 찢어발기는 것같이요." 어슐라가 말했다.

"그래요. 그러면 모든 걸 죽이는 거죠. 그렇지요? 그러면 꽃이 필 가능성을 허락하지 않지요."

"물론 그렇죠. 순전히 파괴적이지요." 어슐라가 대꾸했다.

"정말 그래요!"

허마이어니가 어슐라에게서 확인을 받으려는 듯 어슐라를 오랫동안 천천히 쳐다보았다. 그러다 두 여인은 말이 없었다. 그들은 합의를 보자마자 서로를 불신하기 시작했다. 자신도 모르게 어슐라는 자신이 허마이어니에게서 움츠러드는 걸 느꼈다. 그녀가 할 수 있는 일이라고는 혐오감을 자제하는 일뿐이었다.

그들은 남자들에게로 돌아왔다. 그들은 뒷자리로 물러나 숙의를 한 끝에 합의를 본 공모자 같았다. 버킨이 그들을 흘낏 쳐다보았다. 어슐라는 그가 냉랭하게 쳐다보는 것이 싫었다. 그러나 그는 아무 말도 하지 않았다.

"자, 그러면 갈까요?" 허마이어니가 말했다. "루퍼트, 숏랜즈의 저녁 정찬에 오실 거지요? 지금 당장 우리와 함께 가실래요?"

"난 정장을 안 했는데요." 버킨이 대답했다. "그리고 제럴드는 관례를 따르자고 우기고."

"내가 그걸 우기는 게 아니야." 제럴드가 말했다. "집 안에서 구질 구질하게 입고 제멋대로 돌아다니는 것에 싫증이 나면, 적어도 식사 때는 관례를 지켜서 점잖아지는 게 좋지."

"알겠네." 버킨이 대답했다.

"그러면 당신이 정장을 차려입는 동안에 우리가 기다려도 될까요?" 허마이어니가 집요하게 물었다.

"좋으실 대로."

그가 일어나 방 안으로 들어갔다. 어슐라가 자리를 뜨겠다고 말했다.

"한마디만 꼭 해야겠어요." 그녀가 제럴드를 향해 말했다. "아무리 인간이 짐승과 날짐승의 영장이라 해도 하층 동물의 감정을 범할 권리는 없다고 생각해요. 기차가 지나가는 동안 댁이 사려 깊게 길 뒤로 물러났더라면 훨씬 양식 있고 점잖았을 거라고 전 지금도 그렇게 생각해요."

"알겠어요." 제럴드가 미소를 짓지만 좀 언짢아하며 말했다. "다음번엔 꼭 기억하지요."

"저이들은 날 매사에 끼어드는 여자라 생각하고 있어." 어슐라가 자리를 뜨면서 혼자 생각했다. 그러나 그들에 맞서 각오를 단단히 했다.

그녀는 생각에 깊이 잠긴 채 집으로 달려갔다. 허마이어니의 말에 대단히 감동하였다. 진정으로 그녀와 속마음을 주고받아서 두 여자 사이엔 일종의 연대감이 생겼다. 그럼에도 불구하고 허마이어니를 견딜 수가 없었다. 그렇지만 어슐라는 그런 생각을 멀리 밀어냈다. "허마니어니는 정말 좋은 사람이야." 그녀는 혼자 중얼거렸다. "그녀는 정말로 올바른 것을 원해." 그리고 허마이어니와 하나로 느끼려고 애쓰며 버킨을 생각에서 몰아내려고 애썼다. 엄밀하게 말하면 버킨에게 적대감을 느꼈다. 그러나 어떤 유대감이랄까, 그 어떤 깊은 원리에 의해 그에게 붙들려 있었다. 이것이 그녀를 괴롭히면서 동시에 그녀에게 위로가 되었다.

단지 가끔씩 잠재의식에서 결렬하게 몸이 떨려왔다. 그리고 그녀가 버킨에게 도전장을 내밀었고, 의식했건 안 했건 간에 그가 그 도전을 받아들였다는 사실을 깨달았다. 그건 그들 사이에서 죽음에 이르게—아니면 새로운 삶에 이르게 하는 싸움이었다. 비록 그 갈등이 무엇에 있는지는 아무도 알 수 없었지만.

제13장 수고양이 미노

며칠이 지나갔지만 어슐라는 아무런 연락을 받지 못했다. 그가 그녀를 무시해버릴 건가? 더는 그녀의 내밀한 생각을 거들떠보지 않을 건가? 음울한 초조함과 심한 비통함이 그녀 마음을 묵직하게 짓눌렀다. 하지만 어슐라는 자신을 스스로 기만하고 있다는 것을, 그가 움직일 거라는 걸 알았다. 그녀는 누구에게도 아무 말을 하지 않았다.

그런데 아니나 다를까, 시내에 있는 그의 집으로 구드룬과 차를 마시러 오라는 쪽지가 그에게서 왔다.

'왜 구드룬도 오라는 거지?' 어슐라는 대번에 이런 의문이 생겼다. '그이가 자신을 보호하기 위해서인가? 아니면 내가 혼자 오라면 안 갈까 봐서?'

그녀는 버킨이 자신을 보호하려고 둘이 오라고 한 것을 생각하니 많이 괴로웠다. 그러나 고민 끝에 그녀는 결연히 중얼거렸다.

'난 구드룬을 데리고 가지 않을 거야. 그이가 나에게 말을 많이 하길 바라니까. 그러니 구드룬에겐 아무 말 안 하고 그냥 혼자 가야지. 그러면 그의 진의를 알게 되겠지.'

어슐라는 시내를 벗어나 언덕으로 올라가는 전차에 타고 있었다. 그의 거처가 있는 곳으로 가는 길이었다. 그녀는 실제 생활의 모든 조건에서 풀려나 일종의 꿈의 세계로 들어서는 느낌이었다. 마치 물질세계와는 관계를 끊고 정신만 있는 양 기차 저 아래로 지나가는 시내의 누추한 거리를 물끄러미 쳐다보았다. 이런 것이 죄다 나와 무슨 상관이 있담? 그녀는 유령 같은 생명이 흐르는 가운데서 형체는 없이 가슴만 두근거리고 있었다. 누가 그녀에 대해 뭐라 말하건 어떻게 생각하건 더는 유념할 수가 없었다. 사람들이 그녀의 영역에서 빠져나갔고 그녀는 자유롭게 되었다. 그녀는 물질계의 껍데기를 벗고 의식이 흐릿하고 기이한 상태로 떨어져 나왔다. 마치 겉껍질이 벗겨진 열매가 지금껏 알고 있던 유일한 세상에서 미지의 진짜 세계로 떨어진 것 같았다.

하숙집 여주인이 그녀를 안내했을 때 버킨은 방 한가운데 서 있었다. 그도 제정신이 아니었다. 그녀의 눈에 그는 동요하며 떨고 있었다. 약하고 허울뿐인 몸뚱이에 어떤 격렬한 힘이 교차해 모인 듯 잠잠했다. 바로 그 힘이 그에게서 나와 그녀를 뒤흔들고 거의 기절시킬 뻔했다.

"혼자 왔어요?" 그가 물었다.

"네—동생은 올 수가 없었어요."

그는 금방 이유를 짐작했다.

두 사람은 말없이 앉았다. 방 안엔 무시무시한 긴장이 감돌았다. 그녀는 그 방이 볕이 잘 들고 모양새가 아주 편안해서 기분 좋은 방이란 걸 알았다—또한, 새빨갛고 보랏빛이 도는 꽃이 늘어진 수령초 나무가 있다는 것도 알게 되었다.

"수령초 나무가 너무도 멋있네요!" 그녀가 침묵을 깨려고 입을 열었다.

"그렇지요?—내가 한 말을 잊었다고 생각하세요?"

어슐라의 정신이 아찔했다.

"당신이 그걸 기억하라는 게 아니에요—원치 않으면 말이에요." 그녀는 자기를 감싸고 있는 검은 안개를 헤치고 간신히 이 말을 뱉었다.

얼마 동안 침묵이 흘렀다.

"아니요." 그가 말했다. "그런 게 아니에요. 단지—서로를 알려면 우리가 영원히 서약해야 해요. 만약에 우리가 우정 차원의 관계를 맺더라도 거기엔 최종적이며 흔들리지 않는 맹세 같은 것이 있어야 해요."

그의 목소리에는 불신과 거의 분노마저 풍기며 카랑카랑 울렸다. 그녀는 대답하지 않았다. 그녀의 심장이 너무나도 조여들었다. 말을 할 수가 없었다.

그녀가 대답하지 않으려는 것을 보고, 그가 말을 계속했다. 거의 비통한 어조로 자신의 속내를 다 털어놓았다.

"내가 드릴 수 있는 건 사랑이라 할 수 없어요—내가 원하는 건 사랑이 아니에요. 훨씬 더 비개인적이고 힘들고—희귀한 거예요."

침묵이 흐르다가 어슐라가 말했다.

"나를 사랑하지 않는단 말이에요?"

그녀가 분을 터뜨리며 괴로워하면서 물었다.

"그래요, 당신이 그런 식으로 표현하고 싶다면.—그것이 사실이 아니지만요. 모르겠어요. 하여간에 난 당신에게 사랑의 감정을 느끼지 않아요—아니, 난 그러고 싶지 않아요. 왜냐하면, 사랑이 최종적인 문제에선 아무 힘도 못 쓰니까요."

"사랑이 최종적인 문제에서 힘을 못 쓴다고요?" 입술까지 마비되는 것을 느끼며 그녀가 물었다.

"네. 그래요. 인간은 최종적으로 홀로예요. 사랑의 영향 밖에 있어요. 진짜 비개인적인 나만 있지요. 사랑 너머에 있고 그 어떤 감정 관계 너머에 있어요. 당신도 마찬가지예요. 그렇지만 우리는 사랑이 뿌리라고 자신을 속이길 원해요. 뿌리가 아니에요. 가지에 불과해요. 뿌리는 사랑을 넘어선, 헐벗은 고립이에요. 무엇과 만나 섞이지 않는, 절대로 그렇게 될 수 없는 고립된 나지요."

그녀는 커다랗고 걱정스러운 눈으로 그를 쳐다보았다. 열렬하게 추상적인 말을 하다 보니 그의 얼굴에선 광채까지 났다.

"사랑할 수 없다는 말인가요?" 그녀는 동요되어 물었다.

"네, 그래요.―난 사랑을 해보았어요. 그러나 사랑이 존재치 않는 초월적인 영역이 있더군요."

그녀는 이런 주장에 굴할 수가 없었다. 황홀해지는 느낌이 몰려왔다. 그러나 이에 굴할 수 없었다.

"당신이 진정으로 사랑한 적이 한 번도 없다면―어떻게 이런 걸 알지요?" 그녀가 물었다.

"내가 말하는 것은 진실이요. 당신과 나의 안에는 초월적인 면이 있는데 이는 사랑보다 차원이 더 높아요. 몇몇 별들이 시계(視界)로 볼 수 있는 영역을 초월해 있듯이, 시계(視界)의 영역을 초월해 있어요."

"그렇다면 사랑이란 것은 없네요." 어슐라가 외쳤다.

"궁극적으로 없지요. 그것 말고 다른 것이 있어요. 그러나 궁극적으로 사랑은 없소."

어슐라는 잠시 이 말에 빠져들었다. 그러다가 그녀가 의자에서 엉거주춤 일어나 최종적이고 반발하는 어조로 말했다.

"그러면 난 집에 갈래요—내가 여기서 뭘 하고 있지?"

"저기 문이 있어요." 그가 말했다. "얼마든지 마음대로 해요."

그가 이러한 극단적인 상황에서 흐트러짐 없이 꼼짝 않고 있었다. 그녀는 몇 초 동안 꼼짝 않고 서 있다가 다시 앉았다.

"만약에 사랑이 없다면 뭐가 있지요?" 그녀가 거의 빈정거리며 큰 소리로 물었다.

"뭔가 있지요." 그녀를 쳐다보며, 죽을힘을 다해 자신의 영혼과 투쟁하며, 그가 말했다.

"뭐라고요?"

그는 그녀가 이렇게 반대하고 나설 때는 도저히 소통할 수 없어 오랫동안 잠자코 있었다.

"있어요." 그가 완전히 몰두한 목소리로 말했다. "완전하며 비개인적이며 책임을 초월하는 최종적인 나가 있어요. 그렇게 최종적인 당신이 있어요. 바로 이곳에서 내가 당신을 만나길 원해요—감정적인 사랑의 차원이 아닌 데서—그러나 그 초월적인 곳에는 언어도 없고 합의하는 말도 없어요. 그곳에서 우린 두 개의 완전하고 미지의 존재, 두 개의 완전히 기이한 창조물로 있으면서, 내가 당신에게 가고 싶고 당신이 나에게 오길 바라지요.—그곳에는 의무라는 것이 없어요. 왜냐하면, 그곳엔 행동 기준이란 것이 없으므로, 그리고 어떤 이해도 거둬들이지 않으니까. 그건 굉장히 비인간적이어서—그 어떤 형태로든 견책을 받을 이유가 없지요—왜냐하면, 사람들이 지금까지 모든 것을 수용한 울타리 밖에 있고, 그 어떤 것에도 해당하지 않기 때문이요. 사람들은 단지 충동을 따를 수 있을 뿐이며, 앞에 있는 것을 취하고 어떤 것에도 책임이 없고, 어떤 것도 요구하지 않고, 어떤 것도 내어주지 않고, 각자는 오로지 원초적인 욕망에 따라 취하는 거요."

어슐라가 이 말을 경청하는데 마음이 멍청해지고 거의 감각을 잃었다. 그가 한 말이 너무나 예기치 못한 것이고 너무나도 뜻밖이었다.

"이건 그냥 순수하게 이기적이군요." 그녀가 말했다.

"만약에 순수하다면 맞아요. 그러나 전혀 이기적이지 않소. 왜냐하면, 난 당신한테서 무엇을 원하는지 알지 못하니까요. 내가 당신에게 간다는 건 나 자신을 미지의 세계에 넘겨주는 거요. 난 유보나 방어 없이 완전히 모든 것을 벗어버리고 미지의 영역으로 들어서는 거요. 우리 사이엔 단지 선서만이 필요해요. 우리 두 사람이 모든 것을 벗어 버리고 우리 자신조차 벗어 버리고 예전 자아로서의 존재를 그치겠다는 선서지요. 그러면 완전하게 우리 자신인 것이 우리 내부에 자리 잡을 수 있어요."

어슐라는 그녀식대로 생각을 계속했다.

"그렇지만 당신이 날 사랑하기 때문에 날 원하는 거지요?" 그녀가 집요하게 물었다.

"아니요. 그렇지 않아요. 그건 내가 당신을 믿기 때문이요—만약에 내가 정말로 당신을 믿게 된다면 말이오."

"확신을 못 하세요?" 그녀가 갑자기 마음이 상해서 웃으며 물었다.

버킨은 그녀의 말엔 거의 마음을 두지 않고 움직임 없이 그녀를 쳐다보고 있었다.

"그래요. 나는 당신을 틀림없이 믿어요. 아니면 내가 이런 말을 하며 이곳에 있질 않겠지요." 그가 대답했다. "그러나 이것이 내가 지닌 증거 전부요. 내가 바로 이 순간에 아주 강한 믿음을 느끼는 건 아니요."

그녀는 이렇게 갑자기 지쳐서 불신 속으로 빠져 들어가는 그가 싫었다.

"내가 예쁘다고 생각지 않으세요?" 그녀가 조롱하는 어투로 집요하게 밀어붙였다.

그녀가 예쁘다고 느끼는지를 알려고 그는 그녀를 쳐다보았다.

"당신이 예쁘다고 느끼지 않는데." 그가 대답했다.

"매력도 없어요?" 그녀가 날카롭게 빈정거리며 물었다.

그가 갑자기 분노가 치밀어 이마를 찌푸렸다.

"이게 조금만치도 시각적인 감상의 문제가 아니란 걸 몰라요?" 그가 소리쳤다. "난 당신을 눈으로 보고 싶지는 않소. 난 숱한 여자들을 보아 와서 여자들 보는 것에 신물이 나요. 난 내 눈에 보이지 않는 여자를 원해요."

"미안하지만 제가 투명인간이 되어 당신을 만족하게 해드릴 수가 없네요." 그녀가 웃으며 말했다.

"그래요." 그가 대꾸했다. "당신은 나에게 보이지 않소. 당신이 시각적으로 당신을 의식하라고 강요만 안 하면. 하지만 당신을 눈으로 보거나 귀로 듣고 싶지는 않소."

"그럼, 왜 차를 마시자고 날 불렀어요?" 그녀가 빈정대며 물었다.

그러나 그는 그녀의 이런 말에 신경을 쓰지 않았다. 혼자 말을 하고 있었다.

"난 당신이 존재하는 것조차 모르는 곳에서 당신을 발견하고 싶소. 당신의 일상적인 자아가 전적으로 부정하는 그런 당신을 말이요. 당신의 잘생긴 외모를 바라지 않소. 당신의 여성스러운 감정이나 생각이나 의견이나 아이디어조차 원치 않소―그런 것들은 죄다 사소한 것에 불과하니까요."

"선생님, 당신은 대단히 시건방지십니다." 그녀가 조롱했다. "나의 여성스러운 감정이 어떤지 또 내 생각이나 아이디어가 어떤지 당신이 어떻게 안다는 거예요? 내가 지금 당신을 어떻게 생각하는지조차 모르면서요."

"난 그런 것에 조금도 신경 안 써요."

"당신은 굉장히 어리석어요. 당신은 나를 사랑한다고 말을 하고 싶은데, 내내 그 말의 주변을 뱅뱅 돌고 있군요."

"좋아요." 그가 갑자기 화를 내며 그녀를 쳐다보고 말했다. "이제 여길 떠나요. 나 혼자 있게. 난 더는 저속한 야유는 듣고 싶지 않소."

"이게 정말 야유에요?" 그녀가 얼굴의 긴장을 풀고 웃으며 빈정거리며 물었다. 그녀는 그가 진정으로 사랑 고백을 한 것이라 이해했다. 그러나 그의 말은 너무나도 모순덩어리였다.

그들은 몇 분 동안 말이 없었다. 그녀는 어린아이처럼 기분이 좋았고 신이 났다. 그의 긴장은 풀어지고 그녀를 단순히 자연스럽게 쳐다보았다.

"내가 원하는 건 당신과의 기이한 결합이요." 그가 조용히 말했다. "―그냥 만나서 뒤섞이는 게 아니요.―당신 말이 옳아요.―그러나 평형 관계로 두 사람이 동떨어진 존재로서의 순수한 균형 말이요.―별들이 서로의 균형을 잡는 것같이 말이요."

어슐라가 그를 쳐다보았다. 그는 매우 진지했고 진지함은 늘 그녀에게 좀 우스꽝스럽고 진부하게 보였다. 그것으로 인해 그녀가 부자유스럽고 불편하게 느꼈다. 그럼에도 그녀가 그를 무척이나 좋아했다. 그렇지만 왜 별의 이야긴 끌어들인담.

"이건 너무 갑작스럽지 않나요?" 그녀가 놀려댔다.

그가 웃기 시작했다.

"서명하기 전에 계약서의 내용을 꼼꼼히 읽어보는 게 최고예요." 그가 말했다.

소파 위에서 자고 있던 회색의 어린 고양이가 풀쩍 뛰어내리더니, 긴 다리를 짚고 일어나서 날씬한 등을 둥글게 구부리며 몸을 쫙 폈다. 그다음엔 잠시 생각을 하며, 똑바로 당당하게 앉아 있었다. 그러더니 이번엔 열어놓은 창문을 통해 쏜살같이 정원으로 튀어 나갔다.

"무얼 쫓는 거지요?" 버킨이 일어서며 물었다.

그 어린 고양이는 꼬리를 흔들며 오솔길을 군주처럼 걸어갔다. 그건 흔한 얼룩 고양이로 발은 하얗고 늘씬한 수고양이였다. 솜털이 푹신한 회갈색의 고양이 한 마리가 몸을 움츠리고 울타리 옆을 살살 기어올랐다. 수고양이 미노가 남자답게 무심한 태도로 품위 있게 그 암고양이 쪽으로 걸어갔다. 암고양이가 그 고양이 앞에서 몸을 웅크리고 겸손하게 땅에 몸을 납작하게 붙였다. 솜털이 부드러운 그 떠돌이 고양이가 커다란 보석처럼 아름답고 초록색인 열광적인 눈으로 수컷을 올려다보았다. 수컷은 무심한 듯 암컷을 내려다보았다. 그러니까 암고양이가 뒷문을 향해서 몇 발자국 더 걸어가더니 놀랍도록 자기를 낮추는 부드러운 자세로 웅크리며 그림자처럼 움직였다.

수고양이는 날씬한 다리로 암컷을 따라 당당하게 걷다가 순전히 월권으로 갑자기 암컷 얼굴을 앞 다리로 가볍게 때렸다. 암컷이 바닥에서 바람에 불리는 잎사귀처럼 몇 발자국 달려가더니 그다음엔 야생의 인내심을 발휘해 조심조심 웅크리며 복종하는 자세를 취했다. 수컷 미노는 암컷을 본척만척했다. 수컷은 주위를 당당히 둘러보며 눈을 껌뻑였다. 잠시 후 암컷이 몸을 오므리더니 회갈색의 털 북숭이 그림자처럼 몇 발자국 앞으로 살금살금 기어갔다. 암고양이가 발걸음을 재촉하기 시작해서 순식간에 꿈속에서처럼 사라지려는 찰나, 어린 회색 군주가 앞으로 도도하게 뛰어들더니 살짝 한 차례 쥐어박았다. 암컷은 즉시 복종하며 몸을 낮추었다.

"저건 떠돌이 암고양이예요." 버킨이 말했다. "산에서 내려왔어요."

떠돌이 고양이가 잠시 주위를 휘둘러보다 커다란 초록 불꽃 같은 눈빛으로 버킨을 쏘아 보았다. 그러다가 부드럽고도 재빠르게 달려서 정원의 중간까지 갔다. 거기서 발을 멈추고 주위를 둘러보았다. 수컷 미노는 아주 도도한 자세로 자기 주인에게 얼굴을 돌리고 천천히 눈을 감고는 완전히 어린 고양이 조각상처럼 서 있었다. 그러는 동안 떠돌이 고양이는 둥근 초록색 눈을 휘둥그레 뜨고는 무시무시한 불꽃모양으로 노려보고 있었다. 그러다 암컷은 또다시 그림자처럼 부엌을 향해 살금살금 기어갔다.

미노가 바람처럼 멋지게 훌쩍 뛰어 암컷 위에 내려앉아 하얀 섬세한 주먹으로 아주 확실하게 암컷을 두 번 쥐어박았다. 암컷은 풀썩 주저앉더니 대항하지 않고 뒤로 미끄러지듯 물러났다. 수컷이 암컷을 따라 걷더니 갑작스레 마술적인 흰 발로 장난치듯 한두 번 때렸다.

"저 고양이가 왜 저러지요?" 어슐라가 화가 나서 물었다.

"저들은 친한 사이예요." 버킨이 말했다.

"그런데 왜 수컷이 때리지요?"

"네." 버킨이 웃었다. "내 생각엔 저놈이 친하다는 걸 암고양이에게 확실하게 알리려고요."

"저놈의 수고양이, 고약해요!" 그녀가 소리치고 정원으로 나가 미노를 불렀다.

"그만둬. 괴롭히지 마. 그만 때려."

그 도둑고양이는 보이지 않는 그림자처럼 눈 깜짝할 사이에 사라졌다. 수고양이 미노가 어슐라를 힐끗 보고는 그녀를 멸시하는 듯 시선을 주인에게 옮겼다.

"미노, 너 깡패냐?" 버킨이 물었다.

날씬한 어린 고양이는 그를 쳐다보고는 천천히 눈을 작게 떴다. 그러다 멀리 경치를 보더니 두 인간은 완전히 잊은 듯 먼 곳을 뚫어지게 보았다.

"미노야," 어슐라가 말했다. "너 싫어. 넌 모든 사내처럼 깡패야."

"아니요." 버킨이 말했다. "저 고양인 정당해요. 깡패가 아니에요. 저 고양이가 불쌍한 떠돌이 고양이에게 자신을 일종의 운명으로, 그녀 자신의 운명으로 인정하라고 주장했을 뿐이에요. 당신도 보다시피 저 떠돌이 고양이는 솜털로 덮여있고, 바람처럼 바람둥이니까요. 난 전적으로 미노 편이에요. 미노는 최고의 안정된 관계를 원하는 거요."

"그래요. 알아요!" 어슐라가 큰 소리로 말했다. "저 수컷은 자기 식대로만 원하지요—당신의 그 멋진 말이 무엇을 노리는지 알아요.—

두목행세를 하려는 거지요. 난 두목행세라 부르겠어요."

그 어린 고양이는 시끄럽게 떠드는 여자를 멸시하며 버킨을 다시 흘낏 보았다.

"야, 이 귀여운 미노야. 난 네 편이다." 버킨이 고양이에게 말했다. "너의 사내로서의 위엄을 지켜라. 그리고 고차원적인 이해심도 발휘하고."

미노는 마치 해를 쳐다보는 양 다시 눈을 가늘게 떴다. 그리곤 두 사람과는 아무런 상관이 없다는 듯이 갑자기 종종걸음으로 사라졌다. 자연스럽고 즐거운 태도를 지으며 꼬리는 바짝 올리고 하얀 발은 유쾌하게 가벼웠다.

"이제 저 수컷이 고귀한 야만 여인, 떠돌이 고양이를 다시 한 번 만나서 월등한 지혜를 발휘하며 즐겁게 해줄 거요." 버킨이 웃으며 말했다.

어슐라는 마당에서 머리카락을 휘날리며 빈정거리는 눈웃음을 치는 버킨을 쳐다보며 소리쳤다.

"단지 사내라고 우월적인 태도를 보이는 걸 보면 너무도 화가 나요! 그건 새빨간 거짓말이에요! 그렇게 할 정당한 이유라도 있다면 난 기분 상하지 않겠어요."

"저 들고양이는 기분 나빠하지 않아요." 버킨이 말했다. "수고양이의 행동이 정당하다고 생각하거든요."

"암고양이가 그런다고요?" 어슐라가 큰 소리로 말했다. "그런 엉터리 소리 말하지 마세요."

"저 고양이들에게도 말해주지요."

"이건 제럴드 크라이치가 말을 다룬 것과 똑같아요—위협하고 싶은 욕망이지요—진짜 힘에의 의지'로—너무도 비열하고 치졸해요."

"힘에의 의지가 비열하고 치졸한 것이란 데엔 동의해요. 그러나 미노의 경우엔 그것은 이 암컷 고양이와 순수한 평형 관계를 맺으려는 욕망이에요. 단 한 마리의 수컷과 초월적이고 영속적인 관계를 맺으려는 욕망이지요. —만약에 수고양이 미노가 없다면, 보다시피 저 암고양인 그저 떠돌이 고양이에 불과하며 솜털이 난 잡스러운 존재에 불과할 거요. 그건 가능성에의 의지이며, 이 경우에 가능성은 동사로 해석하는 거요."

"아! 저 궤변! 회개하기 전의 아담과 똑같아요."

"오, 그래요. 아담은 이브를 파괴할 수 없는 천국에 있게 했지요. 이브 혼자서 궤도를 도는 별처럼, 평형을 지키며 그에게 붙들어 있게 했어요."

"그래요—그래—" 어슐라가 그에게 손가락질하며 소리쳤다. "저기에 당신이 있군요—궤도에 들어선 별! 하나의 위성—화성의 위성—바로 그것이 이브의 신세가 되겠네요! 거기서—거기서—당신 정체를 드러냈네요! 그렇게 말했잖아요—당신이 속내를 털어놓았어요—자신을 망친 거예요!"

그는 한꺼번에 좌절과 재미, 짜증과 찬탄 그리고 사랑을 느끼게 되어 미소를 지으며 서 있었다. 식별할 수 있는 불꽃처럼 그녀는 너무도 재빨랐고, 너무나 희미하게 빛났으며, 아주 복수심에 불탔고, 그리고 불같이 위험한 민감성은 너무나 선명해 보였다.

---

* 니체가 말한 바로는 힘에의 의지는 모든 본성에 내재하는 원리로, 이를 통하여 자아가 자신의 영역을 넘어 확장을 꾀한다고 한다.

"내 말이 다 끝난 건 아니에요." 그가 대꾸했다. "나한테 말할 기회를 좀 줘요."

"아니요. 안 돼요!" 그녀가 소리쳤다. "말 더 못하게 할 거예요. 말했잖아요, 위성이라고. 이제 그 말에서 빠져나올 수 없어요. 이미 말했어요."

"내가 그런 말 안 했다는 걸 당신은 지금 절대로 안 믿겠지." 그가 대응했다. "난 위성을 암시한 적도, 가리킨 적도, 언급한 적도, 의도한 적도 없소. 절대로 안 했소."

"당신 슬쩍 얼버무리네요." 어슐라가 정말로 분이 나서 소리쳤다.

"선생님, 차가 준비됐어요." 하숙집 여주인이 문간에서 말했다.

두 사람은 여주인을 쳐다보았다. 마치 조금 전 두 마리의 고양이가 그들을 쳐다본 것처럼.

"데이킨 부인. 고마워요."

대화가 중단되어 두 사람 사이에 침묵이 흘렀다. 일순간의 결별이었다.

"가서 차를 마셔요." 그가 권했다.

"그래요. 마시고 싶어요." 어슐라가 정신을 차리며 대답했다.

그들은 차 테이블에 마주 보고 앉았다.

"난 위성이란 말을 한 적도 없고 암시한 적도 없소. 연결되어 있으면서도 서로 떨어져서 동등하게 균형을 이룬 두 개의 별을 의미했소—"

"당신은 속내를 다 드러냈어요. 당신의 작은 놀이의 정체를 완전히 드러냈어요." 그녀가 곧 음식을 먹기 시작하면서 외쳤다. 그의 설명에 그녀가 더는 주의를 기울이지 않는 것을 보고 그가 차를 따르기 시작했다.

"아주 맛있네요!" 그녀가 소리쳤다.

"설탕도 넣어요." 그가 말했다.

그가 그녀에게 찻잔을 넘겨주었다. 그가 모든 것을 아주 멋스럽게 준비했다. 아주 예쁜 컵과 컵 접시에는 연한 자주색과 초록색이 감돌았고, 연회색과 검은색, 보라색으로 직조한 식탁보 위에는 모양새가 멋진 사발과 유리 접시, 오래된 숟가락이 차려져 있었다. 아주 풍요로우면서 세련되었다. 그러나 어슐라는 허마이어니의 손길이 미친 것을 느낄 수 있었다.

"이 모든 것이 너무도 예쁘네요!" 그녀가 좀 화가 나 말했다.

"내가 좋아하는 것들이에요. 그 자체로 마음이 끌리는 그릇들을 쓰면 정말 즐거워요—즐거움을 주는 것들이지요. 그리고 데이킨 부인이 아주 잘해요. 부인은 나 대신 모든 걸 아주 잘 챙겨요."

"정말이에요." 어슐라가 대답했다. "요즈음은 하숙집 여주인이 아내보다 훨씬 나아요. 그분들이 훨씬 더 잘 보살펴요. 당신이 결혼한 것보다 지금 이곳이 훨씬 더 아름답고 완벽할 거예요."

"그렇지만 마음속의 허전함을 생각해 봐요." 그가 웃으며 말했다.

"아니지요." 그녀가 말했다. "난 남자들이 그처럼 완벽한 하숙집 여주인과 하숙집을 만나는 것이 질투가 날 정도로 부러워요. 남자들이 더 요구할 것이 없을 정도지요."

"살림살이로 말하면 바랄 것이 없지요. 그런데 사람들이 가정을 가지려 결혼하는 데엔 구역질이 나요."

"그렇지만," 어슐라가 말을 이었다. "요사이 남자들은 여자가 별로 필요 없지 않나요?"

"겉보기로는 아마 그렇겠지요—잠자리를 같이 하고 아이를 낳는 것 외에는. 그렇지만 근원적으로는 전과 똑같이 필요해요. 단지 근원적이려고 아무도 애를 쓰지 않지요."

"근원적이라니 어떤 의미죠?" 그녀가 물었다.

"내가 분명히 생각하기에는," 그가 말을 시작했다. "세상은 신비로운 결합, 사람들 사이의 궁극적인 화합—결속—으로만 뭉칠 수 있어요. 남녀 사이엔 즉각적인 결속이 가능해요."

"그렇지만 그건 너무나도 케케묵은 얘기예요." 어슐라가 말했다. "왜 사랑이 결속이어야 하나요?—아니에요, 저에겐 결속 같은 게 없어요."

"만약에 당신이 서쪽으로 걸어가면," 그가 말했다. "당신은 북쪽과 동쪽, 남쪽의 방향을 박탈당하게 돼요. 만약에 당신이 결합을 인정하면 당신은 모든 가능한 혼돈을 막게 되지요."

"그렇지만 사랑은 자유인데요." 그녀가 선언하듯 말했다.

"나한테 잰체하는 말투를 쓰지 마요." 그가 대꾸했다. "사랑은 다른 모든 방향을 배제하는 하나의 방향이지요. 말하자면, 사랑은 함께하는 자유지요."

"아니요." 그녀가 말했다. "사랑은 모든 걸 포함해요."

"감상적인 말투구먼." 그가 대꾸했다. "당신은 혼돈의 상태를 원하는 거요. 그게 전부요. 사랑 속의 자유라는 것, 사랑이 자유이고 자유가 사랑이라는 것은 궁극적인 허무주의요.—사실상, 일단 당신이 순수한 결합에 들어서면 그건 취소불능이요. 취소불능일 때라야 순수한 것이요. 취소 불능하게 되면 별의 궤도처럼 한길로 가는 거요."

"하!" 그녀가 비통하게 외쳤다. "그건 케케묵은 말라빠진 도덕률이에요."

"아니요." 그가 말했다. "그건 창조의 법칙이요. 책임을 지는 거요. 사람은 다른 사람과의 결합에 헌신해야만 해요—영원히. 그러나 그건 무아(無我)는 아니요—그건 신비로운 균형과 성실 속에서 자아를 지탱하는 것이요—별이 다른 별과 균형을 이루는 것과 같이."

"당신이 별 얘기를 끌어들일 때면 믿음이 안 가요." 그녀가 말했다. "만약에 당신 말이 진실이라면 그런 엉뚱한 얘기가 필요 없지요."

"그러면 날 믿지 마요." 그가 화가 나서 말했다. "나 자신을 믿는 것으로 충분하니까."

"바로 그런 것이 당신이 또 다른 잘못을 저지르는 거예요." 그녀가 대꾸했다. "당신은 자신을 믿지 않아요. 당신은 자신이 하는 말을 충분히 믿지 않아요. 당신은 이 결합을 진정으로 원하는 게 아니에요. 원한다면 말을 이리 많이 하지 않지요. 얻을 테니."

그는 말문이 막힌 듯 잠시 가만히 있었다.

"어떻게 말이요?" 그가 물었다.

"그냥 사랑만 하면요." 그녀가 도전하며 대꾸했다.

그가 화가 나서 잠시 가만히 있었다. 그러다가 입을 열었다.

"말하겠는데, 난 그런 사랑은 믿질 않아요. 사랑이 당신의 이기심의 시녀가 되길 당신은 바라는 거요. 당신에게 사랑은 시녀 만들기의 한 과정이요—모든 사람에게도 마찬가지예요. 난 그게 싫어요."

"아니에요." 그녀가 큰 소리로 말했다. 고개를 코브라처럼 뒤로 제치고 눈을 번뜩였다. "그건 자부심의 한 과정이에요—난 자부심을 느끼길 원해요—"

"자부심과 시녀라, 자부심과 시녀. 당신의 본심을 알겠소." 그가 냉담하게 대꾸했다. "자부심과 시녀라면, 자부심에 시녀 노릇을 해야겠군요—당신의 사랑의 본색을 알겠소. 그건 재깍거리며 양극단 사이를 오가는 춤이군요."

"내 사랑이 무언지 확신해요?" 그녀가 악에 받쳐 빈정거렸다.

"그래요. 확신해요." 그가 대꾸했다.

"대단히 자신만만하군요!" 그녀가 말했다. "그렇게 자신만만해 하는 사람의 말이 어찌 옳을 수 있겠어요? 당신이 다르다는 표시예요."

그가 분하고 기운이 빠져 가만히 있었다.

그들은 양쪽이 다 기진할 때까지 말을 주고받으며 다투었던 것이다.

"당신과 당신의 식구들에 대해 말해 줘요." 그가 말했다.

그녀가 브랑윈 집안과 어머니, 자신의 첫 사랑이었던 스크리벤스키, 그 이후의 경험에 대해 말해 주었다. 그는 그녀가 말하는 동안 아주 꼼짝 않고 주시하며 앉아 있었다. 그가 경외감을 가지고 경청하는 듯했다. 그녀가 자신이 상처받고 아주 심히 난처했던 일을 죄다 얘기할 때 그녀의 얼굴은 아름다웠고 낭패의 빛이 가득했다. 그는 그녀의 본성의 아름다운 빛으로 자신의 영혼을 녹이고 위로받는 것 같았다.

"저 여자가 정말로 굳게 맹세만 해주면 좋으련만!" 그가 집요하게 그러나 거의 희망은 없이 혼자서 열망했다. 그러나 마음속에서 묘한 작은 웃음이 무책임하게 피어났다.

"우리 두 사람은 너무나도 많은 고초를 겪었어요." 그가 빈정거리며 조롱조로 말했다.

그녀가 그를 올려다보았다. 아주 쾌활한 빛이 그녀 얼굴에 퍼졌다. 기이한 노란 불빛이 그녀의 눈에서 반짝였다.

"그렇지요?" 그녀가 높고도 무모하게 외쳤다. "불합리하게 보일 정도지요?"

"참 불합리해요." 그가 대답했다. "더 이상의 고생은 진저리가 나요."

"나도 그래요."

그가 그녀의 광채 나는 얼굴에서 조롱하는 무모한 표정을 보니 겁이 덜컥 날 지경이었다. 여기에 천국이건 지옥이건 끝까지 가 볼 사람이 있었다. 그리고 그녀가 믿기지가 않았다. 그렇게 자신을 내던질 수 있고, 그렇게 위험하게 자신을 완전히 파멸시킬 수 있는 여자가 무서웠다. 그러면서도 그는 동시에 속으로 낄낄거리며 좋아했다.

그녀가 그에게 다가와 손을 그의 어깨에 얹고 이상하게 황금빛 나는 눈으로 아주 다정하게 그를 내려다보았다. 그러나 그 저변에는 기이한 악마 같은 표정이 숨어 있었다.

"날 사랑한다고 말해요. '내 사랑'이라고 불러줘요." 그녀가 졸라댔다.

그가 그녀의 눈을 들여다보고 이해했다. 그의 얼굴엔 냉소적인 이해의 빛이 아른거렸다.

"당신을 아주 사랑해요." 그가 엄격하게 말했다. "그러나 그 사랑이 다른 것이길 바라요."

"그렇지만 왜요? 왜 그렇지요?" 그녀가 경이롭게 광채 나는 얼굴을 그에게 숙이며 집요하게 물었다. "왜 그것으로 충분하지 않나요?"

"우리가 전보다 더 잘할 수 있기 때문이요." 그가 양팔로 그녀를 껴안으며 말했다.

"아니요. 우린 그럴 수가 없어요." 그녀가 양보하는 투의 강하고도 관능적인 목소리로 말했다. "우린 서로를 사랑할 수만 있어요. 나에게 '내 사랑'이라 불러줘요. 그래요. 불러줘요."

그녀가 양팔로 그의 목을 껴안았다. 그가 그녀를 감싸 안고 섬세하게 키스하며 사랑과 아이러니와 순종이 뒤섞인 미묘한 목소리로 중얼거렸다.

"그래요,—내 사랑, 그래요,—나의 사랑. 그럼 사랑이면 충분하다고 합시다—그럼 난 당신을 사랑해요—사랑해요. 난 다른 것들엔 싫증 났소."

"그래요." 그녀가 속삭이며 아주 다정하게 그에게 바싹 다가갔다.

제14장 수상 파티

크라이치 씨는 해마다 호수에서 어느 정도 공적인 수상 파티를 열었다. 윌리 워터 호수에는 유람선 한 척과 여러 개의 노 젓는 보트가 있었다. 초대된 손님들은 이 저택의 공터에 쳐 놓은 대형 천막에서든지 아니면 호숫가의 보트 하우스에 있는 커다란 호두나무의 그늘에서 피크닉을 할 수 있었다. 올해에는 회사의 상급 관리들과 함께 중등학교 교직원들이 초대를 받았다. 크라이치가(家)의 제럴드와 그 밑의 동생들은 이 파티에 관심이 없었지만 참석하는 것이 이제 관례가 되었다. 부친이 그 지역의 사람들을 축제에 초청해 함께 지내는 유일한 기회였기 때문에 그들이 참석하면 아버지가 기뻐했다. 왜냐하면, 아버진 휘하의 사람들에게 그리고 자신보다 못사는 사람들에게 기쁨 주는 것을 좋아했기 때문이다. 그러나 자식들은 부란 측면에서 동등한 사람들과 어울리는 걸 좋아했다. 자식들은 낮은 사람들이 겸손하게 굴거나 고마워하거나 쑥스러워하는 걸 싫어했다.

그럼에도 불구하고 그들은 거의 어릴 때부터 해왔듯이, 이 축제에 기꺼이 참석했다. 이번에 더 기꺼이 참석한 것은 그들 모두가 이제는 좀 죄책감을 느꼈고, 부친의 건강이 아주 안 좋아, 아버지의 뜻을 저버리고 싶지 않았기 때문이다. 그러므로 로라는 아주 명랑하게 어머니 대신 안주인의 몫을 할 준비가 되어있었고, 제럴드는 물놀이에 대해 책임을 졌다.

버킨이 어슐라에게 이 파티에서 만나길 기대한다고 편지를 썼다. 그리고 구드룬은 크라이치가(家)의 후원을 콧방귀 뀌면서도 날씨가 좋으면 부모와 동행하기로 했다.

날씨는 화창하고 하늘이 푸르렀으며 산들바람이 기분 좋게 불었다. 자매는 하얀 비단 크레이프 드레스를 입었고 부드러운 밀짚 모자를 썼다. 그러나 구드룬은 눈에 확 뜨이는 검은색, 분홍색, 노란색의 넓은 장식띠를 허리에 감았다. 거기에 분홍색 실크 스타킹을 신었고, 검정색, 분홍색, 노란색으로 모자의 챙을 장식하고 한쪽으로 좀 늘어지게 했다. 그녀는 팔에 노란 실크 코트를 들고 있어서, 현대미술 전람회의 그림 속에서 방금 걸어 나온 듯 눈에 확 뜨였다. 그녀의 이런 외양이 아버지에게는 참 볼썽사나워 아버지가 화가 나서 말했다.

"넌 그 꼴이 무어냐? 성탄절 불꽃놀이에나 어울리겠다. 그만 벗어 치워."

그러나 구드룬은 멋지고 환하게 보였다. 그녀는 순전히 도전정신에서 이렇게 옷을 차려입었다. 사람들이 그녀를 빤히 쳐다보며 뒤에서 킥킥거리며 웃으면 그녀는 반드시 언니에게 프랑스어로 크게 말했다.

"저것 좀 봐. 저 사람들. 참 괴상한 것들 아니야(Regarde, regarde ces gens-la! Ne sont-ils pas des hiboux incroyables)?" 이렇게 프랑스어를 뱉어내며 어깨너머로 킥킥거리는 무리를 쳐다보았다.

"아니, 정말. 도저히 참을 수 없네!" 어슐라가 들리라고 분명하게 말했다. 그리곤 자매가 이들을 공동의 적으로 여기며 역정을 냈다. 그러나 그들의 아버지는 점점 더 분을 터뜨렸다.

어슐라는 눈처럼 완전히 순백으로 옷을 입었다. 단 모자 색이 분홍색이었고 전혀 장식이 없었다. 구두는 어두운 빨간색이었고 오렌지색 코트를 팔에 걸쳤다. 자매는 이런 차림으로 숏랜즈 저택까지 걸어갔고 부모는 앞에서 걸었다.

그들은 엄마를 보고 웃어댔다. 엄마는 검은색과 보라색의 줄무늬가 있는 여름용 드레스에 보라색 밀짚모자를 쓰고 있었다. 엄마는 딸들보다 훨씬 더 어린 소녀처럼 수줍음을 타고 긴장이 되어 남편 옆에서 새침하게 걷고 있었다. 아버진 제일 좋은 옷을 입었는데도 늘 그렇듯이 구깃구깃해서 마치 아내가 옷을 입는 동안 아기를 봐준 젊은 가장 같은 모양이었다.

"앞에 가는 젊은 부부를 좀 보라고." 구드룬이 조용히 말했다. 어슐라가 엄마와 아버질 보고 갑자기 웃음보를 터뜨리며 웃어댔다. 두 딸이 앞서 가는 부모의 수줍어하고 어색한 모습을 다시 보고는 아예 걸음을 멈추고 계속 깔깔거리며 웃었고 뺨에서 눈물이 줄줄 흘러내렸다.

"엄마. 우린 엄마를 보고 웃는 거야." 어슐라가 부모를 따라가면서 어쩔 줄 모르며 외쳤다.

브랑윈 부인은 약간 의심스럽고 화가 난 표정으로 돌아보았다. "아니, 정말!" 엄마가 말했다. "내가 뭐 그리 우스워? 그게 뭐지?"

엄마는 자기 모양새에 뭐가 잘못되었다는 걸 인정할 수가 없었다. 그녀는 완전히 침착하고 자기만족에 빠져있었다. 자기는 비판 밖에 있는 양, 그 어떤 비판에도 태연해 하며 무관심했다. 그녀의 옷차림은 늘 괴상했고 대체로 단정하지 못했다. 그러나 아주 느긋이 만족해하며 입었다. 겨우 단정할 정도의 옷차림으로 그녀가 옳은 한, 그녀가 무슨 옷을 입든지, 누구의 비판에도 끄떡하지 않았다. 그녀는 본능적으로 그렇게 귀족처럼 굴었다.

"엄마는 아주 당당해서 시골 남작 부인 같아." 어슐라가 엄마의 천진스러우며 어리둥절해 하는 표정에 부드럽게 웃으며 말했다.

"영락없는 시골 남작 부인이야!" 구드룬이 맞장구를 쳤다. 이제 엄마의 타고난 도도함이 좀 주눅이 들었고 딸들은 다시 깔깔 웃어댔다.

"집으로 돌아가! 이 멍청이들! 덩치들이 킬킬대기는!" 아버지가 골이 나 흥분해서 소리쳤다.

"어머머!" 어슐라가 골이 난 아버지를 향해 얼굴을 찡그리며 놀려댔다.

아버지의 눈에서 분노의 노란빛이 이글거렸다. 정말 화가 나서 몸을 앞으로 당겼다.

"바보같이 굴지 마세요. 저 덩치들의 수다엔 신경 꺼요!" 브랑윈 부인이 발길을 돌리며 말했다.

"저 계집애들이 계속 킬킬대고 소리 지르며 따라오는지 봐야겠어." 브랑윈 씨가 독이 올라 소리쳤다.

두 딸은 아버지가 화 난 모습에 웃음이 나오는 것을 참지 못하고 생울타리 옆 오솔길에 서서 계속 깔깔대었다.

"당신도, 신경 쓰는 게 애들과 똑같아." 브랑윈 부인이 남편이 진짜로 화난 것을 보고 성이 나서 말했다.

"아버지. 사람들이 와요." 어슐라가 경고를 하며 놀려댔다. 아버진 뒤를 재빨리 흘낏 보고 앞으로 가더니 아내와 함께 걸었는데, 화가 나서 몸이 뻣뻣했다. 그리곤 너무 웃어 기운이 빠진 두 딸이 뒤를 따랐다.

사람들이 지나간 다음에 브랑윈 씨가 좀 우둔하게 큰 소리로 떠들었다.

"이런 짓거리를 더 하면 난 집에 간다. 대로에서 이런 식으로 놀림감이 되다니 정말 어처구니가 없어."

아버진 정말로 분을 터뜨렸다. 아버지의 물불 모르는 악의에 찬 목소리를 듣자, 딸들은 곧 웃음을 멈추었고 그들의 심장은 멸시감에 졸아들었다. 그들은 아버지가 '대로'라고 한 말에 화가 났다. 대로가 무슨 상관이람?─그렇지만 구드룬이 아버지의 기분을 맞추어 드리려 했다.

"엄마와 아빠의 기분을 언짢게 하려고 웃은 게 아니야." 구드룬이 좀 무례하나 점잖게 말하니 부모의 심기가 좀 불편했다. "엄마 아빨 좋아하니까 웃은 거야."

"엄마 아빠가 저렇게 예민하시니, 우리가 앞서 가자." 어슐라가 화가 나서 말했다. 그리고 이런 식으로 그들은 윌리 워터에 당도했다. 호수는 푸르고 아름다웠으며, 한쪽에는 초원이 비스듬히 경사를 이루며 햇빛을 받고 있었고, 다른 쪽엔 시커멓게 우거진 숲이 가파르게 급경사를 이루고 있었다. 작은 유람선이 음악을 쩡쩡 울리며 사람들을 가득 태우고 노를 철썩철썩 저어가며, 떠들썩하게 호숫가를 떠나고 있었다. 보트 하우스 옆에 호화롭게 옷을 차려입은 한 무리의 사람들이 있었는데 멀리서는 자그마하게 보였다. 그리고 신작로엔 보통 사람들이 멀리서 벌어지는 축제를 구경하느라 생울타리를 따라 서 있었는데 마치 천국의 입장을 거부당한 듯이 부러운 표정이었다.

"어마나!" 구드룬이 잡다한 무리의 손님을 보며 낮은 소리로 말했다. "상당히 많은 사람이 있네! 저속에 끼어있다고 생각해봐, 언니."

구드룬이 떼 지은 사람들을 보고 겁을 내자 어슐라도 용기를 잃었다. "굉장히 끔찍하게 보이는데." 그녀가 불안해서 말했다.

"저들이 어떨지 상상을 해봐—그냥 상상해봐!" 구드룬이 여전히 주눅이 들어 속으로 기어들어가는 소리로 말했다. 그러나 단호하게 앞으로 나갔다.

"저 사람들에게서 벗어날 수 있을 거야." 어슐라가 걱정스럽게 말했다.

"그러지 못하면 굉장히 곤란하겠어." 구드룬이 말했다. 동생이 극도로 빈정거리며 혐오와 염려를 드러내니 어슐라는 견디기 힘들었다.

"우리가 꼭 있을 필요는 없어." 그녀가 말했다.

"난 단 5분이라도 저 사람들과 섞일 수 없어." 구드룬이 말했다. 그들이 더 가까이 다가갔을 때 경찰이 대문에 서 있는 것을 보았다.

"사람을 가두는 경찰도 있네!" 구드룬이 말했다. "정말이지, 이건 굉장한 행사인데."

"엄마, 아빠를 보살펴 드리는 게 좋겠어." 어슐라가 걱정이 되어 말했다.

"엄마는 이런 자그마한 잔치는 완벽하게 견디어낼 수 있어." 구드룬이 좀 멸시하는 투로 말했다.

그러나 어슐라는 아버지의 무뚝뚝하고 화 잘 내고 불평하는 성격을 알기에 마음이 편치 못했다. 그들은 부모가 도착할 때까지 대문에서 기다렸다. 구깃구깃한 옷을 입은, 깡마른 키다리 남정네는 이러한 사교모임에 참가해야 함을 알고는 남자애처럼 기가 죽고 조바심을 냈다. 그는 신사라고 느껴지질 않았고, 순전히 화만 팍팍 냈다.

어슐라가 아버지 곁에 섰고 경찰에게 초대장을 내보이고 넷이 대문을 통과해 나란히 풀밭으로 갔다. 남자는 키가 크고 깡마른 데다 구깃구깃한 옷을 입었는데 이런 사교적인 모임에 참가해야 한다는 생각에 조바심이 나서 이마를 잔뜩 찌푸렸고 열이 올라 얼굴이 검붉었다. 아내는 머리카락이 한쪽으로 쳐졌어도 완전히 침착했고 얼굴은 신선하고 여유 있어 보였다. 그리고 구드룬은 둥글고 검은 눈으로 응시했고 통통하고 부드러운 얼굴은 표정이 없는 나머지 시무룩해 보여서 앞으로 발을 내딛는데도, 반감이 있어 뒤로 물러나는 듯했다. 그리고 어슐라는 얼굴에 괴이하면서도 환하고 현혹된 표정을 지었는데, 난처한 처지에 처할 때면 늘 짓는 표정이었다.

버킨이 수호천사 노릇을 했다. 그가 싱글벙글 웃으며 우아하게 사교적인 태도를 보이고 그들에게 다가왔는데 그런 표정이 영 어울리지 않았다. 그러나 그는 모자를 벗으며 진짜 웃음이 담긴 눈으로 그들을 보고 웃었다. 그래서 브랑윈 씨가 안심되어 진심에서 우러나는 인사를 했다.

"안녕하셨어요? 훨씬 건강해지셨지요?"

"네. 좋아졌어요. 부인, 안녕하세요? 어슐라와 구드룬은 잘 알아요."

그가 웃을 때 눈에선 따스함이 자연스레 흘러나왔다. 그가 여자를 대할 때면 부드럽고 아첨하는 태도를 보였는데 특히나 나이가 든 여자들에게 그러했다.

"네." 브랑윈 부인이 냉랭하지만 만족해하는 투로 대답했다. "아이들이 댁의 이야길 하는 걸 많이 들었어요."

그가 웃었다. 구드룬이 버킨에게 얕보인다고 느끼며 시선을 옆으로 돌렸다. 주변에는 사람들이 여러 개로 무리를 지어 서 있었다. 몇명의 여자들은 손에 찻잔을 들고 호두나무 그늘에 앉아 있었고, 야회복을 입은 웨이터가 그 사이를 바삐 다녔고, 몇몇 처녀들은 양산을 쓰고 선웃음을 짓고 있었고, 노를 젓다가 막 들어온 몇몇 청년들은 겉저고리를 벗은 채 잔디밭에 책상다리하고 앉아 있었다. 그들은 셔츠의 소매를 사내답게 접어 올렸고, 손은 하얀 플란넬 바지 위에 내려놓고 쉬고 있었다. 그들이 웃으며 젊은 처녀들과 재담을 벌이려고 애쓸 때 그들의 화려한 넥타이가 바람에 나부꼈다.

"왜 저들은 예의를 갖춰서, 겉저고리를 입지 않지?" 구드룬이 속으로 천박하다고 생각했다. "저런 겉모습으로 저렇게 친숙한 척해야 하나?"

그녀는 머리카락을 뒤로 바짝 붙이고 사이좋은 척 함부로 구는 천박한 젊은 남자애들을 혐오했다.

허마이어니 로디스가 흰 레이스로 된 멋진 가운을 걸치고 나타났다. 커다란 꽃이 수놓아진 엄청나게 큰 실크 숄을 질질 끌고 머리에는 엄청나게 큰 모자를 균형 잡아 쓰고 있었다. 그녀는 눈에 확 뜨였고 놀라웠으며 거의 소름이 끼쳤다. 키가 너무 큰 데다 크림색의 커다란 꽃무늬가 선명한 숄의 끝자락을 바닥에 끌고 있었다. 숱이 많은 머리카락이 눈 위를 덮었고 얼굴은 기이하게 길고 창백했고 환한 색깔의 꽃무늬가 그녀 몸을 에워쌌다.

"아유, 으스스하게 보이네!" 몇몇 여자애들이 뒤에서 재잘거리는 소리를 구드룬이 들었다. 그녀는 그들이 죽이고 싶도록 미웠다.

"안녕하셨어요?" 허마이어니가 아주 친절하게 다가오면서 구드룬의 부모를 천천히 보며 노래하듯 인사를 건넸다. 구드룬이 화가 치밀어 참기 힘들었다. 허마이어니는 너무도 강력하게 계급우월감에 젖어있었다. 사람들이 진열된 동물처럼 보였고 그렇기에 순전히 호기심으로 다가와 말을 나누었다. 구드룬 자신도 똑같은 짓을 하곤 했다. 그러나 그녀는 누군가가 그녀에게 그렇게 하려 하면 분하게 여겼다.

허마이어니는 브랑윈가 사람들을 아주 눈에 뜨이게 특별대우를 하며 로라 크라이치가 손님들을 영접하고 있는 곳으로 안내했다.

"이분이 브랑윈 부인이셔" 허마이어니가 소개했고, 로라는 수놓은 빳빳한 리넨 드레스를 입고 있었는데 악수를 청하며 만나서 매우 반갑다고 했다. 그때에 제럴드가 나타났는데 흰옷을 입고 검은색과 갈색의 블레이저를 걸쳐서 미남으로 보였다. 그도 브랑윈 부모에게 소개되었고 그가 즉시 브랑윈 부인을 귀부인인 양, 브랑윈 씨는 신사가 못 되는 양 대하며 말을 했다. 제럴드는 속마음을 태도에 아주 뚜렷이 드러냈다. 그가 왼손으로 악수해야 했는데, 오른팔을 다쳐서 붕대로 감싸 겉저고리 주머니에 넣고 다녔기 때문이다. 구드룬은 자기 가족 중에 그의 손에 관해 묻는 사람이 없어 너무나 다행으로 여겼다.

증기 유람선이 요란을 떨며 들어오고 있었다. 음악이 시끄럽게 울렸고 사람들이 배 위에서 신이 나서 소리를 질러댔다. 제럴드가 하선하는 것을 돌보러 자리를 떴고, 버킨이 브랑윈 부인을 위해 차를 가져왔다. 브랑윈은 중등학교 사람들 무리에 가담했다. 허마이어니는 그들의 어머니 옆에 앉았고 여자애들은 유람선이 들어오는 걸 구경하러 선창으로 갔다.

유람선이 명랑하게 기적을 뿌뿌 울린 다음, 외륜이 그쳐 조용해 졌고, 밧줄을 호숫가로 던져, 약간 부딪히며 유람선이 밀려 들어왔 다. 승객들이 기를 쓰고 떼를 지어서 호숫가에 내리려 하였다.

"잠시 기다려요. 잠시만 기다려요." 제럴드가 날카로운 명령조 로 소리쳤다.

그들은 배가 밧줄에 단단히 묶이고 작은 현측의 출구가 밖으로 내밀어 질 때까지 기다려야 했다. 그런 후에 그들은 미국에서나 온 것처럼 떠들썩하게 호수가 쪽으로 밀려갔다.

"오, 너무나 멋있었어요!" 어린 여자애들이 소리쳤다. "아주 멋졌 어요!"

배에서 내린 웨이터들은 바구니를 들고 보트 하우스로 뛰어갔고 선장은 작은 다리 위에서 거닐고 있었다. 제럴드는 모든 것이 안전하 게 된 것을 보고야 구드룬과 어슐라에게 왔다.

"다음번 배를 타고 나가 거기서 차를 드시겠어요?" 제럴드가 물 었다.

"고맙지만 안 가겠어요." 구드룬이 차갑게 대답했다.

"호수를 별로 좋아하지 않으세요?"

"호수요? 아주 좋아하지요."

제럴드가 이유를 찾는 듯 그녀를 쳐다보았다.

"그럼, 유람선 타는 걸 별로 좋아하지 않으세요?"

구드룬은 좀 뜸을 들여 대답했고, 말을 천천히 했다.

"네." 그녀가 대답했다. "좋아한다고 말할 순 없네요." 그녀는 무엇에 화가 난 듯 얼굴이 홍조를 띠웠다.

"사람이 좀 붐비는군요(Un peu trop de monde)." 어슐라가 프랑스어로 설명했다.

"예? 사람이 붐비네요(Trop de monde)!" 그가 짧게 웃으며 대답했다. "그래요. 상당히 사람이 많네요."

구드룬이 밝은 표정으로 그를 향했다.

"런던의 템스 강 유람선을 타고 웨스트민스터 다리에서 리치먼드까지 가본 적 있으세요?" 그녀가 큰 소리로 물었다.

"아니요." 그가 대답했다. "타고 간 적이 없어요."

"저, 그건 지금까지의 경험 중 가장 흉측스런 것이었어요." 그녀가 흥분되어 말이 빨라졌고 얼굴이 빨갛게 달아올랐다. "앉을 곳이란 철저하게 한 곳도 없었어요, 바로 위에 있던 남자가 〈깊은 바다의 요람에 흔들려〉를 내내 불렀어요. 그는 장님으로 작은 손풍금을 연주했는데 돈을 바란 거죠. 그러니 그 상황이 어떠했는지 상상이 가요? 배 밑에서는 점심밥 냄새가 계속 올라오고 뜨겁게 달아오른 기름투성이의 기계에서 연기도 났어요. 항해는 끝없이 여러 시간 동안 이어졌어요. 말 그대로 수십 리를 가는 동안 몹시 불쾌한 남자애들이 강가로 계속 우리를 따라왔어요. 그 끔찍한 템스 강 진흙탕에서 허리까지 빠지면서요—애들은 바지를 위로 접어 젖히고 그 형언할 수 없는 진흙탕에 엉덩이가 높이까지 빠져가며 외쳤어요. '나리, 여기유. 좀 보시유. 사장님, 여기유.' 악취 나는 썩은 고기를 먹는 짐승처럼 정말 흉측했어요. 배에 탄 가장(家長)들이 애들이 그 끔찍한 진흙탕에 빠질 때마다 박장대소하며 가끔 동전을 던졌어요. 동전이 떨어질 때마다 그 더러운 진흙탕에 뛰어드는 그 남자애들의 그 진지한 표정이라니—정말, 너무나 더러워서 독수리나 자칼도 접근할 생각을 못 했을 거예요. 그래 난 절대 유람선을 다시는 타지 않을 거예요—절대로요."

제럴드는 그녀가 말하는 동안 내내 그녀를 쳐다보았다. 그가 은근히 흥분되어 눈빛이 반짝였다. 그녀가 말한 내용이 아니라 그녀 자신이 그를 흥분시켰다. 조금씩 콕콕 그를 찔러대서 그를 흥분시켰다.

"물론," 그가 말을 시작했다. "문명인도 모두 몸에 해충은 지니는 법이에요."

"왜죠?" 어슐라가 외쳤다. "내겐 해충이 없는데."

"그 말이 아니라—그건 전체적인 삶의 질을 말하는 거지—가장(家長)들은 웃어대며 놀이하듯 동전 몇 푼을 던져주고, 한편 모친(母親)들은 비곗덩어리의 짤따란 다리를 벌린 채 먹느라고 정신이 없고—" 구드룬이 말했다.

"그래." 어슐라가 대답했다. "문제가 되는 해충은 그 남자애들이 아니지. 사람들 자체야. 소위 국가 전체인 거지."

제럴드가 웃어댔다.

"걱정하지 마세요." 그가 말했다. "유람선은 타지 않으실 테니."

구드룬이 그의 힐난조에 얼굴이 화끈 달아올랐다.

몇 분 동안 침묵이 흘렀다. 제럴드는 감시원처럼 보트를 타러 가는 사람들을 주시하고 있었다. 그는 아주 미남에다 침착했지만, 군인 같은 민첩한 태도는 좀 신경에 거슬렸다.

"여기서 차를 마실 거요? 아니면 잔디밭에 천막을 친 집 쪽으로 가시겠어요?" 그가 물었다.

"노 젓는 보트 하나 얻어 타고 멀리 나갈 수 없을까요?" 언제나 너무 서두르는 어슐라가 물었다.

"멀리 나가시려고요?" 제럴드가 미소를 지었다.

"아시다시피." 구드룬이 언니가 서슴지 않고 한 말에 낯을 붉히 며 외쳤다. "우린 아는 사람이 없어요, 완전히 여기에 처음 온 사람 이에요."

"아, 곧 아실만한 사람들을 데려오지요." 그가 쉽게 이야기했다.

구드룬이 그게 심술에서 한 말인가를 타진하기 위해 그를 쳐다 보았다. 그러다 그녀가 그에게 미소를 지었다.

"아," 그녀가 말했다. "우리의 뜻을 아시지요. 저기로 가서 호숫가 를 탐색할 수 있나요?" 그녀가 호수 절반쯤 아래 호숫가 근처에, 초 원 쪽의 작은 언덕의 작은 숲을 가리켰다. "저기가 정말 아름답네요. 헤엄도 칠 수 있겠어요. 이 햇살에 너무도 아름다워요!—정말로, 나 일 강 유역 같아요. 상상에 나오는 나일 강 말이에요."

먼 곳을 보며 과도하게 열광하는 그녀의 모습에 제럴드는 미소 를 지었다.

"저 정도면 만족할 정도로 떨어졌어요?" 그가 빈정거리며 물었 다. 그리곤 곧 덧붙여서 말했다. "그래요. 우리가 보트 한 척만 얻으 면 저기로 갈 수 있어요. 그런데 보트들이 죄다 나간 것 같은데요."

그가 호수를 둘러보고 물 위에 떠 있는 노 젓는 배의 수를 세 고 있었다.

"너무나도 멋지겠어!" 어슐라가 가고 싶은 마음에 소리쳤다.

"차는 안 마실 건가요?" 그가 물었다.

"아," 구드룬이 대답했다. "그냥 차 한 잔 마시고 떠나면 돼요."

그가 웃으며 구드룬과 어슐라를 차례대로 보았다. 그는 좀 기분이 상했지만—쾌활하게 굴었다.

"보트는 잘 다룰 줄 알아요?" 그가 물었다.

"네." 구드룬이 차갑게 대답했다. "잘 다뤄요."

"아, 네." 어슐라가 큰 소리로 대답했다. "우린 둘 다 물거미처럼 노를 저을 수 있어요."

"그래요?—내게 가볍고 작은 카누가 있는데 누군가가 타다가 물에 빠질까 봐 꺼내놓질 않았어요. 그 카누를 안전하게 탈 수 있을까요?"

"아, 완벽하시네요." 구드룬이 말했다.

"천사 같은 분이셔!" 어슐라가 외쳤다.

"제발, 나를 위해서라도 사고는 내지 마세요—내가 물 위의 일을 죄다 책임지고 있으니까요."

"물론이지요." 구드룬이 다짐을 했다.

"게다가 우리 둘은 수영도 아주 잘해요." 어슐라가 덧붙여 말했다.

"그러면—내가 당신네를 위해 음식 바구닐 준비시키겠어요. 그러면 당신네만의 피크닉을 즐길 수 있지요—바로 그럴 생각이었죠?"

"너무나도 착하셔요! 그렇게 해주신다면 너무나도 좋지요!" 구드룬이 신이 나서 소리쳤고 얼굴이 다시 홍조를 띠웠다. 그녀가 미묘하게 그에게 몸을 돌리고 감사하는 마음을 그의 몸이 느끼게 하자 그의 혈관에서 피가 동했다.

"버킨은 어디 있지?" 그가 눈을 휘둥그레 뜨고 물었다. "내가 카누를 내리는 데 도와줄 수 있는데."

"그렇지만 당신의 손은 어때요! 아플 텐데요!" 구드룬이 너무나 친밀하게 들릴까 봐 좀 약한 소리로 물었다. 손 다친 걸 처음으로 언급한 것이었다. 그녀가 그 주제를 슬쩍 피하는 신기한 태도가 그의 혈관의 피를 새롭고도 민감하게 애무하는 것 같았다. 그가 주머니에서 손을 꺼냈다. 손이 붕대로 싸매어 있었다. 그가 손을 쳐다본 후 다시 겉저고리 주머니에 집어넣었다. 구드룬이 붕대 감은 손을 보고 몸을 부르르 떨었다.

"아, 한 손으로 할 수 있어요. 카누는 깃털처럼 가벼워요." 그가 말했다. "저기 루퍼트가 있네—어이, 루퍼트!"

루퍼트 버킨은 사교적인 임무를 수행하다가 몸을 돌리더니 그들에게로 왔다.

"손이 어떻게 된 거예요?" 지난 30여 분 동안 이 질문을 못 해서 좀이 쑤시던 어슐라가 물었다.

"내 손이요?" 제럴드가 대답했다. "기계에 손이 치었어요."

"어머나!" 어슐라가 외쳤다. "많이 아팠어요?"

"그래요." 그가 대답했다. "그땐 그랬지요. 이젠 많이 좋아졌어요. 손가락이 으스러졌어요."

"아!" 어슐라가 자기 손이 아픈 것같이 소릴 질렀다. "난 사람들이 몸 다치는 게 싫어요. 난 그 아픈 걸 느낄 수 있어요." 그리곤 자기 손을 흔들었다.

"그래, 뭘 원하는 거야?" 버킨이 물었다.

두 남자가 길고도 가는 갈색 보트를 가지고 와서 물 위에 띄웠다.

"확실히 안전하게 탈 수 있겠어요?" 제럴드가 물었다.

"자신 있어요." 구드룬이 대답했다. "내가 조금이라도 자신이 없다면 이걸 고집부리며 타지 않을 거예요. 제가 아룬델에 있을 때 카누한 척을 소유했었어요. 그러니 아주 안전해요."

그렇게 남자처럼 장담하고 나서 그녀와 어슐라가 가냘픈 보트에 들어가서, 살살 노를 저었다. 두 남자가 지켜보고 있었다. 구드룬이 노를 저었다. 남자들이 자길 지켜보는 걸 의식하다 보니 노가 느리고도 서툴게 저어졌다. 얼굴의 홍조가 마치 깃발처럼 나부꼈다.

"너무나도 고마워요." 그녀가 보트가 멀리 미끄러져 나가자 물 위에서 그에게 소리쳤다. "너무 환상적이에요—나뭇잎을 탄 것 같아요."

그가 그녀의 기발한 생각에 웃었다. 그녀의 목소리가 먼 데서 외쳐서 날카롭고 이상하게 들렸다. 그녀가 노를 저어 멀리 나가는 걸 그가 지켜보았다. 그녀에겐 어딘가 천진난만한 데가 있었다. 어린애같이 남을 잘 믿으며 공손한 데가 있었다. 그는 그녀가 노를 저어가는 내내 지켜보았다. 그리고 일부로 아이같이 구는 게, 구드룬에겐 진짜 즐거웠다. 하얀 옷을 입고 너무나도 미남인 데다 능률적이고 더구나 그 순간에 가장 중요한 인물인 그 남자에게 매달리는 여자 행세를 하는 게 즐거웠다. 그의 옆에 서 있는 머뭇거리고 어른어른하는 희미한 존재인 버킨엔 관심이 없었다. 한 번에 한 사람만이 그녀의 관심을 끌었다.

보트는 물 위에서 가볍게 살랑살랑 소리를 내며 나아갔다. 그들은 초원 가장자리 버드나무 사이에 줄무늬의 텐트를 치고 수영하는 사람들을 지나쳐 탁 트인 물가를 따라 노를 저었다. 이미 늦은 오후가 되어 황금빛 햇살을 받고 있는 경사진 초원도 지나쳤다. 다른 보트들이 건너편의 나무가 우거진 물가에 은밀히 몸을 감추고 있었고 사람들의 웃고 떠드는 소릴 들을 수 있었다. 그러나 구드룬은 계속 노를 저었다. 멀리서 보기에 완전히 균형이 잡히고 황금빛 햇살을 받고 있는 덤불 쪽을 향했다.

자매는 작은 시냇물이 호수로 졸졸 흘러드는 아늑한 곳을 발견했다. 그곳은 갈대가 있고 분홍 바늘꽃이 우거진 습지였으며 옆구리엔 자갈이 깔린 둑이 있었다. 그들은 여기로 세심하게 주의해서 약한 보트를 살살 몰아 뭍으로 올라왔다. 두 여자는 구두와 스타킹을 벗고 물가를 지나서 풀밭으로 갔다. 호수의 잔물결이 따스하고 맑았다. 그들은 보트를 들어다 둑 위에 올려놓고 아주 기뻐서 주위를 둘러보았다. 그들은 인적이 없는 작은 시내 입구에 단둘이 호젓이 있었다. 바로 뒤의 둥근 언덕엔 나무 덤불이 있었다.

"우리 잠시 헤엄을 치자." 어슐라가 제안을 했다. "그러고 나서 차를 마시자."

그들은 주위를 둘러보았다. 아무도 그들을 볼 수 없었고 그들을 보려고 금방 올라올 수도 없었다. 일분도 안 걸려서 어슐라가 옷을 훌훌 벗어 던지고 맨몸으로 물속으로 미끄러져 들어가 바깥쪽으로 헤엄쳐 나갔다. 구드룬도 재빨리 언니 뒤를 따랐다. 그들은 몇 분 동안 말없이 상쾌하게 헤엄을 쳐 작은 시내 입구를 빙 돌았다. 그리고 뭍으로 올라가 요정들처럼 다시 숲 속으로 뛰어갔다.

"자유로우니 너무나 즐거워." 어슐라가 알몸으로 머리카락을 바람에 휘날리며 나무 몸통 사이를 여기저기로 날쌔게 뛰어다녔다. 그 숲엔 크고도 훤칠한 너도밤나무가 자라고 있었고, 나무 몸통과 가지들이 강철 같은 회색의 발판을 이루었고 이곳저곳엔 진한 초록색의 잔가지들이 수평으로 뻗어있었다. 그리고 북쪽으로는 멀리 풍광이 창문을 통해 보듯 탁 트여 어렴풋이 빛났다.

그들이 뛰어다니며 춤을 춰서 몸의 물기를 말린 다음엔 옷을 빨리 입고 향기로운 차 냄새를 맡으며 앉았다. 그들은 노란 햇빛을 받으며 숲의 북쪽에 앉아 언덕진 초원을 마주 보며 그들만의 작은 야생의 세계에 호젓이 있었다. 차는 뜨거웠고 향내가 폴폴 났으며 맛있어 보이는 오이와 철갑상어 알의 작은 샌드위치와 포도주 풍미가 나는 케이크도 있었다.

"푸룬, 행복해?" 어슐라가 너무 기분이 좋아 동생의 어릴 때 애칭을 부르며 물었다.

"어슐라 언니, 난 완벽하게 행복해." 구드룬이 서쪽으로 지는 해를 보며 엄숙하게 대답했다.

"나도 그래."

자매가 하고 싶은 일을 함께하며 둘만이 있을 때 그들만의 완벽한 세상에서 끝내주게 행복했다. 그리고 바로 지금이 자유와 환희를 만끽하는 완벽한 순간 중 하나였다. 그건 아이들만이 알 수 있는 모든 것이 완전하고 더없이 행복한 모험이었다.

그들이 차를 다 마신 다음엔 고요하고 청명하게 앉아 있었다. 그때에 강하고 고운 목소리를 가진 어슐라가 혼자서 부드럽게 〈타라우의 안헨〉이란 독일 민요를 부르기 시작했다. 구드룬이 노랠 들으며 나무 밑에 앉아 있는데 무언가가 그립다는 간절한 느낌이 가슴속에 밀려왔다. 언니는 아주 평온하고 만족해 보였다. 자신만의 우주의 중심에서 아무 추궁도 안 받고 떡하니 버티고 앉아 저절로 콧노래를 흥얼거리는 언니. 그런데 구드룬 자신은 그 우주의 밖에 있다고 느꼈다. 항상 자신은 삶의 현장의 바깥에 방관자로 있다는 생각에 고민하며 쓸쓸하게 지냈다. 반면 언니는 삶의 참여자라는 사실에 자신은 부족하다는 느낌이 들어 괴로웠다. 그래서 언니와 연결되어 있으려고 항상 언니에게 자신을 의식해 달라고 요구해야만 했다.

"언니, 내가 그 노래에 맞춰서 달크로즈식의 율동체조를 해도 돼?" 그녀는 거의 입술을 움직이지 않고 묘하게 작은 소리로 물었다.

"뭐라고?" 어슐라가 기분 좋게 놀라 쳐다보며 물었다.

"내가 율동체조를 할 때 노랠 불러줄래?" 구드룬이 반복하는 걸 귀찮아하며 다시 물었다.

어슐라가 흩어졌던 주의력을 한데 모으며 잠시 생각했다.

"네가―뭘 할 때?" 어슐라가 막연히 물었다.

"달크로즈 율동을 할 때" 구드룬은, 언니 앞인데도, 자의식적인 게 괴로워서 대답했다.

"아, 달크로즈! 그 이름을 잘 못 들었어. 그래라―보고 싶은데." 어슐라가 어린애처럼 놀라워하며 밝은 목소리로 소리쳤다. "무슨 노랠 부를까?"

"뭐든지 언니가 좋아하는 거 불러. 거기 리듬에 맞출게."

그러나 어슐라는 아무리 생각해도 무얼 불러야 할지 잘 몰랐다. 그러다가 갑자기 웃으며 장난치는 목소리로 부르기 시작했다.

"나의 사랑은―고귀한 부인―"

구드룬은 마치 눈에 안 보이는 쇠사슬이 손과 발을 내리누르는 듯 천천히 율동 체조식으로 춤을 추기 시작했다. 발은 리듬을 타며 꿈틀거리며 팔딱거렸고, 양손과 팔로는 규칙적인 동작을 천천히 했

---

* 스위스의 작곡가이며 교사로 음악에 맞추어 몸을 놀리는 율동체조를 개발했다.

다. 이번엔 양팔을 넓게 활짝 폈고 또 이번엔 머리 위로 죽 올렸다가 이번엔 양팔을 부드럽게 힘차게 뻗었다. 얼굴은 처들고 양발은 노래의 박자에 맞춰 내내 구르고 뛰어서 마치 어떤 기이한 주술에 걸린 것 같았다. 그녀의 취한 듯 몰두해 있는 흰 몸은 이상하고 충동적인 광상곡에 맞춰 이리 저리로 흔들렸고, 주술의 하늬바람을 탄 듯 이상하게 조금씩 구르며 몸을 떨었다. 어슐라는 풀밭에 앉아서 노랠 부르느라 입을 벌리고 눈은 이 모든 것이 커다란 농담이라 생각하는 듯 웃고 있었다. 그러나 그녀의 눈에선 노란빛이 번쩍였는데, 동생의 흰 몸뚱이가 복잡하게 부르르 떨기도 하고 나부끼기도 하고 떠내려가는 듯한 동작이 무의식적인 제식 같다는 생각이 좀 들어서였다. 동생의 몸은 순수하고 무의식적이며 반복적인 리듬에 푹 빠져 있었고, 일종의 최면적인 힘을 하나의 의지가 강력하게 받고 있는 것이었다.

"내 사랑은 고귀한 귀부인—그녀는—검지만 그늘진 데는 없어—" 어슐라의 웃으며 빈정거리는 노래가 울려 퍼졌고, 구드룬의 춤은 더 빠르고 강렬해졌다. 마치 어떤 굴레를 벗어버리려는 듯 두 손을 갑자기 홱 돌렸고 발을 다시 굴렀다. 그리고는 얼굴을 높이 처들고 목을 정말 아름답게 드러내며, 눈은 반쯤 감고 앞을 보지 않은 채 달려갔다. 태양은 낮게 내려앉아 노란빛을 발했고, 하늘에는 가늘고 희미한 달이 떠 있었다.

어슐라가 노래에 상당히 취해 있을 때 구드룬이 갑자기 춤을 멈추고 빈정대며 부드러운 목소리로 불렀다.

"언니?"

"왜?" 어슐라가 황홀경에서 깨어 눈을 뜨며 물었다.

구드룬이 꼼짝 않고 서서 얼굴엔 조롱하는 미소를 지으며 한쪽을 가리켰다.

"억!" 어슐라가 갑자기 놀라 벌떡 일어나며 외마디 소릴 질렀다.

"저들은 아무렇지도 않아." 구드룬의 냉소적인 목소리가 울렸다.

왼쪽에는 스코틀랜드 고지대 원종인 소 떼가 저녁 햇빛을 받아 선명한 색깔의 터럭을 드러내고 서 있었다. 뿔은 하늘로 뻗어 있고, 무슨 일이 벌어진 건지 알고 싶은 호기심에 주둥이는 앞으로 내밀고 있었다. 그들의 눈은 뒤엉킨 터럭 사이로 번쩍였고 반지르르 윤기나는 콧구멍은 시커멓게 보였다.

"저 소들이 괜찮을까?" 어슐라가 겁이 나서 물었다.

보통은 소들을 무서워하는 구드룬이, 지금은 좀 의심스럽고 냉소적이며 기이한 동작으로 고개를 저었고, 입엔 미소가 보일 듯 말 듯했다.

"언니, 소들이 귀엽지 않아?" 구드룬이 음이 높고 귀에 거슬리는 목소리로 물었다. 갈매기가 우는 소리 같기도 했다.

"귀엽다니!" 어슐라가 공포에 질려 소리쳤다. "저것들이 우리한테 덤벼들지 않을까?"

구드룬은 또다시 불가사의한 미소를 지으며 언니를 돌아보았고 고개를 저었다.

"확실히 그러지 않을 거야." 구드룬이 자신도 확신시키려는 듯 말했다. 그럼에도 자신의 내밀한 힘에 자신이 있고, 그 힘을 시험해 보려는 듯 높고도 귀에 거슬리는 목소리로 말했다. "언니, 앉아서 다시 노랠 불러."

"난 무서워." 어슐라가 애처로운 목소리로 말하며, 긴장하며 발이 짧게 생긴 소 떼를 주시했다. 소들은 다리를 떡 버티고 서서 뒤엉킨 터럭 사이로 사악한 검은 눈을 굴리며 쳐다보았다. 그럼에도 불구하고 어슐라는 이전 자세로 다시 앉았다.

"저 소들은 아주 안전해." 구드룬의 높은 목소리가 들렸다. "무언가 노랠 불러. 그냥 부르면 돼."

구드룬이 체격이 좋고 잘생긴 소 떼 앞에서 춤추고 싶은 이상한 의욕이 있는 게 분명했다.

어슐라가 떨리는 가성으로 노랠 부르기 시작했다.

"테네시 저 아래 멀리에"—

어슐라의 목소리는 완전히 걱정으로 떨렸다. 그런데도 구드룬은 양팔을 쭉 뻗고 얼굴은 쳐들고 소 떼를 향해 이상하게 가슴을 뛰게 하는 춤을 추며 다가갔다. 마치 마술에 걸린 듯 몸을 소 떼 쪽으로 쳐들고 발은 무의식적인 광란에 취한 듯 굴렀다. 양팔과 손목과 손은 쭉 뻗었다가 끌어당겼다가 밑으로 내렸다가 앞으로 내밀고 또 내밀다가 밑으로 내렸고, 양 가슴을 소 떼를 향해 쳐들어서 흔들었다. 목은 소 떼를 향한 관능적인 황홀경에 빠진 듯 드러냈다. 한편 그녀는 보이지 않게 조금씩 더 가까이 다가갔고 무시무시하게 보이는 흰 몸뚱이는 소 떼를 향해 그 자체의 황홀경에 도취하여 기이하게 출렁이는 동작으로 소를 향해 가만가만 다가섰다. 소들은 갑자기 위축되어 그녀에게서 머리를 약간 숙였다 들었다 하고는 최면을 당했는지 내내 주시하고 있었다. 앙상한 뿔은 환한 빛을 받으며 여러 갈래

---

* 알프레드 스캇 개티가 작사, 작곡한 노래로 일차대전 때 영국군 사이에서 선풍적인 인기가 있었다.

로 보였고 구드룬의 흰 몸뚱이가 그들에 다가가며 최면적인 경련의 춤을 서서히 추었다. 그녀는 바로 앞에서 소들에 손이 닿을 정도가 되었다. 그건 마치 소들의 가슴에서 흘러나오는 짜릿한 맥박이 그녀 손으로 흘러드는 것 같았다. 곧 그녀가 소의 몸에 손이 닿을 정도가 되었다. 실제로 만지게 되었다. 공포와 기쁨이 뒤섞인 무시무시한 소름이 온몸에 쫙 퍼졌다. 그러는 동안 내내 어슐라는 마술에 걸린 양, 가늘고 높은 소리로 잘 맞지도 않는 노래를 계속 불렀다. 그 노랜 주술처럼 엷어가는 저녁 공기를 꿰뚫었다.

구드룬이 소들이 곤경에 빠져 공포와 호기심으로 거칠게 숨을 몰아쉬는 것을 들을 수 있었다. 아, 그들은 용감한 작은 짐승이었다. 이 스코틀랜드의 거세한 황소들은 거칠고 터럭이 많았다. 갑자기 그들 중 한 마리가 코를 울리고 머리를 숙였다 들었다 하더니 뒤로 물러났다.

"휴! 히—이—이!" 덤불 가에서 갑자기 크게 외치는 소리가 들려왔다. 소 떼가 아주 자연스럽게 흩어지더니 뒤로 물러나 언덕을 뛰어 올라갔다. 움직이는 데 따라 터럭이 불꽃처럼 휘날렸다. 구드룬이 풀밭에서 꼼짝 않고 서 있었고 어슐라는 벌떡 일어났다.

그건 그들을 찾으러 온 제럴드와 버킨이었다. 그리고 제럴드가 소에게 겁을 주어 쫓아내기 위해 소리를 친 것이었다.

"무얼 하는 거예요?" 그가 이제 의아심에 차 높고 걱정되는 어조로 물었다.

"왜 돌아왔어요?" 구드룬이 화가 난 거친 소리가 이어졌다.

"무얼 하고 있던 거예요?" 제럴드가 반사적으로 다시 물었다.

"우린 율동 체조를 하고 있었어요." 어슐라가 좀 떨리는 목소리로 웃으며 대답했다.

구드룬은 떨어져 서 있었는데, 분개해서 검은 눈을 크게 뜨고 얼마 동안 꼼짝하지 않고 그들을 쳐다보았다. 그리고는 소를 따라 언덕 위로 혼자 걸어갔다. 소들은 좀 더 높은 데서 마술에 걸린 양 작은 무리를 짓고 있었다.

"어딜 가는 거요?" 제럴드가 그녀 뒤에서 불렀다. 그리곤 그녀를 따라서 언덕 위로 올라갔다. 언덕 뒤로 해가 졌고, 그림자는 대지 위에 내려앉았고, 머리 위 하늘은 석양빛으로 가득했다.

"춤곡으론 형편없는 노래구먼." 버킨이 얼굴에 냉소적인 웃음을 살짝 머금으며 어슐라 앞에서 말했다. 그리고 깜빡하는 순간에 혼자 부드럽게 노랠 부르며 그녀 앞에서 기괴한 스텝 댄스를 추었다. 그의 사지와 몸통은 흐느적거렸고, 얼굴은 계속해서 창백한 빛을 발했고, 한편으론 그의 발은 조롱하는 듯 빠른 박자로 땅을 굴렀다. 그의 몸은 축 늘어져 두 발 사이에서 그림자처럼 떨었다.

"내 생각에, 모두가 미쳤어." 어슐라가 약간 겁을 먹고 웃으며 말했다.

"우리가 더 미치지 못한 게 유감이지." 그가 끊임없이 몸을 떠는 춤을 계속 추면서 말했다. 그러더니 갑자기 그녀에게 상체를 기울이더니 그녀의 손가락에 가볍게 입맞춤을 했다. 그의 얼굴을 그녀의 얼굴에 대고 창백하게 히죽히죽 웃으며 그녀의 눈을 들여다보았다. 그녀가 기분이 상해서 뒤로 물러났다.

"기분이 상했어요—?" 그가 빈정대며 묻고, 갑자기 아주 가만히 있었고 다시 말을 삼갔다. "당신이 환상적인 가벼운 춤을 좋아할 줄 알았는데."

"그런 건 좋아하지 않아요." 그녀가 어리둥절하고 당황한 데다 기분이 좀 상해서 말했다. 그럼에도 마음속 어디선가 몸을 완전히 축 늘어뜨리며 빙빙 도는 데 열중하고 있는 그의 몸이 풀리어 진동하는 것에 끌렸고, 몸 위로 냉소적이며 창백하게 미소 띤 얼굴에 끌렸다. 그러나 자동적으로 그녀의 몸은 굳어져 물러나며 불만을 드러냈다. 보통 때는 그렇게도 진지하던 남자가 본심을 벗어나 외설적인 행동을 하는 것 같았다.

"왜 이걸 좋아하지 않아요?" 그가 조롱조로 물었다. 그리곤 즉시 믿기지 않게 빨리 기운을 빼고 흔드는 춤을 추면서 악의적으로 그녀를 주시했다. 그리곤 빠르게 제 자리에서 춤을 추다가 조금 더 가까이 왔다. 얼굴엔 엄청나게 냉소적이고 조롱하는 빛을 띠고 앞으로 나왔다. 그녀가 놀라 뒤로 물러나지 않았다면 그녀에게 다시 키스했을 것이다.

"아니, 그러지 마세요!" 그녀가 정말 무서워서 소리쳤다.

"결국 코델리아*군." 그가 풍자적으로 말했다. 그녀는 이 말이 모욕처럼 들려서 마음에 상처를 입었다. 그가 의도적으로 그렇게 했다는 걸 알고는 당황했다.

"그리고 당신은," 그녀가 큰 소리로 쏘아댔다. "왜 항상 영혼을 입에 담고 살아요? 그것도 무섭도록. 잔뜩!"

"아주 쉽사리 뱉어내기 위해서지." 그는 대꾸하니 기분이 좋았다.

제럴드 크라이치는 강한 빛에 눈을 가늘게 뜨고 빠른 걸음으로

---

* 셰익스피어의 《리어 왕》에 나오는 효성이 지극한 막내딸로 본심대로 말하고 행동한다.

구드룬을 곧장 뒤따라 언덕을 올라갔다. 소 떼가 벼랑 위 끝에서 코를 서로 맞대고 서서 아래의 광경을 지켜보고 있었다. 흰옷을 입은 남자가 여자의 흰 모습 주변을 맴돌았다. 무엇보다 그들을 향해 천천히 다가오는 구드룬을 지켜보고 있었다. 그녀가 잠시 서서 제럴드를 돌아보고 다음엔 소 떼를 보았다.

그러다가 그녀가 갑자기 두 팔을 쳐들고 뿔이 긴 수소 떼를 향해 달렸다. 불규칙적으로 뛰다가 몸을 부르르 떨며 잠깐 멈춰서 소 떼를 쳐다보았다. 그러다 두 손을 번쩍 들고 눈 깜짝할 사이에 앞으로 달려갔다. 마침내 소들이 땅을 구르는 걸 그만두고 물러나며 겁에 질려 콧소리를 내고 땅에서 머리를 쳐들고 몸을 휙 돌려 저녁빛 속으로 질주했다. 저 멀리 달려가서 작게 보였지만 달리길 멈추지 않았다.

구드룬이 가면을 쓴 듯 도전적인 얼굴로 소 떼를 응시하며 서 있었다.

"왜 소를 화나게 몰아내는 거요?" 제럴드가 그녀 쪽으로 올라오며 물었다.

그녀는 전혀 개의치 않고 얼굴을 그에게서 돌렸다.

"그건 안전하지 못해요." 그가 계속 말했다. "소가 방향을 돌리면 고약해진다고요."

"어디로 돌리죠? 저 멀리요?" 그녀가 큰 소리로 조롱했다.

"아니요. 당신에게 돌리죠." 제럴드가 말했다.

"나한테 돌린다고요?" 그녀가 조롱했다.

그는 이것에 대해 뭐라고 말할 수 없었다.

"하여간에 지난번엔 소 떼가 한 농부의 소를 뿔로 찔러 죽였어요." 그가 말했다.

"나와 무슨 상관이에요?" 그녀가 대꾸했다.

"난 상관이 있어요." 그가 대답했다. "저 소들은 내 소니까."

"소들이 어떻게 당신 것이라니요! 소들을 입으로 삼킨 게 아니잖아요. 지금 한 마리를 나에게 줘봐요." 그녀가 손을 내밀며 말했다.

"소들이 지금 어디 있는지 알지 않소." 그가 언덕 너머를 가리키며 말했다. "원한다면 나중에 당신한테 한 마리 보내주지요."

그녀가 불가해 한 눈빛으로 그를 보았다.

"당신은 내가 당신과 당신네 소를 무서워할 줄 알지요?" 그녀가 물었다.

그가 위험하게 눈을 작게 떴다. 그의 얼굴엔 위압적인 미소가 잔잔히 스며있었다.

"내가 왜 그렇게 생각해야 하나?" 그가 물었다.

그녀가 초점이 잡히지 않은 검은 눈을 크게 뜨며 그를 내내 지켜보았다. 그녀가 몸을 앞으로 굽히더니 팔을 옆으로 홱 돌려 손등으로 그의 얼굴을 한 대 갈겼다.

"그게 이유지요." 그녀가 말했다.

그리고 그녀는 영혼 깊은 곳에서 그에게 심한 폭행을 가하고 싶은 억제할 수 없는 욕정을 느꼈다. 그녀는 마음속에 가득 차있는 공포와 낭패감을 밀어냈다. 그녀는 자기가 원하는 대로 행동하고 싶었다. 겁을 먹지 않기로 했다.

그는 얼굴에 세게 맞고 움츠러들었다. 그는 송장같이 창백해졌고 위험스런 불꽃이 그의 눈에서 어둡게 타올랐다. 몇 초 동안 그는 말을 할 수가 없었다. 그의 폐에 피가 너무 가득 찼고, 제어할 수 없을 정도로 분노가 크게 밀려와 심장이 거의 터질 듯이 부풀었다. 그건 마치 검은 분노의 저수지가 그의 몸속에서 터져서 그를 꼼짝 못 하게 내리누르는 것 같았다.

"당신이 첫 방을 날린 겁니다." 그가 마침내 말을 했다. 그건 억지로 폐에서 말이 나오도록 한 것이어서 목소리가 아주 부드럽고 낮게 들렸다. 그래서 그녀에겐 바깥 공중이 아니라 꿈처럼 그녀 안에서 들리는 목소리 같았다.

"최후의 일격도 제가 가하겠어요." 그녀가 자신만만하게 저도 모르게 대꾸를 했다. 그는 조용히 있었고, 그녀의 말을 반박하지 않았다.

그녀는 그에게서 시선을 돌려 먼 곳을 응시하며 신경을 끄고서 있었다. 그녀의 의식의 가장자리에서는 저절로 이런 질문이 던져졌다.

'너 왜 이렇게 당치도 않고 우스꽝스럽게 처신하고 있지?' 그러나 그녀는 시무룩해서 그 질문의 절반쯤을 퍼서 몸 밖으로 던져버렸다. 그런데 그 질문을 완전히 깨끗하게 제거할 수가 없었다. 그래서 자의식에 차 있었다.

제럴드는 아주 창백해져서 그녀를 면밀하게 주시했다. 희미하게 빛나며 몰두한 그의 눈은 결심한 듯 빛났다. 그녀가 갑자기 그에게로 몸을 돌렸다.

"나를 이렇게 행동케 한 건 당신이에요." 그녀가 거의 도발적으로 말했다.

"내가? 어떻게?" 그가 물었다.

그러나 그녀는 몸을 돌리고 호수를 향해 걷기 시작했다. 저 밑,

물가에는 초롱들에 불이 켜졌고, 따스한 불꽃의 희미한 그림자들이 막 시작된 석양의 허연 빛 속에서 떠다녔다. 대지엔 칠흑 같은 어둠이 깔렸고, 머리 위 허여멀건 하늘은 온통 앵초꽃 같은 연한 황록색이었다. 호수 일부는 우유와 같이 희뿌연 색이었다. 저 멀리 부잔교엔 작디작은 갖가지 색깔의 불꽃들이 어스름 황혼녘에 줄을 잇고 있었다. 유람선은 환하게 불을 밝혔다. 사방에 나무 그림자가 드리워졌다.

제럴드는 여름옷을 입고 있는 유령처럼 하얀 모습으로 탁 트인, 풀이 무성한 비탈을 내려가고 있었다. 구드룬이 그가 나타나길 기다렸다. 그리곤 그녀가 부드럽게 손을 내밀어 그를 만지며 부드럽게 말했다.

"저에게 화내지 마세요."

불꽃이 그의 몸에 확 번지고 그에게서 감각이 사라졌다. 그럼에도 그가 더듬으며 말했다.

"난 당신에게 화나지 않았어요. 난 당신을 사랑해요."

그의 지성은 정지했고, 그는 자신을 구하기 위하여 충분한 기계적인 자제력을 움켜잡았다. 그녀가 은방울 굴리는 듯이 조롱조로 작게 웃었지만, 견딜 수 없게 그를 애무했다.

"그게 표현의 한 방법이에요." 그녀가 말했다.

그의 정신이 아찔해질 정도로 무서운 힘이 그를 내리눌렀다. 그는 무섭도록 정신이 아찔해졌고 모든 자제력을 잃게 되자 자신을 지탱할 수가 없었다. 그가 한 손으로 그녀의 팔을 마치 강철 손인 양 부여잡았다.

"그러면 괜찮은 거죠?" 그가 그녀를 꽉 부여잡고 물었다.

그녀가 자기 앞에서 눈을 깜짝하지 않고 있는 그의 얼굴을 쳐다보자 그녀의 피가 냉랭해졌다.

"그래요. 괜찮아요." 그녀가 마치 약에 취한 듯 부드럽게 말했고 그녀의 목소리는 흥얼거렸고 마녀의 목소리 같았다.

그가 그녀 옆에서 걸어가는데, 정신은 나가고 몸만 걷는 것이었다. 그러나 걸으면서 정신을 약간은 차렸다. 그는 굉장히 괴로웠다. 그가 아이 때에 남동생을 죽였기에 카인처럼 따돌림을 받았다.

그들은 버킨과 어슐라가 보트 옆에 함께 앉아서 얘길 하며 웃는 걸 보았다. 버킨이 어슐라를 놀리고 있었다.

"이 작은 늪의 냄새를 맡을 수 있어요?" 그가 공기의 냄새를 맡으며 물었다. 그는 냄새에 매우 민감했고 냄새를 빨리 알아맞히었다.

"냄새가 아주 좋은데요." 그녀가 말했다.

"아니요." 그가 대답했다. "걱정스러워요."

"왜 걱정스러워요?" 그녀가 웃었다.

"이곳은 암흑의 강으로 부글부글 끓으며 소용돌이쳐요." 그가 말했다. "백합꽃과 뱀, 도깨비불을 내놓으며 언제나 앞으로 넘실대며 흘러가요. 우리가 절대로 생각 못 한 거예요—앞으로 넘실대며 흘러간다는 것을."

"무엇이 흘러가요?"

"다른 강. 검은 강. 우리는 항상 은빛 생명의 강만 생각하지요, 넘실거리며 흘러가고 온 세상을 재촉하여 광휘에, 계속 재촉하여 천국에, 찬란한 영원의 바다로, 천사들이 모여있는 천국으로 흘러들어 가는 강만 생각하지.—그렇지만 그 다른 강이 우리의 진정한 실체인걸—"

"그렇지만 무슨 다른 강이요? 다른 강은 보이지 않는데." 어슐라가 물었다.

"그럼에도 그 강이 당신의 실체요." 그가 말했다. "와해의 검은 강 말이요.—당신은 다른 강이 흘러가는 것처럼 그 강이 우리 속에서 흐르는 걸 보고 있어요—부패의 검은 강 말이요. 그리고 우리의 꽃들은 바로 여기—바다에서 탄생한 우리의 아프로디테, 관능적으로 완벽한 우리의 하얀 인광의 모든 꽃들, 요즘 우리의 모든 실체—에서 비롯된 것이요."

"그럼 아프로디테가 정말 죽음과 관련된 신이라고요?" 어슐라가 물었다.

"내 말은 그 여신은 죽음의 과정을 꽃피운 신비란 말이요. 그래요." 그가 대답했다. "종합적인 창조의 강이 사라지면, 우린 우리 자신이 반대의 과정, 즉 파괴적인 창조 강의 일부란 걸 알지요. 아프로디테는 우주적 와해의 첫 경련 때 탄생한 거요—그런 다음 뱀과 백조, 연꽃—늪의 꽃들—그리고 구드룬과 제럴드도 파괴적인 창조의 과정에서 태어난 거요."

"그러면 당신과 내가요—?" 그녀가 물었다.

"어쩌면," 그가 대답했다. "부분적으로 확실히. 우리가 완전히 파괴적인 창조 일부인지는 아직 잘 모르겠소."

"그럼 우리가 와해의 꽃—악의 꽃이란 말인가요? 난 그렇다고 느끼지 않는데요." 어슐라가 항의했다.

그가 잠시 침묵했다.

---

* 그리스 신화에선 사랑, 아름다움, 다산의 여신. 로마의 비너스에 해당함.

"나는 우리가 그렇다고 느끼지 않아요. 전체가 말이요." 그가 대답했다. "어떤 사람들은 어두운 부패에서 나온 순수한 꽃이요—백합 같이요. 그러나 따스하고 불꽃이 이는 장미도 있어야 하겠지요.—헤라클레이토스'는 '메마른 영혼이 가장 선하다'고 말했어요. 전 그 말의 뜻을 너무도 잘 알아요. 당신도 그래요?"

"잘 모르겠는데요." 어슐라가 대답했다. "그러나 만약에 사람들이 죄다 와해의 꽃이라면 어쩌지요—그들이 죄다 꽃이라면—거기에 무슨 차이가 있어요?"

"차이가 없지요—그러면서도 전적으로 차이가 있지요. 생산이 앞으로 나아가는 것처럼 와해도 앞으로 나아가요." 그가 말했다. "그건 하나의 전진적인 과정이고—그러다 그건 우주적인 무로 끝이 나요—세상의 끝이지요.—그렇지만 세상의 끝이 시작만큼 좋지 않으란 법이 어디 있소?"

"내 생각엔 그렇지 않을 것 같은 데요." 어슐라가 다소 화가 나서 말했다.

"아, 그래요. 궁극적으론 시작만큼 좋을 수 있지요." 그가 말했다. "그건 그 후의 새로운 창조의 주기를 뜻하는 거요—그러나 우리를 위한 건 아니요. 만약에 그것이 끝이라면, 우리가 그 끝에 해당되요—말하자면 악의 꽃이지요. 만약에 우리가 악의 꽃이라면 행복의 장미는 아니란 거죠. 바로 그 말이요."

"그렇지만 전," 어슐라가 말했다. "제 생각에 전 행복의 장미예요."

"조화 말이요?" 그가 빈정거리며 물었다.

---

* 그리스의 철학자, 535?-475 B.C.

"아니요—진짜예요." 그녀가 기분이 상해서 대꾸했다.

"만약에 우리가 끝이라면 시작은 아니지." 그가 말했다.

"아니, 우린 시작이에요." 그녀가 말했다. "시작은 끝에서 생기는 거예요."

"끝이 지난 후에 시작이 있는 거지, 끝에서는 아니지. 우리 후에 새로 시작되지. 우리에게서는 아니지요."

"당신은 정말 악마예요." 그녀가 말했다. "당신은 우리의 희망을 파괴하고 싶지요. 당신은 우리가 죽은 사람과 같길 바라지요."

"아니요." 그가 대답했다. "난 단지 우리가 무엇인지 알기를 바랄 뿐이요."

"하!" 그녀가 화가 나서 소리쳤다. "당신은 우리가 죽음을 알기만을 바랄 뿐이죠."

"당신 말이 상당히 옳아요." 제럴드가 뒤편 어둑한 데서 부드럽게 말했다.

버킨이 일어났다. 제럴드와 구드룬이 모습을 드러냈다. 그들은 모두 조용히 담배를 피우기 시작했다. 버킨이 한 사람씩, 그들의 담뱃불을 붙여 주었다. 성냥불이 석양에 깜빡였고 그들 모두는 물가에서 평온하게 담배를 피우고 있었다. 호수에서 나오는 빛이 약해지면서 호수는 컴컴한 대지 가운데서 희미하게 보였다. 사방의 공기는 이곳이나 저곳이나 흐리멍덩했고, 꿈속처럼 밴조 키는 소리, 아니면 그 비슷한 음악이 들렸다.

머리 위에서 빙빙 돌던 황금색 빛이 사라지자, 달이 환한 빛을 얻어서 자신의 우월성을 웃으며 뻐기는 듯했다. 건너편 물가의 컴컴한 숲은 형체가 녹아서 온통 검은 그림자가 돼버렸다. 이렇게 온통 컴컴하게 그림자가 드리운 가운데, 가끔 여기저기 흩어진 불빛이 어둠 속으로 흩어지며 침입했다. 호수 저 밑에는 환상적인 희미한 색깔의 불빛이, 파리한 불의 염주 알처럼, 초록색, 빨간색, 노란색이었다. 음악이 약간씩 바람을 타고 들렸고, 온통 환하게 밝힌 유람선이 커다란 그림자 속으로 방향을 틀어 들어갔다. 유람선의 명멸하는 빛의 윤곽들이 흔들렸고 음악이 약한 바람결을 타고 들렸다 말다 했다.

모든 곳에 불을 밝히고 있었다. 여기저기, 희미한 물 가까이에 그리고 호수의 먼 끝까지 하늘의 마지막 흰빛을 받아 물이 우윳빛을 띠었고, 눈에 안 뜨이는 보트에서 그림자 없이 호젓이 약하게 비치는 초롱 불빛이 떠다녔다. 노 젓는 소리가 들렸고 보트 한 척이 희미한 수면에서 나무 밑 어둠으로 들어갔고, 거기서는 보트의 호롱불들에 커다랗게 불이 붙는 듯 불그스레한 아름다운 공 모양의 등불이 걸려있었다. 그리고 호수에선 다시 그림자를 드리운 붉은빛이 보트 주변에 반사되어 하늘거렸다. 사방에선 이러한 소리 없는 불그스레한 등불이 수면 가까이에서 떠내려갔고, 아주 가끔 반사된 불빛이 눈에 들어왔다.

버킨이 좀 더 큰 보트에서 몇 개의 호롱을 가져왔고 네 명의 그림자 같은 흰 모습이 둥글게 모여 초롱에 불을 켰다. 어슐라가 첫번째 초롱을 들었고, 버킨이 장밋빛 컵 모양으로 오므린 그의 손안에서 불을 밑으로 빼내어 초롱의 심지에 갖다 대었다. 초롱불이 켜졌고 그들 모두는 뒤로 물러나서, 어슐라의 손에 들리어 그녀 얼굴에 기이한 빛을 드리우는 커다란 달 모양의 푸른 초롱불을 쳐다보았다. 불이 깜빡거렸고 버킨이 가서 몸을 구부려 심지를 들여다보았다. 그의 얼굴이 유령처럼 비쳤고 그는 이를 전혀 의식하지 못했고 어딘가 악마적인 면도 보였다. 어슐라는 그의 뒤쪽에 있어서 희미하고 베일에 가린 양 보였다.

"이제 됐어요." 그가 부드럽게 말했다.

어슐라가 초롱을 쳐들었다. 초롱의 겉엔 학들이 어두운 지상을 내려다보며 푸른 하늘을 너울너울 나는 그림이 그려 있었다.

"그림이 아름다워요." 그녀가 말했다.

"멋있어." 구드룬이 메아리치듯 말했다. 그녀도 다른 초롱 한 개를 쳐들어 거기에 그려진 아름다운 그림을 보이고 싶었다.

"초롱 한 개에 불을 붙여줘요. 내가 들게." 그녀가 말했고 제럴드는 그녀 옆에 할 일이 없이 서 있었다. 버킨이 그녀가 들고 있는 초롱에 불을 켰다. 그녀의 심장이 기대감에 콩닥거렸다. 그 호롱불 그림이 얼마나 아름다울까 보고 싶었다. 그건 앵초꽃의 노랑 바탕에 긴 꽃대가 시커먼 잎사귀에서 곧게 위로 뻗으며 자라고 있었다. 꽃대는 노란 대낮 속으로 쳐들었고, 나비들이 순수하고 맑은 빛 속에서 그 꽃 주위를 넘나들었다.

구드룬이 즐거워 어쩔 줄 모르며 작게 소릴 질렀다.

"예쁘지 않아요? 아, 아주 예뻐요!"

그녀는 정말로 아름다움에 감동되어 제정신이 아니었다. 제럴드가 그녀 가까이에서 몸을 구부리고 그걸 보려고 초롱 빛이 비치는 구역으로 들어섰다. 그가 그녀 가까이 와서 그녀를 스치며 함께 노란빛의 둥근 초롱을 구경했다. 구드룬이 그에게로 얼굴을 돌렸고 그의 얼굴은 초롱불로 어렴풋이 비쳤다. 그들은 함께 하나의 밝은 원 안에 가까이 서 있었다. 빛에 둥글게 에워싸여 있어 다른 모든 것은 배제되었다.

버킨이 딴 곳을 보다가 어슐라의 두 번째 호롱에 불을 붙이러 갔다. 그건 연붉은빛의 바다 밑그림에, 검은 게와 해초가 투명한 바닷물 아래에서 물결처럼 흔들렸고, 바다는 위쪽으로 갈수록 불꽃처럼 불그스름한 빛이 사라졌다.

"당신은 위로는 천국을, 대지 밑으론 바다를 가졌네." 버킨이 그녀에게 말했다.

"지구를 빼고는 뭐든 다 얻었네요." 그녀가 웃으며 불을 꺼지지 않게 가리는 그의 활기있는 손을 주시했다.

"두 번째 내 등이 어떤지 보고 싶어 죽겠어." 구드룬이 달달 떨리며 좀 귀에 거슬리는 목소리로 외쳤다. 그 목소리는 다른 사람들을 자신에게 얼씬 못 하게 하는 듯했다.

버킨이 가서 그 등의 불을 켰다. 그건 바탕이 아름다운 짙푸른 색깔이고 바다 바닥은 붉은색이었다. 그 바다 위로 한 마리의 커다란 오징어가 하얀 해류를 따라 헤엄치고 있는 그림이었다. 오징어는 심지의 중앙에서 곧바로 밖을 응시하고 있었다. 얼굴은 매우 확고히 그리고 냉담하게 집중하고 있었다.

"너무 진짜 같아 무서워요!" 구드룬이 겁먹은 목소리로 소리쳤다. 곁에 있던 제럴드가 낮은 소리로 웃었다.

"그렇지만 정말로 무섭게 보이지 않아요?" 그녀가 낭패스러워하며 소리쳤다.

그가 다시 웃으며 말했다.

"어슐라의 게 그림과 바꿔요."

구드룬이 잠시 말이 없었다.

"어슐라," 그녀가 언니에게 말했다. "이 무시무시한 것과 바꿀 수 있어?"

"내가 보기엔 색깔이 아름다운데." 어슐라가 말했다.

"그러긴 해." 구드룬이 동의했다. "그렇지만 언니네 보트에 이 등을 달 마음이 있어? 곧바로 부수고 싶지 않아?"

"아, 아니야." 어슐라가 얼른 말했다. "부수고 싶진 않아."

"그럼, 게 그림 초롱과 바꿔도 괜찮아? 확실히 괜찮아?"

구드룬이 초롱을 바꾸려고 앞으로 나왔다.

"괜찮아." 어슐라가 대답하며 게 그림 초롱을 내주고 오징어 초롱을 받아들었다.

그러나 구드룬과 제럴드가 으레 바꿀 권리가 있는 듯이 우위적 태도를 보이는 것이 좀 불쾌했다.

"그럼 이쪽으로 와요." 버킨이 말했다. "내가 등들을 보트에 매달 게요."

그와 어슐라가 큰 보트로 옮겨가고 있었다.

"루퍼트, 날 노를 저어서 데려다 주게나." 제럴드가 저녁의 희멀건 응달에 서서 말했다.

"구드룬과 카누로 가지 않을 건가?" 버킨이 물었다. "그게 더 재미있을 텐데."

잠깐 말이 없었다. 버킨과 어슐라가 물가에서 흔들리는 초롱을 들고 희미한 데서 서 있었다. 세상이 모두 환영 같았다.

"그게 괜찮겠어요?" 구드룬이 그에게 물었다.

"나한텐 아주 좋아요." 그가 대답했다. "그렇지만 당신은 어때요, 그리고 노 젓는 것은? 내 배를 노 저을 필요가 없는데요."

"왜 없어요? 어슐라 언니를 태우는 거나 당신을 태우는 거나 마찬가진데."

그녀의 어투에서 그녀가 그와 단둘이 보트 타기를 원하며, 두 사람 모두에 영향력을 행사한다는 것에 묘하게 만족한다는 걸 알 수 있었다. 그는 이상하게 전격적으로 복종하며 자신의 몸을 맡겼다.

그녀가 그에게 초롱을 건네고 카누 끝의 봉을 고정하러 갔다. 그가 그녀 뒤를 따랐고 호롱불을 흰 바지를 입은 넓적다리에 대고 있어서 주위에 그림자가 더 어두워 보였다.

"떠나기 전에 나에게 키스해 줘요." 위의 그림자에서 그의 목소리가 부드럽게 들렸다.

그녀가 순간적으로 깜짝 놀라 하던 일을 멈추었다.

"그렇지만 왜요?" 그녀가 순전히 놀라서 소리쳤다.

"왜요?" 그가 빈정거리며 그녀의 말을 따라 했다.

그녀가 몇 분 동안 꼼짝 않고 그를 쳐다보았다. 그리곤 몸을 앞으로 내밀어 그에게 키스했다. 입에 오래 머무른 느리고도 쾌감이 충만한 키스였다. 그리고 그녀가 그에게서 호롱불을 받는 동안에, 그는 자기의 모든 뼈마디를 불태워 녹이는 완전한 불로 인해 정신을 잃고 서 있었다.

그들은 카누를 물로 가져갔고 구드룬이 제 자리를 차지하고 제럴드가 배를 밀었다.

"그렇게 하면 손이 아플 텐데 괜찮아요?" 그녀가 염려되어 물었다. "나 혼자서도 완전하게 할 수 있는 일이거든요."

"아프게 하진 않아요." 그가 낮고도 부드럽게 말하니 그녀가 형언할 수 없는 아름다움을 느껴 온몸에 애무를 받는 듯했다.

그리고 카누의 선미에서 그가 그녀 가까이에, 아주 가까이에 앉아, 그의 양다리를 그녀 쪽으로 뻗어, 발이 그녀의 발에 닿게 하는 그를 유심히 쳐다보았다. 그리고 그가 의미 있는 멋진 말을 들려주길 그녀는 바라며 부드럽게 머뭇머뭇하며 노를 저었다. 그러나 그는 조용히 앉아 있었다.

"이런 걸 좋아하시는군요?" 그녀가 부드럽고 배려하는 목소리로 물었다.

그는 짤막하게 웃기만 했다.

"우리 사이에 공간이 있어요." 그가 똑같이 낮고도 의식이 없는 목소리로 말했다. 그건 마치 무엇인가가 그의 입을 빌려 말하는 것 같았다. 그리고 그들이 보트 안에서 떨어져서 있으면서 균형을 잡고 있는 것을 마술적으로 그녀는 인식하는 듯했다. 그녀는 이 사실을 첨예하게 깨닫고 즐거워서 정신이 혼미해졌다.

"그렇지만 제가 아주 가까이에 있어요." 그녀가 애무하듯, 명랑하게 말했다.

"그렇지만 멀리 있지요. 멀리." 그가 대답했다.

다시 그녀는 즐거워서 말을 잇지 못했다. 드디어 가느다랗고 흥분한 목소리로 말했다.

"하지만 우리가 물 위에 있으니까 자릴 제대로 옮길 수 없어요." 그녀가 목소리로 그를 섬세하고도 기이하게 어루만지며 자기 멋대로 완전히 통제했다.

호수 위에는 한 열두 서너 척의 보트가 떠서, 장밋빛의 둥근 호롱불을 물 위로 낮게 드리워서 마치 불에서 반사되는 듯했다. 멀리서 증기선이 윙하며 기적을 울려 퉁기는 소리를 냈고, 증기선에 달린 노들이 낮게 철썩이며 물 위를 스쳤다. 또 줄지어 달린 색깔 등을 끌고 가다가, 가끔 연달아 불꽃을 터트려서 수면 전체를 야하게 수놓았다. 로마 폭죽과 별모양의 폭죽과 다른 단순한 모양의 폭죽이 수면을 환히 밝히어, 주변의 낮게 떠다니는 보트들을 비추었다. 그 후엔 아름다운 어둠이 다시 수면을 덮었고, 호롱불과 점점이 이어진 작은 등불들이 부드럽게 가물거리며 노를 젓는 둔탁한 소리와 음악이 파도처럼 흘렀다.

구드룬은 거의 감지하지 못할 정도로 살살 노를 저었다. 제럴드는 멀지 않은 곳에서 짙푸른 색과 장미색의 둥근 어슐라의 호롱불을 볼 수 있었다. 버킨이 노를 저을 때마다 호롱의 갓이 서로 맞대어 부드럽게 흔들렸고 배가 지나간 자리에는 무지갯빛이 반짝이다가 사라지곤 했다. 그는 자기 배의 섬세한 색깔의 초롱불이 그의 뒤로 부드러운 빛을 드리운다는 것도 의식하고 있었다.

구드룬이 노를 멈추고 둘러보았다. 카누는 물이 조금이라도 밀려오면 위로 들렸다. 제럴드의 하얀 무릎이 그녀 아주 가까이에 있었다.

"너무나 아름답지요!" 그녀가 경의를 표하듯 부드럽게 말했다.

그녀가 그를 쳐다보았다. 그는 초롱불의 희뿌연 수정 갓에 등을 대고 앉아 있었다. 그의 얼굴이 완전히 응달이 져 있었지만, 그 얼굴을 볼 수 있었다. 그건 한 가닥의 황혼빛이었다. 그녀의 가슴은 그에 대한 열정으로 짜릿하게 저렸다. 남성의 정적과 신비에 잠겨있는 그가 너무나 아름다웠다. 그의 부드럽고 단단하게 윤곽을 드러낸 몸뚱이에서 남성성이 향기처럼 풍기며 순수하게 흘러나왔다. 그의 존재의 풍요로운 완전함이 그녀를 어루만져 그녀는 황홀하고 온전히 도취하여 전율했다. 그녀는 그를 쳐다보는 것이 좋았다. 현재로선 그의 살아있는 몸뚱이의 만족감을 주는 실체를 더 알기 위해 그의 몸을 만지고 싶지 않았다. 그는 순전히 손에 잡히지 않는 존재였지만 아주 가까이 있었다. 그녀의 손은 잠에 취한 듯 노 위에 얹혀있고, 그녀는 그를 마냥 보고 싶었다. 수정체 그림자 같은 그의 본질적인 존재를 느끼고 싶었다.

"그래요." 그가 막연히 말했다. "아주 아름답군요."

그가 가까이서 들리는 미미한 소리에 귀를 기울였다. 노를 저을 때 물방울이 떨어지는 소리, 등 뒤에서 초롱들이 서로 부딪치며 내는 미약한 북소리, 구드룬의 통 넓은 치마가 가끔 스치는 소리, 호숫가에서 나는 낯선 소리에 귀를 기울였다. 그의 정신은 물 밑으로 가라앉고, 난생처음으로 자아가 몸뚱이를 빠져나와 주위의 사물 속으로 스며듦을 체험했다. 그는 지금까지 언제나 예리하게 긴장을 했고 자신 안에 꽁꽁 뭉쳐 양보하지 않았기 때문이다. 이제 그는 자아를 풀어 놓아야 했다. 감지할 수 없게 조금씩 그가 녹아내려 전체와 하나가 되고 있었다. 그건 순수하고 완전한 잠 같았다. 생전에 처음으로 든 깊은 잠이었다. 그는 지금까지 살면서 너무나도 자기주장만 했고 자기방어에 급급했었다. 그러나 여기에 잠이 있고 평화가 있고 완전한 해방이 있었다.

"저 부잔교로 노를 저어갈까요?" 구드룬이 그러길 바라며 물었다.

"어디든지요." 그가 대답했다. "그냥 떠내려가게 해요."

"그럼 어디 부딪치면 알려줘요." 그녀가 아주 친밀하게 차분하고 조용한 어조로 대답했다.

"빛이 비춰줄 테니까요." 그가 말했다.

그래서 그들은 정적 속에서 그냥 떠내려갔다. 그는 정적을, 순수하고 온전한 정적을 원했다. 그러나 그녀는 어떤 말을 듣고 확신을 얻고 싶어 불안했다.

"아무도 당신을 찾지 않을까요?" 그녀가 말을 하고 싶어 물었다.

"날 찾는다고요?" 그가 되풀이해 물었다. "아니요! 왜 찾겠어요?"

"전 누군가가 당신을 찾지 않을까 하는 생각이 들어서요."

"왜 날 찾겠어요?" 그리고 자신의 무뚝뚝한 태도를 곧 알아차리고 어조를 바꿔 말했다. "당신이 돌아가고 싶은 것 같은 데요."

"아니요. 전 돌아가고 싶지 않아요." 그녀가 대답했다. "아니요. 확실히 그렇지 않아요."

"확실히 괜찮아요?"

"아주 괜찮아요."

그리고 다시 그들은 잠잠했다. 유람선이 윙하고 울리고 또 뚜 뚜 기적 소릴 냈다. 누군가가 노랠 부르고 있었다. 그러다가 밤이 산산조각이라도 난 듯, 갑자기 크게 외치는 소리가 났다. 왁자지껄 소리치는 소리와 물 위에서 싸우는 격렬한 소리. 다음에는 노를 거꾸로 저어 결렬하게 물을 휘젓는 끔찍스런 소리가 들렸다.

제럴드가 곧게 앉았고 구드룬이 겁이 나 그를 쳐다보았다.

"누군가 물에 빠졌어요." 그가 어두컴컴한 물 위를 날카롭게 건너다보며 화가 난 목소리로 다급하게 외쳤다. "빨리 노를 저울 수 있어요?"

"어디로요? 유람선 쪽으로요?" 구드룬이 공포에 질린 목소리로 물었다.

"그래요."

"내가 노를 똑바로 못 저으면 말해 주세요." 구드룬이 불안하고 겁이 나 말했다.

"똑바로 잘 가고 있어요." 그가 말했고 카누는 앞으로 재빨리 나아갔다.

고함치는 소리와 왁자지껄하는 소리가 컴컴한 물 위로 소름 끼치게 계속 들렸다.

"이런 일은 으레 일어나는 거 아녜요?" 구드룬이 깊은 증오심으로 빈정대며 말했다. 그러나 그에겐 거의 들리지 않았고, 그녀가 어깨너머로 진행방향을 흘낏 보았다. 컴컴한 수면에는 아름다운 공모양의 흔들리는 호롱불이 뿌려져 있었고, 유람선은 그리 멀리 있지 않았다. 유람선의 등불이 초저녁 호수 위에서 흔들리고 있었다. 구드룬은 있는 힘을 다해 노를 저었다. 그러나 일이 매우 심각하게 돌아가자, 그녀는 노 젓는 데 자신이 없어지고 서투르게 되었다. 빨리 노를 젓기가 힘들어졌다. 그녀가 제럴드의 얼굴을 힐끗 보았다. 그는 매우 날카롭게 신경을 곤두세우고 혼자 동떨어져 직분을 의식하며 어둠을 뚫어지게 쳐다보고 있었다. 그녀의 심장이 내려앉았다. 그녀는 죽을 것 같은 심정이었다. 그녀는 혼자 중얼거렸다. "물론 아무도 익사하지 않을 거야. 절대로 그런 일은 없겠지. 그렇게 된다면 너무나 엄청나고, 큰일이잖아." 그러나 그의 얼굴이 비개인적인 칼날 같은 표정을 짓고 있어서 그녀의 심장은 냉랭해졌다. 마치 그가 이전의 모습으로 돌아가 있는 듯이, 마치 그가 자연스레 공포와 재앙에 속해 있는 듯한 표정이었다.

그때에 어린애의 목소리가 들렸다. 여자애의 째지는 듯한 높은 비명이었다.

"다이—다이—다이—다이—오, 다이—오, 다이—오, 다이!"

구드룬의 혈관에서 피가 차갑게 흘렀다.

"다이애나구나. 그렇지," 제럴드가 웅얼거렸다. "철없는 원숭이같이 굴더니. 제멋대로 장난을 쳐야 직성이 풀리지."

그리곤 그가 노를 다시 쳐다보았다. 보트가 바라는 대로 빨리 가질 못했다. 그러다 보니 구드룬이 잔뜩 스트레스를 받아 노를 제대로 저을 수가 없었다. 그래도 전력을 다해 계속 노를 저었다. 계속 부르고 대답하는 목소리들이 들려 왔다.

"어디라고요? 어디요? 저기요—바로 저기예요. 어느 쪽이요? 아니—. 아—니—. 제기랄. 여기, 바로 여기야—" 보트들이 사방에서 그 현장으로 달려오고 있었고, 온갖 색깔의 호롱불이 호수 표면 가까이에서 출렁이고 있었다. 반사된 빛들이 출렁거렸다. 유람선은 무슨 이유에선지 또다시 기적을 울렸다. 구드룬의 보트가 빨리 가고 있었고 호롱불이 제럴드 뒤에서 흔들렸다.

그때에 또다시 어린애의 높은 비명이 들렸다. 흐느끼며 다급하게 지르는 비명이었다.

"다이—오, 다이—오, 다이—다이—!"

그건 끔찍한 비명이었고, 저녁의 희미한 대기를 가르며 들려왔다.

"위니, 넌 잠이나 잤으면 나을 뻔했다." 제럴드가 혼잣말로 중얼거렸다.

그는 몸을 구부려 구두끈을 풀어 구두를 벗고 있었다. 그리곤 그의 부드러운 모자를 보트 바닥에 던졌다.

"그렇게 다친 손으로 물에 들어갈 수 없어요." 구드룬이 공포에 질려 낮은 소리로 가쁘게 숨을 몰아쉬며 말했다.

"뭐라고요?—아무렇지도 않아요."

그가 힘겹게 겉저고리를 벗어 자기 발 사이에 떨구었다. 그가 맨머리에 앉아 있는데 지금 전체가 하얗게 보였다. 그가 허리의 벨트를 만져보았다. 그가 탄 보트가 유람선 가까이에 갔다. 유람선의 큰 선체가 그들 머리 위쪽에 있으면서 수없이 많은 램프가 아름다운 빛을 쏘아댔는데, 그 아래 그림자가 진 번뜩이는 검은 수면에는 흉측한 빨강, 초록, 노란빛이 흉물스럽게 넘실대었다.

"오, 언니를 건져요! 오, 다이, 내 사랑! 오 제발 언니를 건져줘요! 오 아빠, 오 아빠!" 어린애가 완전히 실성해 신음하고 있었다. 누군가가 구명대를 갖고 물속에 있었다. 두 대의 보트가 가까이 노를 저어서 호롱불이 출렁이며 희미하게 빛을 비추었다. 보트들은 주변을 탐색하고 있었다.

"이봐요—록클리!—저, 이봐요!"

"제럴드 사장님!" 유람선 선장의 겁먹은 목소리가 들렸다. "다이애나 양이 물에 빠졌어요."

"누가 찾으러 들어갔나?" 제럴드의 날카로운 목소리가 들렸다.

"젊은 브린델 의사요, 사장님."

"어디지?"

"사장님, 그들의 흔적이 보이지 않아요. 모두가 찾고 있지만, 지금까지 보이는 게 없어요."

잠시 불길한 침묵이 흘렀다.

"그 애가 어디로 빠졌지?"

"제 생각엔—저 보트가 있는 쪽쯤이요." 미심쩍은 대답이 들렸다. "저 빨강과 초록 초롱이 달린 보트 자리요."

"그쪽으로 노를 저어요." 제럴드가 침착하게 구드룬에게 부탁했다.

"언니를 건져요. 오빠, 제발 언니를 건져요." 어린애의 애타는 소리가 들렸다. 제럴드는 전혀 개의치 않았다.

"저쪽으로 보트를 좀 기울여요." 제럴드가 연약한 보트에서 일어서며 구드룬에게 말했다. "보트가 뒤집히진 않아요."

다음 순간 제럴드가 가볍게 수직으로 물속에 뛰어들었다. 구드룬은 보트 안에서 격렬하게 흔들렸다. 휘저어진 물이 호롱불과 함께 흔들렸고, 구드룬은 달이 희미하게 비친다는 걸 그리고 제럴드가 눈앞에서 사라졌다는 걸 깨달았다. 그래 눈 깜짝할 사이에 사라질 수가 있구나. 숙명적이란 무시무시한 감각이 그녀를 덮쳐 그 어떤 것을 느끼거나 생각할 수가 없었다. 그래, 그이가 세상에서 사라졌구나. 단지 똑같은 세상인데 그이만이 없구나. 사라졌구나. 밤이 크고도 허허롭게 보였다. 호롱불이 여기저기에서 흔들렸고 사람들이 유람선과 보트들 안에서 낮은 소리로 말을 했다. 그녀는 위니프레드가 흐느끼는 신음을 들을 수 있었다. "오, 제발 언니를 찾아요. 제럴드 오빠, 제발 찾아줘요." 그리고 누군가가 그 애를 달래려 애쓰고 있었다. 구드룬은 아무 목표 없이 이리저리로 노를 저었다. 무시무시하고 엄청나게 넘실대고 차갑고 끝없어 보이는 호수가 그녀를 말할 수 없게 공포로 치닫게 했다. 그이가 안 돌아올 건가? 그녀는 자기도 물속으로 뛰어들어 그 공포를 의식해야겠다고 느꼈다.

구드룬이 누군가의 "저기에 제럴드 씨가 있네요"란 말을 듣고는 움찔했다. 그녀는 제럴드가 물쥐처럼 수영하는 동작을 보았다. 그리고 모르는 사이에 그에게로 노를 저었다. 그는 좀 더 큰 다른 배에 근처에 있었다. 그에게 아주 가까이 가야 했다. 그녀가 그를 보았다—물개 같았다. 그가 보트의 옆구리를 손으로 잡을 때 모습이 물개 같았다. 그의 금발이 물에 씻기어 이마 위로 내려왔고 그의 얼굴은 부드럽게 빛났다. 그가 가쁘게 숨을 몰아쉬는 것을 들을 수 있었다.

그러다가 그가 보트 안으로 기어 올라왔다. 아, 그가 보트의 옆구리를 기어 올라올 때에 하얗고 어렴풋이 반짝이는 그의 구부린 허리의 아름다운 모양에 그녀는 그만 죽고 싶을 정도였다. 그가 보트 안으로 기어 올라올 때의 그의 희미하게 빛나는 허리의 아름다운 모습과 그의 부드럽게 구부린 등—아, 그것은 그녀가 감당하기에 너무나 버거웠고, 너무나도 종국적인 광경이었다. 그녀는 그걸 알아버렸고 그건 치명적이었다. 운명 그리고 아름다움, 그러한 아름다움의 끔찍한 절망!

그는 그녀에게 하나의 사나이로 보이지 않았다. 그는 하나의 화신이요, 삶의 위대한 형국이었다. 그가 얼굴에서 물을 털어버리고 자기 손의 붕대를 내려다보는 것을 보았다. 그녀는 그것이 모두 아무 소용이 없고 그를 절대로 넘어설 수 없음을 알았다. 그는 그녀에게 삶의 최종적인 근사치였다.

"불들을 꺼요. 더 잘 볼 수 있게." 그의 말이 들렸다. 갑작스럽고 기계적이며 사내들의 세계에 속하는 그런 목소리였다. 그녀는 남성들만의 세계가 있다는 것을 좀처럼 믿을 수가 없었다. 그녀가 몸을 돌려 호롱불을 입으로 불어 껐다. 입으로 불어 끄기가 힘들었다. 유람선의 옆구리에 박힌 색깔 점들 외엔 사방의 등이 다 꺼졌다. 초저녁의 푸르스레한 잿빛이 사방 수면에 퍼졌고 머리 위엔 달이 떴고, 이곳저곳에 보트들의 그림자가 드리워 있었다.

다시 철퍼덕 소리가 났고 제럴드가 물속으로 들어갔다. 구드룬은 호수의 너무나도 음산하고 죽음 같은 엄청난 물에 겁이 나서 가슴이 아파 앉아 있었다. 보트 밑에는 죽음같이 잔잔한 수면이 멀리 퍼져있는데, 오로지 그녀는 홀로였다. 그건 기분 좋은 고립이 아니었다. 그건 긴장되고 무시무시하고 차가운 분리였다. 그녀는 자기도 물속으로 뛰어들어가야 하는 시간이 올 때까지, 음흉한 실체의 표면 위에 홀로 매달려 있었다.

그러다가 사람들이 웅성거리는 소릴 듣고서야 그가 다시 물에서 나와 보트로 기어들어 왔다는 걸 알았다. 그녀는 그와 연결되길 바라며 앉아 있었다. 그녀는 물의 안 보이는 공간을 초월해 그와 연결하려고 분투했다. 그러나 그녀의 심장 주변에는 참을 수 없는 고독이 도사렸고 그것을 그 어떤 것도 꿰뚫을 수가 없었다.

"유람선을 호숫가로 몰고 가요. 배를 저기에 세우는 건 아무 쓸모가 없어요. 물 밑을 훑게 망을 가져와요." 단호하고 도움이 되는 목소리가 들렸다. 그건 세상의 어조로 꽉 차있었다.

유람선이 점진적으로 물을 휘저으며 움직이기 시작했다.

"제럴드! 제럴드 오빠!" 동생 위니프레드의 처절하게 외치는 소리가 들렸다. 제럴드는 대답하지 않았다. 유람선은 천천히 애처롭고도 서툴게 원을 그리며 몸체를 돌려 육지 쪽으로 살금살금 움직여 멀리 아득하게 퇴진했다. 유람선의 물갈퀴에서 밀려오는 물결소리가 점점 더 희미하게 들렸다. 구드룬은 가벼운 보트에서 흔들렸고 균형을 잡기 위해 자동적으로 노를 물속에 넣었다.

"구드룬이야?" 어슐라의 목소리가 들렸다.

"어슐라 언니!"

두 자매의 보트가 한데 모였다.

"제럴드는 어디 있어?" 구드룬이 물었다.

"다시 잠수하고 있어." 어슐라가 푸념하듯 말했다. "그런데 손은 다치고 잔뜩 지쳤을 텐데 잠수를 하면 안 되지."

"이번엔 집으로 데려갈게요." 버킨이 말했다.

보트들이 증기선이 휘젓는 물결에 밀려 다시 흔들렸다. 구드룬과 어슐라가 제럴드를 찾으려고 눈독을 들였다.

"저기 있네!" 눈이 제일 밝은 어슐라가 소리쳤다. 그는 이번엔 물 속에 오래 있지 못했다. 버킨이 그가 있는 쪽으로 보트를 저었고 구드룬도 그 뒤를 따랐다. 제럴드가 아주 천천히 헤엄을 쳐왔고 다친 손으로 보트를 잡았으나 미끄러져 곧 다시 물에 빠져들었다.

"왜 돕질 않아요?" 어슐라가 버킨에게 날카롭게 소리쳤다.

제럴드가 다시 헤엄쳐 왔다. 그리고 버킨이 몸을 숙여서 그를 보트 안으로 끌어올렸다. 구드룬은 다시 그가 물에서 보트로 기어 나오는 것을 보았다. 이번엔 아주 천천히 축 처져서 양서류의 마구잡이로 기어오르려는 동작으로 서툴게 보였다. 달빛이 다시 그의 하얗고 젖은 몸과 수그린 등과 둥그런 허리를 희미하게 비추었다. 그러나 이번엔 그의 몸이 아주 지쳐 보였고 힘들게 기어 올라와 비틀대며 몸을 던졌다. 그는 몸이 아파 괴로워하는 짐승처럼 헐떡거리며 숨을 쉬었다. 그는 보트에 축 늘어져 꼼짝 않고 앉아 있었고 머리는 물개 머리처럼 무디고 눈이 먼 듯했고, 전체 몸뚱이는 사람 같지가 않았고 의식이 없어 보였다. 구드룬은 기계적으로 그의 보트를 따라가며 몸을 부르르 떨었다. 버킨은 아무 말도 않고 선착장 쪽으로 노를 저어갔다.

"어디로 가는 거야?" 제럴드가 이제야 정신이 든 양 갑자기 물었다.

"집으로." 버킨이 대답했다.

"아니, 안 돼!" 제럴드가 호령하듯 외쳤다. "애들이 물속에 있는데 집에 갈 수 없어. 다시 돌아가. 난 그 애들을 찾아야 해." 구드룬과 어슐라는 겁을 먹었다. 그의 목소리가 거의 미친 듯 반대할 수 없게 단호하고 위험스럽게 들렸기 때문이다.

"아냐," 버킨이 말했다. "넌 그렇게 할 수 없어." 그의 목소리엔 기이하게 강요하는 어조가 담겼다. 제럴드가 의지의 싸움에서 잠잠해졌다. 그가 상대를 죽일 것 같았다. 그러나 버킨이 비인간적인 불가피함으로, 찬찬히 흔들리지 않게 노를 저었다.

"왜 네가 끼어들지?" 제럴드가 증오심에 물었다.

버킨이 대꾸하지 않았다. 그는 육지를 향해 노를 저었다. 그리고 제럴드는 말 못하는 짐승처럼 숨을 몰아쉬고 이빨을 덜덜 떨며 가만히 앉아 있었다. 그의 팔은 맥없이 축 늘어졌고 머리는 물개의 머리 같았다

그들이 선착장에 닿았다. 온몸이 젖어 꼭 나체처럼 보이는 제럴드가 몇 걸음을 걸었다. 거기에 그의 아버지가 컴컴한 밤에 서 있었다.

"아버지!" 그가 불렀다.

"그래, 아들아?—집에 가서 그 젖은 옷을 벗어야지."

"우린 그 애들을 구하질 못했어요. 아버지." 제럴드가 말했다.

"얘야, 아직 희망은 있어."

"그럴 것 같지가 않아요. 도대체 어디에 있는질 알 수가 없어요.

발견할 수가 없었어요. 그리고 엄청나게 차가운 물살이 밀려와요."

"호수의 물을 빼겠다." 아버지가 말했다. "넌 집에 가서 네 몸이나 돌보아라. 루퍼트, 저 애를 유념해 돌봐주게나." 그가 아무 감정 없는 목소리로 덧붙였다.

"저, 아버지. 죄송해요. 정말 죄송해요. 다 제 잘못이에요. 그러나 어쩔 수가 없었어요. 전 최선을 다했어요. 물론 잠수는 계속 할 수 있어요—비록 많이는 더 못하겠지만요—그리고 별 소용이 없겠지만요—"

그가 맨발로 선착장 나무 바닥을 걷다가 무언가 날카로운 것을 밟았다.

"자네가 신을 안 신어서 그래." 버킨이 지적했다.

"그이의 신발이 여기 있어요." 구드룬이 저 밑쪽에서 소리쳤다. 그녀가 배를 빨리 젓고 있었다.

제럴드가 구두가 올 때까지 기다렸다. 구드룬이 구두를 들고 왔다. 그가 구두를 신었다.

"사람이 일단 죽으면 그것으로 끝이야. 그건 끝장이야." 그가 말했다. "왜 다시 살아나나? 수천 명도 잠겨있을 공간이 저 물속에 있는데."

"둘로 충분해요." 구드룬이 중얼거렸다.

그가 두 번째 구두짝을 끌어당겨 신었다. 몸이 매우 격렬하게 떨렸고 그의 턱이 말하는데 마구 떨렸다.

"그건 어쩌면 맞는 말이에요." 그가 말했다. "그렇지만 저 아래에 얼마나 큰 공간이 있는지 놀라워요. 저 밑에 우주만 한 공간이 있어요. 물이 너무나도 차가워서 머리가 잘려나간 듯 꼼짝 못 하겠어요." 그의 몸이 너무 떨려서 겨우 간신히 말을 했다. "우리 가문엔 한 가지 이상한 것이 있어요." 그가 말을 계속했다. "일단 일이 어긋나가면, 절대로 돌이킬 수가 없다는 거죠—우리 집안에선 그래요. 평생 내내 그런 걸 목격했어요—일단 일이 잘못되면 바로 잡을 수가 없다는 거죠."

그들은 신작로를 따라 집으로 가고 있었다.

"저 말인데, 일단 저 물속에 깊이 들어가면 너무나 물이 차가워서, 그리고 이 지상과 너무도 달라, 너무나 끝이 안 보여서—어떻게 이렇게 많은 사람이 살고 있고 우리가 어떻게 이곳 지상에 살고 있느냐 하는 생각이 들어요—집으로 가요? 다시 만나는 거죠? 잘 가세요. 그리고 고마워요. 매우 고마워요."

자매는 무슨 가능성이라도 있나 알기 위해 잠시 더 머물렀다. 달이 머리 위에서 거의 뻔뻔스럽다 할 정도로 휘영청 밝게 빛났고, 작고 검은 보트들이 물가에 모여 있었고, 사람들의 웅성거리며 소리를 죽인 외침이 들렸다. 그러나 그건 모두 아무런 효과가 없었다. 구드룬은 버킨이 돌아왔을 때 집으로 갔다.

버킨은 호숫물을 빼기 위해 수문을 여는 일을 위임받았다. 신작로 가까운 호수 한쪽 끝에다 구멍을 내어 먼 광산에서 물이 필요할 경우 물을 공급하기 위한 저수지 역할을 호수가 했다. "같이 가요." 버킨이 어슐라에게 권했다. "이 일을 마친 후에 당신을 집까지 바래다줄게요."

그가 호수관리인 집으로 가서 수문의 열쇠를 받았다. 그들은 신작로에서 작은 문을 통과한 후에 호수 위쪽으로 갔다. 그곳엔 석조로 만든 커다란 저류조가 있어 넘치는 물을 받았고, 돌층계들이 물

아래로 죽 나 있었다. 그 층계 맨 위에 수문을 잠그는 장치가 있었다.

밤은 여기저기서 들리는 불안한 목소리만 아니라면 은빛이 아름다운 완벽한 밤이었다. 은색의 달빛이 수면을 비추었고 시커멓게 보이는 보트들이 물소리를 내며 움직였다. 그러나 어슐라의 마음은 이 모든 것에 무감각했다. 모든 것이 하찮고 비사실적으로 보였다.

버킨이 수문의 쇠 손잡이를 손보고 나서 렌치로 손잡이를 돌렸다. 톱니바퀴의 이가 천천히 위로 올라가기 시작했다. 그가 노예처럼 매달려 계속 돌렸고 그의 하얀 자태가 확연히 보였다. 어슐라는 눈을 돌려 멀리 보았다. 그녀는 버킨이 노예처럼 힘들게 매달려 몸을 구부리고 기계적으로 손잡이를 돌리며 빙빙 돌아가는 것을 차마 볼 수가 없었다.

그러다 그녀에게 커다란 충격이 왔다. 물이 커다란 소릴 내며 밀려 나왔다. 저 길 너머 컴컴한 나무가 빽빽이 자라는 저지대에서부터 물소리가 점점 커지면서 무시무시하게 아우성치며, 계속 어마어마한 물줄기가 무섭게 뭉텅이로 떨어지며 커다랗게 울리는 소릴 냈다. 그 우렁차게 노호하는 소리가 밤을 가득 채웠다. 모든 것이 그 소리에 숨죽여 삼켜졌고 삼켜져 그 자취를 감추었다. 어슐라는 생명을 부지하려고 고군분투하는 기분이었다. 그녀는 양손으로 귀를 막고 담담하게 높이 떠 있는 달을 쳐다보았다.

"이젠 갈 수 있지 않아요?" 어슐라가 버킨에게 큰 소리로 물었다. 그는 층계의 수위가 더 낮아지나 알기 위해 수면을 주시하고 있었다. 혼이 빠진 듯했다. 그가 그녀를 쳐다보며 고개를 끄덕였다.

작고 검은 보트들이 더 가까이 다가와 있었고, 사람들은 신작로 옆의 생울타리를 따라 무엇이 흘러나오나 보려고 호기심을 갖고 모여들었다. 버킨과 어슐라는 수문관리인 집에 가서 수문 열쇠를 돌려주고 호수를 등졌다. 어슐라는 굉장히 서둘렀다. 그녀는 수문에서 빠져나가는 물이 내는 우르르 꽝꽝하는 무시무시한 소리를 더는 들을 수가 없었다.

"그 사람들이 죽었다고 생각해요?" 그녀가 자신에게 들리게 하려는 듯, 목소리를 아주 높여 물었다.

"그래요." 그가 대답했다.

"너무도 끔찍해요!"

그는 이 말에 주의를 기울이지 않았다. 그들은 그 소리에서 점점 더 멀리 떨어져 가며 언덕을 올라갔다.

"굉장히 신경이 쓰여요?" 그녀가 물었다.

"난 죽은 자들에 대해선 별로 신경이 쓰이지 않아요." 그가 대답했다. "그들은 일단 죽었으니까요. 최악의 일은 죽은 자들이 산 사람에게 계속 달라붙어 놓아주지 않는다는 거지요."

어슐라가 잠시 생각에 잠겼다.

"그래요." 그녀가 대답했다. "죽는다는 사실 자체는 그다지 문제가 되는 것 같지 않아요. 그렇지요?"

"그래요." 그가 대답했다. "다이애나 크라이치가 살아있든 죽었든, 그게 뭐 그리 중요해요?"

"중요치 않다고요?" 어슐라가 충격을 받고 물었다.

"그래요. 왜 문제가 되지요? 죽은 게 더 낫지요—훨씬 더 사람들의 가슴에 애틋이 남을 테니까요. 그 애가 죽었기에 사람다운 사람으로 기억될 거요. 살았을 땐 안달하는 하잘 것 없는 계집애였는데."

"말이 너무 끔찍해요." 어슐라가 낮은 소리로 말했다.

"아니요! 난 다이애나 크라이치가 죽었기를 바라요. 그 애가 살아난다는 건 어딘가 잘못된 거예요. 그 젊은이로 말하면 참 불쌍하지—생각보다 빨리 자기 길을 찾아갈 거요. 죽음이 괜찮은 거요—죽음보다 더 나은 것은 없소."

"그렇지만 당신은 죽기를 바라는 건 아니지요." 그녀가 그에게 도전하는 말을 했다.

그는 잠시 말이 없었다. 그러다 그녀가 겁을 먹을 정도로 확 바뀐 어조로 그가 말했다.

"난 죽음과 끝내고 싶어요—죽음의 과정을 끝내고 싶어요."

"지금 그러는 중이 아닌가요?" 어슐라가 불안해하며 물었다.

그들은 얼마 동안 아무 말 없이 나무 아래를 걸어갔다. 그러다 그가 겁이 난 듯이 천천히 말했다.

"죽음에 속한 삶이 있는가 하면 반면에 죽음이 아닌 삶이 있어요. 난 죽음에 속한 삶에 지쳤어요—우리와 같은 삶이지요. 그러나 그런 삶이 끝났는지 모르겠어요. 난 다시 태어나는 것처럼 잠과 같은 사랑을 원해요. 세상에 갓 태어난 아기같이 다치긴 쉽겠지만요."

어슐라는 반쯤은 그의 말을 피하고 절반쯤은 주의를 기울이며 들었다. 그녀가 그의 말의 진의를 파악한 듯했다. 그러나 그녀는 거리를 두었다. 말을 듣기를 원했지만 그렇다고 그 말에 연루되기는 싫었다. 그녀는 그가 원하는 지점에서 순순히 따를 마음이 내키지 않았다. 말하자면 그녀의 실체 자체를 내어주길 원하지 않았다.

"왜 사랑이 수면 같아야 하나요?" 그녀가 슬픈 어조로 물었다.

"나도 모르겠어요. 그러니까 그건 죽음 같은 것이죠—난 이 삶에서 벗어나는 죽음을 진정 원해요—그럼에도 그건 삶 자체보다 더 너머에 있는 것이지요. 사람은 맨몸뚱이의 아기처럼 자궁에서 출산하지요. 예전의 모든 방어책과 옛 몸뚱이는 사라지고, 전엔 마셔본 적이 없는 새로운 공기가 주위를 에워싸지요."

그녀는 그가 한 말을 이해하면서 귀를 기울였다. 그녀는 버킨과 마찬가지로, 말이란 의미를 충분히 전달하지 못한다는 것을, 사람 몸이 만드는 몸짓에 불과하다는 것을, 다른 몸짓과 같이 무언의 쇼라는 것을 알고 있었다. 그녀는 그의 몸짓을 자기 핏속에서 느끼는 것 같았고, 그녀의 욕구가 자꾸 그녀를 앞으로 밀어냈지만, 뒤로 물러났다.

"그렇지만," 그녀가 진지하게 물었다. "당신은 사랑이 아닌 무엇인가를—사랑을 초월하는 무엇인가를 원한다고 말하지 않았어요?"

그는 혼란스러워 몸을 돌렸다. 말에는 항상 혼돈이 있는 법이다. 그래도 말은 해야 한다. 사람이 전진하려면 어느 길로 가든 길을 뚫고 나갈 수밖에. 그리고 안다는 것, 발화한다는 것은 감옥의 벽을 뚫고 나가는 것이지. 마치 산고 중의 태아가 자궁벽을 허물려고 애쓰는 것과 같이. 앞에서 혹은 밖으로 나가려고 고투하면서, 옛 몸뚱이를 의도적으로 깨는 것 외엔 새로운 길이 없지.

"난 사랑을 원치 않아요." 그가 말했다. "난 당신을 알고 싶지 않아요. 난 나 밖으로 나가길 원해요. 당신도 자신에게 잊히길 바라요. 그래야 우리가 달라지지.—사람이 지치고 탈진할 때는 말을 해선 안 돼요.—사람이 햄릿처럼 지껄이면 그건 거짓말 같아요.—내가 건전한 자부심과 태평함을 보일 때 날 믿어줘요. 난 심각하게 구는 내가 싫어요."

"왜 당신이 심각해서는 안 되나요?" 그녀가 물었다.

그가 잠시 생각을 하더니 부루퉁해서 말했다.

"모르겠어요." 그리곤 그들은 사이가 틀어져서 말없이 걸었다. 그는 멍했고 뭐가 뭔지 알 수 없었다.

"이상하지 않아요?" 그녀가 갑자기 사랑스럽게 그의 팔에 손을 얹으며 말했다. "우린 늘 이런 식으로 말을 해요! 우린 어떻든 분명 서로를 사랑하고 있어요."

"아, 그래요." 그가 대꾸했다. "지나칠 정도로 많이."

그녀가 명랑하다고 할 정도로 웃어댔다.

"당신은 당신 식대로 사랑해야 직성이 풀리죠?" 그녀가 그를 놀려댔다. "당신은 상호신뢰 속에 사랑할 줄 몰라요."

그의 태도가 바뀌었다. 부드럽게 웃더니 길 한가운데서 몸을 돌려 두 팔로 그녀를 껴안았다.

"그래요." 그가 부드럽게 말했다.

그리곤 그가 그녀의 얼굴과 이마에 천천히 부드럽게 키스했다. 아주 섬세한 행복감에 넘친 키스라 그녀가 너무나도 놀라 어떻게 반응할 수가 없었다. 그건 정적 가운데서 완벽했고, 정신없이 해대는 부드러운 키스였다. 그러나 그녀가 그 키스에서 뒤로 물러났다. 그건 기이한 불나방이 그녀의 캄캄한 영혼에서 나와 그녀 위에 아주 부드럽고 조용히 내려앉는 느낌이었다. 불안했다. 몸을 뒤로 뺐다.

"누가 오지 않아요?" 그녀가 말했다.

그래서 그들은 컴컴한 길을 내려다보았고 벨도버를 향해 다시 걷기 시작했다. 그러다가 천박하게 정숙한 체하는 여자가 아님을 보이기 위해서 그녀가 갑자기 발걸음을 멈추고 그를 자기 몸쪽으로 바짝 끌어당겨 안아 열정적인 키스를 그의 얼굴에 격렬하게 퍼부었다. 새로운 자아가 그의 속에 자리 잡았음에도 불구하고 옛 피가 치솟았다.

"이건 아니지. 이건 아니야." 그가 자신에게 투덜거렸다. 그녀가 그를 당겼을 때 처음의 부드럽고 졸리는 듯한 달콤함의 완전한 기분이, 그의 사지와 얼굴에 몰려왔던 격정에서부터, 뒤로 물러날 때였다. 그리곤 곧 그가 그녀를 향한 열정적인 욕망의 완벽하고 단단한 불꽃이 되어버렸다. 그럼에도 그 불꽃의 작은 핵심에는 자신을 내어주지 않으려는 또 다른 자아의 고뇌가 도사리고 있었다. 그러나 이것 또한 사라졌다. 그는 오로지 그녀를 원할 따름이었다. 죽음처럼 피할 수 없는 궁극적인 욕구였다. 이렇다저렇다 따질 수가 없었다.

그리곤 그는 만족했으나 분쇄되고, 성취했으나 파괴되어, 그녀와 헤어져 집으로 갔다. 암흑 사이를 의식이 몽롱하게 떠밀려갔다. 활활 타오르는 옛 욕정의 불 속으로 빠져들었다. 암흑 속 저 멀리 어딘가에서 슬피 우는 작은 울음소리가 들리는 것 같았다. 그러나 그게 무슨 문제인가? 이 궁극적이고 의기양양한 육체적인 열정의 체험 말고 도대체 무엇이 중요하단 말인가? 그 욕정은 새로운 생명의 마술처럼 다시 새롭게 활활 불타올랐다. "난 목숨은 부지하고 있었지만 죽어가고 있었어. 말 주머니에 불과했지, 뭐." 그가 자기의 다른 자아를 조롱하며 위풍당당하게 말했다. 그러나 어딘가 저 멀리에서 그 작은 다른 자아가 배회하고 있었다.

그가 돌아왔을 때 사람들이 아직도 호수의 물 밑을 뒤지고 있었다. 그가 둑에 서 있는데 제럴드의 목소리가 들렸다. 호숫물은 아직도 컴컴한 밤에 우르르 쿵쾅하며 무섭게 흘러나갔고 달은 아련히 비쳤고 저 너머 언덕들은 보일 듯 말 듯했다. 호숫물의 수위가 내려가고 있었다. 밤공기 중에 생갯벌 냄새가 퍼졌다.

저 위쪽 숏랜즈 저택엔 창문마다 불이 켜있어 모두가 깨어있는 것 같았다. 부잔교엔 물에 빠진 젊은이의 아버지인 노구의 의사가 서 있었다. 그는 기다리며 아무 말 없이 서 있었다. 버킨도 서서 유의해서 보았다. 제럴드가 보트를 타고 다가왔다.

"루퍼트, 아직도 여기 있었어?" 그가 말했다. "그 애들을 찾을 수 없었어. 호수 바닥이 경사가 져 있는데 아주 가팔라. 물이 두 개의 아주 가파른 절벽 사이에 들어차 있고 옆으로 작은 골짜기들이 나 있어. 물살이 사람을 어디로 몰고 갈지를 통 모르겠어. 밑이 평평한 바닥과는 아주 달라. 물밑을 훑는데 도대체 어디가 어딘지 알 수가 없었어."

"자네가 이렇게 늦게까지 애쓸 이유가 있어?" 버킨이 물었다. "잠자리에 들었다면 훨씬 더 낫지 않았을까?

"잠자리에! 정말 어처구니가 없네. 그래, 내가 잘 수 있을 것 같아? 내가 여길 떠나기 전에 그 애들을 찾아야 해."

"그렇지만 자네 없이도 일군들이 그 애들을 찾을 텐데—왜 이리 고집인가?"

제럴드가 그를 힐끗 쳐다보았다. 그리고 애정 어린 표정으로 그의 어깨에 손을 얹으며 말했다.

"루퍼트, 나 때문에 걱정하지 말게. 건강 문제라면 내가 아니라 바로 자넬 걱정해야지. 그래 자네 기분이 어떤가?"

"아주 괜찮아. 그렇지만 자넨 말이야, 멋진 삶의 가능성을 망치고 있어—가장 훌륭한 자아를 낭비하고 있어."

제럴드가 잠시 가만히 있더니 말했다.

"낭비한다고? 자아를 다른 어디에 쓸 데가 있다고?"

"그렇지만 제발 인제 그만두게. 자넨 자신을 스스로 끔찍한 일 속으로 몰고 들어가고 있어. 지긋지긋한 기억의 맷돌을 자네 목에 걸고 있어. 제발 인제 그만 들어가자."

"지긋지긋한 기억의 맷돌이라고!" 제럴드가 그의 말을 되풀이했다. 그리곤 그가 다시 버킨의 어깨에 다정스레 손을 얹었다.

"정말이지. 자넨 아주 절실하게 표현을 잘한단 말이야."

버킨의 심장이 철렁 내려앉았다. 자신이 너무 절실하게 말한 것에 신경이 쓰이고 진저리가 났다.

"제발 그만두지 않을래? 우리 집으로 가자!"—그가 마치 취객을 잡아끌 듯 그에게 재촉했다.

"아니," 제럴드가 버킨의 어깨를 한쪽 팔로 안으며 달래듯이 말했다. "루퍼트, 정말 고맙네—괜찮다면 내일 자네한테 갈게. 내 심정 이해하지? 난 이 일을 끝내고 싶어. 내일 반드시 자네한테 갈게. 아, 난 그 무엇보다도 자네한테 가서 이런저런 얘길 나누고 싶어. 내 진심이네. 그래, 내일 갈게. 루퍼트, 자넨 자네가 아는 것 이상으로 내게 너무도 중요해."

"내가 아는 이상이라니 그게 무슨 말이야?" 버킨이 골이 나서 물었다. 그는 자기 어깨에 얹힌 제럴드의 손을 날카롭게 의식하고 있었다. 그리고 이런 식의 말다툼을 하고 싶지 않았다. 제럴드가 이 흉측한 불행에서 빠져나오길 원했다.

"이다음에 말해주지." 제럴드가 달래듯 대답했다.

"지금 나하고 같이 가자—난 자네가 함께 가길 바라네." 버킨이 졸라댔다.

긴장되고 진지한 침묵이 흘렀다. 버킨은 왜 자기 심장이 그토록 쿵쿵거리는지 의아해 했다.—그러다 제럴드의 손가락이 버킨의 어깨를 더 힘주어 꽉 잡으며 마음을 전했다.

"아니, 난 이 일을 완수할 걸세. 루퍼트, 고마워—자네 뜻은 알겠네. 우리 사인 괜찮아. 자네와 나 사이 말이야."

"난 괜찮을 테지만, 자넨 괜찮을지 잘 모르겠어. 여기서 이렇게 얼쩡거리고 있으니." 버킨이 이 말을 하고 자리를 떴다.

익사자들의 시체는 동이 틀 무렵에야 발견되었다. 다이애나가 젊은이의 목을 꽉 끌어안아 그의 숨을 조였던 것이다.

"그 애가 그 청년을 죽였어." 제럴드가 말했다.

달이 하늘에서 기울더니 마침내 졌다. 호수는 4분지 1로 줄어들었고 흉측스러운 진흙 둑이 드러났다. 지독하게 썩는 물 냄새가 진동했다. 동쪽 언덕 뒤로 동이 어렴풋이 트고 있었다. 물은 여전히 수문을 통해 콸콸 소릴 내며 몰려나갔다.

새들이 첫 아침을 깨우며 지저귀었고 황량한 호수 뒤편의 언덕은 아침 안개를 머금고 광채를 내며 서 있었다. 드문드문 이어지는 사람들의 행렬이 숏랜즈 저택을 향하고 있었다. 일군들이 들것에 시체를 들고 갔고 제럴드가 그들 옆에서 걸었고 수염이 허연 두 아버지가 묵묵히 그 뒤를 따랐다. 집 안에선 전 가족이 모두 기다리며 깨어 있었다. 누군가가 어머니 방에 가서 어머니에게 그 소식을 전해야 했다. 그 노 의사는 자신의 기력이 다할 때까지 아들을 살리려고 혼자서 갖은 애를 다 써 보았다.

그 일요일 아침에 모든 인근 지역은 이 끔찍스런 재앙으로 인해 쥐죽은 듯 조용했다. 광부들은 이 재앙이 직접 자신들에게 일어난 것처럼 느꼈고, 정말로 광부들이 사고로 죽었을 때보다 더 충격을 받고 놀랐다. 아니 그런 비극이 숏랜즈 집안에 일어나다니! 지역에서 그토록 지체 높은 댁에 그런 재앙이 일어나다니! 젊은 아씨 중 하나가 유람선의 선실 지붕에서 춤을 춘다고 고집을 부렸다니. 고집스러운 젊은 아씨가 축제가 한창 벌어지던 중 젊은 청년 의사와 익사를 했다니! 그 일요일 아침엔 모든 곳에서 광부들이 그 재앙 이야기를 하면서 이곳저곳으로 배회했다. 그 사람들의 모든 일요일 정찬 자리에 이상한 영령이 감도는 것 같았다. 죽음의 천사가 가까이 와 있고 영묘한 분위기가 공중에 차 있는 듯했다. 남정네들의 얼굴엔 깜짝 놀란 흥분의 표정이 감돌았고, 아낙네들은 엄숙해 보였고, 그들 중 몇 명은 소리 내어 울기까지 했다. 아이들은 처음엔 그 흥분된 분위기를 좋아했다. 대기 중엔 거의 마술적이라 할 정도로 강렬한 분위기가 감돌았다. 모두가 그런 분위기를 즐겼던가? 모두가 그 두근거리는 분위기를 즐겼던가?

구드룬은 제럴드에게 달려가 위로하고 싶은 생각으로 달아올랐다. 그를 완전히 위로해주고 기운을 북돋아 줄 말을 계속 생각하고 있었다. 그녀는 충격을 받고 겁을 먹었다. 그러나 그런 분위기를 몰아내고 제럴드와의 관계에서 어떻게 처신할 것인가, 그녀의 역할을 어떻게 할 것인가를 생각했다. 그것이 진짜 가슴을 두근거리게 하는 일이었다. 어떻게 그녀의 역할을 잘해낼 것인가.

어슐라는 심각하고도 열정적으로 버킨을 사랑하게 되었다. 그일 외엔 아무것도 할 수 없었다. 그녀는 그 불행한 사고의 이야기엔 통 관심이 없었다. 그러나 그녀의 이런 동떨어진 태도에 문제가 있어 보였다. 그녀는 그저 때만 되면 혼자서 넋을 잃고 앉아있으면서 그를 다시 만나길 갈망했다. 그가 집으로 찾아오길 바랐다, —다른 식으로는 그를 만나고 싶지 않았다. 그가 곧 찾아와야 한다고 생각했다. 그녀가 그를 기다리고 있었다. 온종일 집 안에 틀어박혀 있으면서 그가 문을 두드리길 고대했다. 분마다 그녀는 자동적으로 창문을 힐끗 쳐다보았다. 그가 꼭 창가에 있을 것 같았다.

제15장 일요일 저녁

그날의 시간이 지나감에 따라 생명의 피가 어슐라의 몸에서 빠져나가는 듯했고, 그 텅 빔 속엔 무거운 절망감이 모여들었다. 그녀의 열정이 피를 흘려 죽는 듯했고, 그 외엔 아무것도 없었다. 그녀는 완전한 무의 상태에서 정지된 듯 앉아 있었고 그건 죽음보다 더 견디기 어려웠다.

'무슨 일이 일어나지 않으면,' 그녀가 최후의 고통의 생생함을 완벽히 느끼며, 혼자 중얼거렸다. '난 죽게 될 거야. 난 내 삶의 줄, 끝에 와 있어.'

그녀는 죽음의 경계선인 암흑 속에서 짓눌려져 사라진 채 앉아 있었다. 그녀가 평생, 이 죽음의 가장자리로 점점 더 가까이 다가갔다는 것을 깨닫게 되었다. 그곳을 초월하는 더 이상의 다른 세상은 없고, 그곳에서 사포*처럼 미지의 영역으로 뛰어내려야 했다. 죽음이 임박했다는 인식은 마약과 같았다. 아무런 생각도 없이, 컴컴한 곳에서 자신이 죽음에 가까웠다는 것을 알았다. 그녀는 평생 성취의 선을 걸어왔는데 이제 거의 끝날 참이었다. 그녀가 알아야 할 것들을 죄다 알았고 경험해야 할 것을 죄다 경험했기에 그녀는 쓸쓸한

---

* 기원전 600년경의 그리스 여류 시인으로 바다에 몸을 던져 자살했다.

완숙의 단계에서 모든 것을 성취했으니, 이제는 나무에서 죽음으로 떨어질 일만 남아 있었다. 그리고 사람은 자신의 발전을 끝까지 성취해야 하고, 삶의 모험을 완결해야 한다. 그다음 단계는 접경을 넘어 죽음으로 들어가는 것이다. 그래 지금이 바로 그때구나! 이렇게 인식하니 마음이 어느 정도 평화로웠다.

결국, 사람이 삶을 성취하고 죽음으로 떨어질 때가 가장 행복하구나. 씁쓸한 과일이 농익어서 밑으로 떨어질 때가. 죽음은 위대한 완성이요, 완성을 이루는 체험이다. 그건 생명으로부터의 발전이다. 우리는 아직 살아있는 동안에도 그것을 인식한다. 그렇다면 무엇을 더 생각할 필요가 있는가? 우린 그 완성을 넘어서면 아무것도 알 수 없다. 죽음은 위대하며 완결을 짓는 체험이란 것으로 충분하다. 그 체험을 우리가 아직 모르는데, 왜 그 체험 이후에 관해 물어야 하나? 죽자, 그 위대한 체험은 나머지 모든 체험, 죽음 다음에 오니까. 죽음은 우리가 바로 앞에 도달한 다음번의 커다란 중대국면이니까. 만약에 우리가 얼쩡거리며 그 문제를 회피한다면, 우리는 졸렬하게 불안에 떨며 그 문 주변을 맴돌고 있을 따름인 거다. 그곳에는 그 옛날 여류시인 사포 앞처럼, 우리 앞에 무한한 공간이 있다. 그 속으로 여행을 떠나는 것이다. 만약에 여행을 계속할 용기가 없다면 우리는 "난 도저히 할 수 없어"라고 외쳐야 하나? 우린 앞으로 나아가 죽음으로 들어갈 것이다. 죽음이 무엇을 의미하든지 간에. 만약에 사람이 택해야 할 다음 단계를 알 수 있다면, 왜 그가 사후의 세계를 두려워하겠나? 왜 사후의 세계에 관해 물어야 하나? 다음 단계에 대해서 우리는 확실히 안다. 그것은 죽음으로 들어서는 단계이다.

"죽을 거야—난 곧 죽을 거야." 어슐라가 인간의 확신을 넘어선 맑고도 차분하고 확실한 황홀경에 들어선 양, 맑은 정신으로 혼자 중얼거렸다. 그러나 그 뒤 어딘가에, 황혼 속에, 비통한 울음과 절망이 도사리고 있었다. 그런 것에 신경을 써서는 안 된다. 인간은 주저치 않는 정신이 이끄는 곳으로 나아가야 한다. 두렵다고 그 문제를 회피해서는 안 된다. 문제를 회피해서도 안 되고 사소한 목소리에 귀를 기울여서도 안 된다. 만약에 지금 가장 깊은 욕망이 죽음이라는 미지의 영역으로 들어가는 것이라면, 더 얄팍한 욕망을 위해 가장 심오한 진리를 저버리는 것인가?

"그렇다면 끝을 내자." 어슐라가 혼자 중얼거렸다. 그것은 결의였다. 그것은 자신의 목숨을 끊는 문제가 아니었다—그녀는 절대로 자살을 하지 않을 것이다. 자살은 혐오스럽고 폭력적이니까. 그것은 다음 단계의 인식 문제였다. 다음 단계는 죽음의 공간으로 이끈다. 그럴까?—아니면……?

그녀의 생각은 부지중에 무의식으로 빠져들었고 그녀는 마치 잠이 든 양 난로 옆에 앉아 있었다. 그리고 그때에 생각이 다시 났다. 죽음의 공간이라니! 그것에 자신을 내어줄 수 있나? 아 그래—그건 잠이지. 그녀는 삶에 신물이 났다. 그녀는 너무도 오랫동안 버티고 저항을 했지. 이젠 자신을 내어 맡길 시간이다. 더는 저항하지 않고.

일종의 영적인 황홀감에 그녀가 자신을 내어 맡기고 굴복했더니 모든 것이 캄캄했다. 그녀는 어둠 속에서 자기 몸뚱이의 끔찍한 주장을, 말할 수 없는 와해의 고뇌를 느낄 수 있었다. 그 고뇌는 너무도 끔찍해서, 저 멀리 와해의 지독한 욕지기가 몸속에서 일기 시작하는 것을 느낄 수 있었다.

"몸이 그렇게 즉각적으로 정신과 부합하나?" 그녀는 자신에게 물었다. 그리고 그녀는 궁극적인 앎의 명료함으로 몸이란 정신의 발현의 한 가지에 불과하다는 것을 인식했다. 내장된 정신의 와해는 또한 육체적인 몸의 와해라는 것을 인식했다. 내가 의지를 굳게 세우지 않는다면, 삶의 리듬에서 자신이 무죄임을 선언하지 않는다면, 나 자신의 의지 안에서 자신이 무죄임을 선언한 채, 스스로 고정하고 정적으로 남아 있으며 삶과 차단하라. 그러나 반복의 반복인 삶을 기계적으로 사는 것보다 죽는 것이 낫지. 죽는다는 건 보이지 않는 것과 더불어 계속 움직이는 것이지. 죽는 것은 또한 기쁨이고 알려진 것보다 위대한 것, 말하자면, 순수한 미지의 것에 내어 맡기는 기쁨이지. 그것이 기쁨이지. 그러나 기계화된 삶을 살며 의지의 동작 안에서 미지의 세계와 차단되어 하나의 실체로 산다는 것, 그것은 수치요, 불명예지. 죽음에는 수치라는 것이 없지. 보충되지 않는 기계화된 삶에는 완전한 불명예가 있지. 삶은 영혼에 정말로 불명예스럽고 수치스러운지 모르지. 그러나 죽음은 절대로 수치가 아니야. 죽음 그 자체는 무한한 공간처럼 우리가 더럽힐 수 있는 곳을 초월해 있어.

내일은 월요일이야. 월요일은 학교의 일을 시작하는 또 다른 주간의 시작이야! 또 다른 수치스럽고 메마른 학교에서의 일주일이고 틀에 박힌 기계적인 활동에 그치지. 죽음의 모험이 무한히도 더 좋은 것이 아닌가? 죽음이 그러한 생활보다는 무한히 더 아름답고 고상하지 않은가? 내적인 의미 없이, 그 어떤 진정한 의미 없이, 메마른 틀에 박힌 생활이라니. 지금 산다는 것이 얼마나 옹졸한 삶이며 영혼에 끔찍한 수치인가! 죽는 것이 얼마나 더 깨끗하고 더 당당한

가! 추악한 일상과 기계적인 무효의 이런 수치를 더는 견딜 수가 없어. 죽음에서야 열매를 맺을 수 있을 거야. 삶은 더 겪어 볼 것 없이 충분히 살았어. 어디에서 삶다운 삶을 찾을 수 있단 말인가? 바쁘게 돌아가는 기계에선 꽃이 자라지 못하고, 틀에 박힌 삶엔 하늘이 없고, 쳇바퀴식 동작에는 공간이 없어. 모든 생활은 기계처럼 빙빙 돌아가는 동작으로 실체에서 단절되어 있어. 삶에선 찾을 것이 없어—모든 나라와 민족의 경우에도 마찬가지야. 유일한 창문은 죽음뿐이야. 인간은 죽음의 거대하고 어두운 하늘을 신이 나서 내다볼 수 있어. 마치 어린 학생이 교실 창문을 통해 그 밖의 완전한 자유를 쳐다보는 것처럼 말이야. 지금 난 어린애가 아니야. 그러니 영혼이 더럽고 거대한 삶의 건물 안에 갇힌 죄수이고 죽음 외엔 도피구가 없음을 난 알고 있지.

그러나 얼마나 큰 기쁨인가! 인간이 아무리 애써도 죽음의 왕국을 손에 넣어 무력화시킬 수 없음을 생각하니 너무도 기뻐. 인간들은 바다를 살육의 골목으로, 장사하는 길로 더럽히고, 마치 바다가 도시의 더러운 땅덩어리나 되는 양 한치 한치를 놓고 자기네 바다라고 다툼질했지. 하늘도 자기네 것이라고 우겨대며 그것을 갈라 나눠서 가지고 몇 명 소유주에게 갈라 주고 하늘에 들어서서 더 가지려고 투쟁을 하지. 모든 것이 사라지고 담 안에 갇혔어. 꼭대기에 뾰족한 철침을 꽂은 담에 갇혀, 철책을 두른 담 안에서 인생이란 미로의 틈바구니를 인간은 치욕스럽게 기어 다녀야 해.

그러나 거대하고 무한하고 캄캄한 죽음의 왕국에서 인간이 조롱을 당하지. 인간들은 지상에서 별의별 일을 다 할 수 있어, 그 행태가 잡다한 작은 신들 같지. 그러나 죽음의 왕국이 그들 모두를 조롱하면 인간들은 그 앞에서 천박한 본래의 어리석음을 드러내며 왜소해지지.

죽음은 얼마나 아름답고 얼마나 웅대하며 완전한가, 죽음을 고대한다는 건 얼마나 좋은가. 그곳에서 인간은 이곳 지상에서 자신에게 들씌워졌던 모든 거짓말과 수치와 오물을 말끔히 씻어 버리리라. 완전히 청결하게 몸을 씻고 기쁜 마음으로 새롭게 되어 조용히 의문의 시선도 안 받고 창피도 받지 않으리라. 따져보면 인간은 완전한 죽음을 기약만 하면 풍요로워지는데. 이 죽음이라는 순수한 비인간적인 타자를 고대할 것이 남아 있다는 것은 무엇보다도 반길 일이지. 생명이 무엇이든지 간에 죽음을 낚아채 갈 수는 없어. 비인간적인 초월적 죽음을 말이야. 오, 그것이 무엇인지, 아닌지를 더는 묻질 말자. 안다는 건 인간적이고, 죽음에선 우린 알지 못하고 인간이 아니지. 이것의 기쁨 때문에 지식에서 맛보는 모든 비통함과 우리 인간의 옹졸함을 보상받지. 죽음 안에선 우리는 인간이 아닐 테고, 그러니 인식도 못 할 거야. 이것의 기약이 우리의 유산이지. 우리는 상속인처럼 죽은 자들을 고대하고 있어.

어슐라가 응접실의 난로 가에 홀로 앉아, 아주 꼼짝 않고 망각 상태에 있었다. 동생들은 부엌에서 놀고 있었고 나머지 식구들은 죄다 교회에 갔다. 그리고 그녀는 자신의 영혼의 막바지 암흑에 들어가 있었다.

그녀는 부엌 쪽에서 초인종이 울리자 화들짝 놀랐다. 동생들은 아주 기분 좋게 놀라면서 복도를 따라 휙 지나갔다.

"어슐라 누나, 누가 왔어."

"알아. 요란 피우지 마." 그녀가 대답했다. 그녀 또한 깜짝 놀랐고 겁도 좀 났다. 문 쪽으로 발이 잘 떨어지지가 않았다.

버킨이 문가에 서 있었다. 비옷의 깃은 귀밑까지 올렸다. 그가 이제 온 것이다. 그녀가 저 멀리 가 있는 지금에 말이다. 그 뒤로 비가 내리는 밤이란 걸 어슐라가 알게 되었다.

"아, 자기예요?" 그녀가 말했다.

"집에 있으니 다행이네요." 그가 낮은 소리로 대답하며 집 안으로 들어왔다.

"어른들은 모두 교회에 갔어요."

버킨이 비옷을 벗어 걸었다. 동생들은 구석에서 그를 힐끔힐끔 쳐다보고 있었다.

"자, 빌리하고 도라는 이제 잠옷으로 갈아입어야지." 어슐라가 말했다. "엄마가 곧 오실 텐데, 너희가 아직 잠자리에 들지 않은 걸 보시면 실망하실 텐데."

동생들은 갑자기 착해져서 대꾸도 않고 사라졌다. 버킨과 어슐라가 응접실로 들어갔다. 난롯불은 스러져 약하게 타고 있었다. 버킨이 어슐라를 쳐다보았다. 그녀의 아름다운 얼굴이 섬세한 빛을 발하고 큰 눈이 반짝여서 경탄했다. 마음속에서 경이감을 느끼며 거리를 두고 바라보았고, 그녀는 빛을 발하며 변신한 듯했다.

"그래 온종일 무얼 하고 지냈어요?" 그가 물었다.

"그냥 이리저리 뭉개며 앉아 있었어요."

버킨이 그녀를 쳐다보았다. 그녀가 어딘가 변해 있었다. 그러나 그녀는 그와는 동떨어져 있었다. 그녀는 광채를 발하며 그와 멀리 떨어져 있었다. 그들은 부드러운 램프 불빛 아래서 잠자코 앉아 있었다. 그는 다시 떠나야겠다는 느낌이 들었다. 오지 말았어야 했다고 느꼈다. 그런데 일어설 만큼 결심이 제대로 서지 않았다. 그러나 그는 쓸모없이 이곳에 온 것이었다. 그녀의 기분은 멍했고 멀리 가 있었다.

그때에 두 아이가 수줍음을 타며 문밖에서 낮은 소리로 불렀다. 흥분된 쭈뼛거리는 소리였다.

"어슐라 누나! 어슐라 언니!"

어슐라가 일어나 문을 열었다. 문지방에 두 동생이 긴 잠옷을 입고 서 있었다. 눈은 크게 뜨고 꼭 천사 같은 얼굴이었다. 그들은 그 순간에 아주 착한 태도로 고분고분한 동생의 역을 잘해내고 있었다.

"누나가 우리에게 잘 자라고 밤 인사를 해줘!" 빌리가 좀 크게 속삭였다.

"어머나, 너희가 오늘 밤엔 진짜 천사네." 어슐라가 부드럽게 말했다. "버킨 씨에게 와서 밤 인사를 할래?"

동생들이 수줍음을 타며 방 안으로 들어왔다. 맨발이었다. 빌리의 얼굴은 활짝 웃고 있었다. 그러나 그의 파란 둥근 눈은 아주 진지한 표정을 짓고 있었다. 도라는 비단 실같이 늘어진 금발 사이로 빠끔 보면서 뒤로 물러났다. 마치 영혼이 없는 작은 요정 같았다.

"나와 잠자리 인사를 할까?" 버킨이 야릇하게 부드럽고 매끄러운 목소리로 청했다. 도라는 곧 미끄러지듯 뒤로 물러났다. 마치 바람에 날리는 잎사귀 같았다. 그러나 빌리는 사뿐사뿐 앞으로 걸어나와 기꺼이 그의 입을 오므리며 넌지시 입맞춤을 기다렸다. 오므린 두툼한 입술이 남동생의 입술을 아주 살짝 건드리는 것을 어슐라는 주시했다. 그리고 버킨은 손가락을 들어, 앞으로 기울인 동생의 둥근 뺨을 살짝 만졌다. 애정의 표시였다. 양쪽은 말이 없었다.

빌리는 남자아이 천사처럼 아니면 복사(服事)처럼 천사의 모습을 띠고 있었다. 버킨은 키가 큰 심각한 천사의 모습으로 동생을 내려다보고 있었다.

"너도 키스를 받을래?" 어슐라가 끼어들며, 작은 여동생에게 말을 걸었다. 그러나 도라는 남의 손이 닿는 걸 원치 않는 작은 요정처럼 살금살금 뒤로 물러났다.

"버킨 아저씨에게 인사하지 않을 거니? 가 봐, 너를 기다리잖아." 어슐라가 말했다. 그러나 꼬마 아이는 그에게서 단지 한 발짝 멀어질 뿐이었다.

"도라 바보! 도라 바보!" 어슐라가 놀려댔다.

버킨이 그 꼬마 여자아이에게서 불신과 반감을 좀 느꼈다. 그런 태도를 이해할 수가 없었다.

"그럼 이리로 오렴." 어슐라가 말했다. "엄마가 오시기 전에 잠자리에 들자."

"누가 우리의 기도를 들어줄 건데?" 빌리가 걱정되어 물었다.

"네가 좋아하는 누군가가."

"누나가 들어줄래?"

"그래, 내가 그럴게."

"어슐라 누나?"

"응, 빌리?"

"저 사람이 누나가 좋아하는 누군가야?"

"그렇단다."

"그런데 누굴이 뭐지?"

"그건 누구의 목적격이야."

잠시 생각에 잠긴 듯 말이 없더니 다음에는 알아들었다는 듯이 물었다.

"그래?"

버킨이 난로 가에 앉아 있으며 혼자 웃음을 지었다. 어슐라가 이층에서 내려왔을 때 그는 양팔을 무릎 위에 얹고 꼼짝 않고 앉아 있었다. 그녀는 그가 아주 꼼짝 않고 나이를 초월해 있는 모습을 보았다. 마치 죽음을 암시하는 종교의 조각상과 같이, 웅크리고 앉은 우상처럼, 보였다. 그가 고개를 돌려 그녀를 쳐다보았다. 그의 얼굴은 매우 창백했으며 보통의 얼굴 같지 않게 거의 인광 같은 흰 빛을 내는 듯했다.

"어디 안 좋으세요?" 그녀가 뭐라 말할 수 없는 반감을 느끼며 물었다.

"그건 생각을 안 해봤는데요."

"그렇지만 생각을 안 해도 그걸 느끼지 않으세요?"

그가 그녀를 쳐다보았다. 그의 검은 눈이 빨리 움직이며 그녀의 반감을 읽었다. 그녀의 질문엔 대답하지 않았다.

"생각 없이도 자신의 건강이 좋은지, 않은지를 모르세요?" 어슐라가 물고 늘어지듯 물었다.

"늘 그렇지는 않지요." 그가 냉담하게 대답했다.

"그렇지만 그런 건 매우 못된 짓이라 생각지 않으세요?"

"못되었다고요?"

"그래요. 자신이 아픈데도 그걸 모를 정도로 자신의 몸과 별 관련이 없다는 건 일종의 죄악이에요."

그가 그녀를 어둡게 바라보았다.

"그렇군요." 그가 대답했다.

"왜 기분이 좋지 않을 때 누워서 쉬지 않으세요? 댁은 완전히 유령같이 창백해요."

"기분 나쁠 정도로 그래요?" 그가 빈정대며 물었다.

"그래요. 상당히 불쾌해요. 아주 혐오스러워요."

"아!—그렇다면, 그건 참 안 되었군요."

"그리고 지금 비가 오고 있어 참 을씨년스런 밤이에요. 정말이지, 당신 몸을 그렇게 내버려두다니 도저히 용서받을 수 없어요—당신처럼 자기 몸을 돌보지 않는 사람은 마땅히 아파야지요."

"—그처럼 몸을 돌보지 않는" 그가 기계적으로 그녀의 말을 따라 했다.

이것이 그녀의 말을 가로막았고 침묵이 뒤따랐다.

다른 식구들이 교회에서 돌아왔다. 이 두 사람은 여자 동생들을, 다음엔 어머니와 구드룬을, 그다음엔 아버지와 남동생을 만나야 했다.

"잘 있었나?" 브랑윈 씨가 약간 놀라 인사를 했다. "날 만나러 왔나?"

"아닙니다. 뭐 특별한 일이 있어서 온 건 아닙니다. 날씨가 을씨년스럽고 해서 들려도 괜찮을까 싶어 잠깐 들렀습니다."

"정말 울적한 날이에요." 브랑윈 부인이 동조하며 대꾸했다. 그 순간 동생들이 이 층에서 부르는 소리가 들렸다. "엄마! 엄마!" 어머니가 얼굴을 들고 이 층을 향해 낮은 소리로 대답했다. "얘야, 내가 금방 올라갈게." 그리고 그녀는 버킨에게 말했다. "숏랜즈에 뭐 새로운 소식이 있나요?—아, 정말!" 하고 그녀가 한숨을 쉬며 말했다. "아, 가

런한 젊은이들. 생각을 말아야지."

"그래 오늘 거기에 들렀었나?" 브랑윈 씨가 물었다.

"제럴드가 차를 함께 마시기 위해 왔어요. 그리고 집까지 바래 다주었지요. 그 댁 전체가 너무도 심란해 하고 기분이 저조해요."

"그 댁 사람들은 자제력이 별로 없다고 봐요." 구드룬이 말했다.

"아니면, 지나치게 많든가요." 버킨이 대답했다.

"아, 그래요. 확실해요." 구드룬이 거의 앙심을 품은 듯 말했다. "이쪽이 아니면 저쪽이에요."

"그들은 모두 보통 때와는 다른 태도를 보여야 한다고 느껴요." 버킨이 말했다. "사람들이 비탄에 잠겼을 땐, 옛날처럼 얼굴을 가리고 조용히 물러나 있는 게 나은 것 같아요."

"물론이에요!" 구두룬이 낯을 붉히며 달아올라 큰소리로 맞장구를 쳤다. "사람들 앞에서 공공연히 슬퍼하는 것은 꼴불견이지요—그게 더 흉측하고 가식적이지 않아요? 슬픔이 개인적인 것이 아니라면, 속으로 숨겨야 하는 게 아니라면, 무엇이죠?"

"맞아요." 그가 동의했다. "거기에 있을 때 낯이 뜨거웠어요. 그들은 자연스럽거나 일상적이면 안 된다고 생각해서 억지로 슬픈 표정을 짓고 왔다 갔다 했어요."

"글쎄다." 브랑윈 부인이 이런 비판의 소릴 듣고 불쾌감을 드러냈다. "그런 불행을 감내하긴 그렇게 쉽지가 않아."

그리곤 부인은 애들이 있는 이 층 침실로 올라갔다.

버킨은 단지 몇 분을 더 지체하다가 곧 자리를 떴다. 그가 간 다음에 어슐라는 그에게 굉장한 증오심을 느꼈다. 그녀의 뇌가 모두 질 높은 증오의 날카로운 수정체로 변한 듯했다. 그녀의 본성 전체가 날카롭고 격화되어 순전히 치솟는 증오심으로 변했다. 그 정체가 무엇인지는 알 수가 없었다. 단지 그런 심정이 그녀를 사로잡았다. 극도의 날카롭고 궁극적인 증오심이, 생각을 초월한 순수하고 맑은 증오심이 그녀를 사로잡았다. 그것에 대해 전혀 생각일랑은 할 수 없었다. 자신도 망각하여 제정신이 아니었다. 마치 무엇에 홀린 것 같았다. 무엇에 홀렸다고 느꼈다. 그리곤 여러 날 동안 그에 반항하는 격렬한 증오심에 사로잡혀서 왔다 갔다 했다. 그 감정은 전에 알던 그 어떤 것도 능가했다. 그 감정은 그녀를 이 세상에서 밖으로 내동댕이쳐 어떤 무시무시한 영역으로, 밀려들어 간 것 같았다. 거기에선 옛날의 그 어떤 삶도 맥을 출 수가 없었다. 그녀는 아주 제정신을 잃고 멍한 채 그녀 자신의 삶에 정말로 죽어 있었다.

그건 너무도 완전히 이해를 초월하고 비이성적이었다. 자신이 왜 그를 증오하는지 이유를 알 수 없었다. 그녀의 증오심은 아주 추상적이었다. 그녀는 자신이 이런 완전한 몰아 상태에 압도당했음을 깨닫자 어쩔 줄 몰라 하며 충격을 받았다. 그는 적이었다. 금강석처럼 정제되었고 견고하며 보석 같았고, 모든 적대적인 것의 정수였다.

그녀는 그의 얼굴을 떠올렸다. 희고 순수하게 생겼고 그의 눈은 검고 자신의 주장을 집요하게 담고 있었다. 그녀는 혹시나 자신이 미친 게 아닌가 싶어 이마를 짚어보기도 했다. 그녀는 근원적인 증오의 하얀 불꽃 속에서 그토록 변한 것이었다.

그건 일시적인 것이 아니었다. 그녀의 증오심은. 그녀는 이런저런 이유로 해서 그를 미워하는 것이 아니었다. 그녀는 그에게 무슨 짓을 하고 싶은 게 아니었다. 그와는 어떤 관련도 갖고 싶지 않았다. 그녀의 관계는 궁극적이었고 완전히 언어의 차원을 초월하였고, 증오심은 아주 순수하고 보석 같았다. 마치 그가 근원적인 적의의 빛처럼 보였고, 그 빛의 기둥은 그녀를 파괴할 뿐 아니라 그녀를 송두리째 부정하고 그녀의 세계를 무효화했다. 그가 극도로 반박하며 그녀를 단숨에 내려치는 것으로 보였다. 그의 존재 자체가 그녀의 무존재를 극명히 드러내 주는 기이한 보석같이 보였다. 그가 다시 아프다는 말을 들었을 때 그녀의 증오심은 한층 더 격렬해졌다. 그것이 그녀를 멍하게 하고 완전히 제정신을 잃게 했지만, 그것에서 빠져나올 수가 없었다. 그녀를 짓누르는 이 변화된 증오의 상태에서 벗어날 수가 없었다.

제16장 남자 대 남자

버킨은 아파 누워 꼼짝을 못했다. 일체의 모든 것과 등진 상태였다. 그의 생명을 실은 배가 얼마나 깨지기 쉬운가를 알았다. 그러면서도 그 배가 얼마나 강하고 견고한가도 알았다. 그리고 그는 통 관심이 없었다. 원하지 않는 삶을 받아들이는 것보다 죽음의 기회를 택하는 것이 천 번이나 나았다. 그렇지만 무엇보다 최고는 어디까지나 집요하게 버티고, 또 버티고 버티어서 삶에 만족하는 것이었다.

그는 어슐라와의 관계가 자신에게 일임되었다는 걸 알았다. 자신의 삶이 그녀에게 달려있다는 것을 알았다. 그러나 그녀가 제의하는 사랑을 받아들이느니 차라리 살지 않는 게 나으리라. 구닥다리 식의 사랑은 끔찍스런 구속으로 보였다. 일종의 징집 같았다. 그의 마음속에 든 것이 무엇인지는 모르지만, 도대체 사랑, 결혼, 아이들, 그리고 가정적인 부부애에 만족하며 지독히 내밀한 삶을 산다는 것이 지겨웠다. 그는 더 해맑고 더 열려있고 말하자면 더 선선한 삶을 원했다. 남편과 아내 사이의 답답하도록 달아오른 밀착된 삶은 질색이었다. 부부가 아무리 사랑한다 해도 문을 걸어 잠그고 그들만의 결합한 삶을 사는 태도가 그를 넌더리 나게 했다. 그건 의심 많은 부부가 내밀한 집이나 방에 격리된 모임일 뿐이고 항상 부부 끼리 있으면서 그 이상의 삶이나 어떤 즉각적이고 공평한 관계는 용납하지 않는 공동체일 뿐이다. 그건 부부들만의 만화경으로 외부와의 관계가 끊기고 동떨어진 무의미한 삶을 사는 부부들의 실체일 뿐이다.

정말이지 그는 결혼보다 난잡함을 한층 더 싫어했다. 그리고 성적 접촉은 또 다른 짝짓기에 불과한 것으로 법적인 결혼의 반작용인 행위라 생각했다. 반작용은 정상적 행위보다 훨씬 더 싫증 나게 했다.

전체적으로 그는 성을 싫어했다. 그것은 너무한 제약이다. 남자를 부부의 깨어진 절반으로, 그리고 아내를 다른 깨어진 절반으로 만드는 것이 성이다. 그는 자신 안에서 온전한 존재이기를, 여자도 그러길 원했다. 그는 성이 다른 욕구와 같은 차원으로 되돌아가기를, 하나의 완성이 아니라 기능적인 과정으로 간주하길 바랐다. 그는 성의 결혼을 믿었다. 그러나 일단 이를 넘어서, 그보다 더한 연결을 원했다. 그곳에선 남자가 실체를 갖고 여자도 실체를 가져서 두 개의 순수한 실체로써 각자가 상대방의 자유를 형성하고, 두 천사 혹은 두 악마처럼, 하나의 힘을 떠받치는 두 개의 극처럼 서로의 균형을 이루길 원했다.

그는 자유롭게 되길 너무도 원했다. 하나로 통일하려는 필요성을 강요받지 않거나 불만족스런 욕망으로 괴로워하지 않기를 원했다. 욕망과 열망은 이러한 고초 없이 그 목적을 발견해야 하는 법이다. 지금처럼 물이 풍부한 세상에선 단순한 갈증은 대수롭지 않으며, 거의 무의식중에 갈증이 해소되는 것처럼 말이다. 그리고 그는 자신이 혼자 있을 때, 동떨어져 있고 명확하고 선선하게 있으면서도 그녀와 양극을 이루며 균형을 이루어 자유로운 것처럼, 어슐라와 함께 하길 원했다. 병합이나 움켜쥐거나 사랑의 뒤섞임은 그에게 미치도록 혐오스러운 것이었다.

그러나 그의 생각에 여자는 항상 너무도 지독하게 상대방을 움켜쥐려 하고 소유욕에 가득 찼으며, 사랑한다면서 자만이란 탐욕에 가득 찼다. 여자는 상대방을 손아귀에 넣고 소유하고 좌지우지하고 지배하길 원했다. 모든 것이 여자에게, 여장부에게 모든 것의 대모에게 회귀해야 했다. 그녀로부터 모든 것이 비롯되고 그녀에게 모든 것이 최종적으로 바쳐져야 했다.

대모가 모든 것을 잉태했으니 모든 것이 자기 것이라는 그녀의 이 억측에 그는 거의 이성을 잃을 정도로 분노했다. 그녀가 인간을 잉태했으니 인간이 그녀의 것이다. 그 슬픔에 잠긴 성모지, 그녀는 위대한 어머니로서 이제 다시 그를 자기 것이라고 주장하지. 영혼과 육체, 성, 의미, 모든 것을 요구하지. 그는 위대한 어머니란 생각에 경악을 금치 못했다. 대모란 지긋지긋했다.

여자는 다시 아주 뻐기면서 자기가 위대한 어머니라 했다. 그가 그러한 태도를 허마이어니에서 얼마나 보았던가. 허마이어니, 그녀는 굴종하며 알랑거렸지만, 사실 내심으로는 내내 그 굴종 아래 슬픔에 잠긴 성모의 자세를 품으며, 그 지긋지긋하고 음흉하며 오만불손한 여자라는 전횡을 부리지 않았는가. 그녀는 남자를 산고 중에 낳은 것이라며 다시 자기 것이라 주장하지 않았나. 자신의 고통과 비굴함으로 그녀는 아들을 묶어서 영원한 감방에 처넣지 않았는가.

그리고 어슐라, 그녀도 똑같았다—아니라면 그 반대였다. 그녀 또한 생명의 흉측스럽고 오만불손한 여왕처럼 행동했다. 마치 자기가 여왕벌로 모든 일벌이 자기에게 소속된 것같이 행동했지. 그녀의 눈에서 샛노랗게 번쩍이는 빛을 보았고, 그녀 자신이 최고라는 생각할 수조차 없는 젠체하는 우월적인 태도를 그는 보았다. 그녀는 자신이 이렇다는 걸 의식하지 못했다. 그녀는 언제든 남자 앞에서 자기 머리를 땅에다 조아릴 여자였다. 그러나 이건 그녀가 남자에 대해 완전히 자신이 있어서, 마치 자신의 아기를 애지중지하듯 남자를 완전히 소유했다는 만족에서 그를 높이 받들 때만 그럴 것이다

여자의 손에 완전히 잡힌다는 건 도저히 견딜 수 없었다. 남자는 항상 여자에게서 떨어져 나간 조각으로 간주하고, 성은 여전히 아프게 찢긴 상처로 간주하여야 한다니. 남자는 여자에게 덧붙여져야만, 어떤 진정한 위치나 온전함을 얻게 되는 것이었다.

왜 그렇지? 왜 우리는 우리 자신을, 남자와 여자를 하나 전체에서 깨어져 나간 조각으로 간주해야만 하나? 그건 사실이 아니야. 우린 온전한 것이 깨어져 나간 조각이 절대 아니야. 오히려 우린 뒤섞인 것들에서 순수하고 깨끗한 존재로 뽑아내는 것이지. 오히려 성이란 우리 속에서 뒤섞이고 미결된 상태로 남아 있는 것이지. 열정은 이런 혼합물이 더 갈라져서 남자다운 것은 남성의 존재 속으로 들어가고, 여자다운 것은 여자에게로 들어가는 것이지. 그래서 마침내 그 둘은 천사처럼 맑고 온전하게 되어, 성의 혼합물이 최상의 차원에서 초월하여 두 객체는 두 개의 별처럼 나란히 성좌를 이루게 되는 것이지.

성이 있기 전 옛날에는 우리가 뒤섞여 각자가 혼합물 상태였지. 객체로 떨어지는 과정에서 성의 위대한 양극단 상태가 초래했어. 여자다운 면은 한쪽으로, 남자다운 면은 다른 쪽으로 몰려갔지. 그러나 갈라짐은 그때조차 불완전했지. 그렇게 우리의 세계의 주기가 진행된 거지. 이제 우리는 각자 독립적인 존재인 서로 다르게 성취감을 느끼는 새로운 날이 도래했어. 남자는 순수한 남자요, 여자는 순수한 여자로, 이들은 완전하게 양극화를 이루지. 그러나 그 지긋지

굿한 혼합, 사랑의 뒤섞인 자기희생이란 더는 없지. 오로지 양극화라는 순수한 이원성만 있을 뿐. 각자는 상대방을 오염시키지 않지. 각자 개개인이 첫째요, 성은 이에 종속되어 있지만, 둘은 완전히 양극화를 이루지. 각자는 독자적으로 떨어진 존재로 자기만의 원칙을 갖고 있지. 남자는 자신만의 순수한 자유를, 여자는 여자만의 것을. 각자는 양극화된 성의 회로를 인정하지. 각자는 상대방의 독특한 본성을 인정하지.

버킨은 앓아누워있는 동안 그렇게 명상하였다. 그는 때때로 자리에 누울 정도로 몸이 아픈 것이 좋았다. 왜냐하면, 그런 때엔 그가 속히 건강을 되찾으면서 주변 상황이 그에게 명확하고 확실하게 다가왔기 때문이다.

그가 앓아누웠을 때 제럴드가 찾아왔다. 두 남자는 서로에게 깊고 편치않은 감정을 지니고 있었다. 제럴드의 눈은 빠르고 불안했고, 그의 태도는 전체적으로 긴장되고 침착하지 못했다. 그는 어떤 행동에는 매우 긴장한 듯했다. 인습에 따라 그는 검은 상복을 입고 격식을 차린 말쑥한 모습으로 예의를 갖추었다. 머리카락은 거의 백발에 가까운 연한 금발로, 빛의 조각처럼 날카로워 보였다. 얼굴은 예민하며 불그스레하고 몸뚱이는 북구의 정기로 가득 차 보였다.

제럴드는 진정으로 버킨을 좋아했으나, 그를 신뢰하지는 않았다. 버킨은 지나치게 비사실적이었다—영리하면서 변덕스럽고 놀라운 면이 있지만, 충분히 현실적이지 못했다. 제럴드는 자신의 이해력이 훨씬 더 건전하고 안정적이라 느꼈다. 버킨은 즐겁고 경이로운 정신의 소유자였으나 어쨌든 진심으로 받아들일 수 없고, 사나이 중의 사나이로서 신뢰할 수 있는 축은 아니었다.

"왜 또 앓아누웠나?" 그가 환자의 손을 잡으며 다정하게 물었다. 항상 제럴드 쪽에서 보호자의 태도를 보였고, 신체적인 활력의 온화한 거처를 제공했다.

"죄 때문이지." 버킨이 다소 빈정거리듯 웃으며 대답했다.

"죄 때문이라고? 그래, 그럴지도 모르지. 죄 덜 짓고 건강을 더 챙겨야지."

"자네가 좀 가르쳐주게."

그가 빈정대는 눈빛으로 제럴드를 올려다보았다.

"그래 자네 일은 어떻게 되고 있나?" 버킨이 물었다.

"내 일?" 제럴드가 버킨을 쳐다보니 그의 표정이 심각해 보였고 눈엔 따스한 빛이 스몄다.

"별다를 게 있나. 어떻게 다를 수가 있나? 달라질 게 없지, 뭐."

"내 생각에 자넨 여전히 사업을 성공적으로 잘 운영하고 있고 영혼의 요구는 무시하는 거 같아."

"맞아." 제럴드가 응수했다. "적어도 사업에 관한 한은 그래. 영혼에 대해선 뭐라 말할 수 없네."

"말할 수 없겠지."

"정말, 내가 무슨 말을 하길 바라지 않았나?" 제럴드가 웃으며 말했다.

"응.─사업 말고 나머지 다른 일들은 어떻게 진전되고 있나?"

"나머지 다른 일? 그게 무슨 일인데? 뭔지 모르겠어. 자네가 뭘 말하는지 모르겠어."

"아니, 자넨 알고 있어." 버킨이 말했다. "자네 기분이 울적한 거야, 유쾌한 거야? 구드룬 브랑윈은 어떻게 되었지?"

"그녀가 어떻게 되었냐고?" 제럴드가 어리벙벙한 빛을 띠었다. "글쎄, 모르겠는데. 단지 지난번 만났을 때, 내 얼굴을 갈겼다는 건 말할 수 있지."

"얼굴을 때렸다고? 왜?"

"그 이유를 나도 모르겠어."

"정말? 언제였는데?"

"파티 있던 날 밤―다이애나가 익사한 때였어. 구드룬이 언덕 위로 소를 몰고 가고 있었어. 그래 내가 그 뒤를 쫓아갔지―기억나?"

"그래, 기억나. 그렇지만 왜 그런 행동을 했지? 그녀가 그런 짓을 하도록 자초한 것은 분명히 아니겠지?"

"내가? 아니. 내가 아는 한 그렇지 않아. 단지 이렇게 얘기했지. 그 하이랜드 수소 떼를 강제로 모는 건 위험하다고 말이야―사실 그렇지. 그녀가 홱 돌아서더니 '내가 당신과 당신의 수소를 무서워할 줄 알아요?' 하고 말하더군. 그래 내가 물었지. '왜 그러냐고.' 그리곤 그 대답으로 그녀가 내 얼굴을 한 대 냅다 갈기더군."

버킨은 즐거운 듯 곧 웃었다. 제럴드가 의아해서 그를 쳐다보고 같이 웃으며 말했다.

"분명 그때 난 웃지 않았지. 내 평생에 그렇게 어안이 벙벙해 본 적은 없었네."

"그래 격분하지 않았나?"

"격분? 그랬겠지. 조금만 더 자극받았다면 아마도 그녀를 죽였을 거야."

"흠!" 버킨이 별안간 소리쳤다. "불쌍한 구드룬. 자기 자신을 그대로 드러냈으니 나중에 얼마나 후회하며 괴로워했을까!" 그는 엄청나게 재미있어했다.

"그녀가 괴로워했을까?" 제럴드도 이젠 재미있어하면서 물었다.

두 남자는 즐거움과 악의를 느끼며 미소를 지었다.

"굉장히 괴로워했을 거야. 구드룬은 엄청나게 자의식이 강하거든."

"자의식이 강하다고? 그런데 왜 그런 짓을 했을까? 확실히 그 행동은 불필요하고 사리에 맞지 않았거든."

"아마도 갑작스러운 충동이 아니었을까?"

"그래. 그렇지만 그런 충동을 어떻게 설명할 수 있지? 난 그녀에게 어떤 해도 끼치지 않았거든."

버킨이 고개를 절레절레 저었다.

"아마존의 여전사적인 기질이 갑자기 발동했나 보지." 그가 말했다.

"그래. 난 아마존적 기질보다는 오리노코*적이었으면 하는데."

그들은 둘 다 그런 어설픈 농담에 가볍게 웃었다. 제럴드는 구드룬이 마지막 타격도 자기가 날리겠다고 한 말을 기억했다. 그러나 왠지 입을 열고 싶지 않아 이 사실은 버킨에게 알리지 않았다.

"그래 분개하고 있나?" 버킨이 물었다.

"그렇지 않아. 그것에 조금만치도 개의치 않아." 그는 잠시 말이 없다가 웃으면서 덧붙였다. "아니, 내가 진상을 속속들이 알아보려는 생각은 있네. 나중에 미안해하는 것 같더라고."

"그랬어? 그날 밤 이후엔 만나지 않았어?"

제럴드의 얼굴이 어두워졌다.

---

* 남미의 최대의 강인 아마존에 빗대어 베네수엘라의 오리노코 강을 언급.

"그래. 우린 그 이후에 말이야—왜 그 불상사 이후엔 어떠했는지 자넨 상상할 수 있지."

"그래. 좀 진정되고 있나?"

"모르겠어. 물론 그건 충격이었어. 그러나 어머닌 전혀 개의치 않는 것 같아. 정말로 어머닌 전혀 신경을 쓰지 않는 것 같아. 그런데 우스운 것이, 전엔 어머니가 오로지 자식들을 위해 전념하시곤 했지—자식들 외엔 중요한 일이 없으셨지. 그런데 지금 어머닌 이번 일이 하인에게 일어난 일인 양 전혀 신경을 쓰지 않으시는 거야."

"안 쓰신다고? 그래 자넨 굉장히 기분이 불쾌했나?"

"그건 충격이었어. 그렇지만 그걸 굉장히 마음에 두진 않아. 별 차이가 없다고 봐. 우린 모두 죽어야 하지. 그러니 누가 죽든 말든 별 상관이 없는 거야. 난 전혀 슬프지가 않아. 냉담해져. 그 이유를 설명할 길 없네."

"그래, 자네가 죽든 말든 상관치 않는다고?" 버킨이 물었다.

제럴드가 푸른 섬유질의 강철 무기 같은 푸른 눈으로 그를 쳐다보았다. 그는 좀 어색한 느낌이 들었지만 무심했다. 사실상, 그는 굉장히 겁을 먹고 엄청나게 신경을 썼다.

"아," 그가 말했다. "난 죽고 싶지 않아. 왜 죽어야 하지? 그렇지만 걱정한 적은 없어. 그 문제는 전혀 내 의중에 있는 것 같지 않아. 나의 관심을 끌지 못해."

"죽음의 공포가 내 마음을 불안하게 만드느니라(Timor mortis conturbat me)." 버킨이 라틴어로 경구를 인용했다. 그리곤 이어서 말했다. "아니, 죽음은 더는 문제가 되지 않지. 묘하게도 죽음은 사람의 관심을 끌지 못해. 그건 항상 다가오는 내일 같거든."

제럴드가 버킨을 자세히 쳐다보았다. 두 사람의 눈이 마주쳤다. 그리곤 말없이 이해하는 마음이 오갔다.

제럴드가 눈을 작게 떠서 감정을 드러내지 않으며 버킨을 쳐다볼 때, 그의 얼굴은 냉담해 보였고 속내를 알 수 없었다. 그의 시선은 기이하게 날카로우나 보는 것 없이, 공중의 한 점에 고정되었다.

"만약에 죽음이 문제가 되지 않는다면, 뭐가 문제가 되지?" 그가 이상하게 멍하고 차갑고 날카로운 어조로 물었다. 그는 속내를 들킨 것 같은 어조를 띠었다.

"뭐가 문제냐고?" 버킨이 그의 말을 되풀이했다. 그 이후엔 조롱하는 침묵이 흘렀다.

"고유한 죽음의 순간 후에, 우리가 완전히 사라지기 전에 가야 할 먼 길이 있지." 버킨이 말했다.

"갈 길이 있지." 제럴드가 말했다. "그렇지만 어떤 종류의 길이지?" 그는 버킨보다 더 잘 알고 있는 문제를 버킨이 실토하도록 강요하는 듯했다.

"퇴행의 내리막길—신비롭고 우주적인 퇴행—바로 밑으로. 거쳐가야 할 순수한 퇴행에는 여러 단계가 있지. 오래 걸리는 단계지. 우린 죽은 후에도 오랫동안 계속 살아가, 그리고 점진적으로 영겁의 점진적인 퇴화를 거치지."

제럴드가 얼굴에 살짝 희미한 미소를 지으며 그 말을 내내 듣고 있었다. 마치 그가 이런 일에 대해선 버킨보다 훨씬 더 잘 안다는 표정이었다. 마치 자신의 지식이 직접적이고 사적인데 반해 버킨의 지식은 피상적인 관찰과 추론에 불과해 핵심의 주변을 돌 뿐, 정곡을 제대로 찌르지 못한다는 표정이었다. 그러나 그는 속내를 드러내지 않을 것이었다. 혹시나 버킨이 그의 비밀을 캔다면 그냥 그러라지. 제럴드는 절대로 그 일을 돕지는 않을 것이었다. 그는 끝까지 숨겨진 말(馬)이고자 했다.

"물론, 이번 일을 진짜로 상심해 하는 이는 아버지야." 제럴드가 상대방이 깜짝 놀라게 태도를 바꾸며 말을 이었다. "이번 건으로 아버지가 돌아가실 거야. 아버지의 처지에서 보면 세상이 와해한 거지. 이제 아버진 전적으로 위니에게 관심을 쏟고 계셔—위니를 꼭 살려내겠다는 거지. 아버진 그 애를 학교에 보내야 한다고 말씀하시는데, 위니는 말을 들으려 하지 않아. 그러니 절대로 보낼 수 없지. 물론 그 앤 꽤 괴팍한 애야. 우리 집 식구들이 야릇하게도, 사는 데는 서툴단 말이야. 우린 일은 할 수 있는데—삶은 제대로 살 줄 몰라. 거 참 이상하지—우리 가문의 결점이랄까."

"위니를 학교로 보내버리면 안 되나?" 버킨이 새로운 제안을 말했다.

"그 앤 별난 애야—유별난 애지. 자네보다 훨씬 유별난 애야. 내 생각에 유별난 애들은 학교에 보내선 안 돼. 단지 통상적으로 평범한 애들만 학교에 보내야 한다고 믿어—나에겐 그렇단 말이야."

"난 그 반대로 생각하는 쪽인데. 내 생각엔 그 애가 집을 떠나 다른 애들과 섞여 지내면 더 정상적으로 될 것 같은데."

"그 앤 절대로 섞이지 않을걸. 자네도 절대로 섞이지 못했지? 그리고 그 앤 그런 척도 하지 않을걸. 그 앤 자부심이 강하고 외톨이라 저절로 동떨어져 있게 되지. 만약에 그 애가 외톨이 성격이라면 왜 구태여 그 앨 사교성 있게 만들려고 해?"

"아니지. 난 그 앨 뭐 어떻게 만들려는 생각이 없어. 그렇지만 학교가 그 애한테 좋으리란 생각이 들어."

"그래 학교가 자네한테 좋았던가?"

제럴드의 눈이 험악하게 작아졌다. 학교는 그에게 고문이었다. 그렇지만 아이가 이런 고초를 겪어야 하는지에 대해서 의문을 제기하지 않았다. 그는 복종과 고초를 통한 교육의 힘을 믿는 듯했다.

"난 당시엔 정말 싫었어. 그러나 필요했다고 봐." 그가 말했다. "그런 엄한 학교 교육이 날 사회 질서에 좀 따르게 했어—어떤 면에서 사회 질서와 일치하지 않으면 살아갈 수가 없지."

"글쎄." 버킨이 대답했다. "난 자네가 사회 질서에서 완전히 벗어나지 않으면 살 수 없다고 생각하는데. 자신의 충동적 성격이 사회질서를 완전히 깨부수고 싶은데 그 질서를 따르려고 애쓰는 것은 아무 소용이 없어.—위니는 유별난 애야. 그러니 유별난 애들을 위해선 유별난 세상을 마련해줘야 해."

"그래. 그렇지만 그런 유별난 세상이 어디 있어?" 제럴드가 물었다.

"만들어야지.—세상에 맞추려고 자신을 쪼개는 대신에 자신에게 맞게 세상을 쪼개야지. —사실상, 예외적인 두 사람이 색다른 세상을 만들 수 있는 거야. 자네와 나는 색다른 별개의 세상을 만들고 있지.—자넨 매제와 똑같은 세상을 원하는 건 절대 아니지. 그건 자네가 특별한 성질을 값지게 여기기 때문이야. 자넨 정상적이거나 평범하길 진정 원하나? 그건 거짓말이야. 자넨 보기 드문 해방의 세상에서, 자유롭고 비범하길 바라지."

제럴드가 알고 있다는 묘한 눈빛으로 버킨을 쳐다보았다. 그러나 자신의 느낌을 절대로 공개적으로 인정하지 않으려 했다. 그가 버킨보다 한 가지 방향에서—아니 훨씬 더 많이—알고 있었기에. 그런 까닭에 그가 버킨을 자애롭게 사랑할 수 있었다. 마치 버킨이 어떤 면에선 어리고 순진하고 어린애 같기에. 놀랍게도 너무나 영리하나 어찌할 수 없도록 순진하였기에.

"그렇지만 자넨 나를 변덕쟁이로 여길 만큼 아주 케케묵었어." 버킨이 날카롭게 말했다.

"변덕쟁이라고?" 제럴드가 흠칫 놀라 소리쳤다. 그리고 그의 얼굴이 아주 순박한 빛을 띄우며 갑자기 빛났다. 마치 묘하게 오므린 꽃봉오리가 활짝 피어나듯이. "아니네—난 자넬 변덕쟁이로 생각한 적 없는데." 그리고 그가 기이한 눈으로 상대방을 주시했다. 버킨은 그 의미를 이해할 수가 없었다. "내 느낌은 말이야," 제럴드가 말을 계속했다. "자네에겐 언제나 불확실한 요소가 있단 말이야—어쩌면 자네가 자신에게 확신이 없는 것이겠지. 그러나 난 단 한 번도 자네를 확신할 수 없었네. 자넨 마치 영혼이 없는 양 언제든 쉽사리 멀리 떠날 수도 있고, 바뀔 수도 있으니까."

그는 꿰뚫는 듯한 눈으로 버킨을 쳐다보았다. 버킨은 깜짝 놀랐다. 그는 자신이 세상의 모든 영혼을 다 지니고 있다고 생각했다. 그는 대경실색해서 상대방을 응시했다. 제럴드는 계속 그를 주시하다가 버킨의 눈이 놀랍도록 매력적이고 잘 생긴 걸 알았다. 다른 남자를 무한히 매료시키는 자연스러운 젊은이의 미모였다. 그런데도 그가 그걸 너무나도 불신했기 때문에, 그에게 씁쓸한 원한을 가득 품게 했다. 버킨은 그 없이도 잘 지낼 수 있다는 것을—쉽게 잊고, 별로 괴로워하지 않을 것을—제럴드는 알았다. 이런 생각이 항상 제럴드의 의식 속에 자리 잡고 있어서, 씁쓸한 불신감을 안겨주었다. 이 의식은 어린, 동물과 같은 무심함의 자발성이었다. 그러니 버킨이 나서서 그렇게 심각하고도 의미심장하게 이야기하는 것이 때로는, 아니 종종 위선과 거짓처럼 보였다.

이와 상당히 다른 생각이 버킨의 뇌리를 스쳐 지나갔다. 돌연히 그는 자신이 전혀 다른 문제에 봉착했음을 의식했다—그건 두 남자 사이의 사랑과 영원한 결합의 문제였다. 물론 이건 필요한 것이었다—한 남자를 순수하고 양껏 사랑하는 것—그의 마음속에서 평생 요구한 필수품이었다. 물론 그는 제럴드를 그동안 내내 사랑해 왔다. 그러면서도 항상 그 사실을 부인했다.

그는 침대에 누워 왜 그랬나 하고 의아해했고, 한편 제럴드는 그의 옆에 앉아 생각하느라 정신이 없었다. 각자 자기 생각에 잠겨 있었다.

"옛날 독일 기사들이 어떻게 의형제를 맺었는지 알지?" 그가 전에 없이 눈망울을 행복하게 굴리며 제럴드에게 물었다.

"팔에 작은 상처를 내고 그 상처에 상대방의 피를 넣고 비벼댄 거?" 제럴드가 대답했다.

"그래—그리고 피를 나누었으니 평생 서로에게 충실하겠다고 맹세했지.—우리가 바로 그렇게 해야 해. 상처는 내지 말고. 그건 다 없어진 관습이니까.—그러나 자네와 내가 서로를 사랑한다고 맹세를 해야 해. 만에 하나라도 그것을 취소하는 일이 없이 절대적으로 완벽하게 최종적으로 말이야."

그가 무엇을 발견한 듯, 맑고 행복한 눈빛으로 제럴드를 보았다. 제럴드는 그에게 끌려 그를 내려다보았다. 자신이 너무도 끌려 꼼짝 못 하게 되자 그는 불신감을 느끼며 구속된 것에 반발하여 자신이 끌린 것을 증오했다.

"우리 언젠가는 서로에게 맹세할 거지?" 버킨이 애원조로 말했다. "우리가 서로를 지켜준다고—서로에게 진실하고—궁극적으로—확실하게—서로에게 헌신한다고 맹세를 할 거지. 유기적으로—취소할 소지가 없이 말이야."

버킨이 자기 뜻을 밝히려고 애를 썼다. 그러나 제럴드는 듣는 둥 마는 둥 했다. 그의 얼굴이 기쁨으로 반짝였다. 그는 기분이 좋았다. 그러나 그는 계속 입을 다물고 있었다. 그의 생각을 말하지 않았다.

"우리 언젠가 서로에게 맹세할 거지?" 버킨이 그의 손을 제럴드 쪽으로 내밀면서 말했다.

제럴드는 주춤거리며 겁을 먹은 양 그가 내민 잘생긴 살아 있는 손에 자기 손을 갖다 대기만 했다.

"내가 더 이해할 때까지 그 문제는 보류하지." 그가 핑계의 목소리로 말했다.

버킨이 그를 주시했다. 약간은 날카로운 실망감이, 어쩌면 멸시의 기운이 그의 가슴에 들어찼다.

"그러지." 그가 말했다. "후에 자네 생각을 말해줘야 해. 내 뜻 알겠나? 이건 질퍽한 감정주의가 아니야. 우릴 자유롭게 하는 몰개성적인 결합이란 말이야."

그들은 각자 침묵에 들어갔다. 버킨은 내내 제럴드를 쳐다보았다. 그는 지금 제럴드에서 그가 보통 보아오며 대단히 좋아하던 육체적이고 동물적인 면이 아니라, 완결된 그를 보는 듯했다. 마치 그는 운명 지어지고, 숙명 지어지고, 한계가 지어진 듯했다. 제럴드에서 운명의 이런 기이한 느낌은, 마치 그가 한 가지 형태의 존재와 하나의 지식, 하나의 활동, 숙명적인 반 조각—그 자신에게는 전부인 것처럼 보이는 것—에 제한되었다는 듯이, 열정적인 그들의 순간 후에 이런 생각이 항상 버킨을 압도했다. 그리고 제럴드를 일종의 멸시감이나 싫증 난 눈으로 보게 했다. 버킨이 제럴드에서 그토록 싫증을 느끼게 된 것은 한계에 대한 고집이었다. 제럴드는 절대로 자신을 떠나 멀리 비상할 수 없지. 진짜 무심한 쾌활한 마음으로 말이야. 그에겐 일종의 편집광인 장애가 있어.

잠시 침묵이 흘렀다. 그러다 버킨이 훨씬 밝은 어조로 말을 했다. 좀 전의 관계에서 생긴 긴장감을 해소하기 위해서였다.

"위니프레드를 위해 좋은 가정교사를 찾을 수 없겠나?—좀 비범한 인물로 말이야."

"허마이어니 로디스의 제안인데, 구드룬에게 청해서 그 애에게 그림을 가르치고 점토로 작은 작품들을 빚게 하라는 거야. 위니는 공작용 점토를 비상할 정도로 아주 잘 다루거든. 허마이어니가 공언하길 구드룬이 예술가래." 제럴드가 평상시에 하듯, 신이 나서 지껄이는 투로 뭐 별로 새로운 일도 아닌 양 말을 했다. 그러나 버킨의 태도는 좀 전의 일을 계속 생각나게 했다.

"정말? 그런 건 몰랐는데.—아, 구드룬이 가르칠 용의만 있다면 더는 좋은 게 없지—완벽한 거지—위니프레드가 예술가적 기질이 있다면 말이야. 구드룬은 어딘가 예술가다운 인물이니까. 그리고 진정한 예술가는 다른 예술가를 구제하는 법이거든."

"통상적으로 예술가들은 서로 앙숙이라고 생각했는데."

"그럴 수 있지. 그러나 예술가들만이 다른 예술가가 살기에 적합한 세계를 창출하지. 만약에 자네가 위니프레드를 위해 그 일을 성사시킨다면 더할 나위 없지."

"그렇지만 그녀가 올 거로 생각해?"

"모르겠어. 구드룬은 꽤 자부심이 강하거든. 어디고 싸구려 취급을 받고는 안 갈 거야. 또 설상 간다 해도 곧바로 돌아설 거야. 그래, 그녀가 자신을 낮춰서 특별히 이곳 벨도버에서 개인교사 일을 할지는 모르겠어. 그렇지만 한다면 그건 안성맞춤이지. 위니프레드가 좀 유별난 성격이잖아. 만약에 그 애한테 자족하는 방법을 심어주기만 한다면, 그건 할 수 있는 최선의 것이지. 그 앤 절대로 평범하게 살지는 못할 거야. 자네 자신도 그런 삶이 어렵다는 걸 충분히 체험했지. 그런데 그 앤 자네보다 훨씬 더 민감하단 말이야. 그 애가 자신을 표현하며 자기 성취를 할 방법을 찾지 못한다면 그 애가 어찌 살지 생각만 해도 아찔하네. 그저 운명에만 맡기는 것이 어떤 결과를 초래할지 보게 될 거야. 결혼이란 게 얼마나 믿을 만한지 알지—자네 모친을 보게."

"자넨 우리 어머니가 비정상이라고 생각하나?"

"아니지! 자네 모친은 평범한 삶 이상으로 무언가를, 다른 것을 원하셨다고 생각해. 아마도 그걸 얻지 못해서 잘못된 것 같아."

"한 배의 그릇된 아이들을 낳고 난 다음에 그렇게 된 거지." 제럴드가 침울하게 말했다.

"우리보다 더 잘못된 건 아니지." 버킨이 응답했다. "사람들을 하나씩 따져보면 가장 정상적인 사람들이 가장 고약한 잠재적 자아를 갖고 있다고."

"난 때로 사는 게 저주라고 생각해." 제럴드가 갑자기 무력한 분노로 말했다.

"그래, 왜 안 그렇겠는가?" 버킨이 응대했다. "살아있는 게 때론 저주라고 치세—그런데 다른 때엔 저주가 아닌 다른 거라네. 자네야말로 정말 살아있는 것에 대단한 열정을 갖고 있지."

"자네 생각보단 덜 해." 제럴드가 상대방을 보는 시선에 이상하게 생기가 줄어들면서 말했다.

침묵이 흘렀다. 각자가 나름대로 생각에 잠겨 있었다.

"난 구드룬이 중등학교에서 가르치는 것과 윈을 가르치는 것을 어떻게 차이를 둘지 모르겠네." 제럴드가 말했다.

"그 차이는 공공의 종이냐, 사적인 종이냐에 있지. 오늘날 귀족만이, 왕과 귀족만이 공공의 대상, 공공의 대상이지. 그러니 사람들은 기꺼이 공적인 대상을 위해 일하려고 하지만, 개인 교사가 된다는 건—"

"난 어느 쪽에도 봉사하고 싶지 않은데—"

"그러겠지. 구드룬도 어쩌면 똑같은 생각일 거야."

제럴드가 잠시 생각을 하다가 입을 열었다.

"어쨌든 아버진 절대로 그녀가 사적으로 고용인이라고 느끼게끔 하지 않으실 거야. 아버진 부산을 떨며 대단히 고마워할걸."

"그래야지. 자네 식구 모두도 마땅히 그래야지. 구드룬 같은 여자를 돈으로 고용할 수 있다고 생각하나? 그녀는 무엇보다 자네와 같은 위치에 있어—어쩌면 더 위에 있지."

"그런가?" 제럴드가 물었다.

"그래. 만약에 자네가 그걸 인정할 배짱이 없다면, 그녀가 자네 멋대로 행동하도록 놔둘 걸세."

"그렇지만," 제럴드가 말했다. "그녀가 나와 동등하다고 해도 제발 날 가르치려 들지 않기를 바라네. 왜냐하면, 난 선생들을 나와 동등하다고 생각지 않거든."

"나도 그래. 못된 선생들이지. 내가 가르친다고 선생이 되고, 설교한다고 목사가 되는 건가?"

제럴드가 웃어 젖혔다. 그는 이런 문제에선 언제나 불편했다. 그는 사회적인 우월성을 주장하는 걸 정말 원치 않았지만, 그렇다고 타고난 개인의 우월성을 주장할 마음도 없었다. 왜냐하면, 그는 가치의 기준을 순수한 존재에만 두고 싶지 않았기 때문이다. 그래서 그는 사회적인 지위라는 암묵적인 가정 위에서 갈팡질팡했다. 지금 버킨이 인간들 사이의 내재적인 차이가 있다는 사실을 그가 용납하길 원했지만, 그는 그걸 받아들일 의도가 없었다. 그건 거의 사회적인 명예와 자신의 원칙에 반하는 것이었다. 그는 자리를 뜨려고 일어났다.

"내가 자네와 노닥거리느라 내 사업을 소홀히 했네." 그가 웃으며 말했다.

"진작 상기시켜 줄 걸 그랬지." 버킨이 비웃듯 웃으며 말했다.

"자네가 그런 식으로 나올 줄 알았지." 제럴드가 좀 거북하게 웃으며 대꾸했다.

"그랬어?"

"그래. 루퍼트. 우리가 모두 자네 같아선 안 되지—우리가 곧 곤경에 빠지게 될걸세. 내가 고상하게 속세를 초월해 있을 땐, 모든 사업 일은 깡그리 무시할게."

"물론이지. 지금 곤경에 빠진 게 아니잖아." 버킨이 풍자적으로 말했다.

"자네가 생각하는 것만큼은 아니지. 하여간에 우리에겐 먹고 마실 것이 풍성하니까—"

"그리고 만족하고 있으니까." 버킨이 더 보탰다.

제럴드가 침대 가까이 다가가 버킨을 내려다보았다. 버킨의 목덜미가 그대로 드러나 있었고 흐트러진 머리칼은 눈 위 따스한 이마에 매력적으로 늘어져 있었다. 그의 눈은 풍자적인 얼굴에서 아주 자신만만하게 정지한 채 있었다. 사지가 튼튼하고, 활력이 넘치는 제럴드는 그 자리를 떠나고 싶지 않았다. 그는 버킨의 존재감에 묶여 있었다. 그 자리를 뜰 힘이 없었다.

"그래, 잘 가게나." 버킨이 말하면서 홑이불 밑에서 손을 내밀며 눈을 반짝이고 미소를 지었다.

"잘 있게." 제럴드가 친구의 생기있는 손을 꽉 쥐며 말했다. "다시 올게. 물방앗간 집에서 보던 자네 모습이 그립네."

"며칠 후면 그곳에 갈 거야." 버킨이 대답했다.

두 사람의 눈이 다시 마주쳤다. 제럴드의 눈은 매처럼 날카로운데 지금 따스한 빛과 터놓지 않은 애정으로 넘쳤다. 버킨이 깊이를 알 수 없는 미지의 암흑에서 보듯, 뒤를 돌아보았다. 암흑에서 나오는 따스함이 포근한 잠처럼 제럴드의 머리 위로 흘러내리는 듯했다.

"그럼 잘 있게나. 내가 뭐 해줄 건 없나?"

"없어. 고마워."

버킨이 상복을 입은 상대방의 모습이 문을 나서는 걸 주시했다. 그의 반짝이는 머리의 모습이 사라지자, 그는 돌아누우며 잠이 들었다.

제17장 산업계의 제왕

벨도버에서 어슐라와 구드룬 두 자매에게 쉬는 기간이 있었다. 어슐라에게 버킨은 당분간 사라진 듯한 느낌이었다. 그는 그녀의 세계에서 그의 존재의 의미가 상실되었고, 거의 문제가 되지 않았다. 그녀는 그녀 나름대로의 친구가, 나름의 활동이, 자기만의 생활이 있었다. 그녀는 그에게서 멀리 떠나 열정적으로 예전 생활 방식으로 돌아갔다.

구드룬은 매 순간 핏속으로 제럴드 크라이치를 의식하며, 육체적으로 그와 연결된 듯 느끼다가 이제 그에 대해 거의 무관심하였다. 그녀는 벨도버를 떠날 새로운 계획을 품고 새로운 형식의 생활을 할 생각을 했다. 그러는 내내 제럴드와의 관계를 아주 끝내는 일은 피해야 한다고 다그치는 심리가 있었다. 그녀는 제럴드와 자연스럽게 알고 지내는 것 이상으로 나가지 않는 것이 현명하고 더 나을 것이라 느꼈다.

그녀는 상트페테르부르크로 갈 계획을 했다. 그곳에는 그녀처럼 조각가인 친구가, 취미로 보석 장신구를 만드는 부유한 러시아인과 같이 살고 있었다. 러시아인들의 감정적이고 꽤 정처 없이 사는 삶이 그녀를 당겼다. 그녀는 파리엔 살고 싶지 않았다. 파리는 메마르고 근본적으로 지루했다. 그녀는 로마나 뮌헨, 빈, 아니면 상트페테르부르크나 모스크바엘 가고 싶었다. 구드룬은 상트페테르부르크와 뮌헨에 친구가 한 명씩 있었다. 이들 친구 각자에게 숙소에 대해 문의하는 편지를 띄웠다.

그녀는 상당한 액수의 현금을 갖고 있었다. 그녀는 돈을 저축할 생각으로 고향에 돌아왔고, 이제 여러 개의 작품을 팔았고, 다양한 전시회에서 칭찬도 받았다. 런던에 간다면 상당히 성공할 것도 알고 있었다. 그러나 런던은 잘 알고 있어서 그 밖의 딴 곳으로 가길 원했다. 그녀는 70파운드를 갖고 있었는데 식구 중 아무도 이를 몰랐다. 그녀는 친구들에게서 소식이 오는 대로 곧 떠날 생각이었다. 그녀의 성격은 겉으로 보기엔 평온하고 침착했지만 실은 굉장히 안절부절못하였다.

자매는 꿀을 구매하기 위해 윌리 그린에 있는 한 농가를 찾아가게 되었다. 커크 부인은 체구가 건장하고 콧날이 오뚝하고 창백하면서 교활했다. 속으로는 성질이 더럽고 고양이 같은 면이 있었는데, 알랑거리며 자매를 너무나 안락하고 너무나 말끔히 정돈된 부엌으로 안내했다. 사방엔 정말 고양이 같은 안락함과 청결함이 배어 있었다.

"그래. 브랑윈 선생님." 그녀는 약간 투덜대며 아부하는 목소리로 말을 걸었다. "고향에 돌아오니 어때요?"

구드룬은 이런 질문을 받자 금방 그 부인네가 싫어졌다.

"전, 전혀 신경 안 써요." 그녀가 퉁명스럽게 대답했다.

"신경 안 쓴다고요? 아, 런던하고는 다르다는 걸 발견하셨군요. 아가씨는 부산한 생활과 크고 웅대한 곳을 좋아하겠네요. 우리 같은 사람은 그저 윌리 그린과 벨도버에 만족하고 살아야지요. 그래, 이곳의 중등학교에 대해선 어떻게 생각하세요? 말들이 참 많던데요."

"그 학교를 어찌 생각하느냐고요?" 구드룬이 천천히 그녀를 둘러보았다. "좋은 학교라고 생각하느냐 이 말인가요?"

"그래요. 아가씨의 의견은 어때요?"

"정말로 좋은 학교라 생각해요."

구드룬은 아주 냉랭하고 역겨워하였다. 이곳 주민들이 이 학교를 싫어하는 걸 그녀는 잘 알고 있었다.

"아, 그래요? 전 이런저런 이야길 너무 많이 들어서요. 학교 내에 있는 사람들의 느낌을 아는 건 좋지요. 그러나 의견들이 제각각이지요? 하이클로즈 저택의 크라이치 씨는 그 학교를 전적으로 밀고 있어요. 그렇지. 불쌍한 양반이지. 그분이 별로 오래 살 것 같지 않아 보이네요. 아주 건강이 좋지 않지요."

"악화되셨나요?" 어슐라가 물었다.

"아, 그래요—다이애나 양을 잃고 나서는요. 그림자 같은 존재가 되었어요. 불쌍도 하지. 그 양반은 너무도 걱정거리가 많으셔."

"그러셨나요?" 구드룬이 약간 빈정거리는 어조로 물었다.

"그래요. 산더미 같은 걱정이지요. 그렇지만 우리가 만나고 싶어 하는 가장 선량하고 친절하신 신사분이시지요. 그런데 자식들은 그를 닮질 않았어요."

"그럼 모친을 닮은 건가요?" 어슐라가 물었다.

"여러 면에서요." 커크 부인이 약간 목소리를 낮추며 말했다. "부인이 이 고장에 왔을 때는 자만심이 강하고 거만한 숙녀였어요—정말이지, 말 그대로였어요! 감히 부인을 쳐다볼 수도 없었어요. 부인에게 말을 걸면 그건 대단한 영광이었죠." 그 아낙네는 감정이 드러나지 않고 교활한 표정을 지었다.

"그분이 결혼해 처음 이곳에 오셨을 때 알았어요?"

"네. 알고 말고요. 마님의 세 아이를 내가 키웠는데요. 그 애들은 정말로 무서운 악다구니, 말썽꾸러기였어요—그 제럴드 도련님이 정말로 악다구니였어요, 글쎄, 여섯 달짜리가 말이에요." 묘하게 악의적이고 교활한 어조가 그 아낙네의 목소리에 배어들었다.

"정말로요?" 구드룬이 대꾸했다.

"고집쟁이에다 이래라저래라 했지요—겨우 여섯 달짜리가 보모를 제멋대로 부렸지요. 발길질에 비명을 지르고 꼭 악다구니처럼 버둥거렸어요. 내가 그 애를 안고 있을 때 그 애의 궁둥이를 꽤 많이 꼬집어 주었지요. 그래요. 내가 더 자주 꼬집어 주었다면 버릇이 좀 나아졌을 텐데. 그렇지만 마님은 애들의 고집을 고치려 하지 않았어요—아, 아니지요, 그런 소린 들으려 하지 않으셨어요. 마님이 크라이치 주인 양반과 소동을 벌였던 걸 지금도 기억해요. 주인께서 격노해서, 정말로 제대로 격분해서 더는 참지 못하시게 되면, 주인께서는 서재 문을 잠그고 애들을 회초리로 매질하셨어요. 그러면 마님은 문밖에서 호랑이처럼 내내 총총걸음으로 왔다 갔다 하셨어요. 정말 호랑이같이 얼굴에 살기가 등등했어요. 정말 죽일 듯한 얼굴이었어요. 방문이 열리면 마님이 양손을 위로 쳐들고는 들어갔어요—"내 자식들한테 무슨 짓을 했어? 이 겁쟁이야." 마님은 정신이 나간 듯했어요. 주인께선 분명히 마님을 무서워했어요. 정말 격분하지 않으면 손가락 하나 들지 않았으니까요. 하인들은 살판나지 않았겠어요? 한 애가 매를 맞게 되면 우린 정말로 고마워하는 마음이었어요. 그 애들이 정말 못살게 굴었거든요."

"정말로요?" 구드룬이 대꾸했다.

"별의별 방법으로 그랬지요. 만약에 테이블 위에 있는 꽃병을 깨뜨리지 못하게 하거나, 새끼고양이 목에 끈을 묶어 질질 끌고 다니지 못하게 하거나, 하여튼 그 애들이 원하는 것을 무엇이든 들어주지 않으면—그땐 한바탕 소동이 벌어졌고, 마님이 들어오셔서 물으셨어요. "저 애가 왜 저러지? 저 애한테 무슨 짓을 했어? 내 사랑 아가야, 왜 그래?" 그리곤 마치 하녀를 발로 짓밟을 듯이 노려보곤 했어요.—그렇지만 나한텐 그러지 않으셨어요. 나만이 그 악다구니 애들을 내 마음대로 다룰 수 있었으니까요.—왜냐하면, 마님은 애들 문제에 신경 쓰고 싶지 않으셨으니까요. 그래요. 마님은 애들 문제로 골치 썩지 않으셨어요. 애들이 원하는 대로 하게 했어요. 애들에게 이래라저래라 하면 절대로 안 되었어요. 그리고 제럴드 도련님이 끝내주었지요. 도련님이 한 살 반이었을 때 난 그 댁을 떠났어요. 더는 참을 수 없더라고요. 그러나 내가 도련님을 안고 있을 때는 그 작은 궁둥이를 꼬집었지요. 다른 제재할 방법이 없을 땐 그랬어요. 지금도 그랬던 걸 후회하지 않아요."

구드룬은 화가 치밀어 오르고 혐오감에 부들부들 떨었다. "그 애의 작은 궁둥이를 꼬집었지요"란 말에 그녀는 너무 분노해서 낯빛이 새하얗게 굳어졌다. 도저히 참을 수가 없었다. 저 여편네가 당장 끌려나가 목이 조였으면 싶었다. 그런데도 그 말이 계속 마음속에서 뱅뱅 돌아 떨쳐 버릴 수가 없었다. 언젠가 하루는 제럴드에게 그 말을 꼭 해줘 그가 어떻게 받아들이는가를 보고 싶었다. 그런데 이런 생각을 하는 자신이 정말 미웠다.

그러나 숏랜즈 저택에서는 평생 걸리던 투쟁이 끝나가고 있었다.

아버님이 와병 중이며 세상을 하직할 참이었다. 그는 내장의 고통이 심해서, 집중력이 죄다 사라졌고, 어렴풋이 의식만 할 따름이었다. 점점 더 침묵이 그를 엄습했고 주변 상황에 대한 의식이 점점 둔해 갔다. 육체적 고통이 그의 활력을 빨아들이는 듯했다. 그는 활력이 거기에 있다는 걸 알았다. 그 활력이 다시 오리란 걸 알고 있었다. 그건 그의 안에 있는 암흑 속에 숨어있는 것같이 보였다. 그런데 그에겐 그것을 찾아내서 인식할 힘이나 의지가 없었다. 그 커다란 아픔은 암흑 속에 남아 있으면서 때때로 그를 찢어발기다간 조용해졌다. 고통이 그를 찢어발길 때는 그는 그 아래 웅크리고 앉아 조용히 복종했다. 고통이 그를 떠나 혼자 있게 할 때면 그걸 인정하길 거부했다. 그건 암흑 속에 있으니 그냥 모르는 체 있게 해두자. 그렇게 그는 자신의 비밀스러운 내면에서만 인정하고, 절대로 인정하지 않았다. 거기 내면에는 절대로 드러내지 않은 공포심과 비밀이 쌓여있었다. 다른 부분에선 고통이 왔고, 사라졌다. 별 차이가 없었다. 고통이 그를 자극하며 흥분시키기까지 했다.

그러나 고통은 그의 생명을 서서히 빨아들였다. 그것이 그의 모든 잠재력을 서서히 빼갔고, 그의 피를 뽑아 암흑 속으로 흘러들어가게 했다. 고통이 그를 생명에서 떼어 냈고 암흑 속으로 슬슬 끌고 갔다. 이 생명의 황혼녘에 눈에 보이는 것은 그에게 거의 남지 않았다. 그의 사업과 그의 일은 송두리째 가버렸다. 그의 공적인 관심사들은 전혀 없었던 것처럼 사라졌다. 그의 가족조차 그의 의식 겉으로 돌았고, 단지 엷은 의식의 가장자리에서 누구누구가 그의 자식이란 것을 기억할 따름이었다. 그러나 그건 지나간 사실로 그에게 중요하지 않았다. 그가 애를 써야 자식들과의 관계를 알 수 있었다. 그의 아내조차 거의 존재하지 않았다. 아내는 정말로 그 안에 있는 암흑이나 고통 같았다. 기이한 연상 작용으로 그의 고통을 품고 있는 암흑과 아내를 품고 있는 암흑이 같은 것으로 보였다. 그의 모든 생각과 이해력은 희미하고 뒤엉켜서, 이제 그의 아내와 그를 소진케 하는 고통은 그와 대적하는 하나의 내밀한 암흑의 힘으로 보여서, 그는 절대로 이것과 직면하지 않았다. 그는 자신의 은밀한 소굴에 있는 두려움을 절대로 밖으로 몰아내지 않았다. 그는 단지 암흑의 장소가 있다는 것, 그리고 이 암흑 속에 살고 있는 무언가가 가끔 튀어나와 그를 갈기갈기 찢는다는 걸 의식할 따름이었다. 그는 감히 이 짐승의 정체를 알아내어 밖으로 몰아낼 용기가 없었다. 그 존재를 단지 외면할 따름이었다. 단지 희미한 의식상에서 그 공포가 그의 아내이고 파괴자이며, 또 그것은 고통이고 파괴이면서, 이들이 하나로 보이기도 하고 둘로 보이기도 하는 암흑이었다.

그는 아주 가끔 아내를 보았다. 아내는 자기 방에 붙어있었다. 어쩌다 가끔 그녀가 밖으로 나와 머리를 앞으로 내밀고는 낮고 침착한 목소리로 남편에게 상태가 어떠한지를 물었다. 그러면 그는 과거 30년 이상 늘 하던 습관대로 대답했다. "더 나쁘다고 생각지는 않아요." 그러나 그는 이 습관이라는 안전장치 밑에선 아내를 무서워했고 거의 죽음의 가장자리로 밀려갈 정도로 겁을 먹었다.

그러나 그의 일생 내내 그는 자기 빛에 아주 충실했고 한 번도 무너진 적이 없었다. 그는 지금도 아내를 향한 자신의 감정이 어떠한지를 의식하지 않으며, 무너지지 않고 죽으리라. 평생 내내 그는 "불쌍한 크리스티아나, 성격이 너무 강해"라고 말했다. 그는 변치 않는 의지로 아내에 관한 한 자신의 위치를 고수해 왔다. 그는 모든 적개심을 대신해 연민의 정을 느꼈으며, 연민이 그의 방패요 안전장치이며 절대 오류가 없는 무기였다. 아직도 그는 의식에선 아내의 성격이 너무 격렬하고 조급해서 참 유감이라고 생각했다.

그러나 이제 그의 연민은 그의 생명과 더불어 점점 가늘어지고, 거의 공포에 이른 두려움은 실체의 자리를 차지하게 되었다. 그러나 그의 연민이란 갑옷이 진짜로 깨어지기 전, 마치 겉껍질이 깨어져 벌레가 죽듯이 그도 죽으리라. 이것이 그의 최종 의지처였다. 다른 이들은 계속 살아가면서, 살아있는 죽음을, 계속되는 절망스런 혼돈의 과정을 의식하리라. 그는 그러지 않으리라. 그는 죽음에 승리를 인정하지 않으리라.

그는 자신의 관점에, 자선에, 이웃을 위한 사랑에 매우 충실했다. 아마도 자신보다 이웃을 더 사랑했는지도 모른다—그건 이웃을 네 몸같이 사랑하라는 계명을 넘어서는 차원이었다. 대중의 복지를 위한 이 불꽃이 항상 그의 가슴속에서 불타올라, 온갖 일을 겪으면서도 그를 지탱해 주었다. 그는 많은 노동자의 고용주였고, 거대한 광산 소유주였다. 그는 그리스도 안에서 그가 고용한 노동자들과 하나라는 이 사실을 한 번도 마음에서 잊은 적이 없었다. 아니, 노동자보다 더 저열하다고 느꼈다. 왜냐하면, 그들은 가난과 노동을 통하여 그보다 하나님과 더 가까이 있다고 느꼈다. 구원의 방법을 손에 쥔 자들은 그의 노동자들과 광부들이라고 그는 항상 남모르게 믿었다. 하나님께 더 가까이 접근하기 위해서는 광부들에게 더 다가가야 했다. 그의 삶은 광부들의 삶으로 더 이끌려 내려가야 했다. 무의식적으로는 광부들이야말로 그의 예배의 대상이고, 구체적으로 모습을 드러낸 하나님이라 느꼈다. 그는 광부들 안에서 인간의 지고하고 위대하고 인정이 있고 무념한 신성을 경배했다.

그러는 동안 내내 그의 아내는 가장 힘이 센 지옥의 악마처럼 그에 맞서 반대했다. 기묘하게도, 그녀는 마치 매같이 매혹적인 미와 집중력을 가진 맹금처럼, 남편의 자선이란 쇠창살을 쪼아대다가, 새장 안에 갇힌 매처럼 조용히 있곤 했다. 모든 세상 사람들이 힘을 모아 그 새장을 부수지 못하게 하자, 남편은 그런 환경 덕택에 아내보다 힘이 더 강해졌고 아내는 어쩔 수 없이 새장에 갇히게 되었다. 아내가 그의 포로가 되었으니 아내에 대한 그의 열정은 항상 죽음처럼 매서웠다. 그는 그녀를 항상, 열렬히 사랑했다. 새장에 있는 한, 아내의 요구는 뭐든 다 들어주었고 모든 것이 허용되었다.

그러나 아내는 거의 미칠 지경이 되었다. 성질이 거칠며 잘난 체하는 그녀로서는 남편이 아무에게나 부드럽게, 반쯤 호소하는 친절한 태도가 창피해서 참을 수가 없었다. 그는 가난한 자들에게 기만을 당하는 것은 아니었다. 그는 빈자들이 그에게 와서 빌붙어 살고 최악의 경우엔 칭얼대는 것을 알고 있었다. 다행히도 대부분은 자존심이 강해 그 무엇도 요구하지 않았고, 너무나 독립적이라 그의 문을 두드리지 않았다. 그러나 어느 곳이나 마찬가지로 벨도버에서도 칭얼대며 기생충처럼 붙어사는 더러운 인간들이 있었다. 그들은 자선을 바라며 기어 와서 공공의 살아있는 몸뚱이에서 이같이 기생했다. 얼굴이 유별나게 창백한 두 아낙이 역겹게 검은 옷을 입고 현관에 이르는 차도 위를 슬픈 듯이 움츠리며 걸어오는 것을 그녀가 보았을 때, 불꽃이 그녀의 뇌에 확 당겨진 느낌이었다. 그녀는 "이봐, 립! 링! 레인저! 저 여편네들을 내쫓아!"라고 말하여 개들을 그들에게 풀어놓고 싶었다. 그러나 집사인 크로더는 다른 하인들과 함께 크라이치 씨 편이었다. 그럼에도 불구하고 그녀의 남편이 외출 중일 때, 비슬비슬 걸어오는 애원자들에게 그녀가 늑대처럼 다가가서 이렇게 으름장을 놓았다. "당신네가 원하는 것이 뭐야? 당신네 위한 건 이곳에 하나도 없어. 우리 차도에 들어올 일이 없어. 심슨, 저 여편네들 쫓아내고 다시는 대문을 통과하지 못하게 해."

하인들은 하는 수 없이 그대로 따라야 했다. 집사가 슬픈 표정의 그들을 차도 쪽으로 마지못해 당황스럽게 몰아내는 동안, 그녀는 독수리 같은 눈으로 주시하며 서 있었다. 그들은 그의 앞에서 허둥지둥 도망치는 초라한 새들 같았다.

그러나 그들은 문지기에게서 크라이치 씨가 출타 중인 때를 알아내서, 시간에 맞춰 찾아올 줄 알았다. 처음 몇 해 동안 집사인 크로더는 주인님의 방문을 조심스레 두드리며 "나리, 누가 찾아왔는데요"라고 얼마나 수도 없이 말하곤 했나.

"이름이 뭐지?"

"저 그로콕입니다요. 나리."

"그래 뭘 원하는데? 그는 반은 참을성 있게 반은 흡족해서 그런 질문을 던지곤 했다. 그는 사람들이 그에게 도와달라며 애걸하는 소리를 듣는 게 좋았다.

"저 나리, 애 때문이래요."

"서재로 안내하고 오전 11시 이후엔 오지 말라고 얘기해라."

"왜 식사하시다 말고 일어나세요? 저들을 보내버려요." 그의 아내가 퉁명스레 말하곤 했다.

"아, 그럴 순 없어. 저들의 말을 들어주는 것쯤이야 어렵지 않지."

"오늘 얼마나 많은 자가 여길 다녀갔어요? 아예 집을 개방하지 그래요? 저들이 당장 나와 우리 애들을 내쫓을 거예요."

"왜, 알지 않아. 저들이 하고 싶은 말을 들어주는 건 해롭지 않아. 그리고 저들이 정말 곤경에 처해 있으면—그러면, 곤경에서 건져주는 것이 내 의무지."

"세상의 쥐란 쥐는 모두 불러 모아 당신의 뼈를 갉아먹게 하는 게 당신의 의무가 아닌가요?"

"이봐. 크리스티아나. 그런 게 아니야. 너무 냉정하게 굴지 마오."

그러나 아내는 갑자기 방문을 나서서는 서재로 총총 걸어갔다. 거기에 그 도움을 바라는 초라한 사람들이 마치 의사를 기다리듯 앉아 있었다.

"크라이치 나리는 당신네를 만날 수 없네. 이 시간에는 당신네 만날 수 없어. 그 양반이 당신네 소유물인가? 언제고 원하면 만나러 오니? 이곳에서 나가. 여기선 당신네를 도와줄 것 하나도 없어."

그 불쌍한 사람들이 어리둥절해서 일어났다. 그러나 검은 턱수염에 얼굴빛은 해쓱한 크라이치가 비난하듯 아내 뒤로 들어오며 말을 했다.

"그래요. 당신네가 이렇게 늦게 오는 건 안 좋아요. 이른 아침에는 누구든 오면 얘길 들어주겠는데, 그 이후엔 정말 자네들 일을 봐줄 수 없네. 그런데 기튼스, 무슨 일이 잘못되었나? 자네 처는 어떤가?"

"저, 제 처가 아주 쇠약해졌어요. 크라이치 나리, 거의 죽어가고 있어요. 집사람이—"

크라이치 부인에게는 남편이 때때로 사람들의 불행을 먹고 사는 미묘한 죽음의 새처럼 보였다. 그녀에게 남편은 일군들이 찾아와 매우 딱한 사정을 그에게 마구 쏟아내기 전에는, 절대로 만족하지 못

하는 것 같았다. 그는 그것을 일종의 슬픔에 잠겨, 동정적인 만족감에서 받아들였다. 그는 세상에 우울한 불행한 일이 없다면 존재 이유가 없는 듯했다. 마치 장례식이 없으면, 장의사는 아무 의미 없듯이 말이다.

크라이치 부인은 서서히 스며드는 이런 민주주의 세상에서 몸을 움츠리며 그녀 자신에게로 뒷걸음쳤다. 독성을 품은 배척의 띠가 그녀의 가슴 주변을 팽팽하게 묶었고, 그녀의 고립은 격렬하며 단단했으며, 그 적대감은 새장에 갇힌 매의 적개심처럼, 수동적이면서 무섭도록 순수했다. 해가 지날수록 그녀는 세상의 물정을 잊고, 어떤 화려함에 마음을 쏟아 완전히 몰입했는데, 거의 의식조차 못 하는 듯했다. 그녀는 집과 주변 마을을 이리저리 배회하면서 날카롭게 응시했지만, 아무것도 보지 못했다. 말은 거의 하지 않았고, 세상과의 접촉도 없었다. 생각조차 하지 않았다. 자석의 음극처럼, 반대의 맹렬한 긴장 속에서 기력이 소진되었다.

그리고 자식들을 많이 낳았다. 왜냐하면, 시간이 흐르면서 그녀가 남편을 말이나 행동에서 절대로 맞서질 않았기 때문이다. 겉으로는 남편을 거들떠보지 않았다. 그녀는 그에게 몸을 맡기고 그가 원하는 걸을 택하고 그녀에게 하고 싶은 대로 하도록 했다. 그녀는 마치 시무룩해서 모든 것에 복종하는 매처럼 행동했다. 그녀와 남편과의 관계는 말이 없고, 미지의 관계였으나, 그것은 깊고도 끔찍스러운, 순전히 상호파괴적인 관계였다. 그리고 이 세상에서 의기양양하게 승리한 그녀의 남편은 활력에서 점점 더 맥이 빠졌다. 마치 출혈로 인해 활력이 그에게서 빠져나가는 것 같았다. 그녀는 새장에 든 매처럼 감옥살이에 처했다. 그러나 정신은 손상을 입었어도 심장은 조금도 줄어들지 않고 사나워졌다.

그래서 마지막까지, 아내에게 가서 그는 기력이 완전히 빠질 때까지, 때때로 아내를 껴안아 주려 했다. 그녀의 눈에서 활활 타오르는 무서운 파괴적인 하얀 빛만이, 그를 흥분시키고 성적으로 달아오르게 했다. 그가 기력이 빠져 죽음에 이르자, 아내를 그 무엇보다 더 두려워했다. 그러나 자신이 얼마나 행복했는지, 아내를 안 후부터 아내를 계속 순수하고도 소진하는 사랑으로 얼마나 사랑했는지 항상 혼자서 중얼거렸다. 그리고 아내를 순수하고 정숙하다고 생각했다. 오직 그만이 알고 있는 하얀 불꽃, 그녀의 성(性)의 불꽃은 그의 정신에는 하얀 눈꽃이었다. 아내는 경이로운 하얀 눈꽃이었고, 그는 그것을 한없이 탐했다. 이제 그가 모든 이러한 생각과 판단을 고이 간직한 채 죽어가고 있었다. 숨이 그의 몸뚱이를 떠나면 그것들은 곧 사라질 것이다. 그때까지는 그것들이 그에겐 순수한 진실일 것이다. 죽음만이 그 거짓의 완벽한 완성을 드러낼 것이다. 그가 죽는 순간까지 아내는 하얀 눈꽃이었다. 그가 그녀를 종속시켰고, 그녀의 종속은 그에게 한없는 정숙이었으며, 그가 절대로 깨부술 수 없는, 마법처럼 그를 지배하는 처녀성이었다.

그녀는 바깥세상은 그대로 풀어주었다. 그러나 마음속에선 깨지지 않았고 손상을 입지 않았다. 그녀는 단지 자기 방 안에서 맥이 빠진 후줄근한 매처럼 꼼짝 않고 정신없이 앉아있을 따름이었다. 젊었을 때는 그렇게도 사납게 지키던 아이들이 이제 그녀에게 별 의미가 없었다. 그녀는 모든 것을 잃고 이제 홀로였다. 단지 반짝이는 제럴드만이 그녀에게 얼마간 존재감이 있었다. 그러나 그가 사업체의 사장이 된 최근 몇 년 전부터 그 또한 잊혔다. 이에 반해 지금 죽어가고 있는 아버지는 동정을 받으려고 제럴드로 향했다. 그들 부자는 항상 대립 상태에 있었다. 제럴드는 아버지를 무서워하면서 또한 멸시했고, 상당한 정도까지 소년 시절과 청년 시절에 아버지를 회피했다. 그리고 아버지는 맏아들에 대해 진심으로 굴복하고 싶지 않아 인정하길 거부한 혐오감을 아주 자주 느꼈다. 그는 가능한 한 제럴드를 거들떠보지 않으며 혼자 있게 했다.

그러나 제럴드가 집으로 돌아와 회사를 맡아 운영하며 경영자로서 대단히 놀라운 능력을 발휘하자, 아버지는 모든 외부적인 관심사에 신물이 나고 지쳐서 이런 일의 관리를 아들에게 맡겼다. 그는 아들에게 암암리에 모든 것을 맡기고는 젊은 적에게 상당히 애처롭게도 의존하게 되었다. 그러자 제럴드의 마음에 가슴 아픈 연민과 효심이 일었으나, 항상 인정하지 않는 적개심과 멸시감에 가려졌다. 왜냐하면, 제럴드는 자선 행위란 것에 반대하는 입장이었기 때문이다. 그렇지만 그는 자선적인 행위에 지배를 받았고, 그것이 내적 삶에서 우위를 차지했기에 그것을 논박할 수가 없었다. 그리하여 그는 부친이 상징하는 바에 부분적으로 복종했지만, 그것에 대항하였다. 이제 그는 자신을 구제할 수 없었다. 훨씬 깊고 훨씬 언짢은 적대감에도 불구하고, 부친에 대한 연민과 슬픔과 애정이 그를 압도했다.

그러니까 아버진 동정심을 통해 제럴드에게서 피난처를 얻은 것이었다. 그러나 그는 사랑의 대상으론 위니프레드를 택했다. 그녀는 그의 막내딸로 그가 진정으로 애틋하게 사랑해온 유일한 자식이었다. 그는 죽어가고 있는 사람의 크고 압도하고 보호하는 사랑으로 그녀를 사랑했다. 그는 막내딸을 한없이, 한없이 따스하게 감싸고,

사랑하고, 완벽히 보호해주어, 그녀에게 쉴 곳을 완벽하게 마련해주고 싶었다. 만약에 그가 그 딸을 간수만 잘한다면 그 애는 절대로 고통이나 슬픔이나 상처 같은 것은 전혀 모르고 살아야 했다. 그는 일평생 내내 그토록 정의롭게, 자비와 선행에 일관되게 살아왔는데. 그리고 막내딸 위니프레드에 대한 사랑이 그가 마지막으로 열정을 쏟아야 할 올바른 일인데. 그러나 몇 가지 일이 그를 괴롭혔다. 그의 힘이 쇠잔해지면서 세상사가 그에게서 멀리 떨어져 나갔다. 그가 보호하고 구원해 줘야 할 가난하고 상처받고 비천한 자들이 더는 없었다. 이런 자들이 죄다 그에게서 없어졌다. 그에게 걱정을 끼치고 엄청난 책임감으로 어깨를 누르던 아들과 딸들도 더는 없었다. 이들 또한 실체에서 사라졌다. 이런 모든 것들이 그의 손에서 떨어져 나갔고 그를 자유롭게 했다.

아내가 자기 방에서 이상스럽게 멍하니 앉아있거나, 아니면 고개를 앞으로 숙이고 천천히 어슬렁거리며 걸어 나올 때, 아내에 대한 은밀한 두려움과 경악감이 남아 있었다. 그러나 이런 감정을 그는 멀리 밀어버렸다. 그렇지만 평생의 의로운 행위조차 이런 내적 공포에서 그를 해방하지 못했다. 그렇지만 아직은 충분히 공포가 다가오지 못하게 통제할 수 있었다. 공포심이 절대로 밖으로 튀어나오진 않을 것이었다. 죽음이 그보다 앞서 올 테니까.

그다음에는 위니프레드가 있었다! 그녀의 안전을 확신할 수만 있다면, 확신할 수만 있다면! 딸 다이애나의 익사, 그의 병의 악화 이후, 위니프레드의 안전에 대한 그의 갈망이 거의 집착의 수준에 이르렀다. 그건 죽어가면서까지 마치 어떤 조바심을, 사랑과 자비에 대한 어떤 책임감을, 그가 마음에 품어야만 하는 것과 같았다.

위니프레드는 아버지에게서 검은 머리칼과 조용한 태도를 물려받았음에도, 괴팍하고 민감하며 쉽게 화를 내는 아이였으나, 동떨어지고, 순간순간 변하는 성격이었다. 그 아이는 자기감정이 자신에게는 별로 문제가 되지 않는 것처럼, 꼭 요정들이 바꿔친 아이 같았다, 종종 그 아이는 아이 중에서 가장 쾌활하고 어린애답게 놀며 조잘거리는 것 같았고, 몇 가지—특히 아버지와 애완동물—에 대해선 가장 따스하고, 가장 즐거운 애정을 보이는 아이였다. 그러나 만약에 그녀가 애지중지하는 새끼고양이 레오가 자동차에 치였다는 소릴 들으면 그녀는 고개를 한쪽으로 갸우뚱하고는 얼굴에 화가 난 듯한 찡그린 표정을 지으며 "그렇게 되었어?" 한마디만 던졌다. 그리곤 더는 관심을 보이지 않았다. 그녀는 자기에게 그런 나쁜 소식을 우격다짐으로 전해서 마음 아파하길 원하는 하인을 혐오할 따름이었다. 그녀는 알고 싶지 않았는데 그것이 주된 동기인 듯했다. 그녀는 엄마와 대부분 가족을 피했다. 아빠를 끔찍이도 사랑했다. 왜냐하면, 아빠 그녀가 항상 행복하길 바랐고, 자기와 같이 있으면 다시 어려진 듯하여 책임감이 없어 보였기 때문이다. 그녀는 제럴드 오빠를 좋아했다. 오빠는 너무나 자족적이었기 때문이다. 그녀를 위해 삶을 가지고 장난치는 사람을 그녀는 좋아했다. 그녀는 놀라운 직관적 비판 능력을 갖췄고, 순수한 무정부주의자이면서 동시에 순수한 귀족주의자였다. 왜냐하면, 그녀는 어디서든 자신과 동등한 사람들을 발견하면 그대로 받아들였고, 자기보다 열등한 사람들은 자기의 오빠이건 언니들이건, 집에 초청된 부유한 손님이건, 평범한 사람이건 하인이건 태평스럽게 무시했다. 그녀는 늘 떨어져 혼자 지냈고 누구와도 관계를 맺지 않았다. 그건 마치 모든 인생의 목적이나 연속성과는 차단되어, 순간순간 살아가는 것 같았다.

아버지는 최후의 이상한 환상에 사로잡힌 듯이, 그의 모든 운명이 마치 위니프레드의 행복을 보장해 주는 것에 달린 듯이 느꼈다. 딸애는 활기찬 인간관계를 맺은 적이 전혀 없기에 절대로 고초를 당해 낼 수가 없으리라. 자신의 삶에서 가장 애지중지하던 것을 잃은 바로 다음 날 마치 고의로 그 기억이 통째로 사라졌는지, 예전과 똑같이 지낼 수 있는 아이. 의지가 너무 이상하고, 쉽게 자유분방하고, 무정부주의적이고, 거의 허무주의적인 아이. 영혼 없는 새처럼 제멋대로 훨훨 날아다니고 그 순간이 지나면 애착도 책임도 없이 행동하는 아이. 모든 동작에서 심각한 관계의 끈을 기분 좋은 듯 자유롭게 싹둑 끊어버리는 아이. 정말로 허무적이어서 단 한 번도 걱정이란 것을 해 본 적이 없는 아이. 아버지가 마지막으로 노심초사할 대상이 될 수밖에 없었다.

크라이치 씨가 구드룬 브랑윈이 와서 딸애에게 그림과 조소를 가르칠 수 있다는 말을 들었을 때 이 아이를 위한 구원의 길을 보았다. 그는 딸애가 재능이 있다고 믿었고 구드룬을 보자 그녀가 예외적인 인물임을 직감했다. 그가 적임자의 손에 맡긴다는 믿음으로 그녀에게 위니프레드를 맡길 수 있었다. 바로 여기에 딸애에게 가야 할 올바른 방향과 긍정적인 힘이 있으니, 그가 딸애에게 삶의 방향이나 방어책 없이 남기고 가지 않아도 되겠구나. 만약에 그가 죽기 전에 딸아이를 발화의 나무(tree of utterance)에 접목할 수만 있다면 그는 책임을 다한 것이 되지. 그런데 여기에서 그것을 이룰 수 있다니! 그는 주저하지 않고 구드룬에게 매달리다시피 했다.

한편 아버지가 삶의 현장에서 점점 더 멀리 떠내려가자, 제럴드는 현실에 점점 더 노출된다고 느꼈다. 그의 부친은 이러니저러니 해도 그에겐 살아있는 세상을 대변해준 인물이었다. 아버지가 살아 있는 동안엔 제럴드가 세상일에 책임을 질 필요가 없었다. 그러나 이제 그의 부친이 사경을 헤매자, 제럴드는 삶의 폭풍 앞에 제대로 준비도 안 된 상태에서 노출되었다. 마치 반란에 가담한 일등 항해사가 선장을 잃고, 눈앞에 무시무시한 혼란에 빠진 거와 같았다. 그가 확립된 질서와 살아있는 신념을 물려받은 것이 아니었다. 인류라는 통합시키는 신념 전체가 송두리째 아버지와 함께 사멸되는 것 같았다. 전체를 하나로 통합시키는 구심력이 아버지와 함께 와해하는 것 같았고, 부분들은 끔찍스러운 붕괴로 산산조각이 날 것 같았다. 제럴드는 바로 발밑에서 산산조각이 날 배에 홀로 타고 있다는 느낌이었다. 그가 바로 산산조각이 날 이 선박을 책임지게 되었다는 느낌이었다.

그는 그때까지 평생, 자신이 삶의 틀을 망가뜨리려고 비틀어대었다는 것을 알았다. 이제 파괴적인 아이의 어떤 공포심에서, 자신이 자초한 파괴를 물려받은 지점에 자신이 서 있는 걸 보게 되었다. 지난 몇 달 동안 죽음의, 버킨의 씨부렁대는 말의, 꿰뚫어 보는 구드룬의 존재감의 영향 아래서, 자신이 그렇게도 의기양양해 하던 기계적인 자신감을 잃게 되었다. 가끔 버킨과 구드룬과 그러한 무리 모두에게 대항하는 증오심이 발작적으로 그에게 몰려왔다. 그는 가장 따분한 보수주의로, 가장 우둔한 인습적인 사람들에게 돌아가고 싶었다. 그는 가장 엄격한 보수주의로 회귀하고 싶었다. 그러나 그 욕망은 그가 행동으로 옮길 정도로 오래가지는 않았다.

아이와 소년 시절에 그는 일종의 야만인의 세계를 염원했다. 호메로스의 시대가 그의 이상이었다. 그때는 한 남자가 영웅들로 이루어진 군대의 우두머리가 되거나, 아니면 한창 시절을 오디세우스처럼 경이로운 항해를 하며 보내거나. 그는 자기가 처한 삶의 환경을 대단히 증오해서 벨도버와 탄광지대를 한 번도 똑똑히 본 적이 없었다. 그는 숏랜즈 저택의 오른쪽으로 멀리 뻗어 나간 시커먼 탄광 지역에서 얼굴을 완전히 돌리고, 윌리 호수 너머의 시골풍경과 숲 쪽으로 눈을 전적으로 돌렸다. 탄광의 헐떡이고 덜커덕거리는 소리가 숏랜즈 저택까지 항상 들리는 건 사실이었다. 그러나 제럴드는 아주 어릴 때부터 이런 것에 신경을 쓰지 않았다. 그는 저택의 대지를 향해 시커먼 석탄 연기로 몰려오는 산업의 바다를 깡그리 무시했다. 세상은 실로 사냥하고 헤엄을 치고 말을 타는 광야였다. 그는 모든 권위에 반항했다. 삶은 야만의 자유를 만끽하는 곳이었다.

그러다가 집에서 그를 멀리 학교로 보냈다. 그에게는 죽는 것과 같았다. 그는 옥스퍼드로 가길 한사코 거부했고 대신 독일의 한 대학으로 갔다. 그는 본, 베를린, 프랑크푸르트에서 얼마 동안을 보냈다. 거기서 호기심이 그의 마음에서 발동했다. 그는 호기심에 찬 객관적인 눈으로 세상을 보고 알기를 원했다. 그건 재미있는 놀이 같았다. 그러다 전쟁도 한번 체험해 보고 싶었다. 그다음엔 그를 끝없이 매료시키던 야만의 지역으로 깊숙이 여행을 하고 싶었다.

그 결과, 인간은 어디나 아주 비슷하다는 것을 알게 되었고, 호기심이 많고 냉정한 그의 정신에 야만인은 유럽인보다 더 답답하고, 덜 흥미로웠다. 그래서, 그는 온갖 종류의 사회학적인 사상과 개혁의 사상을 갖게 되었다. 그러나 그런 사상은 겉으로만 맴돌았고, 지적인 흥미 이상은 더 나가지 못했다. 그런 사상들의 관심은 주로 실정

법 질서에 반하는 반작용, 파괴적인 반작용의 선에 머물렀다.

마침내 그가 탄광에서 진정한 모험을 찾게 되었다. 그의 부친은 그에게 회사를 도와달라고 청했다. 제럴드는 광산학을 공부했으나 거기에 한 번도 흥미를 느끼지 못했다. 이제 갑자기 일종의 환희를 느끼며 세상을 장악했다.

그의 의식엔 거대한 산업이 사진처럼 각인되었다. 갑자기 그것이 실체가 되었고 그는 그것의 일부였다. 골짜기 아래로 한 탄광과 한 탄광을 잇는 철도가 건설되었다. 골짜기 아래로 기차가 달렸고, 석탄을 잔뜩 실은 화차 칸과 석탄을 비운 길게 줄지은 기차의 곁에 회사의 약자인 씨. 비. 회사(C. B. & Co.)란 하얀 글자가 적혀 있었다.

모든 화차 칸에 적힌 이 흰 글자들을 그가 아주 어릴 때부터 보아왔다. 그리고 그것들에 너무 친숙해서 무시하였기 때문에, 그것들을 전혀 본 적이 없는 것 같았다, 이제 마침내 그가 화차 옆에 적힌 자신의 이름을 제대로 보게 되었다. 이제 그는 권력의 비전을 갖게 된 것이었다.

수많은 석탄 차가 자신의 성의 첫 글자를 달고, 이 나라 전체를 오갔다. 그가 기차를 타고 런던으로 들어설 때도 보았고 도버에서도 보았다. 그렇게 멀리까지 그의 권력이 가지를 치고 있었다. 전적으로 그의 탄광에 의존하는 벨도버와 셀비, 왓트모어, 레슬리 뱅크 등, 거대한 탄광촌들을 그가 보았다. 그곳들은 흉측스럽고 좁고 답답했으며, 그의 어린 시절엔 보기 흉한 상처로 뇌리에 각인되었다. 그런데 이제 그는 이곳들을 자랑스럽게 쳐다보았다. 갓 시작된 탄광촌 네 곳과 여러 개의 흉측한 탄광 마을이 그에게 종속되어 몰려 있었다. 그는 광부들이 저녁때가 되어 물밀 듯 줄을 지어 탄광에서 방죽길을 따라 몰려오는 것을 보았다. 온몸이 시커멓고 약간 일그러진 수천 명의 광부가 붉은 입술을 하고, 모두 그의 의지에 종속되어 움직이고 있었다. 그가 금요일 밤 벨도버의 작은 시장의 언덕길에서 인파 사이로 천천히 차를 몰고 앞으로 나아갔다. 남루한 사람들의 무리가 물건을 홍정하며 일주일 치 장을 보고 있었다. 그들은 모두 그에게 종속되어 있었다. 그들은 보기에 흉했고 투박했지만, 그가 쓰는 도구였다. 그가 그 기계에 군림하는 절대적 신이었다. 그들은 기계적으로 천천히 그의 자동차에 길을 내주었다.

그는 그들이 민활히 길을 내주던, 마지못해 내주든 개의치 않았다. 그를 어떻게 생각하든 개의치 않았다. 그의 비전이 갑자기 확고해졌다. 갑자기 그가 인간의 순수한 도구성이란 개념을 갖게 되었다. 지금까지 너무나 많은 인도주의가 있었고, 인간 고초, 감정에 대해 많고도 많은 이야기가 있었다. 얼마나 우스꽝스러운 일인가. 개개인의 고초와 감정은 조금도 문제가 되지 않았다. 그들은 날씨처럼 하나의 환경에 불과한 것이니까. 문제가 되는 것은 개인의 순수한 도구성이었다. 칼과 마찬가지로 인간도. 잘 드는가? 그 밖의 것은 문제가 아니다.

세상의 모든 것은 각기 기능이 있고, 그 기능을 완벽하게 수행하느냐에 따라 좋고 나쁘고가 결정된다. 어떤 광부가 좋은 광부인가? 그렇다면 그는 완벽하다. 어떤 경영인이 좋은 경영인가? 그것이면 충분하다. 제럴드 자신이, 이 모든 산업에 책임을 지고 있는데, 그는 좋은 경영주인가? 만약에 그가 그렇다면 그는 자기 삶을 성취한 것이다. 나머지는 부차적인 거다.

탄광들이 있었는데 낡았다. 탄광의 저장량이 다해가고 있었다.

광맥의 채탄이 수지가 맞지 않았다. 그들 중 두 개를 폐쇄한다는 말이 돌았다. 바로 이러한 시점에 제럴드가 현장에 도착한 것이다.

그가 주위를 둘러보았다. 광산들이 있었다. 그것들은 오래되고 낡았다. 그것들은 늙은 사자 같아서 더는 쓸모가 없었다. 그가 다시 보았다. 쯧! 탄광들은 단지 불순한 사고방식의 서툰 노력에 불과했다. 그들은 훈련이 덜 된 정신의 실패작일 뿐이었다. 그들에 대한 생각일랑 싹 쓸어버려야지. 그는 뇌리에서 그것들에 대한 생각을 말끔히 제거했고, 지하에 매장되어 있는 석탄만 생각했다. 매장량이 얼마나 되나?

석탄은 풍부하게 있었다. 옛날식 채굴법으로 그 석탄을 캐낼 수가 없었다. 그것만이 문제였다. 그렇다면 옛 채굴법의 목을 비틀어야지. 비록 탄층이 가늘긴 해도, 석탄이 탄층에 매장되어 있다. 태초부터 늘 그렇게 묻혀 있듯이, 기력이 없는 물질이 인간의 의지에 종속된 체 그렇게 묻혀있지. 인간의 의지가 결정적인 요인이지. 인간이 지상 최고의 신이지. 인간의 정신은 복종하며 순순히 의지에 따랐지. 인간의 의지가 절대적인 것이며, 유일하게 절대적인 것이지.

그리고 물질을 그 자신의 목적에 종속시키는 것이 그의 의지였다. 정복 자체가 요점이고, 투쟁이 그 본질이었고, 승리의 열매는 단순히 결과에 불과했다. 제럴드가 탄광을 떠맡은 것은 돈 때문이 아니었다. 그는 근본적으로 돈에 신경 쓰지 않았다. 그는 허세를 부리는 사람도 아니고 그렇다고 사치스럽지도 않았다. 종국적으로는 사회적 지위에도 관심이 없었다. 그가 원한 것은 자연환경과의 투쟁에서 그의 의지대로 일을 성취하는 것이었다. 지금 그의 의지가 원하는 건 지하에서 이윤을 남기며 석탄을 캐내는 것이었다. 이윤은 단순히 승리의 조건이었지만, 승리 자체는 성취된 위업에 있는 것이다. 이러한 도전 앞에서 그의 몸이 달아오르며 부르르 떨었다. 매일 탄광에 가서 검토하고 시험을 했고 전문가와 상의했다. 그 결과 마치 장군이 전투에 대한 계획을 파악하듯이 그가 상황 전체를 파악했다.

그런 다음 완전한 단절이 필요했다. 탄광들은 한물간 이념, 낡은 체계 위에서 돌아가고 있었다. 초기 이념은 땅속에서 많은 이윤을 얻어 광산주가 안락하게 살 정도로 부자 되고, 광부들은 충분한 노임을 받고 좋은 조건에서 일하여 나라 전체의 부를 증가하는 것이었다. 제럴드의 부친은 2세로 물려받으면서 충분한 재산을 모았기에 일군들의 복리만 생각했다. 그에게 있어 탄광은 우선 탄광에 모여든 수백 명의 노동자에게 충분한 식량을 마련해주는 훌륭한 일터였다. 고용인들에게 매번 이익이 돌아가도록 그는 동료 소유주들과 함께 살면서 노력을 해왔다. 사람들은 그 나름대로 혜택을 받았다. 가난한 자는 없다시피 했고 부족한 자도 거의 없었다. 모든 것이 풍부했다. 탄광은 좋은 일터였고 작업하기 쉬웠기 때문이다. 그리고 당시에 광부들은 기대했던 것보다 돈을 더 받게 되자 기뻐하고 의기양양했다. 그들은 자신들이 잘산다고 생각했고, 이러한 행운에 자신들을 축하했다. 그들은 자신들의 아버지들이 배를 주리며 고생했던 것을 기억하며 이제 좋은 시대가 도래했다고 느꼈다. 그들은 탄광을 개발하여, 이러한 풍요의 물결이 흐르도록 한 개척자들에게, 새로운 소유주들에게 고마워했다.

그러나 인간이란 절대로 만족을 모르는 법이다. 광부들도 마찬가지여서, 탄광 소유주에 대한 감사에서 불평으로 넘어갔다. 분배의 불공평을 알면서 그들의 만족감이 줄어들었고 더 많은 것을 원했다. 왜 주인들은 그토록 형평에 맞지 않게 부유하단 말인가?

제럴드가 애였을 때 위기가 닥친 적이 있었다. 광부들이 임금 삭감을 수용하지 않자 경영자연맹이 탄광을 폐쇄한 때였다. 직장 폐쇄를 하다 보니 토마스 크라이치는 새로운 상황을 통절히 느꼈다. 연맹에 속해있었기 때문에 그는 하는 수 없이 체면상 피고용인들에 맞서서 탄갱을 폐쇄할 수밖에 없었다. 한 가문의 가장이며, 가부장인 그가, 자기 아들들과 자기 사람들의 생계 수단을 박탈하도록 강제당했다. 재산 때문에 천국에 들어가기가 힘든 부자인 그가, 가난한 자들, 자기보다 그리스도 곁에 더 가까이 있는 가난한 자들, 겸손하고 천대받아 완전함에 더 가까운 자들, 사나이답고 고귀하게 육체노동을 하는 자들에게 "그대들은 노동도 못 할 것이고 빵도 못 먹을 것이니라"라고 말을 해야 했다.

그의 마음을 정말 찢어지게 한 것은 이러한 전쟁의 사태를 인정하는 것이었다. 그는 자신의 산업체가 사랑을 바탕으로 운영되길 바랐다. 아, 그는 사랑이 탄광을 운영하는 힘이 되길 바랐다. 그리고 지금, 사랑이란 망토 밑에서 칼을 냉소적으로 빼야 했다. 그건 기계적인 필연의 칼이었다.

이것이 정말로 그의 가슴을 찢어지게 했다. 그는 환상을 지녀야만 했는데 이제 그 환상이 깨졌다. 광부들은 오직 그와 맞선 것이 아니라 광산 소유주들과 맞섰다. 그건 전쟁이었고, 자신의 양심상 싫든 좋든 그릇된 편에 서 있는 것을 알았다. 부글부글 끓어오르는 광부들의 떼거리가 매일 모여, 새로운 종교적 충동에 도취하고 있었다. "지상 위의 모든 인간은 동등하다"라는 사상이 그들에게 퍼졌고,

그들은 그 사상을 물질적인 성취로 이루려 했다. 결국, 그것이 그리스도의 가르침이 아닌가? 그리고 사상이란 물질적인 세계에서의 행동의 씨앗이 아닌가? "모든 인간은 정신이란 면에서 동등하고, 인간은 모두 하나님의 아들이다. 그렇다면 이 명백한 반평등(disquality)은 어디서 온 것이란 말인가?" 그것은 물질적 결론에 도달하도록 밀어붙인 종교적 교리였다. 토마스 크라이치는 적어도 여기에 대한 답을 할 수 없었다. 그의 진지한 신조에 따르면 반평등이 그릇 되다고 인정할 수밖에 없었다. 그러나 반평등의 가장 중요한 요소인 재산을 포기할 수 없었다. 그래서 광부들이 그들의 권리를 위해 투쟁하려 했다. 지상에서 남은 마지막 종교적인 열정의 마지막 충동, 평등을 바라는 열정이 그들을 추켜세웠다.

들끓는 노동자 무리가 이곳저곳으로 행군했고 그들의 얼굴은 신성한 전쟁에 임한 듯 탐욕의 연기를 피우며 빛이 났다. 소유의 평등을 위한 투쟁이 시작될 때, 평등을 향한 열정과 물욕의 열정을 어떻게 풀어낼 수 있을까? 그러나 신은 기계였다. 노동자들은 저마다 엄청나게 생산적인 기계의 신성이란 면에서 평등을 요구했다. 각자가 이 신성의 동등한 일부였다. 그러나 토마스 크라이치 씨는 왠지, 어딘가 이런 주장이 그릇됨을 알았다. 기계가 신성이고, 생산이나 노동이 숭배라면, 그렇다면 가장 기계적인 정신이 가장 순수하고 최고이며, 지상에서 신의 대표자이다.—그리고 나머지는 각자의 등급에 따라, 하위에 속한다.

폭동이 일어났다. 왓모어 갱구가 화염에 휩싸였다. 이곳은 이 지역에서 가장 멀리 떨어졌고, 숲 가까이에 있는 탄광이었다. 군인들이 왔다. 그 운명의 날 숏랜즈 저택의 창문에서는 멀지 않은 하늘에서 불꽃이 일어난 것을 볼 수 있었다. 작은 탄광 기차로 멀리 떨어진 왓모어 탄광으로 광부들을 실어날랐었는데, 이제는 빨간 제복을 입은 군인들을 가득 태우고 골짜기를 가로지르며 달리고 있었다. 그리고 멀리서 총소리가 났다. 폭도들이 해산되었고 광부 한 사람이 총에 맞아 죽고 불은 진화되었다는 소식이 후에 들렸다.

당시에 소년이었던 제럴드는 매우 들떠 신이 났고 기쁨에 넘쳤다. 그는 군인들과 함께 가서 사람들을 총으로 쏘고 싶었다. 그러나 저택의 경비실 문이 나서지 못하게 차단되었다. 대문에는 총을 든 보초병들이 서 있었다. 제럴드는 기쁜 마음에 보초들 가까이 서 있는데, 광부들이 떼 지어 대문 앞 좁은 길을 오르락내리락하며 큰 소리로 야유를 퍼부었다.

"서 푼어치 경찰 나리들. 어디 총 쏘는 것 좀 봅시다." 그리곤 욕설이 벽과 울타리에 낙서로 쓰였고, 하인들은 떠나갔다.

그러는 동안 토마스 크라이치 씨는 가슴앓이하면서 수백 파운드를 자선금으로 내놓았다. 모든 곳에 무료 급식이 있었고, 공짜 음식이 넘쳐났다. 누구든 요구만 하면 빵을 얻을 수 있었고 빵 한 덩어리를 고작 3페니 반에 살 수 있었다. 매일 어딘가에서 공짜로 차를 대접했고 아이들은 평생 그때만큼 많은 음식 대접을 받아본 적이 없었다. 금요일 오후에는 빵과 케이크를 가득 담은 커다란 바구니들과 커다란 우유 통들이 학교로 배달되었고 학생들은 원하는 대로 먹었다. 학생들은 케이크와 우유를 너무 많이 먹어서 탈이 났다.

그러다 이 모든 것이 끝장이 났고 노동자들은 일터로 돌아갔다. 그러나 사태는 전혀 전과 같지 않았다. 새로운 상황이 생겼고 새로운 생각이 지배했다. 기계에조차 평등이 있어야 했다. 어떤 부분도 다른 부분에 종속되어선 안 되었다. 모든 것이 평등해야 했다. 무질서를 염원하는 본능이 들어섰다. 신비적인 평등은 소유나 행동이 아니라, 과정인 존재에 있었다. 기능과 과정에서 한 사람이나 한 부분은 다른 것에 필요에 따라 종속되어야 했다. 그것은 존재의 조건이었다. 그러나 무질서를 향한 욕망이 일어났고, 기계적인 평등의 사상은 파멸의 무기가 되어서, 인간의 의지인 무질서를 향한 의지를 이행하게끔 했다.

제럴드는 이러한 파업 시기엔 소년이었지만 성인이 되어 광부들과 싸우고 싶었다. 그러나 아버지는 두 개의 반쪽만의 진리 사이에 끼여서 상심했다. 그는 순수한 기독교인이 되고 싶었다. 그래서 모든 사람과 일체가 되고 동등하길 바랐다. 심지어 소유한 것을 죄다 가난한 자들에게 내주고 싶었다.—그렇지만 그는 산업의 위대한 장려자였고, 자신의 재산과 권위를 지켜야 한다는 것을 완벽하게 알고 있었다. 이것은 그의 소유를 죄다 내주려는 욕구만큼이나 신성한 필연이었다—아니, 이것은 그가 기반으로 행동하는 필연이기에 더욱 신성한 것이었다. 그럼에도 그는 전자의 이상에 따라 행동하지 않아, 후자의 이상이 그를 지배하였고, 이상을 박탈당해야만 했기에 그는 원통해서 죽을 지경이었다. 그는 사랑으로 친절하게 보살피고, 희생으로 자비를 베푸는 아버지가 되고 싶었다. 광부들은 그가 연봉으로 수천 파운드나 받는다고 야유를 퍼부었다. 그들은 속으려 하지 않을 것이었다.

세상이 이렇게 돌아가는 가운데서 제럴드가 성장했을 때 그는 태도를 바꾸었다. 그는 평등에 관심이 없었다. 사랑과 자기희생이란 기독교적 태도 전체가 케케묵은 것이었다. 그는 지위와 권위가 세상에서 당연한 것이고, 그것에 대해 위선적으로 떠드는 건 무용지물이란 걸 알았다. 그것들은 기능적으로 필요하다는 단순한 이유 때문에 당연한 것이었다. 지위와 권위가 전부이고 궁극적 목적이 아니었다. 그것은 하나의 기계 일부분이 되는 것과 같았다. 그 자신은 어쩌다 지배하는 중심 부분이 되었고, 일꾼이란 대중은 다양하게 지배받는 부분에 불과했다. 그건 어쩌다 그렇게 된 것에 불과했다. 이건 중심축이 바깥의 수백 개 바퀴를 돌린다고—또는 우주 전체가 태양을 중심으로 돈다고 흥분하는 것과 매한가지다. 결국, 이것은 달과 지구, 토성, 목성, 금성이 각기 태양처럼 우주의 중심이 될 권리가 있다고 주장하는 것처럼 어리석은 짓에 불과하다. 그러한 억설은 혼란의 욕구에서 나오는 것에 불과하다.

제럴드는 애써 생각하여 결론에 이르는 대신에, 단숨에 결론을 내렸다. 그는 민주적인 평등이란 문제 전체를 어리석음의 문제라고 내던졌다. 문제가 되는 것은 사회의 거대한 생산성의 기계였다. 그것이 완벽하게 돌아가도록 하자. 그것이 모든 것을 풍족하게 생산하도록 하자. 모든 사람이 자신의 기능적인 정도나 크기에 따라 다소간 차이 있게 합리적인 분배를 받도록 하자. 그런 다음 생필품이 공급되면 아무래도 좋다. 사람마다 다른 사람을 간섭하지 않는 한 자신의 여흥과 욕망을 추구하라고 하지.

그래서 제럴드는 그 거대한 산업체가 질서를 잡도록 일을 시작했다. 그는 여행하면서 또 독서를 하면서 인생의 근원적인 비결은 화합에 있다는 결론에 이르렀다. 화합이란 것이 무엇인지 그 자신 명쾌하게 정의를 내리진 않았다. 그 말이 마음에 들었고, 나름대로 결론에 이르렀다고 느꼈다. 그는 기존의 세계에 질서를 강요함으로써 자신의 철학을 실천하기 시작했다. 화합이란 신비적인 단어를 실질적인 단어인 질서로 탈바꿈을 시키는 작업에 들어갔다.

그는 회사를 본 순간 즉시, 그가 할 수 있는 바를 깨달았다. 그는 물질, 흙과 흙이 에워싸고 있는 석탄과 투쟁을 벌여야 했다. 지하의 생명 없는 물질에 관심을 두고 그것을 자신의 의지로 환원시키는 것이 그의 유일한 생각이었다. 물질과의 이 싸움을 위해서는, 완전한 조직의 완전한 도구를 갖춰야 했다. 작동하는 데에 매우 섬세하고 조화로운 메커니즘, 그건 인간의 단 하나의 마음을 대표하고, 정해진 동작을 가혹하도록 반복함으로써 반항할 수 없도록, 비인간적으로 목적을 달성할 것이다. 제럴드가 거의 종교적인 희열을 느끼며 열중한 것은 메커니즘에 구축하려는 이 비인간적인 원리였다. 인간인 그가 자신과 그가 종속시켜야 하는 물질 사이에, 완벽하고 변함없는 신과 같은 매개물을 끼워 넣을 수 있었다. 두 개의 대립물이, 그의 의지와 반항적인 땅의 물질이 있었다.

그런데 이들 사이에 자기 의지의 발현 자체, 그의 힘의 화신, 거대하고 완전한 기계, 하나의 체계, 순수한 질서의 활동, 순수한 기계적인 반복을 수립할 수 있었다. 무한정 반복하므로 영원하고 무한한 것이었다. 바퀴의 회전처럼, 순수하고 복잡하며 무한정 반복되는 움직임으로 완전히 통합된 순수한 기계의 원리에서, 그는 자신의 영원성과 무한성을 발견했다. 그러나 우주의 회전이 생산적인 바퀴의 회전이라 불릴 수 있듯이, 생산적인 회전은 영원을 통해 무한에 이르는 생산적인 반복이라고 불릴 것이다. 그리고 이것이 신의 움직임, 이것의 무한히 생산적인 반복이다. 제럴드는 기계의 신, 데우스

엑스 마키나*였다. 그리고 인간의 생산적 의지 전체가 신성이었다.

그는 이제 필생의 과업을 손에 쥐었다. 땅 위에 하나의 거대하고 완전한 체계를 펼쳐서는, 그 체계 안에 인간의 의지가 훼방을 받지 않고 무시간적으로 평탄하게 뻗어 나갔다. 신성의 진행 같았다. 제럴드는 탄광부터 손을 대야 했다. 여러 조건이 제시되었다. 첫째로 땅속에 묻혀 반항하는 물질, 그리고 그것을 굴복시킬 인간 도구와 금속 도구, 최종적으로 그 자신의 순수한 의지인 그의 정신이 있었다. 이 일에는 인간의, 동물의, 금속의, 활동적인, 역학적인 무수히 많은 도구의 경이로운 적응이 요구될 것이었다. 하나의 거대하고 완벽한 전체(entirety) 속으로 무수히 많은 작은 전체들(wholes)을 경이롭게 밀어 넣는 것이었다. 그리고 그러한 경우에 완벽함이 이루어지고, 지고의 의지가 완벽하게 성취되어, 인간의 의지가 완벽하게 시행되는 것이었다. 왜냐하면, 인간과 무생명인 물질이 신비롭게 대조되지 않는가? 인간 역사는 단지 한쪽이 다른 쪽을 정복한 역사가 아니었던가?

제럴드는 광부들의 입장을 앞질렀다. 광부들이 인간의 평등이란 성스런 올가미에 갇혀 있는 동안에, 제럴드는 그것을 앞질러 근본적으로 그들의 입장을 인정하고, 인간인 자신의 특질로, 전체로서 인류의 의지를 달성하고자 착수했다. 그는 인간 의지를 완벽하게 성취할 유일한 길은 비인간적인 완전한 기계를 도입하는 것으로 파악했을 때, 그는 단지 고차원적인 의미에서 광부들을 대표할 따름이

---

* Deus ex Machina: 특히 극이나 소설에서 가망 없어 보이는 상황을 해결하기 위해 동원되는 힘이나 사건.

었다. 그가 광부들을 본질적으로 대표했으나, 광부들은 정작 훨씬 뒤처졌고, 낡아빠졌고, 그들의 물질적인 평등을 위해 사소한 싸움을 하고 있었다. 그 욕망은 이러한 새롭고 더욱 거대한 욕망으로 이미 넘어갔다. 그건 인간과 물질 사이로 개입하는 완전한 메커니즘을 희구하는 욕망이었다. 신성을 순수한 메커니즘으로 바꾸려는 욕망이었다.

제럴드가 회사에 들어가자마자 옛날식 제도는 경련을 일으키며 죽어갔다. 그는 평생 맹렬하고 파괴적인 악마로 인해 괴로워했는데, 그런 기질이 가끔 광증처럼 그를 사로잡았다. 이러한 기질이 이제 바이러스처럼 회사에 스며들었고 잔인한 파괴가 일어났다. 그가 모든 것을 세세하게 검토하는 것은 무시무시했고 비인간적이었다. 그는 어떤 사생활도 허용하지 않았고, 그가 뒤집어엎지 않은 구식 감정은 없었다. 늙어서 머리가 희끗희끗한 관리자들과 머리가 허연 늙은 사무원들, 비틀거리는 늙은 연금수령자들을 그가 훑어보고, 잡동사니처럼 제거해 버렸다. 회사 전체가 마치 환자를 일꾼으로 고용한 병원 같았다. 그는 감정상의 가책은 전혀 없었다. 그는 필요한 연금이 어떤 것인지 마련해서, 효율적인 대체인력을 찾았다. 대체인력이 발견되면 늙은 일꾼들을 대치했다.

"내가 여기 참 측은한 편지를 레더린턴에게서 받았어." 그의 부친이 항의와 호소의 어조로 말을 하곤 했다. "그 불쌍한 사람이 조금 더 일하면 안 되겠니? 그인 일을 아주 잘했다고 생각했는데."

"아버지. 이미 그 대신 다른 사람을 고용했어요. 일을 그만둬서 나가면 더 행복해할 거예요. 제 말을 믿으세요. 수당은 충분해요, 그렇게 생각하시지요?"

"그가 원하는 것은 수당이 아니야. 불쌍도 하지. 자신이 늙어서 퇴직당한 걸 통절히 느낀다는 거지. 아직 20년은 더 일할 기력이 있다고 생각했데."

"전 그런 식의 일 원치 않아요. 그인 이해 못 해요."

아버진 한숨을 쉬었다. 그는 더는 알고 싶지 않았다. 그는 탄갱을 더 개발하려면 진단을 자세히 해야 한다고 믿었다. 결국, 따져보면 탄갱을 폐쇄하게 되면 장기적으로 볼 때 모든 이에게 상황이 더 나빠질 테니까. 그래서 그는 자기 오래되고 믿음직스러운 일꾼들의 호소에 아무런 대답을 줄 수가 없었다. 다만 "우리 아들 제럴드가 그러는데"라고 되풀이할 수밖에 없었다.

그래 아버지는 빛에서 점점 더 멀리 떨어져 나갔다. 진짜 생활의 전체적인 틀이 그에겐 깨져 버렸다. 그는 자신의 빛에 따라 바르게 지냈다. 그의 빛은 위대한 종교의 빛이었다. 그러나 이제 그 빛들은 세상에서 새것에 자리를 빼앗기고 아무 쓸모가 없게 된 듯했다. 그는 통 이해가 가지 않았다. 그가 단지 자신의 빛을 가지고 깊숙한 방으로, 침묵으로 들어갔을 뿐이다. 세상을 더는 제대로 비치지 못하는 아름다운 신앙의 촛불이, 그의 영혼의 내밀한 방과 은거의 침묵 속에서 정답고도 환하게 불타고 있었다.

제럴드가 사무실부터 회사의 개혁을 단행했다. 그가 도입할 커다란 변화를 가능케 하려면 가혹하게 절약하는 것이 필요했다.

"이 미망인의 석탄이란 게 무언가?" 그가 물었다.

"회사를 위해 일했던 노동자들의 미망인에게 늘 석 달마다 한 번 석탄을 지급하고 있어요."

"앞으로는 생산가는 지급하고 받아야지. 모든 사람이 생각하는 것같이 회사는 자선기관이 아니네."

감상적인 인도주의에 빌붙어 사는 인간들인 그 미망인들을 생각하면 제럴드는 혐오감이 밀려왔다. 그들을 생각하면 거의 몸서리가 쳐졌다. 왜 그들은 인도의 순사 풍습처럼* 남편의 화장대에서 같이 희생되지 않았나? 하여간에 그들이 석탄값을 내게 하라.

그는 수천 가지로 비용을 줄였고, 매우 세세한 방법으로 비용을 줄였기 때문에 광부들의 눈엔 좀처럼 뜨이지 않았다. 광부들은 석탄 짐수레와 무거운 짐차의 운임도 지급해야 했다. 광부들은 자신이 쓰는 연장 값과 연장을 날카롭게 가는 값과 램프 유지비와 수없이 많은 자잘한 것들에 대한 값을 지급해야 했다. 그러니 한 사람당 일주일에 1실링 안팎으로 청구서가 나왔다. 광부들은 대단히 기분이 상했지만, 내용을 분명하게 파악하지 못했다. 그 제도는 회사에 일주일 당 수백 파운드의 비용을 절약하게 했다.

제럴드는 서서히 모든 것을 손아귀에 넣었다. 그리곤 그때 대변혁이 시작되었다. 전문적인 기술자가 모든 부서마다 들어왔다. 어마어마한 전기 발전기가 설치되었다. 그건 조명과 지하운반과 동력을 생산하기 위한 것이었다. 전기가 탄광마다 들어갔다. 광부들이 전혀 본 적이 없는 새로운 기계들이 아메리카에서 도입되었다. 별명이 강철 인간인, 엄청나게 큰 절단기와 희한한 설비들이 도입되었다. 탄갱에서의 작업은 완전히 바뀌었고 모든 통제권이 광부들의 손에서 빠져나갔다. 채탄 청부 제도가 사라졌다. 모든 것이 가장 정밀하고 세밀한 과학적 방법에 따라 운영되었다. 교육을 받은 전문인들이 사방

---

* 옛날 인도에서 남편의 시체와 함께 아내를 산채로 불태웠던 풍습.

에서 일을 관리했다. 광부들은 단순한 기계적인 도구로 축소되었다. 그들은 전부 다 열심히, 훨씬 더 열심히 일해야 했다. 작업은 무시무시할 정도였고 그 냉담함에 가슴이 무너졌다.

그러나 그들은 이 모든 것에 순순히 따랐다. 기쁨이 그들의 생활에서 자취를 감추었고, 희망은 그들이 점점 더 기계화되어감에 따라 사라지는 듯했다. 그러나 그들은 새로운 상황을 수용했다. 그들은 이러한 데서 더한 만족감까지 느꼈다. 처음에 그들은 제럴드 크라이치를 증오했다. 그들은 그에게 무슨 짓을 하겠다며, 그를 살해하겠다고 공언을 했다. 그러나 시간이 흐름에 따라 그들은 치명적인 만족감을 느끼며 모든 것을 받아들였다. 제럴드가 그들의 대사제가 되었고 그가 그들의 가슴에 진정으로 다가오는 종교를 대변했다. 그의 아버지는 이미 잊혔다.

새로운 세계가, 엄격하고 무섭고 비인간적인 새로운 질서가 들어섰다. 그러나 그 파괴성 자체에서 만족감을 느끼게 했다. 비록 그 기계가 사람들을 파괴하는 동안에도, 사람들은 크고도 경이로운 기계에 속하게 되어 만족하였다. 그건 그들이 원했다. 그것은 인간이 만들어 낼 수 있는 최고의 것이었고 가장 놀랍고 초인간적인 것이었다. 그들은 감정이나 이성을 초월한 이 위대한 초인적이고 정말로 신과 같은 시스템에 속하게 되니 희열에 들떴다. 그런데 그들의 마음이 그들 속에서 죽어갔다. 그러나 그들의 영혼은 만족하였다. 그것은 그들이 원하던 것이었다. 아니라면 제럴드가 절대로 그런 일을 하지 않았을 것이다. 그는 단지 그들보다 앞서서 그들이 원하던 것—순수하게 기계적인 원리에 생명을 종속시키는 위대하고 완벽한 제도에 참여하는 것—을 가져다주었을 뿐이다. 이것은 일종의 자유였다. 그들이 정말로 원하던 종류의 자유였다. 그것은 파멸의 첫 번째 큰 진전이었고 혼돈의 첫 번째 위대한 단계였다. 유기적인 것 대신에 기계적인 원리로 대체하고, 유기적인 목적, 유기적인 통일의 파괴였으며, 모든 유기적 단위를 커다란 기계적인 목적에 종속시키는 것이었다. 그것은 순전한 인간 생명의 와해요, 순전한 기계적인 조직화였다. 이것은 혼란의 첫 번째이자 최상의 상태였다.

제럴드는 만족했다. 그는 광부들이 그를 미워한다고 말하는 걸 알았다. 그러나 그는 오래전에 광부들을 미워하는 걸 그만두었다. 광부들이 저녁때 물밀 듯이 그의 앞을 지나갈 때면 그들은 지쳐서 무거운 장화를 보도 위에 질질 끌었고 어깨는 약간 처져 있었다. 그들은 그를 거들떠보지 않았고 그 어떤 인사도 하지 않았다. 그들은 냉담한 수용의 흑회색의 물결로 지나갔다. 그들은 그에게 도구라는 것 말고는 별로 중요하지 않았다. 그도 그들에게 지고한 지배의 도구라는 것 외엔 중요하지 않았다. 그들은 광부로서 존재감을 지녔고 그는 감독으로서 존재감을 가졌다. 그는 그들의 양질의 노동력을 중하게 여겼다. 그러나 인간으로, 인격체로 그들은 다만 우연적인 존재였고, 산발적으로 일어나는 하찮은 현상들이었다.―그리고 암암리에 광부들은 이러한 것에 동의했다. 왜냐하면, 제럴드가 마음속으로 그러한 것에 동의했기 때문이다.

제럴드는 성공했다. 그는 산업체를 새롭고 끔찍스러운 순수함으로 변화시켰다. 이전보다 훨씬 더 많은 양의 석탄을 생산했다. 경이롭고 섬세한 시스템은 거의 완벽하게 운용되었다. 그는 탄광 분야와 전기 분야에서 진짜로 영리한 기술자들 한 무리를 거느리고 있었고 그들에게 별로 비용이 많이 들지 않았다. 고도로 교육을 받은 기술자 비용이 노동자 비용보다 약간 더 많이 들었다. 그의 관리자들은 모두가 보기 드문 사람들인데도 부친이 운영하던 시절의 늙은 실수투성이의 멍청이들보다 비용이 더 나가지 않았다. 그 멍청이들은 단순히 승진한 광부에 불과했던 것이다. 제럴드의 최고 경영자는 연봉이 1,200파운드였는데 회사에 적어도 5,000파운드나 절약했다. 시스템 전체가 이제 너무도 완벽해서 제럴드가 더는 필요치 않을 정도였다.

모든 것이 너무도 완벽해서 때로는 이상한 공포가 그를 엄습했고, 그는 어찌할 바를 몰랐다. 그는 일종의 일의 황홀경에 빠져 몇 년간을 보냈다. 그가 이행하고 있는 것이 지고한 것으로 보였다. 그는 거의 신과 같이 성스럽게 보였다. 그는 순수하고 고양된 활동 자체였다.

그러나 이제야 그가 성공했다—마침내 성공했다. 그리고 최근에 한두 번 그가 저녁에 홀로 있으면 할 일이 없을 때 갑자기 공포에 질려 벌떡 일어났다. 자신이 어떠한 존재인지 알 수가 없었다. 그는 거울 앞에 가서 자신의 얼굴과 눈을 오랫동안 자세히 보면서 무엇인가를 찾으려 했다. 그는 어마어마하게 메마른 공포 속에서 겁을 먹었다. 그러나 자신이 무엇을 무서워하는지 몰랐다. 그는 자신의 얼굴을 쳐다보았다. 거울 안에는 잘 생기고 건장한 자신이 있었다. 전과 똑같았다. 그러나 왠지 진짜 같지 않았다. 그건 가면이었다. 감히 자기 얼굴에 손을 댈 수가 없었다. 모조 가면이란 것이 진짜로 드러날까 무서웠기 때문이다. 그의 눈은 외양이 전과 같이 푸르고 날카로우며 단단해 보였다. 그러나 그들이 순간적으로 터져 깨끗이 소멸할 푸른색의 가짜 거품이 아니라는 자신이 없었다. 눈 안에서 암흑이 보였다. 그건 마치 암흑의 거품에 불과해 보였다. 그는 어느 날 자신이 부서져 암흑 주위를 맴도는 무의미한 거품에 불과할까 걱정되었다.

그러나 그의 의지는 잘 버티었다. 그는 멀리 가기도 하고 책을 읽고 사물에 대해 생각도 할 수 있었다. 그는 원시인에 대한 책과 인류학 서적과 사변 철학서 또한 즐겨 읽었다. 그의 마음은 매우 활발히 움직였다. 그러나 그건 암흑 속을 떠다니는 거품 같았다. 그것이 어느 순간이곤 터져 그를 혼돈에 빠뜨릴 수 있을 것이다. 그는 죽지 않을 것이다. 그것을 잘 알고 있었다. 그는 계속해서 살 것이다. 그러나 삶의 의미가 그에게서 사라질 것이다. 그의 성스런 삶의 목적이 사라질 것이다. 그는 기이하게 냉담하고 메마른 태도로 겁을 먹고 있었다. 그러나 심지어 공포에도 반응을 보일 수가 없었다. 마치 그의 느낌의 중추가 메말라 버린 것 같았다. 그는 침착하고 타산적이고 건강하게 그리고 꽤 자유롭게 신중하게 지냈다. 어렴풋하고 작고, 그러나 최종적인 메마른 공포를 느꼈지만, 자신의 신비로운 이성이 부서지고, 지금 이 위기 앞에서 와해하고 있다는 것을 그는 느끼면서도 그러했다.

그건 긴장이었다. 평정심이 없다는 것을 그는 알았다. 마음의 평안을 위해 당장 어느 방향으로든 가야 했다. 버킨만이 그에게서 공포심을 확실히 제거해 주었고, 삶의 풍족함에 쉽게 빠지는 것을 막아주었다. 버킨의 야릇한 유동성과 잘 변함은 신뢰의 순수한 본질을 담은 듯했다. 그러나 그런 때 제럴드는 항상 버킨을 떠나 나와야 했다. 마치 교회의 예배자리를 떠나 일과 삶이 벌어지는 바깥의 현실 세상으로 돌아가듯 말이다. 그곳엔 세상이, 변하지 않고 있었으며, 말들은 하찮은 것들이었다. 자신은 일과 물질적인 생활의 세상과 계속 거래를 해야 했다. 그것은 점점 더 어려워졌다. 대단히 이상한 압력이 그에게 가해졌다. 마치 그의 한가운데는 진공인데 바깥은 끔찍스럽게 긴장된 것 같았다.

그는 여자들에서 가장 만족스러운 안도감을 발견했었다. 그에게 자포자기한 여자와 한바탕 놀아난 다음에 그는 아주 편안히 모든 것을 잊고서 지냈다. 그런데 고약한 점은 요즘에 와서는 여자들에게 흥미를 갖기가 매우 힘들어졌다는 것이다. 그는 여자에게 더는 관심이 없었다. 푸썸과 같은 여자는 그 나름대로 괜찮았다. 그러나 그녀는 예외적인 경우였고 그녀조차도 지극히 별로 관심거리가 되지 못했다. 아니, 그런 의미에서는 여자들은 그에게 더는 쓸모가 없었다. 정신에 첨예한 자극이 필요하다고 느꼈다. 그가 육체적으로 흥분이 되려면 말이다.

제18장 토끼

구드룬은 자신이 숏랜즈 저택으로 간다는 건 중대한 처신이라는 걸 알았다. 그건 제럴드 크라이치를 연인으로 받아들이는 것과 매한가지라는 걸 의식했다. 비록 그 상황을 좋아하지 않아 주춤했지만, 그녀는 가리란 걸 의식했다. 그녀는 얼버무렸다. 제럴드의 뺨을 때린 것과 키스한 것을 괴롭게 회고하며 스스로 중얼거렸다. '그래 결국 그게 뭐 그리 대단해? 키스 따위가 뭐라고? 뺨을 친 게 뭐 그리 대단한 건가? 그건 순간적이었고 금방 사라졌어. 내가 떠나기 전에 그저 한번 숏랜즈에 가 볼 수는 있지. 상황이 어떤지 한번 가 볼 수 있는 거야.' 왜냐하면, 그녀는 모든 것을 보고 알고자 하는 억누를 수 없는 호기심을 지녔기 때문이었다.

구드룬도 위니프레드가 어떤 애인지 알고 싶었다. 그 애가 한밤중에 증기선에서 언니를 부르며 외치는 소릴 들었을 때, 왠지 신비스러움이 그 애와 연결돼 있다고 그녀는 느꼈다.

구드룬은 서재에서 그 애 아버지와 이야길 나누었다. 그런 다음 그가 그 애를 데리러 오게 사람을 보냈다. 그 애가 프랑스인 가정교사를 대동하고 나타났다.

"위니야, 이분이 브랑윈 선생이시다. 친절하게도 네가 그림 그리는 것과 동물의 모형을 만드는 것을 도와주시겠대." 그가 말했다.

그 애는 잠시 흥미로운 눈으로 구드룬을 쳐다보았고, 앞으로 나와 얼굴을 돌리며, 손을 내밀었다. 위니프레드의 어린애다운 말 없는 태도엔 완전한 냉담과 무관심이 배어있었다. 얼마간의 무책임한 쌀쌀함이 있었다.

"안녕하셨어요?" 그 애가 얼굴을 쳐들지 않고 인사말을 건넸다.

"잘 있었어요?" 구드룬도 인사를 했다.

그리곤 위니프레드는 옆으로 비키고 구드룬이 가정교사에게 소개되었다.

"걸어오시기에 아주 좋은 날씨네요." 가정교사가 명랑한 태도로 말했다.

"정말 좋은 날씨예요." 구드룬이 대답했다.

위니프레드는 떨어져서 이 광경을 지켜보았다. 그녀는 즐기는 듯했지만, 이 새로 온 사람이 어떤 이인지 아직은 잘 모른다는 표정이었다. 아이는 너무나도 많은 새로운 사람들을 만났고 그중에서 그녀에게 진짜로 다가온 사람은 거의 없다시피 했다. 프랑스인 가정교사는 조금만치도 중요하지 않았다. 그 애는 그저 그녀를 견디며 지낼 따름이었다. 조용히 편하게 약간의 조롱하는 태도로 가정교사의 작은 권위를 인정하며, 철없는 어린애의 건방진 무관심으로 순순히 응할 뿐이었다.

"그래, 위니프레드," 아버지가 말했다. "브랑윈 선생이 오셔서 기쁘지 않니? 선생님은 나무와 찰흙으로 동물과 새의 모양을 만드신단다. 런던의 사람들이 신문에 그 작품을 높이 칭찬하는 기사를 썼단다."

위니프레드는 약간 미소를 지었다.

"아빠, 누가 그런 말 해?" 그 애가 물었다.

"누가 나한테 그런 말을 했느냐고? 허마이어니 아주머니와 루퍼트 버킨 아저씨도 그러시더라."

"그분들을 아세요?" 위니프레드가 구드룬에게 얼굴을 돌리며 약간 도전적인 태도로 물었다.

"그래." 구드룬이 대답했다.

위니프레드는 자신의 태도를 좀 바꾸었다. 그녀는 구드룬을 하녀로 받아들일 태도를 지녔었다. 그런데 지금 자기와 구드룬은 우정의 조건에서 만나야 할 처지가 되었다. 오히려 기뻤다. 그녀에겐 자기보다 좀 낮은 사람들이 너무나도 많았고, 그들을 완전히 상냥한 태도로 참아왔었다.

구드룬은 아주 침착했다. 그녀 역시 이런 일들을 매우 심각하게 받아들이지 않았다. 그녀에게 새로운 계기는 대개가 극적으로 볼만한 것이었다. 그런데 위니프레드는 거리를 갖고 빈정대는 아이이지, 절대로 애착을 갖는 애가 아니었다. 구드룬은 그 애가 마음에 들고 끌렸다. 첫 만남은 모멸감을 좀 느끼게 하는 어색함 속에서 끝났다. 위니프레드나 그녀도 사교적인 예의는 갖추지 못했다.

그러나 이들은 얼마 안 되어 허구적인 세계에서 만났다. 위니프레드는 사람들이 자신처럼 장난스럽고 약간은 빈정거리지 않으면 거들떠보질 않았다. 그녀는 오로지 재미난 세상만 받아들이려 했고, 생활에서 진지하게 받아들이는 대상들은 애완용 동물들이었다. 이들에게 그 애는 거의 조롱하듯이 애정과 우정을 쏟았다. 나머지 다른 인간관계에선 약간은 재미없다는 듯, 무관심하게 대했다.

그 애에겐 룰루라는 애완용 페키니즈가 있었는데 굉장히 애지중지했다.

"룰루를 그리자꾸나." 구드룬이 말했다. "그리고 그림에 룰루다움을 담을 수 있나, 한번 볼까?"

"귀염둥이야!" 위니프레드는 소릴 지르며, 난롯가에 물끄러미 슬픈 표정으로 앉아있는 개에게 달려가 튀어나온 이마에 키스했다. "귀염둥이야, 네 그림을 그릴까? 엄마가 초상화 그릴까?" 그리곤 그 애는 즐거워서 깔깔 웃으며 구드룬에게 얼굴을 돌리고 "아, 그려요!"라고 말했다.

그들은 연필과 종이를 가져와 준비했다.

"세상에서 제일 예뻐요," 위니프레드가 개를 껴안으며 소리쳤다. "엄마가 너의 초상화를 예쁘게 그리게 얌전히 앉아 있어." 개는 툭 튀어나온 큰 눈에 슬픈 체념의 표정을 담고 아이를 쳐다보았다. 아이는 개에 열렬히 키스하면서 말했다. "내 그림이 어떨지 모르겠어. 분명 형편없을 거야."

그 아이는 그림을 그리면서 혼자 낄낄 웃으며 가끔 소리쳤다.

"오 내 사랑. 넌 아주 예뻐!"

그리곤 다시 낄낄 웃으며 개에게 달려가서 꼭 껴안아주었다. 마치 개에게 미묘하게 상처를 주는 걸 참회라도 하듯이. 그 개의 벨벳 같은 검은 얼굴에 오래 묵은 체념과 짜증스러운 표정을 지으며 내내 앉아 있었다. 위니프레드는 눈은 사납게 찌푸리고 고개는 한쪽으로 갸우뚱한 채 아주 조용히 앉아 천천히 그림을 그렸다. 마치 어떤 마법의 주문을 부리는 듯했다. 갑자기 그림을 끝냈다. 그녀는 개를 쳐다보고는 자기 그림을 쳐다보았다. 그리곤 개에게 참 안됐다는 듯이 그러면서도 장난스러운 즐거움에 들떠서 외쳤다.

"내 예쁜이, 왜 사람들이 그렸을까?"

아이는 자기 그림을 개에 가져가서 개의 코 밑에 갖다 대었다. 개는 모욕을 당해 원통한 듯 고개를 옆으로 돌렸고, 아이는 개의 튀어나온 벨벳 같은 이마에 충동적으로 키스했다.

"룰리의 그림이야. 귀여운 룰리의 그림이라고! 너의 초상화 그림을 봐. 아가야, 네 그림 보라고. 엄마가 그린 그림이야." 아이는 자기 그림을 쳐다보곤 낄낄 웃어댔다. 그리곤 한 번 더 개에 키스하고는 일어나서 구드룬에게 엄숙하게 다가와 도화지를 내밀었다.

그건 흉측스럽게 생긴 작은 동물의 흉측스러운 작은 도형이었다. 너무도 장난스럽고 희극적으로 그려서 구드룬은 자기도 모르게 천천히 미소를 지었다. 옆에서는 위니프레드가 즐거워 낄낄거리며 말했다.

"개를 안 닮았지요? 그렇지요? 저 개는 그림보다 훨씬 예쁜데. 저 갠 너무나 예뻐요—으음, 룰루야, 내 사랑스러운 귀염둥이." 그리곤 펄쩍 뛰어가 분한 표정의 작은 개를 얼싸안았다. 그 개는 나무라는 듯 무뚝뚝한 눈빛으로 그녀를 쳐다보고는 엄청나게 나이 든 티를 내며 의양양해 했다. 그리곤 그 애는 다시 그림으로 얼른 돌아가서는 흐뭇해서 킬킬 웃어댔다.

"하나도 안 닮았지요?" 아이가 구드룬에게 물었다.

"아니, 상당히 닮았는데." 구드룬이 대답했다.

애는 자기 그림을 애지중지하며 들고 다니면서 모든 이에게 말없이 수줍어하며 보여주었다.

"이거 보세요." 그 애가 그림을 아버지의 손에 내밀며 말했다.

"아니! 이건 룰루로구나!" 그가 소리쳤다. 그리곤 그가 놀라서 그림을 내려다보고 있는데, 옆에서는 딸애가 거의 동물적인 소릴 내며 낄낄 웃어댔다.

제럴드는 구드룬이 처음 숏랜즈에 왔을 때 집을 떠나 있었다. 그러나 그가 돌아온 첫날 아침 그녀를 찾았다. 햇빛이 화창한 부드러운 아침이었다. 그는 정원 오솔길에서 머뭇거리며 그가 없는 동안에 피어난 꽃들을 보고 있었다. 그는 여전히 말쑥하고 건강했으며, 수염을 깎았고 세심하게 옆으로 가르마를 탄 금발의 머리칼은 햇빛을 받아 반짝였다. 금빛의 짧은 콧수염은 바싹 다듬었고, 눈은 익살스럽고 친절한 빛을 내서 상대방이 그렇게 속을 정도였다. 그는 검은 상복을 입었고 그의 옷은 균형 잡힌 몸에 잘 맞았다. 그러나 그가 아침 햇살을 받으며 꽃밭에서 머뭇거릴 때 무엇이 부족하여 생기는 것 같은 외로움과 두려움의 기운이 감돌았다.

구드룬은 눈에 띄지 않고 그에게 빠르게 다가갔다. 그녀는 푸른색 옷을 입고 노랑 모직 스타킹을 신어서 꼭 자선 학교의 남학생 같았다. 제럴드가 놀라 올려다보았다. 그녀의 스타킹은 항상 그의 마음에 들지 않았다. 저 연노랑 스타킹과 무거운 아주 무거운 검은색 신발이라니. 위니프레드는 정원에서 왔다 갔다 하며 프랑스 가정교사와 개들과 함께 뛰놀고 있다가 구드룬에게 쏜살같이 다가왔다. 그 애는 검은색과 흰색 줄무늬가 있는 옷을 입고 있었다. 머리칼은 좀 짧았는데 목에서 찰랑거리게 둥그렇게 잘랐다.

"우린 비스마르크를 그릴 거죠? 그렇죠?" 애가 구드룬과 팔짱을 끼며 물었다.

"그래. 비스마르크의 그림을 그릴 거야. 그리고 싶니?"

"아, 네—그리고 싶어요! 진짜로 비스마르크를 그리고 싶어요. 그

토끼는 오늘 아침에 너무나도 멋지게 보여요. 아주 사납게요. 몸집이 거의 사자만큼이나 커요." 그 애는 자기의 과장된 말에 냉소적으로 낄낄 웃었다. "그 토끼는 진짜 왕 같아요. 진짜예요."

"좋은 아침이에요(Bon jour, Mademoiselle). 선생님." 몸집 작은 프랑스 가정교사가 말하고, 약간 고개를 까닥이며 손을 흔들어 인사했다. 그건 구드룬이 싫어하는 건방진 고갯짓이었다.

"위니프레드가 비스마르크의 그림을 그리길 원해요—오! 아침 내내 되뇌고 있어요—(Winifred veut tant faire le portrait de Bismarck--! Oh, mais toute la matinee--)"라고 그녀가 말을 했다. "우린 아침에 비스마르크를 그릴 거야!—비스마르크, 비스마르크." 아침 내내 비스마르크 타령이에요. 선생님, 그건 토끼가 아닌가요? 맞지요(Bismarck, Bismarck, toujours Bismarck! C'est un lapin, n'est-ce pas, mademoiselle)?"

"그래요. 그건 검고 흰 색의 큰 토끼예요. 아직 못 보았나요(Oui, c'est un grand lapin blanc et noir. Vous ne l'avez pas vu)?" 구드룬이 유창하지만 좀 딱딱한 불어로 대꾸했다.

"네, 선생님. 위니프레드는 절대로 보여주지 않았어요. '애야, 비스마르크가 뭐지?' 하고 여러 번 물어보았는데도 말이에요. 그런데도 나한테 비스마르크 애길 하지 않았어요. 저 애의 비스마르크는 신비로운 것인가 봐요(Non, mademoiselle, Winifred n'a jamais voulu me le faire voir. Tant de fois je le lui ai demande, "Qu'est ce donc que ce Bismarck, Winifred?" Mais elle n'a pas voulu me le dire. Son Bismarck, c'etait un mystere)."

"그래요. 그건 하나의 신비로운 존재예요. 정말로 신비로워요. 브랑윈 선생님, 비스마르크는 신비롭다고 말해 주세요(Oui, c'est un mystere, vraiment un mystere! Miss Brangwen, say that Bismarck is a mystery)." 위니프레드가 큰 소리로 졸랐다.

"비스마르크는 신비로워요, 비스마르크는 신비롭단 말이야, 그 비스마르크는 경이로운 존재야(Bismarck, c'est un mystere, der Bismarck, er ist ein Wunder)." 구드룬이 조롱하듯 주문을 외듯 말했다.

"그래요. 그건 하나의 경이로운 존재에요(Ja, er ist ein Wunder)." 위니프레드가 야릇하게 진지한 어조로 되풀이했는데, 거기엔 장난기의 웃음이 배어 있었다.

"그가 정말로 경이로운 존재라고(Ist er auch ein Wunder)?" 프랑스 가정교사가 약간은 도도하게 빈정거리는 투로 물었다.

"그래요(Doch)!" 위니프레드가 짧게 톡 쏘았다.

"그건 왕이 아니지(Doch ist er nicht ein Konig). 네가 말한 것처럼 비스마르크는 왕이 아니었어. 위니프레드, 그는 단지—그는 수상에 불과했어(il n'etait que chancelier)."

"수상이 뭐지요(Qu'est ce qu'un chancelier)?" 위니프레드가 약간 멸시하는 냉랭한 어조로 물었다.

"수상은 수상이지. 내 생각에 영국에선 일종의 법관이지." 제럴드가 다가와 구드룬과 악수를 하며 말했다. "넌 곧 비스마르크 자랑을 늘어놓겠구나."

가정교사가 기다리고 있다가 분별 있게 머리를 숙여 인사를 했다.

"그러니까, 가정교사님. 저 애가 비스마르크를 안 보여 준다고요?" 그가 말을 걸었다.

"네. 사장님(Non, Monsieur)."

"참, 아주 비열하네요. 브랑윈 선생님, 그래 비스마르크를 어떻게 할 거요? 난 부엌에 보내서 요리했으면 하는데."

"아. 안 돼." 위니프레드가 소리 질렀다.

"우린 그림을 그리려 해요." 구드룬이 대답했다.

"'끌어다가' 토막을 내서 접시에 잘 담아보세요." 제럴드가 일부러 얼빠진 말을 했다.

"오, 안 돼." 위니프레드가 낄낄거리며 힘주어 외쳤다.

구드룬은 그에게서 빈정대는 기미를 눈치채서 그의 얼굴을 쳐다보며 웃어넘겼다. 그는 긴장이 어루만져진다고 느꼈다. 서로가 의식하며 눈을 마주쳤다.

"숏랜즈가 마음에 들어요?" 그가 물었다.

"네, 아주요." 그녀가 태연히 대답했다.

"그렇다니 반갑군요. 이 꽃을 눈여겨본 적 있어요?"

그가 구드룬을 화단 앞길로 이끌었다. 그녀는 열심히 따라갔다. 위니프레드가 따라갔고 가정교사는 뒷전에서 꾸물거리며 따라갔다. 그들은 잎맥이 뚜렷한 가짓과 꽃 앞에서 발을 멈추었다.

"경이롭지 않아요?" 구드룬이 정신없이 꽃을 보며 외쳤다. 그녀가 꽃들을 경탄해 하며 황홀한 눈으로 보는 것이 참 야릇해서, 그의 신경을 애무하는 듯했다. 그녀가 허리를 굽혀서 한없이 섬세하고 고운 손끝으로 나팔 모양의 꽃대를 조심스레 만졌다. 그녀가 일어섰을 때 그녀의 눈은 꽃의 아름다움에 감동하여 그의 눈을 들여다보았다.

"무슨 꽃이지요?" 그녀가 물었다.

"피튜니아 종류 같아요, 내 생각엔." 그가 대답했다. "실은 잘 몰

---

* 영어 draw엔 "그림을 그리다"와 "끌다"의 뜻이 있다.

라요."

"저한텐 아주 낯선 꽃이에요." 그녀가 말했다.

그들은 신경이 맞닿아, 거짓된 친밀감으로 함께 서 있었다. 그는 그녀를 사랑하게 된 것이었다.

그녀는 프랑스 가정교사가 작은 프랑스 풍뎅이처럼 가까이 서서 지켜보며 눈치채는 걸 의식했다. 구드룬은 위니프레드를 데리고, 비스마르크를 찾으러 간다며, 그 자리를 떠났다.

제럴드는 그들이 가는 걸 지켜보았다. 그러는 내내 그는 매끄러운 캐시미어 옷을 입은 구드룬의 부드럽고 풍만하고 단단한 몸매를 눈여겨보았다. 저 여자의 몸은 얼마나 매끄럽고 풍만하며 부드러울까. 그런 생각이 그를 엄습하자 그녀가 너무나도 갖고 싶고 너무나도 아름답게 느껴졌다. 그는 단지 그녀에게 다가가고 싶은 마음뿐이었지, 그 이상은 없었다. 자기는 오로지 그녀에게 다가가서, 그녀에게 내어 맡겨야 할 존재라는 생각뿐이었다.

그와 동시에 그는 프랑스 가정교사의 단정하고 손상되기 쉬운 완벽한 자태를 섬세하고도 날카롭게 의식했다. 가느다란 발목을 가진 우아한 투구 풍뎅이가 높은 하이힐을 신은 것 같았다. 그녀의 윤기 나는 검정 옷은 완벽하리만큼 적절하였고, 검은 머리칼은 멋지게 높이 올려져 있었다. 그녀의 그 완벽하고 끝맺는 자태가 어찌나 역겨운지! 그녀가 혐오스러웠다.

그럼에도 그는 그녀를 경탄해 마지않았다. 그녀는 완벽하게 적절했다. 온 집안이 상(喪) 중인데 구드룬이 마코앵무새처럼 현란한 색깔의 옷을 차려입은 것이 그의 신경을 퍽 건드렸다. 정말로 딱 마코앵무새야! 그는 구드룬이 땅에서 발걸음을 끌면서 옮기는 걸 주시했다. 그녀의 발목은 연노란색이었고 옷 색깔은 진한 청색이었다. 그럼에도 그런 모습이 마음에 들었다. 그의 기분이 아주 좋았다. 그녀의 옷차림에서 도전을 느꼈다―그녀는 세상 전체에 도전하고 있었다. 그는 승리의 나팔 소리에 웃음을 지었다.

구드룬과 위니프레드는 집 정원을 지나 뒤편으로 갔다. 그곳엔 마구간과 바깥 채들이 있었다. 사방에 정적이 흐르고 인적이 없었다. 크라이치 씨는 근처에 잠시 드라이브를 하러 나갔고 마구간 하인은 방금 제럴드의 말을 끌고 나갔다. 이 두 어린 여자는 구석에 있는 우리로 가서 흰색과 검은색이 뒤섞인 큼직한 토끼를 쳐다보았다.

"예쁘지요? 오, 귀를 쫑긋 세우며, 귀 기울이는 걸 봐요! 좀 멍청이 같지요?" 그 애가 짧게 웃고는 말을 이었다. "저 듣고 있는 모습을 그려요. 그래요. 굉장히 집중해서 듣고 있어요.―귀염둥이 비스마르크야, 그렇지 않니?"

"우리에서 꺼낼 수 있을까?" 구드룬이 물었다.

"힘이 아주 세요. 정말로 지독하게 힘이 세요." 그 애가 구드룬을 쳐다보았다. 머리는 한쪽으로 기울이며, 그렇게 할 수 없다는 야릇한 표정을 지었다.

"그렇지만 한 번 해보지 않을래?"

"원하시면 그러세요. 그렇지만 저 토낀 무섭게 발길질을 해요!"

그들은 우리의 문을 열려고 열쇠를 가져왔다. 토끼는 우리 안에서 미친 듯이 펄쩍펄쩍 뛰었다.

"어떤 땐 아주 무섭게 할퀴어요." 위니프레드가 흥분해서 외쳤다. "오, 제 좀 봐요. 놀라워요!" 토끼가 난리를 치며 우리의 여기저기를 물어뜯었다. "비스마르크!" 그 애가 잔뜩 흥분해서 소리쳤다. "너 아주 못돼 먹었구나! 너 정말 사나워." 위니프레드가 잔뜩 흥분한 상태에서 안 되겠다는 표정으로 구드룬을 올려다보았다. 구드룬은 냉소적인 미소를 입가에 띄웠다. 위니프레드는 말할 수 없이 흥분되어 야릇하게 흥얼거리는 소리를 내었다. "이제 가만히 있어요!" 토끼가 우리 저 안쪽에 쭈그리고 있는 걸 보며 소리쳤다. "이제 꺼낼까요?" 애가 흥분하고, 불가사의하게 구드룬을 쳐다보며 그리고 바싹 다가오며 속삭였다. "이제 꺼낼까요?" 그 애가 혼자서 장난스레 낄낄 웃어댔다.

그들은 우리의 문의 자물쇠를 열었다. 구드룬이 팔을 뻗어서, 웅크리며 꼼짝 않는 큼직하고 기운 센 토끼의 긴 양쪽 귀를 잡았다. 토끼는 네 개의 발로 바닥을 단단히 짚고 몸을 뒤로 뺐다. 토끼를 앞으로 끌어내자 바닥을 긁는 소리가 길게 났다. 잠시 후에 토끼, 그 몸뚱이는 용수철처럼 조였다 튕기면서 공중에 떠서 사납게 버둥거렸다. 구드룬은 얼굴은 돌리며, 팔을 뻗어 그 폭풍우 같은 흑백의 토끼를 잡고 있었다. 그러나 토끼는 마술에 걸린 듯 힘이 셌다. 그녀가 할 수 있는 건 그냥 겨우 잡고 있는 것이었다. 거의 침착성을 잃은 상태였다.

"비스마르크, 비스마르크야. 너 아주 못돼 먹었어." 위니프레드가 잔뜩 겁먹은 목소리로 소리쳤다. "오, 놓아줘요. 지독한데요."

구드룬은 토끼를 붙잡고 있는 팔뚝에서 갑자기 요동치며 발광하는 충격을 느껴 넋을 잃고 잠시 서 있었다. 그러다 얼굴이 빨개졌다. 구름처럼 짙은 분노가 몰려왔다. 그녀는 폭풍을 만나 완전히 치명타를 입은 집처럼 부들부들 떨며 서 있었다. 이 토끼와의 싸움이 정신

나가 보였고, 야만스러울 정도로 멍청해 보여서, 그녀의 심장은 분노가 치밀어 올라 멈췄다. 팔목은 토끼의 발톱에 심하게 긁혀, 잔인성이 그녀 가슴 속에서 세게 부글부글 끓어올랐다.

그녀가 빠져나가려는 토끼를 팔 밑으로 잡으려고 안간힘을 쓰고 있을 때 제럴드가 나타났다. 그는 섬세한 직감으로 그녀가 잔인하게 분을 뿜는 것을 알아챘다.

"당신 대신에 일꾼에게 이 일을 하게 했어야지요." 그가 급히 다가오며 말했다.

"아, 저 토끼 너무 무서워!" 위니프레드가 거의 미친 듯 소리쳤다.

그는 긴장한 근육질의 손을 뻗어 토끼의 귀를 꽉 잡더니 구드룬에게서 옮겨 받았다.

"정말 엄청나게 힘이 세네요." 그녀가 높은 어조로 소리쳤다. 마치 갈매기가 원한을 품고 이상하게 울어 재끼는 소리 같았다.

토끼는 공중에서 몸을 공 모양으로 움츠렸다가 활 모양으로 몸을 던지며 마구 움직였다. 그놈은 정말 악마 같았다. 구드룬은 제럴드의 몸이 긴장되어 굳어지는 것을, 또 물불 안 가리는 사나워진 눈빛이 번쩍이는 걸 보았다.

"난 이 늙은 비렁뱅이들의 생리를 알아요." 그가 말했다.

몸이 긴 악마 같은 그 짐승이 다시 발버둥 거리며, 마치 용이 날 것처럼 몸을 길게 뻗더니, 상상할 수 없을 정도로 강력하게 폭발하듯 몸을 다시 웅크렸다. 제럴드의 몸은 그것을 움켜쥐느라, 강하게 떨렸다. 그러다가 하얗게 날이 선 날카로운 분노가 갑자기 그에게 솟아났다. 그가 번개처럼 눈 깜짝할 사이에 다른 손을 뒤로 당겨서 매처럼 토끼의 목을 내리쳤다. 거의 동시에 토끼가 죽음에 대한 공포로 무서워하며 이 지상의 것이 아닌 혐오스러운 비명을 질러댔다. 토끼는 엄청나게 몸부림치며, 마지막 경련을 하며 그의 손목을 할퀴고 옷소매도 찢었다. 발을 격렬하게 버둥거리며 배를 허옇게 드러냈다. 제럴드가 그 몸을 홱 돌리더니 자기의 겨드랑이 밑에다 바짝 조였다. 토끼가 움츠리더니 살살 피했다. 제럴드의 얼굴이 미소로 환해졌다.

"토끼에 저런 힘이 있을 줄은 몰랐지요?" 그가 구드룬을 보며 말했다. 그녀의 얼굴은 해쓱해지고 눈은 밤처럼 검었다. 그녀는 거의 이 세상 것이 아니었다. 격렬하게 요동을 치다가 지른 토끼의 비명으로 그녀 의식의 휘장이 찢긴 듯했다. 그가 그녀를 보았다, 그의 얼굴에 전광 같은 흰 광채가 더 강렬해졌다.

"난 진짜 토끼 싫어." 위니프레드가 칭얼거렸다. "난 루지만큼 저 토낄 좋아하지 않아. 정말 보기 싫어."

구드룬은 기분이 다시 살아나자, 얼굴을 일그러뜨릴 정도로 미소를 지었다. 자신의 본색이 드러났음을 의식했다.

"토끼의 비명이 정말 끔찍스럽게 들리지 않아요?" 그녀가 마치 갈매기가 외치듯, 높은 소리로 말했다.

"혐오스럽지요." 그가 대답했다.

"우리에서 끄집어낼 때 그렇게 바보처럼 굴지 않았어야 하는데." 위니프레드가 손을 내밀어 살살 토끼를 쓰다듬으며 말했다. 토끼는 제럴드의 겨드랑이 아래서 죽은 듯 꼼짝 않고 있었다.

"오빠, 토끼가 죽은 건 아니지?" 애가 물었다.

"죽지 않았어. 사실 죽었어야 했는데." 그가 대답했다.

"그래. 죽었어야 했어!" 아이가 갑자기 즐거운 표정으로 큰 소리로 대꾸했다. 그리곤 더 자신 있게 토끼를 쓰다듬었다. "토끼의 심장이 아주 빨리 뛰고 있어. 우습지 않아? 정말 우스워."

"어디다가 갖다 놓을까?" 제럴드가 물었다.

"작은 잔디밭에." 애가 대답했다.

구드룬이 이상하게 어두워진 눈으로, 악의 세계를 알게 돼 긴장된 눈으로, 제럴드를 쳐다보았다. 그 눈은 그의 처분에 놓여있지만, 궁극적으로는 동등한 생명체인 눈처럼 거의 애원하는 듯했다. 그는 구드룬에게 무슨 말을 해야 할지 몰랐다. 그는 서로 지옥 같은 체험을 했다고 느꼈다. 그리고 그런 체험을 덮기 위해 무슨 말을 해야겠다고 느꼈다. 그는 중추 신경에 번개와 같은 힘을 지녔고, 그녀는 그의 마술적이며 무시무시한 하얀 불을 부드럽게 받아들이는 사람 같았다. 그는 확신이 안 섰고 공포로 인해 현기증이 났다.

"할퀸 자리가 아파요?" 그가 물었다.

"아니요." 그녀가 대답했다.

"감정이 없는 짐승이에요." 그가 얼굴을 돌리며 말했다.

그들은 작은 마당에 이르렀다. 그곳은 오래된 붉은 벽돌담으로 둘러쳐 막혀 있었고, 그 틈새에서 꽃무가 자라고 있었다. 부드럽고 곱고 오래된 잔디가 마당에 가지런히 깔려 있었고, 머리 위의 하늘은 파랬다. 제럴드가 토끼를 바닥에 털썩 내려놓았다. 그놈은 가만히 몸을 웅크리고 움직이지 않으려 했다. 구드룬이 약간 겁을 먹고 주시했다.

"왜 움직이지 않지요?" 그녀가 큰 소리로 물었다.

"부루퉁한 거지요." 제럴드가 대답했다.

그녀가 제럴드를 올려다보며 살짝 악의적인 미소를 지으니 흰 얼굴이 찌푸려졌다.

"저 토끼 참 멍청하네요!" 그녀가 소리쳤다. "진저리나게 멍청하네요?"

그녀가 원한을 품은 목소리로 토끼를 놀려대니 제럴드의 뇌가 진동했다. 그녀가 제럴드의 눈과 마주치며 올려다볼 때 다시 빈정대는 잔인성을 내보였다. 그들 두 사람 사이엔 어떤 결속이 이루어졌지만, 그건 두 사람이 다 혐오하는 결속이었다. 그들은 혐오스러운 신비로 인해 서로 결속이 되었다.

"그래 몇 군데나 할퀴었어요?" 그가 물었다. 그리곤 자기의 단단하고, 할퀴어 빨간 피가 맺힌 흰 팔뚝을 보여주었다.

"저런, 몹시도 할퀴었네요!" 그녀가 그 험한 상처에 얼굴을 붉히며 외쳤다. "제 상처는 아무것도 아니에요."

그녀가 팔을 올려 비단결같이 하얀 살 아래쪽에 빨갛고 깊은 상처를 보여주었다.

"정말 못된 놈이네!" 그가 소리쳤다. 비단결같이 부드러운 그녀의 팔에 길고 빨간 상처를 보니 마치 그가 그녀를 알고 있었던 것 같았다. 그는 그녀에 손을 대고 싶지 않았다. 그가 고의적으로만 그녀의 상처에 손을 댈 수 있었을 거다. 그 길고 야트막하게 찢어진 상처는 자신의 뇌에 난 상처같이 느껴졌다. 그의 최종적인 의식의 표피를 찢으며, 저 너머에 음란성 너머에 있는 영원한 무의식의, 생각조차 할 수 없는 붉은 에테르를 흘러나오게 하는 것 같았다. 흘러나오게 하는 듯했다.

"많이 아파요?" 그가 염려되어 물었다.

"전혀요." 그녀가 큰 소리로 대답했다.

그런데 갑자기 토끼가, 꽃처럼 아주 조용히 몸을 부드럽게 오므리고 있었는데 활기를 띠웠다. 그놈은 마치 총에서 나온 총알처럼, 털이 난 운석같이 마당을 빙빙 돌았다. 굉장히 팽팽하게 원을 그리며 쏜살같이 돌아서 그들의 머리를 동여매듯 정신이 없었다. 마치 토끼가 어떤 알 수 없는 주술에 걸린 듯, 그들은 어안이 벙벙해서 야릇한 미소를 지으며 서 있었다. 토끼는 오래된 붉은 담 아래 풀밭을 회오리바람처럼 나는 듯이 뱅뱅 돌았다.

그러다 갑자기 동작을 그치더니 풀밭 사이를 절름거리며 움직이다가, 바람에 날리는 한 조각 솜털처럼 코를 씰룩대고 생각에 잠긴 듯 앉아 있었다. 몇 분 동안 생각을 하더니, 그들을 보는지 마는지 검은 눈을 똥그랗게 뜬 부드러운 털북숭이 마냥, 조용히 앞으로 절름대며 나가더니, 토끼들이 늘 하듯 빠르게 입을 오물거리며 풀을 조금씩 씹어댔다.

"미쳤어요." 구드룬이 말했다. "분명히 미쳤다고요."

제럴드가 웃었다.

"문제는 미쳤다는 게 뭐죠? 내 생각엔 미치지 않았어요."

"미쳤다고 생각지 않으세요?" 그녀가 물었다.

"그래요. 저게 바로 토끼인 바의 그것이지요."

그의 얼굴에 야릇하고 음흉한 미소가 엷게 깔렸다. 그녀가 그를 바라보며 그제야 알았다. 그도 그녀처럼 처음 입회했다는 걸 깨달았다. 이것이 그녀를 잠시 좌절시켰다. 그녀의 기대를 저버린 것이었다.

"우리가 토끼가 아닌 것에 감사해야겠어요." 그녀가 언성을 높이어 말했다.

제럴드 얼굴의 미소가 조금 더 짙어졌다.

"토끼가 아니어서요?" 그가 그녀를 응시하며 물었다.

천천히 그녀의 얼굴이 음흉스런 걸 인식하여 긴장을 풀며 미소를 지었다.

"아, 제럴드." 그녀가 거의 남자같이 강하고 낮은 어조로 천천히 말했다. "그것 모두에, 더 있어요." 그녀가 충격적일 정도로 태연스럽게 그를 올려다보았다.

그는 그녀가 또다시 자신의 뺨을 후려친 것같이 느꼈다—아니 더욱더 나아가 그녀가 그의 가슴을 느리게 최종적으로 찢어놓은 것 같았다. 그가 몸을 돌렸다.

"먹어, 먹어. 귀염둥이야!" 위니프레드가 토끼를 부드럽게 달래며, 만지려고 살살 앞으로 나갔다. 토끼는 절름거리며 달아났다. "엄마가 네 털을 쓰다듬게 해야지. 아, 이 귀염둥아. 넌 너무나 신비로우니까—"

제19장 달빛

버킨은 병이 나은 후 프랑스 남쪽으로 내려가 얼마 동안 지냈다. 그는 편지를 쓰지 않아 아무도 그의 소식을 듣지 못했다. 어슐라는 홀로 남겨져, 모든 것이 싹 빠져나가는 듯 느꼈다. 세상에 희망이란 없었다. 무(無)의 파도가 점점 더 높이 넘실대는데 그녀는 하나의 작은 바위였다. 그녀 자신, 자신만이 실체였고—밀려오는 파도에 씻기는 바위 같았다. 나머지 다른 것은 죄다 무(無)였다. 그녀는 자신 속에 고립되어 단단히 굳고 냉담해졌다.

지금은 아무것도 없었다. 다만 경멸적이고 저항하는 냉담만 있었다. 세상 모든 사람이 잿빛 무(無)의 멀건 물속으로 빠져 들어가는 것 같았다. 그녀는 접촉이 없었고 어느 곳과도 연결이 없었다. 모든 허세를 멸시하고 혐오했다. 마음의 바닥에서, 영혼의 깊은 곳에서 사람들, 어른들을 멸시하고 혐오했다. 그녀는 어린애들과 동물만을 사랑했다. 어린애들을 열정적으로 그러나 냉정하게 사랑했다. 아이들만 보면 그들을 안아주고 보호하고 삶을 주고 싶었다. 그러나 이 사랑 자체는 연민과 절망에 기초한 것이라 그녀에게 구속이며 고통일 따름이었다. 그녀는 모든 동물을 가장 사랑했다. 동물들은 그녀처럼 홀로 있으면서 사귀지 않았다. 그녀는 들판의 말과 소를 좋아했다. 하나하나가 홀로, 독자적으로 있는데, 매력적이었다. 그들은 혐오스러운 사교적인 원리에 귀속되지 않았다. 그들은 그녀가 너무나도 싫어하는 영성과 비극에는 문외한이었다.

그녀가 만나는 사람들에게 거의 굽신거리다시피 매우 즐겁게 대하며 마음에 드는 말을 해줄 수 있었다. 그러나 아무도 그녀에게 속아 넘어가지 않았다. 사람들은 본능적으로 그들 안에 있는 인간성을 그녀가 멸시하며 조롱하는 것을 느꼈다. 그녀는 인간에게 지대한 반감을 품었다. '인간'이란 낱말이 나타내는 것은 죄다 그녀에게 모멸스럽고 혐오스러웠다.

대개는 그녀 마음은 이러한 멸시적인 조롱의 감추어진 무의식적인 긴장 속에 갇혀 있었다. 그녀는 자기가 사랑한다고, 자신은 사랑이 넘치는 사람이라고 생각했다. 이것이 자신에 대한 생각이었다. 그러나 그녀 존재의 기이한 광채, 타고난 활력의 경이로운 광채는 극치의 거부, 거부의 빛 외엔 아무것도 아니었다.

그러면서도 순간순간 그녀는 양보하고 부드러워지며 순수한 사랑을, 오직 순수한 사랑만을 원했다. 꾸준히 계속되는 이러한 거부의 상태는 긴장이며 또한 고통이었다. 순수한 사랑에 대한 무시무시한 갈망이 그녀를 다시 엄습했다.

어느 날 저녁에 그녀는 이렇게 계속되는 근원적인 고통으로 인해 멍한 상태에서 외출했다. 파멸할 때가 된 자들은 이제 죽어야 했다. 이러한 인식이 그녀 마음에 최종점에 도달하여, 마무리되었다. 이러한 최종점이 그녀를 긴장에서 풀어주었다. 만약에 운명이 죽을 때가 된 사람들을 죄다 죽음이나 나락으로 휩쓸어간다면, 그녀가 왜 괴로워해야 하나? 왜 더 거부해야 하나? 그녀는 그런 것 모두에서 해방되었다. 그녀는 다른 곳에서 새로운 결합을 찾을 수 있으리라.

어슐라는 윌리 그린의 물방앗간을 향해 걷고 있었다. 그녀는 윌리 호숫가에 다다랐다. 그건 지난번 물을 죄다 뺀 이후로 물이 다시 가득 차 있었다. 그다음에 그녀는 숲 속 좁은 길로 들어섰다. 밤이 다가왔고 어두워졌다. 그러나 그녀는 두려움을 잊었다. 그렇게도 겁을 잘 내는 그녀인데. 인적이 없는 멀리 떨어진 나무 사이에는 일종의 마법 같은 평화가 깃들어 있었다. 인적이 전혀 없이 순수한 호젓함을 느낄 수 있을수록 더 기분이 좋았다. 사실 그녀는 겁을 먹고 있었고 사람이 무서워 소름이 끼칠 정도였다.

그녀는 흠칫 놀랐다. 오른쪽 나뭇등걸 사이에서 무엇인가가 보였다. 그녀를 보고 날쌔게 몸을 피하는 커다란 초자연적 존재 같았다. 그녀는 소스라치게 놀랐다. 그건 가는 나뭇가지 사이에 떠오른 달에 불과했다. 그러나 그건 하얗고 죽음과 같은 미소를 지어 너무도 신비스러웠다. 그걸 피할 도리가 없었다. 밤이건 낮이건 이 달과 같이 의기양양하게 광채를 내며 저 높이서 미소를 짓는 이 불길한 얼굴을 피할 수가 없을 것 같았다. 그 하얀 행성(行星)에 몸을 수그리며 걸음을 재촉했다. 그녀는 집으로 돌아가기 전에 방앗간의 연못을 보고 싶은 마음이 들었다.

개들이 짖을 테니까 마당을 통과하기가 싫어서 그녀는 언덕 비탈을 돌아 위쪽에서 연못으로 내려갔다. 달님은 탁 트인 공간 위에 높이 떠서 환히 비치고 있었다. 그녀는 달빛에 드러나기가 싫었다. 땅바닥을 지나가는 야행성의 토끼들이 흘낏 보였다. 밤은 수정처럼 맑고 아주 그윽했다. 멀리서 양이 기침하는 소리가 들려왔다.

그렇게 그녀는 아래로 길을 틀어, 연못 위 나무로 가려진 가파른 둑으로 향했다. 그곳엔 오리나무의 뿌리가 뒤엉켜 있었다. 그녀는 달빛을 벗어나 응달로 들어서게 되어 기뻤다. 가파른 둑 꼭대기에서 그녀는 한 손으로 나무의 거친 줄기를 잡고 물을 내려다보며 서 있었다. 물은 완전히 잔잔했고 수면에 달 모양이 떠 있었다. 그런데 왠지 그 모습이 싫었다. 어떤 감흥도 주지 않았다. 수문에서 물이 요란스레 흐르는 소리에 귀를 기울였다. 그녀는 그 밤에 그보다 다른 정경을 보고 싶었다. 이렇게 달빛이 눈 부시도록 비치는 밤이 아닌 다른 밤을 원했다. 그녀의 영혼이 몸속에서 쓸쓸히 한탄하며 슬피 우는 걸 느낄 수 있었다.

물가에서 한 그림자가 움직이는 걸 보았다. 버킨일 것이었다. 그러니까 그가 아무도 모르게 돌아왔던 것이다. 그녀는 아무 생각 없이 그 사실을 받아들였다. 아무것도 문제가 되지 않았다. 그녀는 오리나무 뿌리 사이에 희미하게 가려진 채 앉아 있었다. 수문에서의 물소리가 들렸는데 그건 마치 이슬이 밤 속으로 증류하며 소리를 내는 느낌이었다. 섬들은 컴컴하고 반쯤만 모습을 드러냈다. 갈대 풀들도 시커멓게 보였고 단지 몇 개만이 희미하게 빛을 반사하고 있었다. 물고기 한 마리가 조용히 수면 위로 뛰어오르며 연못의 빛을 드러냈다. 싸늘한 밤에 계속 순수한 암흑을 향해 부서지는 이러한 빛이 역겨웠다. 어슐라는 완전히 캄캄하길, 완전히 소리도 없고 움직임도 없는 밤을 원했다. 버킨은 자그마하고 또한 캄캄한 머리칼을 달빛에 물들이며, 점점 가까이 배회하며 다가오고 있었다. 그가 상당히 가까이 있었지만, 그녀에겐 존재감이 없었다. 그는 그녀가 그곳에 있는 것을 모르고 있었다. 그가 남에게 보이길 바라지 않는 행동을 그가 한다면? 자기 혼자만 있는 줄 알고 그런 행동을 한다면? 그렇지만 그런 곳에서 그런 것이 무슨 문제람? 그런 개인의 작은 사적인 일이 무슨 문제가 된담? 어떻게 그의 행동이 문제가 된담? 우리는 똑같은 유기체인데 무슨 비밀이란 게 있담? 모든 것이 우리 모두에게 죄다 알려질 때 무슨 비밀 엄수가 문제가 될 수 있단 말인가?

그는 걸어가면서 죽은 꽃잎을 무의식적으로 만지며 혼자 아무 연관 없이 중얼거리고 있었다.

"말라버린 꽃, 넌 어디로 도망칠 수 없어. 정말 갈 곳이 없다고. 너 자신에게로 움츠러들 수밖에 없지."

그는 그러면서 말라빠진 꽃잎을 물 위로 던졌다.

"하나의 응답 송가로구나─저들이 거짓말을 하니 네가 맞장구를 치누나.─거짓이란 것이 없다면 진실이란 것도 없겠지.─그런 때엔 자기가 옳다고 주장할 필요도 없지."

그는 조용히 서서 물을 쳐다보더니 물 위로 꽃잎들을 또 던졌다.

"오, 키벨레여*─저주나 받아라! 저주받은 풍요의 여신(Syria Dea)이여!─이런 말라빠진 꽃잎들을 누가 아까워하랴?─그것 말고 줄게 뭐가 있어?"

어슐라는 그가 혼자서 떠들어대는 소리를 듣고 마구 크게 웃고 싶었다. 그건 너무도 우스꽝스러웠다.

그는 물을 응시하며 서 있었다. 그러다가 허리를 구부리고 돌을 집어 들더니 연못에 세게 내던졌다. 어슐라는 환한 달이 수면 위로 펄쩍 뛰어오르며 흔들리고, 온통 흐트러지는 걸 보았다. 마치 갑오징어의 발이, 마치 광채 나는 폴립**처럼, 빛을 내며 사방으로 뻗치고

---

* Cybele: Phrygia의 대지의 여신.

** 히드라 · 산호류 같은 원통형 해양 고착 생물.

심하게 고동치는 것 같았다.

연못가의 그의 그림자가 얼마 동안 수면을 물끄러미 쳐다보더니, 몸을 구부려 땅 위를 더듬었다. 그리고 다시 물이 갈라지는 소리가 났고 빛이 사방으로 흩어졌다. 달은 수면 위에서 박살이나 희고 위험한 불꽃이 되어 사방으로 날아가고 있었다. 부서진 불꽃은, 하얀 새처럼 연못 위로 빠르게 치솟아, 요동치며 사방으로 달아나고, 다시 중앙으로 돌아오려는 검은 물결과 다투고 있었다. 가장 멀리 나간 빛의 물결은, 도망치려고 밖으로 달려가, 연못가를 때리며 떠들어대는 듯했다. 암흑의 물결이 중앙을 향해 밑에서 무겁게 달려오고 있었다. 그러나 연못의 심장인 중심에는 아직도 하얀 달이 완전히 부서지지 않은 채 선명하게 백열을 뿜으며 흔들리고 있었다. 불의 하얀 몸통이 뒤틀리며 안간힘을 쓰며, 심지어 이 순간에도 아직 깨어져 열리지 않고, 상하지 않은 채 있었다. 그건 애를 쓰며 기이하고 격한 고통을 겪으면서 자신의 몸을 막무가내로 한데 모으는 것 같았다. 깨트릴 수 없는 달은 점점 더 강해지며 자신을 거듭 주장하고 있었다. 의기양양하게 제 모습을 다시 수면에 흔드는 강해진 달로 되돌아오기 위해서, 달빛은 가는 빛줄기로 서둘러 돌아오고 있었다.

버킨은 멈추고 꼼짝 않고 쳐다보았다. 마침내 연못은 거의 잠잠해졌고 달은 거의 잔잔해졌다. 그리곤 굉장히 만족감을 느낀 버킨이 돌을 더 주우려고 찾고 있었다. 어슐라는 버킨의 보이지 않는 끈질긴 근성을 느낄 수 있었다. 다시 눈 깜짝할 사이에 부서진 빛이 그녀 얼굴 위로 퍼지며 눈을 부시게 했다. 그리곤 거의 연달아서 두 번째 돌을 던졌다. 달은 하얗게 뛰어오르며 공중에서 부서졌다. 밝은 빛살이 사방으로 갈라져 나갔고, 암흑이 중앙을 휩쓸었다. 달은 사라졌고, 단지 부서진 빛과 그림자가 뒤엉켜 몰려드는 전쟁터뿐이었다. 어둡고 무거운 그림자가, 달의 심장이었던 장소를 거듭 때려대서 그곳을 완전히 소멸시켰다. 하얀빛의 파편들이 위아래로 파동 치며 갈 곳을 찾을 수 없어, 바람에 멀리까지 흩날리는 장미꽃잎같이 물 위로 흩어지며 반짝였다.

그러나 그들은 막무가내로 시샘하며 길을 찾아, 다시 중앙을 향해 반짝이며 몰려들었다. 버킨과 어슐라가 쳐다보고 있을 때 다시 사방이 조용해졌다. 연못가에서는 물결이 크게 철썩였다. 그는 달이 암암리에 다시 제 모습을 갖추는 걸 보았다. 장미꽃의 심장이 활기차게 막무가내로 서로 얽히며, 흩어졌던 조각들을 다시 부르니, 귀환의 노력과 맥박 속에서 조각들을 중앙으로 모으게 하였다.

버킨은 만족하지 못했다. 그는 미친 듯 계속해야 했다. 큰 돌들을 집어서 하나씩 연거푸 달의 하얀빛을 발하는 중심을 향해 던졌다. 마침내 철썩이는 소리만 공허하게 들릴 뿐, 물은 위로 치솟았고 달 모양은 더는 보이지 않았다. 단지 몇 가닥의 부서진 빛 조각만이 엉겼다가 암흑 속으로 멀리 퍼졌다. 목적이나 의미는 없었고 어두운 혼돈만이 존재했다. 그건 제멋대로 흔들어서 나온 흑백의 만화경 같았다. 공허한 밤은 철썩이는 소리를 내며 연못가를 때리고 있었고 수문으로부터는 날카로운 소리가 규칙적으로 들려왔다. 그림자 가운데서 빛 조각이 여기저기에서 나타났고 멀리 떨어진 낯선 곳에서 괴로워하며 반짝였다. 섬의 축 늘어진 버드나무의 응달에서였다. 버킨이 서서 귀를 기울이더니 만족스러워했다.

어슐라는 정신이 멍해졌고 생각이 모두 사라졌다. 그녀는 자신의 몸이 땅에 떨어져서 지면의 물처럼 흩어진 느낌이었다. 그녀는 기진해서 꼼짝 않고 응달에 그냥 머물렀다. 눈엔 보이지 않아도 암흑 속에서 달빛의 조각들이 작은 소동을 벌이며 한데 몰려왔고 원 모양으로 비밀리에 한데 몰려 춤을 추며 꾸준히 모여 어울리는 것을 지금까지도 의식하고 있었다. 달빛 조각들은 다시 중심으로 모여들어 다시 한 번 제 모습을 드러내었다. 빛 조각들이 들썩거리며 뒤흔들리고 춤을 추면서 경악한 듯 뒤로 물러나며 서서히 한데 합쳤다. 그러나 그들은 집요하게 다시 중앙으로 가는 길을 찾아 앞으로 나가면서도 멀리 도망치듯 움직였고 항상 더 가까이, 표적에 조금씩 더 가까이 흔들렸다. 흐릿한 빛이 연달아서 전체와 만나 하나가 되듯이, 그 덩어리가 신비롭게 더 크고 더 밝아졌다. 마침내 꽃 이파리가 찢어진 장미가, 일그러지고 흐트러진 달이 다시 물 위에서 흔들리며 자신을 드러내고 떨리는 상태에서 벗어나 새롭게 제 모습을 되찾으려 애썼다. 모양이 일그러지며 흔들리는 것을 이겨내고 온전하고 침착하게 되어 평온을 되찾으려 했다.

버킨이 물가에서 막연히 머뭇거렸다. 어슐라는 그가 달에 다시 돌을 던질까 봐 걱정되었다. 그녀가 앉았던 자리에서 빠져나가 그에게 다가가며 말을 걸었다.

"거기로 돌을 더는 던지지 않을 거죠?"

"얼마 동안 여기에 있었어요?"

"내내 있었어요. 돌을 더 던지지 않을 거죠?"

"달을 연못에서 아주 없앨 수 있나 알고 싶었어요." 그가 대답했다.

"그래요. 그건 정말 소름이 끼쳤어요. 왜 달을 미워해야만 하나요? 달이 댁에게 상해를 입힌 건 아니잖아요?"

"그건 증오심이었나요?" 그가 말했다.

그리고 그들은 얼마 동안 말이 없었다.

"언제 돌아왔어요?" 그녀가 물었다.

"오늘이요."

"왜 한 번도 편질 안 썼지요?"

"쓸 게 없었어요."

"왜 말할 게 없었어요?"

"모르겠어요. 왜 지금 수선화가 보이지 않지요?"

"그러게요."

다시 침묵이 흘렀다. 어슐라가 달을 쳐다보았다. 그것은 다시 한 데 모여 수면에서 약하게 떨고 있었다.

"그래, 혼자 있으니 좋았어요?" 그녀가 물었다.

"아마도. 난 그런 건 잘 몰라요. 그렇지만 상당히 회복되었어요. 뭐 이렇다 할 일이 있었어요?"

"아니요. 영국을 보며 영국과는 끝장이라 생각했어요."

"왜 하필이면 영국이지요?" 그가 놀라 물었다.

"모르겠어요. 그냥 그렇게 생각이 들었어요."

"그건 국가의 문제가 아니에요." 그가 말했다. "프랑스는 훨씬 더 고약한데요."

"네, 알아요. 그 모든 것과 끝장났다고 느꼈어요."

그들은 응달에 있는 나뭇등걸 위에 가 앉았다. 그리고 조용히 있다 보니 아름다웠던 그녀의 눈이 생각났다. 그녀의 눈은 가끔 봄처럼 빛이 가득하고 경이로운 기약이 넘쳐나 보였다. 그래서 그가 그녀에게 천천히 좀 힘들게 말을 했다.

"당신에겐 황금빛이 있어요. 그걸 당신이 나에게도 주었으면 해요." 그가 이런 생각을 꽤 해온 것 같았다.

어슐라는 흠칫 놀랐다. 그에게서 멀리 훌쩍 뛰어가 있는 느낌이었다. 그러면서도 기분이 좋았다.

"무슨 종류의 빛인데요?" 그녀가 물었다.

그러나 그는 수줍어하며 더는 말을 하지 않았다. 그래서 그 기회가 이번엔 그냥 지나갔다. 그러자 점점 슬픈 감정이 어슐라를 덮쳤다.

"저의 인생은 제대로 꽃피우지 못했어요." 그녀가 말했다.

"그래요." 그가 짧게 대응하며 이런 말을 더 듣고 싶어 하지 않았다.

"그리고 아무도 절 진정 사랑할 것 같지 않다는 느낌이 들어요." 그녀가 말했다.

그러나 그는 대답하지 않았다.

"당신은 내가 육체적인 것들만 원한다고 생각하세요? 그렇지 않아요. 난 당신이 내 정신에 도움이 되길 바라요."

"당신이 그렇다는 걸 알고 있어요. 당신이 육체적인 것 자체만을 원치 않는다는 걸 알아요.—그러나 당신이 나에게—당신의 정신을 주길 원해요—당신의 그 황금빛을—그런데 당신은 그걸 잘 모르지만—그걸 나에게 줘요—"

잠시 말이 없다가 그녀가 대답했다.

"그렇지만 당신이 날 사랑하지 않는데 어찌 그럴 수 있어요? 당신의 목적만을 생각하고 있는데! 나를 섬길 생각이 없는데. 그런데도 내가 당신을 섬기길 원하지요. 그건 너무도 일방적인 거예요!"

그가 원하는 것, 그녀 정신의 항복을 내어놓으라고 하면서, 이 대화를 계속하는 건 그에게 너무나 힘이 들었다.

"그건 달라요." 그가 말을 이었다. "이 두 종류의 섬김은 너무나도 달라요. 나는 당신을 다른 식으로 섬기지요—당신 자신을 통해서가 아니라—다른 것을 통해서요. 우리 자신에게 신경 쓰지 않으면서 둘이 함께 있길 원하는 거지요. 우리가 함께 있으니까 진짜로 함께 있는 것 말이요. 하나의 현상처럼. 우리가 애써서 유지하는 것이 아니라."

"아니에요." 그녀가 생각에 젖어 대답했다. "당신은 자기중심적이에요.—당신은 열의를 보인 적도 없었고, 불꽃 튀기며 나에게 다가온 적도 없었어요. 당신은 정말 자신만을, 자기 일만을 원하는 거지요. 내가 필요한 곳에 있다가 당신을 섬기기를 바라는 거지요."

이런 말에 그는 그녀와 더 단절감만 느꼈다.

"아, 글쎄. 이러니저러니 말을 해도 아무 소용없어요. 그건 분명 우리 사이에 있어요. 아니면 없던가." 그가 말했다.

"당신은 날 사랑조차 하지 않아요." 그녀가 외쳤다.

"난 사랑해요." 그가 화를 내며 말했다. "내가 원하는 건—" 그는 마음으로 그녀의 눈에서 사랑스러운 봄의 황금빛 햇살이 나오는 걸 다시 보았다. 그건 경이로운 창문에서 나오는 듯했다. 바로 거기, 이 자랑스러운 무관심의 세계에서 그녀가 그와 함께 있길 바랐다. 그러나 이 자랑스러운 무관심의 세계에서 그녀와의 동행을 원한다고 말해본들 무슨 소용이 있는가? 여하간 말이 무슨 소용이 있는가? 그건 말소리 따위 초월해서 일어나야 하는데. 그녀를 설득하려 드는 건 일을 악화시킬 뿐이야. 이것은 그물망으로는 절대로 잡을 수 없는 극락조인데. 그게 스스로 중앙으로 날아들어야 하는데.

"내가 사랑을 받을 거라고 늘 생각했어요—그러다 난 실망했어요. 당신은 날 사랑하지 않아요. 알다시피. 날 섬기길 원치 않아요. 당신 자신만을 원하지요."

그녀가 "당신은 나를 섬기길 원치 않아요"란 말을 연거푸 하자 그는 분노로 핏줄까지 부르르 떨렸다. 모든 극락에 대한 생각이 그에게서 사라졌다.

"그래요." 그가 골이 나서 말했다. "난 당신을 섬기고 싶지 않아요. 거기엔 섬길 게 없는데 무얼 섬겨요? 당신이 나보고 섬기길 바라는 것은 무(無)예요. 그냥 무(無)라고요. 당신도 아니에요. 단지 당신의 여성적 특성에 지나지 않아요. 그리고 난 당신의 여성적 자아에 전혀 관심 없어요—그건 넝마로 만든 인형에 불과해요."

"하!" 그녀가 조롱하며 웃었다. "그게 고작 나에 대한 당신의 생각이지요? 그러면서 뻔뻔스럽게 날 사랑한다고 말을 하다니!"

그녀는 화가 나서 집으로 가려고 일어섰다.

"당신은 낙원의 무지한 상태를 원하는 거지요." 그녀가 아직 응달에 앉아 반쯤만 보이는 그에게 몸을 돌리며 말했다. "당신의 진의를 알아서. 고맙네요. 내가 당신의 소유물이 되어서 절대로 당신을 비판하지 않고 나 자신을 위한 말은 하지 않길 바라는 거죠. 그저 당신을 위한 물건이 되길 바라는 거죠! 고맙지만 그만두겠어요. 만약에 그런 걸 바란다면 당신에게 그런 걸 해 줄 여자는 많아요. 당신 앞에 누워서 당신이 짓밟고 지나가라고 할 여자는 많아요—그걸 원한다면 그런 여자들한테 가시지요—가세요."

"아니." 그가 분이 나서 소리 질렀다. "난 당신이 그 고집스러운 의지를 내려놓기를 원해요. 그 겁먹고 염려에 찬 고집을 내려놓아요. 내가 그걸 바라는 거요. 당신이 자신을 전적으로 신뢰해서 당신을 풀어놓기를 바라요."

"나 자신을 풀어놓으라고!" 그녀가 조롱하며 그의 말을 따라 했다. "난 아주 쉽게 자신을 풀어줄 수 있어요. 자신을 풀어주지 못하는 건 당신이에요. 자신이 유일한 보물이나 되는 양 자신에게 매달리는 건 당신이에요. 당신은—당신이야말로 주일학교 선생이지. 당신—당신은 설교쟁이지!"

이 말엔 어느 정도 진실이 있어 그의 몸이 굳어졌고 그녀를 거들떠보지 않았다.

"난 당신이 디오니소스식의 황홀경에서 자신을 내려놓으란 게 아니에요." 그가 말했다. "당신이 그렇게 할 수 있다는 걸 난 알아요. 그러나 난 디오니소스식이든 다른 식이든, 황홀경은 싫어해요. 그건 다람쥐가 장에 갇혀 뱅뱅 도는 거와 같아요. 난 당신이 자신에게 신경 쓰지 않고 그냥 있기를 바라요. 자신 생각은 말고 고집도 부리지 않고— 즐거워하고, 자신감 있고 무관심하길 바라요."

"누가 자기주장을 하지요?" 그녀가 비웃었다. "계속 고집부리는 사람이 누구죠? 나는 아니에요."

그녀의 목소리는 지쳤고 조롱하는 비통함이 스며있었다. 그가 얼마 동안 조용히 있었다.

"알아요." 그가 말했다. "우리 각자가 상대방에게 탓을 돌리는 한, 우리 둘은 다 잘못된 거요. 우리가 이렇게 있는 한 합일은 안 될 거요."

그들은 정적 가운데 둑가의 나무 그늘 앉아 있었다. 그들 주변의 밤은 하얗고 그들은 어둠 속에 거의 의식을 놓고 있었다.

서서히 정적과 평온함이 그들에게 내려앉았다. 어슐라가 주뼛거리며 자기 손을 그의 손에 얹었다. 그들은 평온 가운데서 말없이 부드럽게 손을 잡았다.

"날 정말 사랑해요?" 그녀가 물었다.

그가 웃었다.

"난 그걸 당신의 전쟁의 함성이라 하겠소." 그가 재미나 하며 대답했다.

"왜요?" 그녀가 재미있어하면서도 정말로 의아해서 물었다.

"당신의 고집. 당신의 전쟁의 함성―'브랑윈가 사람, 브랑윈가 사람'―은 오래된 전쟁터에서 지르던 함성이지. 그런데 당신의 함성은 '날 사랑해요?―이 겁쟁이, 항복하든가 죽든가'라고 하는 말이지."

"아니에요." 그녀가 변명하듯 말했다. "그런 게 아니에요. 절대로 아니에요. 그렇지만 당신이 날 사랑한다는 걸 내가 알아야 하지 않나요?"

"정 그렇다면, 알았으니 이것으로 끝내요."

"그렇지만 사랑해요?"

"그래요. 사랑해요. 이건 최종적인 거에요. 최종 진술이니 더 이상 말할 필요가 없지 않나요?"

그녀가 얼마 동안 잠자코 있었다. 기쁘면서도 좀 미심쩍었다.

"확실해요?" 그녀가 행복해서 그에게 바싹 다가가며 물었다.

"아주 확실하지―그러니 이제 끝을 내요―그렇다는 걸 인정하고 끝내요."

그녀가 그에게로 아주 가까이 가서 몸을 기댔다.

"뭐를 끝낸다고요?" 그녀가 행복해하며 중얼거렸다.

"신경 쓰는 것 말이요." 그가 대답했다.

그녀가 그에게 더 가까이 다가가 몸을 기댔다. 그가 그녀를 바싹 안고 부드럽게, 천천히 키스했다. 그냥 아무 생각이나 욕망이나 고집 없이, 그녀를 품에 안고 천천히 키스하니 너무도 평온하여 천상의 자유를 맛보았다. 그냥 그녀와 조용히 있는 것이, 완전히 조용히 함께 있는 것이 잠이 아닌 평화에 잠겨 무상의 기쁨을 누리는 것이었다. 그 어느 곳에서 욕망이나 고집 없이 무상의 기쁨을 느끼며 만족하는 곳. 이곳이 곧 천국이었다. 행복한 고요 속에 함께 있는 것이.

오랫동안 그녀는 그에게 바싹 붙어있었고 그가 그녀를 부드럽게 키스했다. 그녀의 머리칼, 얼굴, 귓불을 천천히, 부드럽게 마치 이슬이 내리듯 키스했다. 그러나 그녀의 귀에 스치는 뜨거운 숨결이 그녀의 심기를 다시 흔들었고 구식의 파괴적인 불을 지폈다. 그녀가 그의 몸에 바싹 달라붙었고 그는 피가 수은처럼 달아오름을 느꼈다.

"그렇지만 우린 그냥 가만히 있어야지요?" 그가 말했다.

"그래요." 그녀가 순종하듯 대답했다.

그리고는 그녀가 계속 그의 몸에 바싹 달라붙었다.

그러나 얼마 안 있어 그녀가 물러나 그를 쳐다보았다.

"난 집에 가야 해요." 그녀가 말했다.

"그래야 해요?―너무 슬퍼." 그가 대답했다.

그녀가 앞으로 몸을 기울여 키스를 받으려고 입을 내밀었다.

"정말로 슬퍼요?" 그녀가 웃으며 웅얼거렸다.

"그래요." 그가 대답했다. "지금처럼 같이 있으면 좋겠어. 언제나."

"언제나! 그래요?" 그가 키스해줄 때 그녀가 속삭였다. 그리곤 입 안 가득히 낮은 목소리로 중얼거렸다. "키스! 키스해 줘요!" 그리곤 그녀가 그에게 더 착 달라붙었다. 그가 여러 번 키스했다. 그러나 그 또한 그 나름대로 생각과 고집이 있었다. 그는 단지 부드러운 접촉만을 원할 뿐, 다른 열정의 표시는 원치 않았다. 그래서 그녀가 곧 물러나 모자를 쓰고 집으로 향했다.

그러나 이튿날 그는 어딘가 아쉽고 열망하는 마음이 생겼다. 좀 잘못했다는 느낌이 들었다. 자기가 원하는 생각만 고집하며 그녀를 대한 것이 잘못되었다는 느낌이 들었다. 그게 정말로 하나의 생각에 지나지 않았던가? 아니면 지대한 그리움의 표현이었던가? 만약에 후자라면 어떻게 그가 항상 관능적인 욕구의 성취에 대해 말했던가? 이 두 가지는 잘 어울리는 것이 아닌데.

문득 그가 상황을 직면한 자신을 발견했다. 그건 다음과 같이 아주 단순한 것이었다. 치명적일 정도로 단순했다. 한편으로 그는 그 이상의 관능적인 체험을 원치 않는다는 걸 알고 있었다―일상적인 생활이 줄 수 있는 것보다 더 깊고 어두운 것을 원치 않는다는 걸 알고 있었다. 그는 핼리데이 아파트에서 보았던 아프리카의 나무 조각상을 아주 종종 떠올렸다. 그중에서도 높이가 약 60센티쯤 되는 작은 조각상이 생각났다. 그건 윤기가 돌고 부드러운 흑단으로 조각된 서부 아프리카산의 조각으로 키가 크고 날씬하며 우아한 여자 형상이었다. 그건 머리카락을 멜론 모양으로 둥글게 위로 올린 여자 상이었다. 그는 그 여자상을 생생하게 기억했다. 그 여자 모습은 그의 영혼이 늘 친근하게 생각한 여자상이었다. 그녀의 몸은 길고 우아했고 얼굴은 풍뎅이 얼굴같이 납작했다. 그녀는 땅에 세운 고리 던지기의 철 기둥처럼 목에 여러 줄의 묵직한 둥근 목걸이를 하고 있었다. 그는 그녀의 놀랄 만큼 교양 있는 우아한 자태와 그녀의 작은 풍뎅이 얼굴과 작달막하고 못생긴 다리 위에 얹힌 놀랍도록 길고 우아한 몸뚱이를 기억했다. 그녀의 툭 튀어나온 궁둥이는 아주 무겁고 영 기대하지 않았던 모습으로 길고 날씬한 허리 아래에 달려 있었다. 그녀는 그 자신이 알지 못하는 것을 알고 있었다. 그녀의 종족이 신비롭게 사라진 지 수 천 년이 지났음은 틀림없었다. 다시 말하면 감각과 솔직한 생각 사이의 관계가 끊어지고 체험 모두를 신비롭게 감각적인 한 종류의 것으로 몰아 버린 종족이 사라진 지가 수천 년이 지났을 것이다.

그에게 절박한 것이 수 천 년 전에 이들 아프리카인에게도 틀림없이 있었을 것이다. 좋음과 성스러움, 창조적인 욕망, 생산적인 행복이 틀림없이 스러지고, 한 가지 종류의 지식에 대한 유일한 충동을, 생각이 없는 감각을 통한 진보적인 지식, 감각 속에서 정지되어 끝나버린 지식, 붕괴와 소멸의 신비로운 지식, 풍뎅이가 가진 그러한 지식은 부패와 소멸의 세계 안에서 순수하게 지속하였을 것이다. 바로 그래서 조각상의 여자 얼굴이 풍뎅이 얼굴 같았구나. 그래서 고대의 이집트인들이 분뇨 덩이를 굴리는 딱정벌레가 풍년을 가져온다고 신성시했구나. 해체와 타락에 대한 지식의 원리 때문이었을 것이다.

죽음의 단절 후에 우리가 가야 할 먼 길이 있지. 격한 고통의 영혼이 잎이 떨어지듯 생명체에서 떨어져 나간 시점 이후에 말이다. 우린 생명과 희망과의 연결에서 떨어지고, 우린 순수하고 통합된 존재에서, 창조와 해방에서 떨어져 나가지. 그리곤 순전히 관능적인 이해의 길고도 긴 아프리카의 과정 속으로, 해체의 신비의 앎 속으로 들어서지.

그는 이것이 긴 과정임을 이제 깨달았다—창조적인 정신의 사멸 후에 그것이 수 천 년 걸린다는 것을. 남근 숭배를 훨씬 초월해서 개봉되어야 하고, 감각적이고, 무심하리라는 거대한 신비가, 무시무시한 신비가 있음을 깨달았다. 도대체 그들의 전도된 문명에서 이 서부 아프리카인들은 남근 의식을 초월해 얼마나 멀리까지 갔단 말인가? 굉장히 아주 멀리. 버킨은 그 여자 조각상을 다시 회상했다. 그 길게 늘어진 길쭉한 몸뚱이, 전혀 생각지 못했던 묘하게 묵직한 엉덩이, 여러 개의 고리를 찬 긴 목, 풍뎅이같이 이목구비가 작은 얼굴. 이것은 그 어떤 남근적인 앎을 훨씬 초월한 것이고, 남근적인 연구의 영역을 훨씬 초월한 미묘한 감각적인 실체들이었다.

이러한 길이, 이러한 끔찍한 아프리카식 과정이 완수되려고 남아 있었다. 그것은 백인종이라면 다르게 성취되었을 것이다. 자신들 뒤로 북극을, 얼음과 눈의 광활한 추상을 가진 백인종은 얼음 파괴적인 지식과 눈의 추상적인 전멸의 신비를 성취할 것이다. 이에 반해 서부 아프리카인들은, 사하라 사막의 불타는 죽음의 추상의 지배를 받아, 태양 파괴와 햇볕 부패의 신비 속에서 성취됐던 것이다.

그렇다면 이것이 남아있는 전부란 말인가? 이제 행복했던 창조적인 존재에서 떨어져 나오는 일만 남았단 말인가? 시간이 다 했단 말인가? 우리의 창조적인 생명의 시기는 끝났단 말인가? 우리에게 단지 그 낯설고 무시무시한 해체의 문명을 이어가는 날만 남았단 말인가? 북극 태생의 금발이고 푸른 눈의 우리에겐 다르게 보이는 그 아프리카식 문명만이 남아있단 말인가?

버킨이 제럴드를 생각했다. 그가 북극 출신의 기이하고 경이로운 악마적인 백인의 화신, 파괴적인 서리의 신비에서 성취된 인물로 보였다. 그가 이 지식, 서리 지식의 한 과정에서, 완벽한 추위로 인해 죽을 운명이란 말인가? 그가 하얀 눈 속으로 우주가 소멸할 것을 알리는 전달자인가? 징조인가?

버킨은 두려웠다. 여기에 이르도록 유추를 하니, 그 자신도 피곤했다. 갑자기 그의 기이하고 긴장된 집중력이 맥이 풀리고, 이런 불가해 한 문명에 대한 유추를 더 이상 할 수 없었다. 다른 길, 자유의 길이 있었다. 순수한 독립 존재로 들어서는 천상의 문이 있었다. 개인의 영혼이 사랑과 결합의 욕망보다 앞서며, 그 어떤 감정적 아픔보다 더 강하다. 자유롭고 자랑스러운 독립의 아름다운 상태로 다른 이들과의 영원한 연결의 의무를 받아들이며, 다른 이들과 더불어 사랑이란 멍에와 속박을 받아들이면서도, 사랑하고 양보를 하면서도 자신의 자랑스러운 객체의 독립은 절대로 저버리지 않는 천상의 문이 있었다.

이것이 남아있는 다른 길이었다. 그는 그 길을 따르려면, 달려야 했다. 어슐라를 생각했다. 그녀가 얼마나 민감하고 섬세한지. 그녀의 살갗은 마치 살갗 한 겹이 없는 것같이 얼마나 보드라운지! 그녀는 정말로 너무도 경이로울 정도로 온순하고 민감했다. 왜 그가 그 사실을 잊었던가? 당장 그녀에게로 가야 했다. 그와 결혼하자고 청혼을 해야 했다. 그들은 당장 결혼을 해야 했다. 그래서 확실하게 맹세를 하고 명확한 친교에 들어서야 했다. 그는 당장 길을 나서서 그녀에게 청혼해야 했다. 우물쭈물할 겨를이 없었다.

그는 자신의 발걸음도 의식하는 둥 마는 둥 빠른 걸음으로 벨도 버를 향해 갔다. 언덕의 비탈진 곳에 그 읍내가 보였다. 집들이 사방으로 뿔뿔이 흩어져 있질 않고 마치 광부들의 사택 가의 곧고 막다른 길에 에워싸인 양 하나의 커다란 정방형을 이루고 있었다. 그 모습은 그의 머릿속에서 예루살렘을 연상시켰다. 그 세계는 온통 낯설고 초월해 있었다.

어슐라의 여동생 로잘린드가 그에게 문을 열어주었다. 그 아이는 어린 여자아이가 으레 그렇듯 좀 놀라서 말을 했다.

"아, 아버지에게 오셨다고 말할게요."

그 말을 하며 그 아이는 사라졌고 버킨은 현관에서 최근에 구드룬이 가져온 피카소의 복사판 그림을 보며 서 있었다. 그가 지구를 기괴하고 관능적으로 표현한 것에 감탄하고 있을 때, 윌 브랑윈이 셔츠 소매를 내리며 나타났다.

"음, 겉저고리를 입고 오겠네." 브랑윈이 말을 하고 잠시 사라졌다. 조금 후 그가 모습을 드러내고 거실의 문을 열며 말했다.

"내 옷차림을 이해하게나. 헛간에서 일을 막 하고 있던 참이었어. 어서 안으로 들어오게."

버킨이 방에 들어와 앉았다. 상대방의 불그스레하고 환한 얼굴과 좁은 이마, 아주 반짝이는 눈과 다듬은 검은 콧수염 아래로 넓게 퍼진 아주 관능적인 입술을 쳐다보았다. 이런 것이 사람이라니 얼마나 진기한가! 브랑윈이 자신의 실체와 대면했을 때 평소에 자기라고 생각한 것이 얼마나 무의미한가. 열정과 욕망, 자기 억제, 전통, 기계적인 생각이 거의 뒤죽박죽으로 기이하고 설명할 수 없게 브랑원 안에 모여 있는 것을 버킨은 볼 수 있었다. 이 모든 것이 쉰 살이 된 호리호리하고 밝은 얼굴의 사나이 속에 용해나 결합이 안 된 채 그냥 내깔려 있었다. 그는 스무 살 때나 마찬가지로 우유부단하고 형성되지 못한 것으로 보였다. 그가 자기를 창조하지 못했는데 어떻게 어슐라의 어버이가 될 수 있단 말인가? 그는 어버이가 될 수 없었다. 어쩌다 살점 하나가 그에게서 전수되었을 뿐, 정신은 그에게서 나오지 않았다. 정신은 조상에게서 받은 것이 아니고 미지의 세상에서 나온 것이다. 어린애는 신비의 어린애다. 그게 아니라면 창조되지 않을 거다.

"날씨가 요 며칠 전만큼 나빠진 않군." 브랑윈이 잠시 기다리다가 입을 열었다. 두 남자 사이엔 아무런 연관이 없었다.

"네." 버킨이 대답했다. "이틀 전엔 보름달이었어요."

"오! 그럼 달이 날씨에 영향을 준다고 생각하나?"

"아니요. 그렇게 생각지 않습니다. 그런 것에 대해 별로 아는 것이 없습니다."

"사람들이 하는 소릴 들었나?—달과 날씨는 같이 변할 수 있다고. 그렇지만 달의 변화가 날씨를 바꾸진 않는다는 말."

"그런가요?" 버킨이 대꾸했다. "그런 말은 들어본 적이 없습니다."

침묵이 흘렀다. 그러다 버킨이 말문을 열었다.

"제가 혹시 방해되지 않나요? 전 사실은 어슐라를 보러 왔어요. 집에 있나요?"

"없는 것 같은데. 도서관에 간 것 같은데. 한번 알아보지."

버킨은 그가 식당에서 어슐라에 관해 묻는 소릴 들었다.

"없는데." 그가 돌아오며 말했다. "그렇지만 곧 올 걸세. 딸애한테

할 말이 있나?"

버킨이 상대방을 묘하게 침착하고 맑은 눈으로 쳐다보았다.

"사실은요." 그가 말을 시작했다. "청혼하려고요."

브랑윈의 황갈색 눈에서 불빛이 반짝였다.

"그래?" 그가 버킨을 보면서 말하다가 버킨의 침착하고 계속 그를 응시하는 시선 앞에서 눈을 내리떴다. "그럼, 딸애가 자네가 온다는 걸 알고 있나?"

"아니요." 버킨이 대답했다.

"아니라고?—이런 일이 벌어지고 있는 줄은 몰랐네." 브랑윈이 좀 어색하게 웃었다.

버킨이 그를 쳐다보며 속으로 말했다. '왜 이 일이 "벌어지고 있는" 이어야 한담?' 그리곤 큰 소리로 말했다.

"아닙니다. 좀 급작스럽게 된 겁니다." 그 말을 하곤 어슐라와 자신의 관계를 생각하며 말을 이어갔다. "그렇지만 잘은 모르겠지만—"

"꽤 급작스러운 거라고?—어!" 브랑윈이 좀 어리둥절해지고 기분이 언짢아졌다.

"어떤 면에서는 그렇지요." 버킨이 대답했다. "다른 면에선 그렇지 않아요."

잠시 말이 없었다. 그런 후에 브랑윈이 말했다.

"글쎄, 딸애가 좋을 대로 하라지."

"아, 그렇습니다!" 버킨이 침착하게 말했다.

브랑윈이 대답할 때 그의 강한 목소리가 떨렸다. "난 그 애가 너무 서두르지 않기를 바라네. 너무 늦게 나중에 가서야, 돌아보는 건 좋지 않지."

"아, 그 문제에 관한 것이라면 너무 늦은 때는 절대로 없을 거예요." 버킨이 말했다.

"무슨 뜻인가?" 어슐라의 아버지가 물었다.

"결혼한 것을 후회한다면 그 결혼은 끝난 거지요." 버킨이 말했다.

"그렇게 생각하나?"

"네."

"아, 그건 자네가 결혼을 보는 방식이지."

버킨은 묵묵히 혼자 생각했다. '그럴 수 있지. 윌리엄 브랑윈 씨, 당신이 생각하는 방식이라면 설명이 좀 필요한데요.'

"자넨 우리가 어떤 집안이라고 보나? 딸애가 어떤 교육을 받았다고 생각하나?"

버킨은 어릴 때 배우던 영어 교본을 회상하면서 '그녀는 고양이의 엄마지'라고 속으로 생각했다.

"따님이 어떤 교육을 받았는지 아느냐고요?" 그가 큰 소리로 물었다.

그는 의도적으로 브랑윈의 기분을 거슬리는 것 같았다.

"자, 우리 딸애는 여자가 받을 수 있는 교육은 죄다 받았네―가능한 만큼, 우리가 줄 수 있는 만큼의 교육을 다 받았지."

"확실히 그렇겠지요." 버킨이 대꾸했다. 그러자 대화는 위험스러운 분위기에서 끝이 났다. 아버지는 화가 굉장히 치밀었다. 그냥 버킨이란 녀석이 있는 것만으로도 저절로 화가 치밀었다.

"난 딸애가 그 모든 것을 저버리는 걸 원치 않네." 아버지가 바뀐 목소리로 말했다.

"왜요?" 버킨이 물었다.

그 외마디에 브랑윈 씨의 뇌는 총알을 맞은 듯 터지는 것 같았다.

"왜냐고? 난 자네의 그 야릇한 최근 유행의 태도와 사상을 신뢰하지 않네—꼭 약단지에 들락거리는 개구리 같거든. 그런 건 절대로 나에게 맞지 않아."

버킨이 눈을 한 번도 깜빡거리지 않고 브랑윈을 응시했다. 두 남자 사이의 과격한 적대감이 부풀어 가고 있었다.

"좋습니다. 그렇지만 저의 태도와 사상이 야릇한 겁니까?" 버킨이 물었다.

"그러냐고?" 브랑윈 씨의 말이 좀 막혔다. "난 특별히 자네에 한정해서 말하는 건 아닐세. 내 말의 뜻은 우리 아이들은 내가 자라온 신앙에 따라 생각하고 행동하도록 교육을 받아왔으니, 아이들이 그런 교육을 저버리는 걸 원치 않는다는 걸세."

분위기가 험악해지며 말이 끊겼다.

"그런데 그 선을 넘어선다면요?" 버킨이 물었다.

아버지가 주저주저했다. 그의 처지가 난처해졌다.

"뭐? 무슨 말이야? 내가 말하고 싶은 것은 내 딸이—" 그리고 더 이상 말을 하는 것이 무용지물이란 생각이 들어 말꼬리를 감추고 입을 다물었다. 그는 어떤 면에선 자신이 본론에서 벗어났다는 걸 의식했다.

"물론," 버킨이 말했다. "전 누구에게 해를 입히거나 영향을 끼칠 생각은 없습니다. 어슐라는 정확히 자기가 원하는 대로 행동합니다."

서로가 이해가 전혀 되지 않아서, 완전한 침묵이 흘렀다. 버킨은 따분했다. 어슐라의 아버지는 말에 조리가 있는 사람이 아니었다.

그는 케케묵은 말만 잔뜩 되풀이했다. 젊은이의 시선이 어슐라 아버지의 얼굴에 머물렀다. 브랑윈이 고개를 드니, 버킨이 자기를 보고 있는 걸 알게 되었다. 그의 얼굴엔 말로 표현할 수 없는 분노와 굴욕감 그리고 육체적인 힘에서 젊은이보다 열세라는 느낌이 역력히 드러나 있었다.

"그리고 내 소신으로 말하자면 그건 또 다른 거지." 그가 말을 했다. "난 딸애들이 그들에게 다가와 휘파람으로 불러대는 첫 녀석에게 호락호락 넘어가느니 차라리 당장 내일 죽는 게 낫다는 거야."

야릇하고 고통스러운 빛이 버킨의 눈에 들어섰다.

"그런 것으로 말하면, 여자보다는 오히려 제가 오히려 여자의 손짓에 따라갈 사람입니다."

또다시 침묵이 흘렀다. 아버진 좀 당황했다.

"알고 있어." 그가 말했다. "어슐라는 자기가 원하는 대로 할 거야—지금까지 늘 그랬거든. 난 애들을 위해 최선을 다해 왔으니까, 어떻든 그런 것은 문제가 아니야. 딸애들은 하고 싶은 대로 할 권리가 있고, 할 수만 있다면 다른 사람이 아니라 자신들이 원하는 대로 하면 되는 거지. 그러나 어슐라는 또한 제 엄마와 나를 생각할 권리가 있다는 거지—"

브랑윈은 자신의 생각을 생각하고 있었다.

"그리고 이 정도는 말해 두지. 요새 사방에서 볼 수 있는 그런 방종의 길로 아이들이 들어서는 것을 보느니 차라리 그 애들을 매장하겠어.—차라리 매장하겠네—"

"네, 그렇지만 저," 버킨이 상대방의 말이 이렇게 확 바뀌는 것에 천천히 다소 지친 듯 지겨워서 말을 꺼냈다. "딸들이 당신이나 제가 그들을 매장할 기회를 주지 않을 겁니다. 왜냐하면, 딸들은 매장되지 않을 테니까요."

브랑윈은 울컥 분노가 치밀어 그를 쳐다보았다.

"자, 버킨 씨." 그가 말을 했다. "난 당신이 왜 우리 집에 왔는지 알수가 없소. 그리고 당신이 뭘 원하는지도 모르겠어. 그러나 내 딸들은 분명 내 딸들이야—그리고 내가 할 수 있을 때 그 애들을 돌보는 게 바로 나의 책무야."

버킨이 갑자기 이마를 찌푸렸고 눈엔 야유의 빛이 가득했다. 그러나 몸은 완전히 굳어 꼼짝 않고 있었다. 침묵이 흘렀다.

"난 자네가 어슐라와 결혼하는 것에 반대할 이유는 없네." 브랑윈이 드디어 말을 시작했다. "그 결혼은 나와 아무 상관이 없는 거니까. 딸애는 내가 좋건 싫건 간에, 제 좋을 대로 할 테니까."

버킨은 눈을 돌려 창밖을 내다보며 상한 기분을 풀었다. 따지고 보면 이게 무슨 소용이 있단 말인가? 계속하는 건 바람직한 것이 아니다. 그는 어슐라가 올 때까지 그냥 앉아 있다가 어슐라에게 할 말을 하고 떠나면 되는 거지. 그녀 아버지의 손에 있는 화를 받아들이진 않으리라. 그건 온통 불필요한 것이었고, 그 자신이 그걸 자극할 필요가 없었다.

두 남자는 완전히 침묵 속에 앉아 있었다. 버킨은 거의 자신이 어디 있는지도 의식하지 않았다. 그는 어슐라에게 청혼을 하러 온 것이었다. —그러니 그냥 앉아서 기다리다 청혼만 하면 되는 거지. 어슐라가 무슨 말을 할지는 그녀가 청혼을 수락할 건지 아닐지는 생각하지 않았다. 그는 그냥 여기에 온 목적인 청혼을 하면 되는 거고 그것이 의식하고 있는 전부였다. 그는 이 집안이 그에게 완전히 아무 상관이 없다는 것을 인정했다. 그러나 이제 모든 것은 운명지어진 듯했다. 그는 단 한 가지만 예상할 수 있지, 그 이상은 몰랐다. 나머지 다른 것들에게서 이 순간엔 완전히 책임이 없었다. 그 문제를 푸는 것은 운명과 기회에 맡겨져야 했다.

마침내 그들은 문이 열리는 소리를 들었다. 어슐라가 책을 팔 안에 잔뜩 껴안고 층계를 올라가는 것을 보았다. 그녀의 얼굴은 평소처럼 광채가 나고 골몰해 보였다. 그건 실제로 정신이 그곳에 없고 일상적인 사실에 별로 주목하지 않는 골몰한 표정이어서 아버지의 비위를 대단히 거슬렸다. 어슐라는 자신만의 빛을 지니고 있는데, 그 세계에선 현실은 제외되고 그녀는 마치 햇빛을 받는 양 광채를 드러내어, 상대방을 격분시켰다.

그녀가 식당으로 들어가 팔에 가득 가져온 책을 테이블에 내려놓는 소리가 들렸다.

"언니, 그《소녀 자신》이란 잡지 빌려왔어?" 로잘린드가 큰 소리로 물었다.

"그래, 가져왔어. 그렇지만 네가 원하는 것이 어떤 호인지는 깜빡했어."

"또 그랬겠지." 로잘린드가 화가 나 소리쳤다.─"이거야, 신기하네."

그리곤 동생이 낮은 소리로 무언가 중얼거리는 것이 들렸다.

"어디에?" 어슐라가 큰 소리로 물었다.

다시 동생이 숨을 죽이고 말했다.

브랑윈이 방문을 열고 강하고 거친 목소리로 불렀다.

"어슐라."

그녀가 모자를 쓴 채 곧 모습을 드러냈다.

"아, 안녕하셨어요?" 그녀가 버킨을 보자 소리쳤다. 마치 급습을 당한 듯 잔뜩 어리둥절한 표정이었다. 그녀가 그의 존재를 인정하는 것에 그가 의아했다. 그녀는 그녀 나름대로 야릇한 광채를 내며 숨이 찬 듯한 태도를 보였다. 마치 실제 세상에 의해서 혼란을 겪는 양, 실제 세상엔 익숙지 않아서, 자기만의 완벽하게 빛나는 세상을 누리고 있었는데 말이다.

"제가 두 분의 대화를 방해했나요?" 그녀가 물었다.

"아니요. 완전한 침묵뿐인데요." 버킨이 대답했다.

"아," 어슐라가 막연하고 멍한 태도로 말했다. 그들의 존재가 그녀에겐 별로 중요하지가 않았다. 그녀는 뒤로 주춤거렸고, 그들을 받아들이지 않았다. 이런 태도가 그녀의 아버질 항상 화나게 한, 미묘한 모욕이었다.

"버킨 씨가 나에게가 아니라 너에게 할 말이 있다." 그녀의 아버지가 말했다.

"오, 그랬어요?" 그녀가 그 말이 자기에게 관련이 없는 양 모호한 태도로 크게 소리 질렀다. 그런 다음 정신을 차리곤 좀 반색을 하면서, 그렇지만 아직도 상당히 피상적인 태도로 그를 향해 그녀가 물었다. "뭐 특별한 일이에요?"

"그런 것이길 바라는데요." 그가 좀 빈정대며 말했다.

"모든 말로 미루어 보니 너에게 청혼하겠단다." 그녀의 아버지가 말했다.

"오," 어슐라가 말했다.

"오," 그녀의 아버지가 그 말을 흉내 내며 빈정거렸다. "그 이상으로 할 말이 없느냐?"

그녀는 침해를 받은 양 흠칫했다.

"정말로 나에게 청혼하려고 왔어요?" 그녀가 그 말이 농담인 양 버킨에게 물었다.

"그래요. 청혼하러 왔다고 생각해요." 그는 그 청혼이란 낱말을 피하려는 듯했다.

"그랬어요?" 그녀가 반색하며 큰 소리로 물었다. 그가 세상에 무슨 얘기를 했어도 그녀의 표정은 별로 달라지지 않았을 법했다. 그녀는 기분이 좋은 듯했다.

"그래요." 그가 대답했다. "내가 원하는 건―내가 원하는 건, 당신이 결혼에 동의하는 거예요."

그녀가 그를 쳐다보았다. 그의 눈은 그녀에게서 무언가를 원하면서도 한편으론 원치 않는 뒤섞인 빛으로 흔들렸다. 어슐라는 자신이 그의 시선에 노출된 듯이 마치 그것이 고통인 듯이 약간 움츠렸다. 그녀의 표정이 어두워졌다. 영혼엔 구름이 끼었고 시선을 옆으로 돌렸다. 그녀는 그녀만의 광채 나는 독립된 세계에서 억지로 밀려난 느낌이었다. 그녀는 이런 때엔 사람들과의 접촉이 거의 부자연스러워 접촉하길 무서워했다.

"그래요." 그녀가 확신 없이, 멍한 목소리로 막연히 말했다.

버킨의 심장은 갑자기 비통함이 불처럼 일어나면서 빠르게 위축되었다. 그런 모든 것은 그녀에게 아무것도 아니었다. 그가 또다시 헛짚은 것이었다. 그녀는 그녀 자신의 세계에서 아주 만족하고 있었다. 그와 그의 희망은 그저 우연히 생긴 하찮은 일들이고 그녀의 세계를 침해하는 일들이었다. 그런 그녀의 태도로 인해 그녀의 아버지는 화가 머리끝까지 치밀었다. 그는 평생토록 딸애의 그런 태도를 참고 살아야 했다.

"그래, 넌 뭐라고 할 거냐?" 아버지가 크게 외쳤다.

어슐라는 몸을 움츠렸다. 그리고는 좀 겁을 먹고 아버지를 건너다보며 말했다.

"제가 뭐라고 했나요?" 그녀는 자기가 언질을 주었을까 봐 겁을 먹은 듯 물었다.

"안 했어." 아버지가 화가 잔뜩 나서 대답했다. "그렇지만 넌 백치처럼 굴 필요는 없지. 넌 너대로의 의견이 있지 않으냐?"

그녀는 무언의 적대감을 느끼며 기세가 꺾이었다.

"저도 의견이 있어요. 그런데 그게 무슨 말이지요?" 그녀가 적대시하는 시무룩한 목소리로 다시 물었다.

"너한테 청혼하는 소릴 듣지 않았느냐?" 그녀의 아버지가 화가 난 목소리로 물었다.

"물론, 들었지요."

"그러면, 넌 뭐라고 대답을 해야 할 것 아니냐?" 아버지가 쩡쩡 울리는 목소리로 다그쳤다.

"왜 그래야 하지요?"

이러한 무례한 딸의 말대꾸에 그의 몸이 굳어졌다. 그러나 그는 아무런 말도 하지 않았다.

"그래요." 버킨이 곤경을 수습하려고 말했다. "당장에 대답할 필요는 없어요. 하고 싶을 때 대답하세요."

어슐라의 눈에서 강한 빛이 번뜩였다.

"왜 제가 말을 해야 하나요?" 그녀가 소리쳤다. "당신은 순전히 당신 혼자서 이러고 있어요. 그건 나와 아무 상관이 없어요. 왜 당신네 두 사람이 나한테 으름장을 놓지요?"

"으름장을 놓는다고? 으름장?" 그녀의 아버지가 씁쓸하고도 원한이 맺힌 목소리로 외쳤다. "너한테 으름장을 놓는다고? 너한테 양식이 있고 예의가 바르게 으름장을 놓지 못하는 것이 참으로 애석하구나. 널 을러댄다고! 너 정신 똑똑히 차리고 봐. 이 고집쟁이야."

그녀는 방 한가운데서 꼼짝 않고 멈춰 섰다. 그녀의 얼굴이 번뜩이며 살벌한 기운을 내뿜었다. 그녀는 만족스러워하며 대들고 있었다. 버킨이 그녀를 올려다보았다. 그 또한 화가 났다.

"그렇지만 아무도 당신을 을러대지 않아요." 그가 아주 부드럽지만 좀 살벌한 목소리로 말을 했다.

"아, 그래요." 그녀가 외쳤다. "당신네 두 사람이 날 을러대서 무언가를 인정케 하려고 해요."

"그건 당신의 오해일 뿐이에요." 그가 빈정거리며 말했다.

"오해!" 그녀의 아버지가 외쳤다. "제 생각에 집착하는 바보가 바로 저 애야."

버킨이 일어서며 말했다.

"어떻든, 이 문제는 당분간 그대로 둡시다."

그리고 다른 말없이 그가 집 밖으로 걸어나갔다.

"야. 이 바보!—이런 바보 멍청이!" 그녀의 아버지가 너무나도 비통해서 딸에게 소리쳤다. 어슐라는 그 방을 나와 혼자서 흥얼거리며 이 층으로 올라갔다. 그러나 그녀의 심장은 무시무시한 싸움을 막 끝낸 듯 무지무지하게 두근거렸다. 그녀는 창문을 통해 버킨이 길을 올라가는 것이 보였다. 그가 화가 나서 그처럼 경솔하게 떠나는 것을 보고 그녀는 그를 의아하게 생각했다. 그는 우스꽝스러웠으나 그가 두려웠다. 어떤 위험에서 벗어났다는 느낌이었다.

그녀의 아버진 창피하고 원통해서 힘없이 아래층에 앉아 있었다. 그는 어슐라와 뭐라 형용할 수 없는 갈등을 치른 후에 세상의 모든 악마에게 홀린 듯했다. 그는 마지막까지 딸애를 증오하는 것이 마치 그의 유일한 현실인 듯이, 어슐라를 증오했다. 그의 마음이 온통 지옥이었다. 그러나 이러한 자신에서 벗어나려고 집을 나섰다. 그는 절망하고 굴복하고, 절망에 자신을 내어주어야 하는 걸, 그렇게 해야 끝이라는 걸 알았다.

어슐라의 얼굴을 닫았고, 그들 모두에 대항해서 자신을 완성했다. 자신에게로 움츠러든 후 그녀는 보석처럼 단단히 완성을 이루었다. 그녀는 밝고 쉽사리 감정이 상하지 않았다. 아주 자유롭고 행복했으며 침착한 가운데서 완벽하게 해방감을 느꼈다. 그녀의 아버지는 딸애의 즐거운 망각을 모르는 척하는 법을 배워야 했다. 그렇지 않으면 미칠 것 같았다. 그녀는 완벽하게 적의를 품고서 만물과 함께 아주 밝게 빛났다.

그녀는 이런 식으로 며칠이고 계속 지내곤 했다. 겉보기에는 아주 자연스럽고 밝고 솔직한 상태로 지냈다. 근본적으로 자신 외에는 다른 것의 존재를 깡그리 잊어버리다가 자신의 관심사엔 아주 쉽게 관심을 가졌다. 아, 아비가 그런 딸을 두었다는 건 정말로 고통스러운 일이었다. 브랑윈은 그런 딸년의 아비가 된 자신을 저주했다. 그래서 그는 딸애를 아예 보지 않고, 알지 않는 법을 배워야 했다.

어슐라는 이러한 상태에 있을 땐 완벽하게 안정된 상태에서 저항했다. 순수하게 대립하는 동안에 아주 밝고 신이 나고 매력적이었다. 너무나 순수하였으나, 모든 사람에게서 불신을 당했고 사면팔방에서 미움을 샀다. 그녀의 정체를 드러내는 것은 그녀의 묘하게 맑고 겉도는 목소리였다. 구드룬만이 그녀와 잘 어울려 다녔다. 이러한 때엔 두 자매 사이의 친밀함이 가장 완벽했는데, 마치 그들의 지능이 하나인 것처럼 밀착되었다. 그들 사이에선, 그 어떤 것도 능가하는, 강력하고 밝은 이해의 연대를 느꼈다. 이렇게 두 자매가 막무가내로 친밀하고 밝고 몰두한 상태에 있는 동안에 아버지는 죽음의 공기를 들이켜며 마치 자신 존재의 본질이 파괴되는 느낌이었다. 그는 너무 신경이 쓰여서 미칠 지경이었고, 도대체 쉴 수가 없었다. 딸들이 그를 파괴하는 것 같았다. 그러나 이런 속을 말로 표현을 못 했고, 딸애들과 대적하기에 무기력했다. 그는 하는 수 없이 자기 죽음의 공기를 들이켜야 했다. 영혼에서는 딸들을 저주했고, 제발 딸들이 없어지기만을 바랐다.

딸애들은 편안한 여성의 초월적인 태도를 견지하며 신이 나 있어 보기에 아름다웠다. 그들은 속내를 주고받았고 비밀을 철저히 털어놓을 정도로 친했다. 비밀이란 비밀은 서로에게 죄다 털어놓았다. 그들은 아무것도 숨기지 않았고 모든 것을 말했으며 심지어 사악하고 부도덕한 경계를 넘기까지 서슴지 않고 주고받았다. 그리고 그들은 지식으로 서로를 무장시켰으며, 선악과에서 가장 절묘한 맛까지 짜내어 맛보았다. 그들의 지식이 얼마나 상보적인지 한 자매의 지식이 다른 자매의 지식을 보완해주는 것이 신기하였다.

어슐라는 남자들을 아들처럼 보고, 그들의 열망을 불쌍하게 여기고, 그들의 용기를 높이 샀다. 그리고 마치 엄마가 아이의 새로운 행동에 기뻐하며 그 애를 경탄하듯이, 어슐라는 그녀의 남자들을 경탄해 마지않았다. 그러나 구드룬에게 남자들은 적진(敵陣)이었다. 그녀는 남자들을 두려워하고 멸시했으며 그들의 활동을 지나치게 존경했다.

"물론, 버킨에겐 비범한 삶의 특징이 있지." 구드룬이 쉽게 말을 이어갔다. "그에겐 정말 비범하고 풍요로운 삶의 샘이 있어. 정말 놀라워. 사물에 열중하는 그 태도 말이야. 그러나 삶에서 너무도 많은 것들을 그는 몰라. 그런 것들의 존재를 전혀 인식을 못 하던가, 아니면 그저 소홀한 것으로 치부하던가─다른 사람에겐 중요한 것들이거든. 어떤 면에서 그이는 별로 똑똑하지 못해. 간헐적으로 몇 가지 면에서만 지나치게 열정적이야."

"그래." 어슐라가 큰 소리로 대꾸했다. "지나치게 이래라저래라 훈계조야. 정말로 설교를 하려고 들거든."

"바로 그거야! 그는 다른 사람이 하는 말을 듣질 못하지─남의 말을 들어주질 못해. 그 자신의 목소리가 너무 커."

"그래. 언성을 높여서 상대방을 눌러버려."

"그 사람은 상대를 큰 소리로 눌러버려." 구드룬이 거듭 말했다. "그리고 순전히 우격다짐으로 그래. 물론 구제 불능이야. 우격다짐으론 아무도 설득 못 하지. 그에게 말을 한다는 건 불가능해. 그와 산다는 건 불가능 이상일 거야."

"네 생각에 그와는 아무도 못 살 것 같니?" 어슐라가 물었다.

"그건 너무 피곤하고 지치게 할 거야. 매번 큰 소리로 우격다짐을 받을 테고 선택 없이 허둥지둥 그가 하자는 대로 따라가야 할걸. 그는 상대를 완전히 좌지우지하길 원하지. 자기 생각 말고 다른 생각이 있다는 걸 허용하지 못할 거야. 그리고 제일 꼴불견은 자기를 돌아볼 줄 모른다는 거야. 아니, 그건 완전히 견딜 수 없을걸."

"그래," 어슐라가 희미하게 동조했다. 그녀는 동생의 의견에 부분적으로만 동조할 따름이었다. "정말로 골칫거리는 거의 어떤 남자든 보름 정도만 함께 보내면 견디기 힘들다는 것이지."

"그건 완전히 끔찍해." 구드룬이 말했다. "그렇지만 버킨은—그이는 너무나 확신에 차있어. 만약에 언니가 언니의 영혼을 언니 것이라 하면 그는 못 참을 거야. 그에겐 이 말이 전적으로 옳아."

"그래." 어슐라가 대꾸했다. "네가 그의 영혼을 갖고 있어야 할 거야."

"바로 그거야! 그 이상으로 지독한 걸 생각할 수 있어?" 이 말은 죄다 너무나 사실이어서 어슐라는 자신의 영혼 밑바닥까지 지독히 불쾌하게 삐걱거리는 것을 느꼈다.

어슐라는 자신을 관통하며 불협화음이 덜커덕거리며 요동을 치자, 가장 황량한 비참함 속에서 대화를 이어갔다.

그런 다음 구드룬에 대한 혐오감이 일기 시작했다. 동생은 인생을 너무도 철저하게 끝장내버렸다. 세상사를 너무도 흉측하고, 너무도 최종적인 것으로 보았다. 실상, 버킨에 대한 구드룬의 말이 사실이라 해도, 다른 긍정적인 점들도 있었다. 그러나 구드룬은 버킨의 이름에 두 줄을 긋고 마치 거래가 끝난 것처럼 지워 버렸다. 그의 가격이 합산되고 지급되고 청산이 되어 완전히 거래가 끝나 있었다. 그런데 그건 터무니없는 거짓말이었다. 이렇게 구드룬식으로 끝장을 내는 것, 한마디로 사람과 사물을 처치해 버리는 것은, 그건 터무니없는 거짓말이었다. 어슐라는 동생에게 반발하기 시작했다.

하루는 자매가 오솔길을 걸어가다가 나무의 꼭대기 가지 위에 앉아서 귀가 따갑게 지저귀는 로빈 새를 보았다. 자매는 발을 멈추고 그 새를 쳐다보았다. 빈정거리는 미소가 구드룬의 얼굴에 나타났다.

"저 수놈이 잘났다고 생각하나 봐?" 구드룬이 웃으며 말했다.

"정말 그러네!" 어슐라가 약간 빈정대며 얼굴을 찌푸리고 소리쳤다. "저 수놈 새는 하늘에 있는 로이드 조지 수상 같지 않아?"

"정말 그러네! 하늘에 사는 작은 로이드 수상이네! 저런 것이 바로 남자들의 짓거리야." 구드룬이 기뻐하며 큰 소리로 말했다. 그러고 나서 어슐라에게는 여러 날 동안 계속해서 정적을 깨며 지저귀는 새들이, 연단에서 목소리를 높이는 작달막한 정치인들로 보였다. 작달막한 정치인들은 어떤 대가를 치르더라도 그들의 목소리를 대중에게 들리게 해야 직성이 풀렸다.

이런 것은 생각만 해도 혐오감이 일었다. 노랑텃멧새 몇 마리가 갑자기 그녀 앞에서 길을 따라 잽싸게 날았다. 무시무시하게 다급한 심부름을 하는 듯 공중을 꿰뚫는 모양이 꼭 반짝거리는 노란 화살촉 같아서, 새들은 너무나도 초자연적이고 비인간적으로 보였다. 어슐라가 중얼거렸다. "결국, 새들을 작달막한 로이드 조지 수상이라고 부른 것은 경솔해. 저 새들은 우리가 정말로 알지 못하는 생명체지. 새들은 미지의 힘이야. 새들을 인간과 똑같이 보는 것은 건방진 거야. 새들은 다른 세계에 속하는데. 자연계의 새들을 의인화해서 보는 것은 정말 어리석어! 구드룬은 정말 건방지고 주제넘어. 자신을 만물의 척도로 삼고 모든 것을 인간의 기준에 맞추니. 루퍼트 말이 상당이 옳아. 인간들은 싫증이 나. 우주를 자기들 생각대로 덧칠하니까. 정말이지, 우주는 인간 세상과는 다르지. 고맙게도"

새들을 작달막한 로이드 조지 부류의 정치인으로 보는 것은 불경스러우며, 모든 참된 생명체를 파괴하는 짓거리로 그녀에게 보였다. 로빈 새들을 향해 터무니없는 거짓말을 한 것이고 명예훼손을 한 것이었다. 그러나 그 자신도 그런 짓을 하지 않았나? 그렇지만 그건 구드룬의 영향을 받아 한 거지. 그래 어슐라는 자신을 용서했다.

그렇게 어슐라는 구드룬과 구드룬이 대표하는 것에서 멀리 물러나 있었다. 그리고 정신적으로 다시 버킨을 향했다. 그녀는 그의 실패로 끝난 청혼 이후 그를 만나지 않았다. 그를 보고 싶지 않았다. 왜냐하면, 청혼의 수락 문제로 압박받는 것을 원치 않았기 때문이다. 그녀는 버킨이 제안한 청혼의 의미를, 말로는 표현하지 않아도 막연하게 잘 알고 있었다. 그가 어떤 종류의 사랑과 어떤 종류의 복종을 원하는지 알고 있었다. 그리고 그것이 그녀가 원하는 종류의 사랑인지 전혀 확신할 수 없었다. 그녀가 원하는 것이 이러한 독자적인 상호 결합인지를 확신할 수 없었다. 그녀는 말로 표현할 수 없는 친밀한 관계를 원했다. 그녀는 그를 통째로, 최종적으로 자기의 것으로 소유하고 싶었다. 말로 표현할 수 없는 굉장히 밀착된 관계를 원했다. 그를 완전히 마셔버리고 싶었다―생명을 단숨에 마시는 것과 같이. 그녀는 자신에게, 자신의 젖가슴으로 그의 차가운 발바닥을 기꺼이 녹여주겠다고, 엄청난 고백을 했다. 그건 조지 메레디스*의 시에 나오는 역겨운 방법이었다. 그러나 그녀의 연인인 그가 완전히 자기 자신을 내려놓고 그녀를 절대적으로 사랑해야 한다는 조건이 붙었다. 그러나 아주 미묘하게 그가 절대로 그녀에게 종국적으로 자신을 내어주지 않으리란 걸 알고 있었다. 그는 종국적인

---

* 메레디스(1828-1909), 영국의 소설가이며 시인.

자기 내려놓음을 믿지 않았다. 그는 그것을 공공연히 말했다. 그의 도전이었다. 그녀는 그것을 얻기 위해 그와 싸울 준비가 되어 있었다. 왜냐하면, 그녀는 사랑하려면 사랑에 절대적으로 복종해야 한다고 믿었기 때문이다. 그녀는 사랑이 개인보다 훨씬 앞선다고 믿었다. 그는 개인이 사랑보다 또는 그 어떤 관계보다 더 중요하다고 말했다. 그에게 있어 빛나는 독자적인 영혼은 사랑을 여러 조건 중의 하나로, 영혼의 평형 관계의 하나의 조건으로, 받아들이는 것이다. 이에 반해 그녀는 사랑이 모든 것이라 믿었다. 남자는 그녀에게 자신을 내어주어야 한다고. 남자는 여자에 의해 마지막 찌꺼기까지 들이켜 마셔야 했다. 남자를 전적으로 그녀의 남자가 되게 하라, 그 대가로 여자는 남자에게 고분고분한 노예가 기꺼이 될 것이다—남자가 원하든 않든 간에.

제20장 검투사들

버킨은 청혼이 실패로 돌아가자, 분노가 소용돌이쳐 정신없이 서둘러 벨도버를 떠났다. 완전히 얼간이 짓을 했다고, 장면 전체가 일급의 익살극이었다고 느꼈다. 그러나 전혀 걱정은 되지 않았다. 그는 어슐라가 집요하게 구닥다리 식으로 "왜 나를 을러대지요?" 하고 계속 소리칠 때 보인 오만하고 밝은 관념에 깊이, 조롱하며 분노를 느꼈다.

그는 곧바로 숏랜즈로 갔다. 거기에서 제럴드가 서재 안의 벽난로를 등지고 꼼짝 않고 서 있는 것을 보았다. 마치 완전히 허무하게 안절부절못하며, 속이 완전히 공허한 사람의 모습이었다. 그는 자기가 원하는 모든 일을 다 성취해서—이젠 더는 할 일이 없었다. 그가 차를 타고 나가 시내까지 달릴 수도 있었다. 그러나 차를 타고 나가기가 싫었다. 시내로 차를 몰고 가고 싶지 않았다. 설비네 댁에 들르고 싶지도 않았다. 그는 마치 동력이 떨어진 기계처럼 무기력한 고통속에 꼼짝 않고 있었다.

이건 제럴드에게 대단히 비통한 것이었다. 그는 한 번도 지루함을 몰랐고, 쉬지 않고 활동하였고, 절대로 당혹스러워한 적이 없었다. 이제 점차 모든 것이 그의 안에서 멈춰 서는 것 같았다. 그에게 주어진 일을 더는 하고 싶지 않았다. 그의 안에 있는 무언가가 생명을 잃어 그 어떤 제안에도 반응하길 거부했다. 그는 이러한 비참한 무(無)에서, 이 공허함의 스트레스에서 자신을 벗어나게 하려면 무슨 일을 해야 할까 하고 속으로 이런저런 궁리를 했다. 그런데 그를 분발시킬 것은, 그를 살게 할 것은 오로지 세 가지가 남았다. 하나는 술을 퍼마시든가 아니면 대마초를 피우든가, 다른 하나는 버킨에게서 위로를 받는 것이고, 세 번째 것은 여자였다. 그런데 그 순간에 함께 술을 마실 사람이 없었다. 여자도 없었다. 그리고 버킨이 외출 중인 것을 알았다. 그래서 공허함으로 인한 스트레스를 혼자 견딜 수밖에 없었다.

그가 버킨을 보았을 때 그의 얼굴이 갑작스레 멋진 웃음으로 밝아졌다.

"세상에, 루퍼트." 그가 말을 했다. "이 세상에서 외로움을 달래줄 사람 이상으로 중요한 것은 없다는 결론을 막 내리던 참이었는데. 그런 일을 꼭 해줄 사람 말이야."

그가 버킨을 보면서 눈가에 띤 웃음은 놀랄만했다. 그건 순수한 안도의 빛이었다. 그의 얼굴은 창백하고 해쓱하기까지 했다.

"마음에 드는 여자를 말하는 거겠지." 버킨이 짓궂게 말했다.

"물론, 선택할 여자가 있다면 좋겠지. 그렇지 못한 때엔 마음에 드는 남자가 필요하지."

그가 이 말을 하면서 웃어댔다. 버킨이 벽난로가에 앉았다.

"그래, 뭐 하고 있었나?" 버킨이 물었다.

"나? 아무것도 안 했어. 지금 난 어려운 고비에 있어. 모든 것이 위기에 처해있고, 일도 못 하겠고 그렇다고 놀지도 못하겠어. 늙는 징조인지 모르겠어. 아마 그런가 봐."

"따분하다는 말이지?"

"따분하다고? 잘 모르겠어. 어디에 전념할 수가 없어. 내 안의 악령이 들어있는 건지 죽어 나자빠진 건지."

버킨이 눈을 쳐들어 그의 눈을 들여다보았다.

"자넨 무언가를 강타해야겠어." 그가 말했다.

제럴드가 미소를 지었다.

"그런지도 모르지." 그가 말했다. "그런데 강타할 만한 가치가 있는 것이어야지."

"그렇지!" 버킨이 부드러운 어조로 응수했다. 둘은 오랫동안 말이 없었지만, 서로의 존재를 느끼고 있었다.

"기다려야지." 버킨이 말했다.

"세상에! 기다리라고! 무얼 기다려야 하는데?"

"어떤 노인이 말하길, 따분함을 치료하는 세 가지 방법이 있대. 수면과 술, 여행이래." 버킨이 말했다.

"다 쓸데없는 얘기야." 제럴드가 대답했다. "잠을 자면 꿈을 꾸고, 술을 마시면 욕설이나 퍼붓고, 여행하면 짐꾼에게 소리나 질러대지. 아니, 일과 사랑이 두 가지 대책이지. 일하지 않을 때는 사랑을 해야 해."

"그럼 그렇게 하지." 버킨이 말했다.

"상대를 소개해 줘." 제럴드가 말했다. "사랑할 기력도 시간이 흐르면 저절로 사그라져."

"그런가? 그럼 무얼 하나?"

"그럼 죽어야지." 제럴드가 대답했다.

"그래 죽어야겠네." 버킨이 말했다.

"난 그럴 이유를 모르겠어." 제럴드가 대답했다. 그는 바지 주머니에서 양손을 꺼내 담배를 집으려고 팔을 뻗었다. 그는 긴장한 데다 신경이 예민해져 있었다. 그가 몸을 앞으로 기울여 램프에 담뱃불을 붙이고, 천천히 뒤로 물러났다. 그는 혼자지만, 항상 그러듯이 저녁 정찬을 먹기 위해 정장을 하고 있었다.

"자네가 말하는 두 가지에, 세 번째 하나가 더 있네." 버킨이 말했다. "일과 사랑과 싸움이지. 자넨 싸움을 잊었어."

"그런 것 같은데." 제럴드가 말했다. "자네 권투 해본 적 있나?"

"아니, 해본 적 없는데." 버킨이 대답했다.

"아." 제럴드가 고개를 쳐들고 담배 연기를 천천히 공중에 내뿜고 있었다.

"왜?" 버킨이 물었다.

"아무것도 아니야. 한 판 해볼까 생각했지. 내가 무언가를 내려쳐야 한다는 건 맞는 말 같은데. 그건 하나의 제안이지."

"그래, 나를 한 대 쳐보고 싶은가?"

"자넬? 글쎄—! 어쩌면—! 물론 친구 사이로 그러는 거지."

"그러지!" 버킨이 날카롭게 말했다.

제럴드는 벽난로에 기댄 채 서 있었다. 그가 버킨을 내려다보았고, 그의 눈은 종마의 눈처럼 공포의 빛을 번뜩였다. 그 눈은 충혈되었고 지쳐 있었으며 공포로 굳어 뒤를 흘낏 쳐다보았다.

"난 조심을 하지 않으면 뭔가 실수를 할 것 같은 기분이야." 그가 말했다.

"왜 해보지 않나?" 버킨이 차갑게 말했다.

제럴드는 순간적으로 초조해지면서 이 말을 들었다. 그는 상대방에게서 무엇을 찾는 양 버킨을 계속 내려다보았다.

"난 일본식 유도를 해 본 적이 있어." 버킨이 말했다. "내가 하이델베르크에 있을 때 일본인과 같은 집에 살았는데, 그가 나에게 유도를 조금 가르쳐 준 적이 있어. 그렇지만 나는 제대로 배우질 못했어."

"그랬구나!" 제럴드가 외쳤다. "그건 한 번도 본 적이 없는데. 유도라는 걸 말하는 건가?"

"그래. 그렇지만 난 그런 걸 잘하지 못해—관심이 없어."

"관심이 없다고? 난 관심이 있는데. 어떻게 시작하지?"

"원한다면 아는 대로 가르쳐 주지." 버킨이 말했다.

"그럴 건가?" 제럴드의 얼굴이 야릇한 미소를 지으며 잠시 긴장되었다. 그리고 말했다. "난 참 배우고 싶은데."

"그럼 우리 유도를 해보지. 그런데 풀 먹인 빳빳한 셔츠를 입고선 할 수 없는데."

"그럼 우리 옷을 벗지. 그리고 제대로 해보자고. 잠깐만." 그가 초인종을 누르고 집사가 나타나길 기다렸다.

"샌드위치 두어 개 하고 탄산수 한 병 가져오게." 그가 하인에게 명령했다. "그리고 오늘 밤엔 나한테 더는 오지 말게—아무도 오지 못하게 해."

집사가 자리를 떴고 제럴드가 눈을 반짝이며 버킨에게 몸을 돌렸다.

"그래, 일본인과 몸싸움을 하곤 했나?" 그가 물었다. "맨몸으로 하곤 했나?"

"가끔."

"그랬다고! 그래, 상대 선수는 어땠나?"

"잘했다고 생각해. 난 심판관은 아니지만. 그자는 몸놀림이 아주 민첩하고 매끄러웠고, 전깃불 같은 활력이 넘쳤어. 놀라운 일이었어. 그 유도하는 사람들은 몸에 신기한 힘이 흐르고 있었어. 인간의 몸을 잡는 게 아니라—흐물거리는 강장동물을 잡는 것 같았어."

제럴드가 고개를 끄덕였다.

"상상이 가네." 제럴드가 말했다. "그들 모습을 보면. 그런데 그 모습이 역겨워."

"역겨우면서도 매력적이야. 그들이 냉랭할 때는 아주 역겨워. 그리고 그들 몸이 잿빛이 돼. 그러나 그들이 달아올라 흥분이 되면 분명히 매력적이야—전기처럼 흐르는 묘한 힘이 있어—마치 뱀장어 같아."

"음—그래—그럴 수 있겠지."

집사가 쟁반을 가지고 와 내려놓았다.

"더 이상은 들어오지 말게." 제럴드가 명령했다.

방문이 닫혔다.

"아, 그러면 옷을 벗고 시작을 할까?" 제럴드가 말했다. "먼저 좀 마시겠나?"

"아니, 마시고 싶지 않아."

"나도 그래."

제럴드가 문을 걸고 가구들을 옆으로 밀어냈다. 방 안이 넓어져서 가운데 공간이 많이 생겼고 바닥은 두꺼운 양탄자가 깔려 있었다. 그리곤 그가 재빨리 옷을 벗고 버킨을 기다렸다. 몸이 하얗고 마른 버킨이 그에게로 다가왔다. 버킨은 눈에 보이는 인간이라기보다는 유령 같았다. 제럴드는 그를 충분히 의식했다. 그러나 눈으로 의식하는 것은 아니었다. 거기에 반해 제럴드 자신은 구체적이며 눈에 들어왔고, 하나의 순수하고 최종적인 실체였다.

"자, 내가 배운 것 중에서 생각나는 걸 가르쳐 줄게." 버킨이 말했다. "자, 내가 자넬 이렇게 잡게 하게―" 그리고 상대방의 벗은 몸에다 그의 손을 갖다 대었다. 다음 순간, 그가 제럴드를 가볍게 둘러메치고 무릎으로 몸의 균형을 잡고 머리는 숙였다. 버킨에게서 풀려나온, 제럴드가 눈을 반짝이며 똑바로 일어섰다.

"아주 멋진데." 그가 말했다. "다시 한 번 하지."

그래서 두 남자는 한데 몸을 붙이고 겨루기 시작했다. 그들은 보기에도 아주 달랐다. 버킨은 키가 크고 몸이 가늘고, 뼈대는 아주 가늘고 섬세했다. 제럴드는 훨씬 몸이 무겁고 더 유연했다. 그의 뼈대는 튼튼하고 둥글었으며, 사지는 통통하고 그의 전체 몸매가 아름답고 틀이 잘 잡혀있었다. 그는 대지 표면 위에 알맞고 윤택한 몸집으로 탄탄히 버티고 있는 듯했고, 반면에 버킨은 몸 중심부에 중력의 중심을 갖은 듯했다. 제럴드는 풍요롭고 마찰로 생기는 힘을 지녔음에도, 다소 기계적이나 성급하며 당당했다. 이에 비해 버킨은 거의 손에 잡히지 않을 정도로 추상적이었다. 마치 옷처럼 그는 상대방의 몸에 거의 손대지 않고, 그에게 눈에 보이지 않게 타격을 가하더니, 갑자기 팽팽하고 미묘하게 제럴드의 급소를 관통하는 듯이, 강렬하고 예리하게 꽉 잡았다.

그들은 동작을 멈추고 이런저런 방법을 논하며, 잡는 법과 둘러메치는 법을 연습했다. 그들은 서로의 몸과 몸의 리듬에 익숙해졌고, 서로 간의 육체적인 이해를 하게 되었다. 그리곤 다시 진짜로 맞붙었다. 그들은 서로의 몸에 흰 살을 점점 더 깊이 박아서 마치 몸이 깨어져 한 몸을 이루는 것 같았다. 버킨은 굉장히 미묘한 에너지를 갖고 있어서, 무시무시한 힘으로 그에게 마술을 건 듯 내리눌렀다. 그런 다음 그 힘이 지나가자, 제럴드는 하얗게 몸을 들썩이고 눈부시게 움직이며, 마구 숨을 헐떡였다.

그렇게 두 남자는 뒤엉켜서 서로의 몸에 점점 감겨들면서 맞붙어 싸웠다. 두 사람 다 몸이 하얗고 맑았다. 그러나 버킨의 손이 닿은 제럴드의 몸은 쑤시는 듯 빨갛게 달아올랐고, 버킨의 몸은 하얗고 팽팽한 상태였다. 그는 제럴드의 더 단단하고 더 넓게 퍼진 몸체를 꿰뚫어 자신의 몸을 상대방의 몸에 배어들게 하는 것 같았다. 마치 상대방의 몸을 굴복시키기 위해 상대방의 몸의 동작 하나하나를 마술적인 예감으로 재빠르게 포착하여, 그 몸을 변화시키고 깨뜨리며, 제럴드의 사지와 몸통 위에서 세찬 바람처럼 노닐었다. 그건 마치 버킨의 몸 전체의 지력이 제럴드의 몸을 꿰뚫어, 마치 그의 정제되고 승화된 에너지가, 어떤 힘처럼, 더 통통한 제럴드의 살 속으로 들어가는 듯했다. 그건 근육을 뚫고, 제럴드의 육체적인 실체의 가장 깊은 곳까지 가는 그물을, 감옥을 던졌다.

그렇게 그들은 민첩하게, 열광적으로, 열중해서 마침내 의식 없이 겨루기 시작했다. 본디 흰 두 남자의 몸뚱이는 더욱더 단단히, 가깝게 한 덩어리가 되어 겨루었다. 서재의 희미한 불빛 아래서 문어같이 기이하게 뒤엉켰는데 팔다리는 번득였다. 오래된 갈색 책들이 들어찬 벽들 사이로, 몸뚱이가 침묵 속에서 단단하게 죄어진, 흰 육체의 매듭이었다. 가끔 가쁘게 내쉬는 숨소리나 한숨 같은 숨소리가 났고, 두꺼운 양탄자 위에서 동작의 민첩하게 퍽퍽 거리는 소리가 있거나 상대방의 몸에 잡혔던 몸이 빠져나오면서 이상한 소리가 났다. 종종 조용히 흔들리며 격렬하게 살아있는 존재의 하얗게 꼬인 매듭에선 머리가 전혀 보이지 않았다. 단지 재빠르게 움직이는 팽팽한 팔다리와 탄탄한 하얀 등만 보일 뿐이었다. 두 몸뚱이의 육체적 결합은 하나로 엮여 있었다. 그러다 겨루는 위치가 바뀌자 제럴드의 헝클어진 머리가 번쩍이며 드러났다. 그런 다음 잠시 버킨의 희미한 갈색의, 그림자 같은 머리는 겨루는 와중에 위로 쳐들고, 눈은 무시무시하게 크게 떴는데 아무것도 안 보이는 듯했다.

마침내 제럴드가 기운이 빠져 양탄자 위에 나자빠졌다. 그의 가슴이 천천히 크게 헐떡거리며 위로 솟았다. 한편 버킨은 거의 의식이 없는 상태에서 제럴드 위쪽에서 무릎을 꿇었다. 버킨은 훨씬 더 기진맥진했다. 그가 짧게 숨을 할딱거렸고, 그다음엔 거의 숨을 쉬지 못했다. 땅이 기울어 흔들거리는 것 같았다. 그리고 눈앞이 완전히 캄캄해졌다. 무슨 일이 일어났는지 전혀 알지 못했다. 그는 거의 의식이 없는 상태에서 제럴드 위로 몸이 앞으로 미끄러졌고 제럴드는 이를 알아차리지 못했다. 그다음 그는 다시 의식이 몽롱해서 세상이 이상하게 기울면서 미끄러진다는 것만을 감지했다. 세상이 미끄러지고 있었다, 모든 것이 암흑 속으로 미끄러져 들어가고 있었다. 그리고 그가 끊임없이, 끊임없이 멀리 미끄러지고 있었다.

밖에서 대단히 크게 두드리는 소리를 들려와, 그는 의식이 다시 돌아왔다. 집 전체를 뒤흔들며 망치로 두드리는 저 큰 소리는 도대체 무언가? 무슨 일이 일어나고 있나? 그는 알 수가 없었다. 그러다가 그건 바로 그의 심장이 뛰는 소리라는 걸 알게 되었다. 그러나 그건 도대체 말도 안 되는 것이었다. 그 소리는 밖에서 들리는데. 아니, 그건 그의 몸 안에 있었다. 그건 그 자신의 심장이었다. 그런데 심하게 당기며 너무 과적되어, 그 심장이 뛰는 것이 아파져 왔다. 제럴드가 그 소리를 들을까 궁금했다. 그는 자신이 서 있는지 누워있는지 아니면 쓰러져 있는지를 알지 못했다.

그가 제럴드의 몸 위에 엎드려 있다는 것을 깨달았을 때 어리둥절했고 깜짝 놀랐다. 그러나 그는 손으로 바닥을 짚고 몸을 가누면서 일어나 앉아, 심장이 조용해지고 덜 아프길 기다렸다. 심장이 너무나 아파서 그의 의식을 앗아갔다.

하지만 제럴드는 버킨보다 훨씬 더 의식이 없었다. 그들은 의식이 희미한 채 기다렸다. 셀 수 없는 미지의 수 분 동안 그들은 일종의 비존재의 상태에 있었다.

"물론," 제럴드가 헐떡이며 말했다. "내가 그렇게 거칠게 굴지 않았어야 했는데—자네에게 말이야—나의 힘을—억눌렀어야 했는데—"

버킨은 그 자신의 정신이 자기 몸 뒤에, 몸 밖에 서서 그 소리를 듣는 것 같았다. 그의 몸은 기진해서 몽롱한 상태에 있었고 그의 정신이 그 소릴 가냘프게 듣고 있었다. 그의 몸이 반응할 수 없었다. 단지 그의 심장 박동이 좀 더 조용해진다는 걸 알 따름이었다. 밖에 서서 의식하는 정신과 의식 없는 피가 요동치는 몸뚱이로 그는 완전히 양분되어 있었다.

"내가 자넬 내던질 수 있었는데—힘을 격렬하게 써서" 제럴드가 헐떡거리며 말했다. "그렇지만 자넨 분명히 날 이겼어."

"그래." 버킨이 목청에 힘을 주어 억지로 말을 뱉었다. "자네가 나보다 훨씬 힘이 세지—자네가 날 이길 수 있었지—쉽게 말이야."

그리곤 그가 다시 긴장을 풀었고 그의 심장과 피가 무섭게 뛰었다.

"놀랐어." 제럴드가 헐떡거리며 말했다. "자네의 힘이 얼마나 센지. 거의 초자연적이야."

"잠깐이지." 버킨이 대답했다.

아직도 그의 몸을 떠난 정신이 그의 뒤에서 상당한 거리를 두고 떨어져서 듣고 있는 것 같았다. 하지만 그의 정신이 점점 더 가까이 다가왔다. 그리고 그의 가슴에서 격렬하게 뛰던 피가 더 조용해지면서 그의 의식이 돌아왔다. 그가 상대방의 푹신한 몸뚱이를 자기 몸 전체의 무게로 누르면서 기대고 있다는 것을 깨달았다. 그리곤 깜짝 놀랐다. 왜냐하면, 자기가 뒤로 물러나 있다고 생각했기 때문이다. 그가 정신을 차리고 일어나 앉았다. 그러나 그는 아직도 의식이 몽롱하여 자리를 잡지 못했다. 그가 몸의 균형을 잡기 위해 손을 내밀었다. 그 손이 제럴드의 바닥에 놓여있던 손에 닿았다. 그리고 제럴드의 손이 버킨의 손을 갑자기 따뜻하게 감쌌다. 서로의 손을 꼭 잡고서, 그들은 기진해서 숨도 제대로 쉬지 못한 채 그대로 있었다. 빠르게 반응하면서 상대의 손을 강하고 따뜻하게 꽉 잡은 것은 버킨의 손이었다. 제럴드가 꽉 잡았던 것은 갑작스럽고 순간적이었다.

그러나 정상적인 의식이 파도처럼 밀려오고 있었다. 버킨이 거의 정상적으로 다시 숨을 쉴 수가 있었다. 제럴드가 천천히 손을 뺐고 버킨이 어지러워하며 천천히 일어나 테이블 쪽으로 갔다. 그가 위스키와 소다를 잔에 부었다. 제럴드도 마시려고 다가왔다.

"그건 진짜 한판 시합이었어. 안 그래?" 버킨이 어두워진 눈으로 제럴드를 보며 말했다.

"정말 그래." 제럴드가 대답했다. 그가 상대 남자의 멋진 몸을 보며 덧붙였다. "자네한텐 그다지 힘들지 않았지?"

"아니. 몸싸움하고 겨루고 몸을 가까이 대야 해. 그래야 정신이
맑아져."

"그렇다고 생각해?"

"그래. 자넨 안 그런가?"

"그래." 제럴드가 동의했다.

그들이 말을 주고받을 때마다 긴 침묵이 있었다. 몸싸움은 그들
에게 깊은 의미를 안겨주었다―미완성의 의미이지만.

"우린 지적으로 정신적으로 친밀해. 그러니 우리가 육체적으로도
친밀해야지―그래야 더 온전해지지."

"확실히 그래." 제럴드가 말했다. 그리고 즐겁게 웃어젖히며 말
을 이었다. "그건 나한테 아주 경이로웠어." 그가 양팔을 멋지게 내
뻗었다.

"그래." 버킨이 말했다. "왜 사람들이 스스로를 정당화하는지 모
르겠어."

"그러게."

두 남자가 옷을 입기 시작했다.

"자네가 아름답다고 나도 생각하네." 버킨이 제럴드에게 말했
다. "그건 정말 즐거웠어. 사람은 자기에게 주어진 것을 즐겨야 해."

"내가 아름답다고 생각했다고―무슨 의미지? 내 몸이 그렇다고?"
제럴드가 눈을 반짝이며 물었다.

"그래. 자넨 북구의 아름다움을 지니고 있어. 마치 눈에 반사된
빛 같아―유연하고 아름다운 몸매야. 그래, 그것 또한 즐기라고 있
는 거야. 우린 모든 걸 즐겨야 해."

제럴드가 껄껄 웃어대며 말했다.

"그런 식으로도 볼 수 있겠지. 이 정도는 말은 할 수 있어. 내 기분이 아주 좋아졌다고. 확실히 도움이 되었어. 이게 자네가 원하는 의형제 관계인가?"

"아마. 이게 무얼 맹세한다고 생각하나?"

"모르겠어." 제럴드가 웃었다.

"하여간에, 이제 훨씬 더 자유롭고 더 탁 트였다는 느낌이야—그게 우리가 원하는 상태지."

"물론이지." 제럴드가 대답했다.

그들은 술병과 유리잔과 음식을 들고 난롯가로 갔다.

"난 언제든 자기 전엔 조금만 먹어." 제럴드가 말했다. "그러면 잠을 잘 자거든."

"난 그렇게 잘 자지 못해." 버킨이 말했다.

"잘 못 잔다고? 그것 봐, 우린 같지 않네. 난 가운을 입겠네." 버킨이 벽난로의 불을 바라보며 혼자 남아 있었다. 그의 마음은 어슐라에게로 돌아갔다. 그녀가 그의 의식 속으로 다시 돌아오는 것 같았다. 제럴드가 흑색과 녹색 줄무늬가 넓게 난 두꺼운 비단 가운을 입고 왔다. 광채가 화려하여 눈에 확 띄었다.

"자네 아주 멋지네." 버킨이 그의 치렁치렁한 가운을 보며 말했다.

"이건 보하라*에서 입는 카프탄**이야." 제럴드가 말했다. "이게 맘에 들어."

<hr>

* 우즈베키스탄 부하라주(州)의 주도(州都).

** 카프탄은 터키나 아랍 지역의 사람들이 입는 허리통이 헐렁하고 소매가 긴 옷.

"나도 맘에 드는데."

버킨이 제럴드가 옷을 입는데 얼마나 세심하고 또 고급으로 입는지 생각하며 말없이 있었다. 제럴드는 실크 양말, 최고급으로 만든 장식 단추, 실크 내의와 실크 멜빵을 사용했다. 신기하지. 이것이 그들 사이의 다른 점 중의 하나였다. 버킨은 외양에 신경을 쓰지 않고 창의적이지 못했다.

"물론 자네도," 제럴드가 생각하고 있었던 것처럼 입을 열었다. "자네에게 신기한 점이 있지. 자넨 신기하게 힘이 세. 전혀 기대하지 못했던 거야. 아주 놀라웠어."

버킨이 소리 내 웃었다. 그가 제럴드의 잘생긴 모습을 보고 있었다. 광택이 나는 가운을 입은 금발의 아름다운 모습이었다. 그리고 그 모습과 자신 사이의 차이를 좀 생각하고 있었다—너무나도 달랐다. 남자가 여자와 다른 정도만큼이나 달랐지만, 그 방향이 달랐다. 그러나 이 순간에 진짜로 버킨의 마음을 지배하고 있는 것은 여자, 어슐라였다. 제럴드는 다시 희미한 존재로 되어버리고 그의 생각에서 사라졌다.

그가 갑자기 말을 꺼냈다. "내가 오늘 밤에 나하고 결혼해달라고 어슐라에게 가서 청혼한 거 알아?"

그가 제럴드의 얼굴에 경이감으로 빛나는 멍한 표정이 들어서는 것을 보았다.

"그랬다고?"

"그래. 거의 정식으로 말이야—처음엔 그녀 아버지에게 말했는데, 마땅히 그래야 하듯이—그건 우연이었지만—아니면 불운일까."

제럴드가 놀라워하며 그를 빤히 쳐다보았는데 이해를 못 하는 듯이 보였다.

"자네가 심각하게 어슐라 부친에게 가서 결혼을 승낙해 달라고 청한 것은 아니지?"

"그래, 그랬어." 버킨이 대답했다.

"뭐라고? 그렇다면 그 전에 어슐라에게 그런 말을 한 적이 있어?"

"아니, 한마디도 안 했어. 갑자기 그 집에 가서 청혼해야겠다는 생각이 들었어—그녀 부친은 어쩌다 어슐라 대신에 만난 거고—그래서 그 아버지에게 먼저 청을 했지."

"딸과 결혼할 수 있느냐고?" 제럴드가 결론적으로 물었다.

"뭐, 그런—거지."

"그런데 어슐라에겐 말을 안 했어?"

"그래. 어슐라는 나중에 들어왔거든. 그래서 어슐라한테도 말을 했지."

"그랬구나! 그래 어슐라가 뭐라고 대답했어? 자네, 약혼한 사람인 건가?"

"아니—강요를 받으면서 대답하지 않겠다는 말만 하는 거야."

"뭐라고?"

"강요를 받아 대답하고 싶지 않다고 말했다고."

"'강요를 받고 대답하고 싶지 않다고 말했다고!' 아니, 그게 무슨 뜻이지?"

버킨이 양어깨를 으쓱 올렸다. "무슨 뜻인지 모르겠어." 그가 대답했다. "그냥 그때 그 일에 신경 쓰고 싶지 않다는 말인가 봐."

"그렇지만 그게 정말이야? 그래 자넨 어떻게 했어?"

"그 집을 빠져나와 여기로 왔지."

"곧장 여기로 왔다고?"

"그래."

제럴드가 놀랍기도 하고 재미나기도 해 그를 응시했다. 그걸 도대체 이해할 수가 없었다.

"방금 자네가 말한 것이 정말 사실이야?"

"한 마디 한 마디가."

"그렇다고?"

제럴드가 참 즐겁기도 하고 재미도 느끼면서 의자 등에 기대앉았다.

"그래, 좋아." 그가 말했다. "그래 여기 와서 수호천사와 레슬링을 했다, 이거야?"

"그랬나?" 버킨이 응수했다.

"응, 그런 것 같은데. 그게 자네가 한 것 아닌가?"

이제 버킨은 제럴드의 말뜻을 알아들을 수가 없었다.

"그러면 일은 어떻게 되는 건가?" 제럴드가 물었다. "그래, 그 청혼을 미해결 상태로 그냥 둘 건가?"

"그럴 것 같아. 이 일에서 깨끗이 손 떼겠다고 나 자신에게 맹세했거든. 그렇지만 얼마 지난 후에 다시 청혼할 것 같아."

제럴드가 그를 물끄러미 쳐다보았다.

"그러니까 어슐라를 좋아한다는 말이지?"

"내 생각에—어슐라를 사랑하는 것 같아." 버킨이 얼굴이 몹시 굳어지고 정지되며 대답했다.

제럴드가 잠시 환하게 즐거운 표정을 지었다. 마치 이 모든 것이 특별히 그를 즐겁게 하려고 진행된 것같이. 그러다 그의 얼굴에 어울리는 심각한 표정을 짓고는 고개를 천천히 끄덕였다.

"저 말이야." 그가 말을 시작했다. "난 항상 사랑이 있다는 것을—진정한 사랑이 있다는 것을 믿어왔어. 그러나 요즘엔 어디서 그런 사랑을 찾을 수 있지?"

"모르겠는데." 버킨이 대답했다.

"아마 아주 드물 거야." 제럴드가 말했다. 그리고 잠시 후에 말을 이었다. "난 지금껏 한 번도 그런 걸 느낀 적이 없어—소위 사랑이란 걸. 여자들의 꽁무니를 따라다녔고—몇몇 여자에겐 상당히 빠졌었지. 그러나 사랑이란 건 느낀 적이 없어. 내가 자네에게 느끼는 건 만큼의 사랑을 여자에게 느껴본 적이 없어—그러니까 사랑이 아니지. 내 뜻을 이해하겠어?"

"그래, 자네가 여자를 사랑해 본 적이 없다는 건 확실해."

"그걸 느껴? 내가 앞으로 사랑할 것 같아? 내 뜻을 알겠어?" 그가 손을 가슴에다 얹고는 무엇을 거기에서 끌어내리려는 듯 주먹을 쥐었다. "내 말은 말이야—저—무언지 표현할 수 없는데, 알고는 있어."

"그러면 그게 뭐지?" 버킨이 물었다.

"글쎄, 그걸 말로 표현을 못 하겠어. 하여간에 그건 영원한 것이고 변치 않는 것이지—"

그의 눈은 반짝거리며 의혹의 빛을 띠었다.

"내가 여자한테 그런 감정을 느낄 거로 생각하나?" 그가 열망하듯 물었다.

버킨이 그를 쳐다보더니 고개를 저었다.

"모르겠어." 그가 대답했다. "말할 수가 없겠는데."

제럴드는 그의 운명을 기다리는 것처럼 잔뜩 긴장해 있었다. 그러고 나서 의자에서 몸을 뒤로 젖혔다.

"그래," 제럴드가 말했다. "나도 말을 못하겠어. 정말 못하겠어."

"자네와 나는 서로 달라." 버킨이 말했다. "자네 인생에 대해 말할 수 없지."

"못하지." 제럴드가 말했다. "나도 더는 말을 못하겠는데. 그러나 말하건대─내가 사랑을 할 수 있을까 하는 의심이 슬슬 들기 시작해."

"여자를 사랑하는 것 말이야?"

"글쎄─그래─자네가 진정한 사랑이라고 부른 것 말이야."

"사랑할 수 있을까 하는 의심이 든다고?"

"글쎄─슬슬 그런 의심이 드네."

둘은 오랫동안 말이 없었다.

"인생엔 별의별 것이 다 있지." 버킨이 말했다. "한 가지 길만 있는 건 아니지."

"그래. 나도 그렇다고 믿어. 그걸 믿지. 유념하게나. 난 인생이 어떻든 상관 안 해. 인생이 어떻든 신경을 안 쓴단 말이야─내가 피부로 느끼지 않는 한에서 말이야─" 그가 말을 멈췄다. 그리고 멍하고 황량한 표정이 그의 얼굴을 스쳤다. 그의 감정이 드러난 것이다─"어떻게든, 내가 진정 살아왔다는 것을 느끼는 한에서─인생이 어떻든 신경 안 써─그렇지만 난 그걸 느끼고 싶단 말이야─"

"충족됐다는 느낌말인가." 버킨이 말했다.

"글─쎄, 어쩌면 그렇지. 충족됐다는 거지. 그런데 난 그 낱말을 자네와 똑같은 의미로 쓰진 않아."

"똑같은 거야."

제21장 문지방

구드룬은 런던에 가 있으면서, 한 친구와 자기 작품의 작은 전시회를 했고 벨도버에서 떠날 준비를 하면서 주위를 둘러보고 있었다. 무슨 일이 닥치더라도 그녀는 아주 짧은 날짜 안에 비행기에 탈 것이다. 그녀는 위니프레드 크라이치에게서 그림으로 장식한 편지 한 통을 받았다.

아버지도 의사들에게 진찰을 받기 위해 런던에 다녀오셨어요. 그 일 때문에 아버지는 아주 피곤하세요. 아버지는 아주 많이 쉬셔야 한데요. 그래서 대부분 누워 계세요. 아버지는 드레스덴산 귀여운 열대 앵무새 채색 도자기를 사 오셨어요. 또 밭을 가는 농부와 나뭇가지를 올라가는 두 마리의 생쥐 채색 도기도요. 생쥐는 코펜하겐제 도자기예요. 그것들이 제일 멋져요. 생쥐 도자기는 그리 광채가 나지 않아요. 그것만 빼면 아주 멋져요. 생쥐 꼬리는 가늘고 길어요. 생쥐는 거의 유리처럼 온통 반짝거려요. 물론 유약을 바른 거지요. 그래서 전 그걸 별로 좋아하지 않아요. 제럴드 오빠는 밭 가는 농부를 제일 좋아해요. 농부의 바지는 찢어졌고 황소를 몰며 밭을 갈고 있어요. 아마도 독일 농부라 그런가 봐요. 그건 온통 회색과 흰색인데, 하얀 셔츠와 회색 바지를 입었어요. 그렇지만 아주 반짝이고 깨

끗해요. 버킨 아저씨는 소녀상을 제일 좋아해요. 산사나무꽃 아래
에 양 한 마리와 같이 있고 치마엔 수선화가 그려 있는데 응접실에
걸려 있어요. 그렇지만 그건 진짜 양이 아니어서 시시해요. 또 여자
애도 시시하게 보여요.

브랑윈 선생님, 곧 돌아오시는 거죠? 여기서는 모두 보고 싶어 해
요. 침대에 앉아 있는 아버지 그림을 동봉해요. 아버진 선생님이 우
릴 저버리지 않기를 바라세요. 오, 사랑하는 브랑윈 선생님. 절대로
그러지 않으실 거지요? 제발 돌아오셔서 흰 담비들을 함께 그려요.
담비들은 세상에서 최고로 귀엽고 고상한 귀염둥이들이에요. 호랑
가시나무로 조각하면 좋겠어요. 파란 나뭇잎을 배경으로 삼아서 말
이에요. 오, 꼭 그렇게 해요. 담비들이 정말로 예쁘니까요.

아버지 말씀이 우리가 화실을 가질 수 있다고 해요. 제럴드 오빠
말이 마구간 위층에다 아름다운 화실을 쉽게 만들 수 있대요. 지붕
이 비탈져 내려온 곳에 창문만 끼우면 된다고 해요. 그런데 그건 간
단한 일이래요. 그러면 선생님은 온종일 화실에 있으면서 작업을 할
수 있고, 우린 진짜 예술가처럼 화실에서 살 수도 있어요. 현관 벽
의 사진에 나오는 남자처럼 말이에요. 프라이팬도 있고 벽에는 온통
그림을 붙이고요. 전 자유로워지고 싶어요, 예술가의 자유로운 삶
을 살고 싶어요. 제럴드 오빠도 아버지에게 말씀드렸어요. 예술가만
이 자유롭다고요. 왜냐하면, 자기 자신이 만든 세계에서 사니깐요.

구드룬은 이 편지에서 그 집안이 의도하는 바를 포착할 수 있었
다. 제럴드는 그녀가 숏랜즈 저택에 정을 붙이고 지내길 원했다. 그
가 동생 위니프레드를 구실로 삼고 있는 것이었다. 아버진 온통 딸

생각뿐이었고, 구드룬에게서 바위처럼 단단한 구원의 길을 보았다. 그리고 구드룬은 그의 명민함에 존경심을 갖게 되었다. 더구나 그 아이는 정말로 유별났다. 구드룬은 아주 만족했다. 화실을 마련해 준다면 숏랜즈 저택에서 시간을 보낼 용의가 있었다. 그녀는 이미 그 중등학교가 완전히 싫었고, 자유롭게 되길 원했다. 만약에 화실만 마련된다면 자유롭게 작업을 계속하며, 완전히 평온한 마음으로 상황의 변화를 기다리리라. 그리고 그녀는 위니프레드에게 진정으로 관심을 두고 있어 그 애를 잘 이해하면 기쁠 것이다.

그래서 구드룬이 숏랜즈 저택으로 돌아오는 날, 위니프레드 덕택에 작은 축하 모임을 하게 되었다.

"넌 브랑원 선생님이 돌아오시면 드릴 꽃다발을 만들어야지." 제럴드가 동생에게 웃으며 말했다.

"오, 아니야." 위니프레드가 소리쳤다. "그건 우스꽝스러워."

"천만에. 그건 아주 귀엽고 일반적인 관심의 표현이지."

"아니, 그건 어리석어 보여." 위니프레드가 항의조로 말하며, 그녀의 나이가 보일 수 있는 온갖 수줍은 표정을 지었다. 그런데도 그 생각에 상당히 끌렸다. 그걸 정말로 실천하고 싶었다. 그 애는 온실과 화원을 날아다니다시피 다니며 가지에 핀 꽃들을 탐내는 눈으로 쳐다보았다. 쳐다보면 볼수록 그 꽃들로 꽃다발을 만들길 점점 더 열망했고, 꽃다발 증정의 장면이 눈앞에서 점점 더 아른거렸다. 점점 더 엄청나게 수줍어지고 자의식이 강해져서 마침내 그 애는 거의 제정신이 아니었다. 그 생각을 마음에서 지워버릴 수가 없었다. 그 생각이 자꾸 나타나서 도전적으로 그녀를 부추기는데, 그 앤 그걸 받아들일 용기가 없었다. 그래서 그 앤 다시 온실에 들어가 화분에서 자라는 아름다운 장미꽃과 순결한 시클라멘과 덩굴의 신비로운 하얀 꽃송이들을 유심히 보았다. 그것들이 너무나 아름다웠다. 오, 만약에 멋진 꽃다발을 만들어 다음 날 구드룬 선생님에게 그걸 드린다면 얼마나 멋지고 기쁠까! 이런 열정과 완전히 우유부단한 마음이 뒤엉켜 거의 병이 날 지경이었다.

마침내 아이가 아버지의 곁에 기대며 말했다.

"아빠!"

"내 귀염둥이, 왜?"

그러나 그 앤 엉거주춤했고, 민감하게 당혹하면서 눈물이 글썽글썽했다. 아버지가 그 딸을 보고 애정으로 뜨겁게 달아오르면서 가슴이 짠하게 아파져 왔다.

"얘야, 무슨 얘길 하고 싶니?"

"아빠!" 아이의 눈이 간결한 웃음을 띠며 말했다. "만약에 내가 브랑원 선생님이 오시는 날 꽃다발을 드리면 우스꽝스러울까?"

아픈 아버지는 딸의 초롱초롱하고 영리한 눈빛을 보았고 그의 가슴이 사랑으로 달아올랐다.

"아니다. 얘야. 그건 우스꽝스러운 게 아니야. 그건 사람들이 여왕에게 해드리는 거란다."

이 말은 위니프레드에겐 그리 확신을 주지 못했다. 그녀는 여왕자체가 좀 어리석다는 생각이 들었다. 그렇지만 그녀는 자신의 자그마한 낭만적인 행사를 만들고 싶었다.

"그러면 내가 그렇게 할까?" 그녀가 물었다.

"브랑원 선생에게 꽃다발을 드리는 것 말이냐? 그러렴. 얘야. 윌슨 아저씨에게 네가 원하는 꽃을 다 갖도록 내가 허락했다고 말하렴."

아이는 혼자서 미묘하고도 무의식적인 미소를 살짝 지으며 앞으로 할 일에 기대감에 차 있었다.

"그렇지만 난 내일까진 꽃다발을 받을 수 없잖아요." 그녀가 말했다.

"내일까지는 없다고? 그럼 나에게 키스를 하렴—"

위니프레드는 조용히 아픈 아버지에게 키스한 다음 방에서 빠져나갔다. 그녀는 다시 온실을 한 바퀴 돌았고, 정원사에게 당당한 명령조로 자기가 원하는 걸 알렸다. 자기가 고른 꽃은 모조리 다 넣어 꽃다발을 만들라고 했다.

"아씨, 어디에 쓰려고요?" 윌슨이 물었다.

"그냥 필요해." 그녀는 짧게 말했다. 하인들이 그런 질문하지 않길 원했다.

"네. 그만하면 알겠어요. 무슨 용도에 쓰려고요? 장식용이에요? 아니면 누구에게 보내려고요?"

"선사용 꽃다발이야."

"선사용 꽃다발이라고요? 그럼 누가 오시나요?—포틀랜드의 공작 부인이라도?"

"아니야."

"오, 아니라고요?—그렇다면 아가씨가 말한 꽃을 죄다 넣으면 희귀한 양귀비 전시가 되겠는데요."

"그래. 아주 희귀한 양귀비 전시를 원해."

"그렇다고요? 그럼 더는 말이 필요 없네요."

다음 날 웨니프레드는 은빛 벨벳 드레스를 입고 손에 화려한 꽃다발을 들고 구드룬 선생님이 도착하나 현관 앞 차도를 내려다보며,

아주 초조하게 방에서 기다렸다. 비가 추적이는 날이었다. 그녀의 코 밑에서는 온실 꽃의 야릇한 향기가 진동했고 꽃다발은 작은 불꽃 같아 보였다. 그녀는 가슴 속에 이상한 새 불꽃을 담은 듯했다. 좀 낭만적인 느낌이 그녀를 마취제처럼 설레게 했다.

마침내 구드룬 선생이 오는 것을 보자, 그녀는 아래층으로 뛰어 내려가서 아버지와 오빠에게 알렸다. 그들은 아이가 초조하고 심각 한 표정을 짓자 웃으며 그녀와 함께 현관으로 들어섰다. 하인이 서둘 러 문으로 달려와서 구드룬의 우산과 우비를 받아주었다. 그 환영객 들은 구드룬이 현관에 들어설 때까지 뒤에 서 있었다.

구드룬은 비를 맞아 발그스름해졌고, 머리칼은 바람에 날려 모양 이 살짝 흐트러져서, 그녀는 비를 맞아 방금 활짝 핀 한 송이의 꽃 같았다. 꽃의 중심부가 이제 막 들여다보였는데 머금고 있던 햇볕의 따스함을 뿜어내는 듯했다. 제럴드는 그녀가 그토록 아름답고 미지 의 여인으로 보여 정신적으로 움찔했다. 그녀는 부드러운 푸른 드레 스를 입고, 스타킹은 짙은 빨간색이었다

위니프레드가 당당하고 야릇하게 격식을 차리며 앞으로 나섰다.

"돌아오셔서 우리가 아주 기뻐요." 그 애가 말했다. "이건 선생님 의 꽃이에요." 그녀가 꽃다발을 드렸다.

"내 것이라고?" 구드룬이 큰 소리로 물었다. 그녀는 잠시 어리둥 절했고 온통 홍조를 띠웠다. 얼마 동안은 아주 기뻐서 정신이 나간 듯했다. 그리고는 이글이글 타오르는 묘한 빛을 띤 눈을 들어 아버 지와 제럴드를 보았다. 그녀의 달아오른 눈빛이 제럴드에게 머물자 그는 이를 감내할 수 없다는 듯 내심 움츠러들었다. 그녀의 내심이 아주 드러나 보였는데 그건 제럴드가 감내할 수 없을 만큼 속내를

드러낸 것이었다. 그가 얼굴을 옆으로 돌렸다. 그녀를 피할 도리가 없다고 느꼈다. 그 매력에 갇혀 몸부림쳤다.

구드룬이 꽃에다 얼굴을 갖다 대었다.

"아주아주 예뻐요!" 그녀가 꽃에 파묻힌 소리로 말했다. 그리고는 이상하게 갑작스레 격한 감정을 드러내며 고갤 숙여 위니프레드에 키스했다.

크라이치 씨가 앞으로 나가 그녀에게 손을 내밀었다.

"우리한테서 도망치는 줄 알았소." 그가 장난조로 말했다.

구드룬은 빛나며 장난스럽고 알 수 없는 얼굴을 들어 그를 쳐다보았다.

"정말이에요?" 그녀가 대답했다. "아니요. 전 런던에 머무르고 싶지 않았어요."

그녀의 어조가 숏랜즈에 돌아오게 되어 기쁘다는 걸 암시하는 듯했다. 그 어조가 따스하면서 살살 어루만지는 듯했다.

"그거 잘 되었네요." 아버지가 웃으며 말했다. "선생님은 이곳에서 대환영이요."

구드룬은 온기와 수줍음을 머금은 짙푸른 눈으로 그의 얼굴을 들여다볼 따름이었다. 그녀는 자기도 모르게 자신의 매력에 도취해 있었다.

"그래 굉장한 성공을 거두고 오는 것 같네요." 크라이치 씨가 그녀의 손을 잡은 채 말을 계속했다.

"아니에요." 그녀가 이상하게 달아오르며 대답했다. "제가 이곳에 와야 성공한 거예요."

"아, 자, 자! 그런 소리 말아요. 제럴드, 신문에 난 전시회 평을 우리가 읽었지?"

"전시회를 아주 성공적으로 치렀던데요." 제럴드가 악수하며 말했다. "작품을 좀 팔았나요?"

"아니요. 별로요." 그녀가 대답했다.

"오히려 다행이군요." 그가 말했다.

그녀는 그의 말뜻이 무엇인지 의아했다. 그러나 이렇게 맞이해 주자 온몸이 달아올랐다. 그녀를 위해 이토록 기분 좋게 조촐한 환영식을 해 주는 데에 도취해 있었다.

"위니프레드, 브랑윈 선생님이 신으실 신발이 있니? 선생님은 갈아신는 것이 좋겠네요." 아버지가 말했다.

구드룬은 손에 꽃다발을 들고 나갔다.

"참 놀라운 젊은 여자야." 아버지가 제럴드에게 그녀가 나간 다음에 말했다.

"예." 제럴드가 이런 말을 달갑게 여기지 않는 양 짧게 대답했다.

크라이치 씨는 구드룬을 좋아해서 30분간 함께 있었다. 보통은 모든 활기가 그에게서 빠져나가 푹 꺼진 재같이 그는 비참했다. 그러나 그가 기운을 되찾자마자, 그는 자신이 그전과 똑같이 건강하고 활기에 넘치는 척하길 좋아했다—겉으로의 세상이 아니라, 강력하고 근원적인 삶의 한가운데서. 이러한 믿음에 구드룬이 완벽하게 도움을 주었다. 그녀와 함께 있으면 그는 자극을 받아 그 귀중한 30분 동안 힘과 환희와 순수한 자유를 느꼈고, 그럴 때면 그 어느 때보다도 더 활기 있게 살아있는 듯했다.

그가 서재에서 등을 받치며 누워있을 때 구드룬이 들어왔다. 그의 얼굴은 샛노란 밀랍 같았고 눈은 시력이 없는 것처럼 시커멨다.

그의 검은 수염은 이제 희끗희끗해져서 시체의 왁스 같은 살에서 돋아난 듯 보였다. 그런데도 그의 주변의 분위기는 정력이 넘쳤고 활기찼다. 구드룬은 이것에 완벽하게 따라 주었다. 그녀의 생각에 그는 그냥 보통 사람으로 보였다. 단지 그의 꽤 끔찍해 보이는 외양이 그녀의 의식 저 밑 영혼에 각인되었다. 그녀는 그가 쾌활함을 보이긴 하지만, 눈이 시커먼 공허함에서 벗어나 변화를 보일 수 없고 죽은 사람의 눈빛이란 것을 알고 있었다.

"아, 브랑윈 선생이구먼." 하인의 보고에 따라 그녀가 방 안으로 들어서자, 갑자기 기운을 차리며 말했다. "토마스, 브랑윈 선생이 앉을 의자를 이곳에 가져오지—그래, 그렇게." 그가 즐거워 그녀의 보드랍고 생기 넘치는 얼굴을 쳐다보았다. 그런 얼굴이 그에게 삶의 환영을 안겨주었다. "자, 셰리 한 잔과 케이크 한 조각을 들어요. 토마스—"

"고맙지만, 안 먹겠어요." 구드룬이 대답했다. 그녀가 이 말을 뱉어내자마자 가슴이 무섭게 철렁 내려앉았다. 환자가 이런 거절에 죽음의 나락으로 떨어지는 듯 보였다. 그녀는 마다치 않고 그의 말에 맞장구를 쳐야 했다. 그녀는 즉각 좀 장난스러운 미소를 머금었다.

"전 셰리는 별로지만 그 외의 것은 다 좋아해요." 그녀가 말을 바꿨다.

환자는 이 지푸라기를 얼른 잡았다.

"참, 셰리는 안 되지! 아니야! 딴 것으로 하지. 그럼 무엇으로 할까? 토마스, 뭐가 있지?"

"포트와인—퀴라소가—"

"퀴라소 좋아요." 구드룬이 환자에게 신뢰를 보이며 말했다.

"그럴래요? 그러면, 토마스, 퀴라소—그리고 작은 케이크 혹은 비스킷을 하겠소?"

"비스킷이요." 구드룬이 말했다. 그녀는 아무것도 먹고 싶지 않았지만, 눈치가 빨랐다.

"그래요."

환자는 그녀가 작은 와인 잔과 비스킷을 받아 자리를 잡을 때까지 기다렸다. 그 후에 그는 아주 만족스러워했다.

"저, 그 계획에 대해 들었지요?" 그가 좀 흥분해서 물었다. "마구간 위에 위니프레드를 위해 스튜디오를 마련하는 것 말이요."

"아니요!" 구드룬이 놀란 척하며 소리를 크게 질렀다.

"아!—난 위니가 편지로 그 계획을 알려드린 줄 알았는데요."

"아—맞아요. 물론 그랬어요. 그렇지만 그건 그 애의 나름대로 생각인 줄 알았어요." 구드룬이 응석받이 같은 묘한 미소를 지으며 대답했다. 환자도 기분이 좋아 미소를 띠었다.

"아니, 그건 진짜 계획이에요. 마구간 지붕 밑에 상당한 공간이 있어요—서까래가 비스듬히 있어요. 그곳을 스튜디오로 만들 생각이지요."

"그건 너무나 멋지겠어요!" 구드룬이 흥분되어 열을 내며 외쳤다. 서까래가 받쳐주는 방이라니 흥분이 되었다.

"괜찮을 것 같아요? 그럼, 그렇게 만들 수 있어요."

"위니프레드에겐 완벽하게 멋질 거예요! 물론 그 애가 진지하게 작업을 하려면 꼭 필요해요. 작업실이 있어야 해요. 아니면 영영 아마추어 신세에서 벗어나지 못하지요."

"그런가요? 그렇지.—물론 난 선생이 그 작업실을 위니프레드와 같이 쓰길 바라지요."

"너무나도 감사합니다."

구드룬은 이미 이 일을 알고 있었다. 그러나 완전히 감동한 양 수줍어하며 아주 감사해야 했다.

"그러면 물론 내가 제일 바라는 것은 선생이 학교의 교사직을 그만두고 작업실에서 시간을 보내는 것이지요. 이곳에서—좋으실 대로 작업하시는 거지요."

그가 구드룬을 검고 텅 빈 눈으로 쳐다보았다. 그녀는 감사하는 마음으로 그를 돌아보았다. 이 죽어가는 환자의 말은 마치 그의 죽은 입술에서 메아리처럼 아주 완벽하고 자연스럽게 흘러나왔다.

"그리고 선생의 보수에 대해서는—선생이 교육위원회에서 받는 보수만큼 내가 드리면 괜찮겠어요? 손해 보는 건 내가 바라지 않아요."

"오! 제가 이곳 스튜디오에서 작업할 수 있다면 충분히 수입은 생길 거예요. 그럴 수 있어요."

"그러면," 그가 후원자가 되는 것에 만족하며 말을 꺼냈다. "우린 모든 일을 준비할 수 있소. 이곳에서 시간을 보내는 것은 괜찮지요?"

"작업할 스튜디오만 있다면 더 좋은 게 없겠어요." 구드룬이 대답했다.

"그런가요?"

그는 진심으로 아주 기뻐했다. 그러나 그는 이미 피곤해가고 있었다. 그녀는 잿빛의 무시무시한 고통과 와해뿐인 몽롱한 기운이 그에게 다시 덮쳐오는 것을 볼 수 있었다. 괴로워하는 빛이 그의 텅 비고 시커먼 눈으로 들어서고 있었다. 이 죽음의 과정은 아직 지난 것이 아니었다. 그녀는 조용히 일어서며 말했다.

"주무시는 것이 좋겠어요. 전 위니프레드를 찾아야만 해요."

그녀는 방을 나섰고 간호사에게 그를 혼자 두고 떠난다는 것을 알렸다. 날마다 환자의 근육이 점점 더 줄어들었고 인간을 하나로 묶어주는 매듭 중 마지막 것을 향해 점점 더 다가갔다. 그러나 이 마지막 매듭은 단단해서 쉽게 풀어지지 않았다. 죽어가는 사람의 의지는 절대로 풀어지지 않았다. 그는 십 분의 구는 죽은 듯했지만, 나머지 십 분의 일은 변치 않고 그대로 있었다. 마침내 그것도 떨어져 나갈 것이었다. 그는 순전히 의지로 자신의 몸을 단단히 부여잡고 있었지만, 그의 힘의 영역은 점점 더 줄어들었다. 그것은 마침내 끝 지점에 이르기까지 줄어들 것이고 그런 다음 휩쓸려갈 것이었다.

삶을 고수하기 위해 그는 인간관계를 고수해야만 했고, 자그마한 인간관계의 끄나풀도 놓지 않았다. 위니프레드, 하인, 간호사, 구드룬, 이들이 그의 마지막 의지처에서 모든 것을 의미했다. 제럴드는 아버지 곁에 있으면 혐오감으로 몸이 굳어졌다. 다른 아이들도 정도는 덜했지만 위니프레드를 빼고는 마찬가지였다. 그들은 아버지를 볼 때면 그들의 눈엔 죽음만 보였다. 그건 마치 마음속의 깊은 혐오감이 그들을 엄습하는 것 같았다. 그들에게 낯익은 얼굴은 보이지 않고 귀에 익은 목소리도 들리지 않았다. 눈에 보이고 귀에 들리는 죽음에 대한 반감으로 그들은 중압감을 느꼈다. 제럴드는 아버지가 있는 곳에선 숨을 쉴 수가 없었다. 곧 방을 나서야 했다. 그렇게, 같은 방식으로, 아버진 아들과 함께 있는 것을 참을 수가 없었다. 아들과 함께 있음은 죽어 가는 남자의 영혼에 최종적인 짜증을 주었다.

스튜디오는 다 완성이 되었고 구드룬과 위니프레드는 이사를 해 들어갔다. 그들은 스튜디오에 필요한 설비를 갖추고 정돈을 하는 게 너무도 즐거웠다. 이제 그들은 집 안채로 들어갈 필요가 거의 없어졌다. 그들은 이 작업실에서 식사하며 안전하게 지냈다. 집은 끔찍스럽게 보였기 때문이다. 흰 가운을 입은 두 명의 간호사가 마치 죽음의 전령사처럼 종종걸음으로 왔다 갔다 했다. 아버지는 침대에 늘 붙어있었고 누이동생들과 형제들, 그리고 자녀들이 낮은 소리로 얘기하며 왔다 갔다 했다.

위니프레드는 아버지를 꾸준히 찾아갔다. 매일 아침 조반을 먹은 후에 그녀는 아버지를 찾아가, 몸을 씻고 침대에 반쯤 윗몸을 일으켜 앉아 있는 아버지와 30분 동안 함께 지냈다.

"아빠, 몸이 좀 나았어요?" 그녀가 변함없이 그렇게 물었다.

그러면 그는 변함없이 대답했다.

"그래, 조금 나은 것 같다."

그녀가 양손으로 아버지 손을 사랑이 넘치게 보호하듯이 붙잡았는데, 이건 그에게 너무도 소중한 것이었다.

그녀는 점심시간에도 규칙적으로 다시 달려가서 그동안 일어난 이야길 들려드렸고 매일 저녁 커튼이 드리워지고 방 안이 아늑할 때 아버지와 오랜 시간을 함께 보냈다. 구드룬은 집에 가고 없었다. 위니프레드는 저택에 홀로 있었다. 아버지와 함께 있을 때가 제일 좋았다. 그들은 되는 대로 이야기하며 지껄였고 이런 때는 그가 활동하던 때와 같이 정상적으로 건강한 듯했다. 그래서 위니프레드는 고통스러운 일들을 묘하게 피하는 어린아이의 본능으로, 심각한 일은 없는 듯 행동했다. 그녀는 본능적으로 주의 기울기를 마다하고 행복해했다. 그렇지만 영혼 깊이에서는 어른들이 알고 있는 바를 잘 알고 있었다. 어쩌면 더 잘 알고 있었다.

그녀의 아버진 딸애와 함께 있을 때는 아주 능숙하게 꾸며댔다. 그러나 딸애가 떠난 다음엔 그는 힘이 싹 빠져나가는 비참한 상태로 들어갔다. 그러나 아직은 이런 밝은 순간들이 있었다. 비록 그의 힘이 사그라지고 주의력이 쇠약해지고, 그가 완전히 기진맥진해지는 것을 막기 위해 간호사가 딸애를 내보내야 했지만.

그는 자신이 죽을 것이란 것을 절대로 인정하지 않았다. 그럴 거라는 것을 알고는 있었다. 그것이 끝이란 걸 알고 있었다. 그런데도 그 자신에게조차 그것을 인정하지 않았다. 그는 이 사실을 너무나도 증오했다. 그의 의지는 강직했다. 그는 죽음에 압도당하는 것을 견딜 수가 없었다. 그에게 죽음이란 없었다. 그런데도 가끔 그는 고래고래 소리치고 불평을 터트리고 싶었다. 그는 제럴드에게 고래고래 소리치고 싶었다. 그래서 아들이 소스라치게 놀라 침착성을 잃게 되길 바랐다. 제럴드는 본능적으로 이것을 알고 있기에 그러한 일이 터질까 우려하며 몸을 움츠렸다. 이런 깨끗지 못한 죽음은 제럴드에게 엄청난 혐오감을 주었다. 인간은 로마인들처럼 곧바로 죽어야지. 인간은 삶에서와 마찬가지로 죽음에서도 자신의 운명을 지배해야지. 그는 아버지가 마치 커다란 뱀이 라오콘*의 몸을 조이듯이, 이렇게 죽음의 손아귀에 들어있는 것을 보고 몸서리쳤다. 그 커다란 뱀이 아버지의 몸을 움켜쥐었고 아들이 아버지와 함께 무시무시한 죽음의 가슴팍으로 끌려들어 갔다. 그는 항상 저항했다. 그리고 이상하게도 그는 아버지에게 힘의 요새였다.

---

* 트로이의 전설적인 왕자로 그리스인들이 놓아둔 목마를 트로이 성안으로 들여가는 것을 반대했다.

죽어가는 아버지가 아들을 보고자 했던 마지막 시간엔 그는 죽음에 가까운 잿빛이었다. 그런데도 그는 누군가를 만나야만 했고, 자신이 처한 상황을 받아들이지 않도록, 의식이 드는 순간마다 살아있는 세상과 관련을 맺어야 했다. 다행히도 그는 대부분 정신이 혼미하고 반쯤 의식을 잃은 상태였다. 그는 여러 시간을 과거를 어렴풋이 생각하며 지냈다. 말하자면 옛날의 체험을 어렴풋이 다시 살리며 지냈다. 그러나 마지막 순간까지도 그가 현재 자신에게 일어나는 사실, 즉 죽음이 그에게 닥쳐온다는 것을 깨달을 수 있었다. 이런 때면 그가 누구의 도움이건 상관치 않고 외부에서의 도움을 요청했다. 왜냐하면, 그가 죽어간다는 이 죽음을 의식한다는 것은 죽음보다 더한 죽음이며, 도저히 감내할 수 없었기 때문이다. 그건 절대로 허용할 수 없는 사실이었다.

구드룬은 그의 외양에, 그의 시커먼 눈에 충격을 받았다. 눈은 거의 동공이 풀려졌지만 아직은 정복을 당하지 않고 확고해 보였다.

"그래, 선생과 우리 딸애는 요즈음 어찌 지내고 있소?" 그가 약해진 목소리로 물었다.

"아, 아주 잘 지내고 있어요." 구드룬이 대답했다.

대화가 끊어지더니, 죽음 같은 가벼운 틈새가 있었다. 그건 마치 말로 표현한 생각이, 죽어가는 환자의 어둡고 혼미한 의식 속에서 저 멀리 떠내려가는 꼭 지푸라기와 같았다.

"그래, 화실은 좋아요?" 그가 물었다.

"멋져요. 그 이상으로 멋지고 완전할 수가 없어요." 그녀가 대답했다.

그녀는 그가 다음 말을 잇기를 기다렸다.

"그래, 위니프레드가 조각가의 소질을 가졌다고 생각해요?"

그 말이 얼마나 속이 비고 무의미한지 참 이상하게 들렸다.

"분명히 그래요. 언젠가는 좋은 작품을 만들 거예요."

"아! 그렇다면 딸애의 인생이 낭비되는 건 아니지, 그럴 거로 생각해요?"

구드룬은 매우 놀랐다.

"분명히 낭비하지는 않을 거예요." 그녀는 부드럽게 힘주어 말했다.

"그거 잘되었네."

구드룬은 그가 다시 무슨 말을 하나 기다렸다.

"선생에게 인생은 즐겁고, 사는 것은 좋지요?" 그가 가련하게도 희미하게 미소를 지으며 물었다. 그건 구드룬에겐 거의 견디기 힘든 표정이었다.

"그래요." 구드룬이 미소를 지었다―그녀는 제멋대로 거짓말을 하리라. "아주 즐겁다고 생각해요."

"맞아. 낙천적인 기질은 큰 자산이지."

구드룬은 다시 미소를 지었다. 비록 그녀의 영혼은 혐오감으로 메말라 왔지만. 사람은 이런 식으로 죽어야 하나―미소를 지으며 끝까지 대화하는 동안에, 강압적으로 사람의 몸에서 생명을 빼내야 하나? 다른 방법은 없나? 죽음을 이기는 이런 공포를 사람은 겪어야만 하나? 마지막에 완전히 사라지기 전까지 깨지지 않으려는 완전한 의지의 승리가 이런 고통을 겪어야 하나? 그래야만 하지. 유일한 길이지. 그녀는 이 죽어가는 사람의 침착함과 자기제어를 엄청나게 존경했다. 그러나 죽음 자체를 혐오했다. 그녀는 일상 세계가 건재하고 그 이상의 것은 인정하지 않아도 되어서 다행이라 생각했다.

"이곳에서 지내는 것이 괜찮아요?― 뭐 해드릴 것이 뭐 없나요?―

당신 위치에서 잘못되었다고 생각하는 건 없나요?"

"저에게 너무도 잘해주시는 것 외엔 없어요." 구드룬이 대답했다.

"그 잘못은 선생 스스로가 초래한 것이요." 그가 말을 하며 좀 희열을 느꼈다. 자신이 이런 재담을 할 수 있을 정도로 아직도 아주 건강하고 활기가 있지 않나! 그러나 반작용으로 죽음에 대한 구역질이 그에게 살살 기어오르기 시작했다.

구드룬이 자리를 떠, 위니프레드에게 돌아왔다. 프랑스 가정교사는 떠났고 구드룬은 숏랜즈 저택에서 상당 시간 머물렀다. 그리고 한 가정교사가 와서 위니프레드에게 교육을 하고 있었다. 그러나 그 남자 교사는 이 저택에 살지 않았다. 그는 중등학교와 관련이 있었다.

하루는 구드룬이 위니프레드와 제럴드와 버킨과 함께 차를 타고 시내로 나갈 참이었다. 잔뜩 흐리고 소낙비가 내리는 날이었다. 위니프레드와 구드룬은 준비를 하고 문간에서 기다렸다. 위니프레드가 아주 조용했지만 구드룬이 이를 알아보지 못했다. 갑자기 그 여자애가 무심한 목소리로 질문했다.

"브랑윈 선생님, 우리 아빠가 돌아가실 것으로 생각하세요?"

구드룬은 흠칫 놀랐다.

"모르겠는데." 구드룬이 대답했다.

"정말 몰라요?"

"아무도 확실히 알지 못하지. 물론 돌아가실 수 있지."

그 애는 잠시 생각에 잠기더니 다시 물었다.

"그렇지만 선생님 생각에 아빠가 돌아가실 것 같아요?

그건 지리 시간이나 과학 시간에 집요하게 던지는 질문과 같이 마치 애가 어른에게서 억지로 수긍을 받아내려는 것같이 들렸다. 그녀를 주시하며 약간 의기양양해 하는 애는 악마처럼 보이기까지 했다.

"아버지가 돌아가실 거로 생각하느냐고?" 구드룬이 되풀이하며 물었다. "그래, 그렇게 생각해."

그러나 위니프레드의 큰 눈은 계속 그녀를 응시하며 꼼짝도 하지 않고 있었다.

"아버님은 굉장히 편찮으셔." 구드룬이 말했다.

약간의 미소가 위니프레드의 얼굴에 떠올랐는데, 그건 미묘하면서도 회의적인 것이었다.

"전 절대로 아버지가 돌아가시지 않을 거라 믿어요." 그 애가 놀리듯이 단호하게 말하고 현관 앞 차도로 걸어갔다. 구드룬은 홀로 떨어진 그 애를 쳐다보았고 그녀의 심장은 멈추는 듯했다. 위니프레드는 물이 도랑 져 흘러가는 작은 개천에서 놀았고, 마치 좀 전에 아무런 말도 하지 않았던 듯이 몰두해 있었다.

"난 진짜 댐을 만들었어요." 그 애는 비가 저 멀리 추적이는 곳에서 말했다.

제럴드가 그 뒤에 있는 현관에서 문으로 나왔다.

"저 애가 믿지 않기로 한 게 차라리 다행이지요." 그가 말했다.

구드룬이 그를 쳐다보았다. 그들의 눈이 마주쳤다. 그리곤 그들은 냉소적인 이해의 눈길을 주고받았다.

"차라리 다행이에요." 구드룬이 대답했다.

제럴드가 그녀를 다시 보았다. 불꽃이 그의 눈에서 번쩍했다.

"로마가 불탈 때는 이래도 저래도 타니까 춤이나 추는 것이 제일 낫다고 생각지 않아요?" 그가 말했다.

구드룬은 굉장히 흠칫했다. 그렇지만 다시 마음을 다잡고 대답했다.

"물론 구슬피 우느니 춤추는 것이 더 낫지요."

"그렇다고 나도 생각해요."

그리고 두 사람은 긴장을 풀어 모든 걱정을 집어 던져 순전히 무절제하고 야수적인 방탕 속에 빠지고 싶은 잠재적인 욕망을 느꼈다. 구드룬의 속에서 기이한 검은 열정이 순수하게 치밀어 올랐다. 그녀는 강하다는 느낌이 들었다. 자신의 손이 너무나 힘이 세어서 마치 양손으로 세상을 발기발기 찢을 수 있을 것 같았다. 그녀는 로마인들의 자포자기한 방종을 기억했다. 그러자 그녀의 심장이 뜨겁게 달아올랐다. 그녀 자신도 바로 그러한 것을 원한다는 것을 알았다―아니면 뭔가, 그와 비슷한 뭔가를 원했다. 아, 만약에 그녀 안에서 미지의 억압된 것이 단 한 번이라도 풀어진다면 얼마나 흥겨운 난장판이 벌어질 건가! 그녀는 그런 것을 원했다. 방금 그녀 마음에서 일고 있는 것과 같은 시커먼 방종을 암시하는 그런 남자가 바로 뒤 가까이 있다는 사실에 몸을 바르르 떨었다. 이 승인되지 않는 광란을 그와 함께 즐기길 원했다. 잠시 이런 생각에 몰두해 있으니까 그 최종적인 실체가 확연하고도 완전하게 떠올랐다. 그러더니 이런 생각을 완전히 접어버리며 말을 했다.

"위니프레드를 따라 경비실 쪽으로 내려가면 좋겠네요―거기서 차를 탈 수 있으니까요."

"그렇게 할 수 있지요." 제럴드가 대답하며 그녀에게로 갔다.

그들은 위니프레드가 경비실 앞에서 하얀 순종 강아지들을 보며 감탄하는 것을 보았다. 그 애는 고개를 들어, 제럴드와 구드룬으로 시선을 돌렸는데 그녀의 눈엔 그들은 안중에도 없는 좀 까칠한 표정이 깃들어 있었다. 그 애는 이들을 보고 싶지 않았던 것이다.

"이것 보아요!" 그 애가 소리쳤다. "새로 태어난 강아지 세 마리예요! 마샬 아저씨 말이 이 강아지가 완벽해 보인다고 해요. 귀엽지 않아요? 그렇지만 그 엄마만큼 착하진 않아요." 아이 곁에서 불안해하며 서 있는 잘생긴 하얀 어미 암캐를 쓰다듬으려고 그 여자애는 몸을 돌렸다.

"내 사랑, 크라이치 귀부인" 그 애가 말했다. "넌 땅 위의 천사처럼 아름다워. 천사야—천사—구드룬 선생님, 이 엄마 개가 천국에 갈 만큼 아주 착하고 아름답다고 생각지 않으세요? 이 개들은 천국에 가겠지요? 특별히 내 사랑 크라이치 귀부인 말이에요! 마샬 아줌마, 이봐요!"

"네, 위니프레드 아씨?" 하녀가 문전에 들어서며 대답했다.

"이 강아질 위니프레드 아가씨라 불러줘요. 만약에 멋지게 크면 말이에요. 마샬 아저씨에게도 위니프레드 아가씨라 부르라고 말할 거죠?"

"그럴게요—그런데 이 강아진 수놈인데요. 위니프레드 아씨."

"아, 안 돼!" 자동차 소리가 들렸다. "루퍼트 선생님이 오셨어!" 그 애가 소리치며 대문 쪽으로 달려갔다.

버킨이 차를 몰고 와서 경비실 문 바깥에 차를 세웠다.

"우린 준비 되었어요!" 위니프레드가 외쳤다. "난 루퍼트 선생님과 앞자리에 앉을 거예요. 루퍼트, 그래도 되지요?"

"넌 몸을 꼼지락거리다가 떨어져 나갈걸." 루퍼트가 말했다.

"아니에요, 그러지 않을 거예요. 난 선생님 옆자리인 앞에 앉고 싶어요. 그러면 엔진의 열기로 발도 따스해지고 기분이 너무도 좋아요."

버킨이 그 여자애를 들어 올려 앞좌석에 태우고, 제럴드를 차 뒷좌석에 구드룬과 나란히 타도록 하니 어딘가 재미있다고 느꼈다.

"루퍼트, 그래 뭐 새 소식 없나?" 제럴드가 차가 숲 샛길을 달리자 물었다.

"새 소식?" 버킨이 큰 소리로 물었다.

"그래." 제럴드가 옆에 앉은 구드룬을 쳐다보고 눈웃음을 치며 말했다. "내가 저 친구에게 축하할 수 있는지 알고 싶은데. 도대체 확실한 얘길 들을 수가 없네요."

구드룬이 낯을 빨갛게 붉혔다.

"무엇 때문에 축하를 한다는 거죠?" 그녀가 물었다.

"약혼한다는 소릴 들었거든요—적어도, 그가 나에게 그 이야길 조금 했어요."

구드룬의 얼굴빛이 더욱 붉어졌다.

"어슐라 언니하고요?" 그녀가 도전적으로 물었다.

"그래요. 그런 것 아닌가?"

"약혼 같은 건 없을 거예요." 구드룬이 냉랭하게 말했다.

"그런가요? 아직 진전이 없는 건가?" 그가 소리쳤다.

"어디로의 진전? 결혼을 향한? 아니."

"그게 어떻게 된 거예요?" 구드룬이 큰 소리로 물었다.

버킨은 빨리 주위를 힐끗 보았다. 그의 시선에도 언짢은 빛이 있었다.

"왜냐고요?" 그가 대답했다. "구드룬, 당신은 그걸 어떻게 생각해요?"

"오," 그들이 이미 말을 시작했으니 자기도 이 일에 한 몫 들기로 작정하고 소리를 질렀다. "난 언니가 약혼을 바라지 않는다고 생각해요. 언닌 천성이 어느 한 사람에 묶이는 것보다 자유로이 행동하길 좋아하니까요." 구드룬의 목소리는 징소리와 같이 맑았다. 그 목소리에 루퍼트는 그녀 아버지의 아주 강하고 쩌렁쩌렁 울리는 목소리가 생각났다.

"그리고 난," 버킨이 말을 시작했다. 그의 얼굴은 장난기가 있으면서도 결연한 표정을 지었다. "구속력 있는 약혼을 원해요. 사랑엔 관심 없어요. 특히 자유연애 같은 것엔."

그들 두 사람은 재미있어했다. 왜 이렇게 공언을 하는 거지? 제럴드는 속으로 재미를 느끼며 잠시 붕 떠 있는 듯했다.

"사랑이 자네에겐 충분치 않다는 건가?" 그가 물었다.

"아니야!" 버킨이 소리쳤다.

"하, 사랑이 지나치게 세련되었다 이 말이군." 제럴드가 말을 하는데 자동차는 진흙탕 사이를 달리고 있었다.

"정말, 문제가 뭐지요?" 제럴드가 구드룬 쪽으로 몸을 돌리며 물었다.

이건 일종의 친밀하다는 태도여서 그게 구드룬에겐 모욕처럼 신경을 건드렸다. 제럴드가 고의로 자신에게 모욕을 주며, 그들 모두의 점잖은 사적인 영역을 침해하는 듯했다.

"그게 뭐지요?" 구드룬이 소리를 높여 역겨운 어조로 말했다. "저한테 묻지 마세요!—전 궁극적인 결혼에 대해선 아는 게 없어요. 확실히 말하는데, 궁극적인 결혼 이전도 몰라요."

"정당성을 인정하기 어려운 일상적인 영역이군요!" 제럴드가 대답했다. "바로 그런 거지요—여기서도 똑같지요. 난 결혼이나 궁극성의 단계의 전문가는 아니에요. 이건 루퍼트가 골똘히 생각하는 문제인 것 같은데요."

"바로 그거예요! 그건 정확히 그의 문제지요. 여자를 있는 그대로 받아들이는 대신에 자신의 관념들이 성취되길 원하네요. 그걸 실제로 옮기면 별로 좋지 않지요."

"아, 그래요. 여자에게서 여성적인 면을 찾으려면 불쑥 다가가는 것이 제일이지요. 문간에 서 있는 황소처럼 말이에요." 그의 내부에서 빛나는 듯했다. "사랑이 꼭 필요한 일이라 생각지 않으세요?" 그가 물었다.

"물론이지요. 그것이 지속하는 한은요—단지 영속적이라고 고집할 수는 없지요." 구드룬이 자동차 소리를 이기려고 귀에 거슬릴 정도로 큰 소리로 대답했다.

"결혼하건 안 하건, 궁극적이건 궁극적인 것 이전이건, 아니면 그저 그렇다 해도?—사랑이 보이면 그냥 잡으라 이런 건가요?"

"당신 좋을 대로, 혹은 아니면 아닌 대로." 구드룬이 소리쳤다. "결혼은 사회적인 계약이니까 내가 선택하면 사랑 문제와는 아무 상관이 없는 거지요."

제럴드의 시선이 내내 깜빡이며 그녀를 보았다. 구드룬은 그가 제멋대로 악의적으로 그녀에게 키스하는 것같이 느꼈다. 그녀의 낯이 발갛게 달아올랐다. 그러나 마음은 아주 단호하고 흔들리지 않았다.

"당신 생각에 루퍼트가 좀 돌았지요?" 제럴드가 물었다.

그녀는 눈빛을 반짝이며 그렇다고 시인했다.

"여자에 관한 한 그래요." 구드룬이 대답했다. "그렇다고 생각해요. 두 사람이 평생 사랑에 빠지는 그런 일이 분명 있어요—어쩌면 요. 그렇다 하더라도 꼭 결혼하라는 법은 없지요. 두 사람이 사랑한다면 그걸로 좋고 멋지지요. 사랑하지 않는다면—왜 그것을 떠들어 대요?"

"그래요." 제럴드가 말했다. "그게 바로 내 생각이에요. 그러나 루퍼트의 경우엔 어떻게 된 거지요?"

"난 이해를 못 해요—그이도, 아무도 이해 못 할 거예요. 그는 결혼을 통해서 제3의 천국이나 뭐 그런 곳에 들어간다고 생각하는 것 같아요—이 모두가 매우 모호해요."

"아주 모호해요! 누가 제3의 천국을 원하지요? 사실상, 루퍼트는 안전을 굉장히 열망하고 있어요—자신을 돛대에 묶어놓는 거지요."

"그래요. 그 점에서도 그의 생각이 잘못된 것 같아요." 구드룬이 피력했다. "내 생각에 정부가 아내보다 사랑에 더 충실할 것이 분명해요—왜냐하면, 자신에게 속한 자유로운 몸이니까요. 아니라는 군요—루퍼트의 말이 남편과 아내는 그 어떤 다른 두 사람보다 더 깊이 들어갈 수 있다고 해요—그렇지만, 어디로인지가 설명이 안 되었어요. 그들은 서로를 천국처럼, 지옥처럼 잘 알 수 있겠지요, 특히나 지옥처럼, 아주 완벽하게 알게 되면 그들은 천국과 지옥을 초월해서, 마침내—그곳에선 모든 경계가 허물어져서—어딘지 모르는 세계로 들어서겠지요."

"루퍼트 말이 낙원으로 들어간데요." 제럴드가 웃어젖히며 말했다.

구드룬은 양어깨를 으쓱하며 말했다. "그이가 말하는 낙원엔 관심 없다고요(Je m'en fiche of your Paradise)!"

"회교도가 아닌데요." 제럴드가 말했다. 버킨은 그들의 말엔 전혀 신경을 쓰지 않고 꼼짝 않고 차를 몰았다. 그리고 구드룬은 바로 그의 뒤에 앉아서 그를 그런 식으로 빈정대며 까밸리는 것이 재미있었다.

그녀가 빈정대는 표정을 지으며 덧붙였다. "루퍼트 말이 만약에 그런 일치를 수용하면서, 계속해서 객체로 남아있으면서 융합을 꾀하지 않으면, 결혼에서 영원한 평형상태를 유지할 수 있대요."

"격려가 안 되는데요." 제럴드가 말했다.

"바로 그게 문제예요." 구드룬이 대꾸했다.

"할 수만 있다면, 진짜로 자신을 버린다면 사랑이 가능하다고 믿어요." 제럴드가 말했다.

"나도 그래요." 그녀가 말했다.

"루퍼트도 그렇게 믿지요—항상 고래고래 소리 지르긴 해도."

"아니요." 구드룬이 말했다. "그인 자신을 다른 사람에게 내맡기지 않을 거예요. 그에 대해선 자신이 없어요. 그게 문제라고 생각해요."

"그러면서도 결혼은 하겠다고!—결혼을—그다음엔?"

"낙원이지요!" 구드룬이 빈정거렸다.

버킨은 차를 몰면서 누군가가 그의 목을 위협하는 것 같아 등골이 오싹했다. 그러나 무관심한 척 어깨를 으쓱했다. 비가 오기 시작했다. 기분 전환이 되었다. 그가 차를 멈추고 자동차 덮개를 씌우려고 내렸다.

제22장 여자 대 여자

그들은 시내로 들어왔고 기차역에서 제럴드를 내려주었다. 구드룬과 위니프레드는 버킨과 함께 차를 마시기로 되어 있었고, 버킨은 어슐라도 오리라 기대했다. 그러나 오후가 되어 나타난 첫 번째 사람은 허마이어니였다. 버킨은 외출 중이었다. 그래서 그녀는 응접실로 들어가 그의 책과 서류들을 둘러보곤 피아노를 치고 있었다. 그때 어슐라가 도착했다. 어슐라는 허마이어니와 마주치자 놀랐는데 그건 불쾌한 것이었다. 얼마간 그녀에 대해 소식을 들은 적이 없었던 차였다.

"당신을 여기서 만나니 전혀 뜻밖이네요." 어슐라가 말했다.

"네," 허마이어니가 대답했다. "난 엑스에 가 있었어요—"

"아, 건강 때문에요?"

"그렇지요."

두 여자는 서로를 처다보았다. 어슐라는 허마이어니의 길쭉하고 엄숙하며 남을 업신여기는 얼굴이 불쾌했다. 그 얼굴엔 마치 말의 우둔함과 아둔한 자부심 같은 것이 깃들어 있었다. "저 여잔 말상이야." 어슐라가 혼자 중얼거렸다. "양쪽 시야에 눈가리개 가죽을 차고 달리고 있어." 허마이어니는 달 표면처럼 그녀의 동전엔 한 면만 있어 보였다. 뒷면은 없었다. 그녀는 항상 앞의 좁은 시야만을 뚫어지게 보았다. 그러나 그녀에겐 그것이 현존하는 의식을 죄다 포괄한 완전한 세상으로 보였다. 암흑 속에서, 그녀는 존재하지 않았다. 달 표면처럼 그녀의 삶에서 절반은 상실되어 있었다. 그녀의 자아는 죄다 머리에 들어와 있었다. 그녀는 물속의 물고기처럼 또는 풀밭의 족제비처럼 자발적으로 달리거나 움직인다는 것이 무엇인지 알지 못했다. 그녀는 항상 알아야만 했다.

그러나 어슐라는 허마이어니의 이런 단면성에 괴로울 뿐이었다. 어슐라는 자신을 하찮은 존재로 깔아뭉개는 허마이어니의 싸늘한 징표만을 느꼈다. 허마이어니는 의식적이고자 노력하는 고통 속에서, 아주 천천히 노력하여 최종적이고 메마른 지식의 결론에 이르러 몸이 기진맥진해지고 타버린 재가 될 때까지, 생각하고 또 생각하였다. 그녀에게 의심할 바 없는 우월감을 안겨주고 삶의 고차원적인 자리에 확고히 서게 한 보석처럼, 그녀가 하찮게 생각하는 다른 여자들 앞에서 그녀의 씁쓸한 확신의 결론을, 걸치는 경향이 있었다. 그녀는 어슐라를 감정 덩어리 여자로 보았고 그런 여자들에 대해서 우월감을 가지고, 정신적으로 친절히 대하는 경향이 있었다.

가련한 허마이어니! 그녀의 소유물 중에서 이같이 괴로운 확신만이 그녀의 한 가지 소유물이었고, 그것이 그녀의 유일한 정당화였다. 여기에서는 자신만만해야 했다. 짐작건대 다른 곳에서는 배척을 받고 상당히 부족하다고 느꼈기 때문이다. 사고와 정신의 삶에서는 그녀가 선택된 자였다. 그리고 그녀는 보편적이길 원했다. 그러나 그녀의 마음 밑바닥에는 황폐화하는 냉소주의가 자리했다. 그녀는 자신의 보편적인 특성들을 믿지 않았다—그것들은 가짜였다. 내적인 삶을 믿지 않았다—그것은 잔꾀이지 실체가 아니었다. 그녀는 정신적인 세계를 믿지 않았다. 그것은 꾸민 세계였다. 그녀는 마지막 의지할 곳으로 황금의 신인 마몬과 육체와 악마를 믿었다—적어도 이들은 가짜는 아니었다. 그녀는 믿음이 없는 여사제였고, 확신 없이 낡아빠진 강령을 빨아먹으며, 자신에게 거룩하지도 않은 신비의 말들을 되풀이하는 저주를 받았다.

그렇지만 빠져나갈 구멍이 없었다. 죽어가는 나무에 달린 잎사귀였다. 그러니 늙고 시든 진리들을 위해 계속 투쟁하고, 낡고 오래된 신조를 위해 목숨을 걸고, 모독당한 신비의 거룩하고 존중받는 여사제가 되는 것 외에 무슨 구제책이 있겠는가? 옛날 위대한 진리들은 한때 진실했었다. 그녀는 오래된 커다란 지식의 나무에 달린 잎사귀인데, 그 나무가 시들어가고 있었다. 그러니 비록 냉소주의와 조롱이 그녀의 영혼 밑바닥을 차지하고 있었지만, 그 오래된 마지막 진실에 그녀가 충성할 수밖에 없었다.

"댁을 만나니 너무도 기뻐요." 그녀가 어슐라에게 주술 같은 느릿한 목소리로 인사를 했다. "댁과 루퍼트가 가까운 친구 사이가 되었나요?"

"아, 네." 어슐라가 대답했다. "그분은 언제나 내 배경처럼 어딘가에 있어요."

허마이어니가 대답을 하기 전 잠시 멈추었다. 그녀는 상대방 여자의 허풍을 아주 잘 알았다. 그건 정말로 천박해 보였다.

"그래요?" 그녀가 천천히 아주 침착하게 대답했다. "그래, 두 분이 결혼할 거로 생각해요?"

이 질문을 아주 침착하고 온화한 어조로 아주 단순하고 감정이 섞이지 않아서 어슐라가 좀 깜짝 놀랐고, 오히려 끌리기도 했다. 그건 악의적인 것 같아 기분이 좋기까지 했다. 허마이어니에겐 빈정거림을 그대로 드러내며 즐거워하는 면이 있었다.

"글쎄요," 어슐라가 대답했다. "그이는 너무나도 원하지만 전 잘 모르겠어요."

허마이어니가 어슐라를 침착한 시선으로 천천히 주시했다. 그녀는 이런 잘난 체하는 새로운 표현을 주목했다. 어슐라가 무의식적으로 드러내는 적극성이 너무도 부러웠다! 그녀의 천박성까지도!

"왜 잘 몰라요?" 그녀가 여유 있고 단조로운 어조로 물었다. 그녀는 완전히 편안한 자세였고 이런 대화를 나누게 되어 행복까지 느꼈다. "그이를 진짜 사랑하지 않아요?"

어슐라는 이런 좀 주제넘은 질문에 얼굴이 조금 붉어졌다. 그러면서도 드러내놓고 화를 낼 수는 없었다. 허마이어니는 아주 침착하고 말짱한 정신으로 솔직하게 물어보는 것 같았다. 따져보면 그토록 침착하게 있는 건 아주 대단한 것이었다.

"그이 말이 자기가 원하는 건 사랑이 아니래요." 어슐라가 대답했다.

"그러면 뭐지요?" 허마이어니가 평탄한 어조로 천천히 물었다.

"그는 내가 결혼하여 그를 완전히 받아들이길 원해요."

허마이어니는 얼마 동안 생각에 잠긴 시선으로 어슐라를 묵묵히 훑어보았다.

"그이가 그래요?" 그녀가 마침내 감정을 드러내지 않고 대꾸했다. 그러다 일어나며 "그럼 댁이 원하지 않는 건 뭐예요? 결혼을 원치 않는 건가요?"

"그래요—난 원치 않아요—정말로 원치 않아요. 그가 고집하는 그런 종류의 굴종을 하고 싶지 않아요. 그는 나 자신을 완전히 포기하길 원해요—그런데 난 그럴 수 없다는 걸 확실히 느끼거든요."

다시 허마이어니가 오랫동안 묵묵히 있더니 대답했다.

"원하지 않으면 결혼을 말아요." 그리고 다시 침묵이 흘렀다. 허마이어니는 기이한 욕망에 몸을 부르르 떨었다. 아! 그가 나한테 그에게 굴종하고 그의 노예가 되라고 청했다면! 그녀는 간절히 그러고 싶어 몸을 떨었다.

"전 그럴 수가 없어—"

"그렇지만 정확히 어떤 면에서—"

그들은 동시에 말을 시작하다가 동시에 말을 멈추었다. 그러다 허마이어니가 말의 우선권을 잡았다고 전제하고는, 지친 듯이 다시 말을 이었다.

"당신이 어디에 굴종하길 그가 원해요?"

"그인 내가 비감정적으로, 종국적으로 그를 받아들이길 원한다고 해요—그게 무슨 말인지 난 정말 모르겠어요. 그는 자신의 악마적인 부분이 짝짓기를 원한 대요—인간으로가 아니라— 몸뚱이로요. 그가 하루는 이런 말을 하다가 다음엔 다른 말을 해요—그는 늘 자기가 한 말을 뒤집곤 해요."

"그리고 항상 자신과 자신의 불만에 대해서 생각하지요." 허마이어니가 느리게 말했다.

"그래요." 어슐라가 큰 소리로 말했다. "마치 관계하고 있는 사람은 자기밖에 없는 듯 말이에요. 그게 그렇게 불가능한 거예요."

그러나 그녀는 즉시 자기가 한 말을 철회하기 시작했다.

"그는요, 그이 안에 있는 무언지 모를 것을 나보고 받아들이라고 끈질기게 졸라대요." 그녀가 다시 말을 이었다. "그는 자기를—절대적인 존재로 받아들이길 원해요—그러면서도 그인 아무것도 내놓지 않으려는 것 같아요. 그는 진짜 뜨거운 관계를 원하지 않아요—그는 그런 관계를 맺지 않으려 해요—그걸 거부해요. 그는 내가 생각하길 바라지 않고 내가 느끼는 것도 바라지 않아요—그는 감정이란 걸 증오해요."

허마이어니에겐 쓸쓸한 긴 침묵이 흘렀다. 아! 만약에 그이가 나에게 이런 요구를 했다면! 그가 나를 생각 속으로 몰아치더니, 매몰차게 나를 앎 속으로 몰아치더니—그리고 그런다고 나를 질책하더니만.

"그인 내가 나 자신을 가라앉히길 바라지요." 어슐라가 말을 다시 이었다. "나 자신의 실체는 아무것도 없이—"

"그럼 왜 후궁같이 굴종적인 여자와 결혼하지 않는 거지요?" 허마이어니가 완곡하면서도 단조로운 어조로 말했다. "만약에 그런 걸 원한다면요." 그녀의 긴 얼굴이 냉소적이면서도 재미있다는 표정을 지었다.

"그러게요." 어슐라가 막연히 대꾸했다. 따지고 보면, 진이 빠지게 하는 건 그가 후궁을 원하는 게 아니지. 그인 노예를 원하는 것이 아니야. 허마이어니는 기꺼이 그의 노예 노릇을 하겠지—그녀 속에는 남자 앞에서 납작 엎드리고 싶은 굉장한 욕구가 있지—그러나 그녀를 숭배하고 지고의 존재로 받아들이는 남자에게지.—그인 후궁을 원하는 게 아니지. 그인 여자가 그에게서 무언가를 취하길 원하는 거야. 그의 마지막 실체를, 마지막 진실을, 마지막 육체적인 사실을, 그 육체적이고 감당하기 힘든 실체를, 받아들일 정도로 여자가 자신을 포기하길 원하는 거지.

만약에 그녀가 그렇게 한다면 그녀를 인정할 것인가? 그가 모든 면에서 그녀를 인정할 것인가? 그녀를 그의 도구로만 사용할 것인가? 그의 사적인 만족을 위해 사용하고 받아들이진 않을 건가? 그게 바로 다른 남자들이 해온 짓인데. 남자들은 자신들의 흥행을 원했고 그녀를 받아들이려 하지 않았지. 남자들은 그녀의 모든 걸 무용지물로 만들었지. 바로 지금 허마이어니가 여자로서의 자신을 죄다 부정한 것처럼. 허마이어니는 남자 같았다. 그녀는 남자들의 것만을 신임했다. 그녀는 자신 속에 든 여성적인 것을 배척했다.—그러면 버킨이 그녀를 인정해줄까? 아니면 그녀를 거부할까?

"그래요." 허마이어니가 말했다. 그때 이 두 여자는 각자의 몽상에서 막 깨어났다. "그건 잘못일 거예요—내 생각에 그건 잘못일—"

"그와 결혼하는 것이요?" 어슐라가 물었다.

"그래요." 허마이어니가 천천히 대답했다. "내 생각에 당신은 남자가 필요해요—군인답고 의지가 강한 남자." 허마이어니가 손을 앞으로 내밀고 열광적으로 주먹을 불끈 쥐었다. "당신은 옛날의 영웅 같은 남자를 얻어야 해요—당신은 그가 전쟁터에 나갈 때 그의 뒤에 군건히 서서 그의 용기를 볼 필요가 있어요, 그리고 그의 외치는 소릴 들을 필요가 있어요. ……당신은 육체적으로 강건한 남자가 필요해요. 그의 의지에서 남자답고, 민감한 남자는 아니고요……" 마치 무녀가 신탁의 말을 내뱉듯이, 말이 끊어지더니, 이 광시곡을 읊듯이 지친 목소리로 그녀가 말을 이어갔다. "알다시피, 루퍼트는 그런 남자가 아니에요. 그는 아니라고요. 그는 건강과 몸이 허약해서, 대단한 보살핌이 필요해요. 그리고 그는 아주 변덕스럽고 자신도 못 미더워해요—그를 도우려면 지독한 인내와 이해심이 필요해요. 내 보기에 댁은 별로 참을성이 없어요. 당신은 마음고생을 할 준비를 해야 할 거예요—끔찍이. 그를 행복하게 하는 것에 얼마나 고통이 따르는지 이루 말할 수 없어요. 그는 가끔 강력하게 영적인 생활을 해요—너무도, 정말 너무도 경이로운 삶이지요. 그리곤 역반응이 나타나지요.—내가 그와 함께 겪은 경험을 이루 다 말할 수 없어요.—"우린 너무나도 함께 있어서 내가 그를 정말로 잘 알아요. 그의 실체가 어떤지 난 샅샅이 알지요.—그러니까 이 말을 해야겠다고 느껴요. 당신이 그와 결혼하면 완전한 재앙일 거라는 느낌이네요—그이보다는 당신에게 한층 더 재앙일 거예요." 허마이어니는 쓸쓸한 몽상에 빠져들었다. "그인 너무도 확실치 않고 너무도 일관성이 없어요—그인 싫증을 잘 내고 그리곤 홱 반발하지요. 그의 반발하는 태도가 어떤지 이루 말해 줄 수가 없네요. 그 반동적인 행동에서 오는 고통을 이루 말할 수가 없어요.—하루는 다짐하고 좋아하던 것을—얼마 후엔 부술 듯이 화를 버럭 내며 내동댕이쳐요. 한 번도 한결같은 적이 없고 늘 끔찍하고도 무섭게 반박을 해요. 항상 좋았다가 나빠지고, 나쁘다가 좋게 금방 변해요. 그 어떤 것도 그렇게 파괴적일 수가 없어요. 그 어떤 것도—"

"네," 어슐라가 공손히 대꾸했다. "너무도 고생이 컸겠네요."

천상의 빛이 허마이어니의 얼굴에 퍼졌다. 그녀는 영감을 받은 사람처럼 주먹을 불끈 쥐었다.

"그리고 달게 고통을 견뎌야 해요—그를 위해 매시간, 날이면 날마다 달게 고통을 겪어야 하지요—그를 도우려면 말이에요. 그가 어떤 것에 일단 충실하려면 말이에요."

"전 시간마다, 날마다 고통을 견디긴 원치 않아요." 어슐라가 피력했다. "전 원치 않아요. 전 모욕감을 느낄 거예요. 인간이 행복하게 살지 않는 건 인간의 품위를 떨어뜨리는 거라 봐요."

허마이어니가 말을 멈추더니 그녀를 한참이나 쳐다보았다.

"그래요?" 마침내 그녀가 물었다. 이런 질문을 하고 나니, 자기의 입장이 어슐라의 것과 많이 다르다는 느낌을 받았다. 왜냐하면, 허마이어니에게 고통이란 그 어떤 일이 닥치더라도 최대의 현실이었기 때문이다. 그렇지만 그녀 또한 행복이란 강령을 믿었다.

"그래요." 어슐라가 말했다. "인간은 반드시 행복해야지요." 그렇지만 그건 의지의 문제였다.

"네," 허마이어니가 이제 내키지 않는 소리로 말했다. "하여간에 서둘러 결혼하는 건 적어도 비참할 것이란 걸 분명히 느낄 수 있어요. 결혼 않고 함께 지낼 수 없어요? 결혼하지 않고 멀리 가서 어딘가에서 살 수 없어요? 당신들 두 사람에게 결혼은 아주 치명적일 거란 느낌이 강하게 드네요. 그에게 보다는 당신에게 더 그럴 거란 생각이에요—그리고 그의 건강을 생각하면—"

"물론이지요." 어슐라가 대답했다. "난 결혼 같은 것엔 신경 안 써요.—나에겐 그런 것이 중요하지 않거든요—결혼을 원하는 건 그이지요."

"그건 그의 순간적인 생각이지요." 허마이어니가 대꾸를 했다. 저 지쳐버린 최종적인 어투와 저 철모르는 젊은이가 제대로나 알았으면 하는 자신만만한 태도로 말했다.

잠잠했다. 그러나 어슐라가 갑자기 머뭇거리며 도전을 시작했다.

"당신은 내가 육체적인 여자에 불과하다고 생각하시지요?"

"아니에요. 정말." 허마이어니가 대답했다. "정말, 아니에요! 그렇지만 당신은 활력이 넘치고 젊다고 생각해요—이건 연륜이나 경험의 문제가 아니에요—이건 거의 종족의 문제지요. 루퍼트는 오래된 종족이에요. 그는 오래된 종족 출신이에요—당신은 내 눈엔 아주 젊어요. 어리고 경험이 없는 종족으로 보여요."

"그래요?" 어슐라가 물었다. "그렇지만 내가 보기엔 그이는 어떤 면에선 놀랍게 어려요."

"그렇지요. 어쩌면—여러 면에서 유치하지요. 그런데도—"

그 두 여자는 다시 침묵에 들어갔다. 어슐라는 깊은 원한과 절망감에 가득 찼다. '그건 사실이 아니야.' 그녀는 혼자 말없이 대적자를 향해 속으로 뇌까렸다. '그건 진실이 아니야. 그리고 육체적으로 강하고 윽박지르는 남자를 원하는 건 내가 아니라 바로 당신이야. 무딘 남자를 원하는 건 내가 아니라 당신이야. 당신은 루퍼트에 대해 아는 게 없어. 정말이지 수년간 그이와 함께 지냈다고 하지만, 당신은 그이에게 여자의 사랑을 주지 못해. 관념적인 사랑만 주지. 그래서 그이가 당신에게서 반발하며 도망치는 거야. 당신은 몰라. 당신은 죽어있는 것만 알지. 어떤 부엌데기라도 그에 대해 좀 알거야. 근데 당신은 몰라. 당신이 대단한 지식이라고 생각하는 것은 죽어 빠진 이해에 불과해. 그건 아무 의미가 없어. 당신은 너무나 위선적이야. 진실성이 없어. 그런 당신이 무얼 알겠어? 당신이 사랑에 대해 말하는 것이 무슨 의미가 있지? 당신은 여자의 가짜 허깨비야! 당신은 믿음이 없는데 무얼 알 수 있나요? 당신 자신과 자신의 여성성을 믿지 않는데 당신의 그 잘난 체하는 얄팍한 영리함이 무슨 소용이 있담—!'

두 여자가 반감에 차서 묵묵히 앉아 있었다. 허마이어니는 상처를 입었다는 느낌이었다. 그녀의 모든 선의와 모든 조언이 단지 상대방 여자를 천박한 적대감만 느끼게 했다니. 하지만 그런데도 어슐라는 이해할 수 없어. 절대로 이해하지 못하지. 흔하디흔한 질투에 눈이 멀고 이성은 눈곱만치도 없는 여자에 불과해. 단지 상당한 여성적인 감정만 북받치는. 여성적인 매력, 상당한 양의 여자의 이해심뿐 이성은 전혀 없지. 허마이어니는 오래전부터 지성이 없는 곳에서 이성에 호소하는 건 무용지물이라고 단정을 내렸다—무식한 여자는 그저 무시해 버리는 것이 상책이지.

그리고 루퍼트—그인 지금 굉장히 여성적이고 건강하고 이기적인 여자에 끌렸어—그건 일시적인 반응이지—그걸 어찌할 도리는 없어. 그건 온통 어리석게 뒤로 갔다 앞으로 갔다 하는 격렬한 동작에 불과해, 마지막엔 너무 격렬해서 일관성을 지니지도 못할걸. 결국, 그인 나자빠져 죽게 될 거야. 그이를 구할 방법은 없어. 동물주의와 정신적인 진실 사이를 오가는 격렬하고 방향감각이 없는 반작용은 계속되겠지. 그러다가 마침내 그이가 상반되는 동작 사이에서 두 동강이가 나서 삶에서 의미 없이 사라지겠지. 참 안됐어—그이도 통일성도, 지성도 없이 삶의 궁극적인 단계에 이르렀으니. 여자의 운명을 결정지을 정도로 사내답지는 못한 남자지.

버킨이 들어와 함께 있는 그들을 알아보기 전까지, 그들은 계속 앉아 있었다. 그는 방 안 공기가 험악한 것을 느꼈다. 격렬하면서도 도저히 견디기 어려운 분위기여서 그는 입술을 깨물었다. 그러나 이를 모르는 척 무뚝뚝한 태도를 보였다.

"허마이어니, 잘 있었어요? 돌아온 거예요? 그래 건강은 어때요?"

"아, 훨씬 좋아요. 그래 당신은 건강이 어때요—별로 안색이 안 좋아 보이네요."

"아!—구드룬과 위니 크라이치가 차를 마시러 곧 올 거예요. 하여간에 온다고 말을 했어요. 우린 함께 차를 마실 거예요. 어슐라, 몇 시 기차로 왔어요?"

그가 두 여자를 한꺼번에 달래려고 애쓰는 걸 보니 아주 괴로웠다. 두 여자는 그를 주시했다. 허마이어니는 그에게 깊은 반감과 동정심을 품고, 어슐라는 못 참겠다는 듯 그를 쳐다보았다. 그는 신경이 곤두섰으나 겉보기엔 아주 기분이 좋아서 일반적인 평범한 일들에 대해 수다를 떨었다. 어슐라는 그가 이렇게 시시한 이야길 지껄이는 태도에 대경실색하고 격분했다. 그는 기독교 국가의 멋쟁이처럼 노련하게 지껄였다. 어슐라는 몸이 굳어지고 대답을 하지 않으려 했다. 그녀에겐 그 모든 것이 너무나 가식적이고 상대를 얕보는 짓이었다. 그런데 구드룬은 아직 나타나지 않았다.

"난 겨울엔 피렌체에 갈까 해요." 허마이어니가 마침내 입을 열었다.

"그래요?" 그가 대꾸했다. "그렇지만 그곳은 상당히 추울 텐데."

"그래요. 그렇지만 난 팔레스트라 백작 부인*과 함께 지낼 거예요. 아주 안락하거든요."

"왜 피렌체에 가는 거요?"

"모르겠어요." 허마이어니가 느릿느릿 대답했다. 그러다가 그녀가 무거운 시선으로 그를 천천히 쳐다보았다. "반스가 미학 공부를 시작하고 올랜디즈가 이탈리아 민족정책에 대해 강연할 거예요—"

"둘 다 쓰레기인걸." 그가 말했다.

---

* 이 소설 앞부분에서 나왔던 이탈리아인.

"아니요, 난 그렇게 생각하지 않아요." 허마이어니가 대꾸했다.

"그래, 어느 쪽을 높이 평가해요?"

"난 둘 다 높이 평가해요. 반스는 개척자예요. 그리고 난 이탈리아에 관심이 있는 데다 이탈리아가 국가의식에 눈뜨는 것에 관심이 있어요."

"그렇다면 난 이탈리아가 민족의식 아닌 다른 것에 눈을 뜨길 바라요." 버킨이 말했다. "특히 그건 단지 상업적이고 산업적인 의식을 의미하니까요. 난 이탈리아와 그 민족적인 호언장담을 싫어해요—그리고 반스는 아마추어에 불과하다고 생각해요."

허마이어니는 적개심을 느끼며 얼마 동안 잠잠히 있었다. 그러나 그녀는 버킨을 다시 그녀의 세계로 끌어들이지 않았는가! 그녀의 영향력은 얼마나 미묘한가! 한순간에 그의 민감한 관심을 그녀의 방향으로만 쏠리게 하지 않았는가. 그는 그녀의 피조물이었다.

"아니요." 그녀가 말했다. "당신은 틀렸어요." 그리곤 일종의 긴장감이 그녀에게 몰려왔고 그녀는 신탁을 받은 무녀처럼 얼굴을 치켜들고는 음송시 풍으로 말을 이어갔다. "모든 젊은 소년 소녀가 열정적이라고, 알렉산더가 지대한 열의를 가지고 나한테 편지를 썼어요 (Il Sandro mi scrive che ha accolto il piu grande entusiasmo, tutti i giovani, e fanciulle e ragazzi, sono tutti)…." 그녀는 이탈리아어로 말을 계속했다. 마치 이탈리아인을 생각할 때 이탈리아어로 생각하는 것처럼.

버킨이 혐오의 기미를 보이며 그녀의 음송시 풍의 말에 귀를 기울이다가 말을 했다.

"그런데도 난 그걸 싫어해요. 그들의 민족주의는 산업주의에 불과해요—그런 민족주의와 얄팍한 질투심을 난 너무도 혐오해요."

"당신의 생각은 잘못된 거예요—내 생각에 당신은 잘못되었어요—" 허마이어니가 말했다. "현대 이탈리아인의 열정은 내게는 순수하게 자발적이고 아름다워요. 그건 이탈리아에 대한 열정이니까요. 이탈리아, 이탈리아를 위한—"

"이탈리아를 잘 아세요?" 어슐라가 허마이어니에게 물었다. 허마이어니는 자기 말에 이런 식으로 끼어드는 것을 싫어했다. 그런데도 그녀는 온화한 어조로 대답했다.

"그래요. 아주 잘 알지요. 난 내 어린 시절을 엄마와 거기서 수년 동안 보냈어요. 엄마는 피렌체에서 돌아가셨어요."

"오, 저런!"

어슐라와 버킨에게 괴로운 침묵이 흘렀다. 그러나 허마이어니는 마음이 쏠리면서 침착해 보였다. 버킨은 창백해지고 열이 나는지 눈을 번뜩이며 지나치게 흥분해 있었다. 이런 긴장된 의지가 팽팽히 맞선 분위기에서 어슐라는 얼마나 괴로웠는지! 그녀의 머리가 강철 띠에 묶여있는 듯했다.

버킨이 차를 가져오라고 초인종을 눌렀다. 그들은 구드룬을 더 기다릴 수가 없었다. 방문이 열리자 고양이가 사뿐 들어섰다.

"미노! 미노!" 허마이어니가 일부러 느리고 단조로운 어조로 고양이를 불렀다. 어린 고양이가 고개를 돌려 그녀를 쳐다보더니 느린 발걸음으로 그녀에게 당당하게 다가갔다.

"이리와—이리로 와(Vieni—vieni qua)." 허마이어니가 야릇하게 애무하는 듯, 보호하는 듯한 어조로 말했다. 마치 자신은 연장자요, 상급의 엄마나 되는 양 "아줌마에게 인사해야지. 나 생각나? 날 잘 기억하지?—그렇지 않니? 요 귀염둥이. 넌 진짜로 날 기억하지?(Vieni dire Buon Giorno alla zia. Mi ricorde, mi ricorde bene—non è vero, piccolo? E vero che mi ricordi? E vero?)" 그리곤 천천히 수고양이의 머리를 쓰다듬어 주었다. 천천히 그리고 빈정대는 듯한 냉담한 태도로.

"저 고양이가 이탈리아어를 알아들어요?" 이탈리아어를 전혀 모르는 어슐라가 물었다.

"네," 허마이어니가 마침내 대답했다. "저 고양이의 어미가 이탈리아 종이거든요. 그 어미가 피렌체의 내 휴지통에서 태어났어요. 루퍼트의 생일 아침이었지요. 그러니까 그의 생일 선물이었어요."

마실 차가 들어왔다. 버킨이 두 여자에게 차를 따라주었다. 그와 허마이어니 사이에 존재하는 친밀감은 야릇하게도 도저히 침범할 수 없는 것이었다. 어슐라는 자신이 꿔다놓은 보릿자루라 느꼈다. 찻잔 자체와 오래된 은제 그릇이 허마이어니와 버킨 사이의 유대를 그대로 드러냈다. 그 그릇들은 두 사람이 함께 지냈던 오래된 과거 세계에 속한 것들로 거기에서 어슐라는 완전히 배제된 이방인이었다. 그녀는 그들의 오래된 문화적인 환경에서 초년병처럼 느꼈다. 그녀의 습관은 그들의 습관이 되지 못했고, 그들이 공유하는 기준은 그녀의 기준과는 달랐다. 그러나 그들의 세계는 확립된 것으로, 인정을 받았고 세월의 품위를 지니고 있었다. 그와 그녀는 함께, 허마이어니와 버킨은 똑같이 오래된 전통의 사람들이었고, 똑같이 시든 죽어가는 문화를 공유하는 사람들이었다. 어슐라, 그녀가 침입자였다. 그들은 내내 그녀가 이렇게 느끼게끔 했다.

허마이어니가 컵 받침에 크림을 약간 따랐다. 버킨의 방에서 이러한 권리를 행사하는 단순한 태도가 어슐라를 화나게 했고 기를 죽게 했다. 그 행동에는 마땅히 그러할 것 같은 어떤 숙명적인 면이 있었다. 허마이어니가 고양이를 들어 올려 크림이 든 받침을 수고양이 앞에 놓았다. 고양이가 두 앞다리를 테이블 가장자리에 고정하여 크림을 마시려고 그의 젊고 우아한 모습의 고개를 숙였다.

"물론 저 고양이는 이탈리아어를 알아듣죠. 자기 엄마의 언어인 이탈리아어를 잊을 리가 없죠(Siccuro che capisce italiano, non l'avra dimenticato, la lingua della Mamma)." 허마이어니가 노래하듯 단조롭게 말했다.

그녀가 고양이의 머리를 길고 하얀 손가락으로 느리게 들어 올렸다. 순전히 그녀 마음대로 고양이를 꽉 잡아 크림을 마시지 못하게 했다. 그건 늘 똑같았다. 그녀가 과시하는 힘을 이렇게 즐기는 것은. 특히나 남성의 존재를 지배하는 것을 즐기는 것은.

수고양이는 참을성 있게 눈을 껌뻑이며 수컷 특유의 지쳤다는 표정으로 자기의 구레나룻을 핥았다. 허마이어니는 낄낄거리듯 짧게 소리를 내며 웃어젖혔다.

"보세요! 이 똑똑한 녀석이 얼마나 자존심이 센지(Ecco, il bravo ragazzo, come e superbo, questo)!"

허마이어니가 고양이를 가지고 아주 침착하고도 기이한 광경을 생생하게 연출했다. 그녀가 정말로 멈춘 인상을 주었다. 그녀는 몇 가지 면에서는 사교의 명수였다.

그 고양이는 그녀를 쳐다보길 마다하고 그녀의 손가락을 무심하게 피하곤 코를 크림에 박고 다시 마시기 시작했다. 고양이가 몸의 균형을 완벽하게 잡고, 특이하게 쩝쩝 소릴 내며 핥았다.

"테이블에서 음식을 먹게 하는 건 고양이에게 나쁜 버릇을 길러 주는 거예요." 버킨이 말했다.

"그래요." 허마이어니가 쉽게 상대방의 의견에 따랐다.

그리곤 고양이를 내려다보며 좀 전의 놀려대던 익살을 다시 이어갔다.

"사람들이 너에게 나쁜 버릇을 가르치네(Ti imparano fare brutte cose, brutte cose)—"

그녀는 미노의 하얀 턱을 검지로 천천히 위로 올렸다. 어린 고양이는 지대하게 참을성 있는 태도로 둘러보면서, 그 어떤 것도 쳐다보지 않고 턱을 당겨 앞발로 얼굴을 닦기 시작했다. 허마이어니가 재미나서 낮게 소릴 내고 웃었다.

"멋진 녀석이야(Bel giovanotto)."

고양이는 다시 몸을 앞으로 뻗더니 접시 가장자리에 예쁜 하얀 발을 얹었다. 허마이어니는 그것을 천천히 살짝 들어 올려 내려놓았다. 이런 조심스럽고 섬세한 손짓을 보며 어슐라는 동생 구드룬 생각을 했다.

"안 돼! 발을 접시에 얹는 게 아니야. 아빠가 그걸 싫어하거든. 그건 야만스런 녀석의 짓이야(No! Non e permesso di mettere il zampino nel tondinetto. Non piace al babbo. Un signor gatto cosi selvatico)—!" 허마이어니가 다시 말했다.

그리곤 그녀는 자기 손가락을 살짝 올려놓은 고양이의 앞발에 가만히 갖다 댔으며, 입으로는 종전과 똑같이 변덕스럽고 익살스러운 어조로 고양이를 살살 올러댔다.

어슐라는 좌절감을 느꼈다. 이젠 자리를 뜨고 싶었다. 모든 게 전혀 소용이 없었다. 허마이어니가 자리를 떡하니 잡고 있었고, 그녀 자신은 하루살이 신세이며, 심지어 아직 도래하지도 않았다.

"이제 가야겠어요." 갑자기 그녀가 말했다.

버킨이 거의 겁을 먹고 그녀를 쳐다보았다—그는 어슐라가 화를 낸 것이 너무나 두려웠다.

"그렇지만 이렇게 서두를 필요가 없잖아요." 그가 말했다.

"있어요." 그녀가 대답했다. "가겠어요." 그리곤 허마이어니에게 몸을 돌려 더는 말을 할 틈도 주지 않고 손을 내밀고 "안녕히 계세요"라고 말했다.

"안녕히 가세요." 허마이어니가 손을 붙잡은 채 말했다. "지금 정말 가야 해요?"

"네, 가야겠어요." 어슐라가 굳은 얼굴로 허마이어니의 눈을 피하며 말했다.

"댁의 생각에—"

그러나 어슐라는 잡힌 손을 빼냈다. 그녀는 버킨 쪽으로 빠르게 몸을 돌리고 빈정대는 투로 "안녕!" 인사를 했다. 그리고 버킨이 문을 열어주기 전에 그녀가 먼저 방문을 열었다.

그녀가 집 밖으로 나섰을 때 화가 치밀어 몸을 떨며 길을 냅다 달렸다. 허마이어니가 있기만 해도 그녀에게 이런 비이성적인 분노와 격렬한 태도를 불러일으키다니 참으로 기이했다. 어슐라는 상대방 여자에게 자신의 속을 다 드러냈다는 걸 알았다. 자신이 버릇이 없고 거칠고 과장되게 행동했다는 걸 알고 있었다. 그러나 개의치 않았다. 그녀는 자신이 다시 돌아가서 남겨놓고 온 두 사람 얼굴에다 야유할까 걱정되어 큰길을 달려 올라갔다. 왜냐하면, 그 두 사람이 그녀를 모욕했기 때문이다.

제23장 소풍

다음 날 버킨이 어슐라를 찾았다. 오전만 학교를 근무하는 날이었다. 그는 오전이 끝날 때쯤 모습을 드러내서 오후에 자기와 함께 드라이브를 나가지 않겠느냐고 그녀에게 물었다. 어슐라가 응낙했다. 그러나 그녀의 얼굴은 굳어있고 반응이 없어서, 버킨의 가슴이 철렁 내려앉았다.

오후에는 비는 안 오고 어두웠다. 그가 차를 몰고 그녀는 옆에 앉아 있었다. 그러나 그녀의 얼굴은 굳은 채 그에게 반응을 보이지 않았다. 그녀가 벽처럼 그를 대할 때는 그의 심장이 조여들었다.

그의 삶은 이제 아주 쪼그라들어서 거의 신경 쓸 것이 없었다. 어슐라든 허마이어니든, 혹은 그 밖에 누가 존재하건 말건 그는 때로 전혀 개의치 않는 듯했다. 왜 신경을 쓰나! 왜 일관되고 만족스러운 삶을 살려고 안간힘을 쓴단 말인가? 피카레스크 소설에 나오는 주인공처럼—사건이 흘러가는 대로 왜 떠내려가지 않나? 왜 그러지 않나? 왜 인간관계에 신경을 쓰나? 왜 남자든 여자든—인간을 심각하게 받아들이나? 도대체 왜 심각한 관계를 맺나? 왜 모든 것을 본래의 가치 그대로 받아들이며 자연스레 떠내려가지 못하나?

그런데도 저주인지 운명인지 그는 여전히 심각하게 살아가려 애를 썼다.

"이것 보세요." 그가 말했다. "내가 산 거예요." 차는 가을 가로수 사이의 넓고 하얀 길을 달리고 있었다.

그가 위로 뾰족하게 싼 작은 종이 뭉치를 그녀에게 건넸다. 그녀가 그걸 받아 펼쳐 보았다.

"어머나 예쁘네요." 그녀가 외쳤다.

그녀가 그 선물을 자세히 보았다.

"아주 예뻐요!" 그녀가 다시 외쳤다. "그렇지만 왜 이걸 나에게 주세요?" 그녀가 무례하게 질문했다.

그의 얼굴이 지친 듯 짜증스런 빛을 잠시 띠었다. 그는 어깨를 가볍게 으쓱했다.

"주고 싶어서요." 그가 감정 없이 말했다.

"그렇지만 왜요? 왜 그래야 하지요?"

"내가 이유를 대야 하나요?" 그가 물었다.

침묵이 흘렀다. 그동안 그녀가 종이에 포장된 반지들을 자세히 들여다보았다.

"보기에 너무나 아름다워요." 그녀가 말했다. "특별히 이게요. 이건 정말 멋있어요."

그건 동그랗고 불이 붙듯 빨간 오팔인데, 작은 루비가 둥글게 감싸고 있었다.

"그게 제일 마음에 드나요?" 그가 물었다.

"그래요."

"난 사파이어가 좋아요." 그가 말했다.

"이거요?"

그건 장미 모양의 아름다운 사파이어인데, 섬세하게 가공하여 반짝이고 있었다.

"그러네요." 그녀가 대답했다. "예뻐요." 그녀는 햇볕에 그 반지를 비춰 보았다. "그래요. 이게 제일 좋아요."

"저 파란 것은—" 그가 말했다.

"네, 멋있어요."

그가 갑자기 농가 길에서 차를 홱 옆으로 돌렸다. 차가 둑 위에서 흔들거렸다. 그는 부주의하게 차를 몰았지만 차의 핸들을 민첩하게 조정했다. 그렇지만 어슐라는 겁이 났다. 그에게는 언제나 부주의한 점이 있어서 그녀는 무서웠다. 차를 함부로 몰다가 사고로 그녀를 죽일 수 있다는 생각이 번뜩 들었다. 얼마 동안 그녀의 몸이 공포로 굳었다.

"당신이 차를 모는 모양이 위험하지 않나요?" 그녀가 물었다.

"아니. 위험하지 않아요." 그가 대답했다. 그리곤 잠시 후에 물었다. "그 노란 반지는 전혀 마음에 안 들어요?"

그건 강철이나 그 비슷한 금속에 박힌 네모난 토파즈 반지인데, 아주 정교하게 세공하였다.

"마음에 들어요." 그녀가 말했다. "아주 마음에 들어요. 그런데 왜 이 반지들을 샀어요?"

"다 마음에 들었거든요. 중고 반지예요."

"당신이 쓰려고 산 거에요?"

"아니요. 반지는 내 손가락에 안 어울려요."

"그럼, 왜 샀지요?"

"당신에게 주려고."

"그렇지만 왜요? 분명히 허마이어니에게 주었어야죠! 그녀에게 속한 사람이니까요."

그는 대답하지 않았다. 그녀가 반지들을 손에 쥐고 있었다. 손가락에 껴보고 싶었지만 무언가가 마음에 걸렸다. 더구나 자기 손가락이 너무 큰 것 같았다. 새끼손가락 외에는 반지들이 맞지 않을 거라는 수치감에 그만두었다. 그들은 침묵 속에서 텅 빈 시골길을 달렸다.

자동차를 타고 드라이브를 하니 너무 신이 나서, 그녀는 그가 곁에 있는 것도 잊었다.

"지금 어디지요?" 그녀가 갑자기 물었다.

"웍숍에서 멀지 않아요."

"어딜 가는 데요?"

"어디든."

그 대답이 그녀의 마음에 들었다.

그녀가 손바닥을 펴서 반지들을 들여다보았다. 너무나 보기에 좋았다. 손바닥에 세 개의 원들이, 보석과 결합한 채, 그녀 손바닥에 얽혀있었다. 그들을 꼭 끼어보고 싶었다. 살짝 끼어 보았다. 그에겐 보이고 싶지 않았다. 그녀의 손가락이 너무 굵어서 반지가 맞지 않는다는 걸 그에게 알리고 싶지 않았다. 그런데도 그가 그걸 보았다. 그가 하지 않기를 그녀가 바라면, 그는 늘 보았다. 그게 그의 예의주시하고 밉살스러운 특성 중의 하나였다.

단지 가는 고리가 있는 오팔 반지만이 그녀의 약지에 들어갔다. 그런데 그녀는 미신적이었다. 아냐, 상당히 불길한 면이 있어. 서약의 표시로 이 반지를 받지 말아야지.

"이것 봐요." 그녀가 반쯤 오므린 손을 앞으로 내밀며 말했다. "다른 반지들은 들어가지 않아요."

그가 그녀의 아주 섬세하게 보이는 손바닥에 놓인 붉은 빛을 내는 부드러운 보석을 쳐다보았다.

"그렇군요." 그가 대답했다.

"하지만 오팔은 불운한 것 아닌가요?" 어슐라가 아쉬워하며 말했다.

"아니요. 난 불운한 것을 좋아해요. 행운이란 것은 천박해요. 도대체 누가, 행운이 가져다주는 걸 원하나요? 전 싫어요."

"그렇지만, 왜 그렇지요?" 그녀가 웃으며 물었다.

그리곤 다른 반지들이 손에서 어떻게 어울리나 보고 싶어서 그녀가 다른 반지들을 새끼손가락에 끼어보았다.

"좀 크게 늘릴 수 있어요." 버킨이 말했다.

"그렇군요." 그녀는 좀 의심스러워하며 대답했다. 그리곤 한숨을 쉬었다. 그녀가 만약에 반지를 받으면 곧 언약한다는 걸 알고 있었다. 그러나 어떤 운명적인 힘에 그녀가 이끌려갔다. 그녀는 그 반지들을 다시 쳐다보았다. 보기에 너무도 아름다웠다—어떤 장식품으로나 부의 상징물로서가 아니라 사랑스러운 애착이 가는 물건들이었다.

"잘 사셨어요." 그녀가 좀 내키지 않는 태도로 손을 그의 팔에 살짝 얹으며 말했다.

그가 살짝 미소를 지었다. 그는 그녀가 그에게 다가오길 바랐다. 그러나 마음 깊숙이에선 화가 나면서 또한 무관심해졌다. 사실 그녀가 그에게 열정을 느낀다는 걸 알고 있었다. 그러나 종국적으로 그게 관심이 가는 게 아니었다. 사람이 비개인적이고 무관심하고 비감정적일 때 열정의 깊이가 있기 마련이다. 이에 반해 어슐라는 아직 감정적이고 개인적인 차원에―항상 너무나 역겹게 개인적인 상태에 있었다. 그는 자신이 절대로 남에게 수용되어 본 적이 없는 식으로 그녀를 받아들였다. 어둠과 수치의 밑바닥에 있는 그녀를 악마처럼, 그는 받아들였던 것이다―그녀 존재의 근원 중 하나인 신비로운 부패의 샘을 생각하며 웃으면서, 어깨를 으쓱거리고 웃어젖히며 받아들였고, 최종적으로 받아들였던 것이다. 그녀는 언제쯤에야 죽음의 급소에서 그를 받아들일 정도로 그녀 자신을 훌쩍 초월할 것인가?

그녀는 이제 아주 행복했다. 자동차는 계속 달렸다. 오후는 부드럽고 희뿌옇게 보였다. 그녀는 발랄한 관심을 보이며 구드룬과 제럴드를 평하고 그들의 동기에 관해 이야길 지껄였다. 그는 모호하게 반응했다. 그는 사람들이나 그들의 성격에 더는 관심이 없었다―사람들이란 저마다 다르지만, 명확한 한계에 갇혀 있다고 그가 말했다. 단지 두 개의 커다란 이상과 두 개의 커다란 활동의 흐름이 있으며, 그곳에서 다양한 형태의 반응이 나올 뿐이라고 말했다. 다양한 사람들이 모두 다양한 반응을 보이지만 사람들은 몇 가지 안 되는 커다란 법칙을 따르며 본질적으론 별 차이가 없다고 말했다. 사람들은 몇 가지 안 되는 법칙에 따라 마지못해 행동하고 반응을 보일 뿐, 일단 법칙과 커다란 원칙이 밝혀지면 사람들은 더는 신비적으로 흥미롭지 못했다. 사람들은 근본에 있어 모두가 비슷하고 차이란 한 가지 주제의 변주들에 불과했다. 그 누구도 주어진 조건을 초월하지 못한다고 했다.

어슐라는 동의하지 않았다―사람들은 아직도 그녀에게 대단한 모험이었다―하지만―어쩌면 그녀가 자신을 스스로 설득하려고 노력하는 만큼은 아니라도. 그녀가 지금 관심 두는 데엔 어쩌면 기계적인 면이 있는지 모르지. 어쩌면 그녀의 관심조차도 파괴적이고 그녀가 이러쿵저러쿵 사람들을 논하는 것도 사실은 사람들을 갈기갈기 찢어발기는 것일 수 있지. 사람들과 그들의 특이성에 별로 관심을 두지 않는, 심지어 그들을 파괴하는 그녀의 마음속 공간이 있지. 그녀는 잠시 자신 속의 마음속 저 밑에 있는 침묵을 건드린 듯 보였다. 그녀는 잠잠해지더니 잠시 온전히 버킨에게 집중했다.

"어둠을 뚫고 집으로 가는 건 참 멋지겠지요?" 어슐라가 말했다. "좀 늦게 차를 마셔도 되겠지요—그럴까요?—그리고 요리를 곁들인 차를 들면 어떨까요? 그게 참 좋겠지요?"

"난 저녁 정찬 시간에 맞춰 숏랜즈 저택에 가기로 약속을 했어요."

"그렇지만—그건 별로 중요한 건 아니잖아요—내일 갈 수도 있잖아요."

"허마이어니가 와요. 이틀 후면 멀리 떠난데요. 그래, 작별인사를 해야겠어요. 다신 보지 않을 테니까요." 버킨이 다소 불안한 어조로 말했다.

어슐라가 갑자기 잠잠해지며 뒤로 물러났다. 버킨이 이마를 찌푸렸고 그의 눈은 화가 나서 다시 번뜩거렸다.

"그래, 불쾌해요? 그런 건 아니지요?" 그가 신경이 쓰여 물었다.

"그럼요. 관심 없어요. 왜 내가 그래야 하나요? 왜 신경을 써야 하나요?" 그녀의 목소리가 빈정거리며 공격적인 어조였다.

"그게 바로 내가 묻는 말이요." 그가 대꾸했다. "왜 그토록 신경을 써야 하는지! 그런데 그렇게 보여요." 그의 이마는 격하게 짜증이 나 팽팽해졌다.

"난 확실히 말하는데, 신경을 쓰지 않아요. 조금도 개의치 않아요. 당신이 속한 데로 가요—그게 바로 내가 원하는 거예요."

"야, 이 바보야!" 그가 소리쳤다. "'당신이 속한 데로 가요'라니, 나와 허마이어니의 관계는 이미 끝났어요. 그 문제라면 그 여자가 나보다는 당신에게 훨씬 더 중요하겠지. 왜냐하면, 그녀에게 순전히 반발하면서 대항할 수 있어요—그녀와 정반대에 위치해야 그녀와 동등하게 대칭적인 역할을 한다는 소리지."

"뭐요? 정반대라고?" 어슐라가 소리쳤다. "난 당신의 책략을 알아요. 난 당신의 말장난에 넘어가지 않아요. 당신은 허마이어니와 그녀의 죽어빠진 쇼에 속한다고요. 그러니 그렇게 하고 싶다면 그대로 해요. 당신을 탓하지 않아요. 그러나 그때 당신은 나와 아무 상관이 없어요."

불길이 댕기는 듯 분노가 달아올라, 그는 자동차를 멈추었다. 그들은 시골길 한가운데, 차에 앉아 이 문제에 결론을 내려 했다. 그들 사이에 전쟁의 위기였다. 그러니 그들의 상황이 얼마나 우스꽝스러운지를 의식하지 못했다.

"제발 바보같이 굴지 않으면, 제발 멍청이처럼 굴지 않으면," 그가 비통한 절망감에 소리쳤다. "사람이 아무리 잘못했더라도, 최소한의 품위는 지켜야지. 지난 수년간 허마이어니와 사귄 것은 정말 잘못한 거요—그건 정말 죽음의 과정이었소. 아무리 그렇지 사람이 인간다운 품위는 최소한 지켜야 하지 않소. 그런데 아니, 당신은 내가 허마이어니 이름만 대도 질투심으로 내 정신을 갈가리 찢어놓으려 하니."

"내가 질투를 한다고요! 내가—질투를! 그렇게 생각하면 큰 오해예요. 난 조금만치도 허마이어니를 질투하지 않아요. 나에겐 무와 같은 존재예요. 절대로 그렇지 않아요!" 그리곤 어슐라가 손가락을 딱 하고 꺾었다. "아니, 거짓말쟁이는 바로 당신이에요. 개처럼 자기가 토해놓은 것을 먹으러 다시 가는 건 당신이에요. 내가 증오하는 건 허마이어니가 의미하는 것, 바로 그것이에요. 난 그걸 증오해요. 그건 거짓말이고 허위이고, 죽음이에요. 그래도 당신은 그걸 원하지요. 당신은 어쩔 수가 없어요. 자신을 어쩔 수가 없는 거예요. 당신은 그 죽어가는 옛 삶의 방식에 속하거든요. 그렇다면 돌아가요. 나한테 오지 마세요. 난 그런 것과는 아무 상관이 없으니까."

그녀는 감정이 격렬하게 북받쳐서 차에서 내려 생울타리 쪽으로 가더니 무의식중에 분홍 스핀들베리 열매를 땄다. 그중 몇 개는 겉이 터지면서 속의 주황색 씨가 드러났다.

"아유, 당신은 바보야!" 그가 비통해서 멸시하는 투로 소리쳤다.

"그래요. 난 바보예요. 정말 바보예요. 그래서 신에 감사해요. 난 너무나 바보이기 땜에 당신의 그 얄팍한 꼼수에 넘어가지 못해요. 하느님 맙소사! 당신 여자한테 가요—그런 여자들한테 가라고요—그들은 당신 같은 부류의 사람들이니까. 당신은 항상 그들이 줄을 지어 당신 뒤를 따라다니게 하지요—앞으로도 계속 그러세요. 당신의 그 정신적인 신부들에게 가라고요—그렇지만 나에게로 오려고 하지 마세요, 고맙게도 난 그런 부류가 아니니까요. 아직 만족하지 못했다고요? 그 정신적인 신부들이 당신이 원하는 걸 죄다 충족시키지 못했다고요? 그 여자들이 당신이 원하는 만큼 천박하고 육감적이지 못하다고요? 그래서 나한테 오면서 뒤로는 그 여자들을 달고 다녀! 일상적인 용도로 나와 결혼하겠다고? 그러면서 뒤로는 정신적인 여편네들을 마련해 놓고. 당신의 더러운 농간을 난 잘 알아요."

갑자기 분노의 불꽃이 그녀를 엄습하자, 그녀는 미친 듯 땅을 발로 굴렀다. 그는 그녀가 때릴까 봐 겁이 나서 몸을 움찔했다. "그래 난, 내가, 충분히 정신적이지 않은 거죠? 저 허마이어니만큼 정신적이지 않은 거죠—!" 그녀의 이마가 찡그려지고 두 눈은 호랑이의 눈처럼 번뜩였다. "그러니 그 여자에게 가라고요. 내가 할 말은 그것뿐이에요. 가라고요. 그 여자한테로! 하! 그 여자가 정신적이라니—정신적이라니! 그 여자가! 그 여자처럼 추잡한 물질주의자를. 그 여자가 정신적이라고요? 그녀가 관심 두는 게 뭐예요? 그녀의 정신성이 뭐지요? 그게 도대체 뭐지요?"

그녀의 분노가 불길처럼 번져와서 그의 얼굴을 태우는 것 같았다. 그는 좀 움츠러들었다. "내가 말하는데 그건 오물이에요. 오물! 오물일 뿐이에요. 당신이 원하는 건 오물이지요. 그걸 갈망하죠. 정신적이라고요! 그래, 그녀가 윽박지르고, 협박하고 난체하는 더러운 물질주의, 그것이 정신적인가요? 그 여잔 생선 장수 아내처럼 돈에만 신경 쓰는 여자예요. 그러니 모든 게 너무나 추악해요. 그 여자가 당신이 말하는 그 알량한 사회적 열정을 가지고 결국 무엇을 성취한단 말이에요? 사회적인 열정—그래 그 여자가 어떤 사회적 열정을 가졌지요? 한번 보여주시지! 그게 어딨지요? 개나발이나! 그 여잔 쩨쩨하고 즉각적인 권력을 원해요. 그 여잔 자신이 대단한 여자란 망상을 좋아한단 말이에요. 그뿐이에요. 그 여자의 영혼 속엔 악마 같은 생명의 불신자가 있어요, 그건 먼지처럼 흔하지요. 그게 바로 그 여자의 속마음이에요. 나머지 모든 것은 가식이지요—그렇지만 당신은 그걸 좋아하지요. 당신은 그 가짜 정신성을 사랑하지! 그게 바로 당신의 양식이지요. 왜 그런지 알아요? 속에 든 오물 때문이에요. 내가 당신의—그리고 그 여자의 추잡한 성생활을 모르는 줄 알지요? 안다고요. 당신이 원하는 게 바로 그런 추한 거지요, 거짓말쟁이님. 그렇다면 그걸 가져요. 가지라고요! 당신은 그런 거짓말쟁이라고요!"

그녀는 몸을 홱 돌려 생울타리 나무에서 스핀들베리 가지를 경련을 일으키며 꺾어서, 파르르 떠는 손으로 자기의 코트 가슴팍에 그 가지를 끼웠다.

그가 묵묵히 서서 지켜보았다. 그녀의 파르르 떠는 그토록 민감한 손가락을 보자 그의 속에서 경이로운 애정이 타올랐다. 동시에 분노와 냉담함이 가득 차올랐다.

"이건 품위를 낮추는 감정 노출이야." 그가 냉랭히 말했다.

"그래요. 정말로 품위를 낮추지요." 그녀가 대꾸했다. "그렇지만 당신보다 내게 더 그렇죠."

"당신 스스로가 품위를 떨구려고 작정했으니까." 그가 말했다. 다시 번뜩이는 불꽃이 그녀 얼굴에 퍼졌고 눈에선 노란 섬광이 작열했다.

"이봐, 당신!" 그녀가 소리쳤다. "이봐! 진리 애호가! 이 순수함을 팔아먹는 장사꾼! 악취가 진동하네. 그 잘난 진리며 순수함이 악취를 풍겨. 당신이 파먹고 있는 그 고기찌꺼기가 악취를 풍겨. 썩은 고기나 먹는 개야, 시체를 먹는 인간아! 당신은 더럽고 더러워—그 사실을 알아야 해. 당신의 순수함, 당신의 솔직함, 당신의 선함—그래, 고맙게도 우리에게 그런 것이 좀 있지. 당신의 본질은 더럽고 죽어가는 것이며, 음란해. 그게 당신이야. 음란하고 비뚤어졌어. 당신, 그리고 사랑이라니! 사랑을 원치 않는다고 말은 잘하지. 아니, 당신은 당신 자신을 그리고 오물과 죽음을 원하지—그게 당신이 원하는 거야. 당신은 너무나 비뚤어졌고 너무나 죽음을 잘 먹어. 그리고—"

"저기 자전거가 와요." 버킨이 그녀의 큰 소리로 떠드는 위협적인 언사에 몸을 뒤틀며 말했다.

어슐라가 길 아래를 흘끗 보았다.

"난 상관치 않아요." 그녀가 소리쳤다.

그런데도 그녀는 조용해졌다. 언쟁하며 언성을 높이는 소리를 들은 자전거 탄 이는 호기심 어린 눈으로 남자와 여자 그리고 멈춰선 자동차를 힐끗 쳐다보며 지나갔다.

"좋은 오후—" 그가 명랑하게 인사를 건넸다.

"좋은 오후입니다." 버킨이 차갑게 인사를 맞받았다.

그가 멀리 사라질 때까지 그들은 잠자코 있었다.

좀 더 분명한 표정이 버킨의 얼굴에 퍼졌다. 그는 대체로 어슐라가 옳다는 걸 알았다. 자신이 한편으론 성미가 비꼬였고, 아주 정신적으로 굴면서, 다른 한편으론 참 이상하게 자신을 비하한다는 걸 알았다. 그렇다고 어슐라가 뭐 더 나을 게 있나? 누구라도 더 나을 바가 있나?

"거짓말이니 악취니 그 모든 말이 옳을 수 있소." 그가 말했다. "그렇지만 허마이어니의 정신적인 친교가 당신의 감정적인 질투의 친교보다 더 썩어빠지진 않았소. 사람은 적군에게도 품위는 지켜야 하는 거요. 자신을 위해서 말이요. 허마이어니는 나의 적이요—그녀가 숨이 넘어갈 때까지! 바로 그래서 내가 그녀를 저 들판 너머로 떠나

보내려고 고개를 숙여만 하는 거요."

"이봐요! 당신과 당신의 적과 그 굽실거리는 꼴이라니! 스스로 정말 장관을 연출하는군요! 그러나 당신 외엔 아무도 속이지 못해요. 내가 질투를 한다고요! 내가! 내가 말하는 건," 그녀의 목소리가 불꽃을 튕겼다. "그게 사실이니까 말하는 거예요. 당신은 추하고 위선적인 거짓말쟁이 그리고 겉에 회칠한 무덤이니까 말하는 거예요. 그러니 당신 똑똑히 들어요."

"그리고 고마워해야겠구먼." 그가 비꼬는 투로 말하며 얼굴을 찡그렸다.

"그래야지요." 그녀가 소리쳤다. "품위란 게 눈곱만치라도 있다면 고마워해야지요."

"그렇지만 난 품위란 눈곱만치도 없어서—" 그가 대꾸했다.

"그래요. 눈곱만치도 없어요." 그녀가 소리쳤다. "그러니 당신은 당신 길로 가고 난 내 길로 가겠어요. 아무 소용이 없어요. 조금만치도. 그러니 지금 날 떠나요. 난 더는 당신과 가지 않을 테니—날 떠나세요—"

"당신은 현재 당신이 어디에 있는지도 모르면서." 그가 말했다.

"아, 걱정하지 마세요. 괜찮을 거예요. 지갑에 10실링이 있으니 당신이 어디로 데려왔든지 난 집으로 갈 수 있어요." 그녀는 좀 망설였다. 아직 반지들이 그녀의 손가락에 끼어 있었다. 두 개는 새끼손가락에, 다른 한 개는 약지에 끼어있었다. 여전히 머뭇거렸다.

"아주 좋아." 그가 말했다. "바보만이 완전히 가망이 없다지."

"그 말 옳아요." 그녀가 말했다.

그녀는 아직 망설였다. 그러다 추하며 흉악스런 표정이 그녀의 얼굴에 번지더니 그녀는 반지를 벗어서 그에게 던졌다. 한 개는 그의 얼굴에 맞고, 다른 것들은 그의 코트에 맞고 죄다 진흙 바닥 여기저기로 흩어졌다.

"당신 반지를 받아요." 그녀가 말했다. "그리고 다른 데 가서 그 반지로 여자를 사세요—살 여자들은 많으니까, 당신의 그 정신적인 쓰레길 기꺼이 함께 즐길 테니까,—아니면 당신의 그 육체적인 쓰레기는 함께 즐기고, 정신적인 쓰레기는 허마이어니에게 남겨두시죠."

그 말을 던지곤 그녀는 정처 없이 길을 걸어갔다. 그는 꼼짝 않고 서서 그녀의 부루퉁해서 꼴사납게 걷는 모습을 멀거니 쳐다보았다. 그녀는 부루퉁해 생울타리를 지나며 그 가지를 잡아당겨 꺾었다. 그녀는 점점 작아지더니 그의 시야에서 벗어나는 듯했다. 어둠이 그의 마음을 뒤덮었다. 단지 작은 기계적인 의식의 점만이 그의 곁에서 아른거렸다.

그는 지치고 몸이 나른했다. 그러면서도 또한 안도감이 생겼다. 그는 오래된 입장을 내려놓았다. 그는 둑으로 가서 앉았다. 물론 어슐라가 옳았다. 그녀의 말이 진정 맞는 말이었다. 그는 자신의 정신적 기풍은 타락의 과정에서 생겨난 것을 알았다. 자기파괴에서 오는 일종의 쾌감이랄까. 자기파괴에는 얼마간의 자극적인 쾌감이 정말 있었다. 특별히 정신적인 차원에서 이루어질 때는. 그러니까 그는 그걸 알았다—그걸 알면서도, 그렇게 해왔다. 그런데 어슐라식의 감정적인 친교는, 감정적이고 육체적인 것이 아닌가? 그것은 허마이어니식의 추상적이고 정신적인 친교만큼이나 위험하지 않은가? 결합, 결합, 두 존재의 끔찍한 결합이라. 모든 여자와 대부분 남자가 이걸 역설하는데, 이것은 메스껍고 끔찍스러운 게 아닌가? 그게 정신의 결합이건 감정적인 육체의 결합이건 말이다. 허마이어니는 자신을 완벽한 이데아로 보고 모든 남성이 그곳으로 모여야 한다고 생각하지. 그런데 어슐라는 완벽한 자궁이요, 모든 남성이 몰려들어야 하는 탄생의 욕조였다! 이 둘 다 무시무시해. 왜 이들은 개체로 남아, 각자의 한계에 의해서 한계지어지지 못한단 말인가? 왜 이토록 무시무시한 모든 것의 포괄을 주장하나? 이런 증오스런 전횡을 고집하나? 왜 상대방을 자유롭게 두지 못하나? 왜 상대방을 빨아들이거나 녹이거나 융합하려고 하는가? 사람은 특정한 순간에 자신을 완전히 내맡길 수는 있지만 다른 존재에겐 내맡길 수 없지.

그는 반지들이 허연 진흙 위에 떨어져 있는 것을 그냥 보고 있을 수가 없었다. 그는 반지들을 집어서 저도 모르게 손으로 흙을 닦았다. 반지들은 미의 실재의 작은 징표요, 온기로 창조된 행복이란 실재의 징표이었다. 그러나 그의 손이 죄다 더러워지고 흙투성이가 되었다.

어둠이 그의 마음을 뒤덮었다. 강박처럼 집요하게 자리를 잡고 있던 무시무시한 의식의 매듭이 풀어지더니 사라졌다. 그의 생명력이 팔다리와 몸뚱이 위에 있는 암흑 속으로 사르르 녹아내렸다. 그러나 가슴엔 아직 근심의 응어리가 남아 있었다. 그는 그녀가 돌아오길 원했다. 모든 책임의 영역에서 벗어나, 순진무구하게 숨 쉬는 아가처럼 그는 사근사근 숨을 쉬었다.

그녀가 돌아오고 있었다. 그녀가 높은 생울타리 밑으로 그를 향해 천천히 하염없이 사뿐사뿐 떠밀리듯 오는 것이 보였다. 그는 움직이지 않았다. 다시 눈길을 주지 않았다. 그는 평화롭게 잠이 든 양, 쌔근쌔근 잠이 들어 완전히 긴장이 풀어져 있었다.

그녀가 돌아와 그의 앞에서 고갤 숙이고 섰다.

"무슨 꽃인지 봐요." 그녀가 그의 얼굴 아래로 보라색 종 모양의 꽃을 내밀며 애석하듯이 말했다. 그가 보라색 종 모양의 꽃송이를 보았다. 작은 나뭇가지 모양이었다. 또한, 그녀의 섬세하고 민감한 손의 살갗이 눈에 들어왔다.

"고운데!" 그가 웃으면서 그녀를 쳐다보았고, 꽃을 받았다. 모든 것이 다시 단순해졌다. 아주 단순해져서 그 복잡함이 감쪽같이 사라졌다. 그러나 그는 아주 엉엉 울고 싶었다. 단지 너무 몸이 나른하고 감정에 지치지만 않았다면.

그러다가 어슐라를 향한 뜨거운 사랑의 열정이 그의 마음에 밀려왔다. 그는 일어서서 그녀의 얼굴을 들여다보았다. 그건 아주 새롭게 보였다. 아, 그 광채 나는 경이와 겁먹은 모습이 너무나도 여리게 보였다. 그가 그녀를 팔로 감싸자, 그녀는 그의 어깨에 얼굴을 묻었다.

그가 탁 트인 시골길에서 그녀를 조용히 안고 서 있을 때 그건 평화, 평화 그 자체였다. 마침내 평화가 왔다. 그 오래되고, 혐오스러운 긴장의 세계는 마침내 지나가고 그의 영혼은 강하고 편안했다.

그녀가 그를 올려다보았다. 그녀 눈의 경이로운 노란빛이 이젠 부드럽게 누그러졌고, 그들은 서로에게서 편안함을 느꼈다. 그가 그녀를 부드럽게 여러 번, 여러 번 키스했다. 그녀의 눈에 웃음이 들어찼다.

"제가 당신을 비방했나요?" 그녀가 물었다.

그도 미소를 지으며 그녀의 손을 잡았다. 아주 부드럽고 나긋나긋했다.

"신경 쓰지 마세요." 그가 말했다. "그건 모두 잘 되자고 한 것이니까." 그가 다시 그녀를 여러 번 부드럽게 키스했다.

"그런 거지요?" 그녀가 물었다.

"물론이지." 그가 대답했다. "잠깐 기다리겠소? 내 본래의 모습을 되찾으리다."

그녀가 갑자기 목소리에 활기를 띠면서 웃으며 그의 몸을 팔로 꼭 껴안았다.

"당신은 내 것이에요. 내 사랑이에요. 그렇지요?" 그녀가 그를 바싹 당기며 소리쳤다.

"그래요." 그가 부드럽게 대답했다.

그의 목소리는 아주 부드럽고 최종적으로 들려 그녀는 마치 운명이 그녀를 낚아챈 양 아주 조용해졌다. 그렇다, 그녀는 잠자코 따랐다—그러나 그건 그녀의 묵인 없이, 성취된 것이었다. 그가 보드랍고 잔잔한 행복감에 젖어 그녀를 조용히, 되풀이해서 키스하고 있었다. 그녀의 심장이 거의 멈추는 것 같았다.

"내 사랑!" 그녀가 외치면서 얼굴을 들었다. 그리고 겁이 났지만, 행복스런 경이감에 그를 쳐다보았다. 이게 죄다 사실인가? 그러나 그의 눈은 아름답고 부드러웠으며 긴장이나 흥분한 기색이 전혀 없었다. 그녀에게 가볍게 미소를 지었다. 그리고 그녀와 함께 미소 지었다. 그녀는 얼굴을 그의 어깨에 묻고 시선을 피했다. 그가 그녀를 완전히 볼 수 있었기 때문이다. 그녀는 그가 사랑한다는 걸 알았다. 겁이 났다. 그녀는 기이한 공간에 들어가 있었다. 새로운 지상낙원이 그녀를 에워쌌다. 그녀는 그가 정열적이길 바랐다. 왜냐하면, 정열적일 때 편했기 때문이다. 그러나 이것은 너무나 적막하고 쉽게 부서질 것 같았다. 공간은 힘보다 더 겁먹게 했기 때문이다.

그녀는 다시 재빨리 고개를 쳐들었다.

"날 사랑해요?" 그녀가 충동적으로 빠르게 물었다.

"그래요." 그가 대답했다. 그녀의 움직임이 아니라 고요함에 신경 썼다.

그녀는 그 말이 진짜라는 걸 알았다. 그녀는 몸을 빼고 물러섰다.

"그래야지요." 그녀가 몸을 돌려 길을 쳐다보며 말했다. "그런데 반지들은 찾았어요?"

"그래요."

"어딨어요?"

"내 주머니에."

그녀가 그의 주머니에 손을 넣어 반지를 꺼냈다.

그녀는 들떠 있었다.

"우리 갈까요?" 그녀가 물었다.

"그래요." 그가 대답했다. 그리고 그들은 다시 차에 타고 뒤에 이 기억에 남을 싸움터를 두고 떠났다.

그들은 늦은 오후 야생의 자연 속을 서서히 이동했다. 웃음 짓고 세상을 초월한 동작으로. 그의 마음은 달콤하게 편안했고, 생기가 새로운 샘에서 샘솟듯 그의 몸속에서 흘렀다. 그는 경련하는 자궁 속에서 태어난 듯했다.

"행복해요?" 그녀가 기뻐서 새롭게 물었다.

"그래요." 그가 대답했다.

"나도 그래요." 그녀가 갑자기 황홀감에 취해 소리쳤다. 팔로 그를 감싸고 차를 몰고 있는 그를 그녀 쪽으로 격하게 당겼다.

"차를 너무 오래 몰지 마세요." 그녀가 말했다. "당신이 항상 무얼 하고 있는 걸 원치 않아요."

"그러지요." 그가 대답했다. "이 운전은 곧 끝나요. 그럼 우린 자유롭게 될 거요."

"그럴 거예요. 내 사랑. 그래요." 그녀가 즐거워 외쳤다. 그가 그녀에게로 몸을 돌리자 그에게 키스했다.

그의 몸은 기이하고 새로운 각성 상태에서 운전을 계속했고, 그의 의식의 긴장감은 깨졌다. 그는 온몸이 의식하는 것 같았다. 그의 몸 전체가 단순하고 반짝이는 의식으로 깨어났다. 방금 태어나 막 깨어난 듯했다. 새끼 새가 방금 알에서 깨어나 새로운 우주로 들어선 듯했다.

그들은 땅거미 속에서 길게 뻗은 언덕을 따라 내려가다, 갑자기 어슐라가 오른쪽 분지에서 사우스웰 대사원의 모습을 알아보았다.

"우리가 여기까지 왔어요?" 그녀가 기뻐서 외쳤다.

그 엄숙하고 음침하며 흉측한 대사원이 다가오는 어둠 속에서 자리를 잡고 있었다. 그들이 그 마을의 좁은 길을 들어섰을 때, 상점 유리창에 황금 빛살이 계시가 적힌 석판처럼 반짝이는 것이 보였다.

"아버지가 엄마랑 이곳에 왔었대요." 그녀가 말했다. "그들이 처음 사귈 때 말이에요. 아버진 이 사원을 좋아해요—이 대사원을 말이에요. 당신은 어때요?"

"마음에 들어요. 마치 수정 결정체가 검은 분지에서 솟아난 것 같은 모습이네요. 우리는 '사라센 헤드 주막'에서 식사와 차를 듭시다."

그들이 언덕길을 내려갈 때 대사원의 종들이 찬송가를 연주하는 소리가 들렸다. 바로 저녁 여섯 시를 알리는 종을 치고 있었다.

나의 하나님에게 이 밤의 영광을,

이 빛 가득한 온갖 축복을 주시니―.*

어슐라의 귀에는 그 곡조가 눈에 안 보이는 하늘에서 땅거미가 지는 마을로 방울방울 떨어지는 것 같았다. 그건 오래전에 아득하게 지나간 세기의 소리 같았다. 그건 너무나도 멀리 떨어져 있었다. 그녀는 여관의 오래된 마당에 서 있으면서, 지푸라기와 마구간, 휘발유 냄새를 맡고 있었다. 머리 위로는 초저녁 별들이 보였다. 이게 죄다 뭐지? 이건 실제 세상이 아닌데. 이건 어린 시절에 꿈에서 보던 세상인데―커다랗게 둘레를 친 추억이었다. 세상이 비실제가 되었다. 그녀 자신이 기이하고 초월적인 실재였다.

그들은 작은 응접실의 난롯가에 함께 앉아 있었다.

"이게 진짜예요?" 그녀가 어리둥절해서 물었다.

"뭐가 말이요?"

"모든 게요―이 모든 게 진짜예요?"

"제일 좋은 게 진짜지." 그가 인상을 쓰며 말했다.

"그래요?" 그녀가 웃으며 그렇지만 미심쩍어하며 되물었다.

그녀가 그를 쳐다보았다. 그는 아주 동떨어져 있는 듯 보였다. 그녀의 영혼이 새로 눈을 떴다. 그녀는 그에게서 다른 세계에서 온 낯선 피조물을 보았다. 마치 그녀가 마법에 걸린 것 같았다. 모든 것의 형상이 변해 있었다. 그녀는 창세기에 나오는 옛 마법을 다시 상

---

* 비숍 토마스 켄(1637-1710)이 작사한 찬송가.

기했다. 그곳에서 하나님의 아들들이 인간의 아름다운 딸들을 보았다. 그가 이런 아들 중의 하나였다. 저 너머에서 온 낯선 피조물 중 하나인 그가 그녀를 내려다보았는데 아름답게 보였다.

그가 난로 앞 융단 위에 서서 그녀를 쳐다보았다. 그녀의 얼굴은 꼭 한 송이의 꽃처럼 위를 향했다. 신선하고 광채 나는 꽃으로 첫 햇살을 받아 희미하게 황금빛을 내고 있었다. 꽃에서 보이는 무언의 기쁨만을 제외하고, 그는 세상엔 언어가 없는 양 살짝 미소를 짓고 있었다. 그들은 미소를 지으며 서로의 존재를 즐겼다. 생각할 수 없고 심지어 알 수도 없는 순수한 존재를. 그러나 그의 눈은 어렴풋이 빈정거리는 빛을 띠며 작아졌다.

그리고 그녀가 마술에 걸린 양 그에게 이상하게 끌렸다. 그의 앞에 있는 난로 융단 위에 무릎을 꿇고 앉아, 그녀는 두 팔로 그의 허리춤을 끌어안고는 얼굴을 그의 넓적다리에 갖다 댔다. 풍부함이여! 풍부함이여! 그녀는 하늘 가득히 풍부함이 있다는 느낌에 압도당했다.

"우린 서로 사랑해." 그녀가 희열감을 느끼며 말했다.

"그 이상이지." 그가 광채 나는 편안한 얼굴로 그녀를 내려다보며 대답했다.

그녀는 무의식중에 민감한 손끝으로 그의 넓적다리의 뒤쪽을 따라 어루만지며 그곳에서 신비로운 생명의 흐름을 느꼈다. 무언가를 발견했다. 경이로운 것 이상의 것이었고, 생명 그 자체보다도 더 경이로운 것이었다. 그의 넓적다리 뒤, 옆구리 아래, 생명력이 기이하고도 신비롭게 흐르는 움직임이었다. 넓적다리가 똑바로 뻗은 그곳에 있는, 그의 존재의 기이한 실재가, 존재의 그 재료였다. 바로 여기에서 태초에 있었던 하나님의 아들과 같은 그를 발견했다. 인간이 아니라 다른, 인간 이상의 존재였다.

마침내 이것이 풀려남이었다. 그녀는 과거에 사랑도 해보았고 열정도 체험했다. 그러나 이것은 사랑도 열정도 아니었다. 그건 인간의 딸들이 하나님의 아들들에게 돌아오는 것이었다. 태초에 있었던 낯설고 비인간적인 하나님의 아들들에게.

앞에 서 있는 그의 넓적다리 뒤쪽으로 양손을 감싸며, 그를 올려다볼 때, 그녀의 얼굴은 이제 막 풀려난 눈이 부신 황금빛이었다. 그가 그녀를 내려다볼 때 그의 눈 위의 이마는 왕관처럼 찬란하게 빛났다. 그녀는 그의 무르팍에서 새롭게 꽃잎을 펼친 꽃처럼 경이롭게 아름다웠다. 그녀는 천상의 꽃으로 여성성을 초월한 대단한 광휘의 꽃이었다. 그러나 그의 안에서 무언가가 조여와서 자유롭지 못했다. 그는 이런 웅크림을, 이 광휘를 싫어했다—전적으로 아니었다.

그녀에겐 모든 것이 성취되었다. 그녀는 태초부터 존재해온 하나님의 아들 중 한 명을 발견했다. 그는 사람의 딸 중에서 최초로 가장 밝은 빛을 내는 딸을 발견했다.

어슐라는 그의 허리와 넓적다리의 선을 손으로 더듬어 등으로 나갔고, 살아있는 불꽃이 그에게서 나와 그녀의 몸을 타고 어둡게 흘러갔다. 그녀가 그의 몸에서 분출시켜 자기 몸속으로 흘러들게 한 것은 전류 같은 검은 열정의 물결이었다. 그녀는 두 사람 사이에 풍요로운 새 회로를, 새로운 열정의 전류를 설치했다. 그건 몸뚱이의 가장 어두운 극점에서 흘러나와 완전한 회로 속에 심어졌다. 전기의 어두운 불이 그에게서 나와 그녀에게 돌진하여 두 사람을 풍요로운 평화와 만족감에 잠기게 했다.

"내 사랑." 그녀가 얼굴을 그에게 들며 외쳤다. 그녀의 눈과 입은 황홀감에 젖어 헤벌어졌다.

"내 사랑." 그가 대답하고 허리를 굽혀 그녀에게 연방 키스를 했다.

그가 그녀에게 몸을 굽히자 그녀는 그의 허리의 풍만하고, 둥근 곳에 손을 바싹 갖다 대었다. 그녀가 신비로운 암흑의 정수를 만진 듯했다. 그것은 몸뚱이로서의 그였다. 그녀는 밑에서 실신한 듯했고 그도 그녀 위로 몸을 굽히며 실신한 듯했다. 그건 두 사람한테 완벽한 죽음인 동시에 존재로의 가장 견디기 힘든 들어섬이었다. 충만한 희열감이 경이롭게 가장 깊은 생명력의 근원에서 봇물 터지듯 콸콸 흘러나왔다. 등과 허리의 뿌리에 있는, 인간 몸뚱이의 가장 어둡고 가장 깊고 가장 기이한 생명의 원천에서 터져 나왔다.

정적이 얼마간 흐른 후에, 기이한 암흑의 풍요로운 강물이 그녀 위로 흐르더니 범람하며 그녀의 마음을 휩쓸어갔다. 그녀의 등줄기 와 무릎을 쓸어내리며 흐르더니 발치를 지나갔다. 그 기이하게 범람하던 강물은 모든 것을 휩쓸어서 그녀를 본질적으로 새로운 존재로 바꾸어 놓았다. 그녀는 아주 자유롭게 되었다. 그녀의 자아는 완전했고 완전히 편안하며 자유로웠다. 그녀는 그에게 미소를 보내며 희열에 차서 조용히 일어났다. 그가 앞에서 광채를 내며 서 있었다. 너무도 놀랍도록 사실적이라 그녀의 심장은 거의 멈추는 듯했다. 그가 거기에 낯선 온전한 몸으로 서 있었다. 그 몸은 태초에 하나님 아들들의 몸들처럼 경이로운 샘물을 지니고 있었다. 그의 몸의 신기한 샘물은 그녀가 그때까지 상상했거나 알았던 그 무엇보다 더 신비롭고 강력한 것으로 너무나도 만족스러웠다. 아, 마침내 신비적으로 육체적으로 만족스러웠다. 남근의 원천보다 더 깊은 원천은 없다고 생각했었다. 이제 자 보세요, 남자 몸뚱이의 세게 얻어맞은 바위에서, 기이하게 놀라운 옆구리와 허벅지에서, 남근의 원천보다 한층 더 깊이 신비롭게, 말하기엔 너무 거룩한 암흑과 풍요의 강물이 범람하며 흘러나왔어요.

그들은 기뻤다. 그들은 모든 것을 완벽하게 잊을 수 있었다. 그들은 웃으면서 준비된 식탁으로 갔다. 무엇보다도 으뜸인 사슴고기 파이가 있었고, 커다랗고 넓적하게 자른 햄과 달걀, 후추냉이, 빨간 비트 뿌리, 모과 열매, 사과 파이, 차가 함께 준비되어 있었다.

"아주 맛있는 것들이네!" 그녀가 좋아서 소리쳤다. "너무너무 근사해요! 내가 차를 따를까요?"

차를 따르는 것과 같이 보통 남 앞에서 하는 일에 그녀는 신경이 쓰이고 자신이 없었는데, 오늘은 이런 걸 다 잊고 편안한 자세였다. 불안감 같은 것은 완전히 다 잊었다. 찻주전자의 위풍당당하고 가는 주둥이에서 차가 멋지게 따라졌다. 그녀의 눈빛은 미소로 온화했고 그에게 차를 건넸다. 마침내 그녀가 차분한 가운데 완벽하게 있는 걸 배웠다.

"이 모든 게 우리 둘만의 차지예요." 그녀가 그에게 말했다.

"이 모든 게." 그가 대답했다.

그녀가 의기양양해서 까르르하고 괴이한 환성을 작게 내질렀다.

"난 아주 좋아요!" 그녀가 말할 수 없는 안도감을 느끼며 외쳤다.

"나도 그래요." 그가 말했다. "그렇지만 될 수 있는 한 빨리 우리의 책무에서 벗어나는 것이 좋다고 생각해요."

"무슨 책무요?" 그녀가 의아해서 물었다.

"우린 총알처럼 직장을 그만둬야 해요."

무슨 예긴지 이해가 되었다는 표정이 그녀의 얼굴에 나타났다.

"물론이지요." 그녀가 말했다. "그건 그래요."

"우린 벗어나야 해요." 그가 말했다. "빨리 벗어나는 것 외엔 다른 방도가 없어요."

그녀가 식탁 너머로 의심쩍게 그를 쳐다보았다.

"그렇지만 어디로요?" 그녀가 물었다.

"모르겠어." 그가 말했다. "얼마 동안은 정처 없이 방랑하는 거지."

그녀는 다시 의심스러워 그를 쳐다보았다.

"난 그 물방앗간 집에서도 완전히 행복할 수 있는데." 그녀가 말했다.

"거긴 옛것과 너무 가까워요." 그가 말했다. "얼마간 그냥 떠돌아다닙시다."

그의 목소리가 너무도 부드럽고 태평스럽게 들려와 그 목소리가 그녀의 핏줄을 타고 신나게 흘렀다. 그런데도 그녀는 골짜기와 야생의 정원, 평화를 꿈꾸었다. 그녀는 호사로움—귀족적인 사치스런 호사로움—을 즐길 욕망도 생겨났다. 방랑은 그녀에게 불안하고 불만스럽게 보였다.

"그래, 어디로 정처 없이 갈 거예요?" 그녀가 물었다.

"모르겠는데. 그냥 당신을 만나서 길을 떠난다는 생각이지요—단지 먼 곳으로."

"그러나 어디로 갈 수 있죠?" 그녀가 초조하게 물었다. "결국, 세상은 하나뿐인데, 세상의 어느 곳도 멀지 않고요."

"그래도 난 당신과 떠나고 싶어요—미지의 장소." 그가 말했다. "그냥 정처 없이 방랑하는 생활이 될 거요. 그러니까 정착할 곳은—미지의 장소. 세상의 이런저런 곳을 방랑하며 빠져나와 우리의 미지의 장소로 가고 싶어요."

그녀는 여전히 생각에 잠겨 있었다.

"이봐요. 내 사랑." 그녀가 말했다. "안타깝게도 우리 둘이 단지 사람인 한은, 이미 주어진 세상을 우린 받아들여야 해요—다른 세상은 없으니까."

"아니. 있지." 그가 대답했다. "우리가 자유로울 수 있는 곳이 어딘가에 있어—옷 같은 것을 많이 입지 않아도 되는 곳—심지어, 걸치지 않아도 되는 곳—인생 경험을 많이 해서 무슨 일이든 당연시하며 받아들이는 소수의 사람을 만나는 곳—아무 신경 쓰지 않고 당신이 당신 자신인 곳 말이요. 어딘가에 있어요—한두 사람이—"

"그렇지만 어디에요?" 그녀가 한숨을 쉬었다.

"어딘가에—그 어딘 가에. 그냥 방랑합시다. 그게 해야 할 것이지—그냥 떠나는 거지."

"그래요." 그녀가 대답했다. 여행한다는 생각에 신이 나서. 그러나 그녀에겐 그냥 여행으로 생각되었다.

"훌훌 모든 것을 털고 자유롭게 되기 위해서지." 그가 말했다. "몇몇 사람과, 자유로운 곳에서 자유롭게 되기 위해서지!"

"그래요." 그녀가 무언가 아쉬운 듯이 말했다. 그 '몇몇 사람'이란 말이 그녀의 마음에 걸렸다.

"그건 사실 장소가 문제가 되는 게 아니지." 그가 말했다. "그건 당신과 나, 그리고 다른 사람들 사이의 완전한 관계이지—완전한 관계—그래서 우리가 함께 자유롭기 위해서."

"그래요, 자기, 그렇지요?" 그녀가 대답했다. "당신과 나예요. 그건 당신과 나예요, 그렇지요?" 그녀가 양팔을 그에게로 뻗었다. 그가 식탁을 돌아가서 몸을 굽혀 그녀의 얼굴에 키스했다. 그녀는 다시 팔로 그를 껴안았다. 그녀의 손이 그의 어깨를 감싸고 천천히 거기서 움직여 그의 등을 타고 내려와 그의 등을 천천히 내리 쓸었다. 야릇하게 반복되는 리듬이 있는 동작이었다. 그러면서도 천천히 아래로 내려가서 그의 허리 위를, 옆구리 위를 묘하게 내리눌렀다. 절대로 손상을 입을 수 없는 엄청난 풍요로움이 있다는 느낌이 그녀의 의식으로 몰려와 거의 황홀할 지경이었고, 굉장히 경이롭게 홀리고 신비롭게 확신이 가서 죽을 지경이었다. 그녀가 그를 아주 빈틈없이 견딜 수 없을 정도로 소유하고 나니 그녀 자신도 소멸하였다. 그런데도 의자에 조용히 앉아, 양손으로 그를 내리누르는데 정신이 몽롱해졌다.

그가 다시 그녀를 부드럽게 키스했다.

"우린 절대로 다신 헤어지지 않을 거야." 그가 나지막이 중얼거렸다. 그녀는 아무 말도 안 했지만 대신 그의 안에 있는 어둠의 원천을 더 세게 내리눌렀다.

그들이 순전한 황홀에서 다시 정신이 들었을 때, 그들은 직업의 세계에서 떠나기 위해 바로 당장 사직서를 쓰기로 했다. 그녀가 이것을 원했다.

그가 초인종을 눌러서 주소가 적히지 않은 편지지를 가져오게 부탁했다. 급사가 식탁을 깨끗이 치웠다.

"그럼, 당신이 먼저 쓰지." 그가 말했다. "집 주소와 날짜를 쓰고—다음엔 '시청, 교육위원장—귀하—.' 자 시작!—그런데 실제로 어떻게 일을 처리해야 하는 건지 모르겠네—내 생각엔 한 달 안에 직장을 벗어날 것 같은데—하여간에 이렇게 쓰지. '귀하—저는 윌리그린 중등학교 담임교사의 직위를 사직하길 원합니다. 한 달간의 예고 기간의 만료까지 기다리지 않고 가능하면 이른 시일 안에 저를 면직시켜 주시면 매우 감사하겠습니다.' 그러면 됐어. 다 썼어요? 좀 봅시다. '어슐라 브랑윈' 음, 좋아! 자, 이젠 내 것을 쓰지. 나는 석 달 동안의 말미를 줘야 할 거야. 그렇지만 건강을 이유로 내세울 수 있지. 잘할 수 있을 거야."

그가 앉아서 그의 공식적인 사직서를 써내려갔다.

"자," 봉투를 봉하고 주소를 다 썼을 때 그가 말을 시작했다. "이 사직서 두 통을 여기서 한꺼번에 부칠까? 이렇게 똑같은 사직서를 같이 받으면, 직원이 '야 이거 우연의 일치인데!'라고 할걸. 그자가 그런 말을 하게 할까? 아니면 말까?"

"난 상관없어요." 그녀가 대답했다.

"상관없어요—?" 그가 생각에 잠겼다.

"그건 문제가 아니지 않나요. 안 그래요?" 그녀가 말했다.

"그렇지 않아요." 그가 대답했다. "그들의 상상력이 우리에게까지 미쳐서는 안 되지요. 여기선 당신 것을 부치고 내 건 후에 부치지. 그들의 상상에 말려들고 싶지는 않군."

그는 기이하고 인간적이 아닌 단일자로 그녀를 쳐다보았다.

"그래요. 맞아요." 그녀가 대답했다.

그녀가 얼굴을 그에게 들었다. 광채가 나며 활짝 열린 얼굴이었다. 마치 그가 곧바로 그녀의 광채의 원천으로 들어갈 것 같았다. 그의 얼굴이 약간 산란해 보였다.

"우리 갈까요?" 그가 물었다.

"좋으실 대로." 그녀가 대답했다.

그들은 곧 작은 마을을 벗어나 울퉁불퉁한 시골길을 달리고 있었다. 어슐라가 그의 곁으로 바싹 다가가 그의 변함없는 열기를 받으며, 앞에서 획획 지나가는 희뿌연 계시, 뚜렷한 밤을 지켜보았다. 어떤 때는 넓고 오래된 길을 달리면 양편의 풀밭이 푸르스름한 빛속에서 마술과 요정같이 획획 지나갔고, 어떤 때는 머리 위로 큰 나무들이 나타나고 또 어떤 때는 나지막한 관목이, 또 어떤 때는 가축우리의 담과 헛간의 밑 부분이 보였다.

"숏랜즈 저택으로 정찬을 들러 갈 거예요?" 어슐라가 갑자기 그에게 물었다. 그가 흠칫 놀랐다.

"세상에!" 그가 외쳤다. "숏랜즈라니! 다시는 안 가지. 그곳엔 안가. 더구나 너무 늦었는데."

"그러면 우리 어디로 가는 거예요?—물방앗간 집으로?"

"당신이 좋다면. 그런데 이렇게 기분 좋은 캄캄한 밤을 놔두고 다른 곳으로 간다는 게 애석한데. 정말 이런 밤을 벗어난다는 게 너무안되었어. 멋진 어둠 속에 머물지 못하는 게 유감이야. 그 어떤 곳보다 훨씬 더 좋지—어둠이 기분 좋게 피부에 와 닿는걸."

어슐라는 의아해하며 앉아있었다. 자동차가 갑자기 기울더니 흔들렸다. 그녀는 그에게서 떠날 방도가 없음을 알았다. 어둠이 두 사람을 붙잡고 감싸 안았다. 어둠을 이겨낼 수가 없었다. 더구나 그녀는 어둠을 입은 기분 좋은 신비를, 그의 기분 좋은 어둠의 허리를 신비롭게 잘 알고 있었다. 이것을 잘 안다는 것엔 운명의 불가피성과 아름다움이 깃들어 있었다. 그 운명은 그녀가 요청했고 전적으로 받아들인 것이었다.

그는 이집트의 파라오같이 가만히 앉아 차를 몰았다. 그는 자신이 먼 옛날의 왕권을 쥐고 앉아있다는 느낌이었다. 입술에 의미를 알 수 없는 미묘한 미소를 짓고 있는, 진짜 이집트의 거대한 조각상처럼, 실재하며 미묘한 힘으로 성취했다고 느꼈다. 그의 등과 허리 속의 기이하고 마술적인 힘의 흐름이 양다리로 흘러내려 간다는 느낌이 어떤 것인 줄 알았다. 그 힘은 아주 완벽해서 그를 꼼짝 못 하게 정지시켰고 그의 얼굴에 미묘하게 의식함도 없이 미소를 짓게 했다. 그는 그 다른 근원적 마음에서, 그 가장 깊은 육체적인 마음에서 깨어나 강력한 힘을 지닌다는 것이 어떤 것인지를 알았다. 그리고 그는 이 근원에서 순수하고 마술적인 통제력을 얻었다. 이 어둠 속의 힘은 전류같이 마술적이고 신비로웠다.

입을 떼기가 힘들었다. 이 순수한 살아있는 정적 속에 앉아있는 것이 너무나 완벽했다. 생각할 수 없는 지식과 생각할 수 없는 힘으로 충만하고 미묘하고, 태곳적부터 영원한 힘 속에서 지탱되어 온 듯했다. 살아있는 미묘한 침묵 속에 영원히 앉아있는 확고부동하고 지고의 능력을 갖춘 이집트인 같은 느낌이었다.

"우린 집에 갈 필요 없어요." 그가 말했다. "이 자동차의 좌석은 밑으로 펼치면 침대가 되고 덮개를 위로 올릴 수 있어요."

어슐라는 이 말이 반가웠지만, 겁도 났다. 그녀는 그에게 다가가며 몸을 웅크렸다.

"그렇지만 집의 식구들은 어떻게 하지요?" 그녀가 물었다.

"전보를 치지."

더 이상의 말은 없었다. 그들은 침묵 속에서 계속 달렸다. 그는 일종의 제2 인식으로 목적지를 향해 차를 몰았다. 왜냐하면, 그는 자신의 목적지를 찾아갈 수 있게 지능이 민첩하게 돌아갔기 때문이다. 그의 팔과 가슴, 머리가 그리스인들의 몸처럼 균형이 잡히고 살아있 었다. 그의 팔은 잠에서 깨지 않은 이집트인의 뻣뻣한 팔이 아니었 고 잠에 취해 봉해진 머리도 아니었다. 암흑 속의 이집트인처럼 그 의 순수한 집중 위로 부드럽게 빛나는 지능이 이차적으로 작용했다.

그들은 길을 따라 조성된 한 마을에 도착했다. 그가 차를 아주 천천히 기어가듯 몰고 가다 우체국을 발견했다. 그러자 그가 차를 세웠다.

"당신 아버지께 전보를 보내겠어요." 그가 말했다. "그냥 '시내에 서 밤을 보내요'라고 쓰면 되겠소?"

"그래요." 그녀가 대답했다. 그녀는 지금의 상태에서 깨어나 생각 하고 싶지 않았다.

그가 우체국으로 들어가는 것을 보았다. 그곳은 상점이기도 했 다. 그가 낯설어 보였다. 환히 밝힌 공공장소에 들어가는데도 그가 컴컴하고 마술적으로 보였다. 살아있는 침묵이 그의 몸의 실체 같 았다. 그건 미묘하고 강력하여 본질을 발견할 수 없었다. 저기에 그 가 있었다! 그녀가 고양된 기이한 마음으로 그를 보았다. 절대로 정 체가 드러나지 않을 존재였다. 그 힘에선 놀랍고, 신비스럽고 실재하 는 존재. 이 어둡고 미묘한 그의 실재는 절대로 바뀌지 않으리라. 그 녀를 완전한 상태, 그녀 자신의 완성된 존재로 해방하였다. 그녀 또 한 어두웠고 침묵 속에서 완성되었다.

그가 상점에서 나와 자동차 안에 몇 개의 꾸러미를 던져넣었다.

"빵과 치즈, 건포도, 사과, 딱딱한 초콜릿이에요." 그가 말했다. 그 의 목소리엔 웃음기가 묻어있었는데 그 까닭은 그 안에 실재하는 정적과 힘이 조금도 손상을 입지 않았기 때문이다. 그녀는 그를 만져야만 했다. 말을 하고 보는 것으론 만족할 수 없었다. 거기에서 그 남자를 보며 이해한다는 것은 우스꽝스러운 흉내에 불과했다. 어둠과 고요가 그녀 위에 완벽하게 내려앉았을 때야 그녀가 겉으로 드러나지 않는 촉감으로 신비롭게 알 수 있었다. 그녀는 사뿐히 의식함 없이 그와 연결되어야 했다. 앎의 죽음인 앎을, 알지 못함에 대한 실재하는 확신을 가져야만 했다.

그들은 곧 다시 어둠 속으로 차를 몰고 갔다. 그녀는 어디로 가는지 묻지 않았고 개의치도 않았다. 그녀는 충만함과 무감정과 같은 순수한 힘 안에 의식함 없이, 꼼짝 않고 앉아 있었다. 그녀는 그의 옆에 있었고, 생각하지 않고 별이 균형을 잡고 떠 있듯이 순수한 휴식 속에 떠 있었다. 그러나 기대감이 어둡게 아른거리며 빛났다. 그녀는 그를 만지고 싶었다. 그녀는 완전하고 섬세하게 실재하는 손끝으로 그 안의 실재를 만지고 싶었다. 그 은근하고 순수하며 말로 옮겨지지 않는 어둠의 허리의 실재를. 어둠 속에서 생각함 없이 그의 살아있는 실재를 만진다는 것, 보드랍고 완전한 그의 허리와 어둠의 넓적다리를 순수하게 만진다는 것. 이것이 그녀를 지탱해준 기대였다.

그리고 그 또한 마술적으로 지속하는 긴장감 속에서 기다렸다. 그가 그녀에게서 이 앎을 알아낸 것처럼 그녀가 그에게서 이 앎을 알아내기를. 그는 충만한 어둠의 지식으로 그녀를 어둡게 알았다. 이제 그녀가 그를 알아내리라. 그러면 그 또한 해방되리라. 그가 이집트인같이 밤처럼 자유로워지리라. 완전하게 정지한 평형 속에서 변함없이, 그가 육체적인 존재의 순수하고 신비한 응결점을 이루리

라. 그들은 서로 별의 평형상태를 유지케 할 것이다. 그것만이 자유이다.

그녀는 차가 나무 사이로 달리는 걸 보았다—커다랗고 오래된 나무들과 그 밑에는 죽어가는 고사리 덤불이 있었다. 허연, 옹이투성이의 나무줄기는 유령처럼 보였다. 고사리 덤불은 멀리서 아른거리는 늙은 사제들같이 마술적이고 신비롭게 서 있었다. 구름이 낮게 낀 완전히 캄캄한 밤이었다. 차는 서서히 앞으로 나갔다.

"우린 어디 있는 거지요?" 그녀가 속삭였다.

"셔우드 숲."

그가 이곳을 알고 있는 건 분명했다. 그는 사방을 주시하며 찬찬히 차를 몰았다. 그러다 그들은 나무 사이의 푸른 길과 마주쳤다. 그들은 조심스레 빙 돌아서 떡갈나무 숲 사이를 전진하다 푸른 오솔길로 들어섰다. 그 푸른 오솔길은 넓어지더니 작고 둥근 풀밭과 이어졌고, 경사진 둑 밑에서 물이 가늘게 흐르고 있었다. 차가 멈췄다.

"우린 여기에 머물 거요." 그가 말했다. "불을 끄고."

그가 곧바로 램프 불을 껐다. 순수한 밤이었다. 나무 그림자들은 다른 어두운 존재의 실체들 같았다. 그가 고사리 덤불 위에 융단을 폈고, 그들은 정적과 의식함 없는 고요 속에 앉았다. 숲에서 소리가 희미하게 들렸다. 그러나 방해는 안 되었다. 방해될 게 없었다. 세상은 기이한 금지령하에 있었다. 새로운 신비가 잇달아 일어나고 있었다. 그들은 옷을 벗어 던졌고, 그가 그녀를 자기에게 끌어당겼다. 그녀를 발견했다. 그녀의 영원히 보이지 않은 살의 순수하고 부드럽게 빛나는 실체를 발견했다. 그녀의 드러나지 않은 벌거벗은 몸에 댄 그의 숨죽인 인간의 것이 아닌 손가락은 고요 위에 얹은 고요의 손가락이며, 신비로운 밤의 몸뚱이에 얹은 신비로운 밤의 몸뚱이이며, 남성과 여성의 밤이었다. 그것은 눈으로 절대로 볼 수 없고, 지성으로 절대로 알 수 없으며, 단지 신비로운 타자의 만질 수 있는 드러남으로써만 이해될 수 있다.

그녀는 그에 대한 욕정을 느꼈고 만졌다. 어둡고 미묘하고 긍정적으로 침묵하는 접촉에서 말할 수 없는 최대한의 소통을 받아들였다. 놀라운 선물이며 다시 주는 것이요, 완전한 수용이며 내어주는 것이다. 하나의 신비요, 절대로 이해될 수 없는 것의 실재이며, 절대로 지적인 내용으로 바뀔 수 없는 관능의 실재였다. 밖에 나와 있는 어둠과 고요와 섬세함의 살아있는 몸뚱이였다. 실재의 신비로운 몸뚱이였다. 그녀는 욕정을 충족시켰고, 그 또한 욕정을 충족시켰다. 왜냐하면, 그가 그녀에게 의미하는 바가 곧 그녀가 그에게 의미하는 바였기에. 신비롭고 감촉할 수 있는 진정한 타자의 태곳적 장엄함이었기에.

그들은 자동차 덮개 아래에서 쌀쌀한 밤을 내쳐 잤다. 숙면의 밤이었다. 그가 깨어났을 땐 이미 대낮이었다. 그들은 서로를 쳐다보고 웃었다. 그리곤 어둠과 내밀함으로 가득한 시선을 멀리 돌렸다. 그리고 그들은 키스하고 밤의 장엄함을 기억했다. 그것은 너무나 장엄하고 검은 현실의 우주의 엄청난 유산이어서 그들은 기억하고 있는 것을 보일까 두려워했다. 그들은 그 기억과 그 앎을 숨겨두었다.

제24장 죽음과 사랑

토마스 크라이치는 서서히, 엄청나게 서서히 죽어가고 있었다. 생명의 실오라기가 그토록 가늘게 늘어지면서도 끊어지지 않는 것이 모든 이에게 불가능해 보였다. 환자는 말할 수 없게 약하고 소진된 채누워서, 모르핀과 그가 천천히 빨아대는 음료로 연명하였다. 그는의식이 절반쯤만 있어서—의식의 가는 가닥이 죽음의 암흑과 낮의빛을 연결하고 있었다. 그런데도 그의 의지는 깨지지 않았다. 그는일관성 있고 완전했다. 단지 주변은 완전히 조용해야 했다.

간호사 외에 누가 들어오는 것은 이제 그에게 부담되고 힘이 들게 했다. 매일 아침 제럴드는, 아버지가 마침내 숨을 거두기를 바라며 방에 들어왔다. 그러나 그는 항상 똑같고 투명한 얼굴을, 밀랍 같은 이마 위의 똑같은 검은 머리카락을, 완성되지 못한 끔찍스런 검은 눈을 보았다. 그 눈은 형체 없는 암흑으로 와해하여 가는 듯했고단지 아주 약한 시력만을 지니고 있었다.

늘 그러하듯이 완성되지 못한 검은 눈이 그를 향할 때는 불타는반항의 솟구침이 제럴드의 뱃속을 훑었다. 그것은 쨍그랑 소릴 내며그의 마음을 부술 듯 위협하여 그를 미치게 만들 정도로, 그의 전존재를 뒤흔들며 울리는 것 같았다.

매일 아침 아들은 거기에 서 있었는데, 몸은 똑바르고 활기로 팽팽하였으며 그의 금발에는 윤기가 흘렀다. 그의 낯설고 바짝 서 있는 존재의 윤기 흐르는 금발을 보면 환자는 발작적으로 괴로워하며 열병을 일으켰다. 제럴드의 푸른 눈이 섬뜩하게 내려다보는 시선을 그는 마주칠 수가 없었다. 그러나 그건 단지 일 순간뿐이었다. 이별할 찰나에는 아버지와 아들이 서로를 쳐다보곤 헤어졌다.

제럴드는 오랫동안 완전히 냉정함을 유지하며 아주 침착하게 있었다. 그러나 마침내 공포심이 그를 밑에서부터 흔들었다. 그는 자신 안의 무언가가 무섭게 와해할 것 같아 겁이 났다. 계속 머물면서 이 정체를 꿰뚫어보아야 했다. 뒤틀린 의지가 발동하여 아버지가 생명의 경계선으로 끌려가는 것을 지켜보았다. 그러나 이제 매일 그의 뱃속을 관통하면서 그 무서운 공포의 빨갛게 달아오른 큰 일격이 더 깊이 불을 질렀다. 다모클레스의 검이 그의 목덜미를 막 찌르기라도 하는 듯이, 제럴드는 온종일 몸을 움츠리며 왔다 갔다 했다.

도피할 도리가 없었다—그는 아버지와 묶여있는 신세이기에 부친이 죽는 걸 지켜보아야 했다. 그런데 아버지의 의지는 절대로 느슨해지거나 죽음에 항복하지 않았다. 아버지의 의지는 죽음이 마침내 의지를 싹둑 자를 때야 끊어질 것이었다.—만약에 그 의지가 육체적인 죽음 후에 지속하지 않으면 말이다. 이와 똑같이 아들의 의지도 절대로 포기하지 않았다. 그는 단단히, 영향받지 않고 서 있었다. 그는 이 죽음과 죽어감의 밖에 서 있었다.

그건 시죄법에 따른 재판* 같았다. 그가 자신의 의지를 굽히지 않고 전능한 죽음 앞에서 단 한 번도 흔들리지 않고, 아버지가 서서히

---

* 중세시대의 튜톤족의 재판법으로 가혹한 시련을 이겨낸 사람을 무죄로 판결했던 법.

녹아내려 죽음 속으로 사라지는 것을 지켜볼 수 있을까? 고문을 이겨내는 레드 인디언같이 제럴드는 조금도 움츠리거나 흔들리지 않고 서서히 다가오는 죽음의 전 과정을 체험할 것이었다. 그는 그러면서 의기양양함까지 느꼈다. 그는 왜 그런지 이 죽음을 간절히 원했고 강제로 다가오도록 했다. 그건 마치 자신이 공포에 떨며 몸을 잔뜩 움츠리면서까지 죽음과 거래하는 것 같았다. 그러면서도 그는 역시 죽음과 거래를 할 것이고, 죽음을 통해 승리할 것이었다.

그러나 제럴드도 이 시련의 압박감 때문에 외적인 일상생활의 흐름을 놓쳤다. 그에게 중요했던 것이 아무 의미도 없게 되었다. 일과 쾌락—그것이 죄다 뒤에 남겨졌다. 그는 어느 정도 기계적으로 그의 사업을 돌보았으나 이 활동은 모두 외적인 것이었다. 진정한 활동은 그의 영혼 안에서 벌어지는 죽음과의 싸움이었다. 그 자신의 의지가 승리를 거두어야 했다. 무슨 일이 일어나든 그는 주인에게 고개를 숙이거나 굴복하지 않고 그를 인정하지 않을 것이었다. 죽음에서 주인은 없었다.

그러나 싸움이 계속되자, 과거의 그였던 그 모든 것이 계속 파괴되었다. 그래서 삶이 죄다 텅 빈 조개껍데기가 되어 그의 주위에서 바다의 소리처럼 포효하며 덜커덕거렸고, 그가 겉으로만 참여하는 소음이 되어버렸다. 그리고 이 텅 빈 껍데기 안엔 어둠이 가득 차고 무시무시한 죽음의 공간이 있어, 그는 어떤 방책을 찾아야 한다고 의식했다. 그렇지 않으면 그의 영혼의 중심을 맴도는 커다란 검은 공백 위에서 그가 쓰러질 것이었다. 그의 의지는 그의 외적인 생활과 외적인 의식을 유지할 것이기에 그의 외적인 존재는 부서지지 않고 변화도 없을 것이다. 그러나 그 압박이 너무나 컸다. 그는 평형을 유지하기 위해 무언가를 발견해야 했다. 그의 영혼에 들어선 텅 빈 죽음의 빈자리에 무언가가 들어와, 이를 채워 밖의 압력에 맞서서 평형을 유지해야만 했다. 매일 매일 그는 자신이 암흑으로 가득 찬 거품 같다고 점점 더 강하게 느꼈다. 그 주위를 그의 무지갯빛 의식이 빙빙 돌았고, 그 위로 외부 세상이, 바깥 생활의 압력이 광막하게 포효했다.

이런 극한 상황에서 그의 본능이 그를 구드룬에게 인도했다. 그는 이제 모든 것을 내동댕이쳤다―그는 오로지 그녀와 관계 맺기를 원했다. 그는 그녀 곁에 있으며 말을 걸기 위해 화실로 그녀를 따라갔다. 그는 목적 없이 이런저런 연장과 진흙 덩이들과 그녀가 만든 작은 조각품들을 집어 들어 보며 방 안을 왔다 갔다 했다―그 조각품들은 기발하고 괴이한 것이었다,―그가 보기는 해도 알아보지는 못했다. 그녀는 그가 그녀의 발뒤꿈치를 운명처럼 졸졸 따라다니는 걸 느꼈다. 그녀는 그를 멀리했으나 그가 항상 그녀에게 점점 더 가까이 다가오는 걸 알았다.

"저 말인데요." 그가 어느 날 저녁에 생각 없이 야릇하고 어정쩡한 태도로 그녀에게 말을 걸었다. "오늘 저녁 남아서 정찬을 드시지 않겠어요? 그러면 좋겠어요."

그녀는 약간은 놀랐다. 그가 마치 다른 남자에게 청을 하듯 그녀에게 말을 한 것이다.

"식구들이 집에서 기다릴 거예요." 그녀가 대답했다.

"아, 식구들이 반대는 하지 않겠지요?" 그가 물었다. "머무르면 난 굉장히 기쁠 텐데요."

마침내 그녀가 묵묵히 있어 응낙으로 받아들여졌다.

"내가 하인 토마스에게 저녁 준비하라고 말할까요?" 그가 물었다.

"식사 후에 곧장 집으로 가야 해요." 그녀가 말했다.

어둡고 추운 밤이었다. 응접실엔 벽난로의 불이 없어 그들은 서재에 앉아 있었다. 그는 대부분 말이 없고 정신이 팔려 멍한 상태였고, 동생 위니프레드도 말을 별로 하지 않았다. 그러나 제럴드가 기운을 차리면, 그는 미소를 짓고 즐거운 표정으로 그녀와 평상시처럼 지냈다. 그러다 그에게 멍한 상태가 길게 찾아들었다. 그런데 그는 그것을 의식하지 못했다.

구드룬은 그에게 대단히 끌렸다. 그는 깊은 생각에 잠겨있는 듯 했다. 그녀가 의미를 알 수 없는 그의 이상하고 멍한 침묵이 그녀의 마음을 움직여 그에게 호기심을 자극했고 존경심을 품게 했다.

하지만 그는 매우 친절하게 굴었다. 식탁에서 최고의 음식을 권했고 그녀가 '버건디' 포도주보다 더 좋아할 줄 알고 약간 달콤하고 맛있는 황금빛 포도주를 정찬용으로 가져오게 했다. 그녀는 자신이 높이 존중받고 거의 필요한 존재라고 느꼈다.

그들이 서재에서 커피를 마시고 있을 때 방문을 두드리는 부드러운, 아주 부드러운 소리가 들렸다. 그는 흠칫 놀라며 "들어오세요"라고 말했다. 그의 음색이 고음으로 떨리는 것 같아서 구드룬의 신경을 건드렸다. 흰옷을 입은 간호사가 들어와 문간에서 그림자처럼 망설이고 있었다. 그녀는 아주 잘 생겼으나 참 이상하게도 수줍음을 타며 자신이 없어 했다.

"크라이치 씨, 의사 선생님이 말씀드릴 것이 있데요." 그녀가 낮고

---

* 프랑스의 동남부 지방.

조심스러운 목소리로 말했다.

"의사라고!" 그가 놀라 일어서며 외쳤다. "어디 계세요?"

"식당에 계세요."

"간다고 말해요."

그는 커피를 마신 후 간호사 뒤를 따라갔다. 간호사는 그림자처럼 사라졌다.

"어떤 간호사지?" 구드룬이 물었다.

"잉글리스 양인데―내가 제일 좋아해요." 위니프레드가 대답했다.

잠시 후에 제럴드가 돌아왔는데 자기 생각에 몰두하였고, 약간 취기가 있는 사람처럼 좀 긴장하고 멍한 태도를 보였다. 그는 의사가 그에게 뭘 요구했는지를 말하지 않고 뒷짐을 지고 난로 앞에 서 있었다. 그의 얼굴은 훤히 드러났고 정신이 나간 듯했다. 그가 정말 생각에 잠겨서가 아니었다―그는 마음속으로 순전히 긴장감을 느끼며 정지되어 있었다. 그리고 생각이 뒤죽박죽으로 떠돌았다.

"난 지금 가서 엄마를 봐야겠어요." 위니프레드가 말했다. "그리고 아빠를 잠들기 전에 봐야지."

어린애가 두 사람에게 인사를 했다.

구드룬도 떠나려고 자리를 떴다.

"벌써 가시려고요? 그래야 해요?" 제럴드가 재빨리 벽시계를 힐끗 보며 물었다. "아직 이른 시간인데. 가실 때 내가 바래다 드릴게요. 앉아요. 서둘러 떠나지 마세요."

구드룬은 그처럼 멍하게 되어 마치 그의 의지가 그녀를 지배하듯 자리에 앉았다. 거의 최면에 걸린 느낌이었다. 그가 그녀에게 낯설게 보였고 알지 못하는 인물 같았다. 그가 저기에서 정신 나간 듯 아무 말도 않고 서서 무슨 생각을 하고 있나? 무얼 느끼고 있나? 그가 그녀를 붙들었다—그걸 피부로 느낄 수 있었다. 그는 그녀를 떠나지 못하게 했다. 그녀는 공손하고 순종하는 태도로 그를 지켜보았다.

"의사가 무슨 새 소식을 알려드렸어요?" 마침내 그녀가 부드럽게 물었다. 그녀의 온화하면서도 조심스러운 동정이 그의 심장의 민감한 부분에 와 닿았다. 그가 천천히 무심한 표정으로 눈썹을 올렸다.

"아니요—새로운 건 없어요." 마치 그 질문이 상당히 건성이고 사소한 것인 양 대답했다. "의사 말이 맥박이 아주 약하고 간헐적이래요—그렇다고 그게 반드시 큰 문제는 아니지요."

그가 그녀를 내려다보았다. 그녀가 슬픈 표정을 보이며 검고 부드러운 눈을 치켜뜨자 그가 흥분되었다.

"그래요." 그녀가 한참 후에 중얼거렸다. "전 이런 일은 전혀 이해 못 해요."

"이해를 못 하는 게 좋아요, 뭐." 그가 말했다. "담배 피우시겠어요?—피우세요!" 그가 빨리 담뱃갑을 가져왔고 그녀에게 불을 켜주었다. 그리곤 다시 그녀 앞의 난롯가에 섰다.

"그래요." 그가 입을 열었다. "우리 집안에도 병이란 건 별로 없었어요—아버지가 병환이 들기 전엔." 그는 얼마 동안 생각에 잠긴 듯했다. 그러다가 별나게 내색하는 푸른 눈으로 그녀를 내려다보아서 그녀가 겁이 왈칵 났다. 그가 말을 계속했다. "이런 일은 정작 닥치기 전엔 짐작을 못 해요. 그제야 그런 일이 거기에 항상 있었다는 걸 깨닫지요—항상 있었다는 걸—내 말이 이해가 가요?—이런 치료 불능의 질병이 올 수 있다는 것, 서서히 죽음이 다가온다는 것 말이요."

그가 대리석 난로 바닥 위에서 초조히 발을 옮기더니 담배를 입에 물고는 천정을 올려다보았다.

"알겠어요." 구드룬이 낮게 중얼거렸다. "무섭지요."

그가 의식도 없이 담배를 뻐끔뻐끔 피웠다. 그러다가 담배를 입에서 빼더니 이빨을 드러내더니, 혀끝을 이빨 사이에 대고 궐련 조각을 뱉어냈다. 몸을 약간 옆으로 돌리는 모양이 혼자 있는 사람 같기도 하고 생각에 정신이 팔린 사람 같기도 했다.

"그 여파가 실제로 어떨지는 모르겠어요." 그가 말을 하고 다시 그녀를 내려다보았다. 그녀의 검은 눈은 상황을 이해하고 슬픔에 젖어 그의 눈을 들여다보았다. 그녀의 비탄에 잠긴 모습이 그의 눈에 들어오자 그가 얼굴을 옆으로 돌렸다. "그렇지만 분명한 건 내가 절대로 전과 같지 않다는 거지요. 남은 거라곤 아무것도 없어요. 무슨 뜻인지 알겠어요? 허공을 잡고 있는 것 같아요—동시에 자신이 텅 비게 되지요.—그래 무얼 해야 할지 모르겠어요."

"그래요." 그녀가 중얼거렸다. 굉장히 오싹한 느낌이 그녀의 신경 조직을 타고 내려갔다. 무거웠고 쾌감 같기도 하고 아픔 같기도 했다. "어떻게 하게요?" 그녀가 덧붙여 물었다.

그가 몸을 돌리더니 커다란 대리석 난로 벽에다 담뱃재를 털었다. 난로 벽은 가장자리까지 철망이나 가로막이 없이 그대로 드러나 있었다.

"모르겠어요. 정말." 그가 대답했다. "그렇지만 이 상황을 타개할 어떤 방안을 찾아야 한다는 생각이 확실히 들어요—하고 싶어서가 아니라, 해야 하니까요. 그렇지 않으면 완전히 끝이니까요. 모든 것이 전체로, 나 자신을 포함해서 안으로 무너지려는 찰나에 있어요. 단지 양손으로 그걸 위로 떠받치고 있는 거예요.—이런 상황은 분명히 계속 유지될 수가 없지요. 양손으로 천정을 영원히 떠받치고 있을 순 없지요. 조만간에 손을 놓아야 한다는 걸 알지요.—내 말뜻을 알겠어요?—그러니 무슨 일인가는 해야 해요. 안 하면 전 우주적인 와해가 닥치니까요—나에 관한 한 말이요."

그가 난롯가에서 발을 살짝 쳐들어, 발뒤꿈치로 담뱃재를 으쨌다. 그걸 내려다보았다. 구드룬의 눈에 벽난로의 아름다운 오래된 대리석 패널이 들어왔다. 그것은 제럴드의 주변과 머리 위로 부드럽게 곡선을 그리며 조각이 되어 있었다. 그녀는 드디어 운명에 갇혔다는 느낌이 들었다. 어떤 치명적인 운명의 올가미에 갇힌 느낌이었다.

"그렇지만 뭐를 할 수 있지요?" 그녀가 공손히 중얼거렸다. "제가 조금이라도 도움이 된다면 절 이용하세요—그렇지만 제가 무슨 도움이 되겠어요? 제가 어떤 도움이 될지 정말 모르겠어요."

그가 헤아리는 눈으로 그녀를 내려다보았다.

"당신이 돕는 건 바라지 않아요." 그가 신경이 좀 거슬려서 말했다. "할 일이 없기 때문이에요. 전 그냥 공감만 바라요. 알겠어요? 난 공감해 줄 말상대가 필요해요. 그게 긴장을 풀어줘요. 내가 마음을 터놓고 말할 사람이 없어요. 그게 이상한 거지요. 정말 아무도 없어요. 루퍼트 버킨이 있긴 있지요. 그렇지만 그는 공감해 줄 사람이 아니에요. 그는 이래라저래라 하길 좋아해요. 그런 태도는 아무짝에도 필요 없어요."

그녀는 기이한 올가미에 갇혔다. 자기 손을 내려다보았다.

그때 방문이 살며시 열리는 소리가 났다. 제럴드가 흠칫 놀랐다. 그는 분통이 터졌다. 구드룬을 진짜로 놀라게 한 것은 그의 자지러지게 놀라는 태도였다. 그리곤 그가 앞으로 나가 의도적으로 빠르고 우아하게 허리를 굽혔다.

"오, 어머니!" 그가 말했다. "여기까지 내려오시다니 친절도 하셔. 건강은 어떠세요?"

보라색 가운을 헐겁고도 부피가 있게 몸에 두른 초로의 부인이 조용히 들어섰다. 여느 때처럼 약간 몸이 굽어 있었다. 아들이 그녀 옆에 섰다. 그가 어머니에게 의자를 당기며 말했다. "저, 브랑윈 선생을 아시지요?"

어머닌 무관심한 태도로 구드룬을 힐끗 보았다.

"그래." 그녀가 대답했다. 그리곤 아들이 가져온 의자에 천천히 앉으며 물망초 색깔의 푸른, 경이로운 눈을 아들에게 돌렸다.

"아버지에 대해 물으려고 왔다." 그녀가 들릴락 말락 하는 작은 소리로 재빠르게 말했다. "손님이 있는 줄 몰랐다."

"모르셨다고요? 위니프레드가 말하지 않았어요? 브랑윈 선생이 우리 기분을 좀 살리기 위해 저녁 식사를 같이했어요—"

크라이치 부인이 구드룬에게 천천히 몸을 돌리고 그녀를 보았지만, 초점이 없는 눈이었다.

"손님에게 즐거운 식사가 못 되었겠구나." 그리곤 다시 아들에게 시선을 돌렸다. "위니프레드 말이 의사가 아버지에 대해 무슨 말을 했다는데. 그게 뭐냐?"

"단지 맥박이 아주 약하다는—여러 번 맥박이 한꺼번에 멈추었대요—그래서 아버지가 이 밤을 못 넘길 것 같다고 해요." 제럴드가 대답했다.

크라이치 부인은 이 말을 못 들은 것처럼 완전히 꼼짝 않고 앉아 있었다. 그녀의 큰 몸집이 의자에 푹 들어간 것 같았고 금발의 머리카락은 양쪽 귀 위로 축 늘어졌다. 그러나 피부는 맑고 고왔다. 그녀가 까맣게 잊고 손을 포개고 앉았을 때 그녀의 손은 아주 고왔고 잠재적인 에너지가 넘쳐 보였다. 커다란 정력 덩어리가 그 무언의 큰 몸집 안에서 쇠퇴하고 있는 듯했다.

그녀가 아들을 쳐다보았다. 아들은 그녀 곁에 예리하면서도 군인다운 태도로 서 있었다. 어머니의 눈은 대단히 놀랍게 푸른빛이 돌았고 물망초보다 더 푸른빛을 띠었다. 그녀는 아들 제럴드를 어느 정도 신뢰하면서도 어머니답게 좀 못 미더워하는 듯했다.

"그래, 넌 어떠냐?" 그녀가 다른 사람은 들어선 안 된다는 듯 이상하게 조용한 목소리로 중얼거렸다. "아버지 때문에 번민하는 건 아니지? 이 일로 신경이 과민하게 되는 건 아니지?"

마지막 몇 마디에 담긴 도전적인 어조가 구드룬을 놀라게 했다.

"그렇지 않아요. 어머니." 그가 냉담하게 명랑한 투로 대답했다. "누군가는 임종을 지켜봐야지요."

"그래야 하니? 그래야 해?" 어머니가 빠르게 말했다. "왜 네가 그 일을 떠맡아야 하니? 임종을 지켜본다고 뭐가 어떻게 되니? 상황이 스스로 지켜보며 해결할 거야. 넌 필요 없어."

"그래요. 제가 무슨 소용이 있다는 건 아니에요." 그가 대답했다. "알다시피, 그냥 일이 어떻게 우리에게 영향을 끼치느냐가 문제지요."

"넌 이 일에 영향받기를 바라니? 그것이 너에겐 낙이 되는 일이냐? 넌 중요한 인물이 되어야 한다. 집에 처박혀 있을 필요가 없다. 왜, 멀리 떠나 있지 않고!"

분명히 수없이 많은 밤 동안에 영글은 낱알 같은 이 말들이 제럴드를 깜짝 놀라게 했다.

"어머니, 인제 와서 마지막 순간에 집을 떠난다는 건 아무 소용없어요." 그가 냉랭하게 대답했다.

"조심해라." 어머니가 대꾸했다. "네 몸이나 챙겨라—그게 네가 할 일이다. 넌 스스로 너무나 많은 짐을 지웠어.—네 몸을 돌보아라. 아니면 곤경에 빠질 거다. 그런 일이 너에게 일어날 거야. 넌 늘 그랬듯이 너무 신경을 곤두세우고 있어."

"전 괜찮아요, 어머니." 그가 말했다. "확실히 말하는데 절 걱정할 필요 없어요."

"죽은 자로 하여금 죽은 자를 장사하도록 해라*—죽은 자를 따라가서 네 몸까지 묻지 마라—그게 내가 해줄 말이다. 널 내가 잘 아니까 하는 말이다."

그는 뭐라 대답할지를 몰라 아무 말도 하지 않았다. 어머니는 침묵 속에 큰 몸집을 세우고 앉아 있었다. 반지라곤 안 낀 희고 고운 양손으로 안락의자의 손잡이를 꽉 잡고 있었다.

"넌 그걸 할 수 없어." 어머니가 거의 비통한 어조로 말했다. "너에겐 그런 담력이 없어. 사실은 고양이처럼 약하거든—항상 그랬지—이 젊은 여잔 여기서 묵을 거냐?"

"아니요." 제럴드가 대답했다. "오늘 밤 집으로 갈 거예요."

"그럼 마차를 타고 가는 게 좋겠다. 멀리 가나?"

"벨도버까지만요."

"아!" 초로의 부인이 한 번도 구드룬에게 눈길을 주지 않았지만, 그녀의 존재를 의식하는 것 같았다.

---

* 예수의 말씀. 〈마태복음〉 7장 2절.

"애, 제럴드야. 넌 너무 많은 짐을 지는 버릇이 있어." 어머니가 좀 힘들게 일어서면서 말했다.

"어머니, 가시게요?" 그가 공손하게 물었다.

"그래. 다시 올라가련다." 어머니가 대답했다. 구드룬에게 고개를 돌리며 작별인사를 했다. 그리곤 걷는 것이 익숙지 않은 듯 문 쪽으로 천천히 걸어갔다. 문간에서 그녀가 뜻있는 표정으로 그에게 얼굴을 쳐들었다. 아들이 어머니에게 키스했다.

"더 이상 나오지 마라." 그녀가 거의 들릴 듯 말 듯하게 말했다. "더 이상 나오지 마라."

아들이 어머니에게 밤 인사를 하고 층계 밑으로 가서 어머니가 천천히 올라가는 모습을 지켜보았다. 그러고 나서 그가 문을 닫고 구드룬에게 돌아왔다. 구드룬도 가려고 일어섰다.

"우리 엄마는 참 괴짜예요." 그가 말했다.

"그래요." 구드룬이 대꾸했다.

"나름대로 생각이 있어요."

"그래요." 구드룬이 대답했다.

그리곤 둘은 말이 없었다.

"가려고요?" 그가 물었다. "잠깐요. 내가 말을 마차에 걸게요—"

"아뇨." 구드룬이 말했다. "난 걷고 싶어요."

그가 그녀와 함께 길게 뻗은 호젓한 차도까지만 걷기로 약속했고 그녀가 그러길 원했다.

"마차를 그냥 타고 가는 게 좋을 텐데요." 그가 말했다.

"전 걷는 게 훨씬 더 좋아요." 그녀가 강조해 힘주어 말했다.

"그렇겠지요! 그러면 내가 함께 걸어가 줄게요. 어디에 짐을 놓았는지 알아요? 장화를 신고 올게요."

그가 모자를 쓰고 정장 신사복 위에 오버를 입었다. 그들은 밤 속으로 들어섰다.

"담뱃불을 붙입시다." 그가 현관의 우묵한 곳에 멈춰 서며 말했다. "당신도 한 대 피워요."

그래서 밤공기에 담배 향기를 뿌리면서 그들은 컴컴한 찻길로 들어섰다. 찻길은 경사진 초원 한가운데의 바싹 깎은 생울타리 사이에 나 있었다.

그는 그녀의 허리를 팔로 감싸고 싶었다. 만약에 그녀를 팔로 감싸고, 걸으면서 자신에게 당길 수 있다면, 마음에 평형을 잡으리라. 왜냐하면, 지금 자신이 두 개의 접시 중, 한쪽이 밑으로, 밑으로 한없는 허공으로 내려가는 저울처럼 느껴졌기 때문이다. 그는 어느 정도의 균형을 잡아야 했다. 여기에 희망이 있고 완벽한 회복의 길이 있었다.

그는 자기 뜻만 생각하고 그녀의 감정은 아랑곳하지 않고, 자신의 팔로 구드룬의 허리를 부드럽게 감싸고 자신한테 당겼다. 그녀는 사로잡힌 듯 느껴서 심장이 멈추는 것 같았다. 그러나 그의 팔이 기운이 너무나 세서 그녀는 강력하게 꽉 붙잡히어 움츠러들었다. 그녀는 작은 죽음을 겪었다. 그리고 강풍이 부는 어둠 속을 내려갈 때 그녀의 몸이 그에게로 당겨졌다. 그들이 함께 걸을 때 그녀의 몸을 자기 몸에 대고 완벽하게 균형을 잡는 듯했다. 그렇게 해서 그는 눈 깜짝할 사이에 해방되고 완전하고 강하고 당당했다.

그는 손을 입에 가져가더니 끝이 반짝이는 담배를 빼 보이지 않은 생울타리 속으로 던졌다. 그러자 그녀와 균형을 맞추기에 아주 자유로워졌다.

"이게 훨씬 낫군." 그가 의기양양해서 말했다.

그의 목소리의 의기양양한 어조가 그녀에게 달콤한 독이 든 약처럼 느껴졌다. 그렇다면 그녀가 그에게 그토록 중요하단 말인가! 그녀는 그 독을 홀짝홀짝 들이켰다.

"이제 기분이 좋으세요?" 그녀가 그러길 바라며 물었다.

"훨씬 좋아요." 그가 똑같이 의기양양한 어조로 말했다. "내가 정상적인 상태에서 멀리 벗어나 있었어요."

그녀가 그에게 가까이 바싹 다가갔다. 그녀가 온통 부드럽고 따스하다고 그는 느꼈다. 그녀는 그라는 존재의 풍요롭고 아름다운 실체였다. 그녀가 걸을 때의 동작과 온기가 그의 몸속에 흘러들어 경이롭게 가득 채웠다.

"제가 도움된다니 너무나 기뻐요." 그녀가 말했다.

"그래요." 그가 대답했다. "당신이 못한다면 그 누구도 이런 일을 할 수 없어요."

'그건 맞는 말이야.' 그녀가 이상하고 치명적으로 고양된 기분으로 혼자 중얼거렸다.

그들이 걸어가는 동안, 그가 자기 몸쪽으로 그녀를 점점 더 가까이 들어 올려서, 그녀는 그의 단단한 몸뚱이에 얹혀서 움직이는 듯했다. 그가 너무도 강하고 너무도 지속적이어서 그에게 맞설 수가 없었다. 그녀는 그와 경이롭게 한몸처럼 움직이면서 어둡고 바람이 부는 산기슭을 떠내려가듯 내려갔다. 저 멀리 건너편에선 벨도버의 작은 노란 불빛들이 빛났다. 그중에서 많은 불빛이 또 다른 컴컴한 언덕의 구획에 촘촘하게 퍼져있었다. 그러나 그와 그녀는 이 세상에서 벗어나, 완전하고 고립된 어둠 속을 걷고 있었다.

"그렇지만 저에게 얼마나 관심이 있으세요?" 그녀의 투덜거리는 투의 목소리가 들렸다. "저, 전 모르겠어요. 전 이해가 안 가요!"

"얼마나!" 그의 목소리가 곤란해 하며 원기 왕성하게 쩡쩡 울렸다. "저도 모르겠는데요—그렇지만 전부지요." 그는 자기가 이렇게 선언한 것에 깜짝 놀랐다. 그건 사실이었다. 이렇게 인정을 하고 나니 자신의 보호수단을 죄다 벗어 던진 셈이 되었다. 그는 그녀를 위해 모든 관심을 쏟았다—그녀가 전부를 의미하니까.

"그렇지만 전 믿을 수가 없어요." 그녀가 나지막이 말했다. 놀라 떨고 있었다. 그녀는 의구심이 들면서도 기뻐서 몸을 떨었다. 이것이 그녀가 듣고 싶은 말이었다. 이 말만이. 그러나 이제 그 말을 듣고 나니, 그의 목소리가 진정으로 이상하게 쩡쩡 울리는 걸 듣고 나니 그 말을 믿을 수가 없었다. 그녀는 믿을 수가 없었다—아니, 믿질 않았다. 그런데도 그녀는 믿었다. 치명적인 환희를 느끼며 의기양양해서.

"왜 못 믿지요?" 그가 물었다. "왜 당신은 믿질 못해요? 사실인데. 그건 우리가 이 순간에 서 있는 것처럼 사실이에요—" 그가 바람 속에서 그녀와 가만히 서 있었다. "난 우리가 지금 서 있는 이 지점 외엔 지상이나 하늘의 그 어떤 것에도 관심이 없어요. 그리고 내가 관심을 쏟는 것은 나 자신의 존재가 아니에요. 그건 온통 당신이란 존재예요. 나의 영혼을 백번이라도 팔겠어요—그렇지만 당신이 여기에 없다면 난 못 견딜 거요. 난 혼자 있는 걸 견딜 수 없어요. 내 머리가 터질 거예요. 그건 사실이에요." 그가 그녀를 더 바싹 힘주어 끌어당겼다.

"아니에요." 그녀가 무서워서 중얼거렸다. 그러나 바로 이것을 그녀가 원했다. 왜 그녀는 그토록 용기가 없었을까?

그들은 그 이상한 걷기를 다시 시작했다. 그들은 서로가 아주 낯설게 느꼈다—그런데도 아주 겁날 정도로, 생각지도 못할 정도로 가까웠다. 그건 미친 것 같았다. 그러나 그것이 바로 그녀가 원하는 바였다. 그게 바로 그녀가 원하는 것이었다.

그들은 언덕을 내려왔다. 이제 그들은 길이 탄광 철도 밑으로 나 있는 네모난 모양의 구름다리에 다가오고 있었다. 이 구름다리가 네모난 돌벽들로 되어 있고, 한쪽 벽엔 똑똑 떨어지는 물 때문에 이끼가 끼어있고 다른 쪽은 말라 있다는 걸 구드룬은 알고 있었다. 그녀는 예전에 그 밑에 서서 머리 위 철로에서 기차가 우렛소릴 내며 지나가는 걸 들었다. 그리고 이 컴컴하고 호젓한 다리 밑에서 젊은 광부들이 비 오는 날이면 애인과 서 있는 걸 알았다. 그래서 그녀는 자신의 애인과 그 다리 밑 아무것도 안 보이는 어둠 속에서 키스 받기를 원했다. 그 구름다리가 가까워지면서 그녀의 발걸음이 느려졌다.

그렇게 그 다리 밑에서 그들은 멈춰 섰다. 그가 가슴팍 위로 그녀를 쳐들었다. 그가 그녀에게 바싹 다가와 숨이 막히고 몽롱해지고 파괴되면서 그녀를 자기 가슴팍에 내리누를 때, 그의 몸뚱이가 팽팽해지며 힘있게 진동했다. 아, 그것은 무시무시했으며 완벽했다. 이 철도 다리 밑에서 광부들은 애인들을 가슴까지 바싹 당기며 눌렀다. 이제 이 다리 밑에서 그들 모두의 주인이 그녀를 자기 몸에 대고 누르고 있다니! 그의 포옹은 광부들의 것보다 얼마나 더 강력하고 무시무시한가! 그의 사랑이 같은 종류이지만 그들의 것보다 얼마나 더 진하고 지고한가!

그녀는 그의 인간 같지 않게 긴장해서 떠는 팔과 몸뚱이의 압력을 받으며 정신이 혼미해져 죽을 것 같았다―그녀는 죽은 것 같았다. 그러다가 그 생각할 수 없을 정도로 굉장한 진동이 늦춰지더니 물결치듯 더 출렁거렸다. 그가 긴장을 늦추더니 등을 벽에 대고 서서 그녀를 끌어당겼다.

그녀는 거의 의식을 잃었다. 그렇게 광부들의 연인들이 등을 벽에 대고 서서 애인을 붙잡고 지금 그녀가 키스를 받듯이 키스를 해주었구나. 아, 그러나 그들의 키스가 그들의 주인의 팽팽한 입술이 주는 키스만큼 멋지고 강력할까? 짧게 다듬어 찌르는 콧수염조차―광부들에겐 없지.

그리고 광부들의 애인은 그녀처럼 고개를 애인의 어깨 위에 얹고, 컴컴한 구름다리에서 저 멀리 보이지 않은 언덕에 다닥다닥 붙어 있는 노랑 불빛을 보았겠지. 아니면 어렴풋이 보이는 나무의 형체들과 반대편의 탄광건물들과 목재저장소를 보았겠지.

그의 팔이 더 바싹 그녀를 조였고 그는 그녀를 자기 몸속으로 당기는 듯했다. 탐욕스럽게 그녀의 충만한 육체적 존재를 들이키며 그녀의 온기와 부드러움과 가뿐한 체중을 몸속으로 잡아끄는 것 같았다. 그가 그녀를 쳐들었고 포도주를 잔에 따르듯 그녀를 자기 몸에 따르는 듯했다.

"이걸 위해선 모든 걸 바치겠어." 그가 이상하게 꿰뚫는 목소리로 말했다.

그렇게 그녀는 긴장을 풀고 녹아서 그의 몸속으로 흘러드는 것 같았다. 마치 그녀가 무한히 따스하고 진귀하게 충만한 존재로 마취제처럼 그의 핏줄을 가득 채우는 것 같았다. 그녀는 팔로 그의 목을 껴안고, 그가 그녀를 키스하며 완전히 위로 들어 올려서 그녀는 축 늘어져 그의 몸속으로 흘러들어 갔다. 그는 그녀의 생명의 포도주를 받는 단단하고 강한 잔이었다. 그렇게 그녀는 그의 몸에 기대고 들린 채 좌초되어 그의 몸 위에 얹혀 있었다. 그의 키스를 받아 녹고 또 녹아, 그의 팔다리와 뼛속으로 흘러들었다. 그건 마치 연철과 같은 그의 몸이 그녀로부터 전류를 과도하게 충전 받는 꼴이었다.

드디어 그녀가 기절하자 정신이 사라지고 그녀는 완전히 죽었고 그녀 속의 모든 것이 녹아내려 흐물흐물했다. 그녀가 그의 몸뚱이에 조용히 담겨 있었다. 번개가 순수하고 부드러운 돌 속에서 잠자고 있듯이 그의 속에서 잠잤다. 그렇게 그녀는 빠져나가 그의 몸속으로 들어갔고 그가 완성되었다.

그녀가 다시 눈을 뜨고 멀리 불빛이 보이는 지역을 보았을 때, 세상이 아직 존재하고, 그녀가 다리 밑에서 제럴드의 가슴팍에 머리를 대고 서 있다는 것이 이상했다. 제럴드—그가 누구지? 그는 그녀에게 절묘한 모험이요, 탐나는 미지의 존재였다.

그녀가 눈을 들고 어둠 속에서 머리 위에서 그의 얼굴을 보았다. 그의 잘생긴 남성적인 얼굴을. 그에게서 희미하게 흰빛이, 흰 아우라가 뿜어 나오는 듯했다. 마치 그가 미지의 세계에서 온 손님 같았다. 그녀는 이브가 선악과의 사과에 가듯, 다가가서 그에게 키스했다. 비록 그녀의 열정은 그의 실체를 월등히 두려워했지만, 호기심이 발동하여 무한히 섬세한 손가락으로 그녀는 그의 얼굴을 잠식하듯 매만졌다. 그녀의 손가락이 그의 얼굴의 윤곽과 이목구비를 쓰다듬었다. 그가 너무나도 완전하고 낯설었다—아! 너무나도 위험스런 존재였다! 이것을 완전히 알고 나니 그녀의 영혼이 전율했다. 이것이 반짝이는 금단의 열매였구나, 이 남자의 얼굴이. 그녀는 그에게 키스하며 손가락으로 그의 얼굴의 선과 눈, 콧구멍을 더듬고 눈썹과 귀를 매만지다 목까지 이르렀다. 촉감으로 그를 알아내고 인식하기 위해서였다. 그는 아주 탄탄하고 잘 생겼다. 대단히 만족스럽게, 개념조차 오지 않게 아름답고 낯설었으나 말할 수 없이 맑았다. 그는 말로 표현할 수 없이 대단한 적수였고 차가운 하얀 불을 뿜어내 번쩍거렸다. 그녀는 그를 만지고 또 만지고 또 만져서 마침내는 그를 모두 손안에 소유하길 원했다. 마침내 그를 채에 거르듯 걸러 그녀의 인식 속에 다 담아두길 원했다. 아, 그녀가 그의 진귀한 인식을 다 담을 수만 있다면 그녀는 충만해지고 그 무엇도 이를 빼앗아 갈 수가 없으리라. 왜냐하면, 평범한 낮이 닥치면 그는 아주 확신이 안 가고 위태하기 때문이었다.

"당신은 너무나 아름다워요." 그녀가 목구멍에서 속삭였다.

그가 의아해하며 잠시 정지했다. 그러나 그녀는 그가 떠는 걸 느끼고 자기도 모르게 그의 몸 위로 더 가까이 내려왔다. 그가 어찌할 수가 없었다. 그녀가 손가락으로 그를 꽉 쥐고 있었다. 손가락이 그에게서 불러일으키는 끝없고, 끝이 없는 욕정은 죽음보다 더 깊었다. 그는 선택의 여지가 없었다.

그러나 그녀는 이제 다 파악을 했고, 그것으로 충분했다. 얼마 동안 그녀의 영혼이 그의 보이지 않게 흐르는 번개에 격렬하게 충격을 받고 파괴되었다. 그녀는 알았다. 이러한 인식은 죽음과 같기에 거기에서 그녀가 빨리 벗어나야 했다. 그의 몸 중에서 그녀가 알아야 할 곳이 얼마나 더 남아 있나? 아, 많고도 많이 남아있었다. 방사선을 내뿜는 그의 육체의 들판엔 그녀의 큼지막하지만 완벽하게 섬세하고 분별력 있는 손이 여러 날 동안 추수할 것이 남아 있었다.

아, 그녀의 손이 이걸 알아내려고 탐욕스럽게 열을 냈다. 그러나 현재로선 그것으로 충분하고 충분했다. 그녀의 영혼이 감당하기엔 충분했다. 정도가 지나치면 그녀의 몸이 부서지리라. 그녀가 너무 빨리 섬세한 영혼의 유리병을 가득 채우면 그건 깨어질 것이다. 이제 충분해—당분간 충분하다고. 그녀의 손이 새처럼 그의 신비롭고 탄력적인 몸이란 들판에서 양식을 얻을 수 있는 훗날이 많고도 많은데. 그때까진 충분해.

그조차 정지를 당하고 견책받고 뒤로 물러서게 되니 기뻐했다. 왜냐하면, 욕망이 소유보다 나으니까. 끝의 최종이란 그것이 욕망 되는 만큼이나 깊게 두려워했다.

그들은 읍내를 향해 걸었다. 골짜기의 컴컴한 큰길을 따라 가로등이 드문드문 하나씩 줄지어 선 곳을 향해 걸어갔다. 마침내 그들은 차도로 이어지는 대문에 이르렀다.

"더 이상 오지 마세요." 그녀가 말했다.

"더 안 가길 바라는 거요?" 그가 안심되어 물었다. 그의 영혼이 온통 발가벗고 불이 붙은 채, 그녀와 함께 대로를 걸어 올라가고 싶지 않았다.

"그게 더 좋겠네요—안녕히 가세요." 그녀가 손을 내밀었다. 그가 손을 잡았고 다음엔 그 조마조마하게 마력적인 손가락에 그의 입술을 갖다 대었다.

"안녕." 그가 말했다. "내일 봐요."

그리고 그들은 헤어졌다. 그가 살아있는 욕망의 힘과 기운을 팽팽히 느끼며 귀가했다.

그러나 이튿날 그녀는 오지 않았다. 감기로 집 안에 갇혔다는 쪽지를 보냈다. 참 괴로웠다! 그러나 그는 인내심을 발휘해서 침착성을 유지했다. 그리곤 그녀를 볼 수 없어 매우 유감이라는 간단한 답장을 보냈다.

그 다음 날에 그는 집에 머물렀다―사무실에 가는 것이 아무 소용이 없어 보였다. 아버지는 그 주간을 넘기지 못할 것 같았다. 모든 일을 보류한 채, 집에 있기를 원했다.

제럴드가 아버지 방에서 창가 의자에 앉아 있었다. 바깥 경치는 황량하고 겨울에 절어 있었다. 아버지는 침대에 재처럼 회색빛으로 누워있었고, 흰 가운을 입은 간호사가 소리 없이 움직였는데 모습이 단정하고 우아했고 곱기까지 했다. 방 안엔 향수 냄새가 났다. 간호사는 방을 나갔고 제럴드가 시커먼 겨울 풍경을 바라보며 홀로 죽음과 함께 있었다.

"덴리 탄광에 물이 많이 고여 있니?" 침대에서 단호하지만 불평하는 투의 희미한 목소리가 들렸다. 죽어가는 사람이 윌리 호수의 물이 새어 나와 탄갱에 흘러들었느냐고 묻는 것이었다.

"좀 더 고였어요―호수에서 물을 빼내야겠어요." 제럴드가 대답했다.

"그러겠니?" 가는 목소리가 걸러 나오더니 사라졌다. 쥐죽은 듯 침묵이 흘렀다. 얼굴이 잿빛인 환자가 눈을 감고 있어 죽음보다 더 죽음 같아 보였다. 제럴드가 시선을 돌렸다. 가슴이 타는 것 같았다. 이렇게 좀 더 끌면 가슴이 꺼질 것 같았다.

갑자기 그가 이상한 소릴 들었다. 고개를 돌려보니 아버지의 눈이 크게 뜨고 비인간적인 고투의 광란 가운데서 마구 눈동자를 굴리고 있었다. 제럴드가 벌떡 일어나 겁에 질려 그 자리에 꼼짝 못하고 서 있었다.

"으아-아-아-아" 아버지의 목구멍에서 목이 졸려 꼬르륵거리는 무서운 소리가 났다. 그의 눈은 겁을 먹고 발광하듯 눈망울을 마구 굴리며 미친 듯 도움을 청하다가 마지막엔 맹목적으로 제럴드를 쳐다보았다. 그때 괴로워하는 환자의 얼굴 위로 검은 피와 유동성 음식물이 왈칵 쏟아져 나왔다. 긴장했던 몸이 풀어지더니 목을 베개 밑 옆구리로 떨구었다.

제럴드가 꼼짝 못 하고 서 있었다. 그의 영혼이 경악하며 메아리쳤다. 그는 움직이려 했지만, 발이 떨어지지 않았다. 사지를 움직일 수가 없었다. 뇌에서 맥박이 뛰듯 소리를 내는 것 같았다.

흰 가운을 입은 간호사가 조용히 들어왔다. 그녀가 제럴드를 힐끗 보더니 다음엔 침대를 보았다.

"아!" 가늘게 흐느껴 우는 소리가 들렸고 그녀가 곧 죽은 사람 쪽으로 급히 갔다. 그녀가 침대 위로 몸을 굽히고 서 있을 때 "아!-아" 하는 슬픔에 동요된 소리가 가늘게 들렸다. 그러고 나서 그녀가 정신을 차리고 몸을 돌려 수건과 스펀지를 가져왔다. 그녀가 그 죽은 사람의 얼굴을 조심스레 닦고 있었다. 거의 홀쩍이듯 아주 가늘게 속삭였다. "불쌍한 크라이치 씨!—너무도 불쌍한 크라이치 씨!—오! 불쌍한 크라이치 씨!"

"돌아가셨어요?" 제럴드의 날카로운 목소리가 울렸다.

"아, 그래요. 돌아가셨어요." 간호사가 제럴드의 얼굴을 쳐다보면서 신음하는 부드러운 목소리로 대답했다. 간호사는 젊고 아름답고 몸을 떨고 있었다. 야릇한 미소가 공포에 질린 제럴드의 얼굴 위를 잔잔히 스쳤다. 그가 방문을 나섰다.

그가 어머니에게 알려드리러 가는 중이었다. 층계참에서 남동생 배질을 만났다.

"배질, 아버님이 가셨어." 그가 무의식적으로 겁을 먹은 환희의 어조가 새어나가지 않게 억지로 목소리를 억누르며 말했다.

"뭐라고?" 배질이 창백해지며 외쳤다.

제럴드가 고개를 끄덕였다. 그리고 그가 어머니의 방으로 올라갔다.

어머니는 보라색 가운을 입고 바늘 한 뜸을 뜨고 또 다음 한 뜸을 뜨며 아주 천천히 바느질하고 있었다. 어머니가 겁내지 않는 푸른 눈으로 제럴드를 쳐다보았다.

"아버지가 돌아가셨어요." 그가 말했다.

"돌아가셨어? 누가 그래?"

"아, 알지요. 어머니, 보시면요."

어머니가 바느질감을 내려놓고 천천히 일어섰다.

"아버님을 보려고요?" 그가 물었다.

"그래." 어머니가 말했다.

침대 옆에 자식들이 이미 서서 훌쩍이며 모여 있었다.

"아, 어머니!" 딸들이 미친 듯이 큰 소리로 울면서 소리쳤다.

그러나 어머니는 앞으로 걸어갔다. 죽은 자는 마치 잠이 든 양 편히 누워 있었다. 순하게 잠을 자는 젊은이처럼 아주 순하고도 아주 평화롭게. 그의 몸은 아직 따스했다. 그녀가 얼마 동안 음울하고 무거운 침묵 속에서 죽은 남편을 보며 서 있었다.

"그래." 그녀가 마침내 비통하게 입을 열었다. 마치 눈에 보이지 않은 공중의 증인들에게 말하듯, "당신이 돌아가셨군요." 그녀가 몇 분 동안 말없이 내려다보며 서 있었다. "아름답군요." 그녀가 힘주어 말했다. "인생이 당신을 만진 것 같지 않게 아름다워요—절대로 당신을 만진 것 같지 않아요.—하나님 난 이와 다르게 보이길 바랍니다.—내가 죽었을 땐, 내 나이에 맞게 보이길 바랍니다.—아름답군요, 아름다워요." 그녀가 남편을 내려다보며 낮은 소리로 중얼거렸다. "첫 수염이 난 십 대의 모습이야.—아름다운 영혼이야. 아름다운—" 그리곤 그녀가 절규하며 소리쳤다. "너희 중 아무도 나중에 죽거든 이렇게 보이지 마라! 다신 이런 일이 생기지 않게 해라." 그건 미지의 세계에서 울려 나오는 야릇하고 거친 명령이었다. 어머니의 이런 끔찍스런 말에 자식들이 무의식중에 더 가까이 모여 섰다. 그녀의 뺨에 홍조가 달아오르며 빛이 났다. 어머닌 오싹하고 경이롭게 보였다. "날 탓해라. 원하면 날 탓해. 저이가 처음 수염이 난 십 대의 모습으로 저렇게 누워있다고. 원하면 날 탓하라고. 그렇지만 너희는 아무도 모른다." 어머니가 극도의 침묵을 지키며 잠잠히 있었다. 그러다가 낮고도 긴장된 목소리가 들렸다. "만약에 내가 낳은 자식들이 죽어서 저런 모습을 보인다면 난 아예 어린 아기 때 목을 졸라 죽일 거야. 그래—"

"아니에요. 어머니." 뒤편에서 클라리온 나팔 소리 같은 제럴드의 이상하게 맑은소리가 들렸다. "우린 달라요. 우린 어머닐 탓하지 않아요."

그녀가 몸을 돌려 아들의 눈을 빤히 쳐다보았다. 그리곤 미친 듯한 절망감으로 손을 기이하게 허우적거리더니 쳐들었다.

"기도해라!" 그녀가 강하게 말했다. "너희 부모는 아무 도움이 안 될 테니 하나님께 너희 자신들을 위해 기도하라고."

"오, 어머니!" 딸들이 마구 울부짖었다.

그러나 어머닌 몸을 돌리더니 사라졌고 자식들도 모두 각자 떨어져 종종걸음으로 방을 떠났다.

구드룬이 크라이치 씨가 사망했다는 소식을 들었을 때 비난받는 느낌이었다. 그녀는 제럴드가 그녀를 손에 쉽게 넣을 수 있는 여자로 보지 않게 하려고 멀리 떨어져 있었다. 이제 그녀가 냉랭하게 있을 때 그는 고통 가운데 있었다.

그 이튿날 그녀는 평상시처럼 위니프레드에게 갔다. 그녀는 선생님을 보고 반가워했다. 작업실에 떨어져 있는 것이 기뻤다. 어린 그녀는 슬피 울었고, 또 겁이 나서, 더 이상의 비극적인 사태를 피하려고 고개를 돌렸다. 그녀와 구드룬은 스튜디오에 떨어져 있으며 여느 때처럼 작업을 다시 시작했다. 집 안에서 목적 없이 불행 속에서 시간을 보내다가 작업을 하는 건 헤아릴 수 없는 행복이었고 순수한 자유의 세상이었다. 구드룬은 저녁때까지 머물렀다. 그녀와 위니프레드는 저녁 식사를 작업실로 가져오게 해서 집안의 다른 식구들과 멀리 떨어져서 자유로운 분위기에서 식사했다.

저녁 식사 후에 제럴드가 스튜디오로 올라왔다. 넓고 높은 스튜디오엔 응달과 커피 향으로 가득 차 있었다. 구드룬과 위니프레드는 방 맨 끝에 있는 벽난로 가까이 있는 작은 테이블에는 불빛이 멀리까지 가지 않는 흰 램프를 설치했다. 그곳은 그들만의 작은 세계였고 두 어린 여자들은 아름다운 그림자에 둘러싸여 있었다. 머리 위론 서까래와 대들보가 그림자를 드리웠고 스튜디오 아래쪽엔 벤치와 도구들이 희미하게 보였다.

"여긴 참 아늑하네요." 제럴드가 그들에게 다가오면서 말했다.

나지막한 벽돌 벽난로엔 불이 활활 타오르고 있었고 오래된 푸른 터키 융단과 작은 참나무 테이블이 보였다. 테이블엔 램프와 희고 푸른 밥상보와 후식이 놓여 있었다. 구드룬이 요상하게 생긴 놋쇠 커피 주전자로 커피를 만들고 위니프레드는 작은 냄비에 우유를 조금 데우고 있었다.

"커피 마셨어요?" 구드룬이 물었다.

"네, 그렇지만 당신들과 더 마시겠어요." 그가 대답했다.

"그럼 오빤 유리잔에다 마셔야겠어—커피잔이 두 개뿐이거든." 위니프레드가 말했다.

"무슨 잔에다 마시든 나에겐 똑같아." 제럴드가 두 여자가 있는 매혹적인 영역 안으로 걸상 하나를 들고 오며 말했다. 그들은 얼마나 행복한가! 높은 그림자 세계에서 그들과 함께 있는 것이 얼마나 아늑하고 매력적인가! 그가 온종일 장례 절차를 처리하던 바깥세상은 완전히 사라졌다. 그는 금세 매혹적이고 마술적인 분위기를 코로 들이켰다.

그들의 모든 물건은 아주 우아했다. 두 개의 야릇하게 생긴 아름다운 작은 컵은 주홍색 바탕에 순금이 둘러쳐져 있었고 작은 검은 주전자엔 주홍색 원들이 그려져 있었다. 묘하게 생긴 커피 기계에선 알코올이 보일 듯 말듯 타고 있었다. 좀 음흉스런 풍요의 분위기가 감돌았는데 제럴드는 얼른 그 안으로 피신했다.

그들은 모두 자리에 앉았고 구드룬이 조심스레 커피를 잔에 부었다.

"우유를 넣으세요?" 그녀가 침착하게 물었다. 그리고 커다란 빨간 원 무늬가 그려진 작고 검은 주전자의 균형을 좀 불안스레 잡았다. 그녀는 아주 완전히 침착했지만 아주 쓸쓸하게 불안했다.

"아니요. 안 넣어요." 그가 대답했다.

그녀는 기이하게 겸허한 자세로 그 앞에 작은 커피잔을 내려놓고 그녀 자신은 못생긴 큰 컵을 차지했다. 그녀는 그를 제대로 대접하고 싶었다.

"왜 나에게 그 잔을 주시지 않지요—그 잔은 당신에게 너무나 어울리지 않아요." 그가 말했다. 그는 그 못생긴 잔을 쓰고 그녀가 제대로 된 잔으로 우아하게 마시는 것을 보고 싶었다. 그러나 그녀는 대답하지 않았다. 자신을 낮춰 이렇게 잔을 바꿔 마시는 것이 좋았다.

"당신들 아주 편해 보이네." 그가 말했다.

"그래. 그렇지만 우린 손님접대엔 편하지 못해." 동생 위니프레드가 말했다.

"그렇지 못하다고? 그럼 난 침입자가?"

그때야 자신의 상복이 이곳에 어울리지 않는 외부인이라는 걸 느꼈다.

구드룬은 아주 말이 없었다. 그녀는 그에게 말을 걸 정도로 끌리지 않았다. 이러한 상황에서는 침묵이 최선이었다—아니면 가볍게 몇 마디만 하는 게. 심각한 이야긴 피하는 것이 최선이었다. 그래서 그들은 명랑하고 가볍게 이야길 나누었다. 마침내 아래서 마부가 말을 밖으로 끌어내며 "뒤로, 뒤로"라고 소리치는 소리가 들렸다. 구드룬을 집에 바래다줄 마차를 준비하는 소리였다. 그래서 그녀는 옷을 입고 제럴드와 눈을 마주치지 않으며 악수를 했다. 그녀가 가버렸다.

장례식은 역겨웠다. 장례식을 치른 후 차를 마시는 테이블에서 딸들은 계속 말을 했다—"우리에겐 좋은 아버지셨어—세상에서 최고의 아버지셨어"—또는 "우리 아버지 같으신 분은 이 세상에서 쉽게 찾지 못할 거야."

제럴드는 이 모든 것을 묵인했다. 그건 인습적으로 볼 때 올바른 태도이니까. 그리고 세상이 돌아가는 일에 한해서는 그도 인습적인 걸 믿었다. 그것을 당연지사로 받아들였다. 그러나 위니프레드는 이 모든 걸 증오했고 스튜디오에 몸을 감추고 하염없이 울면서 구드룬이 오길 바랐다.

다행히도 모든 사람이 떠났다. 크라이치가(家) 사람들은 집에 절대로 오래 머무른 적이 없었다. 저녁 식사 땐 제럴드 홀로 남겨졌다. 위니프레드까지 언니 로라와 함께 며칠 동안 런던에 있기로 하여 떠밀리다시피 떠났다.

그러나 제럴드가 진짜로 홀로 남게 되자 그걸 참을 수가 없었다. 하루가 지나갔다. 또 다음 날이 지나갔다. 그 시간 동안 그는 깊은 구렁텅이의 가장자리에 쇠사슬로 묶여 매달린 사람 같았다. 아무리 애를 써도 그가 자신의 몸을 단단한 땅에 댈 수가 없었다. 땅에 발을 디딜 수가 없었다. 그가 절벽 가장자리에 매달려서 몸부림을 치고 있었다. 무슨 생각을 하건 그건 깊은 구렁텅이였다―생각의 대상이 친구건 낯선 사람이건, 일이건, 놀이건 간에 이 모든 것이 그에게 똑같이 바닥이 없는 구렁텅이만 보여주었고, 그의 심장이 그곳에 매달려 소멸하고 있었다. 피할 도리가 없었다. 손에 잡을 것이 없었다. 그가 눈에 보이지 않은 육체적인 삶의 쇠사슬에 묶인 채 구렁텅이의 가장자리에 매달려 몸부림쳐야 했다.

처음엔 조용히 있었다. 극한 상황이 지나가길 기대하면서 가만히 있었다. 참회의 극한 상황 후엔 그가 풀려나서 살아있는 자들의 세상으로 들어가길 기대했다. 그러나 그건 지나가지 않았고 위기가 그에게 육박했다.

셋째 날 저녁이 다가오자 그의 심장이 공포에 떨었다. 하룻밤을 더 견딜 수가 없었다. 새로운 밤이 다가오고 있었다. 새로운 이 밤엔 그가 육체적인 생명의 쇠사슬에 묶여, 무(無)의 밑 없는 구렁텅이 위로 매달릴 것이다. 그걸 참을 수가 없었다. 그는 영혼에서 깊게, 차갑게 겁을 먹었다. 그는 자신의 능력을 더 이상 믿지 않았다. 그는 이 끝없는 구렁텅이 속으로 떨어지면 다시 일어날 수가 없었다. 만약에 떨어진다면 그는 영원히 사라질 것이었다. 그가 뒤로 물러나 증원군을 찾아야 했다. 그는 자신만의 힘을 그 이상으론 믿을 수 없었다.

저녁 식사 후에 자신의 무(無)와 궁극적으로 맞닥뜨리자 그는 고개를 돌렸다. 그는 코트를 걸치고 장화를 신고서 밤 속으로 걸어가려고 나섰다.

캄캄한 밤이었고 안개가 잔뜩 끼어 있었다. 그가 숲 사이를 걸어가며 걸려 넘어지기도 하면서 물방앗간 집으로 가는 길을 더듬어 갔다. 버킨이 외출 중이었다. 잘 됐어—잘 됐다는 생각이 좀 들었다. 그가 언덕을 올라가다가 거친 비탈 위에서 걸려 마구 넘어졌고 칠흑 같은 암흑 속에서 길을 잃어버렸다. 정말 맥 빠지는 일이었다. 도대체 어디로 가고 있는 것일까? 그건 문제가 되지 않지. 그는 넘어지고 비틀거리며 가다가 다시 작은 오솔길을 만났다. 그다음엔 다른 숲 속으로 계속 갔다. 그의 정신이 아득해지면서 자동적으로 그냥 걸어갔다. 생각이나 감각 없이 계속 비틀거리며 가다가 탁 트인 들판으로 다시 나왔다. 길로 나가는 층계를 찾다가 길을 잃고 들판의 생울타리를 따라 계속 가다가 마침내 출구에 이르렀다.

그러다가 마침내 큰길을 만났다. 칠흑 같은 숲 속에서 무턱대고 길을 찾아 헤매다 보니 정신이 혼란스러워졌다. 그러나 이젠 한 방향을 잡아야 했다. 그리고 그는 자기가 어디에 있는지 알지도 못했다. 그러나 이제는 방향을 잡아야 했다. 그냥 무턱대고 걷는다고 무슨 문제가 해결되지는 않을 것이다. 어느 쪽으로 가야 할지를 정해야 했다.

그는 완전히 캄캄한 밤에 높은 길 위에서 꼼짝 않고 서 있었다. 그런데 도대체 서 있는 지점이 어딘지 알 수가 없었다. 기분이 이상했다. 심장은 두근두근하고 완전히 낯선 암흑에 둘러싸여 있었다. 그래서 얼마 동안 그냥 서 있었다.

그런데 발소리가 들렸다. 작은 등이 흔들리는 것이 보였다. 그가 즉시 그쪽으로 갔다. 광부였다.

"이 길이 어디로 통하는지 알려줄 수 있어요?" 그가 물었다.

"길이라니유?—아, 왓모어로 가는 길인데유."

"왓모어라고! 아, 고맙소. 참, 그렇군. 난 틀린 줄 알았지. 잘 가시오."

"안녕히 가시유." 광부가 심한 사투리 억양으로 대답했다.

제럴드는 서 있는 곳이 어딘지 대강 짐작을 했다. 적어도 그가 왓모어에 도착하면 알 수 있으리라. 자신이 큰길에 들어서게 되어 기뻤다. 그의 결단력이 잠자고 있는 상태에서 앞으로 걸어나갔다.

저곳이 왓모어 마을이었나—? 그래, 킹스 헤드란 주막이네—그리고 저택의 대문이 보이네. 그는 뛰다시피 빠른 걸음으로 가파른 언덕길을 내려갔다. 분지를 돌아서 중등학교를 지난 다음에 윌리 그린 교회에 당도했다. 교회묘지네! 그가 발길을 멈추었다.

그리곤 다음 순간에 그가 벽을 타고 넘어서 무덤 사이를 걷고 있었다. 그렇게 캄캄한데도 그의 발치에 희뿌옇게 쌓인 오래된 흰 꽃을 알아볼 수 있었다. 그렇다면 이것이 무덤이었다. 그가 허리를 굽혔다. 꽃들은 차갑고 축축했다. 시든 국화와 월하향의 향기가 생생하게 났다. 발밑의 진흙을 느끼고 몸을 움츠렸다. 그건 엄청나게 소름 끼치게 차갑고 끈적였다. 그는 혐오감에 뒤로 물러섰다.

여기에 하나의 중심이 있구나. 눈에 보이지 않은 갓 만든 무덤 옆의 완전히 캄캄한 이곳에. 그러나 이곳에 그를 위한 것은 아무것도 없었다. 아니, 그가 이곳에 머무를 이유가 없었다. 그는 자기 심장에 그 진흙이 차갑고 불결하게 들러붙는다는 느낌이 들었다. 아니, 이곳은 충분해, 그만.

그렇다면 어디로 가지?―집으로? 그건 절대 아니야! 그곳에 갈 필요가 없어. 그곳은 무용지물 이하의 곳이야. 그곳으로 갈 수는 없어. 그곳 말고 갈 데는 있지. 어디지?

이미 고정된 생각처럼 그의 마음속에서 무서운 결심이 이루어졌다. 구드룬이 있었다―그녀는 집에서 안전하게 있겠지. 그렇지만 그녀를 수중에 넣을 수 있지―그는 그녀를 수중에 넣을 수 있을 것이다. 오늘 밤 그녀에게 가기 전엔 집으로 돌아가지 않을 것이었다. 그것이 목숨을 바치는 일이라 해도. 이 주사위 던지는 것에 그의 모든 것을 걸었다.

그는 들판을 곧장 가로질러 벨도버 쪽으로 걷기 시작했다. 사방이 너무 컴컴해서 아무도 그를 알아볼 수 없었다. 그의 신발은 젖은데다, 차가웠고, 진흙이 잔뜩 묻어 무거웠다. 그러나 그는 운명을 향해 걷듯 바람처럼 집요하게 앞을 향해 곧장 걸어갔다. 그의 의식 속엔 거대한 틈들이 있었다. 자신이 윈숍 마을에 당도했다는 것은 의식했으나 어떻게 거기까지 갔는지는 잘 몰랐다. 그리고 꿈을 꾸듯이 그가 가로등이 켜진 벨도버의 긴 거리에 들어섰다.

떠드는 목소리가 들렸다. 문을 꽝하고 닫는 소리, 빗장을 거는 소리, 밤에 떠드는 남자들의 소리가 들렸다. '넬슨 경' 술집이 막 문을 닫았고 술꾼들이 집으로 돌아가고 있었다. 그가 구드룬이 사는 길의 위치를 묻는 것이 낫다고 생각했다—왜냐하면, 골목길은 전혀 몰랐기 때문이다.

"저, 서머싯 드라이브가 어디쯤 있지요?" 그가 휘청거리며 걷는 남자에게 물었다.

"어디가 뭐라고유?" 술에 취한 광부가 물었다.

"서머싯 드라이브요."

"아, 서머싯 드라이브!—그런 이름은 들어봤는데—그렇지만 그 길이 어디 있는지 통 모르겠구먼유. 누굴 만나려는데유?"

"브랑윈 씨요—윌리엄 브랑윈 씨요."

"윌리엄 브랑윈—? —?"

"윌리그린의 중등학교에서 가르치는 분인데—따님도 거기서 가르쳐요."

"아—아—아—어, 브랑윈 씨요! 이제야 알아들었으유. 물론이지유. 윌리엄 브랑윈 씨 알지유. 그래유. 그래. 그이 말고, 선생 노릇하는 두 딸이 있지유. 아, 바로 그이군유—그이에유!—물론 어디 사는지 잘 알지유. 확실히 알아유! 가만있자—그 길 이름을 뭐라고 부르지유?"

"서머싯 드라이브." 제럴드가 참을성 있게 반복했다. 그는 자기가 거느린 광부들의 속성을 아주 잘 알고 있었다.

"서머싯 드라이브라, 분명해유!" 광부가 공중의 무엇을 잡는 양 그의 말을 휙 돌렸다. "서머싯 드라이브라—그래유! 그곳의 위치를 잘은 모르겠는데— 그래유, 그 길을 알아유. 확실이 알지유—"

그가 비칠거리며 발을 옮기고 인적이 거의 없는 캄캄한 길을 가리켰다.

"저 길로 올라가유—그리구선 첫 번째 길로 들어서설랑은—그래유, 왼쪽에서 첫 번째 골목으루 들어서유—저쪽으루 말이유—그래설랑은, 위덤지즈 과자가게를 지나설랑은—"

"알겠어요." 제럴드가 말했다.

"그래유! 조금 더 가설랑은 수문지기 집을 지나서 그리구설랑은 바로 사람들이 말하는 서머싯 드라이브가 오른쪽으로 꺾어 들어가면 나와유. 그런디유, 그 길엔 집이 세 채밖에 없시유. 제 생각엔 딱 세 채유. 확실히 알기로는 그 댁은유 그 마지막 집이유—세 채 중 마지막 집이라구요—아시겠지유—"

"대단히 고맙소." 제럴드가 대답했다. "안녕히 가세요."

그리곤 그가 길을 떠났고 그 술 취한 광부는 아직 길에 뿌리를 내리고 서 있었다.

제럴드는 컴컴한 상점과 주택들을 지나갔는데 그 대부분이 그때 잠들어 있었다. 그가 캄캄한 들판에서 끝나는 그 작은 막다른 길에 이르기까지 꼬불꼬불 길을 뚫고 지나갔다. 그는 목적지에 가까워져 오자 어떻게 조처를 할지를 몰라 걸음의 속도를 늦추었다. 칠흑 같은 어둠 속에서 그 집의 문이 모두 잠겨있으면 어쩌지?

그러나 그렇지가 않았다. 그는 불이 켜진 큰 창문을 보았고 사람들의 목소리를 들었는데 그다음엔 대문이 꽝하고 닫혔다. 그의 예민한 귀가 버킨의 목소리를 분별했고 밝은 눈은 버킨의 모습을 알아보았다. 어슐라가 그 옆 정원의 오솔길 충계 위에 연한 색 드레스를 입고 서 있었다. 그리고는 그녀가 충계를 내려와서 버킨의 팔짱을 끼고 길을 걸어 나왔다.

제럴드가 어둠 속으로 들어섰고 그들이 행복하게 재깔거리며 그의 앞을 지나갔다. 버킨의 목소리는 낮았고 어슐라의 목소리는 높고 분명했다. 제럴드가 재빨리 집으로 갔다.

불이 켜진 식당의 큰 창문에 블라인드가 내려져 있었다. 측면 좁은 길을 쳐다보니 현관문이 열려 있어 현관의 등불에서 부드러운 빛이 흘러나오고 있었다. 그가 잽싸게 살금살금 그 좁은 길을 올라가 현관을 들여다보았다. 벽에는 그림들이 걸려있었고 수사슴의 뿔도 걸려있었다—한쪽엔 이 층으로 올라가는 계단이 보였다—그리고 그 층계 밑 가까이에 반쯤 열린 식당의 문이 보였다.

제럴드는 가슴이 조마조마한 채 현관으로 들어섰고 현관 바닥은 색깔 있는 모자이크 무늬였다. 그는 재빨리 들어가서 그 크고 기분 좋은 방을 들여다보았다. 난로 옆 의자에서 아버지가 잠이 들었고 머리는 참나무로 된 큰 벽난로 선반에 측면으로 기대고 있었다. 멀리서 본 얼굴이 불그스레했고 콧구멍은 열리고 입은 약간 처져 있었다. 바스락 소리만 나도 그가 깰 판이었다.

제럴드가 일순간 숨죽이고 서 있었다. 그의 뒤에 있는 통로를 힐끗 보았다. 그곳은 완전히 캄캄했다. 다시 숨을 죽이고 서 있었다. 그리곤 재빠르게 층계를 올라갔다. 그의 감각은 아주 섬세했고 거의 초자연적으로 예민해져서 자기의 의지로 반쯤 잠이 든 그 집을 들씌우는 듯했다.

그가 첫 층계참에 이르렀다. 그는 거의 숨을 멈춘 채 서 있었다.

다시 아래층의 문과 같은 위치에 방문이 나 있었다. 그건 어머니의 방일 것이리라. 그녀가 촛불 아래서 왔다 갔다 하는 소릴 들을 수 있었다. 남편이 올라오길 기다리고 있는 것이리라. 그가 컴컴한 층계참을 따라 시선을 보냈다.

그리고 살금살금 무지하게 조심스레 발걸음을 옮기며 손가락 끝으로 벽을 더듬으면서 통로를 따라갔다. 방문이 하나 있었다. 그가 발걸음을 멈추고 귀를 기울였다. 두 사람의 숨 쉬는 소리를 들을 수 있었다. 그가 찾는 방이 아니었다. 그는 숨죽이며 앞으로 나아갔다. 또 다른 방문이 보이는데 반쯤 열려있었다. 그 방은 캄캄했다. 비어 있었다. 그리고 욕실이 나왔고 비누와 열기 냄새가 났다. 그리곤 끝에 또 다른 침실이 있었는데—한 사람이 부드럽게 쉬는 숨소리가 들렸다. 바로 구드룬이구나.

그가 거의 마술적으로 조심하면서 방문 손잡이를 돌리고 약 2, 3센티 정도 문을 열었다. 약간 삐걱거렸다. 그다음엔 또 그만큼 더 열었고—다음에 또 그만큼 더 열었다. 그의 심장은 멈춰있었다. 그가 주변에 고요를, 망각을 만들어 내는 것 같았다.

그가 이제 방 안에 들어갔다. 아직 누군가가 쌔근쌔근 자고 있었다. 아주 캄캄했다. 발과 양손으로 조금씩 조금씩 앞으로 더듬으며 나갔다. 침대에 그의 손이 닿았다. 자는 이의 숨소릴 들을 수 있었다. 그가 더 가까이 다가가서 그가 누군지를 눈으로 확인할 요량으로 몸을 굽혔다. 그리곤 놀랍게도 그의 얼굴 아주 가까이에 한 남자아이의 둥글고 검은 머리를 보았다.

그가 자세를 세우고 몸을 돌려 약간의 불빛이 새어 나오는 좀 떨어진 방문을 보았다. 그가 재빨리 뒤로 물러나 잠그진 않고 문을 닫고 빠르게 통로를 걸어 내려왔다. 층계 위에서 그가 머뭇거렸다. 아직 도망칠 시간은 있었다.

그러나 그건 생각할 수 없었다. 그의 의지대로 행동하리라. 그가 그림자처럼 부모의 침실 문 앞을 지나갔다. 그리곤 두 번째 층계참을 향해 계단을 올라갔다. 그의 몸무게에 층계가 삐걱거렸다―에이, 빌어먹을! 분통 터지는 일이었다. 아, 만약에 어머니가 방문을 열고 그를 바로 눈앞에서 본다면, 얼마나 망신살이 뻗친 재앙인가! 그렇게 되려면, 돼라지. 그는 아직도 자신을 통제하고 있었다.

그가 층계를 다 올라오기 전에 밑에서 빠르게 움직이는 발소리가 났고 현관문이 닫기고 빗장이 걸리는 소리가 났다. 어슐라의 목소리가 들렸고 다음엔 아버지의 졸음이 매달린 큰 소리가 들렸다. 그가 재빨리 위의 층계참으로 올라갔다.

다시 방문이 약간 열려있었고 방이 비어있었다. 어슐라가 층계를 올라올까 봐 조바심을 내며 그가 장님처럼 손가락 끝으로 벽을 더듬으며 재빠르게 앞으로 걸었다. 또 다른 방문이 있었다. 그는 초인간적으로 날카로운 감각을 곤두세우고 귀를 기울였다. 누군가가 침대에서 움직이는 소릴 들었다. 그녀일 것이다.

이제 그가 한 가지 감각, 촉감만을 지닌 사람인 양 부드럽게 걸쇠를 돌렸다. 그가 숨을 죽이고 있었다. 침대보가 술렁이는 소리가 났다. 심장이 뛰지 않았다. 그리곤 다시 그가 걸쇠를 뒤로 돌렸다. 그리곤 아주 살살 방문을 밀었다. 걸쇠가 제자리로 돌아가면서 꽂히는 소리를 냈다.

"어슐라 언니야?" 구드룬이 놀라서 물었다. 그가 방문을 빨리 열고 자기 몸 뒤로 방문을 밀었다.

"언니야? 어슐라 언니?" 구드룬이 겁먹은 소리로 물었다. 그녀가 침대에서 일어나 앉는 소릴 들었다. 조금 후면 그녀가 비명을 지를 참이었다.

"아니요, 저예요." 그가 그녀 쪽으로 더듬어 가면서 말했다. "저예요. 제럴드요."

그녀는 완전히 놀라서 침대에서 꼼짝 않고 앉아 있었다. 그녀는 너무나 혼비백산했다. 너무나도 기습적으로 당해서 겁을 먹을 겨를도 없었다.

"제럴드?" 그녀는 너무도 멍하니 놀라 그의 말을 되받아 물었다. 그가 침대로 더듬어 갔고 그가 내뻗은 손이 그녀의 따스한 가슴팍에 그냥 닿았다. 그녀가 뒤로 물러났다.

"불을 켤게요." 그녀가 침대 밖으로 뛰쳐나오며 말했다.

그가 완전히 얼어붙은 양 서 있었다. 그녀가 성냥갑을 만지며 손가락을 움직이는 소리가 들렸다. 그리곤 성냥불 아래서 촛불을 든 그녀의 모습이 드러났다. 그 촛불은 방 안을 환히 밝히더니 다시 작은 흐린 불로 줄어들었다. 불꽃이 촛농 쪽으로 내려왔다가 다시 위로 올라갔기 때문이다.

구드룬이 그를 쳐다보았다. 그가 침대 다른 쪽 가까이에 서 있었다. 그의 챙 없는 모자가 이마 위로 낮게 내려왔고 검은 오버의 단추는 턱밑까지 바짝 채워진 상태였다. 그의 얼굴은 낯설고 번쩍였다. 그는 초자연적인 존재 같아 어찌 피할 도리가 없었다. 그를 보았을 때 이미 사태를 인식했다. 이 상황에는 숙명적인 면이 있다는 걸 인식했고 그걸 받아들였다. 그러나 그에게 도전해야 했다.

"어떻게 여기까지 올라왔어요?" 그녀가 물었다.

"층계로 올라왔지요—그리고 문이 열려있었어요."

그녀가 그를 쳐다보았다.

"이 방문도 걸질 않았어요." 그가 말했다. 그녀가 재빠르게 방을 가로질러 가서 부드럽게 방문을 닫더니 걸쇠를 내렸다. 그리곤 돌아왔다.

그녀는 경이로웠다. 놀란 눈에 뺨은 달아올랐고 길게 땋아 늘인 숱 많은 머리는 등 뒤에서 달랑거렸고 길고 멋진 흰 드레스 잠옷은 발까지 치렁거렸다.

그녀가 그의 목이 긴 구두가 진흙투성이고 바짓가랑이에 진흙이 들러붙어 있는 걸 보았다. 그가 층계를 올라오며 온통 발자국을 남기지 않았나 싶었다. 홑이불이 마구 흐트러진 침대가 있는 그녀의 침실에 그가 서 있는 모습이 아주 낯설게 보였다.

"왜 왔어요?" 그녀가 불만스런 소리로 물었다.

"오고 싶었어요." 그가 대답했다.

이걸 그의 얼굴에서 알아차릴 수 있었다. 그건 운명이었다.

"온통 진흙투성이에요." 그녀가 싫지만 부드러운 어조로 말했다.

그가 자신의 구두를 내려다보았다.

"컴컴한 길을 걸었소." 그가 대답했다. 그러나 그는 분명히 기분이 상승해있었다. 잠시 침묵이 흘렀다. 그가 홑이불이 흩어진 침대 한쪽에 서 있었고 그녀는 반대쪽에 서 있었다. 그는 모자도 아직 벗지 못했다.

"내게서 무얼 원하는데요?" 그녀가 도전적으로 물었다.

그가 시선을 옆으로 돌렸고 대답을 하지 않았다. 그의 이목구비가 또렷하고 기이한 얼굴이 너무나도 잘 생기고 신비롭게 그녀를 매혹하지 않았다면 그녀는 그를 돌려보냈을 것이다. 그러나 그의 얼굴은 너무도 경이로웠고 미지의 것이었다. 그 얼굴이 순수한 아름다움으로 그녀를 매혹하였고 그녀에게 마술을 걸었다. 그건 향수(鄉愁)요, 아픔이었다.

"나에게서 무얼 원하느냐고요?" 그녀가 정나미가 떨어지는 목소리로 재차 물었다.

그가 꿈꾸듯 자유로이 움직이며 모자를 벗고 그녀에게로 건너갔다. 그러나 그녀에게 손을 댈 수가 없었다. 그녀가 잠옷 바람에 맨발로 서 있었고 그는 온통 진흙투성이에 젖어있었기 때문이다. 그녀는 눈을 크게 뜨고 의심스러운 빛으로 그를 주시했고 최종적인 질문을 했다.

그가 대답했다. "내가 온건―와야 하니까. 왜 묻는 거요?"

그녀가 의심과 놀라움의 눈으로 그를 쳐다보았다.

"물어야 하니까요." 그녀가 대답했다.

그가 고개를 약간 저었다.

"대답은 없소." 그가 이상하게 멍한 어조로 대답했다.

그의 주변엔 기묘하고 거의 신같이 순진하며 고지식한 분위기가 감돌았다. 그는 그녀에게 어린 헤르메스*의 모습을 연상시켰다.

"그렇지만 왜 나에게 왔느냐고요?" 그녀가 집요하게 다시 물었다.

"왜냐하면―그래야 해야니까.―이 세상에 당신이 없다면, 나도 이 세상에 없을 거니까."

구드룬이 그를 쳐다보았다. 그녀는 눈을 크게 떴는데 상처받고 의

---

* 그리스 신화에서 신들의 소식을 전하는 일을 맡았다.

아해하는 눈이었다. 그의 눈은 내내 그녀의 눈을 뚫어지게 들여야 보았고, 그 모양은 야릇하게 초자연적으로 고정된 듯했다. 그녀가 한숨을 쉬었다. 이젠 그녀가 졌다. 선택의 여유가 없었다.

"장화를 벗겠어요?" 그녀가 말했다. "축축할 텐데."

그가 챙 없는 모자를 벗어 걸상 위에 내려놓았고 오버의 단추를 풀었다. 목까지 올라온 단추를 푸느라고 턱을 위로 쳐들었다. 그의 짧고 날카로운 머리카락이 흐트러졌다. 그의 머리는 너무나도 아름 다운 금발로, 밀 이삭 같았다. 그가 오버를 벗었다.

그가 저고리를 빨리 벗은 후 검은색 넥타이를 헐겁게 풀고는 장 식 단추를 풀고 있었는데 단추엔 하나마다 진주가 달려 있었다. 그 녀가 이를 지켜보면서 귀를 기울였다. 빳빳하게 풀 먹인 리넨 셔츠 가 내는 소릴 제발 식구들이 듣지 못하길 바랐다. 권총 쏘는 소리처 럼 소리를 내는 듯했다.

그는 사랑을 확인하려고 온 것이었다. 그녀는 그가 자신을 안고, 몸에 바싹 당기는 것을 그냥 허용했다. 그는 그녀에게서 무한한 안 도감을 찾았다. 그녀의 몸속으로 그가 지금까지 갇혀있던 그의 모 든 암흑과 부식성의 죽음을 쏟아놓고 다시 온전하게 되었다. 그건 경이롭고 놀라운 것이었다. 하나의 기적이었다. 이것이 그의 삶에서 계속 일어나는 기적이었다. 그것을 깨닫자, 그가 안도와 경이의 황홀 감에 취해 정신을 잃었다. 그녀는 순종하며 쓰디쓴 죽음의 독약을 받아들이는 것처럼 그를 받아들였다. 이러한 절대적인 순간에 항거 할 기력이 없었다. 그 무서운 죽음의 격렬한 마찰이 그녀를 가득 채 웠고 그녀는 그것을 순종의 황홀경에 취해 받아들였다. 그녀는 날 카롭고 격렬한 아픔을 느꼈다.

그가 그녀에게 더 가까이 다가오면서 그녀의 감싸는 부드러운 따스한 온기 속으로 더 깊숙이 뛰어들었다. 그건 경이롭게 창출되는 열기로 그의 핏줄을 꿰뚫고 들어가 생명을 다시 부여했다. 그는 그녀의 생동하는 힘의 욕탕에서 자신의 몸이 녹아내리고 깊이 잠겨 쉬고 있는 느낌이었다. 마치 그녀의 가슴팍에 있는 심장이 정복할 수 없는 제2의 태양이어서 그 달아오른 열기와 창출되는 힘 안으로 자신이 점점 더 깊숙이 뛰어든다는 느낌이었다. 죽임을 당하고 찢기었던 모든 그의 핏줄이 생명이 고동치며 들어오자 부드럽게 치유가 되었다. 그건 태양의 무소불능 광채처럼 그에게 보이지 않게 은밀하게 들어왔다. 죽음 속으로 끌려간 듯한 그의 피는 이제 제자리로 되돌아와 확신하고 아름답고 힘이 넘치게 되었다.

그는 사지가 생명력으로 더 충만하고 유연해지고 그의 몸뚱이는 알지 못할 힘을 얻었다고 느꼈다. 다시 강하고 균형이 잡힌 사내가 되었다. 그리고 그렇게 위로를 받고 회복된, 고마운 마음이 가득한 하나의 아이였다.

그리고 그녀는 생명의 커다란 욕탕이었다. 그가 그녀를 경배했다. 그녀는 모든 생명의 어머니요 실체였다. 그리고 아이이면서 사내인 그는 그녀에게서 생명을 받고 온전하게 되었다. 이전의 그의 몸뚱이는 거의 죽임을 당했다. 그러나 그녀의 젖가슴에서 흘러나오는 부드러운 기적의 생명력이 치유의 혈청처럼 그의 몸과 그의 메마르고 손상을 입은 뇌를 뒤덮었다. 생명 자체의 부드러운 치유의 흐름 같아서, 그가 다시 자궁의 양수에 씻긴 양 완전해졌다.

그의 뇌는 상처를 입었고 메말랐고, 뇌 조직은 파괴된 듯했다. 그는 자신이 얼마나 상처를 입었는지, 그의 조직이, 뇌 조직 자체가 범람하는 죽음의 침식으로 얼마나 손상을 입었는지 알지를 못했다. 이제 그녀에게서 흘러나오는 치유의 혈청이 그의 몸속을 흐르자, 마치 서리로 인해 안에서부터 다 상한 식물처럼, 그가 얼마나 손상을 입었는지를 알게 되었다.

그는 작고 단단한 자신의 머리를 그녀의 젖가슴 사이에 묻고 손으로 그녀의 젖가슴을 자기 몸쪽으로 밀착했다. 그리고 그가 충만하여 누워 있을 때 그녀는 떨리는 손으로 그의 머리를 자기 몸쪽으로 밀착했다. 그녀는 의식이 말똥말똥한 채 누워 있었다. 그 아름답고 창조적인 온기는 자궁 속의 비옥한 잠처럼 그의 몸속을 타고 흘렀다. 아! 만약에 그녀가 이 생명력의 흐름을 그가 계속 받도록 허용한다면, 그가 회생하여 다시 온전하게 될 텐데. 그 회복이 완성되기 전 그녀가 그를 거부할까 봐 겁이 났다. 어머니 젖가슴에 매달린 어린아이처럼 그가 그녀에게 강렬하게 착 달라붙었고 그녀는 그를 밀쳐낼 수가 없었다. 그래 그의 메마르고 파괴된 얇은 막이 긴장을 풀고 부드러워졌고, 그슬리고 굳어지고 시들었던 것이 다시 긴장을 풀고 부드럽고 유연하게 되어 새로운 생명으로 고동쳤다. 그가 조물주에게 감사하는 것처럼 무한한 감사를 느꼈다. 또는 어머니의 가슴팍에 있는 갓난아기처럼 무한히 감사를 느꼈다. 그의 몸이 다시 온전하게 됨을 느끼며 말할 수 없는 충만한 잠이 그에게 몰려오자, 완전한 소진과 회복의 잠이 몰려오자 그는 정신이 아찔하도록 기뻤고 고마웠다.

그러나 구드룬은 손상을 입어 완전히 의식을 찾고 눈을 말똥말똥하게 뜨고 누워 있었다.

그녀는 꿈짝 않고 누워서 눈을 크게 뜨고 암흑 속을 계속 응시하고 있었다. 한편 그는 그녀를 팔로 안은 채 잠에 곯아떨어졌다.

그녀는 보이지 않은 바닷가에서 부딪치는 파도소리를 듣는 것 같았다. 운명의 리듬으로 부딪치는 길고도 느린 음울한 파도였다. 너무나도 단조롭게 부딪쳐 그건 영원 같았다. 이 끊임없이 부딪치는 느리고도 음울한 운명의 파도가 그녀를 홀린 듯 잡고 있었다. 그러는 동안 그녀는 부릅뜬 검은 눈으로 암흑을 응시하며 누워있었다. 그녀는 아주 멀리까지, 영원처럼 아주 멀리까지 볼 수 있었다—그러나 아무것도 보이는 것이 없었다. 그녀는 안전한 의식 속에 정지되어 있었다—그런데 무엇을 의식하는 것인가?

그녀가 영원을 응시하며 완전히 정지되어 모든 것을 의식하며 누워 있을 때 마지막 한계점에 이르는 극한에 와 있다는 기분이 사라지고 그녀를 불안하게 만들었다. 그녀는 아주 오랫동안 꼼짝 않고 누워 있었다. 그녀가 움직이니 자의식이 생겼다. 그에게 눈길을 주고 제대로 보고 싶었다.

그러나 감히 불을 켤 수가 없었다. 그가 깰 것 같기에 그리고 그의 곤한 잠을, 그가 그녀에게서 얻어낸 잠이란 걸 잘 아는 그 숙면에서 그를 깨우고 싶지 않았다.

그녀가 가만히 그에게서 몸을 빼고 상체를 들고 그를 내려다보았다. 방 안에 흐릿한 불빛이 있는 듯싶었다. 그가 곤히 잠자는데 그의 이목구비 정도는 분간할 수 있었다. 이런 어둠 속에서 그를 아주 분명하게 볼 수 있었다. 그러나 그는 다른 세계에 아주 멀리 가 있었다. 아! 그녀는 괴로워서 비명을 지르게 될 정도였다. 그가 아주 멀리 떠나가 다른 세계에서 완전해졌다. 그녀가 맑게 들여다보는 검은 물 저 밑에서 조약돌을 보듯 그를 보는 느낌이었다. 그리고 그녀는 여기에 심한 고통을 의식하면서 남겨져 있는데 그는 그동안 곁에서 멀리 떨어져 살아있는 응달의 광휘라는 의식 없는 다른 세계에 깊이 잠겨 있었다. 그는 아름답고 멀리 떨어져 있으며 완성이 되어 있었다. 그들은 절대로 함께 있지 못할 것이었다. 아! 이 끔찍스런 비인간적인 거리가 그녀와 저 다른 존재 사이에 항상 끼어들 것이다.

그냥 조용히 누워서 참을 수밖에 없었다. 그녀는 그에게 욱 밀려오는 애정을 느꼈다. 그리고 그녀가 바깥세상에 내동댕이쳐져 말짱하게 깨어서 괴로워하는 동안 그가 다른 세계에서 그토록 완전하고 세상 모르고 자고 있는 것에 시기에 찬 증오심이 마음속에서 어둡게 일어났다.

그녀는 강렬하고도 생생한 의식 속에서 기진케 하는 과잉 의식 속에서 누워 있었다. 교회의 종이 빠르게 연달아서 시간을 알리는 종을 치는 것 같았다. 그녀는 생생한 의식 속에서 긴장해서 종소리를 분명하게 들었다. 그런데 그는 마치 시간이 불변의, 부동의 한순간인 양, 잠에 곯아떨어져 있었다.

구드룬은 기진하고 지쳐 있었다. 그러나 이러한 격렬하게 돌아가는 과잉 의식의 상태에 계속 있어야 했다. 그녀는 모든 것을 의식했다—아이 때와 소녀 시절, 모든 잊었던 일들, 미처 깨닫지 못했던 모든 영향력, 그녀가 이해하지 못했던 그녀 자신과 가족, 친구들, 연인들, 친지들, 모든 사람과 관계된 모든 사건이 의식에 떠올랐다. 마치 암흑의 바다에서 반짝반짝 빛나는 지식의 밧줄을 당기는 것 같았다. 과거의 끝없는 깊은 심연에서 끌어당기고, 당기고 또 당기는 것 같았다. 그래도 끝이 보이지 않았고 거기엔 끝이라는 것이 없었다. 그녀는 그 반짝거리는 의식의 밧줄을 계속 잡아당겨야만 했다.

끝없는 무의식의 심연에서 인광을 내는 그 밧줄을 끌어내야 했다. 마침내 그녀가 지치고 아프고 기진하고 기력이 다했지만, 끝을 내지 못했다.

아, 그를 깨울 수만 있다면! 그녀는 불안해서 몸을 돌렸다. 언제 그를 깨워서 내보낼 수 있을까? 언제 잠에서 억지로 깨울 수 있담? 그리곤 그녀는 끝날 줄 모르는 자동적인 의식의 활동에 다시 빠져들었다.

그러나 그녀가 그를 깨워야 할 시간이 다가오고 있었다. 그것은 해방되는 것 같았다. 캄캄한 밤, 저 밖에서 교회 종이 네 시를 쳤다. 감사하게도 밤이 거의 지나갔구나. 다섯 시엔 그가 가야 했고 그러면 그녀는 해방될 것이다. 그때야 그녀가 긴장을 풀고 자신의 공간을 차지할 것이다. 이제 그녀는 숫돌에서 백열을 낼 정도로 날카롭게 갈린 칼처럼 곤히 잠자는 그의 몸에 바짝 자기 몸을 갖다 대었다. 그가 그녀의 몸에 기대어 나란히 누워있는데, 그에겐 괴물다운 점이 있었다.

마지막 시간이 가장 길게 느껴졌다. 그런데도 마침내 그 시간도 지나갔다. 그녀의 심장이 안도감에 기뻐 뛰었다—그래, 교회 시계가 천천히 그러나 세게 시간을 쳤다—마침내 영원히 끝날 것 같지 않던 밤이 지나갔다. 그녀는 시간을 알리는 종소리가 나길 기다리다 느린 운명의 종소리의 잔향을 세었다. "세 번—네 번—다섯 번!" 이제야 끝이 났다. 그녀를 짓누르던 무거운 바위가 굴러떨어졌다.

그녀가 정신을 차리곤 그의 몸에 다정하게 기대고는 키스를 했다. 그를 깨우는 것이 참 안됐다. 몇 분이 지난 후에 다시 그에게 키스했다. 그러나 그가 꿈쩍도 하지 않았다. 세상에! 잠에 너무나 취해 있구나! 잠에서 그를 끌어낸다는 것이 얼마나 부끄러운 일인가. 좀 더 누워있게 놔두었다. 그러나 그는 가야만 했다—정말 가야만 했다.

구드룬은 아주 부드럽게 양손으로 그의 얼굴을 붙잡고 눈에다 키스했다. 그가 눈을 떴지만, 그녀를 보며 꼼짝 않고 그대로 있었다. 그녀의 심장이 멈추었다. 그의 무섭게 뜬 눈을 피하고자 그녀는 얼굴을 어둠 속에서 수그리고 그에게 키스하며 속삭였다.

"이제 가야 해요."

그러나 그녀는 겁이 나서 메스꺼웠다. 메스꺼움을 느꼈다.

그가 그녀를 껴안았다. 그녀의 심장이 철썩 내려앉았다.

"그렇지만 가셔야 해요. 늦었어요."

"몇 신데?" 그가 물었다.

그의 사나이다운 목소리가 이상하게 들렸다. 그녀는 몸을 부르르 떨었다. 그건 그녀에게 허용할 수 없는 압박감을 주었다.

"다섯 시가 넘었어요." 그녀가 대답했다.

그러나 그는 그녀를 다시 더 바짝 끌어안을 따름이었다. 그녀의 심장이 고문을 받는 듯 외쳐댔다. 그녀는 완강하게 몸을 뺐었다.

"정말로 가야 해요." 그녀가 말했다.

"잠시만." 그가 말했다.

그녀가 그의 몸에 대고 조용히 누워있었지만, 순순히 그에 따르진 않았다.

"잠시만." 그가 그녀를 더 가까이 끌어당기며 반복해서 말했다.

"그래요." 그녀가 순순하지 않게 대답했다. "더 이상 지체하면 안 돼요."

그녀의 목소리가 냉랭해지자 그가 그녀를 풀어주었고 그녀는 몸을 떼어 일어나 촛불을 켰다. 그래, 그것이 끝이었다.

그가 일어났다. 그는 몸이 따스하고 생기와 욕망이 가득했다. 그런데도 촛불 아래 그녀 앞에서 옷을 입는 것이 좀 창피하고 모멸감까지 느꼈다. 왜냐하면, 어떤 면에서는 그녀가 그에게 반대하는 때, 그녀에게 몸을 보인 것이 자신의 정체성을 드러낸 것이라 느꼈기 때문이다. 이해한다는 것이 모두 매우 어려웠다. 그는 옷깃도 달지 않고 넥타이도 매지 않고 옷을 빨리 입었다. 그런데도 다 차려입어 완전하고 완벽하다고 느꼈다.—그녀는 남자가 옷 입은 것을 빤히 보는 것은 모멸적이라 생각했다. 웃기게 생긴 셔츠며 바지와 멜빵. 그러나 다시금 다른 생각이 떠올라 이런 모멸감에서 벗어나게 했다.

'이건 일터에 가려고 일어나는 광부 같은데'라고 구드룬이 생각했다. '그리고 난 광부의 아내 같네.' 그러나 메스꺼움 같은 고통이 그녀에게 밀려왔다. 그에 대한 메스꺼움이었다.

그는 옷깃과 넥타이를 오버 주머니에 밀어 넣었다. 그리곤 앉아서 부츠를 신었다. 그건 그의 양말과 바지의 아랫부분처럼 흠뻑 젖어있었다. 그러나 그의 몸은 재빠르고 온기를 뿜었다.

"부츠는 아래층에서 신는 게 좋겠어요." 그녀가 말했다.

그는 대답 없이 곧 부츠를 다시 벗어 손에 들고 서 있었다. 그녀는 슬리퍼에 발을 밀어 넣고 헐거운 가운을 걸쳤다. 그녀가 준비되었다. 그녀는 그가 기다리며 서 있을 때 그를 쳐다보았다. 그의 검은 코트의 단추는 턱밑까지 채워있었고 모자는 눌러썼고 부츠는 손에 들려있었다. 그런데 열정적인 거의 증오스럽게 끌리는 마음이 그녀 안에서 잠시 되살아났다. 그건 아직 다 소진된 것이 아니었다. 그의 얼굴은 아주 발그스레했고 눈은 크게 떴고 신선함이 가득 차 아주 완벽해 보였다. 그녀는 늙고, 늙었다는 느낌이 들었다. 그녀는 키스를 받으러 그에게 무거운 걸음으로 다가갔다. 그는 재빨리 키스를 해주었다. 그녀는 그의 따스하고 무표정한 아름다움이 너무 운명적으로 그녀에게 마술을 걸고 그녀를 강요해서 종속시키지 않기를 바랐다. 그건 그녀에게 짐이 되어서 반항을 했지만 피할 수가 없었다. 그러나 그녀가 그의 꼿꼿한 몸에서 양 눈썹과 좀 작지만 잘 생긴 코와 무관심한 푸른 눈을 보았을 때 그를 향한 열정이 아직 충족되지 못했고, 어쩌면 앞으로도 절대로 충족되지 못할 것이라는 걸 알았다. 지금에 와서야 그녀는 메스꺼움 같은 아픔을 느끼며 피곤했다. 그가 떠나길 바랐다.

그들은 잰걸음으로 아래층으로 내려갔다. 그들이 엄청난 소리를 내는 듯 느꼈다. 그녀가 진한 초록색 가운을 걸치고 촛불을 들고 그에 앞서 내려가자 그가 그녀 뒤를 따랐다. 그녀는 식구들이 잠에서 깨어날까 봐 굉장히 겁을 먹고 조마조마했다. 그는 거의 신경을 쓰지 않았다. 누가 지금 알든 개의치 않았다.—그녀는 이러한 그를 증오했다. 사람은 언제나 조심을 해야 하지 않나? 위신을 지켜야지.

그녀가 부엌으로 가는 길을 안내했다. 주부가 전날 밤에 정리한 대로 깨끗하고 정돈이 되어 있었다. 그가 벽시계를 올려다보았다—5시 20분이라니! 그리고는 그가 걸상에 앉아 부츠를 신었다. 그녀는 그의 동작을 하나하나 지켜보면서 기다렸다. 그 일이 제발 끝나길 바랐다. 그것은 그녀의 신경을 굉장히 곤두서게 했다.

그가 일어섰다—그녀가 뒷문의 빗장을 젖혀 열고 밖을 내다보았다. 싸늘하고 축축한 밤이었다. 아직 동은 트지 않았고 흐릿한 하늘엔 조각달이 떠 있었다. 그녀가 배웅을 나가지 않아도 되어 좋았다.

"그럼, 잘 있어요." 그가 입속으로 말했다.

"대문까지 갈게요." 그녀가 말했다.

이번에도 그녀가 앞서서 빨리 걸으며 층계를 조심하도록 주의를 시켰다. 대문간에서 그가 그녀보다 낮은 지면에 서 있을 때 그녀가 다시 한 번 계단에서 발을 멈추었다.

"잘 가요." 그녀가 속삭였다.

그가 의무감에 키스를 해주고 몸을 돌렸다.

그가 아주 분명하게 발걸음 소릴 내며 힘주어 뚜벅뚜벅 걷는 소릴 그녀가 들었을 때 속이 아파져 왔다. 아! 어쩌면 저렇게도 남에 대한 배려가 없을까!

그리곤 대문을 걸어 잠그곤 재빨리 살금살금 다시 침대로 돌아왔다. 자기 방에 들어와 문을 닫고 모든 것이 안전하게 되자 그녀가 자유롭게 숨을 쉬었고 커다란 짐이 그녀에게서 떨어져 나갔다. 그가 누웠었던 움푹하게 자리가 난 따스한 이불 속으로 몸을 비비며 들어가 누웠다. 그녀는 흥분되었다가 기운이 빠졌으나 아직 만족감을 느끼며 깊고도 곤한 잠에 곧 빠져들었다.

제럴드는 아직은 동이 트지 않아 캄캄한 밤거리를 빨리 걸었다. 그는 아무도 만나지 않았다. 그의 마음은 아름답게 잔잔하고 생각이 없어 잔잔한 연못 같았다. 그의 몸뚱이는 충만하고 따스하고 풍요로웠다. 그는 만족스러운 자족감에 숏랜즈 저택을 향해 빨리 걸음을 옮겼다.

제25장 결혼이냐 아니냐

브랑윈 집안은 벨도버를 떠나 이사를 해야 했다. 이젠 아버지가 시내에서 살아야 할 필요가 생겼기 때문이다.

버킨이 결혼 허가증을 떼어왔지만 어슐라는 차일피일 미루고 있었다. 그녀는 일정한 날짜를 정하려 하지 않았다—아직도 망설이고 있었다. 중등학교를 한 달 후 떠나겠다며 보낸 통보는 3주째로 접어들었다. 성탄절은 얼마 남지 않았다.

제럴드는 어슐라와 버킨의 결혼을 기다리고 있었다. 그건 그에겐 중대한 일이었다.

하루는 제럴드가 버킨에게 말했다.

"우리 이 결혼을 2연발식 행사로 만들까?"

"누가 두 번째 발사가 될 건데?" 버킨이 물었다.

"구드룬과 나." 제럴드가 눈에 모험적인 빛을 반짝이며 대답했다.

버킨이 깜짝 놀란 듯 그를 뚫어지게 쳐다보았다.

"진심이야—농담이야?" 그가 물었다.

"아, 진심이야.—그렇게 해도 될까? 구드룬과 내가 자네를 따라 함께 뛰어들까?"

"아무렴 좋고 말고, 그렇게 해." 버킨이 대답했다. "자네가 그 정도까지 나간 줄은 몰랐지."

"어느 정도?" 제럴드가 버킨을 쳐다보고 웃으며 물었다.

"아, 그래. 우린 끝까지 갔어."

"그럼 그것을 커다란 사회적 틀에 올려놓고, 높은 도덕적 목적만 이루면 되겠네." 버킨이 말했다.

"뭐 그런 거지. 그것의 길이와 넓이에서" 제럴드가 웃으며 대답했다.

"아, 그래. 그건 참 칭찬할 만한 행보인데." 버킨이 말했다.

제럴드가 버킨을 자세히 쳐다보았다.

"그런데 자넨 왜 열광적이지 않지?" 그가 물었다. "자넨 결혼에 홀딱 빠진 것으로 생각했는데."

버킨이 어깨를 으쓱했다.

"코에 홀딱 빠진 거나 매한가지지.—별의별 코가 다 있지 않나. 들창코가 있고 아니면 다른—"

제럴드가 소리 내어 웃었다.

"그리고 별의별 결혼이 다 있지. 들창코 식이던가 아니면 뭐 다른 것?" 그가 말했다.

"바로 그런 거야."

"그런데 내가 결혼하면 그게 들창코 식일 것 같나?" 제럴드가 고개를 한쪽으로 갸우뚱하며 익살맞게 물었다.

버킨이 금세 웃어넘겼다.

"그게 어떻게 될지 내가 어찌 알겠나!" 그가 말했다. "내가 비유적으로 말했다고 그걸 가지고 날 꾸짖지 말게—".

제럴드가 잠시 생각에 잠겼다.

"그렇지만 난 자네의 의견을 알고 싶은데. 정확하게 말이야." 그가 말했다.

"아, 자네의 결혼?—아니면, 결혼하는 것 말인가?—왜 내 의견을 들으려 하지? 난 이렇다 할 의견이 없어. 난 어떻든, 법적 결혼에 관해선 관심이 없어.—그건 단지 편의의 문제일 뿐이야."

제럴드가 그를 주의 깊게 쳐다보았다.

"그 이상이라 생각하는데." 제럴드가 심각하게 말했다. "아무리 결혼의 윤리에 싫증이 났다 해도, 진짜로 결혼한다는 건 개인의 경우에 있어 매우 중대하고 최종적인 어떤 것—"

"그래 자네 말은 한 여자와 호적계에 결혼 신고하러 가는 것에 최종적인 의미가 있다는 건가?"

"만약에 그 여자와 함께 돌아오는 경우엔 그렇다고 생각해." 제럴드가 말했다. "그건 어떤 면에선 돌이킬 수 없는 거니까."

"그래, 나도 동의해." 버킨이 말했다.

"법적인 결혼을 어찌 보든지 간에, 결혼 상태에 들어선다는 것은 사적인 면에서 최종적인—"

"그렇다고 믿네." 버킨이 말했다. "어떤 점에선 말이야."

"그러니까 결혼을 할 것인가 하는 문제가 생기지." 제럴드가 말했다.

버킨이 재미난다는 눈빛으로 그를 자세히 주시했다.

"제럴드, 자넨 꼭 베이컨 경* 같네." 버킨이 말했다. "자넨 결혼을 법률가처럼—아니면 햄릿의 사느냐 죽느냐 식으로 따지고 있어.—만약에 내가 자네의 입장이라면 난 절대로 결혼 않겠어. 그렇지만 나

---

* 프랜시스 베이컨, 1561-1626, 영국의 수필가, 철학가, 정치가.

한테 묻지 말고 구드룬에게 가서 물어봐. 나하고 결혼하는 게 아니잖나?"

제럴드는 그의 말의 마지막 부분을 유념해서 듣지 않았다.

"그래," 그가 대답했다. "그 문제는 냉정하게 고려해야지.—결혼은 중차대한 거니까.—사람은 이 방향이나, 저 방향을 선택하는 지점에 도달하게 되지. 그리고 결혼은 어느 한 방향이니까—"

"그래 다른 방향은 뭐지?" 버킨이 그의 말에 잇달아 물었다.

제럴드가 이상하게 의식적인, 달아오른 눈빛으로 그를 쳐다보았다. 버킨은 이해할 수가 없었다.

"뭐라고 말할 수는 없네." 제럴드가 대답했다. "만약에 그걸 안다면—" 그는 발을 불안하게 움직이며 말을 끝내지 않았다.

"그 대안을 안다면 이 말인가?" 버킨이 물었다. "그 대안을 모르니까 결혼이 마지막 수단이라는 말이구먼."

제럴드가 똑같이 달아오르고 부자연스러운 눈으로 버킨을 치켜보았다.

"결혼이 마지막 수단이란 느낌이 드네." 그가 인정했다.

"그렇다면 하지 말게." 버킨이 말했다. "말하네만," 버킨이 말을 이어갔다. "내가 전에 말했듯이 낡은 의미의 결혼은 아주 역겨워. 이기적인 두 사람이 결혼한다는 건 아무것도 아니야. 그건 남녀가 짝을 짓는 암묵적인 사냥이니까. 세상은 온통 짝뿐이야. 짝을 이룬 남녀가 저마다 작은 집에 들어가 사소한 이익거리나 주시하고 자기네끼리 안달복달하며 지내는 것.—그건 지구 상에서 제일 역겨운 꼴불견이야."

"나도 동감이네." 제럴드가 말했다. "거기엔 어딘가 열등한 면이 있어. 그렇지만 대안이 뭐지."

"사람은 이런 가정(家庭) 본능을 탈피해야지. 그건 사실 본능도 아니야. 그건 비겁한 습성이지. 사람은 가정이란 걸 절대로 가져선 안 돼."

"나도 정말 동감이야." 제럴드가 말했다. "그렇지만 대안이 없어."

"우리가 그 대안을 찾아야 하지.—난 남녀의 영원한 결합을 정말 믿네. 기분이 쉽게 바뀌는 건 단지 진을 빼는 과정일 뿐이지.—그렇지만 남녀의 영원한 관계가 마지막 결론은 아니지—분명 아니지."

"맞아." 제럴드가 응수했다.

"사실은," 버킨이 말했다. "남녀의 관계를 지고의 유일한 관계로 만들기 때문에, 결혼에서 모든 인색하고 비열하고 부족한 일이 생기게 되는 거야."

"그래, 자네 말을 믿네." 제럴드가 말했다.

"이성 간의 사랑, 결혼에 대한 종래의 이상적인 생각을 그 터무니없는 숭상하는 자리에서 끌어내려야 해. 우린 그보다 폭이 넓은 관계가 필요해.—난 결혼에 추가로 남자와 남자 사이의 완전한 관계가 필요하다고 믿네—결혼에 추가로 말이야."

"난 이성 간의 관계와 남성 간의 관계가 어떻게 똑같은지 모르겠는데." 제럴드가 대꾸했다.

"똑같은 건 아니지—그렇지만 똑같이 중요하고 창의적이고 신성하다는 말이지."

제럴드가 불안하게 몸을 움직였다.—"난 그런 걸 못 느끼겠는데." 그가 말했다. "분명히 남녀 간의 성적인 사랑만큼이나 남자들 간에 강한 것은 절대로 없을 걸세. 자연이 그런 기반을 마련해주지 않아."

"글쎄, 물론, 난 자연이 그런 기반을 마련해준다고 생각해. 우리가 이런 기반 위에 서기 전까지는 결코 행복할 수 없다고 생각해. 자넨 결혼의 사랑이라는 배타성에 매달리는 태도를 버려야 하네. 그리고 남자를 위한 남자의 아직 인정받지 못한 그 사랑을 인정해야 해. 그게 모든 사람에게 더욱 큰 자유를 부여하여, 남자와 여자가 개성을 더 충분히 발휘할 수 있게 해주네."

"알겠네." 제럴드가 말했다. "자네가 뭐 그런 걸 믿는다는 거. 단지 난 그걸 느낄 수가 없다는 거야." 그가 애정을 경시하듯 버킨의 팔에 손을 얹었다. 그리고 의기양양한 듯한 미소를 지었다.

그는 운명에 따르기로 마음을 먹었다. 그에게 결혼은 운명 같은 것이었다. 그는 결혼으로 자신에게 벌을 내릴 준비가 되어 있었다. 자신을 탄광의 죄수처럼 지하로 보내기 위한 판결선고가 마련되어 있었다. 태양 아래의 생활이 아니라 끔찍스런 지하의 활동을 하도록 말이다. 그는 이것을 기꺼이 수용할 것이다. 결혼은 유죄판결의 봉인이었다. 영원히 지옥살이하도록 저주받은 영혼처럼, 그는 지하에서 그렇게 봉인될 준비가 되어 있었다.—그러나 그는 그 어떤 다른 영혼과 순수한 관계는 맺지 않으려 했다. 그럴 수가 없었다. 결혼은 구드룬과의 관계에 자신을 전적으로 맡기는 것이 아니었다. 그것은 기성 세계를 수용하는 것에 자신을 맡기는 행위였다. 그는 기존의 질서를 수용할 것이며, 그러면서도 그 진가를 진정으로 믿지 않았다. 그런 다음 자신의 삶을 위해 지하에 은둔할 것이다. 바로 이것을 그가 하고자 했다.

다른 길은 버킨이 제안하는 사랑을 받아들여 그와 순수한 신뢰의 관계를 맺어 사랑하는 것이었다. 그리고 그다음에 여자와의 관계를 맺는 것이었다. 만약에 그가 남자와 사랑과 신뢰의 관계를 맺기로 서약을 했다면, 그다음에 여자와의 관계를 맺도록 서약할 수 있었을 것이다. 단순히 법적인 결혼이 아니라 절대적이고 신비로운 결혼을 말이다.

그러나 그는 이러한 제안을 받아들일 수가 없었다. 그는 이에 무감각했다. 그건 아직 태어나지 않고, 애초에 그럴 의지가 없거나, 아니면 의지가 퇴화한 무감각이었다. 아마도 그럴 의지가 없는 것 같았다. 왜냐하면, 버킨의 제안에 그가 기이하게 들떠있었기 때문이다. 그런데도 그가 그 제안을 거절한 것이, 자신을 버킨에게 맡기지 않은 것이 한층 더 기뻤다.

제26장 의자

읍내의 오래된 장터에서 매 월요일 오후에는 잡동사니 시장이 섰다. 어슐라와 버킨이 어느 날 오후에 그곳으로 걸어 들어갔다. 그들은 가구 이야기하며 판석 길 위에 모아놓은 잡동사니 더미 가운데서 살만한 것이 있나 보길 원했다.

그 오래된 시장 광장은 그리 크지 않았고, 화강석 포석으로 된 단순한 터에 불과했고 보통 담장 밑에 과일을 파는 몇 개의 노점이 서 있었다. 그곳은 읍내에서 가난한 지역이었다. 초라한 집들이 한쪽에 서 있었고, 그 끝에는 수없이 많은 직사각형의 창문이 달린 커다란 공백, 속옷 공장이 서 있었다. 맞은편 판석 길 위에는 작은 가게들의 거리가 있었고, 더 없이 기념비적 건물로는 시계탑이 달리고, 붉은 새 벽돌로 지은 공중목욕탕이 있었다. 그곳에서 서성거리는 사람들은 작달막하고 초라하게 보였다. 공기에서 악취가 좀 났고, 여러 개의 지저분한 거리가 토끼 사육장처럼 초라하고 북적거리는 지역으로 갈라져 나가고 있다는 느낌이었다. 가끔 초콜릿색과 노란색의 커다란 전차가 속옷 공장 아래로 난 굴곡을 힘들게 삐걱거리며 돌아갔다.

어슐라는 평민들과 섞여, 낡은 침구와 오래된 다리미, 빛바래고 초라한 오지그릇, 옷이라고 상상도 못 할 옷가지들이 뒤덮은 혼란스런 곳에 있다 보니 겉보기로는 신이 나 있었다. 그녀와 버킨이 녹슨 물건들 사이로 난 좁은 통로를 따라 마지못해 걸어갔다. 버킨은 물건들을 구경하고, 어슐라는 사람들을 구경했다.

어슐라는 흥미롭게 한 젊은 여자를 지켜보았다. 그녀는 임신 중이었고, 매트리스를 뒤집어 보며 초라하고 기죽은 한 젊은이에게 그것을 또한 만져보게 하였다. 젊은 여자는 아주 내밀하고 활발하고 열의에 차 보였고, 그 젊은 남자는 썩 마지못해 하며 느릿느릿 걸어가는 것 같았다. 여자가 임신했기 때문에 그는 결혼할 것이었다.

그들이 매트리스를 만져보고 나서, 물건들 사이에 의자에 앉아있는 노인에게 여자가 값을 물었다. 그가 대답하자 그녀가 젊은이에게 고개를 돌렸다. 젊은이는 부끄러워하고, 자의식적이었다. 몸은 거기에 있어도 얼굴을 멀리 돌리고 혼잣말로 중얼거렸다. 그 여자는 다시 열심히 적극적으로 그 매트리스를 만지며 속으로 계산한 다음 그 늙고 지저분한 상인과 흥정을 했다. 그러는 동안 내내 그 젊은이는 초라한 행색으로 수줍어하며 마지못해 옆에 서서 따랐다.

"이것 봐." 버킨이 말했다. "예쁜 의자가 있어."

"멋진데!" 어슐라가 소리쳤다. "오, 멋져."

그건 아마 자작나무로 단순하게 만든 목제 안락의자였다. 그러나 지저분한 판석 위에 매우 세련되고 정교한 모양으로 서 있어서, 그걸 보니 눈물이 날 정도였다. 선이 아주 단순하면서 날씬한 사각 모양이었고, 뒤판엔 네 개의 선이 짧게 대어 있어서, 어슐라는 저절로 하프 줄을 연상했다.

"본래는 금도금이었네." 버킨이 말했다. "그리고 자리는 등나무 줄기로 만들었어. 누군가가 이 목제 자리에 못질했어. 이걸 봐요. 금박

도금 밑에 빨간색이 좀 보여. 나무가 닳아서 윤기가 나는 곳을 빼곤 전체가 검은색이네. 의자의 선이 멋지게 통일되어서 아주 마음이 끌리는군요. 이걸 봐요. 이 선들이 어떻게 나란히 나가다가 한군데서 만나 꺾이었는지. 그렇지만 이 목제 자리는 물론 잘못된 거야—등 나무가 주는 완벽한 경쾌함과 응력의 통일성을 망가트렸어. 마음에 들긴 하는데—"

"아, 그래요." 어슐라가 대꾸했다. "나도 마음에 들어요."

"얼마인가요?" 버킨이 상인에게 물었다.

"10실링이요."

"이 의자를 배달해 줄 거지요—?"

그렇게 해서 의자를 샀다.

"너무나 멋지고, 너무나 순수해!" 버킨이 말했다. "내 간장을 거의 녹이네." 그들은 잡동사니 더미 사이를 걸어갔다. "사랑하는 나의 조국—내 조국은 이 의자를 만들 때까지도 무언가 표현할 것이 있었어."

"그런데 지금의 조국은 없단 말이에요?" 어슐라가 물었다. 그가 이런 투로 말을 할 땐 어슐라는 늘 화를 냈다.

"그럼, 없어. 저 말쑥하고 아름다운 의자를 보니 잉글랜드가, 심지어 제인 오스틴˚이 살던 잉글랜드가 생각나—그때만 해도 표현할 살아있는 사상이 있었고, 사상을 표현하는 데에 순수한 행복을 느꼈는데. 우리는 이제 그들의 옛 표현의 찌꺼기를 찾아 쓰레기 더미에서 찾을 뿐이야. 이제 우리에겐 생산력이 없고, 단지 지저분하고

---

* 1775-1817, 영국의 소설가.

천박한 기계적인 것만 있어."

"그건 사실이 아니에요." 어슐라가 소리쳤다. "왜 당신은 현재를 비하하면서 언제나 과거를 칭찬하지요? 진심인데, 전 제인 오스틴의 잉글랜드가 뭐 그리 대단했다고 생각하지 않아요. 그때도 상당히 물질적이었다고요—"

"물질적일 여유가 있었지." 버킨이 대답했다. "왜냐하면, 물질적이지 않은 힘을 가지고 있었으니까—그런데 우린 그게 없어. 우린 물질적이지 않은 다른 힘을 갖고 있지 못하니까 물질적일 수밖에 없지—우리가 아무리 노력을 한다 해도, 물질주의 외엔 해낼 수 없어. 물질주의의 정수인 기계주의만 해낼 수 있지."

어슐라가 화가 나서 입을 다물고 가만히 있었다. 그가 하는 말에 신경을 쓰지 않았다. 그녀는 다른 것에 반발하고 있었다.

"난 당신이 말하는 과거를 증오해요. 진저리가 나요." 그녀가 소리쳤다. "저 의자마저 아름답지만 증오해요. 저건 내 취향의 아름다움이 아니에요. 그 시대가 지나갔을 때 저 의자도 부숴버렸어야 해요. 이렇게 남아서 그 좋았다는 과거를 설교하지 않게요. 난 그 사랑받는 과거에 진저리가 나요."

"내가 저주받은 현재에 진저리를 내는 만큼은 아니겠지." 그가 말했다.

"그렇지 않아요. 똑같아요. 난 현재를 증오해요—그렇지만 과거가 대신 들어서는 걸 원치 않아요—난 저 구닥다리 의자를 원하지 않아요."

그는 잠시 몹시 화가 났다. 그러다가 그가 공중목욕탕 탑 너머로 빛나는 하늘을 쳐다보았다. 그리곤 화를 죄다 극복한 듯했다. 그가 큰 소리로 웃어댔다.

"좋아요." 그가 말했다. "그러면 그 의자 갖지 맙시다. 나도 그 의자에 진저리가 나네. 하여간에 인간이 멋진 구닥다리 뼈다귀를 먹고 살 수는 없지."

"살 수 없어요." 그녀가 외쳤다. "난 구닥다리는 정말 싫어요."

"사실은 우린 전혀 물건이 필요 없어." 그가 대꾸했다. "내가 집이나 가구를 소유한다는 생각 자체가 증오스러워."

이 말이 잠시 어슐라를 깜짝 놀라게 했다. 그러다 그녀가 대답했다.

"나에게도 마찬가지예요. 그렇지만 어디에선가 살아야 할 거 아니에요."

"어디에선가가 아니라—어디에서든지." 그가 말했다. "인간은 그냥 어디에서든지 살 수 있어야지—한 곳을 정하지 말고. 난 일정한 곳을 원치 않아.—방을 하나 얻어서 그 방이 완전해지면 난 곧 그곳에서 뛰쳐나오고 싶어요.—이제 물방앗간 위층의 내 방들이 상당히 완성되고 보니 그 방들을 바다에 던지고 싶소. 고정된 환경이 사람을 무섭게 좌지우지해요. 그곳의 가구 하나하나가 계율을 새긴 석판같이 사람을 지배해요."

그들이 시장에서 나와 멀리 걸어갈 때 어슐라는 그의 팔에 바싹 붙어 걸었다.

"그렇지만 우린 어떻게 할 거예요?" 그녀가 물었다. "하여간에 살아야 할 것 아니에요. 그리고 난 내가 사는 환경이 어느 정도 아름답길 원해요. 난 자연스러운 장려함과 화려함도 원해요."

"당신은 그런 걸 절대로 집이나 가구에선 얻지 못할 거요—옷에서도 말이요. 집과 가구와 옷은 모두 비천한 구세계와 혐오스러운 인간 사회를 나타내는 어휘에 불과해요. 만약에 당신이 튜더 양식의 저택과 오래된 아름다운 가구를 가지고 있다면 그건 당신의 머리를 영구히 내리누르는 끔찍스런 과거에 불과할 거요.—만약 당신이 푸아레*가 디자인한 완벽한 현대적 저택을 가진다면 그건 당신을 영속적으로 압박하는 물건이 될 거요. 그건 모두 끔찍해요. 모든 소유물이 당신을 을러대어 하잘것없는 인간으로 바꾸어 버리는 거요.—당신은 반드시 로댕이나 미켈란젤로처럼 되어, 당신의 형상에 따라 미완성인 자연 상태의 바위 덩어리를 남겨야 해요. 당신이 그 안에 절대로 갇히지 않고 제약받지 않고 밖으로부터 지배를 받지 않도록, 당신의 환경을 스케치하듯 미완성으로 남겨야 해요. "

어슐라가 길에서 생각에 잠겨 서 있었다.

"그럼 우린 우리 소유의 완전한 곳을—그러니까 집을 갖지 못하는 거예요?"

"제발이지, 이 세상에선 갖지 못해요." 그가 대답했다.

"그렇지만 이 세상밖에 없는데요." 그녀가 반박했다.

그는 양손을 펼치며 무관심하다는 몸짓을 했다.

"그러면 우라는 우리 자신의 소유물을 피할 것이요." 그가 말했다.

"그렇지만 방금 당신이 의자를 산 걸요." 그녀가 말했다.

"난 상인한테 의자를 갖지 않겠다고 말하면 돼요." 그가 대답했다.

어슐라가 다시 생각에 잠겼다. 그리곤 그녀의 얼굴이 기묘하게 씰룩거렸다.

---

* 폴 푸아레, 1879-1943, 프랑스의 패션 디자이너.

"그래요." 그녀가 말했다. "우린 의자 원하지 않아요. 난 구닥다리 물건에 염증이 나요."

"새것에도 마찬가지야." 그가 말했다.

그들은 오던 길을 되돌아갔다.

그곳에—몇 개의 가구들 앞에 젊은 남녀 한 쌍이 서 있었다. 임신한 여자와 얼굴이 초췌한 젊은이가. 여자는 금발이고 키는 좀 작고 오동통했다. 남자는 중간 키였고 몸집은 매력적이었다. 챙 모자 밑으로 그의 검은 머리칼이 이마 옆으로 덮고 있었고, 그는 저주받은 사람처럼 이상하게 멀리 떨어져 있었다.

"의자를 저 사람들에게 줘요." 어슐라가 속삭였다. "봐요. 저들은 가정을 꾸리고 있어요."

"난 저들이 가정을 꾸리도록 부추기기는 싫어요." 버킨이 토라져서 이야기하고, 즉시 멀찌막이 떨어져서 남의 눈을 피하는 젊은이에겐 동정하며 적극적인 임신녀에겐 반감을 보였다.

"오, 그래요." 어슐라가 말했다. "의자가 저들에겐 안성맞춤이에요—저것만큼 유용한 건 없을 거예요."

"그럼 좋아." 버킨이 말했다. "당신이 한번 제안해 봐요. 내가 지켜볼 테니까."

어슐라가 좀 불안한 마음으로 그 젊은 커플에게 다가갔다. 그들은 철제 세면기 얘기를 하고 있었다—아니, 그 남자는 죄수인 양 그 흉측한 물건을 의심쩍은 눈으로 흘깃흘깃 보고 있는 한편 여자는 필요하다는 주장을 펴고 있었다.

"우리가 의자를 샀어요." 어슐라가 말했다. "그런데 우린 필요 없게 되었어요. 그걸 갖겠어요? 갖겠다면 우린 좋겠어요."

젊은 커플은 어슐라가 자기들에게 말을 한 거라고 믿어지지 않아 고개를 돌려 그녀를 쳐다보았다.

"그러시겠어요?" 어슐라가 거듭 물었다. "그건 정말 아주 잘 생겼어요—그렇지만—그렇지만—" 어슐라가 아주 눈부시게 미소를 지었다.

젊은 커플은 단지 그녀를 응시했고 어찌할지 몰라 서로를 의미심장하게 마주 보았다. 젊은이는 생쥐가 그러듯이, 사람 눈에 안 뜨이려고 묘하게도 자신을 지웠다.

"우리가 그걸 당신들에게 드리고 싶어요." 어슐라가 이젠 혼란스러워지고 그들이 좀 무서워서 상황을 설명했다. 그녀는 청년에게 마음이 끌리었다. 그는 조용하고 생각이 없어 보이는 인간으로 전혀 남자랄 게 없었다. 작은 읍이 만들어낸 인간으로 어떤 면에선 기이하게 순수하며 좋고, 남의 눈을 피하고 동작이 빠르고 섬세한 젊은이였다. 그의 검은 속눈썹은 길어서 눈을 멋있게 덮었다. 그런데 눈은 생각하는 빛이 없고 단지 겁먹은 듯 추종적이며 내성적인 의식을 담았고, 흐릿하며 시커먼 빛을 띠었다. 그의 검은 눈썹과 이목구비는 모두 잘생겼다. 그는 여자에게 끔찍하지만, 훌륭한 연인 노릇을 할 것이고 매우 놀랍도록 헌신적일 것이었다. 후줄근한 바지 안의 양다리는 경이롭도록 민감하고 생기발랄할 것이고, 그의 눈은 새까맣고 조용한 쥐같이 잘 생기고 조용하며 매끄럽게 보였다.

어슐라는 묘하게 그에게 끌리어 전율하며 그의 인상을 파악했다. 몸집이 큰 여자는 불쾌할 정도로 어슐라를 뚫어지게 쳐다보았다. 다시 어슐라는 그의 생각은 잊었다.

"의자를 갖지 않을래요?" 어슐라가 다시 물었다.

젊은이가 어슐라를 곁눈질을 하며 그러나 멀찌감치 떨어진 무례한 눈빛으로 쳐다보았다. 여자가 몸을 꼿꼿이 세웠다. 그녀에겐 행상인 같은 윤택함이 있었다. 그녀는 어슐라의 의도를 몰라 방어적이 되어 적개심을 드러냈다. 버킨이 다가와서 어슐라가 그렇게 당황하며 겁먹는 것을 보며 악의적인 미소를 지었다.

"문제가 뭐요?" 버킨이 미소를 지으며 물었다. 그의 눈까풀은 약간 처졌으며, 그에겐 그 두 소도시 사람의 태도에 배어있는 것과 똑같은 은근히 비밀스러운 면이 있었다.—젊은이가 고개를 약간 한쪽으로 홱 당겨 어슐라를 가리키며 묘하게 상냥하고 비웃는 듯하고 따스한 어조로 말했다.

"저 여자가 뭘 원하지유?—에—" 그가 야릇하게 웃어 입술이 뒤틀렸다.

버킨이 늘어진 눈꺼풀로 곁눈질하며 그를 쳐다보았다.

"댁한테 의자를 주려는 거요—저거—라벨이 붙은 것 말이요." 그가 가리키며 대답했다.

남자가 가리킨 물건을 쳐다보았다. 그 두 남자 사이에는 묘하게 남성끼리의 이해가 성립되었다.

"선생님, 왜 그걸 우리에게 줄려고 하는 디유?" 그가 버릇없이 친근한 어조로 묻자 어슐라가 불쾌하게 느꼈다.

"자네가 좋아하리라 생각한 거지—잘 생긴 의자요. 우리가 샀는데 그냥 원칠 않아. 당신네보고 저걸 사라는 것이 아니니, 놀랄 것 없어요." 버킨이 억지로 웃으며 말했다.

그 젊은이가 반쯤은 알아듣겠다는 듯 또 반쯤은 적대감을 드러내며 그를 올려다보았다.

"금방 사셨다면 왜 쓰지 않으세요?" 여자가 무례하게 물었다. "그걸 자세히 보니 마음에 들지 않았군요.—그 안에 뭔가 있어서 깜짝 놀랐다 이 말이군요."

여자는 어슐라를 탄복하는 눈빛으로 쳐다보았지만 약간의 멸시감이 엿보였다.

"그런 생각은 절대 없었어요." 버킨이 대꾸했다. "그렇지만 사방에 댄 목재가 좀 얇아요."

"그래서 그래요." 어슐라가 얼굴이 환해지며 기분이 좋아져 말했다. "우린 곧 결혼할 거예요. 그래서 가구를 살 생각을 했지요. 그러다 방금 결정했어요. 외국으로 갈 테니 가구가 필요 없다고."

다부지게 생겼지만 좀 단정치 못한 그 도시 여자가 알겠다는 표정으로 어슐라의 잘생긴 얼굴을 쳐다보았다. 그들은 서로의 마음을 이해했다. 젊은이는 조금 떨어져 서 있었고 그의 얼굴은 무표정에 무시간적으로 보였다. 검은색의 얇은 콧수염은 그의 꼭 다문 큰 입술 위에 묘하게 도발적으로 나 있었다. 그는 무언가를 도발적으로 드러내는 시커먼 유령처럼 무표정하고 얼빠져 보였다. 천한 존재 같아 보였다.

"이 사람들은 좋은 분들이셔." 그 도시 여자가 젊은이에게 고개를 돌리며 말했다. 그는 여자를 보지 않았으나 입으로만 미소를 지으며 수긍한다는 야릇한 표시로 고개를 옆으로 까딱했다. 그의 눈은 꼼짝하지 않았고 시커멓게 번득였다.

"마음을 바꿔서랑은 손해를 보시네유." 그가 엄청나게 나직한 억양으로 말했다.

"10실링에 불과한데요." 버킨이 말했다.

청년이 버킨을 쳐다보며 확신이 안 간다는 듯이 얄궂은 미소를 지었다.

"선상님, 반 파운드에 사셨으니 싼거유." 그가 말했다. "이혼하시는 건 아니지유."

"우린 아직 결혼을 안 했어요." 버킨이 대꾸했다.

"저런, 우리도 안 했어요." 젊은 여자가 큰 소리로 말했다. "그렇지만 토요일에 할 거예요."

여자는 젊은 남자를 단호하고 보호하는 눈빛으로 쳐다보았고, 그 태도는 고압적이며 무척 온순해 보였다. 그가 넌더리 나게 희쭉 웃으며 고갤 돌렸다. 여자는 남자를 완전히 거머쥐었다. 그러나 오, 놀랍게도 남자는 조금도 개의치 않았다! 그는 이상하게 은밀한 자부심과 살금살금 달아나는 단일성을 지녔다.

"행운을 빌어요." 버킨이 말했다.

"댁에도 행운을 빌어요." 젊은 여자가 말했다. 그리곤 망설이며 물었다. "그러면, 언제 결혼하세요?"

버킨이 어슐라 쪽을 돌아보았다.

"그건 우리 숙녀가 대답할 거요." 버킨이 대답했다. "숙녀께서 준비되는 순간 우리가 호적계로 갈 거예요."

어슐라가 얼떨떨하고 당황스러운 것을 숨기느라 큰 소리로 웃었다.

"서두를 거 없시유." 젊은이가 암시하듯 싱긋 웃으며 말했다.

"오, 서둘러 가다가 목 분지르지 마세요." 젊은 여자가 말했다. "죽은 거나 매 한 가지가 된데요—결혼한 지 오래되면."

젊은이는 이 말이 그에게 충격을 준 듯 고갤 옆구리로 돌렸다.

"오래될수록 더 좋아지길 바랍시다." 버킨이 말했다.

"바로 그래야지유. 선상님." 젊은이가 탄복하며 말을 거들었다. "결혼생활이 계속되는 한은 즐겨야지유—절대루 죽은 나귀랑은 채찍으로 후려치지 말기유."

"죽은 척할 때만요." 젊은 여자가 당당하면서도 애무하는 듯한 사랑의 시선으로 자기 남자를 쳐다보며 말했다.

"아, 차이야 있는 법이지유." 젊은이가 빈정대며 말했다.

"의자는 어쩔 거예요?" 버킨이 물었다.

"네, 좋아요." 여자가 말했다.

그들은 상인에게로 줄지어 갔다. 그 잘생겼지만, 어딘가 비굴해 보이는 젊은이는 좀 뒤로 처져서 갔다.

"저거예요." 버킨이 말했다. "직접 들고 갈 거요? 아니면 배달 주소를 바꿀 거요?"

"오. 프레드가 가져갈 수 있어요. 우리의 단란한 가정을 위해선 저이가 할 수 있는 일은 시켜야지요."

"나를 시킨다 이거유." 프레드가 상인에게서 의자를 건네받으며 좀 불쾌한 빛으로 익살을 떨었다. 그의 동작은 의젓했지만, 어딘가 묘하게 비굴한 면이 있었다.

"여기에 아기 엄마의 안락한 의자가 있구먼유." 그가 말했다. "그런데 쿠션이 있어야 겠어유." 그가 시장 판석 위에다 의자를 내려놓았다.

"잘 생겼다고 생각지 않아요?" 어슐라가 웃으며 물었다.

"오, 그래요. 젊은 여자가 대답했다.

"여기 한번 앉아 봐유. 그러면 갖고픈 생각이 날 거유." 젊은이가 말했다.

어슐라가 재빠르게 시장 한가운데서 의자에 앉았다.

"너무, 너무 편해요." 어슐라가 말했다. "그런데 좀 딱딱해요.—댁도 한 번 앉아 봐요." 어슐라가 젊은이보고 앉으라고 권했다. 그러나 그는 무뚝뚝하고도 어색하게 몸을 옆으로 돌리더니, 날쌔고 활기찬 쥐처럼 야릇하게 도발적인 눈을 반짝이며 어슐라를 재빨리 올려다보았다.

"저이 버릇 나쁘게 만들지 마세요." 젊은 여자가 말했다. "저인 안락의자는 몰라요. 익숙지 않아요."

젊은이가 몸을 돌리고, 픽 웃으며 말했다.

"의자엔 다리만 있으면 되는 거유."

네 사람이 헤어졌다. 젊은 여자가 그들에게 고맙다고 인사를 했다.

"의자를 주셔서 고마워요—망가질 때까지 쓸게요."

"장식품으로 간직할 게유." 젊은이가 말했다.

"안녕히 가세요—안녕히." 어슐라와 버킨이 작별인사를 했다.

"행운을 빌어유." 젊은이가 고개를 옆으로 돌려, 버킨의 시선을 피하여 힐끗 보며 말했다.

두 쌍의 남녀가 헤어졌다. 어슐라가 버킨의 팔에 매달렸다. 그들이 상당히 멀리 갔을 때 어슐라가 뒤를 돌아보았다. 젊은이가 풍만하고 편한 여자 옆에서 가고 있었다. 그의 바지는 뒤꿈치 위를 덮었고 그는 지금은 얄팍한 안락의자를 들고 가야 하니 묘한 자의식으로 더욱 풀이 꺾여 있어서, 살금살금 도망가듯 걸었다. 그는 팔로 의자 뒤를 감았다. 끝이 점점 가늘어지는 네 개의 다리가 화강암 판석 바로 위에서 위태위태하게 흔들리고 있었다. 그러나 그는 활기차고 재빠른 쥐처럼 어딘가 굴하지 않는 독립적인 면이 보였다. 그에게서 야릇하게 지하 세계의 아름다움 같은 것이 풍겨, 혐오감을 주기도 했다.

"저 사람들 참 이상해요!" 어슐라가 말했다.

"사람의 아이들이지." 버킨이 대꾸했다. "왠지 저들을 보니 예수의 '온유한 자는 땅을 가업으로 받을 것이오'란 말이 떠오르는군."

"그렇지만 저이들은 온유하지 않지요." 어슐라가 말했다.

"그렇지 않아. 이유는 모르겠지만, 저들은 온유해." 버킨이 대답했다.

그들은 전차를 기다렸다. 어슐라는 전차의 2층에 앉아서 도시를 내려다보았다. 땅거미가 집들이 빼곡하게 들어찬 분지 위를 어둡게 내려앉고 있었다.

"그래, 저들이 땅을 물려받을 건가요?" 어슐라가 물었다.

"그래—그들이."

"그러면 우린 뭘 하게 되는 거지요?" 어슐라가 물었다. "우린 저들과 같지 않지요?—그렇지요?—우린 온유한 사람이 아니잖아요?"

"그래.—우린 저들이 남겨준 틈바구니에서 살아야지."

"너무 소름이 끼쳐요!" 어슐라가 소리쳤다. "난 틈바구니에서 살고 싶지 않아요."

"걱정하지 마세요." 그가 말했다. "저들은 사람들의 아이들이지, 시장과 길가를 제일 좋아하거든. 그러니 우리에게 충분한 틈바구니를 남겨줄 거요."

"세상 전부겠지요." 어슐라가 말했다.

"아니, 그건 아니고—약간의 공간이겠지."

전차가 언덕을 천천히 올라갔다. 그곳엔 흉측스런 겨울철 회색빛의 집들이 떼 지어 있어 싸늘하고 앙상한 지옥의 환상을 보는 것 같았다. 그들은 앉아서 쳐다보았다. 저 멀리 황혼이 잔뜩 분노를 새빨갛게 뿜어대며 있었다. 온통 차갑고 왠지 비좁고 북적거려 최후의 날을 보는 것 같았다.

"그렇다 해도 난 관심 없어요." 어슐라가 그 모든 혐오스러운 광경을 보며 말했다. "관심 없어요."

"더는 우리와 상관없어." 그가 그녀의 손을 잡으며 말했다. "볼 필요도 없어. 우린 우리의 길을 가는 거야. 우리의 세상에는 햇빛이 찬란하고 휘넓을 거야ー"

"네, 그렇지요?" 어슐라가 전차 2층에서 그에게 가까이 가 안기며 소리치니 다른 승객들이 그들을 빤히 쳐다보았다.

"우린 이 세상을 방랑할 거야." 그가 말했다. "그리고 우린 이 작은 세상을 넘어선 세계를 볼 거야."

둘은 오랫동안 말이 없었다. 그녀가 생각에 잠겨 앉아 있을 때 얼굴은 황금처럼 광채를 뿜었다.

"난 이 땅을 물려받고 싶지 않아요." 그녀가 말했다. "어떤 것도 물려받고 싶지 않아요."

그가 그녀의 손을 꼭 잡았다.

"나도 원치 않아요. 상속권을 박탈당하고 싶어요."

그녀가 그의 손가락을 꼭 깍지 꼈다.

"우린 어떤 것에도 신경 쓰지 않을 거예요." 그녀가 말했다.

버킨이 가만히 앉아서 큰 소리로 웃었다.

"그리고 우린 결혼하고 그것들과 관계를 끊는 거예요." 그녀가 덧붙여 말했다.

그가 다시 큰 소리로 웃어젖혔다.

"결혼하는 건 모든 걸 제거하는 길이에요."

"세상을 전부 수용하는 길이기도 하지." 그가 덧붙였다.

"다른 세상 전체를 말이지요. 그래요." 어슐라가 행복해서 말했다.

"어쩌면 거기엔 제럴드가 있을 거야─그리고 구드룬─" 그가 말했다.

"만약에 그들이 있다면 있는 거지요." 어슐라가 말했다. "우리가 걱정할 게 아니에요. 우리가 그들을 바꿀 수는 없어요. 그렇지 않아요?"

"그래요." 버킨이 대답했다. "그럴 권리가 없지─아무리 의도가 좋아도 말이야."

"그들에게 강요할 거예요?" 어슐라가 물었다.

"그럴지도 모르지." 그가 대답했다. "왜 그가 자유롭게 되길 내가 원하지? 그가 원치도 않는데 말이야."

어슐라가 잠시 입을 다물었다.

"하여간에 우리라고 그를 행복하게 만들 순 없지요." 어슐라가 말했다. "스스로가 행복하도록 애써야 하지요."

"알아." 그가 말했다. "그렇지만 다른 사람들이 우리와 함께 있는 걸 원하지 않나?"

"왜 그래야 하지요?" 어슐라가 물었다.

"몰라." 그가 거북해 하며 대꾸했다. "더 나아간 친교도 정말 맺고 싶어요."

"그렇지만 왜지요?" 그녀가 고집스레 물었다. "왜 당신은 다른 사람들과 사귀려고 열을 내지요? 왜 그들이 필요하지요?"

이 말이 그의 급소를 찔렀다. 그가 이마를 찡그렸다.

"단지 우리 두 사람으로 끝이요?" 그가 팽팽하게 맞서며 물었다.

"그래요―무얼 원하지요? 누군가가 오겠다면 오라고 해요. 그렇지만 왜 당신이 그들 뒤를 졸졸 따라가야 해요?"

버킨의 얼굴이 팽팽하게 긴장되고 불만스러워 보였다.

"저 말이지." 그가 말을 시작했다. "우리 존재는 몇몇 다른 사람들과 함께 지내야 진정으로 행복하다고 난 늘 꿈꾸어 왔어요―사람들과 함께하는 작은 자유 말이요."

어슐라가 잠시 생각했다.

"그래요. 사람들은 그런 걸 원해요. 그렇지만 그건 저절로 생겨나야지요. 당신의 의지로는 되지 않아요. 당신은 강제로 꽃을 피울 수 있다고 늘 생각하는 것 같아요. 사람들이 우릴 사랑할 마음이 생겨야 사랑하게 되는 거예요―억지로 사랑하게 할 수는 없어요."

"알아요." 그가 대답했다. "그렇지만 전혀 아무런 행동도 취하지 않아야 하나? 마치 세상에 자기 혼자만 있는 척 행동해야만 하나―이 세상의 유일한 인간처럼?"

"당신에겐 내가 있어요." 그녀가 말했다. "왜 딴 사람들이 필요하지요? 당신에게 동의하라고 왜 사람들을 강요해야 하나요? 당신이 늘 입버릇처럼 말했듯이 왜 혼자 있을 수 없지요? ―당신은 제럴드를 올러대려 해요―허마이어니를 올러대던 것처럼.―당신은 홀로 서길 배워야 해요.―당신은 너무 밉살스러워요. 당신에겐 내가 있는데. 그런데도 다른 사람들도 당신을 사랑해야 한다고 강요를 해요. 사람들에게 당신을 사랑하라고 올러대요.―그러면서도 정작 그들의 사랑을 원치 않지요."

그의 얼굴엔 당황하는 빛이 완연했다.

"내가 원치 않나?" 그가 물었다. "그건 내가 해결할 수 없는 문제야. 난 당신하고 완전하고 완벽한 관계를 원한다는 걸 잘 알고 있소. 그리고 그런 관계를 거의 맺었지—정말 그랬지. —그렇지만 그것 이상으로 무언가 있소. 내가 제럴드와 진정하고 궁극적인 관계를 원하나? 내가 그와 최종적인, 거의 인간적인 차원을 초월한 관계를 원하는가?—나와 그와의 궁극적인 관계—아니면 원치 않나?"

어슐라가 이상하게 반짝이는 눈으로 그를 오랫동안 쳐다보고만 있을 뿐 이에 대답은 하지 않았다.

제27장 홀쩍 떠나다

그날 저녁 어슐라가 아주 초롱초롱하고 경이로운 눈빛을 반짝이며 집으로 돌아왔다. 그것이 가족들의 신경을 거슬렸다. 아버지는 저녁 수업을 가르치고 먼 거리를 오느라 지쳐서 저녁 식사 시간에 귀가했다. 구드룬은 책을 읽고 있었고 어머니는 조용히 앉아 있었다.

어슐라가 모여있는 가족 전체에게 갑자기 밝은 목소리로 말했다.

"내일 루퍼트와 결혼할 거예요."

아버지가 뻣뻣하게 고갤 돌렸다.

"네가 뭘 한다고?" 아버지가 물었다.

"내일!" 구드룬이 되풀이했다.

"정말이니!" 어머니가 말했다.

그러나 어슐라는 단지 경이롭게 미소만 짓고 대답을 하지 않았다.

"내일 결혼한다고!" 아버지가 거친 목소리로 소리쳤다. "너 무슨 소리야?"

"네." 어슐라가 대답했다. "왜 안 되지요?" 그런 두 마디가 항상 아버질 화나게 하였다. "모든 게 잘 되었어요—우리가 내일 등기소에 갈 거예요—"

어슐라가 쾌활한 어투로 얼버무리자 쥐죽은 듯한 침묵이 잠시 방 안에 흘렀다.

"정말! 언니!" 구드룬이 외쳤다.

"왜 지금까지 비밀로 해왔지? 이유가 뭐야?" 어머니가 아주 고자세로 물었다.

"그렇지만 비밀로 안 했는데." 어슐라가 대답했다. "다 알고 있었잖아요."

"누가 알아?" 아버지가 고함을 쳤다. "누가 알았느냐고? '알고 있었다니' 무슨 말이야?"

아버지는 생각 없이 격노하는 참이었고, 어슐라는 순식간에 그에게 마음을 닫았다.

"물론 아버지는 알고 계셨죠." 그녀가 냉랭하게 대꾸했다. "우리가 결혼할 거라는 거 알고 계셨잖아요."

살기등등한 침묵이 흘렀다.

"네가 결혼할 거라는 걸 우리가 알고 있었다고? 알았다고! 그래, 너에 대해 누가 알고 있었다고, 이 교활한 년!"

"아버지!" 구드룬이 아버지의 욕설에 얼굴을 몹시 붉히며 격렬하게 항의하며 소리쳤다. 그리곤 차갑지만 부드러운 목소리로 언니에게 고분고분하라고 상기시키듯 물었다. "그렇지만 언니! 이건 황당하게 갑작스러운 결정 아니야?"

"아니, 실지로 그런 게 아니야." 어슐라가 똑같이 화를 치솟게 하는 명랑한 어투로 대답했다.

"그이가 수 주 동안 나보고 승낙하라고 졸라댔어—그인 결혼증서를 벌써 갖고 있었거든. 단지 내가—내 마음속에서 준비가 안 된 거였어. 이제 내가 마음의 준비가 됐어—그런데 뭐 잘못된 거 있어?"

"분명히 없지." 구드룬이 꾸짖는 듯한 차가운 어투로 말했다. "언니는 마음대로 할 자유가 완전히 있지."

"'네 마음속에서 준비되었다고'—네 마음속에서, 그것만 중요하냐? 그래? '내 마음속에서 준비가 안 된 거였어.'" 아버지가 그녀의 말을 불쾌하게 흉내 냈다. "너와 네 자신, 너란 사람이 중요한 거로구나, 그러니?"

어슐라는 몸을 꼿꼿이 세우고 고개를 뒤로 젖혔다. 눈엔 화가 치밀어 샛노란빛이 번뜩였다.

"저에게는 중요해요." 그녀가 마음의 상처를 받고 모욕을 느끼며 말했다. "전 알아요, 전 그 누구에게 중요한 사람이 아니에요. 아버진 그저 날 윽박지르려고 하지요—언제 나의 행복을 생각해본 적 있어요?"

아버지가 딸애를 쳐다보려고 몸을 앞으로 내밀고 있었고 얼굴은 불꽃처럼 달아올랐다.

"어슐라, 너 무슨 말을 하는 거야? 입 다물어!" 어머니가 소리쳤다.

"싫어, 난 안 그럴 거야." 어슐라가 소리쳤다. "난 입 다물고 있으면서 협박당하지 않을 거야. 언제 내가 결혼하든 그게 무슨 상관이야—그게 무슨 상관이 있느냐고요! 그건 나 말고 아무에게도 영향을 끼치지 않잖아요."

아버지가 막 뛰어오를 고양이처럼 잔뜩 긴장하고 몸을 움츠렸다.

"영향을 끼치지 않는다고?" 그가 딸애에게 다가오며 소리쳤다. 어슐라가 몸을 움츠렸다.

"끼치지 않아요. 어떻게 영향을 끼치지요?" 어슐라가 몸을 움츠리면서도 완강하게 대답했다.

"그렇다면 네가 무슨 일을 하던, 네가 어찌 되든—나와는 상관이 없다는 거냐?" 그가 우는 것 같은 이상한 소리로 외쳤다.

어머니와 구드룬은 최면에 걸린 양 뒤로 물러섰다.

"그래요." 어슐라가 말을 더듬었다. 아버지가 그녀 아주 가까이에 있었다. "아버진 단지 원하는 게—"

그녀는 그 말이 위험스럽다는 것을 알고 말을 그쳤다. 아버지는 기운을 모았다. 모든 근육이 준비되어 있었다.

"뭐?" 아버지가 대들었다.

"날 옥박지르고," 어슐라가 중얼거렸고 입술이 막 움직이는데, 아버지의 손이 그녀의 뺨을 철썩 쳐서 어슐라는 밀려가 문에 부딪혔다.

"아버지!" 구드룬이 고성으로 소리쳤다. "이건 참을 수 없어요!"

아버진 꼼짝 않고 서 있었다. 어슐라는 정신을 차리고 손잡이를 잡고 있었다. 그녀는 천천히 몸을 일으켰다. 이제 아버지가 어떤 행동을 취해야 할지 알 수가 없었다.

"정말이에요." 어슐라가 눈물을 글썽이며 고개를 쳐들고 대항하면서 소리쳤다. "아버지의 사랑이란 게 무얼 의미했어요? 도대체 의미한 게 있었나요?—협박하고 반대하고—"

그가 다시 낯설고 긴장된 몸짓으로, 주먹을 쥐고, 살기가 등등한 얼굴로 앞으로 나갔다. 그러나 그녀가 번개처럼 재빠르게 방문을 나섰고, 이 층으로 뛰어 올라가는 소리가 들렸다.

그가 잠깐 문을 쳐다보고 서 있었다. 그러다 패배한 동물처럼 몸을 돌리고 난롯가 자기의 자리로 돌아갔다.

구드룬은 얼굴이 새하얗게 질려 있었다. 팽팽하게 긴장된 침묵을 깨고 어머니가 냉랭하고 분이 찬 목소리로 말했다.

"글쎄, 당신은 그 애한테 그렇게까지 신경을 쓰지 말았어야지요."

다시 잠잠해졌고 식구들은 각자 각자의 감정과 생각에 잠겨 있었다.

갑자기 방문이 열렸다. 어슐라가 모자와 모피 옷을 입고 손엔 작은 여행 가방을 들고 말했다.

"안녕히 계세요!" 화를 돋우며, 밝고 거의 조롱하는 어투였다. "전 갑니다."

다음 순간 방문은 닫혔고 그들은 바깥 문소리와 다음엔 마당 가운데 길을 내려가는 그녀의 빠른 걸음걸이 소리를 들었다. 다음엔 대문이 꽝하고 닫히는 소리가 나고 그녀의 가벼운 발걸음 소리가 사라졌다. 집 안엔 죽음 같은 고요가 흘렀다.

어슐라는 곧장 기차역으로 갔다. 날개가 달린 양 정신없이 재촉해 걸었다. 기차가 없었다. 기차의 환승역까지 걸어서 가야 했다. 컴컴한 길을 걸으면서 그녀는 울기 시작했다. 걸어가는 내내 또 기차 안에서도 어린애 같은 고통으로 가슴이 먹먹하고 터질 듯 비통하게 울어댔다. 시간이 정신없이 알지 못하는 사이에 흘렀고 어슐라는 자신이 어디에 있는지, 또 무슨 일이 생겼는지 알지 못하였다. 단지 바닥이 안 보이는 깊고 깊은 절망에서, 희망 없는 비탄에서, 정상 참작할 줄 모르는 어린애의 지독한 슬픔에서 울고 또 울었다.

그러나 그녀의 목소리는 문간에서 버킨의 하숙집 여주인에게 말을 할 때는 똑같이 방어적이고 밝은 어조로 말을 했다.

"안녕하셨어요! 버킨 씨가 계신가요? 좀 볼 수 있을까요?"

"예, 방에 계세요. 서재에 계세요."

어슐라가 그 여자 앞을 지나쳐갔다. 그의 방문이 열렸다. 어슐라의 목소리를 들었던 것이다.

"아니!" 그가 깜짝 놀라 소리쳤다. 그녀가 손에 여행 가방을 들고 얼굴엔 눈물 자국이 난 채 거기 서 있었다. 그녀는 어린애처럼 운 자국도 별로 남기지 않고 울었다.

"나 꼴불견이지요?" 그녀가 움츠리며 말했다.

"아니—왜? 들어와요." 그가 그녀에게서 가방을 받고 그들은 서재로 들어갔다.

거기서—즉시, 그녀의 입술은 조금 전의 일을 기억하는 어린애처럼 떨기 시작했고 눈물이 줄줄 흘러내렸다.

"무슨 일이에요?" 그가 그녀를 끌어안으며 물었다. 그녀는 그의 어깨에 대고 격렬하게 흐느꼈고 그가 그녀를 안은 채 기다렸다.

"무슨 일이에요?" 그가 다시 물었고 그때야 그녀가 잠잠해졌다. 그러나 그녀는 말을 할 수 없는 어린애처럼 괴로워서 그의 어깨에 얼굴을 더욱 파묻었다.

"무슨 일이에요?" 그가 물었다.

갑자기 그녀가 그의 가슴팍에서 벗어나 눈물을 닦고, 침착성을 되찾더니 의자로 가서 앉았다.

"아버지가 날 때렸어요." 그녀가 웅크리고 앉아, 오히려 깃털을 곤두세운 새처럼 눈을 반짝이며 알렸다.

"왜요?" 그가 물었다.

그녀는 시선을 돌리고 대답을 하려 들지 않았다. 그녀의 민감한 콧구멍과 달달 떨고 있는 입술 주변은 가련하게 새빨갰다.

"왜요?" 그가 낯설지만 부드럽고 꿰뚫는 듯한 목소리로 다시 물었다.

그녀가 매우 도전적으로 그를 쳐다보았다.

"내가 내일 결혼한다고 말했더니 아버지가 날 윽박질렀어요."

"왜 윽박질렀지요?"

그녀의 입이 아래로 다시 쳐지고, 그 장면을 다시 생각하니 눈물이 다시 치솟았다.

"왜냐하면, 아버진 관심이 없고—관심을 쏟지도 않고, 단지 위협적으로만 굴며 나에게 상처를 준다고 말했더니—" 그녀가 말을 하는 내내 울어서 입이 일그러지자, 그가 미소를 지을 뻔했다. 그녀는 너무나 어린애 같았다. 그러나 그건 철딱서니 없는 짓이 아니고 목숨 건 갈등이요, 깊은 상처였다.

"그건 전혀 사실이 아니에요." 그가 말했다. "설령 그렇다손 치더라도 당신이 그런 말을 하지 않았어야지."

"그건 사실이에요. 사실이라고요." 그녀가 또 울었다. "난 아버지가 사랑하는 척하면서— 사랑하지 않는데— 날 윽박지르는 걸 그냥 당하지 않을 거예요. 아버진 관심이 없어요. 어떻게 아버지가—아니, 그럴 수가 없어요—"

그가 조용히 앉아 있었다. 그녀가 그를 엄청나게 감동하게 했다.

"아버지가 그렇지 않다면, 아버지의 화를 돋우지 말았어야지." 버킨이 조용히 대답했다.

"그런데 난 아버질 사랑해 왔어요. 그랬어요." 그녀가 훌쩍훌쩍 울었다. "난 항상 아버질 사랑해 왔어요. 그런데 아버진 늘 나한테 이렇게 굴었어요. 아버지가—"

"그렇다면 그건 반대하는 사랑이었네." 그가 말했다. "개의치 마요—괜찮을 테니까. 절망적인 건 아니니까."

"아니에요." 그녀가 계속 울었다. "절망적이에요, 절망적이에요."

"왜요?"

"난 다신 아버질 안 볼 테니까요―"

"당장은 안 보겠지요―울지 마요. 당신은 아버지와 절연할 수밖에 없었어요. 그렇게 하지 않을 수 없었어요―울지 마요."

그가 그녀에게로 가서 아름답고 부드러운 머리카락에 입을 맞추고 그녀의 젖은 뺨을 살살 만졌다.

"울지 마요." 그가 거듭 말했다. "더는 울지 마요."

그가 조용히 그녀의 머리를 가슴에 바싹대었다.

마침내 그녀가 조용해졌다. 그리곤 그녀가 눈을 들었는데 크게 뜬 두 눈은 겁을 잔뜩 먹고 있었다.

"날 원하지 않아요?" 그녀가 물었다.

"원하느냐고?" 어두운 눈으로 응시하자 그녀가 당황하여 움직일 수가 없었다.

"내가 오지 않았기를 원했어요?" 그녀가 잘못 왔나 하고 다시 불안하게 느끼며 물었다.

"아니." 그가 대답했다. "폭력이 없었으면 하는 마음이야―너무 흉측한 일이야―그렇지만 불가피했는지도 모르지."

그녀가 아무 말 없이 그를 지켜보았다. 그는 무감각해 보였다.

"그렇지만 내가 어디서 머물지요?" 그녀가 모욕감을 느끼며 물었다.

그가 잠시 생각했다.

"여기에서 나와 같이." 그가 대답했다. "우리가 내일 결혼한다는 건 오늘 결혼하는 거나 매 한 가지요."

"그렇지만―"

"내가 발리 부인에게 말할 테니까." 그가 말했다. "이제 걱정하지 마요."

그가 어슐라를 쳐다보며 앉아있었다. 그녀는 그가 어두운 눈으로 계속 그녀를 응시하는 걸 느낄 수 있었다. 그걸 보고 그녀가 좀 겁이 났다. 그녀가 앞이마에서 머리카락을 불안하게 위로 추어올렸다.

"내가 흉해 보여요?" 그녀가 물었다.

그리곤 그녀가 코를 다시 풀었다.

그의 눈가에 미소가 잔잔히 흘렀다.

"아니야." 그가 말했다. "다행스럽게도."

그가 그녀에게로 가서 마치 자기 소유물인 양 그녀를 두 팔로 껴안았다. 그녀가 너무나 사랑스럽게 아름다워서, 그는 그녀를 차마 쳐다볼 수가 없었다. 자기 몸으로 그녀를 가릴 뿐이었다. 이제 눈물로 모든 것이 깨끗이 씻겨서 그녀는 방금 봉오리를 터트린 꽃처럼 새롭고 연약해 보였다. 너무나 새롭고 사랑스럽고 내적인 빛으로 완벽하여 그가 차마 그녀를 쳐다볼 수가 없었다. 자기 몸으로 그녀를 가리고 그녀의 몸에 자기 눈을 가리었다. 그녀는 창조의 완벽한 솔직함이 있었고, 반투명하고 단순해 보였다. 마치 그 순간 최초의 축복을 받고 막 피어난 찬란한 꽃 같았다. 그녀가 너무나 새롭고 너무나 경이롭고 해맑고 투명했다. 그런데 그는 너무나 늙었고 너무나 무거운 추억에 깊이 잠겨 있었다. 그녀의 영혼은 새롭고 불확정된 미지의 것으로 반짝였다. 그런데 그의 영혼은 어둡고 음울하였고, 겨자씨만 한 아주 작은 한 가닥의 살아있는 희망을 지니고 있었다. 그러나 그 안에 있는 이 작은 살아있는 씨앗이 그녀 속의 완전한 젊음과 짝을 이루었다.

"사랑해." 그가 그녀를 입 맞추며 속삭였다. 그가 순수한 희망으로 몸을 떨었다. 마치 죽음의 경계를 훨씬 초월하여 경이롭고 살아 있는 희망에 이르도록 다시 태어난 남자 같았다.

그녀는 그것이 그에게 얼마나 큰 의미가 있는지 알 수 없었다. 이 몇 마디 말로 그가 얼마나 많은 뜻을 말하는지를 알 수 없었다. 거의 아이처럼, 그녀에겐 모든 것이 아직 불확실하고 확정되지 않아 보였기에 증거와 확실한 진술, 심지어 과장된 표현까지 듣기를 원했다.

그러나 그가 자기의 영혼 속으로 그녀를 받아들일 때 얼마나 열정적으로 고마워했는지! 자신이 살아있고 그녀와 합일하기에 적합하다는 것을 알았을 때 생각조차 할 수 없는 지고의 기쁨을 얼마나 맛보았나! 거의 죽다시피 했던 그를, 그의 종족의 나머지와 함께 기계적인 죽음의 절벽으로 떨어질 뻔했던 그를 어찌 그녀가 이해할 수 있으랴! 그는 그녀를 노년이 젊음을 숭배하듯 숭배했고 그녀 안에서 영광을 맛보았다. 왜냐하면, 자신의 작은 믿음의 씨앗 안에서 그는 그녀처럼 젊었고 그녀의 합당한 짝이 되었기 때문이다. 그녀와의 이 결혼이 그의 부활이요 생명이었다.

이 모든 것을 그녀는 알 수가 없었다. 그녀는 중히 여겨지고 숭앙받기를 원했다. 그들 사이엔 침묵의 무한한 거리가 있었다. 어찌 그가 그녀의 아름다움의 내재성을 그녀에게 말해 줄 수 있단 말인가. 그녀의 아름다움은 형태도 무게도 색깔도 없고 기이한 황금빛 같은 것인데! 그녀의 아름다움이 그를 위해 어디에 놓여있는지를 그 자신이 어찌 알 수가 있단 말인가. "당신의 코가 아름다워요, 당신의 턱이 귀여워요." 그가 말했다. 그러나 그건 거짓말같이 들려서 그녀는 실망하고 마음의 상처를 받았다. 그가 진심으로 "당신을 사랑해요. 사랑해요."라고 속삭일 때도 그건 진정한 사실이 아니었다. 그건 사랑을 넘어선 것으로 자신을 능가하고 옛 자아를 초월했다는 대단한 기쁨이었다. 예전의 그가 전혀 아니고 새롭고 알지 못할 존재가 되었을 때 그가 어찌 '나'란 말을 쓸 수 있을까. 이 나라는 판에 박은 옛 표현은 죽은 글자에 불과했다.

앎을 초월한 평화와 최상의 새로운 지복 안에는 나와 너가 없고, 아직 실현되지 않은 제3의 경이만이 있을 따름이었다. 자기 자신으로 존재하는 것이 아니라 나의 본성과 그녀의 본성이 새로운 하나의 극치를 이루는 경이이었다. 이중성에서 다시 얻어진 새롭고 낙원 같은 하나의 통일체로 새로이 탄생하는 경이이었다. 우리 둘이 휩쓸려, 모든 것이 잠잠한 새로운 하나로 초월 될 때, 내가 존재하길 그치고 네가 존재하길 그친 때, "난 너를 사랑해"라고 말할 수 없다. 왜냐하면, 모든 것이 완전하게 하나가 되었기에 대답할 것이 없어졌기 때문이다. 말은 동떨어진 사람 사이에서 오가는 법이다. 그러나 완전한 하나에서는 완벽한 지복의 침묵만이 있을 뿐이다.

그들은 다음 날 법적으로 결혼했다. 어슐라는 그가 하라는 대로 부모에게 편지를 썼다. 어머니가 답장했으나 아버진 묵묵부답이었다.

어슐라는 학교로 돌아가지 않았다. 그녀는 버킨과 함께 그의 집이나 아니면 물방앗간에서 함께 머물렀고 그가 가는 데는 함께 다녔다. 그러나 구드룬과 제럴드 외엔 아무도 만나지 않았다. 그녀에게 아직은 모든 것이 낯설고 이상하게 보였으나 새벽이 다가올 때쯤엔 안도감을 느꼈다.

제럴드가 어느 날 오후에 물방앗간 이 층의 따스한 서재에서 어슐라와 말을 하며 앉아있었다. 루퍼트는 아직 귀가하지 않았다.

"그래 행복해요?" 제럴드가 미소를 지으며 그녀에게 물었다.

"아주 행복해요!" 그녀가 화사한 빛으로 몸을 약간 움츠리며 큰 소리로 대답했다.

"그래요. 그렇게 보이네요."

"그렇게 보여요?" 어슐라가 놀라서 물었다.

그가 서로 통하는 미소를 지으며 그녀를 쳐다보았다.

"아, 그래요. 아주 분명하게."

그녀는 기분이 좋았다. 잠시 생각에 잠겼다.

"루퍼트도 행복하게 보이나요?"

그가 눈길을 내리곤 옆으로 돌렸다.

"아, 네." 그가 대답했다.

"정말로요!"

"아, 그래요."

그는 아주 말이 없었다. 마치 그런 이야기는 자기가 해선 안 된다는 듯이. 그의 표정이 슬퍼 보였다.

어슐라는 이런 암시엔 아주 민감했다. 그가 물어주었으면 하고 바라는 질문을 던졌다.

"왜 당신도 행복하지 않으세요?" 그녀가 물었다. "당신도 똑같이 행복할 수 있는데."

그가 잠시 가만히 있었다.

"구드룬과요?" 그가 물었다.

"그래요!" 그녀가 눈빛을 반짝이며 큰 소리로 대답했다. 그러나 이상한 긴장감이 맴돌았다. 그들이 사실은 그렇지 않은데 그러길 바라는 소원만 내세우는 것 같았다.

"당신 생각에 구드룬이 나와 결혼하길 바라는 것 같아요? 그러면 우리가 행복할 것 같아요?" 그가 물었다.

"그래요. 확실해요!" 그녀가 큰 소리로 말했다.

그녀가 기뻐서 눈을 크게 떴다. 그런데도 마음속으론 어딘가 조심스러워지며 동생의 입장을 고려하지 않고 자기주장만 내세운다는 느낌이 들었다.

"아, 난 아주 기뻐요." 그녀가 덧붙였다.

그가 미소를 지었다.

"뭐가 그리 기뻐요?" 그가 물었다.

"동생을 위해서요." 그녀가 대답했다. "내가 확신하는데 당신이—당신이 동생에게 딱 맞는 사람이에요."

"그래요?" 그가 물었다. "그래, 동생이 당신처럼 생각할까요?

"오, 그래요!" 그녀가 서둘러 외쳤다. 그러다 다시 생각해보니 아주 불안해졌다. "구드룬이 그리 단순하지 않지요? 그 애의 속을 쉽게 파악할 수가 없지요? 그런 면에서 동생은 나와 달라요." 어슐라가 솔직하고 눈 부신 표정으로 그를 쳐다보며 기이한 소리로 웃어댔다.

"동생이 언니와 별로 비슷하지 않다고요?" 제럴드가 물었다.

어슐라가 양미간을 찌푸렸다.

"오. 많은 면에서 비슷하지요.—그렇지만 어떤 새로운 일이 닥치면 동생이 어떻게 행동할지를 절대로 알지 못해요."

"모른다고요?" 제럴드가 물었다. 그가 얼마 동안 말이 없었다. 그러다 그가 마지못해 움직였다. "이번 성탄절엔 무슨 일이 있더라도 나와 함께 여행을 가자고 동생에게 청하려고요." 그가 매우 조심스럽고 작은 소리로 말했다.

"당신과 여행을 떠난다고요? 잠깐 말이에요?"

"구드룬이 원하는 만큼요." 그가 애원하는 듯한 손짓을 하며 말했다.

두 사람은 얼마 동안 말이 없었다.

"물론이지요." 어슐라가 마침내 입을 열었다. "어쩌면 동생도 마음이 내켜 서둘러 결혼할지 몰라요. 아시겠지만."

"맞아요." 제럴드가 미소를 지었다. "알겠어요. 그러나 만약에 결혼하지 않을 경우에—동생이 며칠 동안이라도—어쩌면 한 보름 동안, 나와 같이 해외로 여행을 떠나려 할까요?"

"아, 그럼요." 어슐라가 대답했다. "동생에게 그러라고 할게요."

"우리가 다 함께 가는 것은 어떨까요?"

"우리 모두요?" 어슐라의 낯이 다시 환하게 광채가 났다. "아주 재미있겠어요, 그렇겠지요?"

"엄청나게 재밌겠지요." 그가 말했다.

"그러면 알게 되겠지요." 어슐라가 말했다.

"무얼요?"

"일이 어떻게 될지요. 결혼 전에 밀월여행을 떠나는 것이 최고라고 생각하는데—당신은 어때요?"

그녀는 이 명언에 기분이 좋았다. 그가 큰 소리로 웃었다.

"어떤 경우에는 그렇게들 하지요." 그가 말했다. "내 경우도 그랬으면 좋겠어요."

"그러길 원해요?" 어슐라가 소리쳤다. 그리곤 의심쩍게, "그렇지요. 어쩌면 당신이 맞아요. 사람은 자신이 원하는 대로 해야 하지요."

버킨이 조금 후에 들어왔고, 어슐라가 그들 사이에 오간 말을 그에게 들려주었다.

"구드룬이?" 버킨이 소리쳤다. "그 애는 타고난 정부인데. 제럴드가 타고난 연인인 것처럼—공인된 연인이죠. 누가 그러는데, 여자들은 아내 아니면 정부라고 해. 그렇다면 구드룬은 정부이지."

"모든 남자는 연인이거나 남편이죠." 어슐라가 외쳤다. "그렇다면 왜 한꺼번에 두 가진 안 되지요?"

"한쪽이 되려면 다른 쪽은 못되지." 그가 웃으며 말했다.

"그렇다면 난 연인 쪽을 택하겠어요." 어슐라가 큰 소리로 말했다.

"아니, 당신은 그렇게 못해." 그가 말했다.

"그렇지만 난 원해요." 그녀가 큰 소리로 투덜거렸다.

버킨이 그녀에게 입을 맞추고 웃었다.

이틀이 지나서였다. 어슐라가 벨도버의 집에서 자기 물건들을 가지러 가기로 했다. 이사를 미리 해서, 가족들은 다 떠났다. 구드룬은 윌리 그린에서 방을 세 들었다.

어슐라는 결혼한 이래로 부모를 만나보지 못했다. 그녀는 이런 불화를 비통하게 여겼다. 그러나 화해가 무슨 소용이 있담! 좋든 싫든 그녀는 부모에게 갈 수 없었다. 그래서 그녀의 물건들이 뒤에 남겨졌고 그녀와 구드룬이 오후에 물건을 가지러 가기로 했다.

그들이 집에 도착했을 때는 겨울철 오후로 하늘이 붉었다. 창문들은 컴컴하고 텅 비어있어서 그 빈집은 을씨년스러웠다. 밋밋하고 텅 빈 현관은 자매의 심장을 써늘하게 내려앉게 했다.

"난 정말 혼자서는 못 들어왔겠어." 어슐라가 말했다. "오싹 소름이 끼치는데."

"언니!" 구드룬이 소리쳤다. "너무나 놀라워! 우리가 이 집에서 살면서 전혀 그렇게 느낀 적이 없다는 게 믿어져? 여기서 살면서 겁이 나서 죽겠다는 생각이 어떻게 하루라도 들지 않았는지, 믿을 수 없어?"

자매는 커다란 식당을 들여다보았다. 그건 상당히 큰 방이었지만 지금 보니 독방이 더 나아 보일 것 같았다. 커다란 내닫이창은 그대로 드러났고, 마룻바닥에서 융단을 걷어냈고, 흐릿한 판자 바닥 둘레에 검은 테가 윤기 나게 처져 있었다. 빛바랜 벽지엔 가구가 놓였거나 그림이 걸렸던 자리에 짙은 본래의 색이 드러났다. 메마르고 얇고 부서질 것 같은 벽, 그리고 검은 테를 인공적으로 둘러치고 흐릿하고 얇은 마룻바닥은 자매에게 아무런 감흥도 불러일으키지 못했다. 모든 것이 감각에 무의미하게 다가왔고, 실체가 없는 울타리였고, 종이로 도배되었던 벽은 말라빠졌다. 세상에, 그들은 어디에 서 있나? 어떤 마분지 상자 안에 매달려 있는 것인가? 벽난로엔 타버린 종이와 타다만 종잇조각들이 있었다.

"우리가 여기서 보냈다는 걸 상상해봐!" 어슐라가 말했다.

"그러게." 구드룬이 소리쳤다. "너무나도 온몸이 오싹해져. 우리가 이런 곳의 내용물이라면 우린 도대체 어떤 몰골일까!"

"수치스러워!" 어슐라가 말했다. "정말 그래."

그리고 그녀가 타다만 《보그》 잡지의 표지를 알아보았다. 가운을 입은 여자 사진이 반쯤 타서 받침쇠 밑에 뒹굴었다.

그들이 응접실로 갔다. 다른 밀폐된 공간이었다. 무게나 실체가 없이, 단지 완전히 텅 빈 종이 상자 안에 투옥되었다는 도저히 참을 수 없는 느낌이었다. 부엌은 실체감이 좀 있어 보였다. 왜냐하면, 바닥이 빨간 타일로 깔렸고 스토브가 있어서였다. 그러나 춥고 무섭게 느껴졌다.

두 자매는 융단이 걷힌 층계를 쾅쾅 소리 내며 올라갔다. 소리 하나하나가 심장 밑에서 울렸다. 그들은 바닥이 드러난 통로를 따라 걸었다. 어슐라의 침실 벽에 그녀의 물건들이 기대어 있었다—트렁크 한 개와 반짇고리, 책 몇 권, 흐트러진 코트들, 모자 상자가 사방에 스며든 황혼의 공허 속에 쓸쓸히 벽에 기대어 있었다.

"참 볼만한데. 안 그래?" 어슐라가 내팽개쳐진 자기 물건을 내려다보며 말했다.

"아주 볼만한데." 구드룬이 거들었다.

자매는 모든 물건을 현관까지 가지고 내려가기 시작했다. 그들은 여러 차례 쿵쿵 소리를 내며 물건들을 날랐다. 집 전체가 그들 주변에서 속이 텅 빈 공허한 소리로 메아리치는 것 같았다. 떨어져 있어 보이지 않고 텅 빈 방들에서는 거의 음탕한 진동을 보내왔다. 그들은 마지막 물건들을 들고 거의 뛰다시피 문밖으로 나갔다.

그러나 밖은 추웠다. 그들은 차를 가지고 올 버킨을 기다렸다. 다시 집 안으로 들어가 2층에 있는 부모들의 침실로 올라갔다. 그 방의 창에서는 도로가 내려다보였고, 들판 너머로는 빛은 없고 검은 줄무늬가 옆으로 난 석양을 쳐다보았다.

그들은 창가에 앉아 기다렸다. 자매가 방을 휘둘러보았다. 텅 빈 데다 오싹할 정도로 무의미하게 보였다.

"정말이지, 이 방은 도저히 성스러울 수가 없네, 안 그래?" 어슐라가 물었다.

구드룬이 눈을 낮게 깔고 방을 둘러보았다.

"그럴 수 없지." 동생이 대답했다.

"엄마, 아빠의 삶—그분들의 사랑과 결혼, 자식들 모두의 양육— 너도 그런 생활을 하고 싶니, 프룬?"

"어슐라 언니, 그러고 싶지 않아."

"그 모든 것이 너무나 아무것도 아닌 것으로 보여—그들의 생활—거기엔 의미가 전혀 없어. 정말이지, 엄마, 아빠가 만나지 않았고, 결혼을 안 했고, 함께 살지 않았다 해도—별로 문제가 안 되었을 것 같아. 안 그러니?"

"물론—알 수 없지." 구드룬이 대답했다.

"그래. 그렇지만 내 삶이 그와 같이 된다면—프룬," 어슐라가 동생의 팔을 잡았다. "난 도망치겠어."

구드룬은 잠깐 잠잠히 있었다.

"사실 일상적인 생활은 숙고할 수가 없어—도저히 숙고할 수가 없다고." 구드룬이 대답했다. "언니의 경우에도 아주 다르지. 버킨과 함께라면 평범한 것에서 아주 벗어나 있을 거야. 그이는 특별한 경우니까. 그러나 한 곳에 삶을 정착시킨 보통 사람과의 결혼은 생각할 수가 없어. 아마도 그런 결혼을 원하는 여자들이 수천, 수만 명이 있을 거고, 있어. 그런 결혼 외엔 생각을 못 할 거야. 그러나 난 그런 결혼을 생각만 해도 정말 미치겠어. 무엇보다 인간은 자유로워야 해. 자유로워야 해. 사람은 모든 것을 박탈당한다 해도 자유로워야 해—사람이 핀치벡스트리트 7번지—또는 서머싯 드라이브나—숏랜즈가 되어선 안 되지. 확정된 주거지의 결점을 보충할 만큼의 능력 있는 남자는 없어—어떤 남자도! 결혼하려면 자유무사, 아무것도 아닌 사람, 전우, 모험가와 해야 해. 사회에서 지위를 가진 남자—글쎄, 그들과 결혼은 그냥 불가능해, 있을 수가 없어!"

"참 멋진 말이야—모험가라니!" 어슐라가 말했다. "용병보다 훨씬 더 멋져."

"맞아, 그렇지?" 구드룬이 대답했다. "난 모험가와 같이 이 세상에 창을 겨누겠어. 그렇지만 가정, 정착이라니! 어슐라 언니 그게 무슨 의미가 있어?—좀 생각해 봐."

"알아." 어슐라가 대답했다. "우리에겐 가정이 있지. 그것으로 나에겐 충분해."

"아주 충분하지." 구드룬이 맞장구쳤다.

"'서부의 작은 회색 집'이라" 어슐라가 빈정거리며 유행가의 가사를 인용했다.

"그 말 자체도 회색으로 들려." 구드룬이 음울하게 말했다.

그들은 자동차 소리에 말을 그쳤다. 버킨이 온 것이다. 어슐라는 자신의 마음이 갑자기 밝아지고, 서부의 회색 집이란 문제에서 그렇게 갑자기 자유롭게 벗어나는 걸 보고 깜짝 놀랐다.

저 아래 현관으로 가는 인도에서 발걸음 소리가 들렸다.

"여보세요!" 그가 불렀고 그 목소리가 집 안에서 생생하게 울렸다. 어슐라가 혼자 미소를 지었다. 그이도 이 집에 겁먹은 게 분명했다.

"여보세요! 우리 여기 있어요." 그녀가 아래층을 향해 소릴 질렀다. 그리고 그가 빨리 이 층으로 올라오는 소릴 들었다.

"이거 귀신 나올 집 같은데." 그가 말했다.

"이런 집엔 귀신이 없어요—이런 집은 독특한 분위기란 게 없거든요. 독특한 분위기가 있는 집이라야 귀신이 나오지요." 구드룬이 말했다.

"그렇네요. 당신네 과거가 그리워 슬퍼하고 있는 거요?"

---

* 유행가 가사의 일부로 "서부의 내 작은 회색 집은 작은 천국"이라는 취지의 노래.

"그래요." 구드룬이 의기소침하게 말했다.

어슐라가 소리 내어 웃었다.

"과거가 다 지나가서 슬퍼하는 것이 아니고요, 그런 과거가 있었다는 자체를 슬퍼하는 거예요." 그녀가 말했다.

"아." 그가 안도감을 느끼며 대답했다.

그가 잠시 앉았다. 그에게는 무언가가, 부드럽게 빛나며 활기찬 기운이 감돈다고 어슐라는 생각했다. 그건 아무 가치 없는 이 집의 뻔뻔스러운 구조물 자체도 사라지게 하는 것 같았다.

"구드룬이 말하는데 결혼해서 집에 박혀있는 건 참을 수 없대요." 어슐라가 의미심장하게 말했다—그들은 이 말이 제럴드를 언급한다는 걸 알았다.

그가 잠시 잠잠히 있었다.

"음" 그가 입을 열었다. "참지 못한다는 걸 미리 안다면 안전하지."

"그럼요!" 구드룬이 대답했다.

"왜 여자들은 인생의 목표가 신랑을 얻고 서쪽에 자그마하고 단란한 집을 갖는 것으로 생각하지요? 어떻게 그것이 인생의 목표가 될 수 있지요? 왜 그래야 하냐고요?" 어슐라가 물었다.

"사람은 자신의 어리석은 행동을 존중해야 하니까(Il faut avoir le respect de ses btises)." 버킨이 대답했다.

"그렇지만 그런 행동을 저지르기 전엔 그 어리석음을 존중할 필요가 없잖아요." 어슐라가 웃으며 말했다.

"아 그런 다음, 아빠의 어리석음(des betises du papa)?"

"그리고 엄마의 어리석음(Et de la maman)." 구드룬이 빈정거리며 덧붙였다.

"그리고 이웃의 어리석음(Et des voisins)." 어슐라가 말했다.

그들은 모두 큰 소리로 웃으며 일어났다. 어두워지고 있었다. 그들은 물건들을 자동차로 날랐다. 구드룬이 빈집의 대문을 걸었다. 버킨이 자동차의 전조등을 켰다. 그들은 마치 여행을 떠나듯 아주 행복해 보였다.

"저, 콜슨즈 상점에 잠깐 들려도 되겠어요? 거기에 열쇠를 맡겨야 해요." 구드룬이 말했다.

"그러지요." 버킨이 대답하고 차를 몰았다.

그들은 큰길에서 멈추었다. 상점들에 불이 막 켜지고 있었고, 제일 늦게 귀가하는 광부들이 방죽길을 따라 집으로 가고 있었다. 푸른 하늘을 배경으로 잿빛 탄가루를 입은 그들이 그림자처럼 움직이는 모습이 희뿌옇게 보였다. 그러나 그들이 인도 위를 걸을 때 갖가지 소리가 거칠게 울렸다.

구드룬은 가게에서 나와 자동차를 타고, 손에 잡힐 듯한 땅거미 속에서 어슐라 언니와 버킨과 함께 언덕 아래로 미끄러지듯 차를 달리는 것에 얼마나 즐거웠는지 모른다! 이 순간에 삶이 얼마나 모험하는 것 같았나! 갑작스레 마음속 깊이, 그녀는 어슐라 언니를 얼마나 부러워했는지! 어슐라에게 인생은 너무나 빠르고, 열려있는 문 같았다―이 세상뿐 아니라 가버린 세상과 앞으로 닥칠 세상이 그녀에겐 아무것도 아닐 정도로, 너무나 무모했다. 아, 만약에 그녀가 그렇게만 될 수 있다면, 그것은 완벽할 것이련만.

왜냐하면, 흥분한 순간을 빼고는 그녀가 마음속으로 항상 부족함을 느꼈기 때문이다. 그녀는 자신이 없었다. 그녀는 드디어 이제야 제럴드의 강력하고 격렬한 사랑 안에서 그녀가 완전하고 최종적으로 살고 있다고 느꼈다. 그러나 자신을 어슐라와 비교해 볼 때 그녀의 영혼은 금방 질시에 차고 불만스러웠다. 그녀는 만족하지 못했다—절대 만족할 수 없었다.

그녀는 지금 무엇이 부족하단 말인가? 그건 결혼이었다—그건 결혼이란 경이로운 안전성이었다. 그녀는 무슨 말을 하든, 그걸 원했다. 그녀는 거짓말을 하고 있었다. 구식의 결혼관은 지금도 보기에 옳았다—결혼과 가정. 그러나 그런 말을 들으면 그녀는 입을 찌푸렸다. 제럴드와 숏랜즈를 떠올렸다—결혼과 가정도! 아, 그래. 그건 그만두자! 제럴드가 그녀에겐 대단히 중요했다—그러나—! 어쩌면 마음속엔 결혼이란 생각이 없었다. 그녀는 인생의 추방자 중의 하나였고, 뿌리 없는 떠돌이 중 한 사람이었다. 아니, 아니지—그럴 수 없지. 그녀는 갑자기 장밋빛 방을 떠올리고 아름다운 가운을 입은 자신과 연미복을 입은 미남이 난롯가에서 그녀를 껴안고 입 맞추는 걸 떠올렸다. 이러한 광경을 그녀는 '가정'이라고 명명했다. 그런 광경의 그림은 왕립 미술원에 어울릴만한 것이었다.

"자, 우리와 함께 차 마시러 가자—제발 가자." 그들이 윌리 그린의 시골집에 가까워지자, 어슐라가 말했다.

"너무나 고마워—그렇지만 난 들어가야 해." 구드룬이 말했다. 그녀는 어슐라와 버킨과 함께 들어가길 광장히 원했다. 그것이 그녀에게 진짜로 사는 것 같았다. 그런데도 비뚤어진 성미가 그녀를 막아섰다.

"제발 가자—응, 아주 좋을 거야." 어슐라가 졸라댔다.

"광장히 미안해—가고 싶지만—갈 수가 없어—진짜로."

그녀는 몸을 떨며 급하게 차에서 내렸다.

"정말 같이 못 가?" 어슐라 언니의 유감스런 목소리가 들렸다.

"응, 정말 갈 수 없어." 구드룬의 애처롭고 원통한 목소리가 어둠 속에서 들렸다.

"그래, 괜찮아요?" 버킨이 물었다.

"그럼요!" 구드룬이 말했다. "안녕!"

"잘 가." 그들이 큰소리로 외쳤다.

"언제든지 오고 싶으면 와. 우린 대환영이니까." 버킨이 큰 소리로 말했다.

"너무나 고마워요." 구드룬이 고독한 원통함이 배어 나오는 야릇한 콧소리로 크게 대답을 해 버킨이 매우 의심스러워 했다. 그녀는 그들에게서 몸을 돌려 자기가 사는 시골집 대문을 향했고, 그들은 계속 차를 몰았다. 그러나 그녀는 즉각적으로 발을 멈추고 그들을 쳐다보았다. 차가 멀리 어둠 속으로 희뿌옇게 달려갔다. 그녀가 자신의 낯선 집을 향하는 길을 걸어 올라갈 때 마음속엔 이해할 수 없는 비통함이 차올랐다.

그녀의 응접실에는 추가 달린 긴 벽시계가 있었는데, 문자판엔 곁눈질하며 즐겁고 혈색 좋은 표정을 한 둥근 얼굴이 들어있었다. 그 시계는 똑딱거릴 때마다 엄청나게 우스꽝스러운 추파를 던지며 얼굴을 갸우뚱하다가, 또 다음 똑딱거리면 똑같이 우스꽝스럽고 즐거운 눈으로 다시 얼굴을 갸우뚱했다. 내내 그 우스꽝스럽고 부드러우며 갈색빛 도는 불그스레한 얼굴은 그녀에게 출랑거리며 즐거운 눈짓을 보냈다. 그녀가 얼마 동안 그걸 쳐다보며 서 있었더니 격분된 혐오감이 밀려왔고 그녀는 자신을 향해 공허하게 웃었다. 그 시계는 여전히 얼굴을 흔들며 그녀에게 한쪽에서 즐거운 추파를 던졌고, 다음엔 다른 쪽에서, 또 이쪽에서 또 다른 쪽에서 연거푸 추파를 그녀에게 던졌다. 그런데 그녀는 지금 얼마나 불행하게 느끼고 있는가! 그녀가 가장 행복하게 느껴야 할 때 실상은 그녀가 얼마나 불행한가! 그녀가 테이블을 힐끗 보았다. 구스베리 잼과 소다가 지나치게 많이 들어간 집에서 구운 케이크가 있지 않은가! 여전히 구스베리 잼은 좋았고 그걸 구하긴 아주 힘들었다.

저녁 내내 그녀는 물방앗간에 가고 싶었다. 그러나 그녀는 냉정하게 자신에게 가는 걸 거절했다. 대신 이튿날 오후에 그곳에 갔다. 어슐라만 혼자 있어 기분이 좋았다. 아름답고 친근하며 호젓한 분위기였다. 그들은 끊임없이 즐겁게 대화를 나누었다. "언니, 여기 있으니 굉장히 행복하지?" 구드룬이 거울에 비친 자신의 반짝이는 눈을 흘끗 보며 언니에게 말했다. 그녀는 항상 거의 분노에 가까운 시기심을 느끼며 어슐라와 버킨이 풍기는 기묘한 긍정적인 충만함을 부러워했다.

"이 방 너무나도 멋지게 꾸몄네." 그녀가 큰 소리로 말했다. "이 딱딱하게 엮은 돗자리—너무나도 멋진 색깔이야. 시원한 빛이 도는 색깔이네!"

그녀에게 그건 완벽하게 보였다.

"어슐라 언니," 그녀가 마침내 거리를 두고 질문하는 어조로 물었다. "제럴드가 성탄절에 우리가 모두 함께 여행 떠나자고 제안한 거 언니는 알고 있어?"

"그래. 그가 루퍼트에게 말했어."

구드룬의 뺨이 짙은 홍조로 붉어졌다. 그녀가 깜짝 놀라 무슨 말을 할지 모르는 듯 잠시 입을 다물고 있었다.

"그렇지만 언니 생각에," 그녀가 마침내 입을 열었다. "그런 말을 하는 건 놀랍도록 뻔뻔한 거 아니야?"

어슐라가 큰 소리로 웃었다.

"난 그래서 그이가 좋은데." 언니가 말했다.

구드룬은 말이 없었다. 제럴드가 제멋대로 버킨에게 그런 제안을 한 것에 그녀가 굴욕감을 느꼈지만, 그런 생각 자체는 무척 그녀의 마음에 든 것은 분명했다.

"내 생각에 제럴드에겐 꽤 사랑스러운 단순함이 있어." 어슐라가 말했다. "어쨌든 아주 도전적이지! 오, 그인 너무나 사랑스러워."

구드룬은 얼마 동안 이 말에 대답하지 않았다. 그녀는 제럴드가 그녀의 자유를 무시하고 멋대로 다룬 것에 대한 모욕감을 아직도 극복해야 했다.

"그래, 루퍼트가 뭐라 그랬어?" 구드룬이 물었다.

"굉장히 즐거울 것이라고 말했지." 어슐라가 대답했다.

구드룬은 다시 아래를 내려다보며 말이 없었다.

"넌 그러리라 생각지 않아?" 어슐라가 미적거리며 물었다. 그녀는 동생 구드룬이 자신 주위로 얼마나 많은 방어벽을 두르고 있는지 도무지 알 수가 없었다.

구드룬은 억지로 고갤 쳐들더니 옆으로 돌렸다.

"언니가 말하듯 굉장히 재미있을 거란 생각이야." 동생이 대답했다. "그렇지만 언니 생각에 그런 말을 루퍼트에게 한 것은, 도저히 용서 못 할 방종 아니야? 루퍼트에게 그런 일을 말한 건—결국—무슨 뜻인지 알지, 언니—그 두 남자가 형편없는 매춘부(type)를 골라서 나들이 갈 계획을 세운다는 느낌이 들어. 오, 그건 도저히 용서 못 하겠어. 정말!—" 구드룬은 매춘부란 단어를 프랑스어로 말했다.

그녀의 눈은 번쩍였고 부드러운 얼굴은 달아올랐고 시무룩했다. 어슐라가 굉장히 놀라 동생을 쳐다보았다. 무엇보다 동생이야말로 거리의 매춘부같이 굉장히 저질로 보였기 때문이다. 그러나 감히 그렇다고 말할 용기가 나지 않았다—아주 터놓고 말이다.

"오, 아니야." 어슐라가 말을 더듬으며 말했다. "오, 아니지—전혀 그렇지 않아—오 절대 아니야! 내 생각에 루퍼트와 제럴드 사이의 우정은 매우 아름다운 것이야. 그들은 그저 단순할 뿐이야—그들은 형제처럼 무슨 말이건 하거든."

구드룬은 더욱 낯을 붉혔다. 제럴드가 자신을 거저 주었다는 것을 구드룬은 도저히 참을 수가 없었다—심지어 버킨에게라도.

"그렇지만 형제간에도 그런 내밀한 이야길 주고받을 권리가 있다고 생각해?" 그녀가 더 화를 내며 물었다.

"오, 그렇지." 어슐라가 대답했다. "완전히 툭 터놓고 솔직히 이야기하지 않은 것은 하나도 없어. 절대로, 내게 제럴드에게서 굉장히 놀란 건—그가 얼마나 완전히 단순하고 솔직한가야! 알겠지만 그러기 위해선 도량이 큰 사람이어야 해. 대부분 남자는 할 수가 없어 말을 꼭 돌려서 하지. 굉장히 비겁한 거야."

그러나 구드룬은 여전히 화가 나서 입을 다물고 있었다. 그녀는 자신의 거동에 관해서는 절대적인 비밀을 지키길 원했다.

"가지 않을래?" 어슐라가 물었다. "제발, 가자. 우린 모두 너무나 행복할 거야! 내가 제럴드에게서 좋아하는 것이 있어—내가 생각했던 것보다 그인 훨씬 더 사랑스럽다는 거야. 그는 자유로워. 구드룬, 정말 그래."

구드룬의 입이 아직 굳게 닫혀있고 시무룩하고 보기 흉했다. 마침내 입을 열었다.

"그이가 어딜 가자고 제안한 줄 알아?" 구드룬이 물었다.

"그래—티롤 지방이야. 그가 독일에 있을 때 스키 타러 가던 곳이래—학생들이 가는 아름다운 곳이지. 겨울 운동에 딱 맞는, 작고 거칠고 아름다운 곳이지!"

구드룬은 화가 났고 마음속으로 이런 생각이 지나갔다—'저희끼리는 다 알고 있었네.'

"그렇구나." 그녀가 큰 소리로 말했다. "인스브루크에서 약 40킬로 떨어진 곳이지?"

"난 정확히 잘 몰라—그렇지만, 완전히 눈 덮인 산이, 아름다울 거로 생각지 않니?"

"매우 아름답겠지!" 구드룬이 냉소적으로 말했다.

어슐라는 당황스러웠다.

"물론," 그녀가 말을 했다. "내 생각에 제럴드가 버킨에게 말한 건 절대로 매춘부와 놀러 가는 식의 말은 아니었을 거야—"

"물론, 알아." 구드룬이 대답했다. "그가 아주 흔하게 그런 유의 여자와 놀아난다는 것 말이야."

"그가 그래?" 어슐라가 물었다. "아니, 네가 어떻게 알지?"

"첼시에 사는 여자 모델을 알아." 구드룬이 차가운 어조로 말했다.

어슐라는 이제 조용해졌다.

"그렇구나." 마침내 그녀가 의심스러운 웃음을 지으며 말했다. "그가 그녀와 즐겁게 지내길 바란다." 그 말에 구드룬이 더욱 침울해졌다.

제28장 폼퍼두어 카페의 구드룬

성탄절이 가까웠고 네 사람은 모두 비행기 여행 준비를 했다. 버킨과 어슐라는 몇 개의 개인 물건들을 싸느라 바빴다. 그들이 최후로 선택할 나라와 장소가 어디가 될지 몰랐지만, 그곳으로 우송되도록 준비를 했다. 구드룬은 대단히 흥분되었다. 그녀는 여행하길 좋아했다.

그녀와 제럴드가 먼저 준비가 되어서 런던과 파리를 거쳐 인스브루크를 향해 떠났다. 그곳에서 어슐라와 버킨을 만나기로 했다. 그들은 런던에서 하룻밤을 지냈다. 그들은 음악회에 갔고 그 후에는 폼퍼두어 카페로 갔다.

구드룬은 그 카페를 아주 싫어했지만, 그녀가 아는 예술가들 대부분이 그러하듯이, 그곳으로 항상 돌아갔다. 그녀는 그곳의 사소한 타락과 사소한 질시, 사소한 예술의 분위기를 혐오했다. 그런데도 그녀는 런던에 올 때면 항상 그곳을 다시 찾았다. 마치 붕괴와 소멸의 작고도 느린 회오리 한가운데로 돌아와야만 한다는 듯이, 단지 그곳을 한번 둘러보았다.

그녀는 제럴드와 앉아서 달콤한 리큐어 술을 마시며 여러 테이블의 다양한 무리의 사람들을 어둡고 음울한 표정으로 응시했다. 그녀는 누구와도 인사를 나누려 하지 않았으나 젊은 남자들이 이죽

대는 듯한 친근한 표정으로 그녀에게 자주 고개를 끄덕였다. 그녀는 이들 모두를 모르는 척했다. 그녀가 그곳에 앉아 뺨은 달아오르고, 검고 시무룩한 눈으로 그녀와는 전혀 무관한 듯이, 어떤 동물원에 있는 원숭이같이 퇴화한 영혼을 가진 피조물처럼, 그들 모두를 객관적으로 보는 것이 즐거웠다. 세상에, 얼마나 추한 무리인지! 그녀의 피가 분노와 혐오감으로 검게 엉키듯 끓어올랐다. 그러나 그녀는 계속 앉아서 지켜보아야만 했다. 한두 사람이 그녀에게 와서 말을 걸었다. 카페의 모든 곳에서 눈들이 반쯤 은밀하게 그녀를 향해 반쯤 빈정대듯 쳐다보았다. 남자들은 어깨너머로, 여자들은 모자 아래로 그녀를 쳐다보았다.

옛날 무리가 거기에 있었다. 칼라이언은 제자들과 자기 여자와 함께 자신의 구석 자리에 앉았고, 핼러데이와 리비드니코프, 푸썸도 함께 있었다―그들 모두가 그곳에 있었다. 구드룬이 제럴드를 쳐다보았다. 그의 시선이 잠시 핼러데이와 다음엔 그의 일행에게 머무는 걸 보았다. 이 무리는 망을 보고 있었다―그들은 그에게 고개를 끄떡였고 그도 다시 고갤 끄덕였다. 그들은 낄낄거리며 웃었고 저희끼리 수군대었다. 제럴드가 눈을 계속 빤짝이며 그들을 지켜보았다. 그들은 푸썸에게 무슨 일을 하라고 부추기고 있었다.

마침내 푸썸이 일어섰다. 그녀는 여러 가지 물감을 뿌린 듯한 어두운 빛의 묘한 실크 드레스를 입고 있었는데 묘하게 얼룩덜룩한 느낌을 주었다. 그녀는 이전보다 더 말랐고 눈빛은 더 달아올랐는데 눈동자는 더 풀어져 보였다. 그것만 아니라면 그녀는 이전과 똑같았다. 제럴드는 그녀가 건너오자 똑같이 응시하는 눈빛으로 그녀를 지켜보았다. 그녀가 가는 갈색 손을 그에게 내밀었다.

"잘 지내세요?" 그녀가 말을 건넸다.

그가 그녀와 악수를 했지만 그대로 앉아 있었고, 그녀가 테이블에 몸을 기대고 옆에 서 있게 했다. 그녀가 음울한 표정으로 구드룬에게 고갤 끄덕였다. 구드룬에게 말을 건넬 만큼은 알지 못했으나 외모와 평판으로 잘 알고 있었다.

"아주 잘 지내요." 제럴드가 대답했다. "당신은 어때요?"

"오, 전 괜찮아유. 우퍼트는 어떻게 지내요?"

"루퍼트요? 그도 아주 잘 지내요."

"그렇군요. 난 그런 뜻이 아니었어요. 그의 결혼은 어찌 되었어요?"

"오—맞아요, 결혼했지요."

푸썸의 눈이 뜨겁게 번쩍였다.

"오, 그러면 그가 증말로 결혼을 했군요. 그렇지요? 언제 결혼했는데요?"

"한두 주쯤 전에."

"기래요? 편지 한 장 없었어요."

"없었어요?"

"없었어요. 너무하다고 생각지 않으세요?"

이 마지막 말은 도전적인 어투였다. 푸썸은 구드룬이 듣고 있음을 자기가 의식한다는 걸 이런 어조로 알렸다.

"그 친구가 편지 쓸 마음이 없었나 봐요."

"왜 그렇지요?" 푸썸이 추궁을 했다.

이 말엔 아무 대답도 하지 않았다. 그 여자가 제럴드 곁에 서 있을 때, 타락한 그녀의 자그마하고 아름다운 모습에 추하고 야유하는 분위기를 흠씬 풍겼다.

"런던에 오래 계실 거예요?" 그녀가 물었다.

"오늘 밤만."

"오, 오늘 밤만이군요. 줄리어스에게 얘기하러 올 거예요?"

"오늘 밤엔 아니요."

"오, 좋아요. 가서 그렇게 말할게요." 그다음에 그녀의 악마적인 기질이 나타났다. "굉장히 근강해 보이는데요."

"그래요—나도 그런 느낌이에요." 제럴드가 아주 침착하고도 편안하게 대답했다. 그의 눈엔 즐거워하는 빛이 냉소적으로 반짝였다.

"그래, 지금 즐거우세요?"

쌀쌀하면서도 태연히 고르고 무표정한 어조로 묻는 이 질문이 구드룬에겐 직격탄이었다.

"그래요." 그가 아주 무표정한 어조로 대답했다.

"저 우리 아파트에 들르지 않으신다니 너무, 너무 섭섭해요. 친구들에게 불충실해요."

"아주 그런 건 아니지."

그녀가 그들에게 고갤 끄덕이며 '안녕'이라 인사한 후 자기 패거리에게로 천천히 돌아갔다. 구드룬이 그녀가 몸을 빳빳이 세우고 궁둥이를 쌜룩거리며 묘하게 걷는 걸 지켜보았다. 그들은 그녀가 고르고 무표정한 어조로 말하는 걸 분명히 들었다.

"그인 오지 않겠데요.—그는 다른 약속이 있대요." 그 목소리가 말했다. 그러자 테이블에선 더 크게 웃는 소리가 들렸고 낮은 소리로 수군대는 소리와 비웃는 소리가 들렸다.

"저 여자가 당신의 친구예요?" 구드룬이 제럴드를 찬찬히 쳐다보며 물었다.

"내가 버킨과 함께 핼러데이의 아파트에 머문 적이 있어요."그가 그녀의 느리고 침착한 시선과 마주치며 대답했다. 그리고 그녀는 푸썸이 그가 사귄 정부 중의 한 명이란 걸 알았다—그리고 그녀가 알고 있다는 걸 그가 의식했다.

구드룬이 주위를 둘러보고 웨이터를 불렀다. 그녀는 무엇보다 얼음을 채운 칵테일을 원했다. 이런 주문이 제럴드를 즐겁게 했다—그는 앞으로 무슨 일이 일어날까 궁금했다.

핼러데이 패거리들은 술에 취해서 악의적으로 굴었다. 그들은 큰소리로 버킨에 대해 떠들며, 모든 점에서 그를 비웃고 특히 결혼에 대해 조롱했다.

"오, 제발 버킨 생각은 하지 않게 해줘요." 핼러데이가 비명을 질러댔다. "날 완전히 구역질 나게 해. 그는 예수만큼이나 나빠. 하느님, 구원받기 위해선 제가 무엇을 해야 할까요?"

그가 술에 취해 혼자서 낄낄 웃어댔다.

"기억나요?" 러시아인의 빠른 목소리가 들렸다. "그가 보내곤 하던 편지 말이야. '욕망은 성스러운 것이니—'"

"오, 그래!" 핼러데이가 소리쳤다. "오, 얼마나 완벽하게 훌륭하던지. 자, 내 주머니에 편지 하나가 있어. 확실히 있는데."

그가 자기 지갑에서 여러 가지 종이들을 끄집어냈다.

"있는 게 분명한데—딸꾹! 아이, 참!—여기 하나 있어."

제럴드와 구드룬이 정신이 팔려 지켜보았다.

"오, 그래. 얼마나 완벽하게—딸꾹!—훌륭한지! 푸썸, 날 웃기지 마. 웃기면 딸꾹질이 나. 딸꾹!—"그들 모두는 낄낄거렸다.

"그 편지에 그이가 뭐라 그랬어요?" 푸썸이 앞으로 몸을 내밀며 물었다. 그녀의 부드럽고 검은 머리칼이 얼굴 위에 드리워 흔들렸다. 그녀의 작고 길쭉하고 검은 골통엔, 특히 귀가 드러날 때는 묘하게 점잖지 못하고 음탕한 면이 보였다.

"기다려―오, 제발 기다려! 아니―야, 당신에게 이건 주지 않겠어. 내가 큰 소리로 읽을게. 제일 멋진 부분을 읽어줄게―딸꾹! 아, 참! 내가 물을 마시면 이놈의 딸꾹질이 떨어질 것 같아? 딸꾹! 오, 완전히 꼼짝 못 하겠는데."

"그 편지가 암흑과 광명을 통합해야―그리고 부패의 흐름에 관한 것 아니야?" 맥심이 정확하고 빠른 목소리로 물었다.

"그럴걸." 푸썸이 대답했다.

"오, 그런가? 잊어버렸는데―딸꾹!―그거야." 핼러데이가 편지를 펼치며 말했다. "딸꾹! 오, 그래. 얼마나 완벽하게 훌륭한지! 이건 최고의 내용이야. '모든 종족에겐 하나의 국면이 있는데―'" 그가 성경을 봉독하는 목사와 같이 단조롭고 느리며 또박또박한 어조로 읽어나갔다. "파괴를 향한 욕망이 다른 모든 욕망을 압도할 때가 있다. 개인에게 있어 이러한 욕망은 궁극적으로 자아 파괴를 향한 욕망일진데'―딸꾹!" 그가 읽다 말고 위를 올려다보았다.

"그자가 자기 파괴부터 시작했으면 해." 그 러시아아인의 빠른 말소리가 들렸다. 핼러데이가 낄낄거리다, 고개가 모호하게 뒤로 축 늘어졌다.

"그 사람 몸에서 뭐 파괴할 거나 많이 있나?" 푸썸이 말했다. "이미 너무 말라서, 시작하려 해도 부스러기부터 파괴해야 할 거야."

"오, 이거 진짜 아름답지 않아? 난 이거 읽는 게 아주 좋아! 이 말이 내 딸꾹질을 그치게 했나 봐!" 핼러데이가 비명을 질러댔다. "내가 계속 읽을게. '그건 우리 속의 축소 과정을 바라는 갈망이고 근원으로 돌아가려는 갈망이고, 부패의 흐름을 따라서 존재의 근원적인 초보의 상태로 돌아가려는 갈망이며—!' 오, 난 이 말이 아주 멋지다고 생각해. 이건 거의 성경 말씀을 능가할 정도야—"

"그래, 부패의 흐름이라." 러시아인이 말했다. "그 어구가 생각나는데."

"그래요. 그인 언제나 부패에 대해 말했어요." 푸썸이 말했다. "부패를 그토록 염려하고 있는 것을 보니, 자신이 부패했음이 틀림없어요."

"맞아요!" 러시아인이 맞장구쳤다.

"계속 읽을게요! 오, 이건 진짜 멋진 글이야! 자, 이 말에 귀를 기울여요. '그리고 거대한 역행에서, 창조된 생명체의 축소에서, 우리가 지식을 획득하고, 그 지식을 초월하여 예리한 지각의 인광을 내뿜는 황홀경을 얻느니라.' 오, 이런 표현은 너무나 모순되면서 멋지다고 생각해. 아, 당신네도 그렇다고 생각하지 않아요—이런 말들은 정말 거의 예수의 말씀같이 훌륭하다고—'그리고 줄리어스, 자네가 푸썸과의 관계에서 이런 환원의 황홀을 맛보려면 그것을 성취할 때까지 계속 가야 해. 그러나 자네에겐 확실히, 어딘가에 긍정적인 창조를 위한 살아있는 욕망이 있어. 궁극적인 신념의 관계를 향한 욕망이 있네. 이러한 모든 활발한 부패의 과정이 진흙에서 난 모든 꽃과 함께 넘어설 때, 어느 정도 끝나면—' 난 이 진흙 속의 꽃이 무언지 모르겠어. 푸썸, 당신이 진흙에서 핀 꽃이야."

"고마워요. 그러면 당신은 뭐지요?"

"오, 난 분명히 진흙에서 피어난 다른 꽃이지. 이 편지에 따르면! 우린 모두 진흙 속에서 피어난 꽃이야—악의—딸꾹!—꽃이라고! 이건 완전히 멋져. 버킨이 지옥을 정복해서, 의인을 구출해내는 거야—폼퍼두어 카페를 정복해서—딸꾹!"

"계속해요—계속해." 맥심이 말했다. "그다음엔 무슨 말이 나오지? 이건 정말 너무도 재미있어."

"이런 글을 쓰다니 너무도 뻔뻔스러워요." 푸썸이 말했다.

"맞아요—맞아. 나도 그렇게 생각해요." 러시아인이 맞장구쳤다. "그자는 과대망상증 환자야. 물론, 종교적인 광증의 한 형태이고. 그자는 자기가 인류의 구세주라 생각하거든—계속 읽어요."

"'진실로,'" 핼러데이가 읊조렸다. "'진실로 선함과 자비가 내 평생 동안 나를 따르리니—'" 그가 읽다 말고 낄낄거렸다. 그리고 그가 다시 성직자 같은 억양을 붙이며 읊조렸다. "'진실로 우리 안에 이러한 욕망의 끝이 오나니—계속 떨어져 나가고—갈라놓는 이 욕망—모든 것—우리 자신을 부분 부분으로 나눠 약화시키고—오직 파괴를 위해 친밀하게 반응하노니,—성을 위대한 환원의 대행자로 이용하고서, 수컷과 암컷이란 두 위대한 요소 간의 마찰로써 관능적인 만족의 황홀경을 성취하고—낡은 사상들을 약화시키고 우리의 감각을 위해 야만인으로 돌아가며, 지각없이 무한한 궁극적인 검은 감각 속에서 자신을 상실하길 항상 추구하며—오직 파괴적인 불로 타올라, 완전히 타 버린다는 희망을 안고 미친 듯 날뛰며—'"

"난 가겠어요." 구드룬이 제럴드에게 말하며 웨이터에게 신호를 보냈다. 그녀의 눈이 번뜩였고 뺨은 달아올랐다. 버킨의 편지를 구절구절, 성직자의 단조롭고 맑고 울리는 소리로 크게 읽는 것을 들으니 피가 그녀의 머리로 솟구쳐서 미칠 것 같았다.

제럴드가 청구서 대금을 지급하는 동안에 구드룬이 일어나 핼러데이의 테이블로 걸어갔다. 사람들이 죄다 그녀를 쳐다보았다.

"죄송합니다만," 그녀가 말했다. "댁이 읽고 있는 편지가 원본인가요?"

"오, 그래요." 핼러데이가 대답했다. "진짜 원본이에요."

"한번 볼 수 있을까요?"

그가 최면에 걸릴 양, 머저리처럼 실실 웃으며 그걸 그녀에게 건넸다.

"고마워요." 그녀가 말했다.

그리곤 그녀가 돌아서서 편지를 들고 테이블 사이로 밝은 방 안을 침착하게 걸어 카페 밖으로 나왔다. 얼마 후에야 사람들이 무슨 일이 일어난 지를 깨닫게 되었다.

핼러데이의 테이블에서 반쯤 터져 나오는 고함이 들렸고 다음에는 누군가가 야유를 했으며 그다음엔 카페의 맨 뒤쪽에서도 걸어나가는 구드룬을 향해 야유하기 시작했다. 그녀는 최첨단 유행에 따라 옷을 입었다. 검은빛이 도는 초록색과 은색 드레스를 입었고 모자는 곤충의 윤기처럼 광채 나는 초록이었다. 그러나 모자챙은 부드러운 검은 초록색이고 늘어진 테두리는 세련된 은빛이고 코트는 진초록으로 화려하게 윤기가 났다. 목까지 오는 칼라는 회색 모피였고 양팔 끝단은 커다란 모피였고 드레스의 밑단은 은색과 검은 벨벳으로 되었다. 스타킹과 구두는 은회색이었다. 그녀는 최첨단 유행의 옷을 입고 천천히 냉담하게 문 쪽으로 걸어갔다. 문지기가 고분고분하게 문을 열어주었고 그녀가 고개를 까딱하자 인도의 가장자리로 달려가 휘파람을 불어 택시를 불렀다. 택시의 두 개의 전조등이 즉시 그녀를 향해 두 개의 눈처럼 방향을 틀었다.

제럴드가 야유 소릴 들으며 어리벙벙하여 그녀 뒤를 따라 나왔다. 그가 그녀의 비행을 목격하지 못했기 때문이다. 그가 푸썸이 떠드는 소릴 들었다.

"그 여자에게 가서 편지를 받아와요. 이런 일은 금시 처음이에요! 그녀한테서 편질 받아와요. 제럴드 크라이치에게 말해요. 아, 저기 가네요. 가서 편질 내놓게 해요."

구드룬이 택시의 문 앞에 섰다. 그녀가 타도록 문지기가 문을 열어주었다.

"호텔로 갈까요?" 제럴드가 서둘러서 나오자 그녀가 물었다.

"가고 싶은 곳으로 가요." 그가 대답했다.

"좋아요!" 그녀가 말했다. 그런 다음 운전기사에게 말했다. "웩스타프 호텔이요—바튼 가에 있어요."

기사가 고갤 숙이고 미터기를 꺾었다.

구드룬이 택시 안으로 들어갔다. 옷을 멋지게 차려입고 영혼이 경멸적인 여자가 짓는 신중하고 냉랭한 태도였다. 그러나 그녀는 감정이 격해서 몸이 굳어 있었다. 제럴드가 그녀 뒤를 따라 들어갔다.

"당신이 저 보이에게 팁 주는 걸 잊었어요." 그녀가 모자를 약간 숙이며 냉랭하게 말했다. 제럴드가 보이에게 1실링을 주었다. 그 보이가 인사를 했다. 그들이 탄 택시가 움직였다.

"왜 저렇게 소동이지요?" 제럴드가 의아해하며 흥분해서 물었다.

"내가 버킨의 편지를 갖고 나왔어요." 그녀가 대답했다. 그리고 그가 그녀의 손에 든 구겨진 종이를 보았다.

그의 눈이 만족감에 번뜩였다.

"아!" 그가 말했다. "멋진데!—얼간이들!"

"그자들을 정말 죽일 수도 있었는데!" 그녀가 감정이 격해서 소리쳤다. "개새끼들!—개 같은 인간들이에요!—왜 루퍼트는 바보같이 저런 인간들에게 그런 편지를 보내지요? 그 개 같은 인간쓰레기들에게 그는 왜 속내를 죄다 드러내지요? 도저히 참을 수 없는 일이에요."

제럴드는 그녀가 이상하게 격해있는 것에 어안이 벙벙했다.

그녀는 런던에 더는 머무를 수 없었다. 그들은 채어링 크로스 역에서 아침 기차를 타기로 했다. 기차를 타고 템스 강 다리 위를 달릴 때 그들은 커다란 철제 다리 사이로 강을 내려다보았고 구드룬이 소리쳤다.

"이 추한 도시를 절대로, 다시는 보고 싶지 않아요—다시 돌아오는 건 도저히 참을 수 없어요."

제29장 유럽대륙으로

어슐라는 영국을 떠나기 전 마지막 몇 주 동안 현실감 없이 공중에 붕 뜬 상태에서 지냈다. 그녀는 그녀 자신이 아니었다―그 어떤 존재도 아니었다. 그녀는 앞으로―얼마 안 있어―금방―곧 태어날 어떤 존재였다. 그러나 아직은 단지 내재적인 상태였다.

그녀가 부모를 보러 갔다. 그건 굉장히 부자연스럽고 슬픈 만남이었고, 재결합이라기보다는 서로 갈라섬의 확인이었다. 그렇지만 그들은 그들을 떼어놓는 운명 속에서 뻣뻣한 채, 서로 얼버무리며 모호한 태도를 보였다.

그녀는 도버를 떠나 오스텐드[*]로 항해하는 배를 타기 전까지 제정신이 아니었다. 정신이 희미한 상태에서 버킨과 함께 런던으로 내려왔다. 런던은 하나의 몽롱한 세상이었고 도버까지의 기차여행 또한 그러했다. 모든 게 잠 같았다.

마침내 이제 그녀가 칠흑같이 캄캄하고 바람이 부는 밤에 배의 고물에 서서, 배의 움직임을 느끼며, 잉글랜드의 해안가에서, 미지의 해안인 듯, 황량하게 반짝이는 작은 불빛들을 멍하니 쳐다보았다. 그녀는 살아있는 깊은 암흑 위에서 점점 더 작아지는 불빛을 지

---

* 벨기에의 항구도시.

켜보았고 그제야 마취된 잠에서 정신이 기지개를 켜며 깨어나는 것을 느꼈다.

"우리 뱃머리로 갈까요?" 버킨이 말했다. 그는 앞으로 나아가는 배의 맨 앞쪽에 있기를 원했다. 그래서 잉글랜드라 불리는 저 멀리 떨어진 미지의 장소에서 반짝이는 희미한 불빛을 뒤로하고, 그들은 얼굴을 뱃머리 쪽의 깊이를 알 수 없는 밤으로 돌렸다.

그들은 부드럽게 앞으로 나아가는 배의 앞부분으로 곧장 갔다. 완전한 암흑 속에서 버킨이 비교적 아늑한 구석 자리를 발견했다. 그곳엔 커다란 밧줄들이 뚤뚤 말려있었다. 그곳은 배의 맨 끝 부분에 아주 가까웠고, 아직 뚫고 지나가지 않은 앞쪽의 새카만 공간 근처였다. 여기에 앉아서 그들은 서로를 꺼안았다. 한 개의 무릎 담요로 몸을 감싸고 서로에게 점점 더 가까이 기어들어가서 마침내는 서로의 몸속으로 기어들어가 하나의 실체를 이룬 것 같았다. 몹시 추웠고 어둠은 손에 잡힐 듯했다.

배의 선원 중 한 사람이 암흑처럼 어두워서 거의 식별이 안 되는 갑판에 나왔다. 그들은 그때 그의 창백한 얼굴을 희미하게 알아보았다. 그가 그들이 있는 걸 느꼈을 때 멈춰 서더니 확실치 않자─몸을 앞으로 수그렸다. 그의 얼굴이 그들 가까이 다가왔을 때야 그들의 얼굴을 희미하게 알아보았다. 그리고 유령처럼 사라졌다. 그들은 아무 소리도 내지 않고 그를 지켜보았다.

그들은 심오한 암흑 속으로 떨어지는 것 같았다. 하늘도, 땅도 없고 오로지 암흑만이 이어졌는데, 그 속으로 하나의 닫혀 있는 생명의 씨앗처럼 그들은 떨어지는 것 같았다. 끝없이 캄캄한 공간으로 떨어져 내려가는 것 같았다.

그들은 어디에 있는지를 잊었고 그 당시와 과거의 모든 것을 잊고서 오로지 마음속으로만 의식했다. 그 놀랄 만한 암흑을 통과하는 이 순수한 궤도만을 의식했다. 뱃머리는 물을 가르는 희미한 소리 내며 완전한 밤 속으로 계속 나아갔다. 알지도 못하고 보지도 못하고 오로지 앞으로 나아갔다.

어슐라에게 앞에 미지의 세계가 있다는 느낌이 모든 것을 압도했다. 이 깊은 암흑 가운데서 태어나지 않은 미지의 낙원의 광휘가 그녀의 가슴 위를 비추는 것 같았다. 그녀의 가슴은 가장 경이로운 빛으로 가득 찼고, 어둠의 꿀처럼 황금빛이며 낮의 온기처럼 기분이 좋았다. 그건 이 세상이 아니라 그녀가 향해 나아가는 미지의 낙원을 비추는 빛으로, 거주의 달콤함이요 미지의 삶의 희열이었다. 그건 분명 그녀의 것이 확실했다. 그녀가 황홀 속에서 얼굴을 갑자기 그에게로 들었고 그가 입술을 그녀의 얼굴에 갖다 댔다. 그녀의 얼굴이 너무나 차갑고 너무나 신선하고 바다처럼 맑아, 그건 마치 파도 가까이서 자라는 한 송이 꽃에 입맞춤하는 것 같았다.

그러나 그는 그녀가 미리 알고 있는 환희의 황홀감을 알지 못했다. 그에게 이 황홀의 경이로움은 압도적이었다. 그가 무한한 암흑의 깊은 틈 속으로 떨어지고 있었다. 그건 두 개의 세상 사이에 난 깊이 갈라진 틈을 가로질러 떨어지는 운석 같았다. 세상이 둘로 갈라지고 그가 말로 할 수 없는 틈 사이를 불 꺼진 별처럼 떨어지고 있었다. 그 너머에 있는 것은 아직 그를 위한 것은 아니었다. 그는 궤도에 압도되었다.

황홀 속에서 그는 어슐라를 끌어안고 누워 있었다. 그의 얼굴을 그녀의 가는 금발에 대며 그 향기를 바다와 심오한 밤과 함께 들이 마셨다. 그가 미지의 세계로 떨어질 때 그의 영혼은 평화로웠고 모든 걸 내려놓았다. 삶으로부터의 이 최종의 탈출에서 이런 완전하고 절대적인 평화가 그의 가슴에 들어선 것은 처음이었다.

갑판에서 소동이 일자 그들은 깨어났다. 그들이 일어섰다. 이 한밤중에 그들의 몸이 얼마나 뻣뻣하고 경련이 났는지! 그런데도 그녀 가슴에 낙원의 빛과 그의 가슴에 스며든 말로 다 할 수 없는 암흑의 평화, 이것들이 모든 것 중에 가장 소중했다.

그들이 일어서서 앞을 보았다. 캄캄한 저 아래서 빛이 어둡게 반짝였다. 그건 다시 이 세상이었다. 그건 그녀의 가슴속의 희열도 아니고, 그의 가슴의 평화도 아니었다. 그건 진짜 아닌 피상적인 사실의 세상이었다. 그렇다고 사실상 그 낡은 세상은 아니었다. 왜냐하면, 그들 가슴속의 평화와 행복이 지속하였으니까.

밤에 육지에 이렇게 내리는 것은 무엇보다도 낯설고 황량해서, 스틱스를 떠나 외롭게 버려진 하계로 상륙하는 것 같았다. 방대하게 넓고 컴컴한 곳은 으스스 춥고 불빛은 희미하고 지붕이 달렸고, 바닥엔 나무판자를 깔아서 발걸음 소리가 울렸으며 사방이 황량하기만 했다. 암흑 속에 '오스텐드'란 크고 희미하며 신비로운 글자가 서 있는 것을 어슐라가 알아보았다. 모든 사람이 검은 잿빛 공기를 가르며 눈먼 곤충처럼 열중해서 발걸음을 재촉했다. 짐꾼들은 영어 같지 않은 영어로 소리를 치다가 무거운 여행 가방을 들고는 빠르게 걸어갔다. 짐꾼들의 무채색의 웃옷은 그들이 사라질 때 유령처럼 보이게 했다. 어슐라가 다른 수백 명의 유령 같은 사람들과 함께 줄지어, 길고 나지막한 아연을 도금한 분리대 앞에 섰다. 으스스하게 휘넓은 어둠 저 아래를 따라 유령 같은 사람들이 가방을 열고 낮은 줄을 서 있었다. 한편 그 분리대 다른 쪽에선 뾰족한 모자를 쓰고 콧수염을 기른 창백한 세관원들이 가방 안의 속옷을 뒤적이고는 검사의 완료를 나타내는 글자를 분필로 끄적였다.

그 일은 끝났다. 버킨이 손가방을 찰칵하고 닫은 후, 그들이 떠났고 짐꾼이 뒤를 따랐다. 그들은 커다란 출입구를 통과한 후 다시 탁 트인 밤으로 들어섰다─아, 기차 승차장! 목소리들이 검은 잿빛 공기를 가르며, 인간적이지 않은 소동을 부리며 계속 소리를 지르고 있었고, 유령의 모습들이 기차 사이의 어둠을 따라 뛰고 있었다.

"쾰른─베를린". 어슐라가 높은 기차의 한쪽에 걸린 표지판에서 알아보았다.

"자, 여기에 있군." 버킨이 말했다. 그녀 쪽에선 어슐라가 "엘자스─로트링겐─룩셈부르크, 메츠─바젤"이란 판을 읽었다.

"바로 저거야. 바젤!"

짐꾼이 나타났다.

"자, 2등 칸인가요?─저쪽이에요!" 그리곤 그가 높은 기차 안으로 올라갔다. 그들이 뒤를 따랐다. 객실 몇 개엔 이미 사람들이 들어가 있었다. 그러나 많은 방은 희미하고 비어 있었다. 큰 짐이 실렸고, 짐꾼에게 팁을 주었다.

"아직 시간이 남았나요(Nous avons encore)?" 버킨이 자기 시계와 짐꾼을 쳐다보며 물었다.

"30분 남았어요(Encore une demi-heure)." 푸른 제복의 짐꾼은 이 말을 하고 사라졌다. 그는 보기 흉했고 무례했다.

"자, 갑시다." 버킨이 말했다. "춥네. 식사하러 갑시다."

승차장에 커피 판매대가 있었다. 그들은 뜨겁고 연한 커피를 마시고, 가운데를 갈라 햄을 끼운 긴 빵을 먹었다. 그 빵은 너무 넓적해서 어슐라가 베어먹으려다 턱이 빠질 지경이었다. 그리곤 높다란 기차 옆을 걸어갔다. 모든 게 너무나 낯설었다. 너무도 지독하게 황량해서 하계 같았다. 잿빛, 잿빛, 더러운 잿빛의, 황폐하고 버림받고 어딘지 모를―잿빛의 황량한 어딘지 모를 곳이었다.

그들이 탄 기차가 드디어 밤을 통과하며 움직이고 있었다. 어둠 속에서 어슐라가 평평한 들판을, 유럽대륙의 눅눅하고 판판하며 황량한 어둠을 보았다. 그들이 탄 기차가 놀랍게도 곧 멈추었다―브루게*였다! 그다음엔 고른 암흑을 뚫고 앞으로 나아갔다. 잠자고 있는 농가들과 마른 미루나무와 인적 없는 큰길이 흘낏흘낏 보였다. 그녀는 낙담하고 앉아 버킨의 손을 잡았다. 그는 유령처럼 창백하며 꼼짝하지 않았다. 가끔 창밖을 내다보다가 가끔 눈을 감기도 했다. 그러다 다시 눈을 떴는데 바깥의 어둠처럼 눈이 어두웠다.

어둠 위에서 몇 개의 불빛이 번뜩였다―겐트** 역이었다! 바깥 승차장에서 유령 같은 사람들이 움직였다―그리곤 종소리가 났고―기차가 고른 암흑 속으로 다시 달렸다. 남자 하나가 초롱을 들고 철로 옆 농가에서 나와 컴컴한 농장 건물로 건너가는 걸 어슐라가 보았다. 마쉬 농장과 코스데이에서의 정든 옛 농가생활이 떠올랐다. 세상에! 그녀가 어린 시절로부터 얼마나 멀리 던져졌는가?. 얼마나 더 멀리 갈 것인가? 사람은 평생의 기간에 영겁을 여행하네. 코스데이와 마쉬 농장의 정든 시골 환경의 어린 시절에서 생긴 추억의 거대

---

* 벨기에 서북부의 도시.

** 벨기에 서부의 대도시.

한 틈바구니는 컸다―그녀는 하녀 틸리를 기억했다. 틸리는 오래된 거실에서 누런 설탕을 버터 바른 빵에 뿌려서 그녀에게 주곤 했다. 그 거실엔 할아버지 벽시계의 앞면, 숫자 위에 그려진 바구니 안엔 분홍 장미 두 송이가 있었다―지금 그녀가 완전히 낯선 사람인 버킨과 함께 미지의 세계로 여행하고 있는 지금―그 갈라진 틈이 너무 커서 그녀는 아무런 정체성이 없고, 코스데이 공동묘지에서 뛰놀던 과거의 어린아이 모습은 역사 속의 작은 인물로 보이고, 진짜 그녀 자신은 아닌 듯했다.

그들은 브뤼셀에 도착했다―아침 먹을 30분의 여유가 있었다. 그들은 기차에서 내렸다. 커다란 역 벽시계가 6시를 알렸다. 그들은 휑하니 넓고 텅 빈 식당에서 커피와 빵, 꿀을 먹었다. 그곳은 아주 황량하고 항상 너무나 황량하고 더럽고 휑하니 넓고 황량한 공간이었다. 그러나 어슐라가 얼굴과 손을 더운물로 씻고 머리를 빗으니―참 축복이란 느낌이 들었다.

그들은 곧 다시 기차를 탔고 기차는 앞으로 움직여 나갔다. 희뿌연 잿빛 먼동이 트기 시작했다. 기차 객실엔 사람들이 여럿 있었다. 갈색 턱수염을 길게 기르고 체구가 크고 혈색이 좋은 벨기에 사업가들이 천박한 프랑스어로 끊임없이 이야길 했는데 어슐라는 너무 피곤해서 다 알아들을 수가 없었다.

기차가 점차 암흑에서 희미한 빛 속으로 달리는 것 같았다. 그리곤 낮의 빛 속으로 점점 들어가는 듯이 보였다. 아, 얼마나 지루한지! 희미하게 나무들이 그림자처럼 모습을 드러냈다. 그리곤 하얀 집 한 채가 묘하게 선명한 모습을 드러냈다. 어떻게 그렇게 된 걸까? 그러다가 마을이 보였다―그리곤 집들이 계속 지나갔다.

그녀가 통과하고 있는 곳은 구세계로 무거운 겨울빛을 띠고 황량했다. 경작지와 목장, 앙상한 나무숲, 관목숲, 앙상한 농장과 텅 빈 일터가 보였다. 새로운 땅은 아직 나타나지 않았다.

그녀가 버킨의 얼굴을 보았다. 얼굴이 새하얗고 고요하고 영원해 보였다. 너무 영원해 보였다. 그녀가 무릎 담요 아래로 간청하듯 그의 손가락과 깍지를 꼈다. 그의 손가락이 반응했고 눈은 그녀를 쳐다보았다. 그 눈이 밤처럼 얼마나 캄캄한지! 저 멀리 또 다른 세계인 양. 오, 만일 그가 저 너머의 세계이기도 하다면! 그 너머의 세계가 그라면! 그가 하나의 세계를 탄생시킬 수 있다면, 그것이 바로 그들만의 세계가 될 것인데!

벨기에 사람들이 기차에서 내렸고 기차는 룩셈부르크를 통과하고 알자스-로렌을 통과하고 메츠를 통과하며 계속 달렸다. 그러나 그녀는 눈이 멀어 더는 볼 수 없었다. 그녀의 영혼이 밖을 내다보지 않았다.

드디어 그들이 바젤에 내려 호텔 근처에 당도했다. 계속 떠내려가는 혼수상태에서 어슐라는 깨어나지 못하였다. 그들은 기차가 출발하기 전, 아침 속으로 나갔다. 그녀가 거리와 강을 보았고, 다리 위에 서 있었다. 그러나 그 모든 것은 아무 의미도 없었다. 그녀가 가게 몇 개를 기억했다—하나는 그림들로 꽉 찼고, 다른 가게엔 주황색 벨벳과 흰 담비 모피가 가득 있었다. 그러나 그것들이 무슨 의미가 있나?—아무런 의미가 없었다.

그녀는 기차에 다시 오를 때까지 안절부절못했다. 그제야 긴장이 풀렸다. 그들이 계속 앞으로 달리는 한에는 그녀가 만족했다. 그들이 탄 기차가 취리히에 닿았고 얼마 안 있어 산 아래를 달렸는데

산엔 눈이 깊이 쌓여 있었다. 마침내 그녀가 가까이 다가가고 있었다. 이제 이곳이 바로 다른 세상이었다.

인스브루크는 경이로웠고 눈에 깊이 잠겼고 저녁이었다. 그들은 덮개 없는 썰매를 타고 눈 위를 달렸다. 기차는 너무도 덥고 숨이 막혔었는데. 그리고 황금빛으로 현관 아래를 비추고 있는 호텔은 집같이 느껴졌다.

그들이 현관에 들어갔을 때 즐거워서 소리 내어 웃었다. 그곳은 손님들로 가득하고 붐비는 것 같았다.

"영국인 크라이치 씨 부부가 파리에서 도착했는지 아세요?" 버킨이 독일어로 물었다.

웨이터가 잠시 생각을 하더니 막 대답을 하려고 하는데, 어슐라가 층계를 어슬렁어슬렁 내려오는 구드룬을 보았다. 회색 모피가 달린 윤기 나는 검은 코트를 입고 있었다.

"구드룬! 구드룬!" 그녀가 층계 통로 쪽으로 팔을 흔들며 불렀다.

구드룬이 난간 아래를 내려다보더니 그 즉시 수줍어하며 어슬렁어슬렁 내려오던 태도가 바뀌었다. 그녀의 눈이 반짝였다.

"어머나—어슐라 언니!" 그녀가 소리쳤다. 그리곤 어슐라가 층계를 뛰어 올라갈 때 그녀는 아래로 내려오기 시작했다. 그들은 층계가 꺾어지는 곳에서 만나 웃으며 입을 맞추었고 알아들을 수 없이 소리치며 떠들썩했다.

"그렇지만 말이야!" 구드룬이 억울해하며 소리쳤다. "언니네가 내일 오는 줄 알았어! 역으로 마중 나가고 싶었는데."

"아니, 오늘 도착했어!" 어슐라가 소리쳤다. "여기 멋지지 않니?

"반할 지경이야!" 구드룬이 말했다. "제럴드는 방금 무얼 가지러나갔어. 어슐라 언니, 겁나게 피곤하지?"

"아니. 별로. 그렇지만 내 몰골이 말이 아니지?"

"아닌데. 그렇지 않아. 완전히 신선해 보이는데. 그 모피 모자가 엄청나게 마음에 드네!" 그녀가 어슐라를 둘러보았다. 부드럽고 짙은 황금빛 모피 옷깃이 달린 커다랗고 부드러운 코트를 입고, 부드러운 황금빛의 모피 모자를 어슐라는 쓰고 있었다.

"그리고 넌!" 어슐라가 소리쳤다. "너는 어떻게 보인다고 생각하니?"

구드룬은 관심이 없는 무표정한 얼굴을 지었다.

"내 모양새가 좋아?" 그녀가 물었다.

"굉장히 멋져!" 어슐라가 소리쳤다. 거기엔 빈정거리는 기운이 약간 있었다.

"올라가든지—아니면 내려와요." 버킨이 말했다. 왜냐하면, 구드룬이 어슐라의 팔을 잡고, 첫 번째 층계참의 절반쯤 되는 층계가 꺾이는 곳에서 길을 막고 서서, 아래 현관에 있는 문지기로부터 검은 옷의 통통한 유대인에 이르기까지 모든 이에게 재미있는 구경거리를 제공하고 있었기 때문이다.

자매는 천천히 층계를 올라갔고 그 뒤를 버킨과 웨이터가 따라갔다.

"2층이에요?" 구드룬이 어깨너머로 돌아보며 물었다.

"3층입니다. 사모님—승강기를 타시지요!" 웨이터가 대답했다. 그리고 그가 자매를 앞서서 승강기 쪽으로 재빨리 갔다. 그러나 자매는 주의를 기울이지 않고 재깔거리며 그를 무시하고 3층으로 올라가기 시작했다. 웨이터가 아주 심통이 나서 그 뒤를 따랐다.

이런 만남에서 자매가 서로를 보고 이토록 반가워하는 것은 묘했다. 마치 유배지에서 만나 세상 모두에 대항해서 그들 둘만의 힘을 합치는 것 같았다. 버킨이 좀 의심스럽고 경이로운 표정으로 쳐다보았다.

그들이 몸을 씻고 옷을 갈아입었을 때 제럴드가 들어왔다. 그는 서리 위에 비치는 태양처럼 빛났다.

"제럴드와 같이 가서 담배를 피워요." 어슐라가 버킨에게 말했다. "구드룬과 난 이야길 하고 싶어요."

그리곤 자매는 구드룬의 방에 앉아서 웃으며 지나간 일에 관해 이야길 했다. 구드룬이 어슐라에게 카페에서 일어난 버킨의 편지 이야길 해주었다. 어슐라가 충격을 받고 기겁했다.

"그 편지가 어디 있는데?" 그녀가 물었다.

"내가 갖고 있어." 구드룬이 대답했다.

"나에게 줄 거지?" 그녀가 말했다.

그러나 구드룬은 얼마 동안 입을 다물고 있다가 대답했다.

"언니, 정말 그걸 갖고 싶어?"

"읽고 싶어." 어슐라가 말했다.

"물론이지." 구드룬이 말했다.

구드룬은 지금까지도 그 편지를 기념물이나 상징물로 간직하고 싶다고 어슐라에게 터놓고 말할 수가 없었다. 그러나 어슐라는 그런 심정을 알았고 그래서 기분이 언짢았다. 그렇게 화제는 끊겼다.

"파리에선 뭘 했어?" 어슐라가 물었다.

"오, 뭐, 항상 하는 일들." 구드룬이 간결하게 대답했다. "어느 날 밤 하루 패니 래스의 화실에서 멋진 파티를 열었어."

"그랬어? 너하고 제럴드가 참석했고! 그 밖에 누가 왔어? 얘기해줘."

"글쎄." 구드룬이 이야기를 시작했다. "뭐 특별히 말할 건 없어. 왜, 패니가 화가인 빌리 맥팔레인을 아주 좋아한다는 건 언니도 알지? 그이가 거기 있었거든—그래서 패니가 아무것도 아끼지 않고 아주 아낌없이 돈을 썼어. 정말 볼만했어. 물론 모든 이가 엄청나게 취했고—그렇지만 추한 런던의 패거리들과는 다르게 아주 재미있는 방식으로 말이야. 사실은 중요한 건 그 사람들이란 거지. 그들이 모든 차이를 만드니까. 루마니아인이 있었는데 멋진 녀석이었어. 그가 완전히 취해서 높은 스튜디오 사다리의 꼭대기에 올라가 가장 놀랄 만한 연설을 한 거야—정말이야. 언니, 놀라웠어! 그가 프랑스어로 연설을 시작했어—"인생, 그건 고귀한 영혼의 문제야(La vie, c'est une affaire d'ames imperiales)"라고—가장 아름다운 목소리로 말이야—잘생긴 녀석이었어—그렇지만 말을 끝내기 전에 루마니아어로 도중에 말을 하기 시작해서 한 사람도 알아듣질 못했지. 그렇지만 도날드 길크리스트가 머리가 돌 정도로 흥분되어 있었어. 그가 바닥에 술잔을 내던지며 맹세코, 그가 태어난 것이 기쁘다고, 맹세코, 살아 있는 건 기적이라고 선언을 했어. 그래, 언니. 그랬다고—" 구드룬이 좀 공허하게 웃었다.

"그렇지만 제럴드는 그중에서 어땠어?" 어슐라가 물었다.

"제럴드! 세상에 그가 햇빛을 잔뜩 받은 민들레처럼 나타났어. 그인 일단 흥분되면 그 자신이 완전 축제가 되지. 말하고 싶진 않지만, 거기 있는 모든 여자의 허리를 잡아보았어. 정말이지, 언니! 그가 추수하듯 모든 여자를 싹쓸이하는 것 같았어. 그에게 저항하는 여잔 하나도 없었어. 너무나 놀라웠어! 무슨 말인지 이해가 가?"

어슐라가 잠시 생각을 하더니 그녀의 눈에서 불빛이 반짝였다.

"그래, 이해가 가." 그녀가 대답했다. "제럴드는 완전히 독식가야."

"독식가! 그렇다고 생각해야지!" 구드룬이 외쳤다. "그렇지만, 언니. 사실이야. 방 안에 있는 모든 여자가 그이에게 굴복할 준비가 되어 있었어. 우쭐대며 허영심을 드러내는 수탉은 없었어—진정으로 빌리 맥팔레인에 반한 패니 래스조차 그랬어! 내 일생에 그렇게 놀란 적은 없었다니까! 그다음엔 말이야—나는 그 방 안에 가득 있는 여자들이 된 느낌이었어. 내가 빅토리아 여왕이 아닌 것처럼 그에게 난 자신으로서의 내가 아니었어. 곧 그곳에 있던 모든 여자가 되어버렸어. 너무나 깜짝 놀랐어! 그러나 그때 나는 술탄을 보았어—"

구드룬의 눈이 번득였고 뺨이 달아올랐다. 그녀는 야릇하고, 이국적이며, 냉소적으로 보였다. 어슐라는 곧 마음이 끌렸지만—불안했다.

그들은 저녁 정찬을 들기 위해 옷을 차려입어야 했다. 구드룬은 선명한 초록색 비단과 황금색 직물로 만든 대담한 가운을 입고, 그 위에 초록색 벨벳 웃옷을 걸쳤다. 머리엔 검고 흰색이 섞인 낯선 밴드를 썼다. 그녀는 정말로 눈부시게 아름다워 모든 이의 눈길을 끌었다. 제럴드는 혈기왕성하고 광채 나는 모습일 때, 굉장히 미남으로 보였다. 버킨은 반쯤은 악의적이고, 웃는 시선으로 그들을 재빨리 보았고 어슐라는 어리둥절해 있었다. 그들의 테이블 주변에 거의 눈을 부시게 하는 마술이 걸린 듯하여, 마치 식당의 다른 손님들보다 그들에게 조명이 더 강렬하게 비추고 있는 느낌이었다.

"이곳에 있는 것이 좋지 않아?" 구드룬이 큰 소리로 물었다. "눈이 놀랍지 않아? 눈이 모든 걸 얼마나 고양하는지 보았어? 그저 경이로워. 정말로 초인(Übermenschlich)이 된 느낌이 들어—인간 이상이 된 느낌말이야."

"그래." 어슐라가 외쳤다. "그렇지만 부분적 이유는 우리가 잉글랜드를 떠났기 때문이 아닐까?"

"오, 물론이야." 구드룬이 소리쳤다. "잉글랜드에선 이런 느낌을 절대로 가질 수 없어. 그곳에선 축축한 기운이 절대로 사람에게서 걷히지 않는다는 단순한 이유 때문이지. 잉글랜드에선 정말 긴장을 풀고 사는 게 불가능해. 그건 내가 확신해."

그리고 구드룬은 먹고 있는 음식으로 다시 시선을 돌렸다. 그녀는 격렬하게 안절부절못하고 있었다.

"그건 맞는 말이에요." 제럴드가 말했다. "잉글랜드에선 절대로 꼭 똑같을 수 없어. 어쩌면 우리가 그렇게 되길 원치 않아선지 모르지—어쩌면 잉글랜드에서 한꺼번에 풀어준다는 것은 너무 가까이 화약고에 불을 가져가는 것이나 마찬가지라고 느껴서야. 만약에 모든 사람을 자유롭게 풀어주면 무슨 일이 일어날까 걱정이 돼서지."

"맙소사!" 구드룬이 소리쳤다. "그렇지만 잉글랜드 전체가 불꽃놀이를 하듯 정말로 한꺼번에 폭발하면 멋지지 않을까요?"

"그렇게 될 수가 없지." 어슐라가 말했다. "사람들은 너무 축축해. 그들 속의 화약은 습기로 눅눅하다고."

"그런지는 확실치 않은데요." 제럴드가 말했다.

"나도 그래." 버킨이 동의했다. "잉글랜드 전체가 집단으로 화약처럼 폭발하는 날엔 우리가 귀를 막고 도망쳐야 할 거야."

"절대로 그러지 않을 거예요." 어슐라가 말했다.

"두고 보라지." 그가 응수했다.

"우리나라를 떠나니 저절로 감사하는 마음이 생기는 게 놀랍지 않아?" 구드룬이 말했다. "나 자신이 믿기지 않아. 외국 땅에 발을 내딛는 순간 난 너무 황홀해서 혼자 중얼거렸어. '여기에 새로운 생명체가 삶 속으로 발걸음을 내딛나니.'"

"불쌍한 늙은 잉글랜드에 너무 가혹하게 굴지 마세요." 제럴드가 말했다. "우리가 고국을 저주해도, 우리는 진짜로 사랑하니까."

어슐라의 생각에 이 말엔 냉소주의가 잔뜩 들어있는 듯했다.

"그럴 수 있지." 버킨이 말했다. "그렇지만 그건 지독히도 편치 못한 사랑이야. 회복될 가망이 없는 합병증으로 끔찍하게 고생하는 늙은 부모에 대한 사랑 같은 거지."

구드룬이 검은 눈을 크게 뜨고 그를 쳐다보았다.

"전혀 가망이 없다고 생각해요?" 그녀가 분위기에 적절하게 물었다.

그렇지만 버킨은 뒤로 물러났다. 그런 질문엔 대답하지 않으려 했다.

"잉글랜드가 진실하게 될 가망이 있느냐고? 그건 하느님이나 아는 거지. 잉글랜드는 실제로 하나의 거대한 허깨비야. 허깨비로 변해가는 집단이지.—진짜가 될 수도 있지. 만약에 영국인이 싹 사라지면 말이야."

"형부 생각에 영국인들이 싹 사라져야 해요?" 구드룬이 집요하게 다그쳐 물었다. 그의 대답에 그녀가 예민하게 관심을 두는 건 이상했다. 마치 자기 자신의 운명이나 되는 것처럼 따지며 물었다. 그녀의 크게 뜬 검은 눈이 버킨에게 머물렀다. 그건 마치 그가 미래 예측의 도구나 되는 양, 미래에 대한 진실을 그에게서 끌어낼 것 같은 태도였다.

그의 낯이 파리해졌다. 그리고 마지못해 그가 대답했다.

"글쎄—그들의 앞에 사라지는 것 말고 뭐가 있겠어요?—어찌 됐든 영국인이란 특별한 딱지에서 벗어나야 한다고."

구드룬이 최면에 걸린 양, 눈을 크게 뜨고 그에게 고정하여 지켜보았다.

"그렇지만 사라진다니, 어떤 식을 의미하는 거예요?—" 그녀가 집요하게 물었다.

"그래, 심경의 변화를 뜻하는 거야?" 제럴드가 끼어들었다.

"난 아무것도 뜻하지 않아. 내가 왜 그래야 해?" 버킨이 대꾸했다. "난 영국인이고, 그 값을 톡톡히 치렀어. 난 잉글랜드에 대해 말할 게 없어—나 자신에 대해서만 말할 수 있어."

"그래요," 구드룬이 천천히 대꾸했다. "루퍼트, 형부는 잉글랜드를 엄청나게 사랑하지요. 엄청나게."

"그래서 잉글랜드를 떠나는 거지." 그가 대답했다.

"아니, 영구히 떠나는 건 아니지. 돌아올 거지." 제럴드가 영민하게 고개를 끄덕이며 말했다.

"사람들이 말하길, 이는 죽어가는 몸뚱이에선 떠난다지." 버킨이 비통한 표정으로 말했다. "그래서, 내가 잉글랜드를 떠나는 거야."

"아, 그렇지만 형부는 돌아올 거예요." 구드룬이 조롱하는 듯한 미소를 지으며 말했다.

"그만큼 상처를 더 받겠지(Tant pis pour moi)." 버킨이 대답했다.

"저치가 모국에 단단히 화가 나 있군!" 제럴드가 재미난다는 듯 웃으며 말했다.

"아, 애국자!" 구드룬이 빈정거리는 표정으로 말했다.

버킨이 더는 대답하길 거부했다.

구드룬이 얼마 동안 조용히 그를 지켜보았다. 그리고 그녀가 고개를 돌렸다. 그녀가 그를 통해서 미래에 대한 점을 치는 일은 끝났다. 그녀는 이미 완전히 냉소적으로 되었다. 그녀가 제럴드를 쳐다보았다. 그이는 그녀에게 한 조각의 라듐처럼 경이로운 존재였다. 그녀는 이 치명적인 살아있는 라듐이라는 방사성 금속에 의해 그녀 자신을 소진하고 모든 것을 알아낼 거란 느낌이 들었다. 그녀는 자신의 이러한 망상에 혼자 미소를 지었다. 그녀가 자신을 파괴한 다음엔 자신을 어쩔 것인가? 왜냐하면, 만약에 정신이, 만약에 완전한 존재가 파괴될 수 있다고 해도, 물질은 파괴되지 않을 것이니까.

제럴드는 그 순간 환하게 빛을 내며 생각에 잠긴 듯 멍하고, 당황스러운 표정을 짓고 있었다. 그녀가 자신의 아름다운 팔을 뻗어서 초록색 명주 망사를 흔들며, 섬세하고도 예술가다운 손가락으로 그의 턱을 만졌다.

"그렇다면 그건 뭐지요?" 그녀가 다 알고 있다는 듯한 야릇한 미소를 지으며 물었다.

"뭐가요?" 그가 갑자기 놀라 눈을 크게 뜨며 물었다.

"당신의 생각 말이에요."

제럴드가 잠에서 깨어난 사람처럼 보였다.

"난 생각이 없어요." 그가 말했다.

"정말 그렇군요!" 그녀가 진지한 웃음을 머금은 목소리로 말했다.

구드룬이 제럴드를 그런 식으로 대하는 건 그를 죽이는 거나 마찬가지라고 버킨이 생각했다.

"아, 그렇지만," 구드룬이 소리쳤다. "우리 대영제국을 위해 건배해요—대영제국을 위해 건배를 합시다."

그녀의 목소리엔 거친 절망감이 숨어있는 듯했다. 제럴드가 웃으면서 잔들을 채웠다.

"내 생각에 루퍼트가 의미하는 바는," 그가 말을 시작했다. "국가적으로 볼 때 모든 영국인은 죽어야 마땅하다는 거야. 그래야 그들이 개개인으로 존재할 수 있도록, 그리고—"

"초국가적으로—" 구드룬이 술잔을 쳐들며 약간 빈정대는 듯 얼굴을 찡그리며 끼어들었다.

제30장 눈

다음 날 그들은 작은 골짜기의 철로 끝에 있는 호헨하우젠의 작은 기차역으로 내려갔다. 그곳은 사방이 눈이었다. 완전히 눈으로 덮인 흰색의 요람이었다. 새로 내린 눈과 얼어붙은 눈이 양쪽, 시커먼 바위산 위로 뻗어 올라갔고, 은빛 길이 창백하고 푸른 하늘을 향해 길게 뻗어있었다.

주변과 위쪽이 온통 눈뿐인 텅 빈 승차장에 그들이 내렸을 때, 구드룬은 심장이 시린 듯, 몸을 움츠렸다.

"맙소사, 제리!" 구드룬이 갑작스레 제럴드를 향해 친근한 어조로 말했다. "자기가 이제 해냈네."

"뭐라고?"

그녀가 양쪽의 세계를 가리키며 가벼운 몸짓을 했다.

"저걸 봐요!"

그녀는 앞으로 나가길 무서워하는 것 같았다. 그가 소리 내어 웃었다.

그들은 설산의 심장부에 와 있었다. 머리 위 높은 데서부터 양쪽으로 겹겹이 쌓인 흰 눈이 뻗어 내려와서, 순수하게 선명한 하늘 아래 이 골짜기에선 사람 키는 작아 보이고 왜소하게 보였다. 모든 것이 기이하게 빛을 내고 변화가 없고 적막했다.

"여기선 사람이 너무나 작아 보이고 홀로라고 느끼게 해요." 어슐라가 버킨에게 고개를 돌리고 그의 팔에 손을 얹으며, 말을 했다.

"여기 온 것을 후회하는 건 아니지요?" 제럴드가 구드룬에게 말했다.

그녀는 의심스러운 표정이었다. 그들은 눈 둑 사이에 있는 정거장을 빠져나왔다.

"아," 제럴드가 원기 왕성하게 공기를 들이켜며 말했다. "이건 완벽해. 저기에 썰매가 있어요. 좀 걸어가요—저 길 위로 올라갈 거예요."

구드룬은 계속 못 미더운 태도를 보였고, 제럴드가 자기 코트를 썰매 위에 벗어놓자, 두꺼운 코트를 자기의 썰매에 벗어놓았다. 그들은 출발했다. 그녀가 갑자기 고개를 쳐들고 양쪽 귀 위로 모자를 푹내리 쓴 후, 눈길을 따라 빨리 달리기 시작했다. 그녀의 환한 푸른색드레스가 바람에 펄럭였고 두꺼운 주홍빛 스타킹은 흰 눈 위에서밝게 빛났다. 제럴드가 그녀를 지켜보았다. 그녀가 그를 뒤에 남겨놓고 그녀의 운명을 향해 달려가는 듯했다. 그녀가 어느 정도 전진하도록 기다린 다음 그가 사지의 힘을 빼고 그녀 뒤를 따라 나갔다.

사방에 눈이 깊이 쌓여 적막했다. 눈 덮인 커다란 처마는 지붕이넓은 티롤 집들을 아래로 내리눌렀고, 집들은 창틀까지 눈에 묻혀있었다. 통이 넓은 치마와 가슴까지 덮는 숄을 걸치고 두툼한 장화를 신은, 시골 아낙들은 고개를 돌려 이들을 구경했다. 부드럽고 결의에 찬 젊은 여자가 남자에게서 달아나듯, 묵직하면서도 대단히 빠르게 속력을 내었고, 남자는 여자를 앞지르긴 했지만, 그녀를 완전히 장악하지는 못했다.

그들은 페인트칠한 덧창과 발코니가 있는 여관과 눈 속에 반쯤 묻힌 몇 채의 농가를 지나갔다. 그리곤 지붕 덮인 다리 옆으로 눈에 묻힌 조용한 제재소를 지났다. 다리는 보이지 않는 냇물 위를 가로질렀고, 그들은 다리를 건너 아무도 지나간 적 없는 눈이 겹겹이 쌓인 눈 속으로 달려갔다. 그곳은 고요하고 순백의 눈뿐이어서 미칠 듯이 기분을 돋웠다. 그러나 그 완벽한 정적은 굉장히 무서웠고 영혼을 고립시키고 심장을 얼어붙은 공기로 에워쌌다.

"그래도 굉장한 곳이네요." 구드룬이 그의 눈 속을 기이하고 의미 있는 표정으로 들여다보며 말했다. 그의 정신이 약동했다.

"잘 됐군." 그가 말했다.

짜릿하고 격렬한 에너지가 그의 사지를 타고 흐르는 것 같았고, 근육엔 힘이 넘쳤고 그의 손은 힘이 들어가 단단해졌다. 시든 나뭇가지가 일정한 간격으로 박혀있는 눈길을 따라 그들은 재빨리 걸어 올라갔다. 제럴드와 구드룬은 강렬한 에너지의 양극처럼 따로 떨어졌다. 그러나 그들은 삶의 경계선을 뛰어넘어 금지된 구역으로 들어 갔다가 다시 빠져나올 수 있을 정도로 힘이 왕성함을 느꼈다.

버킨과 어슐라도 눈 위를 달리고 있었다. 버킨이 여행 가방을 내려놓아서 그들의 썰매는 약간 유리한 입장이었다. 어슐라는 즐겁고 행복했지만, 갑자기 몸을 돌려 버킨이 옆에 있는가를 확인하기 위해 그의 팔을 꽉 잡았다.

"이건 전혀 기대하지 못한 거예요." 그녀가 말했다. "이곳은 완전 히 다른 세상이네요."

그들은 눈 덮인 초원으로 계속 들어갔다. 정적을 뚫고 제럴드네 썰매가 종을 울리며 달려오더니 그들을 추월했다. 그들이 1마일쯤 더 가서야 절반쯤 눈에 묻힌 분홍색 사당 옆 가파른 벼랑 위에서 구드룬과 제럴드를 만났다.

그리곤 그들은 협곡으로 들어갔다. 그곳엔 검은 바위벽과 눈이 가득 덮인 강, 위로는 푸른 하늘이 고요히 있었다. 그들은 지붕 덮인 다리를 지나, 널빤지 나무 바닥을 거칠게 탕탕 구르며, 다시 한 번 눈밭을 가로지른 다음, 천천히 위로, 위로 올라갔다. 말들은 잽싸게 걸었고 마부는 옆에서 걸어가며 긴 채찍을 휘두르며 이상하고 거칠게 휘-휘- 소릴 질러댔다. 바위벽을 천천히 지나자 그들은 다시 비탈들과 눈덩이들 사이에 들어섰다. 서서히 오후의 차가운 응달 빛을 지나, 그들은 위로, 위로 갔다. 산들이 눈앞에 가파르게 다가서 있어 적막했고, 양편으로 눈부시게 빛나는 눈이 그들 위로 솟아있더니 어느덧 저 아래까지 펼쳐져 있었다.

마침내 그들은 눈 덮인 작은 고원에 이르렀고 거기엔 활짝 핀 장미의 가운데 꽃잎처럼 마지막 눈 봉우리들이 서 있었다. 하늘 가까이 마지막 호젓한 골짜기 한가운데에 갈색 나무 벽과 무겁고 하얀 지붕의 건물이, 꿈속에서처럼 눈 덮인 황무지에 깊숙이 덩그러니 외롭게 서 있었다. 마지막의 가파른 언덕에서 굴러떨어진 바위 같았다. 그 바위는 꼭 집을 닮았고 지금은 반쯤 눈에 덮여 있었다. 사람이 이런 곳에서, 이 무시무시하고 황량한 설백(雪白)과 정적, 고원의 맑고 울려 퍼지는 추위에 짓눌리지 않고 산다는 것이 믿기지 않았다.

그러나 썰매들이 멋진 모습으로 위로 올라갔고, 사람들이 흥분하여 웃으며 문간으로 들어섰다. 그 호스텔의 바닥이 공허하게 울렸고 통로는 눈으로 젖었으나, 그것은 실재하는, 따스한 실내였다.

새로 도착한 이들은 시중드는 여자를 뒤따라 맨 나무 계단을 쿵쿵대며 올라갔다. 구드룬과 제럴드가 첫 번째 침실을 차지했다. 눈 깜짝할 사이에 그들은 아무 장식이 없고 밀폐된 작은 방 안에 단둘이 있게 되었다. 방은 온통 황금색 목재였고, 바닥과 벽, 천정과 문, 그것들은 똑같이 따스한 느낌을 주는 황금빛으로 기름칠한 소나무 판자였다. 출입문 건너편에 창문이 하나 있었지만, 지붕의 경사 때문에 아주 낮게 나 있었다. 비스듬한 천장 아래엔 세면 그릇과 물 주전자가 놓인 테이블이 있었고, 건너 쪽엔 거울이 달린 테이블이 하나 더 있었다. 문 양 편에 하나씩, 두 개의 침대가 있었는데 그 위에는 푸른색 체크무늬 이불이 엄청나게 높게 놓여 있었다.

이것이 전부였다—벽장도 없고 생활 편의 시설 하나 없었다. 여기에 그들은 함께 갇혀 있었다. 두 개의 체크무늬 침대가 있는 황금빛 나무의 작은 방에서 그들은 서로 쳐다보고 소리 내어 웃었다. 이렇게 적나라하게 단둘이만 가까이 있는 게 겁이 났다.

남자가 문을 두드리고 큰 가방을 들고 들어왔다. 그는 건장한 자로 광대뼈가 평평하고 창백했으며 금발의 거친 콧수염을 기르고 있었다. 구드룬이 그가 가방을 묵묵히 내려놓고 쿵쾅거리며 나가는 걸 지켜보았다.

"너무 날림은 아니지요?" 제럴드가 물었다.

침실은 별로 따스하지 않아 구드룬이 몸을 살짝 부르르 떨었다.

"좋아요." 그녀가 얼버무렸다. "이 판자의 색깔을 보아요. 멋있는데요—마치 견과 안에 들어있는 것 같아요."

그가 그녀를 지켜보며 서 있었다. 짧게 자른 콧수염을 만지작거리며 약간 뒤로 기대서, 그에게 운명처럼 계속 밀려오는 정욕에 쫓기면서, 날카롭고 대담한 시선으로 그녀를 지켜보며 서 있었다.

그녀가 궁금하여 창문 앞으로 가서 쭈그리고 앉았다.

"오, 그렇지만 이건—!" 그녀가 괴로운 듯 자기도 모르게 소리쳤다.

앞에는 하늘 아래에 갇힌 골짜기가 있었다. 눈과 검은 바위의 마지막 거대한 비탈, 그 끝엔 지구의 배꼽인 양 하얀 충을 이룬 벽, 넘어가는 햇빛 속에 빛나 보이는 두 개의 봉우리가 있었다. 바로 앞에는 기슭 주변으로 소나무가 좀 조잡하게 털처럼 에워싼 비탈 사이에 고요한 눈의 요람이 펼쳐있었다. 그러나 눈의 요람은 영원히 닫힌 곳까지 이어졌는데, 거기엔 눈과 바위로 된 벽들이 꿰뚫을 수 없게 서 있었고, 그 위로 있는 산봉우리들은 하늘 가까이에 있었다. 이것이 세상의 중심이고 매듭이고 배꼽이었다. 여기에서 땅은 하늘에 속해 있어 순수하고 접근할 수 없고 통과할 수도 없었다.

그것이 구드룬에게 희한한 희열을 느끼게 했다. 그녀는 창문 앞에 쪼그리고 앉아 무아의 경지에 잠겨 양손으로 얼굴을 움켜쥐고 있었다. 마침내 그녀가 도착한 것이다. 마땅히 있어야 할 곳에 이른 것이다. 여기에서 마침내 그녀가 모험심을 접고 눈 속 배꼽의 수정체처럼 정착하였고 사라졌다.

제럴드가 그녀 위로 몸을 구부리고 그녀의 어깨너머로 밖을 내다보고 있었다. 그는 이미 혼자 있다는 느낌이 들었다. 그녀는 사라졌다. 완전히 사라지고 그의 심장 주위엔 차가운 증기만 에워쌌다. 그가 하늘 아래의 막다른 골짜기와 눈으로 덮인 커다란 막다른 길과 산봉우리들을 보았다. 그곳엔 출구가 없었다. 무시무시한 침묵과 추위와 땅거미의 어렴풋한 흰색이 그를 에워쌌고 그녀는 사당 앞에 있는 양, 창문 앞에 웅크리고 있는데 그림자 같았다.

"바깥 전경이 좋아요?" 그가 멀리서 낯설게 들리는 듯한 목소리로 물었다. 적어도 그녀는 그와 함께 있다는 걸 인정해야 했다. 그러나 그녀는 말없이 부드러운 얼굴을 그의 시선에서 약간 옆으로 돌릴 뿐이었다. 그녀의 눈에 눈물이 고여있다는 걸 그는 알았다. 그녀 자신의 눈물이. 그건 그녀의 이상한 신심에서 나오는 눈물로 그를 무력하게 만들었다.

그가 아주 갑자기 손을 그녀의 턱밑에 갖다 대고 그녀의 얼굴을 자기 쪽으로 추어올렸다. 그녀의 검푸른 눈이 눈물에 젖어 마치 영혼이 경악한 듯 크게 팽창하였다. 그 눈은 공포와 전율에 젖은 눈물 사이로 그를 쳐다보았다. 그의 연푸른 눈은 날카롭고 눈동자가 작아졌고 시력이 이상해졌다. 그녀는 입술을 벌리고 힘들게 호흡을 하고 있었다.

욕정이 그에게 밀려왔다. 마치 청동의 종이 울리는 것처럼 매번 칠 때마다 아주 강하고 온전하고 제어할 수 없게 밀려왔다. 그가 그녀의 부드러운 얼굴 위로 구부리고 있을 때 그의 무릎은 청동처럼 단단해졌다. 그녀는 입을 헤벌리고 눈은 이상한 침해를 받아 크게 팽창되었다. 그의 손아귀에 있는 그녀의 턱은 말할 수 없이 부드럽고 매끄러웠다. 그는 겨울처럼 강하게 느꼈고 손은 무적의 강철같이 살아있어 옆으로 밀어 버릴 수가 없었다. 그의 심장은 그의 몸뚱이 안에서 종처럼 쩡쩡 울렸다.

그가 그녀를 양팔로 끌어안았다. 그녀는 부드럽고 맥이 없고 아무 반응이 없었다. 그러는 동안 내내 아직 눈물이 고인 그녀의 눈은 무엇에 끌려 어쩔 수 없이 기절한 양 팽창되었다. 그는 초인간적으로 강했고 초자연적인 힘을 받은 양 완전했다.

그가 그녀를 가까이 쳐들어 그에게로 당겨 안았다. 그녀의 부드럽고 힘없이 풀어진 무거운 몸이 그의 정력이 넘치는 청동 같은 사지 위에 늘어져 있었다. 만약에 충족되지 않는다면 그를 파괴할 것 같은 욕정이 그를 무섭게 사로잡았다. 그녀는 경련을 일으키며 그에게서 멀리 물러났다. 그의 심장이 얼음의 불꽃같이 치솟았고 그는 강철처럼 그녀의 몸 위를 덮쳤다. 그가 거절을 당하느니 차라리 그녀를 파괴할 것이었다.

그러나 그의 으스대는 몸의 힘이 그녀에겐 너무 과도해서 그녀가 다시 힘을 빼고 약간 혼미해져 숨을 할딱이며 풀어져 부드럽게 누웠다. 그에게 그녀는 너무나 사랑스럽고 너무나 큰 해방의 기쁨이어서 그는 이런 비할 데 없는 희열의 일순간을 저버리느니 차라리 영겁의 고통을 달게 받을 참이었다.

"세상에!" 그의 얼굴은 일그러지고 낯설게 변하면서 그녀에게 말했다. "다음엔 뭐지?"

그녀는 완전히 꼼짝 않고 누워 있으면서, 어린애 같은 고요한 얼굴에 검은 눈으로 그를 쳐다보았다. 그녀는 느낌이 사라졌고, 곧바로 파괴되었다.

"항상 당신을 사랑할 거야." 그가 그녀를 쳐다보며 말했다.

그러나 그녀는 듣지 않았다. 그녀는 절대로, 절대로 이해하지 못할 무언가를 보듯 그를 쳐다보며 누워있었다. 마치 어린애가 이해할 가망도 없이 그저 순순히 응하며 어른을 보듯 했다.

그가 그녀에게 키스했다. 그를 더 못 보게, 그녀의 눈에 키스해 눈이 감기게 했다. 그는 지금 무언가를 바랐다. 어떤 인정, 어떤 신호, 어떤 승인 같은 것이었다. 그러나 그녀는 조용히, 어린애처럼, 그리고 멀리 떨어져 누워 있었다. 정복당했는데 이해하지 못하고, 정신을 잃은 어린애 모습이었다. 그가 포기하면서 그녀에게 다시 키스하였다.

"우리 아래층에 내려가서 커피와 케이크를 먹을까?" 그가 물었다.

황혼이 창가를 암청색 빛으로 비추고 있었다. 그녀가 눈을 감았다. 경이로움이 사라진 단조로운 수준을 눈감아 몰아내고 일상의 세계로 눈을 다시 떴다.

"그래요." 그녀가 찰각하며 의지를 되찾고는 짧게 대답했다. 그녀는 다시 창가로 갔다. 푸른 저녁이 눈의 요람 위와 희뿌연 커다란 비탈 위로 빛을 비추고 있었다. 그러나 하늘에는 눈 봉우리들이 장밋빛을 띄우며, 너무나도 아름답고 저 너머에 있는 천상 세계에서 빼어난 광채를 내는 뾰족한 꽃잎처럼 반짝이고 있었다.

구드룬은 그것들 모두의 아름다움을 보았다. 하늘의 푸른 황혼에 눈(雪)으로 지핀 불, 장밋빛의 커다란 암술들이 얼마나 영원히 아름다운가를 인식했다. 그녀는 그것을 볼 수 있었다. 알았다. 그렇지만 그녀가 그것의 일부는 아니었다. 그녀는 분리되었고 제외되었고, 쫓겨난 영혼이었다.

그녀는 마지막으로 후회하는 빛을 머금고 몸을 돌려 머리 손질을 하였다. 그가 가방의 끈을 풀고 그녀를 지켜보며 기다리고 있었다. 그가 그녀를 지켜본다는 걸 알았다. 그로 인해 그녀가 좀 당황해 서둘렀고 안절부절못하였다.

그들의 얼굴엔 기이하고 다른 세상의 표정을 짓고 눈을 반짝이며, 그들은 아래층으로 내려갔다. 버킨과 어슐라가 구석의 긴 테이블에 앉아 그들을 기다리고 있는 걸 보았다.

'저 둘은 저토록 단순하고 좋아 보일까.' 구드룬이 샘을 내며 생각했다. 그녀는 그들의 자발성을, 그녀는 절대로 가까이 갈 수 없는 어린애같이 쉽게 만족하는 모습을 부러워했다. 그들은 그녀의 눈에 순진한 어린애 같았다.

"너무나 맛있는 케이크 먹을래?" 어슐라가 탐내는 듯 소리쳤다. "너무나 맛있어!"

"좋아." 구드룬이 대답했다. "커피와 케이크요!" 그녀가 웨이터에게 말했다.

그리고 그녀가 제럴드 옆의 벤치에 자리를 잡았다. 버킨은 그들을 쳐다보며 애정을 느껴 가슴이 짠했다.

"제럴드, 이곳은 진짜로 멋있다고 생각해." 그가 말했다. "놀랍고, 경이롭고, 아주 아름답고, 형용할 수 없는(prachtvoll and wunderbar and wunderschon and unbeschreiblich), 그리고 모든 다른 독일어 형용사가 필요해."

제럴드가 갑자기 잔잔한 미소를 지었다.

"나도 좋아해." 그가 말했다.

잘 닦인 흰 나무 테이블들이 여인숙에서처럼, 그 방의 벽을 따라 세 곳에 배치되었다. 버킨과 어슐라가 기름을 먹인 나무 벽에다 등을 대고 앉았고, 제럴드와 구드룬은 그들 옆자리인 구석에 앉았는데 화덕이 가까이에 있었다. 그 방은 꽤 큰 곳으로 시골 여인숙처럼 작은 바가 달려 있었지만, 아주 단순하고 장식이 없었다. 천정이며 벽이며 바닥이 모두 기름 먹인 목재로 되었고, 가구라곤 세 면을 따라 놓인 테이블과 의자, 커다란 초록색 화덕, 네 번째 벽에 바와 문들이 있었다. 창문은 이중인데 완전히 커튼이 없었다. 이른 저녁이었다.

뜨겁고 맛좋은─커피가─나왔다. 그리고 반지 모양의 케이크도 나왔다.

"둥근 케이크네!" 어슐라가 소리쳤다. "우리 것보다 더 큰 것이 나왔어! 좀 먹어야지."

그곳엔 다른 사람들도 있었는데 모두 합쳐 열 명이었다. 버킨이 그들의 성분을 알아냈다. 예술가 두 명, 학생이 세 명, 한 부부, 교수와 두 딸—이들은 전부 독일인이었다. 새로 온 영국인 네 명은 이들을 구경하기에 유리한 위치에 앉아 있었다. 독일인들이 문을 열고 들여다보며 웨이터에게 한마디를 하고는 다시 갔다. 아직 식사시간이 아니라 그들은 이 식당에 들어오지 않고 부츠를 다른 신으로 갈아 신은 후 응접실로 갔다.

영국인 일행은 치터*가 가끔 울리고 피아노 소리와 웃고 떠들며 노래하는 소리가 가늘게 진동하는 것을 들을 수 있었다. 건물 전체가 목제라 드럼처럼 소리 하나하나를 전달하는 것 같았다. 소리 하나하나를 증폭시킨다기보다는 줄여서, 치터의 소리가 작게 들렸다. 마치 아주 작은 치터가 어딘가에서 연주되는 것 같았고 피아노도 소형 피아노처럼 들렸다.

그들이 커피를 다 마셨을 때 주인이 들어왔다. 그는 티롤 출신으로 어깨가 넓고 뺨이 좀 펑퍼짐하고 창백했는데 얼굴엔 마맛자국이 보이고 콧수염은 숱이 많았다.

"저, 응접실로 가셔서 다른 손님들과 인사를 나누시겠습니까?" 그가 앞으로 고갤 숙이며 웃어, 크고도 튼튼한 이빨이 보였다. 그의 푸른 눈은 이 사람, 저 사람을 재빠르게 훑어보았다—그는 이 영국인들에게 어떤 태도를 보여야 할지 자신이 없었다. 영어를 할 줄 몰라 불만족했고, 불어로 말해야 하는지 망설였다.

---

* 오스트리아에서 일반적으로 쓰이는 현악기.

"응접실로 가서 다른 손님들과 인사를 나누시겠습니까?" 제럴드가 웃으며 그의 말을 반복했다.

그들은 잠시 망설였다.

"그게 낫겠어요. 어색한 분위기를 없애는 게." 버킨이 말했다.

여자들은 얼굴을 붉히며 일어났다. 풍뎅이같이 넓은 어깨를 한 주인이 소리 나는 쪽을 향해 천하게 앞으로 나갔다. 그가 문을 열어 네 낯선 이들을 놀이방으로 안내했다.

금세 조용해졌고 좀 어색한 기운이 일행에게 감돌았다. 신참자들은 여러 금발의 얼굴들이 자신들을 바라보는 것을 의식했다. 그때 작은 키에 콧수염이 길고 정력적으로 보이는 남자에게 주인이 허리를 굽히더니 낮은 소리로 말했다.

"저 교수님, 제가 소개를 좀(Herr Professor, darf ich vorstellen)—"

교수는 아주 민첩하고 정력적이었다. 그가 영국인들에게 미소를 지으며 허리를 낮게 굽혔고 곧 친근하게 말을 시작했다.

"우리 놀이에 한 몫 끼시렵니까(Nehmen die Herrschaften teil an unserer Unterhaltung)?" 활기차며 공손하게 질문하는 목소리의 끝이 동그랗게 말렸다.

영국인 네 명은 미소를 지으며 방 한가운데로 조심스럽고 어색하게 걸어 들어갔다. 대변인 격인 제럴드가 여흥에 기꺼이 참석하겠다고 말했다. 구드룬과 어슐라는 흥분해서 소리 내어 웃었는데, 모든 남자의 시선이 그들에게 쏠렸고, 자매는 고개를 쳐들며 아무 데도 보지 않았다. 여왕이 된 기분이었다.

교수가 격식을 차리지 않고 자리에 있던 사람들을 소개했다. 엉뚱한 사람에게 인사도 하고, 맞는 사람에게 인사도 했다. 부부를 제외한 모든 사람이 참석했다. 교수의 두 딸은 키가 크며 피부가 깨끗하고 체격이 좋았다. 디자인이 단순한 짙은 푸른색 블라우스와 올이 굵은 모직 치마를 입고 있었다. 목은 다소 길고 튼튼했고 눈은 맑고 푸른빛이었고 머리칼은 조심스레 머리띠로 묶였고, 얼굴을 붉히며 인사를 하곤 뒤로 물러섰다. 세 명의 학생이 대단히 예의 바르다는 인상을 주려는 겸손한 희망에서 허리를 아주 낮게 굽혀 인사했다. 그런 다음 눈은 동그랗고 살갗은 검고 마른 남자가 어린애 같고, 트롤 같고, 기묘했으며, 재빠르면서 초연해 보였다. 그가 살짝 허리를 굽혀 인사를 했다. 그의 동반자는 체구가 크고 잘생긴 청년이었다. 멋지게 옷을 입고 눈가까지 낯을 붉히며 아주 낮게 허리 굽혀 인사했다.

소개가 끝났다.

"뢰르케 씨가 쾰른 사투리로 시를 음송하고 있었어요." 교수가 말했다.

"방해해서 죄송합니다." 제럴드가 말했다. "우리도 대단히 듣고 싶습니다."

사람들이 순간적으로 인사하며 자리를 내주었다. 구드룬과 어슐라, 제럴드와 버킨은 벽에 붙은 깊은 소파에 앉았다. 그 방은 다른 곳과 마찬가지로 장식 없이 기름 먹인 나무판자로 되어 있었다. 방엔 피아노와 소파들과 의자들이 있었고, 몇 권의 책과 잡지가 놓인 테이블이 두어 개 있었다. 커다랗고 푸른색의 화덕 말고는 완전히 장식물이 없었지만, 방은 안락하고 기분이 좋았다.

뢰르케 씨는 소년 같은 모습의 작은 몸집의 남자로 둥근 머리는 통통했고 예민하게 보였다. 눈은 생쥐의 눈처럼 동그랗고 획획 돌아갔다. 그는 새로 온 사람들을 하나씩 재빠르게 흘끗거리며 보았고 자신은 떨어져 있었다.

"암송을 계속해요." 교수가 약간 권위 있고 부드럽게 말했다. 뢰르케는 피아노 의자에 등을 구부리고 앉아 눈을 껌뻑이며 대답하지 않았다.

"그래 주시면 굉장히 즐거울 거예요." 어슐라가 몇 분 동안 속으로 생각한 독일어 문장을 말했다.

그러자 갑자기 반응 없던 그 작은 남자가 청중을 향해 몸을 홱 돌리더니 앞서 멈췄던 곳에서 입을 열었다. 세심하게 조절하는 조롱하는 목소리로 퀼른 노파와 철도 감시인 사이의 언쟁을 흉내 냈다.

그의 몸뚱이는 남자애의 몸처럼 가냘프고 제대로 자라지 않았지만, 그의 목소리는 성숙했고 냉소적이었다. 목소리는 근원적인 에너지와 조롱하며 꿰뚫어보는 이해력을 유연하게 드러냈다. 구드룬은 그의 독백을 한마디도 알아듣지 못했으나 매혹되어 그를 지켜보았다. 그는 분명 예술가다. 그 누구도 그렇게 세심하게 조절하고 특출날 수 없었다. 독일인들은 그의 익살맞은 기이한 낱말과 익살스러운 지방 사투리를 들으며 배를 쥐고 웃었다. 그들이 거의 발작적으로 웃어대면서 경의를 표하는 눈길로 선민, 영국인 이방인들을 쳐다보았다. 구드룬과 어슐라는 웃을 수밖에 없었다. 방 안은 웃음과 고함으로 쩡쩡 울렸다. 교수의 딸들의 푸른 눈은 너무 웃어서 눈물로 글썽였고 그들의 해맑은 뺨은 즐거워서 새빨갛게 달아올랐다. 그들의 아버지는 가장 놀라운 목소리로 쩡쩡 울리게 웃었고, 학생들은 너무나 우스워서 고개를 무릎에 처박았다. 어슐라가 놀라서 주위를 둘러보았고 웃음이 저절로 그녀에게서 터져 나왔다. 어슐라가 구드룬을 쳐다보았다. 구드룬이 어슐라를 쳐다보았다. 기분에 휩쓸려서 자매는 덩달아 웃음을 터뜨렸다. 뢰르케가 눈을 말똥말똥 뜨고 자매를 재빠르게 흘낏 쳐다보았다. 버킨은 자기도 모르게 킬킬 웃어댔다. 제럴드 크라이치는 얼굴에 즐거운 빛을 반짝이며 곧게 앉아 있었다. 그리고는 참을 수 없다는 듯이 발작적으로 웃음이 다시 터져 나왔다. 교수의 딸들은 어찌할 바를 모르며 몸을 흔들면서 웃었고, 교수의 목 핏줄이 부풀어 오르며 그의 얼굴은 자줏빛으로 변했고, 발작적인 웃음으로 소리를 내지 못하고 거의 숨이 막혔다. 학생들이 의미를 알 수 없이 질러대는 소리는 어찌할 수 없는 폭소로 끝이 났다. 그러다 갑자기 예술가가 재빨리 지껄이던 말을 그치니, 웃음소리가 가라앉았다. 어슐라와 구드룬은 눈물을 닦고 있었고 교수는 소리를 크게 질렀다.

"그건 놀라웠어요. 그건 대단했어요(Das war ausgezeichnet, das war famos)—"

"정말로 대단했어요(Wirklich famos)." 진이 빠진 그의 딸들이 작은 소리로 되풀이했다.

"그런데 우린 이해할 수가 없었어요." 어슐라가 소리쳤다.

"오, 유감이네요. 유감이에요(Oh leider, leider)!" 교수가 외쳤다.

"이해할 수 없었다고요?" 마침내 학생들이 새로 온 사람들에게 친근하게 외쳤다. "그래요. 그건 정말 유감이네요. 아가씨, 정말 유감이에요. 알다시피(Ja, das ist wirklich schade, das ist schade, gnadige Frau. Wissen Sie)—"

사람들이 뒤섞였다. 새로 참석한 사람들이 새로 첨가된 성분같이 일행들과 뒤섞이자, 방 안 전체에 활기가 넘쳤다. 제럴드는 자기 세상이었다. 그가 흥분해서 자유롭게 말을 하고 얼굴은 생소한 즐거움으로 빛이 났다. 결국엔 버킨마저 시작하려 했다. 그는 완전히 집중했지만, 수줍어서 억제하고 있었다.

어슐라는 교수의 발음대로 〈아니 로브리〉*를 부르도록 권유받았다. 극도로 경건하게 방 안이 조용해졌다. 그녀는 그때까지의 생애에서 그토록 우쭐해 본 적이 없었다. 구드룬이 기억을 더듬으며 피아노 반주를 했다.

어슐라는 쩌렁쩌렁 울리는 아름다운 목소리를 가졌지만, 보통은 자신이 없어 노래를 망치곤 했다. 그러나 오늘 저녁엔 그녀가 자신만만해져서 거칠 것 없이 노래를 불렀다. 버킨이 뒤에서 잘 받쳐 주었고, 그녀는 거의 반작용으로 얼굴이 환했다. 독일인들이 그녀가 실수 없이 잘 부르도록 분위기를 만들어주어, 그녀는 득의만만한 자신감을 느끼게 되었다. 그녀는 하늘을 나는 새처럼 느꼈고 그녀의 목소리도 하늘 높이 치솟았다. 바람을 타고 하늘 높이 오르는 새처럼 날갯짓하며 그녀는 노래의 균형을 이루며 높이 올라갔다. 그녀는 바람을 타고 미끄러지고 노닐면서 열정적으로 노랠 불렀고 황홀할 정도로 주목을 받았다. 그녀는 감정과 힘이 충만하여 자신만만했고, 홀로 노랠 불러서 매우 행복했다. 좌중과 자신의 감정에 영향을 끼치면서, 자신 있게 최선을 다해 독일인들에게 말할 수 없는 만족감을 안겨주었다.

끝나자 독일인들이 모두 찬탄할 만큼 달콤하고 우울한 노래에 감동했다. 그들은 부드럽고 공손한 목소리로 말할 수 없이 멋졌다

---

* 스코틀랜드의 가요.

고 칭찬했다.

"스코틀랜드 노래가 너무나 아름답고 너무나 감동적이에요! 아, 노래에 대단한 멜로디가 있어요! 그렇지만 친애하는 숙녀께서 경이로운 목소리를 지녔어요. 숙녀께서는 정말로 예술가예요. 정말로 (Wie schon, wie ruhrend! Ach, die Schottischen Lieder, sie haben so viel Stimmung! Aber die gnadige Frau hat eine wunderbare Stimme; die gnadige Frau ist wirklich eine Kunstlerin, aber wirklich)!"

그녀는 아침 햇살을 받고 피어난 꽃처럼 환하게 활짝 피었다. 그녀는 버킨이 부러운 듯 그녀를 쳐다보고 있는 걸 느꼈다. 가슴이 짜릿했고 기분은 최고였다. 그녀는 구름 위로 막 나온 태양처럼 행복했다. 모든 이가 너무나도 경탄해 하며 희색이 만면해서 그녀는 기분이 완벽했다.

저녁 식사 후에 그녀가 잠시 바깥풍경을 구경하러 밖으로 나가길 원했다. 일행이 그녀를 애써 말렸다―너무도 무섭게 춥다고. 그러나 그녀는 그냥 잠깐 보겠다고 했다.

그들 네 사람은 따뜻하게 몸을 감싸고, 희미한 눈과 천상의 유령들이 있는 흐릿하고 비실체적인 바깥으로 나섰다. 그것은 별빛 아래 이상한 그림자들이 어른거리게 했다. 정말 밖은 매우 추웠다. 살을 에는 듯, 놀랄 정도로, 부자연스럽게 추웠다. 어슐라는 자기 콧구멍에 그런 공기가 들이켜지는 걸 믿을 수가 없었다. 강렬하고 살인적인 추위에는 의도적이고 악의적인 목적이 있는 듯했다.

그런데도 그녀와 가시적인 세계 사이에, 그녀와 반짝이는 별들 사이에 끼어든 불가시자의 희뿌옇고 비실체적인 눈의 고요, 도취는 경이로웠다. 그녀는 오리온 성좌가 산비탈 위로 떠오르는 걸 보왔다. 오리온 별은 너무나 경이로웠다. 너무도 경이로워 큰 소리로 울게 하였다.

사방은 온통 이 눈의 요람이었고 발밑엔 단단한 눈이 있어 그녀의 구두 바닥으로 매서운 한기가 스며들어와 발이 시렸다. 밤이었고 적막했다. 그녀는 별의 소리가 들린다고 느꼈다. 별들이 천상에서 움직이며 내는 음악 소리가 아주 가까이서 들린다고 분명히 느꼈다. 그녀는 조화롭게 움직이는 별들 사이에서 자신이 새처럼 날고 있다는 느낌이었다.

그리고 그녀는 버킨에게 착 달라붙었다. 갑자기 그가 무슨 생각을 하고 있는지 그녀 자신이 알 수 없음을 깨달았다. 그의 생각이 어디를 헤매고 있는지 알 수 없었다.

"내 사랑!" 그녀가 멈춰 서서 그를 쳐다보며 불렀다.

그의 얼굴은 파리했고 눈은 검었고 눈에선 희미하게 별들의 불꽃이 보였다. 그리고 그는 그를 향해 쳐든 그녀의 부드러운 얼굴을 아주 가까이서 보았다. 그가 그녀를 부드럽게 키스했다.

"근데, 왜 그래?" 그가 물었다.

"날 사랑해요?" 그녀가 물었다.

"너무나도 많이." 그가 조용히 대답했다.

그녀가 그에게 더 바싹 달라붙었다.

"너무나도 많이는 안 되지요?" 그녀가 졸라댔다.

"엄청나게 많이." 그가 슬픈 기색을 보이며 대답했다.

"내가 자기에게 모든 것이란 게 슬퍼요?" 그녀가 부족한 듯 물었다. 그가 그녀를 가까이 껴안고 키스를 하며 들릴 듯 말듯 말했다.

"아니. 그렇지만 난 거지 같은 느낌이야—가난하다는 느낌이야."

그녀가 이제 말없이 별을 쳐다보았다. 그러곤 그에게 키스했다.

"제발 거지는 되지 마요." 그녀가 바라듯 애원했다. "자기가 날 사랑하는 게 치욕스런 건 아니지."

"가난하다는 느낌은 치욕적이지. 그렇지 않아?" 그가 대꾸했다.

"왜? 왜 그래야 하지?" 그녀가 물었다. 그는 그녀를 끌어안고는, 산꼭대기로 보이지 않게 넘어가는 무섭게 추운 공기 속에서 꼼짝 않고 서 있을 따름이었다.

"자기 없이는, 난 이런 춥기만 한 곳은 견딜 수 없어." 그가 말했다. "난 견딜 수 없어. 내 생명의 급소를 파괴할 거야."

그녀가 갑작스레 그에게 다시 키스했다.

"그것이 싫어요?" 그녀가 의심스럽고 의아해하며 물었다.

"만약에 내가 자기 가까이에 있지 않다면, 자기가 여기 없다면, 난 그것을 싫어할 거야. 견딜 수 없을 거야." 그가 대답했다.

"그렇지만 사람들은 좋아요." 그녀가 말했다.

"내 말은 눈과 정적, 추위, 꽁꽁 얼어붙은 영원성을 말하는 거야." 그가 대답했다.

그녀가 의아하게 여겼다. 그러다가 그녀의 정신이 그에게 절실히 다가왔고, 무의식중에 그 안에서 둥지를 틀었다.

"그래요. 우리가 따스하게 함께 있는 게 좋아요." 그녀가 말했다.

그리고 그들은 서둘러 집으로 향했다. 그들은 호텔의 황금 불빛이 눈 덮인 고요한 밤에 밝게 비치는 걸 보았다. 황금 불빛은 골짜기에서 노랑 열매 송이 같았다. 그건 눈 덮인 어둠 가운데서 주황색을 내는 작은 태양 불꽃의 송이 같았다. 그 뒤엔 산봉우리의 높은 그림자가 유령처럼 별을 가리고 있었다.

그들은 집 가까이 다가가고 있었다. 한 남자가 컴컴한 건물에서 나와 노란빛을 내며 흔들리는 등불을 들고서 시커먼 발로 불빛이 둥글게 비치는 눈 위를 걸어가는 걸 그들은 보았다. 컴컴한 눈 위에서 그는 작고 검은 모습이었다. 그가 바깥채의 문을 땄다. 더운 소의 냄새가, 거의 쇠고기 같은 동물의 냄새가 무겁게 짓누르는 찬 공기로 빠져나왔다. 시커먼 외양간엔 두 마리의 소가 흘깃 보였다. 그리고 문이 다시 닫히고 빛은 전혀 새어 나오지 않았다. 그 광경이 어슐라에게 다시 옛집을, 마쉬 농장을, 어린 시절을, 브럿셀로 갔던 여행을, 이상하게도 안톤 스크리벤스키를 생각나게 했다.

오, 신이여, 인간은 심연으로 사라진 이 과거를 감내할 수 있나요? 그녀가 과거에 그런 일이 있었다는 사실을 감내할 수 있단 말인가! 그녀는 눈, 별, 맹추위의 고요한 천상의 세계를 둘러보았다. 환등기로 비춘 듯한 다른 세계가 있었다. 마쉬 농장과 코스데이와 일크스턴이 평범하며 비현실적인 빛으로 비추고 있었다. 그림자 같은, 비현실적인 어슐라가 있었다. 비현실적인 생활의 그림자놀이가 통째로 있었다. 그것은 환등기 쇼처럼, 비현실적이며, 테두리가 쳐져 있었다. 그녀는 그 슬라이드가 온통 부서지길 바랐다. 깨어진 환등기의 슬라이드처럼 그것이 영구히 사라지길 바랐다. 그녀는 과거가 없어지길 바랐다. 그녀는 천상의 벼랑에서 버킨과 함께 이곳으로 내려왔기를 바랐다. 천천히 온통 더럽혀진 채, 그녀의 암흑 같은 어린 시절과 성장기에서 애써 바둥거리며 빠져나온 것이 아니기를 바랐다.

추억은 그녀에게 장난치는 비열한 꼼수라는 느낌이 들었다. 그녀가 '기억할지어다'라는 이 지상명령이 도대체 무언가! 왜 싹 씻은 듯 깡그리 잊지 못한단 말인가? 과거에 대한 추억이나 흠결 없이 왜 새로 탄생하지 못하나? 그녀는 버킨과 함께 있다. 별들을 배경으로 여기 이 높은 설산에서 방금 태어나지 않았나. 도대체 그녀가 부모와 조상들과 무슨 상관이 있단 말인가? 그녀는 자존(自存)하는, 새로운 존재라는 걸 알았다. 그녀에겐 아버지도 어머니도 없고 선조와의 어떤 관계도 없으며, 그녀는 그녀 자신이며, 순수하고 은과 같고, 오로지 버킨과 합일한 상태였다. 그녀가 전엔 존재해 본 적이 없는 우주의 중심, 현실의 중심부로 울려 퍼져 들어가며 더욱 심오한 음악을 만들어 내는 온전한 하나였다.

구드룬조차 그녀의 새로운 현실 세계에 있는 이 자아인 어슐라와는 아무런 상관이 없이 동떨어진, 동떨어진, 동떨어진 별개의 단위였다. 그 구닥다리 그림자 세곌랑, 과거의 실상일랑—아, 꺼져버려! 그녀는 새로운 상황의 나래를 펴고 자유로이 위로 치솟았다.

구드룬과 제럴드는 돌아오지 않았다. 그들은 집 바로 앞에 있는 골짜기로 곧장 걸어 올라가, 어슐라와 버킨과 달리, 오른쪽의 작은 언덕으로 올라갔다. 구드룬은 이상한 욕망에 쫓겼다. 그녀는 계속 앞으로, 앞으로 나아가서 마침내는 눈의 골짜기의 끝에 이르길 원했다. 그리곤 그녀는 맨 끝의 흰 벽을 올라가 그것을 넘어서 봉우리로 들어가길 원했다. 봉우리들은 세상의 꽁꽁 얼어붙은 신비한 배꼽의 한가운데에 피어난 뾰족뾰족한 꽃잎처럼 위로 솟아있었다. 그녀는 그곳에서, 눈 덮인 바위의 기이하고 막다른 무시무시한 벽을 넘어, 신비의 세계의 배꼽에, 최후의 산봉우리의 덩어리 가운데인 거기에, 그 모든 것이 첩첩이 겹쳐진 배꼽에 그녀의 궁극적인 경지가 존재한다고 느꼈다. 만약에 그녀가 홀로 거기에 가서, 위로 치솟은 불멸의 눈과 봉우리 그리고 영원한 눈이 첩첩이 겹쳐진 배꼽에 들어갈 수만 있다면 그녀는 만물과 하나를 이루고, 그녀 자신이 영원하며 무한한 침묵이, 무시간적으로 얼어붙어 잠자고 있는 만물의 중심부가 될 수 있을 텐데!

그들은 집으로 돌아와 응접실로 들어갔다. 그녀는 무슨 일이 벌어지나 호기심이 발동했다. 그곳의 남자들은 그녀를 긴장시키고 그녀의 호기심을 유발했다. 그건 그녀에게 있어 새로운 삶의 맛이었다. 그들은 그녀 앞에서 매우 굽신거렸지만, 대단히 활력에 가득 찼다.

파티는 떠들썩했다. 그들은 모두 함께 춤을 추고 있었다. 티롤 지방의 춤을 추었는데 손뼉을 치고 여자 상대방을 절정의 순간에 공중으로 던졌다. 독일인들은 모두가 능란했다—그들은 대부분이 뮌헨 출신이었다. 제럴드도 상당히 보아줄 만했다. 구석에선 세 대의 치터를 연주하고 있었다. 굉장히 활기가 넘치고 혼란스러운 장면이었다. 교수가 어슐라를 춤으로 이끌었고 발을 쿵쿵 구르며 손뼉을 치고 놀라운 힘과 열의로 그녀를 높이 들어 휙 돌렸다. 절정에 이르자 버킨조차 교수의 생기 넘치고 열렬한 딸과 짝을 맞춰 사내답게 춤을 추었고, 그 딸은 엄청나게 즐거워했다. 모두가 춤을 추고, 엄청나게 떠들썩한 소동이었다.

구드룬은 즐거이 구경했다. 단단한 목제 바닥이 사내들의 탕탕 구르는 구두 굽에 따라 울렸고, 손뼉 치는 소리와 치터의 소리에 공기가 떨렸고, 걸려있는 램프 주변엔 샛노란 먼지가 춤을 추고 있었다.

갑자기 춤이 끝나고 뢰르케와 학생들은 밖으로 달려나가 마실 것을 가져왔다. 흥분해서 떠드는 소리가 요란했고 사기 잔의 뚜껑이 부딪치는 소리와 "건배—건배!" 외치는 소리가 울려 퍼졌다. 뢰르케는 작은 도깨비처럼 한 번에 이곳저곳을 누비며 여자들에게 마실 것을 권하고 남정네들과는 애매하면서도 약간은 위험스런 농담을 하여 웨이터를 어리둥절케 할 정도로 정신을 빼놓았다.

그는 구드룬과 춤추길 굉장히 원했다. 그가 그녀를 본 첫 순간부터 그는 그녀와 관계를 맺고 싶었다. 그녀는 본능적으로 이걸 눈치챘고 그가 다가오길 기다렸다. 그러나 그는 어딘가 시무룩해서 그녀를 멀리했고 그래서 그녀는 그가 자길 싫어한다고 생각했다.

"부인, 저와 춤을 추시겠어요?" 뢰르케의 친구인 체구가 큰 금발의 청년이 청했다. 그는 구드룬의 취향엔 너무 부드럽고 너무 겸손했다. 그러나 그녀는 춤추길 원했고 라이트너라 불리는 그 금발의 청년은 좀 불안해하고 약간 비굴한 면이 있어도 충분히 끌릴 만했다. 그건 얼마간의 공포를 은폐시키는 겸손한 태도였다. 그녀가 그를 춤의 상대자로 수락했다.

치터들이 다시 곡을 연주하고 춤이 시작되었다. 제럴드는 교수의 딸 중 하나와 웃으면서 사람들을 이끌었다. 어슐라는 학생 중 하나와 춤을 추었고, 버킨은 교수의 다른 딸과, 교수는 크라메 부인과, 그리고 나머지 남자들은 여자 상대자와 춤추는 것처럼 신이 나서 함께 춤을 추었다.

구드룬이 그의 친구인 체격이 좋고 상냥한 청년과 춤을 추자, 뢰르케는 전보다 더 토라져 화를 버럭 냈고 그 방에서 그녀의 존재를 인정조차 하지 않으려 했다. 이것이 그녀의 비위를 건드렸지만, 그녀는 교수와 춤을 춤으로써 자신을 스스로 위로했다. 교수는 성숙하고 단련이 잘 된 황소처럼 힘이 세고 거친 에너지가 가득했다. 그녀는 그를 비판적으로 생각하면 참을 수 없었지만, 무엇보다 그녀가 춤으로 빠르게 이끌리며 그의 거칠고 강력한 동작으로 공중에 던져지는 걸 즐겼다. 교수도 그걸 즐겼고, 전류 불이 가득한, 낯설고 크고 파란 눈으로 그녀를 보았다. 그가 그녀를 눈여겨보며 그 노련하고 어느 정도 아버지 같은 동물적 시선을 싫어했지만, 그의 묵직한 힘은 경탄해 마지않았다.

방 안은 흥분과 동물적인 강한 감정으로 넘쳤다. 뢰르케는 말을 걸고 싶은 구드룬과 가시나무 생울타리가 막은 듯, 떨어졌고, 한편 그의 무일푼 식객인 라이트너란 젊은 친구 애인을 냉소적이며 무자비하게 증오했다. 그가 신랄하게 놀리며 청년을 조롱했고 라이트너는 얼굴을 붉혔으나 화를 내지는 못했다.

이제 춤을 완전히 터득한 제럴드가 교수의 작은딸과 다시 춤을 추었고, 그 딸은 처녀의 흥분으로 거의 정신이 나가 있었다. 제럴드가 너무나 미남이며 최고라고 생각했기 때문이다. 그녀가 숨을 할딱거리는 새인 양, 날갯짓하며 얼굴을 붉히고 어리둥절해 하는 동물인 양 그는 그녀를 완전히 손아귀에 넣고 있었다. 그가 그녀를 공중에 던져야 할 때 그녀가 그의 손안에서 발작적으로 격렬하게 몸을 웅크리는 걸 보며 그는 미소를 지었다. 결국, 그녀가 그에게 꼼짝달싹 못하도록 반해버려서 제정신으로는 거의 말할 수 없었다.

버킨은 어슐라와 춤을 추고 있었다. 그의 눈에서 야릇한 작은 불꽃이 노닐고 있었다. 그는 음흉스럽고 도저히 있을 법하지 않은, 사악하고 날름거리며 야유하는 어떤 것으로 변한 듯했다. 어슐라는 그에게 겁을 먹으면서도 끌리었다. 그녀의 눈앞에서 환상 속에서처럼, 그녀가 분명히 그의 눈에서 냉소적이며 음흉스런 조롱을 볼 수 있었다. 그가 그녀를 향해 미묘하고 냉담하며 동물적이며 무심한 동작으로 그녀에게 접근했다. 그의 손이 이상하게 빠르고도 교활하게 움직이며 그녀의 가슴 아래의 급소를 교묘히 잡고는 그녀를 조롱하듯, 음흉한 추진력으로 공중으로 들여 올렸다. 그건 마치 힘을 쓰지 않고 요술을 부리는 것 같아 그녀는 겁이 나 실신할 지경이었다. 일순간 그녀는 반항했다. 소름이 끼쳤다. 그 마술을 깨려고 했다. 그러나 그러한 결심이 서기 전에 그녀는 다시 두려움에 몸을 맡기고, 순순히 따랐다. 그는 자기가 하는 행동을 내내 잘 알고 있었다. 집중하며 미소 짓는 그의 눈빛에서 그녀는 그것을 알 수 있었다. 그건 그의 책임이었고, 그에게 맡기기로 했다.

그들이 컴컴한 곳에 단둘이 있을 때 그의 야릇하고 음흉스런 기운이 그녀 주변에서 아른거리는 걸 느꼈다. 그녀는 걱정되어 저항했다. 왜 저 이가 이렇게 변했나.

"왜 그래요?" 그녀가 겁이 나서 물었다.

그러나 그의 얼굴은 알 수 없는 오싹한 표정을 지으며 그녀를 향했다. 그런데도 그녀는 그에게 끌렸다. 그녀의 충동적인 반응은 그에게 격렬하게 저항하여, 이 조롱하며 거칠게 다루는 마술의 힘에서 벗어나려는 것이었다. 그러나 그러기엔 그녀는 너무나 끌리었다. 그에게 자신을 맡기고 싶었다, 알고 싶었다. 도대체 그가 나에게 무슨 짓을 하려는 걸까?

그는 너무나 매력적이면서 또한 동시에 너무나 혐오스러웠다. 그의 얼굴에서 나풀거리며 그의 가늘게 뜬 눈에서 흘러나오는 냉소적인 음흉스러움을 보니 그녀의 몸을 숨기고 싶었다. 그에게서 떨어져 몸을 숨기고 보이지 않는 데서 그를 몰래 지켜보고 싶은 마음이 생겼다.

"당신 왜 이래요?" 그녀가 갑자기 힘을 쓰며 적의를 품고 그에게 대들며 다시 물었다.

그의 눈에서 하늘거리던 불꽃은 그가 그녀의 눈을 들여다볼 때 한데로 집중되었다. 그러더니 눈꺼풀을 내리면서 냉소적인 멸시감을 어렴풋이 드러냈다. 다음엔 눈을 다시 치뜨면서 다시 잔인스런 음흉한 빛을 띠었다. 그녀는 단념했다. 자기가 하고 싶은 대로 하라지. 그의 방탕함은 혐오감을 주면서 사람을 끄는 데가 있었다. 그러나 그가 스스로 책임을 지는 거야. 도대체 그게 무언지 그녀가 한번 보리라.

사람들은 좋아하는 대로 하면 된다—그녀가 자러 가면서 깨달은 사실이었다. 사람에게 만족을 주는 것을 어찌 배제할 수 있는가? 도대체 품위를 잃는다는 것이 무어람?—누가 상관한담? 품위를 잃는 것들은 다른 현실에선 사실이지. 그리고 저 이가 저토록 뻔뻔스럽고 제멋대로 구는데. 그토록 다정하고 정신적이던 사람이 이제 이토록, 짐승같이 변한 것은 너무나도 끔찍스런 일이 아닌가—그녀는 자기의 이런 생각과 추억에 흠칫했다. 그리곤 덧붙여 말했다—너무나 짐승 같다니? 그들 둘은 너무나도 짐승 같지!—너무나 품위를 잃었어! 그녀가 주춤했다.—그러나 결국, 왜 그렇게 못해? 그녀도 기뻐서 날뛰었다. 왜 짐승이 되어서 모든 경험을 낱낱이 해보지 못하지? 그 생각에 기뻐서 날뛸 지경이었다. 그녀가 짐승 같았다. 진짜로 수치스럽게 되는 것이 얼마나 멋진가! 그녀가 경험하지 못할 수치스러운 것은 없는 것이다.—그녀는 낯을 붉히지 않았다. 그녀는 그녀 자신이었다. 왜 못한단 말인가?—그녀가 모든 것을 알았을 때, 그 어떤 시커먼 수치스러운 일도 그녀가 마다치 않았을 때, 그녀는 자유로웠다.

구드룬은 응접실에서 제럴드를 지켜보다가 문득 이런 생각이 들었다.

'저이는 가능한 모든 여자를 가져야 해―그게 그의 천성이지. 저이에게 일부일처란 당치도 않아―저이는 천성이 난잡하니까. 그게 그의 천성이지.'

그런 생각이 그녀에게 저도 모르게 떠올랐다. 그녀는 그런 생각에 좀 충격을 받았다. 마치 벽 위에 쓰인 어떤 새로운 계시(Mene)를 읽는 기분이었다. 그렇지만 그건 사실이었다. 어떤 목소리가 그녀에게 아주 분명하게 그렇게 말해주는 것 같아 그녀는 잠시 그 계시를 믿게 되었다.

"그건 진짜로 사실이야." 그녀가 다시 혼자 중얼거렸다.

그녀는 자신이 그런 사실을 내내 믿어왔다는 걸 잘 알고 있었다. 그녀는 그걸 암암리에 알고 있었다. 그러나 그걸 비밀로 해야 했다―거의 자신에게조차. 그걸 완전히 비밀로 해야 했다. 그건 그녀 혼자만을 위한 앎이었고, 아니, 그녀 자신에게조차 좀처럼 인정되지 않은 앎이었다.

그와 투쟁해야겠다는 결심이 그녀 마음속에서 단단히 세워졌다. 둘 중 하나는 상대를 이겨야 했다. 어느 쪽이 승자가 될까? 그녀의 정신은 팽팽한 기운으로 강철처럼 굳어졌다. 자신의 만만함에 그녀는 웃음이 나올 지경이었다. 그러고 보니 그에 대한 경멸 섞인 연민과 애정이 첨예하게 일깨워졌다. 그녀는 아주 냉혹해졌다.

모든 사람이 일찍 자리를 떴다. 교수와 뢰르케가 무얼 마시려고 작은 휴게실로 들어갔다. 그 두 사람은 구드룬이 난간을 붙잡고 층계참으로 올라가는 걸 보았다.

"아름다운 여자예요(Ein schones Frauenzimmer)." 교수가 말했다.

"그래요(Ja)!" 뢰르케가 짧게 힘주어 대답했다.

제럴드는 늑대처럼 야릇하고 넓은 보폭으로 침실을 가로질러 창가로 걸어가 몸을 구부리고 밖을 내다보았다. 그러다가 다시 몸을 펴고 구드룬을 향했다. 그의 눈은 멍하니 몰두한 미소를 지으며 반짝였다. 그가 그녀에겐 매우 커 보였다. 그녀가 그의 이마 사이의 허연 눈썹의 광채를 쳐다보았다.

"어땠어요?" 그가 물었다.

그가 거의 무의식적으로 마음속으로 웃고 있는 것 같았다. 그녀가 그를 쳐다보았다. 그는 인간이 아니라 불가사의한 현상으로 보였다. 탐욕스런 짐승이랄까.

"아주 좋았어요." 그녀가 대답했다.

"아래층에 모인 사람 중 누굴 제일 좋아해?" 그가 그녀 위에서 환하게 빛을 내며 서서 물었다. 머리칼이 뻣뻣하게 서서 빛을 발했다.

"누굴 제일 좋아하느냐고요?" 그녀가 대답하려 했지만 제대로 생각이 나지 않아 질문을 되풀이했다. "글쎄, 모르겠어요. 아직은 사람들을 잘 몰라서 대답할 수 없어요. 당신은 누굴 제일 좋아하는데요?"

"오, 난 관심 없어―그중에 특별히 좋아하거나 싫어하는 사람 없어. 나에겐 별 상관이 없으니까. 당신 생각을 알고 싶었어."

"그렇지만 왜요?" 그녀가 얼굴이 파리해지면서 물었다. 그녀의 눈엔 멍하니 몰두하는, 무의식적인 미소가 강렬하게 비쳤다.

"알고 싶었거든." 그가 대답했다.

그녀는 몸을 옆으로 돌리며 그 마력을 깨버렸다. 그녀는 그가 어떤 이상한 식으로 그녀를 제어하고 있다고 느꼈다.

"글쎄요. 말하기엔 너무 일러요." 그녀가 대답했다.

그녀가 머리칼에서 핀을 뽑으려고 거울 있는 데로 갔다. 그녀는 매일 밤 수 분 동안 거울 앞에 서서 윤기 나는 검은 머리칼을 빗질했다. 그건 그녀의 삶에서 꼭 필요한 의례 중의 하나였다.

그가 그녀를 따라가 그녀 뒤에 섰다. 그녀는 머리를 숙이고 핀을 빼고 머리를 풀어헤치느라 정신이 없었다. 그녀가 눈을 쳐들었을 때 거울 속에 비친 그의 모습을 보았다. 그가 그녀 뒤에 서서 의식적이 아니라 무의식적으로 그녀를 지켜보고 있었다. 웃는 듯한 고운 눈동자로 그녀를 지켜보고 있었지만 진짜로 웃는 것은 아니었다.

그녀가 흠칫 놀랐다. 그녀는 온 힘을 다 동원해서 늘 하던 대로 머리 빗질을 하면서 편안한 척했다. 그와 함께 있는 것이 편안한 것과는 거리가 너무나 멀었다. 그에게 무슨 말을 할까 생각하느라 머리를 쥐어짰다.

"내일 계획은 뭐예요?" 그녀가 예사롭게 물었다. 그러나 그녀의 심장은 너무도 심하게 뛰고 눈은 이상하게 불안한 빛으로 너무나 반짝거려서 그가 분명 알아챘을 거라 느꼈다. 그러나 또 한편 그는 늑대가 그녀를 쳐다보는 식으로 완전히 눈멀었다는 것도 알고 있었다. 그건 그녀의 일상적인 의식과 그의 용의주도한 마술적인 의식 사이의 이상한 싸움이었다.

"모르겠는데." 그가 대답했다. "당신은 무얼 하고 싶어요?"

그가 멍하니 물었다. 그의 정신이 가라앉아 있었다.

"아." 그녀가 편안한 어조로 단언하듯 말했다. "전 무엇이든 할 준비가 되어 있어요—무엇이든 저한텐 괜찮아요. 확실해요."

그리고 그녀는 내심 말했다. '세상에, 내가 왜 이리 초조하지—이 바보야, 왜 그렇게 초조해 하니? 만약에 저이가 눈치를 챈다면 난 영영 끝장이야—너 알지? 영영 끝장난다는 것 말이야. 네가 멍청하다는 걸 안다면 말이야.'

그리고 그녀는 모든 것이 어린애 장난인 양 혼자 씩 웃었다. 한편 그녀의 심장은 계속 콩닥거려서 거의 기절할 것 같았다. 거울 속에서 그의 모습을 볼 수 있었다. 그가 그녀 뒤에서 큰 키에 아치처럼 서 있었다. 금발에 엄청나게 무서워 보였다. 그녀가 곁눈질로 거울 속의 그의 모습을 흘낏 보았다. 그녀는 어떤 대가를 치르더라도 자기가 그를 본다는 걸 모르게 하고 싶었다. 그녀가 거울에 비친 그의 모습을 볼 수 있다는 걸 그는 몰랐다. 그는 의식하지 못한 채 환한 얼굴로 그녀의 머리를 내려다보고 있었다. 머리에서 머리칼이 풀어졌고 그녀가 거칠게 초조하게 머릴 빗고 있었다. 그녀는 머리를 옆으로 돌리고 미친 듯이 빗질을 연거푸 했다. 죽는다 해도 절대로 머리를 돌려 그를 마주 볼 수 없었다. 정말로 죽는다 해도 도저히 그럴 수 없었다. 이걸 의식하니까 그녀는 기진해서 꼼짝 못 하고 바닥에 쓰러질 것 같았다. 그녀 뒤에 가까이 서 있는 그의 위험스럽고 무서운 모습을 의식했다. 그녀의 등에 가까이 있는 그의 단단하고 강하며 당당한 가슴팍을 의식했다. 그리고 도저히 그 상태를 더 참을 수 없다고 느꼈다. 몇 분 내로 그녀가 그의 발치에 엎드려 자기를 파괴할 것 같았다.

이런 생각이 그녀의 모든 날카로운 지력과 지성의 존재를 날카롭게 일깨웠다. 감히 그에게로 머릴 돌릴 수가 없었다—그가 거기에 온전히 꼼짝 않고 서 있었다. 그녀는 젖먹던 힘까지 내서 찡찡 울리는 천연덕스런 목소리로 말했다. 모든 자제력을 총동원해서 억지로 내뱉는 소리였다.

"오, 저 저기 뒤에 있는 가방을 뒤져서 주실래요, 내—?"

여기에서 그녀의 힘은 무너졌다. '내 뭐더라—뭐였지—' 그녀가 혼자 마음속으로 외쳤다.

그러나 그가 이미 몸을 돌렸다. 그녀가 평소에 매우 비밀스럽게 지키던 가방을 그에게 뒤져보라니 그는 너무나 놀랐다. 그녀가 얼굴을 돌렸다. 얼굴이 하얘지고 시커먼 눈은 지나치게 흥분해서 냉랭한 빛으로 이글거렸다. 그가 가방 쪽으로 허리를 굽히고 헐겁게 채운 끈을 푸느라 주의력을 잃고 있는 걸 그녀가 보았다.

"자기의 뭐라고?" 그가 물었다.

"오, 작은 에나멜 상자예요—노란색인데—가마우지가 자기 가슴을 쪼아대는 그림이 그려진—"

그녀가 그에게로 가서 고운 맨 팔을 굽혀 능숙하게 그녀의 물건을 뒤지다 그 상자를 꺼냈다. 그 상자엔 그림이 정교하게 그려져 있었다.

"바로 이거예요. 보세요." 그녀가 그의 눈앞에서 그걸 꺼내 들며 말했다.

이제 그가 어리둥절했다. 그는 남아서 가방끈을 다시 맸고 그녀는 밤을 보낼 머리 손질을 재빠르게 끝내고 앉아서 구두끈을 풀고 있었다. 그녀는 더는 그에게 등을 보이지 않을 것이었다.

그는 어리둥절했고 좌절감을 느꼈으나 이를 의식하지 못했다. 이제 그녀가 그를 채찍질할 수 있었다. 그녀는 자기의 무시무시했던 공포상태를 그가 눈치채지 못했다는 걸 알았다. 그녀의 심장은 아직도 쿵쿵 방망이질하고 있었다. 바보야, 바보. 그런 상태에 빠지다니! 제럴드가 둔해서 이를 눈치채지 못한 것을 그녀는 얼마나 하느님께 감사했는지! 너무나도 고맙게 그는 아무것도 몰랐어.

그녀는 천천히 구두끈을 풀면서 앉아있었고 그도 옷을 벗기 시작했다. 세상에! 위기를 넘겼어. 그녀는 이제 그에게 호감을 느끼기 시작했고 그에게 애정까지도 느꼈다.

"아, 제럴드." 그녀가 장난치듯, 애무하듯 웃으며 말했다. "아, 자기, 교수의 따님과 너무나도 멋지게 게임을 하던데―그러지 않았어?"

"무슨 게임?" 그가 둘러보며 물었다.

"그 여잔 자기한테 홀딱 반했어―오, 세상에. 당신한테 홀딱 빠졌다고요!" 구드룬이 쾌활하고 매우 매력적인 어조로 말했다.

"난 그렇게 생각하지 않는데." 그가 말했다.

"그렇지 않다고요!" 그녀가 놀려댔다. "이 순간에 그 불쌍한 여자애는 당신에 홀딱 빠져서 애간장을 태우며 누워있을 거예요. 그녀 생각에 당신은 놀랍고―오, 경이롭고, 여태까지의 그 어떤 남자도 능가하는 존재지요.―정말, 웃기지 않아요?"

"왜 웃기지? 뭐가 우스워?" 그가 물었다.

"당신이 그녀에게 그런 감정을 불러일으키는 걸 보니." 그 안에 있는 남자의 자존심이 좀 얼떨떨해지게 나무라는 듯한 어조로 그녀가 말했다. "진짜로, 자기야. 그 처녀가 불쌍해―!"

"그녀에게 아무 짓도 안 했는데." 그가 말했다.

"오, 그건 너무 수치스러워요. 그녀를 간단히 제정신을 못 차리게 한 것 말이에요."

"그건 그 춤 때문이지." 그가 밝게 웃으며 말했다.

"하—하—하!" 구드룬이 큰 소리로 웃어댔다.

그녀의 놀리는 말이 묘하게 반향을 하면서 그의 근육 전체에 퍼져나갔다. 그가 잠이 들었을 때 그는 자기 힘에 휘감겨 침대에서 웅크리고 있는 것 같았다. 그런데도 그 힘은 비어있었다.

구드룬은 의기양양해서 승리의 잠을 잤다. 갑자기 그녀가 잠에서 확 깨어났다. 그 작은 목재 방이 낮은 창문을 통해 들어오는 새벽빛을 받아 빛났다. 그녀가 고갤 들자 저 아래 골짜기가 보였다. 분홍빛을 반쯤 드러낸 마술 같은 눈, 언덕 밑을 둘러싼 소나무들이 보였다. 그리고 작디작은 하나의 모습이 밝은 공간에서 희미하게 움직이고 있었다.

그의 시계를 흘낏 보았다. 일곱 시였다. 그는 완전히 잠에 곯아떨어져 있었다. 그녀는 너무나 말짱하게 깨어 있었다. 겁이 왈칵 날 정도의—단단한 금속성의 깨어남이었다. 그를 쳐다보며 누워 있었다.

그는 자신의 건강과 패배에 몸을 맡기고 잠에 떨어졌다. 그에 대한 진지한 관심이 그녀한테 몰려왔다. 지금까지 그 앞에서 그녀는 겁을 먹었다. 그녀는 누워서 그에 관해 생각했다. 그는 무엇인지, 세상에서 그가 나타내는 바가 무언지. 아주 훌륭하고 독립적인 의지를 그가 갖고 있다. 그녀는 그가 아주 짧은 시간에 탄광에 가져온 일대 혁명을 생각했다. 그가 어떠한 문제에 봉착하더라도 어떠한 어려운 실제의 난관에 부닥치더라도, 그가 그것을 극복하리란 것을 그녀는 알고 있었다. 그가 어떤 착상을 하게 되면 반드시 그걸 실제로 성취했다. 그에겐 무질서에서 질서를 끌어내는 능력이 있었다. 그가 상황을 파악만 하게 되면 그는 필연적인 결과를 끌어내곤 했다.

그녀는 얼마 동안 거센 야망의 날개를 타고 먼 곳까지 날아갔었다. 제럴드는 의지력과 실제 세계를 꿰뚫는 이해력으로 오늘날의 문제를, 현대 산업주의 문제를 해결하기 시작할 것이다. 시간이 지나면 그가 원하는 변화를 가져오리란 걸 그녀는 알았다. 그가 산업체계를 재조직할 수 있었다. 그가 그렇게 할 수 있다는 걸 그녀는 알았다. 이러한 것들에서 하나의 도구로서 그는 경이로웠다. 그러한 잠재력을 지닌 사람을 그녀는 본 적이 없었다. 그는 자신의 이러한 능력을 의식 못 했지만, 그녀는 알았다.

그는 단지 엮기는 게 필요했다. 그의 손을 그 일에 대도록 하는 것이 필요했다. 왜냐하면, 그는 너무 무의식적이니까. 그런데 그녀가 이 일을 해낼 수 있었다. 그와 결혼을 하고 그이는 보수당 편에 서서 의회에 진출할 것이다. 그가 노동자와 경영주의 대혼란을 해결할 것이다. 그는 너무나 탁월하게 겁이 없고 자신만만하다. 기하학에서와 같이 실제 생활에서도 어떤 문제든 풀 수 있다고 그는 알았다. 그리고 그는 오로지 그 문제를 해결하는 것 외엔 자신이나 그 어떤 것에도 관심이 없었다. 그는 사실, 아주 순수했다.

그녀의 심장이 빠르게 뛰었다. 그녀는 미래를 상상하며 비상의 날개를 타고 멀리까지 날아갔다. 그는 평화를 가져오는 나폴레옹도, 비스마르크도 될 수 있다—그리고 그녀는 그 뒤에 있는 여자가 된다. 그녀는 비스마르크의 서한을 읽고 대단히 감동하였다. 그런데 제럴드는 비스마르크보다 더 자유롭고 더 호담(豪膽)할 것이다.

그러나 그녀가 삶에서 기이한 가짜 희망의 빛에 잠겨, 가상적인 황홀감 속에 누워있을 때조차도 무언가가 그녀 안에서 딱하고 끊어졌고, 바람이 불어오는 것처럼 무서운 냉소주의가 그녀를 장악하기 시작했다. 그녀에게 있어 모든 것이 역설로 바뀌었다. 모든 것의 마지막 맛은 역설적이었다. 그녀가 부정할 수 없는 현실의 아픔을 느꼈을 때, 이것은 그녀가 희망과 이상의 혹독한 아이러니를 알았을 때였다.

그녀는 누워서 자고 있는 그를 쳐다보았다. 그는 정말로 아름다웠고, 완벽한 도구였다. 그녀의 생각에 그는 순수하고 비인간적인, 거의 초인적인 도구였다. 그의 도구적인 특성이 그녀에게 너무도 강하게 호소력이 있어서 그녀는 자신이 신이 되어 그를 도구로 사용하길 바랐다.

그리고 이와 동시에 빈정거리는 질문이 다가왔다. '무엇을 위해서?' 그녀는 광부들의 아내와 그들의 리놀륨 마룻바닥과 레이스 커튼, 위까지 끈이 달린 장화를 신은 그들의 어린 딸들을 생각했다. 현장 감독관들의 아내와 딸들, 그들의 정구 대회, 사회적 계급에서 좀 더 우월해지려고 서로 다투는 무시무시한 투쟁을 생각했다. 숏랜즈 저택이 아무 의미 없이 떡하니 버티고 서 있었고, 크라이치가(家)의 의미 없는 일가족이 있었다. 런던, 하원, 현존하는 사회적 세상이 있었다. 하느님, 맙소사!

구드룬은 어렸지만, 영국 사회의 전체적인 맥박을 짚어보았다. 그녀는 세상에서 출세할 생각은 없었다. 그녀는 잔인한 청춘의 완벽한 냉소적인 눈으로, 세상에서의 출세는 내실을 기하는 놀이 대신에 겉치레만의 놀이임을 알았다. 출세는 가짜 페니 대신에 가짜 반 크라운짜리 은화를 갖는 것과 같다는 걸 알았다. 가치를 매기는 모든 화폐는 가짜였다. 그렇지만 물론 냉소적인 그녀는 가짜 동전이 통용되는 세상이지만, 악성의 금화가 악성의 청동 주화보다는 낫다는 것을 잘 알고 있었다. 그러나 부자건 빈자건 그녀는 둘 다를 멸시했다.

이미 그녀는 꿈을 꾸고 있는 자신을 조롱했다. 꿈은 쉽게 성취될 수 있었다. 그러나 그녀는 정신적으로는 자신의 충동이 엉터리라는 것을 너무나도 잘 인식하고 있었다. 제럴드가 낡아 빠진 구식 회사를 이윤이 많은 회사로 바꾸어 놓았다는 것에 그녀가 무슨 관심이 있는가? 그녀가 무슨 관심이 있는가? 낡아 빠진 회사와 신속하고 눈부시게 조직된 산업체, 그것들은 악화(惡貨)였다.—그런데도 물론 그녀는 겉으로는 상당히 관심을 보였다—겉으로는 그 모든 것이 중요했다, 왜냐하면 속으로는 재미없고 하찮은 일이었다.

그녀에게 모든 것은 본질적으로 하나의 역설이었다. 그녀는 제럴드의 몸에 기대고 마음으로 연민의 정을 느끼며 말했다.

"오, 세상에, 이 놀이는 당신에게 가치조차 없어요. 당신은 정말 훌륭한 사람이에요—왜 당신이 이런 형편없는 쇼에 이용당해야 하나!"

그녀의 가슴이 그를 향한 연민과 슬픔으로 뻐개지는 것 같았다. 그리고 동시에 쓰디쓴 미소가 그녀의 입가에 번졌다. 자신이 입 밖으로 내뱉지 않은 장광설을 비웃는 역설에서 나온 것이었다. 아, 그건 얼마나 웃음거리인가! 그녀는 파넬[*]과 캐서린 오셰이[**]를 생각했다. 오, 파넬! 결국, 누가 아일랜드의 독립을 심각하게 받아들일 것인가? 아일랜드가 무얼 하든, 과연 누가 정치적인 아일랜드를 진짜 심각하게 받아들일 것인가? 그리고 누가 정치적인 잉글랜드를 심

---

[*] 아일랜드의 독립운동가(1846-1891).

[**] 파넬이 정사를 벌인 동료의 아내.

각하게 여길 것인가? 누가 그럴 수 있나? 오래되어 이곳저곳을 기워댄 헌법을 어떤 식으로 수선하든 누가 눈곱만치도 관심을 두는가? 누가 우리의 민족적 이상에 대해 우리의 중산모자보다 조금이라도 더 관심을 두는가? 아하, 그건 죄다 낡은 모자이고, 죄다 낡은 중산모자인데!

그게 전부야, 제럴드, 나의 젊은 영웅이여. 여하튼 우리가 그 오래된 수프를 더 휘저어 구역질을 일으키는 일은 피해야지. 나의 제럴드여. 당신은 아름답고 무모해야 해요. 완벽한 순간들이 있긴 있지요. 오, 그렇다고 나를 설득해줘요. 난 그게 필요해요.

그가 눈을 뜨고 그녀를 쳐다보았다. 가슴 아프게 명랑한 기운이 감돌고, 조롱하는 듯한 수수께끼 같은 미소를 지으며 그녀는 그에게 아침 인사를 했다. 그의 얼굴에 미소의 모습이 지나갔다. 완전히 무의식적으로 미소를 지었다.

그녀의 웃는 얼굴을 비치는 듯, 미소가 그의 얼굴을 스치는 걸 보니 그녀가 유별나게 기뻤다. 그런 것이 바로 아기가 웃는 방식임을 기억했다. 그것이 비상하게 찬란한 기쁨을 그녀에게 안겨주었다.

"당신이 해냈어요." 그녀가 말했다.

"무얼?" 그가 당황해서 물었다.

"날 확신시켰어요."

그리곤 그녀가 몸을 굽혀 그를 열정적으로, 열정적으로 키스해서, 그는 어리둥절했다. 그가 무엇을 확신시켰느냐고, 그는 물어볼 생각이 있었지만, 묻지 않았다. 그녀가 그를 키스해줘 기뻤다. 그녀가 그의 심장을 느끼는 것 같았고, 그의 급소를 건드리는 것 같았다. 그리고 그는 그녀가 자기 존재의 급소를 만지기를 바랐다. 무엇보다 그것을 원했다.

누군가가 바깥에서 사내답고 무모하면서 멋진 목소리로 노랠 부르고 있었다.

> 오만한 여자여, 안으로, 날 들여보내 줘요.
> 나에게 장작불을 붙여 줘요.
> 난 비를 맞아 온통 젖었어요.
> 난 비를 맞아 온통 젖었어요—.

구드룬은 사내답고 무모하며 조롱하듯 부르는 그 노래가 그녀를 관통하며 영원토록 울리리라는 걸 알았다. 그건 그녀의 최고의 순간, 초조한 만족의 최고의 격동의 한순간을 나타냈다. 그것은 그녀에게 영원 속에 고정되어 있었다.

낮이 맑고 푸르스름하게 밝았다. 산꼭대기 사이로 바람이 가볍게 불고 있었다. 바람은 날 선 칼처럼 예리하게 스치면서 가는 눈가루를 실어 날랐다. 제럴드가 만족스러운 상태에 있는 사내의 환하고도 맹목적인 얼굴로 나갔다. 구드룬과 그가 오늘 아침에 보지도 않고 의식하지도 않으면서 완전히 정적인 합일에 이르렀다. 그들은 터보건 썰매를 타고 나갔고 뒤따를 어슐라와 버킨을 남겨두었다.

구드룬은 온통 주홍색과 감청색이었다—주홍색 스웨터와 모자를 썼고 감청색의 치마와 스타킹을 걸쳤다. 그녀는 흰 눈 위로 쾌활하게 나갔다. 곁에는 흰색과 갈색의 옷을 입은 제럴드가 작은 터보건 썰매를 끌고 있었다. 그들이 멀리 눈길로 나가자 점점 작게 보였다. 그들은 가파른 비탈을 올라가고 있었다.

구드룬으로 말하면 그녀는 눈의 백색으로 완전히 들어가는 것 같았다. 그녀는 생각 자체가 없는 순수한 수정이 되었다. 그녀가 바람을 맞으며 비탈의 꼭대기에 도달했을 때 그녀가 몸을 돌려 바위와 눈의 봉우리가, 하늘로 치솟아 푸르스름하게 첩첩이 겹쳐지는 것을 보았다. 그건 그녀의 눈에는, 순수한 꽃들을 위한 산봉우리가 있는 정원처럼 보였고, 그녀의 가슴은 그 꽃들을 하나하나 꺾어 모으는 것 같았다. 그녀는 제럴드의 존재를 전혀 의식하지 않았다.

그들이 가파른 비탈 아래로 방향을 틀어 내려갈 때 그녀가 그에게 매달렸다. 그녀는 자신의 감각들이 불꽃처럼 예리한 좋은 숫돌에 벼려지는 것처럼 느꼈다. 예리하게 갈린 칼날에서 나오는 불꽃같이 눈은 양쪽에서 전속력으로 질주해서 주변의 흰 눈이 점점 더 빠르게 지나갔다. 순수한 불꽃을 내며 하얀 비탈은 그녀를 마주 보고 획획 지나갔고, 그녀는 녹아서 춤추는 작은 물방울처럼 녹아서, 눈이 부시도록 강렬한 흰 눈 사이로 달렸다. 그러다가 바닥에서 커다랗게 굽은 곳이 나타났다. 그때 그들은 점점 속도를 줄이면서 땅에 닿을 듯이 획 돌았다.

그들은 잠시 쉬었다. 그러나 그녀가 일어나려 하자 설 수가 없었다. 그녀는 이상하게 외마디를 지르며, 그에게 몸을 돌려 그에게 매달린 채, 그의 가슴팍에 얼굴을 파묻고 기절하였다. 그에게 몸을 기댄 채 정신없이 누워있는 순간, 그녀는 완전히 의식을 잃었다.

"어떻게 된 거지?" 그가 말을 하고 있었다. "당신에게 너무 지나쳤나?"

그러나 그녀에겐 아무 소리도 들리지 않았다.

그녀가 정신을 차렸을 때 일어나 사방을 둘러보고 깜짝 놀랐다.

그녀의 얼굴은 백지장 같았고, 크게 뜬 눈에선 광채가 났다.

"어떻게 된 거지?" 그가 다시 물었다. "속을 뒤집어 놓았나?"

그녀는 어떤 변화를 거친 듯이, 광채 나는 눈으로 그를 쳐다보았다. 그리고 굉장히 즐거워서 하하대며 웃었다.

"아니요." 그녀가 의기 충만해서 소리쳤다. "그건 내 생애에서 완벽한 순간이었어요."

그리곤 그녀가 무엇에 홀린 양, 자만에 차서 눈부시게 웃으면서 그를 쳐다보았다. 날카로운 칼날이 그의 심장을 찌르는 것 같았다. 그러나 그는 이에 개의치 않았고, 아니 신경 쓰지도 않았다.

그러나 그들은 다시 비탈을 올라갔고 다시 멋지고도 멋지게 흰 불꽃 사이를 휘날리듯 미끄러져 내려왔다. 구드룬이 눈가루로 범벅된 채 웃으면서 눈을 번득였다. 제럴드는 완벽하게 터보건을 조정했다. 그는 한 치의 오차 없이 터보건을 조정할 수 있다고 느꼈다. 공기를 가르듯 터보건을 들어 올려 하늘의 심장부를 찌를 수 있다는 느낌이 들었다. 그에게 나르는 썰매는 그의 힘이 밖으로 펼쳐진 것에 불과했다. 그가 팔을 움직이기만 하면 썰매가 움직이는 것이 곧 자기 팔의 움직임에 불과하다고 생각했다. 그들은 또 다른 미끄럼길을 찾기 위해 거대한 산비탈들을 탐색했다. 그의 느낌으로는 그들이 발견했던 것보다 더 멋진 곳이 있을 것 같았다. 그리고 그가 원하던 것을 찾았다. 더할 나위 없이 길고, 험하게 굽은 길로, 바위 밑을 지나 언덕 밑의 나무들 속으로 들어가는 것이었다. 위험하다는 걸 그는 알고 있었다. 그러나 그는 자기 손안에서 썰매를 조정할 수 있다는 것도 알고 있었다.

처음 며칠은 육체적인 운동의 황홀경 속에서 지나갔다. 썰매를 타고 스키를 타고 스케이트를 타며 인생 자체를 능가하는 강렬한 속도와 백열 가운데서 움직였다. 그것은 속도와 무게 그리고 영원히 얼어붙은 눈의 비인간적인 추상의 세계로 인간 영혼을 데려갔다.

제럴드의 눈은 매정하고 낯설게 변했고 그가 스키를 타며 지나갈 때는 인간이기보다는 강력히 내쉬는 운명적인 탄식 같았다. 하늘로 치솟는 완벽한 궤도 속에서, 그의 근육은 탄력적이며, 그의 몸은 생각 없이, 정신없이 선회하며, 하나의 완벽한 힘의 궤도를 따라 순수하게 비상하면서 앞으로 내던져졌다.

다행히도 낮에 눈이 내렸다. 모두 실내에 머물러야 했다. 그렇지 않았다면 그들은 모두 인간의 타고난 능력을 잃고 미지의 이상한 눈 짐승같이 소리치고 비명을 지르며 의사전달을 시작했을 거라고 버킨이 술회했다.

오후에 어슐라가 응접실에서 뢰르케와 이야기하게 되었다. 뢰르케는 최근에 기분이 안 좋아 보였다. 그는 평상시처럼 활기차고 장난스러운 농담을 계속했다.

그러나 어슐라 생각에 그가 무언가에 시무룩해 있었다. 그의 동반자인 체구가 크고 잘생긴 금발의 청년도 안절부절못하며 어디에도 속하지 못한 것처럼 배회했고, 그가 반발하고 있는 무언가에 하는 수 없이 복종하는 것 같았다.

뢰르케는 좀처럼 구드룬에게 말을 붙이지 않았다. 그의 친구는 반대로 그녀에게 지속해서 부드럽고 지나치게 공손한 관심을 보였다. 구드룬은 뢰르케에게 말을 붙이고 싶었다. 그가 조각가이기에 그의 예술에 대한 견해를 듣고 싶었다. 그리고 그의 독특한 몸집이 그녀의 관심을 끌었다. 그에겐 어린 부랑아 같은 분위기가 감돌았고 그것이 그녀의 호기심을 유발했다. 또 노인네의 표정이 그녀의 관심을 끌었고 이 외에도 냉랭하게 홀로 있는 것이, 누구와도 접촉하지 않고 혼자서만 있는 성격이 그가 예술가임을 현격히 드러냈다. 그는 말이 많았고 수다쟁이며 장난스러운 농담을 했는데 때로는 아주 총명했지만 자주 그러지는 못했다. 그의 작은 요정 같은 갈색 눈에서 인위적인 고통의 검은 표정을 볼 수 있었다. 그런 눈빛은 그의 자질구레한 익살 뒤에 숨어있었다.

그의 외모가 그녀의 관심을 끌었다─남자애 같은 외모는 거의 부랑아 같았다. 그런데 그런 것을 숨기려 하지 않았다. 그는 항상 헐렁한 반바지와 단순하게 생긴 거친 모직 상의 옷을 입었다. 그의 다리는 가늘었는데 그는 이 사실을 숨기려 하지 않았다. 그런 것 자체가 독일인에게서는 놀라운 것이었다. 그리고 그는 어디서나 조금만치도 알랑거리지 않았고, 겉으로는 장난기를 드러내도 제 위치를 지켰다.

그의 동반자인 라이트너는 대단한 운동가로 팔다리가 크고 눈이 파란, 대단히 미남이었다. 뢰르케는 간간이 터보건 썰매도 타고 스케이트도 탔지만 이에 무관심했다. 그리고 그의 예민하고 얇은 콧구멍, 순수혈통 부랑아의 콧구멍은, 라이트너의 체조처럼 화려한 과시에 멸시하여 떨리곤 했다. 아주 친밀하게 함께 여행하고 생활해온 이 두 남자가 이젠 서로 혐오하는 단계에 이른 것이 분명했다. 라이트너는 상처받고 몸부림치며 무력한 증오심으로 그를 증오했고, 뢰르케는 몸을 살짝 떨면서 라이트너를 멸시와 냉소로 대했다. 얼마 안 있어 두 사람은 헤어져야 할 것 같았다.

이미 두 사람은 좀처럼 함께 있지 않았다. 라이트너는 항상 공손한 태도로 누군가에 붙어 다녔고 뢰르케는 거의 늘 혼자 있었다. 그는 바깥에서 베스트팔렌* 모자를 썼는데, 커다란 갈색 벨벳 덮개를 귀 위로 내리는, 착 달라붙는 갈색 벨벳 모자여서, 그의 모습은 귀가 늘어진 토끼 아니면 난쟁이처럼 보였다. 그의 얼굴은 윤기 나는 건성 피부로 붉은 갈색이 돌았고, 그의 피부는 계속 움직이는 표정으로 주름져 오그라든 것 같았다. 그의 눈은 인상적이었다—토끼나 요정, 아니면 지옥에 떨어진 인간의 눈처럼 동그랗고 갈색이었는데, 기이하게 말 없는 타락한 지식의 표정과 빠르게 움직이는 냉담한 불꽃을 담고 있었다. 구드룬이 그에게 말을 걸려고 할 때마다 그는 반응 없이 피했고, 검은 눈으로 그녀를 주시했지만, 그녀와는 아무런 관계를 맺지 않았다. 그녀의 서툰 불어와 더 서툰 독일어가 그녀에게 흉측스럽다고 느끼게 하였다. 그 자신의 불완전한 영어로 말할 것 같으면 그건 너무나 서툴러서 전혀 입을 뗄 수가 없었다. 그런데도 영어로 말하는 것을 상당히 잘 알아들었다. 그리고 구드룬은 삐져서 그를 혼자 있게 두었다.

그러나 오늘 오후엔 그녀가 휴게실로 들어왔다. 그가 어슐라에게 말을 하고 있을 때였다. 그의 가는 검은 머리칼은 구드룬에게 어딘가 박쥐를 연상케 했다. 둥글고 민감하게 보이는 머리 부분에 가늘게 난 머리숱이 양쪽 관자놀이까지 점점 줄어들었다. 그가 등을 둥글게 구부리고 앉아있어 그의 정신이 박쥐 같아 보였다. 그리고 구드룬은 그가 어슐라에게 더듬더듬 속을 털어놓는 걸 볼 수 있었다. 구두쇠처럼 마지못해 천천히 자신을 드러내고 있었다. 그녀가 다가

---

* 독일의 서북부 지방.

가서 언니 옆에 앉았다.

그가 그녀를 쳐다보더니 그녀에게 관심 없다는 듯이, 다시 시선을 돌렸다. 그러나 사실은 그녀가 그의 관심을 지대하게 끌었다.

"이봐, 흥미롭지 않니, 프룬." 어슐라가 동생에게 고갤 돌리며 말했다. "뢰르케 씨가 쾰른에 있는 한 공장의 외벽에다, 길에 면한 외벽에다 대규모 장식을 하고 계시데."

그녀가 그를, 그의 가는 갈색의 초조해 하는 손을 쳐다보았다. 손은 쥐는 힘이 있어 보였고 어딘가 인간의 것이 아닌 맹금류의 발톱 같아 보였다.

"재료는 무엇인가요?" 그녀가 물었다.

"무엇으로 하나요(Aus was)?" 어슐라가 되풀이했다.

"화강암이에요(Granit)." 그가 대답했다.

그건 즉시로 동료 조각가 사이에 오가는 일련의 간결한 질문과 답이 되어 버렸다.

"어떤 식의 양각인가요?" 구드룬이 물었다.

"돋을 양각이에요(Alto relievo)."

"높이는 어떻게 되나요?"

그가 쾰른의 커다란 화강암 공장을 위해 대형 화강암 장식 조각을 한다는 것이 구드룬에겐 대단히 흥미로웠다. 그녀는 그에게서 그 디자인에 대한 견해를 어느 정도 얻었다. 그것은 시장의 표현이었다. 농부들과 장인들이 진탕 마시는 즐거운 축제에서 우스꽝스럽게 현대적 의상을 입고 거나하게 술에 취해, 회전목마를 타고 우습게 빙빙 돌기도 하고, 쇼를 들여다보기도 하고, 키스하고, 삼삼오오 떼를 지어 비틀거리며 밀려다니기도 하고, 놀잇배 모양의 그네를 타고 빙빙 돌기도 하고, 사격놀이터에서 사격하고, 혼란스럽게 움직이는 광란의 광경이었다.

곧 기술적인 문제에 대해 논의가 시작되었다. 구드룬은 대단히 감동하였다.

"그런 공장을 가지고 있다니 너무나 놀라워요!" 어슐라가 소리쳤다. "건물 전체가 멋있나요?"

"오, 그래요." 그가 대답했다. "장식벽화는 전체 건물의 일부분이에요. 그래요. 그건 거대한 거예요."

그리곤 그가 몸을 곧게 세우고 어깨를 으쓱하더니 말을 계속했다.

"조각과 건축은 함께 가야 해요. 벽화가 그렇듯이, 건축과 무관한 조각의 시대는 지났어요. 사실상, 조각은 항상 건축적인 개념 일부였지요. 이제 교회는 모두 박물관 진열품으로 되어버렸고, 산업이 우리의 일상 생활거리가 되었으니 우리의 산업의 현장을 예술로 만듭시다—우리의 공장 지대를 파르테논 신전으로—알겠죠(ecco)!"

어슐라가 생각에 잠겼다.

"내 생각에," 그녀가 말했다. "우리의 커다란 공장들이 그렇게 흉측스러워야 할 필요가 없어요."

즉시 그의 말문이 터졌다.

"바로 그거예요!" 그가 소리쳤다. "바로 그거라고요! 우리의 작업 현장이 흉측스러울 필요가 없을 뿐만 아니라 공장의 볼꼴 사나운 것이 결국은 작업을 망치지요. 인간은 그러한 용납할 수 없는 추함을 순순히 따르지 않을 거예요. 결국, 손상이 너무 커서 인간은 그것으로 인해 시들어 갈 거예요. 이것이 작업도 시들게 할 거예요. 사람들은 작업 그 자체가 흉측하다고 생각할 거예요. 기계, 노동의 행위 그 자체가. 그렇지만 그 반면에 기계와 노동행위는 지독하게 미칠 정도로 아름다운 거예요. 그러나 이것이 우리 문명의 마지막이 될 거예요. 그때는 사람들의 감각에 일이 도저히 참을 수 없게 되어 사람들이 일하지 않을 겁니다. 일이 사람들을 너무나 메스껍게 만드니 그들은 일하느니 차라리 굶어 죽으려 할 겁니다. 그때에는 망치가 공장을 부수는 데만 사용되는 걸 볼 겁니다. 그걸 볼 거예요. 그러나 우리가 여기에 있지 않소―우리가 아름다운 공장과 아름다운 기계-집을 지을 기회를 가졌어요―우리에게 그 기회가 있으니―"

구드룬은 부분적으로만 이해할 수 있었다. 속상해서 울 지경이었다.

"저분이 뭐라 그랬어?" 구드룬이 그녀에게 물었고, 어슐라가 더듬거리면서 짧게 통역을 했다. 뢰르케가 구드룬의 판단을 알려고 그녀 얼굴을 유심히 보았다.

"그렇다면 댁은," 구드룬이 말을 시작했다. "예술이 산업에 봉사해야 한다고 생각하세요?"

"예술은 산업을 해석해야지요. 예술이 한때 종교를 해석한 것처럼요." 그가 말했다.

"그렇지만 당신의 시장광경이 산업을 해석한 건가요?" 그녀가 물었다.

"물론이지요. 사람이 이런 저자에 가면 무얼 하지요? 사람은 노동과는 상반되는 일을 하지요―기계가 그에게 봉사하지요. 그가 기계에 봉사하는 대신. 그는 자신의 몸에서 기계적인 동작을 즐기지요."

"그렇지만 일밖에 없나요―기계적인 일만요?" 구드룬이 물었다.

"일밖에 없다고!" 그가 그녀의 말을 되풀이하며 몸을 앞으로 내밀며, 눈은 두 개의 암흑, 거기서 바늘 끝같이 날카로운 불꽃이 번쩍였다. "그럼요, 그것뿐이죠. 기계에 봉사하거나, 기계의 동작을 즐기는 것이죠―동작, 그것이 전부죠. 당신은 배고픔 때문에 일해 본 적이 없지요. 그랬다면 어떤 신이 우릴 지배하는지 알게 될 거요."

구드룬이 몸을 부르르 떨며 낯을 붉혔다. 무슨 이유에선지 그녀는 눈물을 글썽였다.

"그래요. 배고픔 때문에 일해 본 적 없어요." 그녀가 대답했다. "그렇지만 일은 하고 있다고요!"

"일했다고요(Travaille)? 일을(lavorato)?" 그가 물었다. "무슨 일을요? 무슨 일이지요? 무슨 일을 해왔는데요(E che lavoro—che lavoro? Quel travail est-ce que vous avez fait)?"

그는 불어와 이탈리아어를 섞어 쓰며 물었다. 그는 구드룬에게 말할 때는 본능적으로 외국어로 말했다.

"당신은 세상이 일하는 것처럼 일해본 적이 없어요." 그가 냉소적으로 그녀에게 말했다.

"아니요." 그녀가 대꾸했다. "나도 일해 왔어요. 그리고 지금도 일하고 있어요―매일의 양식을 위해 일하고 있어요."

그가 그녀를 뚫어지게 보며 말을 멈추었다. 그리곤 그 화제를 완전히 떨구었다. 그에게 그녀가 하찮은 존재로 보였던 것이다.

"그렇지만 선생님은 세상이 일하듯 일해본 적이 있나요?" 어슐라가 그에게 물었다.

그가 의심스러운 눈빛으로 그녀를 쳐다보았다.

"그래요." 그는 부루퉁해서 짖었다. "난 먹을 것이 없어서 사흘 동안 잠자리에 누워있다는 게 어떤가를 알아요."

구드룬이 눈을 크게 뜨고 엄숙하게 그를 쳐다보았다. 마치 그의 뼛속에서 골수를 뽑아내듯 그에게서 고백을 끌어낼 듯한 표정이었다. 그의 본성 전체가 이런 고백을 막았다. 그런데도 그녀의 심각하고 큰 눈이 그에게 머물자 그의 혈관의 판막이 열리는 것 같았고 그는 자기도 모르게 이야기를 시작했다.

"내 아버진 일을 싫어한 사람이었어요. 그리고 어머니는 없었어요. 오스트리아에, 폴란드 점령의 오스트리아에 살았어요. 우리가 어떻게 살았느냐고요? 하!―어찌어찌 해서요! 대부분은 다른 세 가족과 함께 방 하나에서 살았어요―한 가정이 방의 한구석을 차지하고―변소는 방 한가운데 있었는데―그건 냄비 위에 판자를 올려놓은 거였어요―하! 나에겐 두 형제와 여동생이 하나 있었어요―그리고 아버지에겐 여자가 하나 있었던 것 같아요. 아버진 자기 나름대로 자유인이었어요―수비대가 주둔한 도시였는데―도시의 누구와도 싸우려고 했어요. 몸집이 자그마한 사람이었는데.―그러나 아버지는 그 누구를 위해서도 일을 하지 않으려 했어요―일을 안 하기로 마음을 먹은 거지요, 하지 않으려 했어요."

"그러면 선생님은 어떻게 살았어요?" 어슐라가 물었다.

그가 그녀를 쳐다보았다―그러더니 갑자기 구드룬을 쳐다보았다.

"알아듣겠어요?" 그가 물었다.

"충분히요." 그녀가 대답했다.

그들의 시선이 잠시 마주쳤다. 그러다 그가 눈을 돌렸다. 그가 더는 말을 하지 않으려 했다.

"그런데 어떻게 조각가가 되셨어요?" 어슐라가 물었다.

"내가 어떻게 조각가가 되었는가 하면―" 그가 말을 멈추었다. "

그러니까(Dunque)—"그가 태도를 바꾸어, 불어로 말을 시작했다—
"난 상당히 나이가 들었는데—시장판에서 먹을 걸 훔치곤 했어요.
후엔 일했지요—진흙 그릇을 굽기 전에 진흙으로 만든 병 위에다 도
장을 찍었어요. 토기 병 공장이었어요. 거기서 모형을 만들기 시작
했는데 하루는 그 일에 질려버렸어요. 햇빛 아래서 뒹굴며 일하러
가지 않았어요. 그러다 뮌헨까지 걸어갔어요—그다음엔 이탈리아까
지 걸어갔어요—구걸하면서. 무엇이든 구걸하면서요.

"이탈리아 사람들은 나에게 참 잘해주었어요—그들은 좋았고 존
경할 만했어요. 보첸에서부터 로마까지 거의 매일 밤 농부에게서 먹
을 것과 아마 짚인, 잠자리를 얻었어요. 난 진심으로 이탈리아 사람
들을 사랑해요.

그러다가(Dunque), 지금(adesso), 지금은(maintenant)—넌 수입이
천 파운드예요. 어떤 때는 이천 파운드—"

그가 바닥을 내려다보았다. 그의 목소리가 줄어들더니 조용해
졌다.

구드룬이 그의 얇고 윤기 나는 고운 피부를 쳐다보았다. 피부는
햇볕에 그을려 불그스레한 갈색이었고, 양쪽 관자놀이 부근에서 팽
팽히 잡아당겨 졌다. 그리고 그의 숱 없는 머리칼을 보았다. 그리곤
숱이 많은 조잡하고 솔 같은 콧수염을 보았다. 계속 움직이는 볼품
없는 입 주변에 짧게 깎여 있었다.

"나이가 어떻게 되세요?" 그녀가 물었다.

그가 놀라, 크게 뜬 요정 같은 눈으로 그녀를 쳐다보았다.

"몇 살이냐고요(Wie alt)?" 그가 되풀이했다. 그리곤 주저주저했다.
그건 분명히 그가 밝히고 싶지 않은 것 중의 하나였다.

"당신은 몇 살이요?" 그가 대답은 하지 않고 물었다.

"스물여섯이에요." 그녀가 대답했다.

"스물여섯이라." 그가 그녀의 눈을 들여다보며 되풀이해 말했다. 그가 말을 멈추었다. 그리고 물었다.

"그리고 당신의 남편은 몇 살이요(Und Ihr Herr Gemahl, wie alt is er)?"

"누구요?" 구드룬이 물었다.

"당신의 남편." 어슐라가 좀 빈정대며 통역을 했다.

"내겐 남편 없어요." 구드룬이 영어로 대답했다. 그리곤 독일어로 대답했다.

"그는 서른한 살."

그러나 뢰르케는 무시무시하고 의심스러운 큰 눈으로 자세히 지켜보고 있었다. 구드룬의 무엇인가가 그와 일치하는 것 같았다. 그는 정말로 영혼은 없는데, 인간 가운데서 짝꿍을 찾은 '작은 요정' 같아 보였다. 그러나 그와 맞는 짝꿍을 찾아서 괴로워했다. 그녀 또한 그에게 매료되었다. 마치 어떤 기이한 동물이, 토끼나 박쥐나 아니면 갈색 물개가 그녀에게 말을 걸기 시작한 것같이 그녀가 얼이 빠져 있었다. 그러나 그녀는 또한 그가 의식하지 못하는 것을 알고 있었다. 그녀의 살아있는 움직임을 이해하고 파악하는 그의 비상한 능력이었다. 그는 자신의 힘을 알지 못하고 있었다. 그는 자신이 어떻게 잠재적이고 경계하는 완전한 눈으로 그녀를 꿰뚫어보고 알 수 있는지를 의식하지 못했다. 그는 단지 그녀가 그녀 자신이기를 바랄 뿐이었다―그는 어떤 환상과 희망이 없이, 잠재의식적이고 사악한 인식으로, 그녀를 진실로 알고 있었다.

구드룬이 보니 뢰르케에게는 모든 삶의 밑바탕 암반이 있었다.

그 밖의 모든 사람은 환상을 지녔고, 그들의 과거와 미래의 환상을 지녀야 했다. 그러나 그는 완벽한 금욕으로 과거와 미래 없이 지낼 수 있었고 모든 환상을 내동댕이쳤다. 그는 최후의 문제에서도 자신을 속이지 않았다. 최후의 문제에 전혀 신경을 쓰지 않았고, 그 어떤 것에도 걱정하지 않았다. 그 어떤 것과도 합일하려고 조금만치의 시도를 하지 않았다. 그는 동떨어진 순수한 의지로 존재했고 금욕적이며 순간적이었다. 오직 자기 일만 있을 뿐이었다.

그의 어린 시절의 가난과 품위를 잃은 생활이 어째서 그녀의 관심을 끄는지 참 이상했다. 그녀한테, 중고등학교와 대학교의 보통의 과정을 거친 남자, 신사라는 개념엔 재미없고, 아무런 맛이 없었다. 그러나 이 진흙에서 자란 아이에 대해선 어떤 격한 동정심이 마음속에서 일어났다. 그가 삶의 하계의 바로 그 내용물로 보였다. 그보다 더 밑으로 내려갈 수는 없었다.

어슐라도 뢰르케에게 끌렸다. 두 자매에게서 그는 상당한 존경을 받았다. 그러나 어슐라에겐 그가 형용할 수 없이 열등하고 가짜이고 야비한 말쟁이로 보이는 순간들이 있었다.

그러나 버킨과 제럴드는 그를 싫어했다. 제럴드는 경멸하며 그를 무시했고 버킨은 격분했다.

"여자들은 저 애새끼 같은 녀석에게서 뭐 그리 감동을 하지?" 제럴드가 물었다.

"신이나 알겠지." 버킨이 대답했다. "그자가 여자들에게 무슨 매력이 있어, 그녀들에게 아첨을 떨면서 지배를 하기 전까지는."

제럴드가 놀라서 그를 올려다보았다.

"그자가 여자들에게 매력이 있다고?" 그가 물었다.

"아, 그래." 버킨이 대답했다. "그자는 완전히 굴종적인 인간이거든. 거의 범죄인처럼 지내지. 여자들은 마치 공기의 흐름이 진공 상태로 빨려가듯이, 그자에 달려간다고."

"그런 것에 달려간다니 우습군." 제럴드가 말했다.

"사람을 미치게도 한다고." 버킨이 말했다. "그렇지만 그자는 그들에게 연민과 함께 혐오감도 같이 주면서 끄는 거야. 암흑에서 사는 불쾌한 작은 괴물이긴 하지만."

제럴드가 생각에 잠겨 가만히 서 있었다.

"여자들이 근본적으로 원하는 게 뭐야?" 그가 물었다.

버킨이 어깨를 움츠렸다.

"누가 알겠나." 그가 말했다. "내 생각에 혐오감의 밑창에는 어느 정도의 만족감도 있는 것 같아. 여자들은 등골이 오싹하도록 무시무시한 캄캄한 굴속을 끝까지 기어 내려가야 드디어 만족하는 것 같아."

제럴드가 바람에 불리는 눈보라를 내다보고 있었다. 오늘은 사방이 안 보여 시야가 무섭게 가리어졌다.

"그래 끝이 뭐지?" 그가 물었다.

버킨이 고개를 저었다.

"난 아직 거기까진 가보지 못해서 모르겠어. 뢰르케에게 물어보지. 그자는 상당히 가까이가 있으니까. 그자는 자네나 내가 갈 수 있는 곳보다 여러 단계 앞서 있네."

"알았어, 하지만 무엇에서 몇 단계 더 가 있다고?" 제럴드가 골이 나서 외쳤다.

버킨이 한숨을 쉬었고 화가 나서 이마를 찌푸렸다.

"사회적인 증오에서 몇 단계 앞서 나간 거야." 그가 말했다. "그자는 부패의 강에서 쥐새끼처럼 살고 있어. 바로 그곳에서 강물이 밑창 없는 구덩이로 떨어지는 거야. 그자는 우리보다 훨씬 앞서 있어. 그는 이상을 더 첨예하게 증오해. 그자는 이상을 깡그리 증오하면서도 이상이 그를 여전히 지배해. 내 추측엔 그자가 유대인일 거야—아니면 피가 섞였던지."

"그럴 수 있겠지." 제럴드가 말했다.

"그자는 인생을 갉아먹는 작은 부정적인 존재야. 생명의 뿌리를 갉아먹지."

"그런데 왜 사람들이 그자에 관심을 두지?" 제럴드가 소리쳤다.

"사람들도 영혼 속으로는 이상을 증오하니까. 사람들은 시궁창을 탐색하길 원하는 거야. 그런데 그자가 시궁창에서 그들을 앞서 헤엄쳐 가는 요술쟁이 쥐새끼거든."

제럴드는 여전히 서서 밖의 시야를 가리는 눈보라를 응시하고 있었다.

"난 자네 말을 알아들을 수 없네. 정말이야." 그가 활기 없고 운이 다한 목소리로 말했다. "그렇지만 그건 기괴한 종류의 욕망인 것 같아."

"내 생각에 자네도 똑같은 걸 원하는데." 버킨이 말했다. "단지 자넨 일종의 몰아지경에서 빨리 아래로 뛰어내리길 원하지—그런데 그자는 시궁창 물을 따라 흘러가는 거야."

한편 구드룬과 어슐라는 다음에 기회를 잡아 뢰르케에게 말을 하기로 했다. 남자들이 옆에 있을 때 말을 시작하는 건 아무 소용이 없었다. 그리곤 그들이 그 왜소한 외톨이 조각가와 접촉할 기회가 없었다. 그가 그들 둘하고만 같이 있어야 했다. 그리고 어슐라가 동석하길 원했다. 구드룬에게 일종의 전달자 역할을 하면서.

"당신은 건축물의 조각만 하세요?" 구드룬이 어느 날 저녁에 그에게 물었다.

"지금은 아니에요." 그가 대답했다. "난 온갖 종류의 조각을 했어요—단 초상조각만 빼고—초상조각은 해본 적이 없어요. 그러나 다른 것들은—"

"무슨 종류의 것들이요?" 구드룬이 물었다.

그가 잠시 말을 멈추더니 일어나서 방 밖으로 나갔다. 거의 즉시로 작은 종이 두루마리를 갖고 돌아왔다. 그걸 그가 그녀에게 넘겨주었다. 그녀가 그걸 펴보았다. 그건 작은 조각상의 그라비어 사진이었고 F. 뢰르케란 서명이 들어있었다.

"그건 아주 초기 작품이에요—전혀 기계적이지가 않지요." 그가 말했다. "더 대중적이지요."

그 작은 조각상은 벌거벗은 소녀가 커다란 맨몸으로 말 위에 앉아있는 상인데, 작고 훌륭하게 만들어졌다. 소녀는 어리고 가냘프고 그냥 봉오리에 지나지 않았다. 그 여자애는 말 위에 옆구리로 앉아있었는데 부끄럽고 슬픈 듯 손으로 얼굴을 감쌌고 좀 자포자기하는 것 같았다. 머리칼은 짧고 연한 노란색임이 틀림없었는데, 앞으로 흘러내려 그녀의 손을 절반을 덮고 있었다.

그녀의 사지는 어린애의 것으로 가냘팠다. 아직 제대로 자라지 못하고, 처녀의 다리를 막 지나 잔혹한 여성성으로 향해가는 그녀의 다리는, 힘이 센 말의 옆구리에서 어린애처럼 애처롭게 달랑 매달려 있었다. 작은 발은 숨기려는 듯 서로 포개어 있었다. 그러나 가릴 길이 없었다. 거기 말의 맨살 옆구리 위에서 그녀가 벗은 채 그대로 드러나 있었다.

말은 막 뛰어나가려고 몸을 뻗은 채 정지 자세로 서 있었다. 덩치가 크고 잘 생긴 준마로, 갇혀있는 힘으로 인해 경직되어 있었다. 반원형인 목은 낫처럼 무서웠고, 옆구리는 뒤로 당겨졌는데 힘이 들어가 빳빳했다.

구드룬이 창백해졌고 암흑이 수치감처럼 그녀의 눈을 덮었다. 그녀는 거의 노예처럼 애원하는 표정으로 쳐다보았다. 그가 그녀를 힐끗 보고 고개를 약간 홱 움직였다.

"얼마나 커요?" 그녀가 물었다. 태연한 척, 아무런 감동도 받지 않은 척 애를 쓰며 단조로운 목소리로 물었다.

"얼마나 크냐고요?" 그가 그녀를 다시 흘낏 보며 되물었다. "받침대 없이—이 정도 높이—" 그가 손으로 높이를 가리켰다—"받침대를 합치면 이 정도—"

그가 그녀를 꾸준히 보았다. 그의 빠른 손짓에는 그녀에 대한 좀 무뚝뚝하고 과장된 멸시감이 스며있었고, 그녀는 약간 움츠리는 듯했다.

"무엇으로 만들었나요?" 그녀가 고갤 뒤로 젖히고 냉정한 척 그를 쳐다보며 물었다.

그가 아직도 그녀를 꾸준히 응시했고 그의 우월감은 흔들리지 않았다.

"구리요—청동."

"청동이라고요!" 구드룬이 그의 도전적인 대답을 냉랭하게 받아들이며 말을 되풀이했다. 그녀가 처녀의 가냘프고 미성숙한 부드러운 사지가 청동으로 매끈하고 차갑게 표현된 것을 생각했다.

"그래요. 아름다워요." 그녀가 좀 어두운 경의의 표정으로 그를 쳐다보며 중얼거렸다.

그가 눈을 감았고 의기양양해서 옆으로 돌렸다.

"왜," 어슐라가 물었다. "말을 저렇게 경직되게 만들었어요? 바위 덩어리처럼 경직되어 있어요."

"경직되었다고요?" 그가 즉시 무장하며 되물었다.

"그래요. 말이 얼마나 평범하고 우둔하고 야수적인지 보세요. 말은 정말로 민감하고 아주 섬세하고 예민한데."

그가 무관심하다는 표정으로 양 손바닥을 펼치더니 어깨를 으쓱했다. 그녀가 풋내기 애호가이고 주제넘은 무식쟁이란 걸 알리는 몸짓이었다.

"아시다시피(Wissen Sie)" 그가 상대방을 모욕하는 참을성과 정중한 어투로 물었다. "말은 일정한 형태이고, 전체 형태의 일부랍니다. 그건 예술작품 일부이고 형태의 한 조각이랍니다. 그건 당신이 설탕 덩어리를 집어주는 다정한 말의 그림이 아니에요. 알겠어요—이건 예술품 일부이고 그 예술작품 밖의 어떤 것과도 상관이 없어요."

어슐라는 그처럼 모욕적으로 취급을 받아 화가 치밀었다. 예술가적 고자세로 밑바닥의 통속적인 아마추어를 대하는 경멸적인 언행에 낯을 붉히고 얼굴을 쳐들고는 노기를 띠고 응수했다.

"그렇지만 그건 분명코 말의 그림이에요."

그가 어깰 쳐들더니 또 으쓱했다.

"좋을 대로 생각하세요—이건 분명히 암소의 그림은 아니에요."

여기에 구드룬이 낯을 붉히며 재기발랄한 태도로 별안간 끼어들었다. 어슐라가 어리석게 자기주장을 피며 무식을 더는 드러내지 않게 하려고 안달이 났던 것이다.

"언니, '말의 그림'이란 게 무슨 뜻이지?" 그녀가 언니에게 소리쳤다. "말이란 무엇을 의미하지? 언넌 자기 머리에 담고 재현되길 원하는 관념을 뜻하는 거야. 완전히 다른 개념도 있다고. 아주 다른 개념. 원하면 그걸 말이라고 부르던가 아니면 말이 아니라고 말해. 내겐 언니가 말하는 말이 말이 아니라고 주장할 권리가 있어. 그건 언니가 만들어 낸 가짜라고."

어슐라가 어리벙벙해지면서 좀 흔들렸다. 그러다 그녀의 말소리가 들렸다.

"그런데 어찌해서 저분이 말에 대해 그런 생각을 하게 되었나?" 그녀가 말했다. "난 그게 그의 생각인 걸 알아. 정말은 그게 그 자신의 표상이란 걸 알아—"

뢰르케가 화가 나서 콧방귀를 뀌었다.

"내 자신의 그림이라고!" 그가 비웃으며 되풀이했다. "친애하는 부인. 이걸 아세요? 저건 예술작품이에요(Wissen sie, gnadige Frau). 그건 예술품이라고요. 그 무엇의 그림이 아니라고요. 절대적으로 그 어떤 것의 표상이 아니에요. 그 자체 외엔 그 어떤 것과도 상관이 없어요. 이런저런 일상적인 세상과는 아무 관련도 없어요. 그들 사이엔 관련이 없어요. 절대적으로 없어요. 그들은 두 개의 다른 구분되는 존재의 국면이에요. 한쪽을 다른 것으로 번역하는 것은 어리석음 이상의 악이지요. 그것은 모든 의도를 흐리게 하는 것이고 사방으로 혼동을 일으키는 것이지요. 알겠어요? 부인은 동작의 상대적인 작품 세계를 예술의 절대적인 세계와 혼동하지 말아야 해요. 절대로 그렇게 해선 안 돼요."

"그건 정말 맞아요." 구드룬이 열광적으로 랩소디처럼 외쳤다. "그 두 개는 완전히, 영원히 동떨어져 있어요. 그들은 서로 아무런 관련이 없어요. 나와 내 예술은 서로 상관이 없어요. 나의 예술은 다른 세계에 서 있고 나는 이 세상에 있고."

그녀의 얼굴이 달아올랐고 달라 보였다. 곤경에 처해있는 짐승처럼 고개를 숙이고 앉아있던 뢰르케가 그녀를 재빠르게 슬며시 쳐다보며 중얼거렸다.

"네, 그래요. 그렇다고요(Ja—so ist es, so ist es)."

어슐라는 이런 폭발적인 말을 듣고는 잠잠히 있었다. 그녀는 격분했다. 그녀는 그 두 사람에게 흠집을 내고 싶었다.

"네가 쏟아낸 장광설 중에서, 한마디도 진실이 아니야." 그녀가 단호하게 대꾸했다. 이 말은 당신이 늘 보는 어리석은 잔인성의 표상이고, 저 소녀는 당신이 사랑하고 괴롭히다가 다르면 내동댕이친 바로 그 소녀예요."

그가 눈에 경멸의 미소를 약간 지으며 그녀를 쳐다보았다. 그는 이 마지막 도전에 애써 대응하지 않으려 했다.

구드룬도 화가 잔뜩 나 경멸적인 태도를 지으며 잠잠히 있었다. 어슐라는 그야말로 도저히 참을 수 없는 문외한으로 천사들도 감히 발을 내딛기를 꺼리는 곳에 마구 달려든 것이었다. 그러나 그렇다면—기꺼이는 아니겠지만, 멍청이들은 괴로움을 당할 수밖에 없느니라.

그러나 어슐라도 집요하게 물고 늘어졌다.

"당신이 말하는 예술의 세계와 현실 세계에 대해 말하면," 그녀가 응수했다. "그들을 따로 떼어놓아야 하는 건 당신의 정체를 아는 걸 감내할 수 없기 때문이에요. 당신은 자신이 진짜로 얼마나 진부하며 뻣뻣하고 편협한 잔인성 자체란 걸 깨닫는 것을 감내할 수 없기에, '그건 예술의 세계다'라고 말하는 거예요. 예술의 세계는 현실 세상에 대한 진실에 불과한 거예요. 그게 전부예요—그러나 당신은 너무 멀리 가 있어서 그 사실을 볼 수 없어요."

그녀는 창백하고 떨면서 몰두하였다. 구드룬과 뢰르케는 그녀를 싫어하며 뻣뻣이 앉아 있었다. 이런 말이 처음 오가던 때에 나타난 제럴드도 그녀를 완전히 탐탁히 여기지 않고 반대하며 쳐다보고 서 있었다. 그녀가 자신의 품위를 손상하였고, 사람을 마지막으로 구별하는 난해성을 일종의 천박함으로 바꿨다고 그는 느꼈다. 그는 다른 두 사람과 힘을 합쳤다. 그들 세 사람은 어슐라가 자리를 뜨길 원했다. 그러나 그녀는 조용히 앉아 있었고, 그녀의 영혼은 슬피 울며, 몹시 고동쳤고, 손가락으론 손수건을 비틀고 있었다.

그 세 사람은 어슐라의 주제넘은 의사 표현이 지나가길 바라며 쥐죽은 듯 조용히 있었다. 그러다 구드룬이 침착하고 태평스런 목소리로 마치 평범한 대화를 다시 시작하는 양 물었다.

"그 여자애는 모델이었어요?"

"아니요. 그 여잔 모델이 아니었어요. 어린 예술학도였어요(Nein, sie war kein Modell. Sie war eine kleine Malschulerin)."

"예술학도!" 구드룬이 대꾸했다.

이제야 상황이 어떠한지 그녀에게 드러났다! 그녀는 아직 성인이 아니고 치명적으로 무모한 어린 여학생을 떠올렸다. 그녀의 쭉 뻗은 담황색 머리칼은 짧게 잘라 목에서 찰랑대며 머리숱은 많아서 약간 안으로 구부러져 있었다. 유명한 스승-조각가인 뢰르케와 여학생이라. 어쩌면 양가 출신이고 교육이 잘 된 그 여자애는 자신이 대단해서 그 대가 선생의 정부가 될 만하다고 생각했을 것이다. 그러한 흔하고 냉담한 상황을 구드룬은 얼마나 잘 알고 있었는가. 드레스덴이고 파리고 런던이고 간에 그게 무슨 차이가 있단 말인가? 구드룬은 그런 상황을 너무도 잘 알고 있었다.

"그 여자는 지금 어디 있어요?" 어슐라가 물었다.

뢰르케가 어깨를 으쓱하며 그런 것은 완전히 모르고 무관심하다는 걸 표시했다.

"그건 벌써 육 년 전 일이요." 그가 말했다. "지금은 스물세 살일 거요. 더는 쓸모가 없지요."

제럴드가 그 사진을 쳐들어 들여다보았다. 그에게도 끌리는 바가 있었다. 그가 받침대를 보니까 '고디바 귀부인'이라 쓰여 있었다.

"그렇지만 이건 고디바 귀부인이 아닌데." 그가 명랑하게 웃으며 말했다. "그 여잔 어떤 백작의 중년 부인이었고, 자기의 긴 머리칼로 몸을 가리고 있었는데."

"모드 알란* 같아요." 구드룬이 얼굴을 찌푸리며 조롱하는 투로 말했다.

"왜 모드 알란이지?" 제럴드가 대꾸했다. "그렇지 않나?—전설에 따르면 늘 그렇다고 생각했는데."

"그래요. 제럴드. 분명히 당신은 그 전설을 완전히 이해했어요."

구드룬이 그를 비웃었다. 애무하는 듯한 멸시의 어투가 살짝 느

---

* A la Maud Allan (1883-1956): 캐나다의 무용가, 교사.

껴졌다.

"확실히, 난 머리카락보다는 여자를 보고 싶어요." 그가 웃으며 말을 받아넘겼다.

"아무렴, 그렇고말고요!" 구드룬이 그를 야유했다.

어슐라가 일어나 그 세 사람을 뒤로하고 방을 나섰다.

구드룬이 제럴드에게서 그 사진을 가져가 자세히 보면서 앉아 있었다.

"물론," 그녀가 이제 뢰르케 쪽으로 몸을 돌려 희롱하는 말을 했다. "당신은 그 어린 제자를 깡그리 이해하셨겠네요."

그가 눈썹을 치켜들고 어깨를 만족스러운 태도로 으쓱했다.

"그 여자애를?" 제럴드가 사진 속의 모습을 가리키며 물었다.

구드룬이 사진을 무릎에 올려놓고 앉아 있었다. 그녀가 제럴드의 눈을 완전히 정면에서 똑바로 바라보자, 그의 시선이 멀어버린 듯했다.

"얼마나 잘 파악했겠어요!" 그녀가 제럴드에게 좀 조롱하며 익살스러운 장난기로 말했다. "저 발만 봐도 알지요—너무나 귀여워요. 아주 예쁘고 가냘프고—오, 발이 너무도 멋져요. 정말로 발이—"

그녀가 눈을 천천히 들고 뜨겁게 타오르는 듯한 시선으로 뢰르케의 눈을 똑바로 보았다. 그의 영혼은 그녀의 타오르는 인정의 말을 다 받아들였다. 그는 더 교만하고 당당하게 보였다.

제럴드가 조각상의 그 작은 발을 보았다. 발은 서로 반쯤 포갰는데 애처롭게 수줍어하고 겁을 먹고 있었다. 그가 발을 오랫동안 넋을 잃고 쳐다보았다. 그러다가 안쓰러워하며 그 사진을 멀리 치웠다. 가슴 가득히 불모성을 느꼈다.

"그 여자 이름이 뭐였어요?" 구드룬이 뢰르케에게 물었다.

"아네트 폰 베크." 뢰르케가 회고하며 대답했다. "그래요. 그 여자애는 매력적이었어요(Ja, sie war hübsch). 예쁘고요—그러나 성가셨어요. 그 여자앤 골칫거리였어요,—단 일 분도 가만히 있질 못했어요—그래서 내가 세게 때려서 울게 했어요—그때에야 한 오 분 동안 가만히 앉아 있었어요."

그가 그 작품의 경위를 생각하고 있었다. 그에게 전적으로 중요한 그 작품을.

"정말 그 여자애를 찰싹하고 때렸어요?" 구드룬이 침착하게 물었다.

그가 그녀의 도전적인 태도를 읽으며 힐끗 돌아보았다.

"그래요. 그랬어요." 그가 예사롭게 대답했다. "지금껏 중 그 어느 때보다 세게 때렸지요. 그래야 했어요. 그랬다고요—그래야 내 작품을 할 수 있었으니까요."

구드룬이 검은 눈을 크게 뜨고 얼마 동안 그를 지켜보았다. 그의 영혼 상태를 고려하고 있는 듯했다. 그러다 아무 말 없이 아래를 내려다보았다.

"왜 그렇게 어린 고디바를 모델로 썼지요?" 제럴드가 물었다. "그 여자는 몸이 아주 작고 게다가 말 위에서는—말타기엔 너무 작아요—애 같아요."

야릇한 경련이 뢰르케의 얼굴을 스쳤다.

"그래요." 그가 말했다. "그보다 몸집이 더 크거나 더 나이 든 건 싫어요. 열여섯, 열일곱, 열여덟 땐 아름답지요—그 후엔 나에게 아무 쓸모가 없어요."

잠시 침묵이 흘렀다.

"왜 쓸모가 없지요?" 제럴드가 물었다.

그가 어깨를 으쓱했다.

"흥미롭지가 않게 돼요―아름답지도 않고요―내 작품엔 아주 쓸모가 없어요."

"그럼 여자가 스무 살이 지나면 아름답지 않다는 이야긴가요?" 제럴드가 물었다.

"나에겐 그래요. 스무 살 이전엔 여자 몸집이 작고 신선하고 가냘프고 날씬하지요. 그 이후엔―그녀가 좋아하는 대로 어떻게 되었건 간에 나에게 쓸모가 없게 돼요. 밀로의 비너스는 부르주아예요―스무 살 지난 그들 모두가 그래요."

"그러면 당신은 스무 살 지난 여자엔 전혀 관심이 없어요?" 제럴드가 물었다.

"그들은 나에게 아무짝에도 쓸모없어요. 나의 예술에선 쓸모가 없어요." 뢰르케가 성마르게 되풀이해 말했다. "아름답지가 않아요."

"당신은 쾌락주의자네요." 제럴드가 약간 냉소적으로 웃으며 말했다.

"그러면 남자는 어때요?" 구드룬이 갑자기 물었다.

"네. 남자는 어떤 나이건 다 좋아요." 뢰르케가 대답했다. "남자는 체구가 크고 힘이 세야 해요―늙었건 젊었건 문제가 되지 않아요. 몸집이 있어야지요, 덩치가 육중하면서―멍청한 체형이요."

어슐라가 새로 내린 순수한 눈의 세계로 홀로 밖으로 나갔다. 그러나 눈부신 흰 눈이 그녀에게 세게 부딪쳐서 그녀를 상하게 했다. 그녀는 추위가 천천히 영혼의 목을 조른다고 느꼈다. 머리가 어지럼고 무감각해졌다.

그녀는 갑자기 그곳을 떠나고 싶었다. 그녀가 그곳을 떠나 다른 세계로 가야겠다는 생각이 기적처럼 그녀에게 찾아들었다. 이곳 영원한 눈 속에, 마치 그 너머의 세상은 없는 것처럼, 운명지어진 느낌이 들었다.

이제 갑자기 기적처럼 그녀는 저 너머 멀리, 저 아래에는 시커먼 기름진 땅이 있다는 것이 기억이 났다. 남쪽으로 오렌지 나무와 사이프러스로 푸르고, 올리브나무로 회색빛이 도는 땅이 펼쳐져 있고, 털가시나무가 푸른 하늘을 배경으로 그림자를 드리우며 놀라울 정도로 풍만한 잎을 들어 올리고 있는 게 기억났다. 기적 중의 기적이었다!—이 통째로 고요하고 얼어붙은 산꼭대기의 세계가 보편적이 아니지! 사람은 이곳을 떠나 이곳과는 관계를 끊어야지. 이곳을 떠나야 해.

그녀는 이 기적을 곧 실천하고 싶었다. 그녀는 즉시 이 눈의 세계와 관계를 끊고 싶었다. 이 무시무시하게 정체된 얼음으로 덮인 산봉우리의 세계와는. 그녀는 검은 기름진 대지를 보고, 그 기름진 토양의 냄새를 맡아보고 끈기 있는 겨울 채소를 눈으로 보고 햇빛이 꽃봉오리들을 어루만지면 배시시 반응하는 것을 느끼고 싶었다.

어슐라는 기쁜 마음으로 희망에 차서 방으로 돌아갔다. 버킨이 침대에 누워 책을 읽고 있었다.

"루퍼트," 그녀가 그에게 밀어닥치면서 말을 꺼냈다. "난 여길 떠나고 싶어."

그가 천천히 그녀를 쳐다보았다.

"그래?" 그가 온화하게 대답했다.

그녀가 그의 옆에 앉아 그의 목을 껴안았다. 그가 별로 놀라지 않아서 그녀가 놀랐다.

"자긴 그렇지 않아?" 그녀가 걱정하며 물었다.

"난 생각해 보지 않았는데." 그가 말했다. "그렇지만 분명히 떠나고 싶어."

그녀가 갑자기 몸을 곧게 세우고 똑바로 앉았다.

"난 이곳이 싫어." 그녀가 말했다. "난 눈이 싫고 눈이 부자연스런 것이 싫어. 모든 사람에게 쏘아대는 부자연스런 빛이. 소름 끼치는 마력과 눈이 모든 사람에게 느끼게 하는 부자연스런 감정이 싫어요."

그가 가만히 누워 생각에 잠겨 웃었다.

"그래." 그가 말했다. "우린 떠날 수 있지—내일이라도 갈 수 있어. 우린 내일 베로나로 가서 로미오와 줄리엣이 되고, 원형극장에 앉을 수 있지—그럴까?"

그녀가 갑자기 수줍고 당황해하며 얼굴을 그의 어깨에 파묻고 가렸다. 그는 방해받지 않고 누워있었다.

"그래요." 그녀가 안도감에 차서 부드럽게 대답했다. 그가 그처럼 쉽게 합의를 해주니 그녀는 자기의 영혼에 새 날개가 돋아난 기분이었다. "아, 내 사랑! 난 로미오와 줄리엣이 되고 싶어요."

"비록 무섭게 찬 바람이 알프스에서 베로나로 불어온다 해도," 그가 말을 시작했다. "우린 그 눈 냄새를 맡게 될 거야."

그녀가 일어나 앉아 그를 쳐다보았다.

"떠나는 게 기뻐요?" 그녀가 걱정되어 물었다.

그의 눈이 뜻 모르게 웃고 있었다. 그녀는 그의 목에 얼굴을 파묻고 그에게 바싹 달라붙으며 졸라댔다.

"날 비웃지 마세요—날 비웃지 말라고요."

"왜 그래?" 그가 그녀를 팔로 안으며 웃었다.

"웃음거리가 되고 싶지 않아요." 그녀가 속삭였다.

그가 더 웃으며 그녀의 섬세하고 향수를 잘 뿌린 머리칼에 키스했다.

"자기 나 사랑해?" 그녀가 아주 심각하게 물었다.

"그래." 그가 웃으며 대답했다.

그녀가 갑자기 키스를 받으려고 입을 쳐들었다. 그녀의 입술은 긴장하고 떨며 힘이 들어가 있었다. 그의 입술은 부드럽고 깊고 섬세했다. 그가 몇 분간 키스하며 기다렸다. 그러나 슬픈 기운이 그의 영혼에 감돌았다.

"당신의 입술은 너무 단단해." 그가 약간 나무라는 투로 말했다.

"자기 입술은 너무도 부드럽고 좋아." 어슐라가 기뻐서 말했다.

"당신은 왜 항상 입을 꽉 다물고 있지?" 그가 유감스러워 물었다.

"걱정하지 마세요." 그녀가 재빠르게 대답했다. "그건 내 식이니까."

그녀는 그가 자길 사랑하는 걸 알고 있었다. 그녀는 확신했다. 그런데도 그녀는 자제를 완전히 풀 수는 없었다. 이에 그가 이의를 드러내는 걸 견딜 수가 없었다. 그녀는 사랑받기 위해 즐겁게 자신을 내놓았다. 그렇지만 자신을 내어 맡기면 그가 기뻐하면서도 조금은 슬퍼한다는 걸 그녀는 알고 있었다. 그의 행동에 따라 자신을 내줄 수는 있었다. 그러나 그녀 자신이 될 수 없었다. 모든 조정을 버리고 그에 대한 순수한 신뢰에 빠지면서, 그가 적나라하게 나올 때 그녀는 차마 적나라하게 나올 수가 없었다. 그녀는 그에게 자신을 내맡기거나, 아니면 그를 장악하여 그에게서 즐거움을 끌어내었다. 그를 충분히 즐겼다. 그러나 그들은 같은 순간에 완전히 합일된 적은 없었다. 한쪽이 언제나 조금 외면당하여 내버려졌다. 그런데도 그녀는 희망 속에서 기뻤고 기분이 최고이며 편안했다. 생명력과 자유가 충만했다. 그리고 그동안 그는 조용히 부드럽게 인내했다.

그들은 다음 날 떠날 준비를 했다. 우선 그들은 구드룬 방으로 갔다. 그녀와 제럴드가 옥내에서 저녁 시간을 보내기 위해 옷을 막 차려입은 참이었다.

"프룬!" 어슐라가 말했다. "우리 내일 떠날 거야. 난 더는 눈(雪)을 못 견디겠어. 눈이 내 피부와 영혼에 좋지 않아."

"언니, 눈이 정말로 영혼에 안 좋아?" 구드룬이 좀 놀라서 물었다. "눈이 언니의 피부에 좋지 않다는 건 믿겠어—정말 겁나. 그렇지만 영혼엔 아주 좋은 거로 생각했는데."

"아니. 내 경우엔 안 그래. 영혼을 해쳐." 어슐라가 말했다.

"정말!" 구드룬이 소리쳤다.

방 안이 조용해졌다. 그리고 구드룬과 제럴드가 그들이 떠난다니 안심한다는 것을 어슐라와 버킨이 느낄 수 있었다.

"그래, 남쪽으로 갈 건가?" 제럴드가 좀 불안감이 도는 목소리로 물었다.

"그래." 버킨이 고개를 돌리며 대답했다. 최근에 이 두 사람 사이엔 형언키 어려운 묘한 적대감이 흘렀다. 버킨은 해외로 나온 이후 전반적으로 희미하고 무심하게 굴었다. 별로 거들떠보지도 않고 참을성 있게 견디며 희미하고 안일한 흐름에 편중하며 지냈다. 반면에 제럴드는 열렬했고 무사처럼 백색의 빛 속에서 긴장해 있었다. 두 남자는 상대방을 무효로 만들고 있었다.

제럴드와 구드룬은 두 사람이 떠난다니 그들이 어린아이인 양 안녕을 걱정하며 매우 친근하게 굴었다. 구드룬이 어슐라의 방으로 세 켤레의 색깔이 선명한 스타킹을 들고 왔다. 그녀는 그런 스타킹을 신는다고 소문이 자자했다. 그녀는 스타킹을 침대에 던졌다. 그러나 이것들은 두꺼운 실크 스타킹인데 선홍색, 밝은 군청색, 회색으로 그녀가 파리에서 산 것이었다. 회색 스타킹은 손뜨개질한 것으로 솔기가 없고 두툼했다. 어슐라는 황홀할 정도로 기뻤다. 그녀는 구드룬이 매우 애틋이 여기며 그 귀한 것을 준다는 것을 알았다.

"난 그걸 너한테서 받을 수 없어. 얘." 그녀가 소리쳤다. "너에게서 도저히 이것들을 뺏을 수 없어—보석 같은 것인데."

"정말 보석이야!" 구드룬이 탐나는 눈빛으로 선물로 내놓은 것들을 보면서 외쳤다. "정말로 귀해!"

"그래. 네가 가져야 해." 어슐라가 말했다.

"난 필요 없어. 내게 세 켤레가 더 있어. 언니가 갖길 원해—언니가 가져. 언니 거야, 자—"

구드룬이 흥분하여 떨리는 손으로 그 애지중지하는 스타킹을 어슐라 언니의 베개 밑에 넣었다.

"진짜 멋있는 스타킹을 신으면 제일 신이 나고 기쁘지." 어슐라가 말했다.

"그렇다고." 구드룬이 대답했다. "제일 기분 좋지."

그리곤 그녀가 의자에 앉았다. 그녀가 마지막으로 심중의 말을 하러 온 것이 분명했다. 어슐라는 동생이 무슨 말을 할지 몰라 그냥 조용히 기다렸다.

"언니는 느낌에," 구드룬이 좀 회의적으로 말을 시작했다. "아주 떠나가는 거야? 절대로 돌아오지 않고?"

"어, 돌아올 거야." 어슐라가 대답했다. "이건 기차 여행처럼 영영 떠나는 게 아니야."

"그래. 알아. 그렇지만 정신적으론 말하자면 우리에게서 떠나가는 거, 아냐?"

어슐라가 몸을 부르르 떨었다.

"앞으로의 일은 전혀 몰라." 어슐라가 말했다. "어딘가로 간다는 것밖에는."

구드룬이 기다렸다.

"그래, 기뻐?" 구드룬이 물었다.

어슐라가 잠시 생각에 잠겼다.

"아주 기쁘다고 생각해." 그녀가 대답했다.

그러나 구드룬은 언니의 좀 불확실한 어조보다는 무의식적으로 드러낸 얼굴의 밝은 표정에 더 유의했다.

"그렇지만 세상 사람들과의 옛 인연을 원할 거로 생각지 않아—아버지와 우리 가족 전부 그리고 그것이 의미하는 모든 것들, 잉글랜드와 생각의 세계 말이야—진정으로 세계를 만들려면 이런 것들이 필요하다고 생각지 않아?"

어슐라는 그런 상태를 상상해 보느라 잠잠히 있었다.

"내 생각에," 어슐라가 저도 모르게 입을 열었다. "루퍼트 생각이 옳아—사람은 새로운 공간이 필요해. 그래야 옛것에서 떨어져 나가지."

구드룬의 얼굴이 덤덤한 얼굴로 언니를 계속 응시했다.

"사람은 새로운 공간이 필요하다는 말에 나도 공감해." 구드룬이 말했다. "그렇지만 내 생각에 새 세상은 이 세상에서 발전되는 거야. 자신을 다른 사람과 고립시키는 것은 전혀 새로운 세상을 발견하는 길이 아니야. 환상 속에서 안정을 찾는 것이지."

어슐라가 창문 밖을 내다보았다. 그녀의 영혼 속에서 씨름하기 시작했고 겁이 났다. 그녀는 말에 항상 겁을 먹었다. 왜냐하면, 말이 그녀가 믿지 않는 것을 믿게 만드는 힘이 있다는 걸 알았기 때문이다.

"어쩌면," 그녀가 자신과 모든 사람을 불신하며 말을 했다. "그렇지만," 그녀가 말을 덧붙였다. "난 사람이 옛 세상에 애착을 갖는 동안엔 새로운 것을 아무것도 가질 수 없다고 생각해—내 말뜻을 알겠어?—옛것과 싸우는 것도 옛것에 속하는 거지. 사람이 오직 세상과 싸우기 위해, 세상에 머물도록 유혹받는다는 걸 알아. 그러나 그럴 가치가 없어."

구드룬이 자기를 생각해 봤다.

"그래." 그녀가 말했다. "어떤 면에선 사람이 그 세상에 살면 그 세상에 속하는 거지. 세상에서 벗어날 수 있다는 것은 단지 환상에 불과한 것은 아닐까? 결국, 오막살이가 아브루치*에 있건 그 어디에 있건 그건 새로운 세상이 아니야. 아니지. 세상을 갖고 할 수 있는 유일한 일은 세상을 끝까지 지켜보는 거지."

어슐라가 시선을 돌렸다. 그녀는 논쟁을 굉장히 무서워했다.

"그렇지만 그 밖에 딴 세상이 있을 수 있지. 안 그래?" 그녀가 말

---

* 이탈리아 중부지역, 동쪽엔 아드리아 해와 면해 있고 대부분이 산간지역임.

했다. "사람은 실제로 세상을 끝까지 지켜보기 전에 영혼에서 끝까지 지켜볼 수 있어. 영혼에서 세상을 끝까지 지켜보게 되면 완전히 다른 존재가 되지."

"사람이 영혼에서 세상을 끝까지 지켜볼 수 있어?" 구드룬이 물었다. 사람이 무슨 일이 일어날지를 끝까지 볼 수 있다는 말이라면 난 동의하지 않아. 정말 동의할 수가 없어. 여하튼 언니가 단지 이 세상의 끝을 볼 수 있다고 생각한다고 갑자기 새로운 행성으로 날아갈 수는 없어."

어슐라가 갑자기 몸을 곧게 세웠다.

"갈 수 있어." 그녀가 말했다. "갈 수 있다고—난 알아. 여기하고는 더는 관련이 없어. 난 지구가 아닌 다른 행성에 속하는 다른 자아를 갖고 있어.—훌쩍 뛰어내려야 해."

구드룬이 잠시 생각했다. 그리곤 거의 멸시에 가까운 놀리는 미소를 얼굴에 띠었다.

"그래 언니가 우주에서 자신을 발견하면 무슨 일이 일어나지?" 구드룬이 조롱하며 외쳤다. "결국, 세상에서의 위대한 생각은 거기서도 똑같지. 예를 들어 모든 사람의 머리 위의 공간에 있어도 사랑이 지고한 것이란 사실에서 벗어날 수 없지. 지상이나 우주에서나 똑같지."

"아니." 어슐라가 항의했다. "그렇지 않아. 사랑은 너무 인간적이고 작은 거야. 난 비인간적인 것을 믿어. 사랑은 그것의 작은 일부에 지나지 않아. 우리가 성취해야 할 것은 미지의 세계에서 온다고 믿어. 그건 사랑보다 무한히 더 큰 거지. 그건 그렇게 단순히 인간적인 게 아니야."

구드룬이 균형 잡힌 눈으로 어슐라를 계속 보았다. 그녀는 언니를 대단히 존경하면서도 동시에 멸시했다. 그러다가 갑자기 그녀가 얼굴을 옆으로 돌리면서 냉랭하고도 험악하게 내뱉었다.

"난 아직은 사랑밖에 뭐가 더 없는데."

어슐라의 머리에 한 생각이 스쳐 지나갔다. '누굴 사랑해 본 적이 없으니까 그 이상을 넘어갈 수가 없지.'

구드룬이 일어나 언니에게로 와서 팔로 언니의 목을 감았다.

"그래, 가서 언니의 새로운 세계를 발견해요." 그녀가 말하는데, 인자한 척하는 목소리가 쩡쩡 울렸다. "결국은 가장 행복한 항해는 형부의 축복받은 섬을 찾는 것이지."

그녀의 팔이 어슐라의 목에, 그리고 손가락은 뺨에 잠시 머물렀다. 어슐라는 그동안 굉장히 불편했다. 구드룬의 보호하는 척하는 태도는 모욕적이어서 매우 불쾌했다. 언니의 반항을 느끼며 구드룬이 멋쩍게 팔을 풀고 베개를 뒤집어, 스타킹들이 다시 눈에 보이게 했다.

"하—하!" 그녀가 매우 공허하게 웃어젖혔다. "우리가 정말 무슨 말을 하는 거야—새로운 세상과 케케묵은—!"

그리고 그들은 낯익은 세상의 주제로 넘어갔다.

제럴드와 버킨은 앞서 걸어가서, 떠나는 손님을 태우는 썰매가 그들을 따라잡기를 기다렸다.

"얼마나 더 여기 머물 거야?" 버킨이 아주 빨갛고 거의 텅 빈 제럴드의 얼굴을 올려다보며 물었다.

"어, 말할 수가 없는데." 제럴드가 대답했다. "싫증 날 때까지."

"우선 눈이 녹을 게 걱정되지 않아?" 버킨이 물었다. 제럴드가 웃었다.

"눈이 녹아?" 그가 물었다.

"그럼 자넨 모든 게 괜찮은 거지?" 버킨이 말했다.

제럴드가 눈을 가늘게 찡그렸다.

"괜찮다니?" 그가 말했다. "난 그 흔히 쓰는 말의 뜻을 모르겠어. 모든 게 괜찮다, 모든 게 잘못되었다. 이 두 말은 어딘가 동의어가 아닌가?"

"그래. 그런 것 같네.—돌아가는 건 어때?" 버킨이 물었다.

"어, 모르겠어. 어쩌면 전혀 돌아가지 않을 거야. 난 과거와 미래를 생각하지 않으니까." 제럴드가 말했다.

"현재 없는 것을 갈망하지도 않고.*"

제럴드가 매같이 동공을 작게 하고 몰두한 눈으로 먼 곳을 뚫어지게 쳐다보았다.

"그래. 여기엔 무언가 최종적인 면이 있어. 그리고 구드룬이 나에겐 종착점인 것 같아. 모르겠어—그렇지만 그녀는 매우 부드럽고 살갖은 비단 같아. 팔은 묵직하고 부드럽고. 그런데 그것이 왠지 나의 의식을 시들게 해. 그것이 나의 정신의 골수를 태워버려." 그가 몇 걸음 걸어가더니 눈을 고정하고 앞을 응시했다. 그의 얼굴은 등골이 오싹해지는 야만인들의 종교적 의식에 나오는 가면 같았다. "그게 영혼의 눈을 상하게 해." 그가 말했다. "그리고 눈을 멀게 해. 그러나 눈멀게 되는 걸 원한다고. 눈이 멀기를 바란다고. 다르게 되는 걸 원치 않아."

---

* 영국의 19세기 낭만파 시인 셸리의 시, 〈종달새에게〉의 일부를 빗대어 반대로 말한 것.

그는 넋 나가고 멍한 채로, 몽환경에 빠진 것처럼 말을 하고 있었다. 그러더니 그가 갑자기 열광적인 말을 하며 분발했고, 앙심을 품은 겁먹은 눈으로 버킨을 쳐다보며 말했다.

"여자와 같이 있을 때 괴로운 게 뭔지 알아? 구드룬은 매우 아름답고 매우 완벽하고 너무나 멋있어서 상대를 비단처럼 갈기갈기 찢어. 그리고 손댈 때마다 매번 뜨겁게 내려쳐—하, 그 완벽함이라니, 내가 스스로를 파괴할 때 말이야. 내가 스스로를 날려버릴 때 말이야! 그리고 나서는—"그가 눈 위에서 발걸음을 멈추더니 갑자기 주먹 쥐었던 손을 폈다—"그건 아무것도 없게 돼—뇌는 넝마처럼 까맣게 타버릴 테고—그리고—"그는 기묘하게 연극적인 움직임으로 공중을 둘러보았다—"날려버리는 거야—내가 하는 말 이해 해?—그건 굉장한 경험이야. 최종적인 거야—그리고—천둥·번개를 맞은 양 오그라들지." 그가 묵묵히 걸어갔다. 그건 허풍을 떠는 것 같았지만 극한 상황에 처한 사람이 진실을 떠들어대는 것 같았다.

"물론," 그가 다시 말을 이었다. "내가 그런 경험을 안 했기를 난 바라지는 않네! 그건 완전한 경험이야. 그리고 그녀는 경이로운 여자야. 그렇지만—내가 그녀의 어딘가를 얼마나 미워하는지!—그거 참 이상해—"

버킨은 그를, 거의 의식이 없는 듯한 그의 이상한 얼굴을 쳐다보았다. 제럴드는 자기가 말을 해놓고도 텅 비어 보였다.

"그렇지만 지금은 그런 경험을 충분히 했지 않나?" 버킨이 말했다. "자넨 경험을 다 했지 않나. 그런데 왜 과거의 상처에 계속 신경을 쓰나?"

"오," 제럴드가 말했다. "모르겠어. 아직 끝나지 않았어—"

그리고 두 사람이 계속 걸어갔다.

"난 구드룬만큼이나 자넬 사랑해 왔네. 잊지 말게." 버킨이 비통하게 말했다. 제럴드가 이상한 눈으로 멍하니 그를 쳐다보았다.

"그랬나?" 그가 회의적인 냉랭한 어조로 물었다. "아니면 그랬다고 생각하는 거야?" 그는 자기가 한 말에 책임질 자신이 없었다.

썰매가 왔다. 구드룬이 썰매에서 내리고 그들은 모두 작별인사를 했다. 그들은 모두 헤어지길 원했다. 버킨이 제 자리에 타자, 썰매가 구드룬과 제럴드가 눈 위에 서서 손을 흔들고 있는 걸 두고 멀리 달려갔다. 그들이 눈 속에 고립되어 서 있는 모습이 점점 더 작고 더 고립되어 보이니 버킨의 심장 어딘가가 얼어붙었다.

제31장 눈에 덮이다

어슐라와 버킨이 떠나갔을 때 구드룬은 제럴드와의 경쟁에서 자신이 자유로워짐을 느꼈다. 그들이 서로에게 더 익숙해지자 그는 점점 더 그녀를 억누르는 것 같았다. 처음에 그녀는 그를 조종할 수 있었기에 그녀 자신의 의지가 항상 자유로웠다. 그러나 너무나 빨리 그는 그녀의 여성적인 술책을 무시하기 시작하며, 변덕과 사생활을 존중하던 것도 그만두고, 그녀의 의지에 굴복하지 않고 막무가내로 자신의 의지를 휘두르기 시작했다.

이미 심각한 갈등이 시작되어 두 사람은 놀랐다. 그러나 그가 혼자였고, 그러는 동안 그녀는 이미 외부의 대체 수단에 눈을 돌리기 시작했다.

어슐라가 떠나가자, 구드룬은 자신이 삭막하고 원소와 같은 존재가 되었음을 느꼈다. 그녀가 자기 침실에 가서 홀로 쭈그리고 앉아 창밖으로 반짝이는 커다란 별을 내다보고 있었다. 앞에는 산봉우리의 희미한 그림자가 드리워 있었다. 그것은 중심축이었다. 그녀는 자신이 모든 존재의 중심축 위에서 중심을 잡고 있는 것처럼, 더 이상의 현실은 없는 것처럼, 기이하고 불가피하게 느꼈다.

이윽고 제럴드가 방문을 열었다. 그가 얼마 안 있어 들어올 것이란 걸 그녀는 알았다. 그녀는 좀처럼 혼자 있을 수가 없었다. 그가 서리처럼 그녀를 죽이면서 그녀를 압박했다.

"캄캄한 데 혼자 있어?" 그가 말했다. 그의 어조로 이걸 불쾌하게 여긴다는 걸 알 수 있었다. 그녀가 혼자 고독에 잠겨있는 걸 그는 불쾌하게 여겼다. 그러나 그녀는 자신이 움직일 수도 없고 피할 수도 없게 된 것을 느끼며 그를 친절하게 대했다.

"촛불을 켜실래요?" 그녀가 말했다.

그는 대답하지 않고 어둠 속에서, 그녀의 뒤로 와서 서 있었다.

"봐요," 그녀가 말했다. "저기에 아름다운 별이 있어요. 이름을 아세요?"

그가 그녀 곁에 쭈그리고 앉아 낮은 창을 통해 내다보았다.

"아니." 그가 대답했다. "아주 멋있는데."

"정말 멋있어요! 저 별이 여러 가지 색깔의 불빛을 쏘아대는 것 보셨어요—정말 눈부시게 반짝여요—"

그들은 묵묵히 있었다. 그녀가 아무 말 없이 무거운 손짓으로 그녀의 손을 그의 무릎에 내려놓으며 그의 손을 잡았다.

"어슐라가 떠난 것이 애석해요?" 그가 물었다.

"아니요. 전혀 아니에요." 그녀가 대답했다. 그러다가 천천히 그녀가 물었다.

"날 얼마나 사랑하지요?"

그가 그녀의 몸에 더 기대며 몸을 뻣뻣이 세웠다.

"내가 당신을 얼마만큼 사랑한다고 생각해요?" 그가 물었다.

"모르겠는데요." 그녀가 대답했다.

"그렇지만 당신의 의견은 어때?" 그가 물었다.

말이 없었다. 마침내 어둠 속에서 딱딱하고 무심한 그녀의 목소리가 들렸다.

"사실은 아주 약간." 그녀가 냉랭하게, 거의 경솔하게 말했다.

그녀의 이런 말소리에 그의 심장이 차가워졌다.

"왜 내가 당신을 사랑하지 않지?" 그가 그녀의 비난을 사실이라고 인정하는 듯, 하지만 그런 말을 한 그녀를 증오한다는 듯, 물었다.

"왜 사랑하지 않는지 난 몰라요—난 당신한테 잘해 드렸는데. 당신이 나를 찾아왔을 때 당신은 끔찍스런 상태에 있었어요."

그녀의 심장이 급하게 뛰어서 숨이 막혔지만, 그녀는 강인하고 냉정했다.

"언제 내가 끔찍스런 상태에 있었지?" 그가 물었다.

"당신이 처음 나한테 왔을 때 난 당신을 동정할 수밖에 없었어요. 그건 절대로 사랑은 아니었어요."

"그건 절대로 사랑이 아니었어요"란 말이 그의 귀에 미친 듯이 울렸다.

"사랑이 없다는 말을 왜 그렇게 자주 하지?" 그가 분노로 격해서 조여드는 목소리로 물었다.

"당신은 날 사랑한다고 생각지 않지요. 안 그래요?" 그녀가 물었다.

그가 격분으로 냉랭해져 입을 다물고 있었다.

"당신은 날 사랑할 수 있다고 생각지 않지요?" 그녀가 조롱하듯 다시 물었다.

"그래." 그가 말했다.

"날 한 번도 사랑하지 않았다는 걸 알고 있지요? 안 그래요?"

"난 당신의 '사랑'이라는 말의 뜻을 모르겠어." 그가 대답했다.

"아니요. 당신은 알고 있어요. 나를 한 번도 사랑하지 않았다는 걸 당신은 잘 알고 있어요. 날 사랑한 적이 있다고 생각하세요?"

"아니." 그가 진실을 말해야겠다는 외고집의 메마른 기분에 밀려 진심을 말해버렸다.

"그리고 앞으로도 절대로 날 사랑하지 않을 거지요? 그렇죠?" 그녀가 최종적으로 물었다.

그녀가 악마같이 냉랭해서 더 견딜 수가 없었다.

"그래." 그가 대답했다.

"그러면," 그녀가 대꾸했다. "나한테 굉장한 반감을 품고 있군요!"

그가 차갑고 겁먹은 분노와 절망에 빠져 가만히 있었다. '내가 저 여잘 죽일 수만 있다면.' 그가 마음속으로 되풀이해서 이 말을 속삭였다. '내가 저 여잘 죽일 수만 있다면—내가 자유롭게 될 텐데.'

그의 생각에 죽음만이 이 어려운 문제를 해결할 유일한 방법으로 보였다.

"왜 당신은 나를 못살게 굴어요?" 그가 물었다.

그녀가 팔로 그의 목을 홱 감았다.

"아, 난 당신을 괴롭히고 싶지 않아요." 그녀가 마치 어린애를 얼리는 듯 측은한 목소리로 말했다. 그녀의 주제넘은 행동에 그의 피가 싸늘해지면서 그가 감각을 잃었다. 그녀가 그를 의기양양한 태도로 불쌍히 여기면서 그의 목을 끌어안았다. 그를 위한 그녀의 연민은 돌처럼 차가웠다. 그 깊은 동기는 그에 대한 증오였고, 그녀를 압박하는 그의 힘을 두려워했기에, 그녀는 그것을 항상 부본(副本)처럼 지니고 있어야 했다.

"날 사랑한다고 말해 줘요." 그녀가 애원했다. "영원히 날 사랑한다고 말해줘요—그럴 거지요—그럴 거지요?"

그러나 그녀는 목소리로만 그를 달랬다. 그녀의 감각은 그에게서 완전히 동떨어져 있었고 그에게 차갑고 파괴적이었다. 그녀는 도도한 의지력으로 집요하게 졸라댔다.

"날 항상 사랑하겠다고 말하지 않을래요?" 그녀가 그를 달래었다. "그게 사실이 아니라도—그렇다고 말해줘요, 제럴드, 그렇다고 말해줘요."

"항상 당신을 사랑할게." 그가 억지로 그 말을 입 밖으로 내보내면서 정말 괴로워했다.

그녀가 그에게 살짝 키스를 해주었다.

"당신이 실제로 그런 말을 해주다니." 그녀가 희롱의 빛을 띠고 말했다.

그가 마치 패배한 듯 서 있었다.

"나를 조금 더 사랑하고 나를 조금 덜 원하도록 노력해요." 그녀가 멸시하는 듯, 달래는 듯한 어조로 말했다.

암흑이 물결을 지어 그의 마음속에서 넘실거렸고 커다란 암흑의 파도가 마음을 가로질러 돌진하는 것 같았다. 바로 그 핵심에서 체면을 구기고 무시당하는 것 같았다.

"날 원하지 않는단 말이야?" 그가 물었다.

"자기는 너무나 집요하고 우아함이란 거의 없고, 품위란 거의 없어요. 자기는 너무나 거칠어요. 나를 망가트려요—날 소진케 만들기만 해요—나에겐 끔찍스러워요."

"자기에게 끔찍스럽다고?" 그가 되받아 물었다.

"그래요. 이제 어슐라 언니가 떠났으니 내가 독방을 가져야 한다고 생각지 않나요? 당신 말대로, 탈의실이라도 필요하지요."

"자기 좋을 대로 하지—원하면 아예 떠나도 된다고." 그가 겨우 말을 뱉어냈다.

"그래. 알아요." 그녀가 대답했다. "자기도 그래도 돼요. 언제든 원하면 날 떠나도 돼요—통보도 필요 없어요."

커다란 암흑의 물결이 그의 마음속에서 출렁거렸고 그는 똑바로 서 있을 수가 없었다. 끔찍한 피로가 몰려와 그는 바닥에 누워야겠다는 생각이 들었다. 옷을 벗고 침대 안으로 들어가 술에 취해 갑자기 정신 잃은 사람처럼 누웠다. 마치 현기증 나는 검은 바다 위에 누워있는 양 검은 파도가 위로 올라갔다가 앞으로 돌진했다. 그가 얼마 동안 이 기이하고 소름 끼치는 어지러움 속에서 완전히 의식 없이 꼼짝 않고 누워있었다.

그녀가 이윽고 자기 침대에서 빠져나와 그에게로 갔다. 그는 등을 그녀에게 등진 채 경직되어 있었다. 그가 거의 의식을 잃고 있었다.

그녀가 그의 무시무시하게 경직된 몸을 팔로 감싸고 그의 경직된 어깨에 뺨을 대었다.

"제럴드," 그녀가 속삭였다. "제럴드."

그에겐 아무런 변화가 없었다. 그녀가 자기 몸쪽으로 그를 당겼다. 그녀가 그의 어깨에 자기 젖가슴을 누르며 그의 잠옷을 제치고 어깨에 키스했다. 그녀가 마음속으로 그의 경직되고 죽은 듯한 몸을 보고 의아하게 여겼다. 그녀는 당황했고 집요했으며, 그가 그녀에게 말을 하도록 하려는 의지뿐이었다.

"제럴드, 내 사랑!" 그녀가 그의 머리 위로 고개를 숙이고 그의 귀에 키스하며 속삭였다.

그녀의 따스한 입김이 맴돌며, 그의 귀 위에서 리듬을 타고 노닐어서, 긴장을 늦추는 듯했다. 그의 몸이 점차 약간 이완되고, 등골이 서늘하도록 부자연스럽게 굳은 몸이 유연해지는 걸 느낄 수 있었다. 그녀가 격정적으로 그의 몸 위를 어루만진 후에, 손으로 그의 사지와 근육을 꽉 잡았다.

뜨거운 피가 그의 핏줄에서 다시 흐르기 시작했고 사지가 긴장을 풀었다.

"나에게로 돌아누워요." 그녀가 비참할 정도로 집요하게 의기양양한 어조로 속삭였다.

그래서 드디어 그는 그녀에게 다시 돌아왔고 몸이 따스해지고 유연해졌다. 그가 몸을 돌리고 그녀를 팔로 끌어안았다. 그녀의 몸이 그의 몸에 부드럽게 느껴져, 너무나 완벽하고 경이로울 정도로 부드럽게 잘 받아들여서, 그가 팔로 그녀를 꽉 끌어안았다. 그녀는 그 안에서 힘없이 으스러진 듯했다. 그의 뇌가 지금은 누구도 당해 낼 수 없게 보석처럼 단단하게 되니 그녀가 저항할 방도가 없었다.

그의 격정이 그녀에겐 무서울 정도로 강렬하고 오싹하고 비인간적이어서, 궁극적인 파괴 같았다. 그의 격정이 그녀를 죽일 것이라 느꼈다. 그녀가 살해되고 있었다.

"하나님 맙소사," 그녀가 그의 팔에 안기어 괴로워서 소리쳤다. 자기 안에서 생명이 살해된다고 느꼈다. 그가 그녀를 키스하고 어루만질 때야 그녀의 숨결이 천천히 살아났지만 정말로 기운이 빠져 죽을 것 같았다.

'내가 죽겠구나. 죽겠어!' 그녀가 혼자 되뇌었다.

그리고 밤에 그리고 그에게서, 그런 질문에 대한 답은 나오지 않았다.

그러나 이튿날이 되자 파괴되지 않고 남았던 부분이 손상되지 않고 있어 적개심을 품었다. 그녀는 그 휴가를 끝내기 위해 아무 데도 가지 않고, 어떤 것도 용납하지 않고 그대로 있었다. 그가 그녀를 혼자 있게 가만두지 않고 그림자처럼 그녀를 따라다녔다. 그는 계속 "그대는 할지어다", "그대는 하지 말지어다"라는 말처럼, 그녀에게 떨어진 운명 같았다. 때로는 힘이 아주 센 쪽이 그였고, 그런 때엔 그녀가 기세가 꺾인 바람처럼 바닥을 쓸며 거의 사라지는 듯했다. 때로는 그와 정반대가 되기도 했다. 그러나 그건 영원한 시소 놀이로 두 사람의 관계가 한쪽이 기세가 등등하면 다른 쪽은 아주 풀이 죽어 지냈다.

'종국엔,' 그녀가 혼자 중얼거렸다. '저 남자 곁을 떠날 거야.'

'내가 저 여자에게서 자유로워질 수 있지.' 그가 괴로워 경련하면서 혼자 중얼거렸다.

그는 자유로워지기로 했다. 그녀를 궁지에 버려두고 떠나갈 준비까지 했다. 그러나 처음으로 그의 의지에 결함이 생겼다.

'어디로 간담!' 그가 스스로 물었다.

'그래 자족할 수 없단 말이냐?' 그가 자존심을 내세우면서 스스로 되물었다.

'자족적이라!' 그가 되풀이해 말했다.

그의 생각에 구드룬은 상자에 든 물건처럼 꼭 닫고 완전하게 되어 스스로 만족하는 것 같았다. 그가 침착하고 정적인 영혼으로 이것을 알아보았다. 그리고 그녀가 욕정 없이 자신을 닫아걸고 자족하는 것이 그녀의 권리라고 인정했다. 그가 그것을 깨닫고 인정을 했으니 이제 그의 편에서 마지막으로 애써 해야 할 일은 자신을 위해 똑같은 자족감을 성취하는 것이었다. 그러기 위해서는 그의 의지를 한 번 격동적으로 움직여 돌덩이가 스스로 고착하듯이 자신에게 몰두하고 고착하는 것임을 알았다. 그 아무것도 스며들지 못하고 자족하는 외톨이가 되는 것이었다.

이런 자각이 생기자 그가 무시무시한 혼란에 빠졌다. 왜냐하면, 그가 아무리 지적으로 면역성이 있고 자족하는 상태가 되려고 의지를 발동해도, 이런 상태를 이룰 욕망이 모자라서 그걸 창출해낼 수가 없었기 때문이다. 그가 조금이라도 존재하기 위해선 구드룬에게서 완전히 자유로워져야 하고, 그녀가 남겨지길 원한다면 그녀를 떠나야 하고, 그녀에게 아무것도 요구하지 않아야 하고, 그 어떤 권리도 갖고 있지 않다는 것임을 알 수 있었다.

그러나 그녀에게서 아무것도 요구하지 않기 위해선 그가 순전한 무(無)의 상태에서 홀로 서야만 했다. 그 생각을 하니 그의 뇌가 하얗게 되었다. 그건 무(無)의 상태이다.—아니면 그가 굴복하고 그녀에게 아첨하는 것이다.—아니면 결국 그녀를 죽이게 될 것이다.—아니면 그는 그저 무심해지고, 목적 없고, 주색에 빠지고, 순간적인 존재가 될지도 모른다.—그러나 그의 본성이 너무나 진지해서 조롱하며 방탕에 빠질 정도로 명랑하지도 교묘하지도 못했다.

그의 안에서 이상하게 찢어진 틈이 갈라졌다. 몸이 찢겨서 하늘에 바쳐진 희생물처럼, 그렇게 찢기어서 구드룬에게 바쳐졌다. 그는 어떻게 아물 수 있을까? 그의 영혼이 이상하고 무한히, 민감하게 벌어지는 이 상처, 이 상처 속에서 활짝 핀 꽃처럼 온 우주를 향해 자신을 그대로 노출하며, 그 안에서 자신의 보완물에게, 타자에게, 미지에 자신을 맡겼다. 이런 상처, 이런 노출, 자신을 덮고 있던 것을 펼침, 하늘 아래에 피어난 꽃처럼 스스로를 불완전하고 유한하고, 미완의 사태로 내버려 두는 것, 이것이야말로 그의 가장 잔인한 기쁨이었다. 그렇다면 그가 왜 그걸 포기해야 한단 말인가? 왜 그가 닫아버려, 칼집 속의 칼처럼, 아무것도 스며들지 못하게 하고, 면역 상태가 되어야 하나? 싹을 낸 씨앗처럼, 미실현된 하늘을 껴안고, 그가 태어나 존재해야 하는데.

그녀가 그에게 가하는 고문을 받으면서도, 그 자신의 열망이란 미완성의 희열을 계속 맛보리라. 이상한 외고집이 그를 사로잡았다. 그녀가 무슨 말을 하건 어떻게 행동하건 그는 절대로 그녀에게서 떠나지 않으리라. 이상한 죽음 같은 열망이 그를 그녀와 함께 가게 했다. 그녀가 그의 존재 자체를 결정짓는 영향력이었다. 비록 그녀가 그를 멸시하고 되풀이해 조롱하고 거절하지만, 그는 절대로 그녀 곁을 떠나지 않으리라. 왜냐하면, 그녀 곁에 있으면 그의 몸에서 생명이 약동하고 싹이 돋는 걸 느꼈기 때문이다. 또 자신이 파괴되고 섬멸되는 신비와 해방감, 자신의 제한성과 마술적인 기약을 의식할 수 있었기 때문이다.

그가 그녀에게로 향할 때조차 그녀는 그의 심장이 갈라져 상처난 곳을 아프게 했다. 그리고 그녀 자신도 괴로웠다. 아마도 그녀의 의지가 더 강한 것 같았다. 심장의 꽃봉오리를 억지로 찢어 갈라놓으려는 듯이, 그녀는 그가 불손하게 끈덕지게 달라붙는 존재처럼, 무서워 치를 떨었다. 그는 파리의 날개를 잡아떼어 꽃 안에 무엇이 들었나 보려고 꽃봉오리를 찢는 남자애처럼 그녀의 사생활을, 그녀의 삶 자체를 찢었다. 그건 마치 덜 자란 꽃봉오리를 강제로 찢어 파괴하는 것처럼, 그녀를 파괴하려 했다.

그로부터 오랜 후에 그녀가 순수한 정신일 때 꿈속에서 그를 향해 봉오리를 벌릴지도 몰랐다. 그러나 지금은 훼손당하거나 파괴되지 않을 것이었다. 그녀는 그에게 완강히 대항하며 자신을 오므렸다.

그들은 저녁에 함께 높은 언덕에 올라가 석양을 구경했다. 그들은 정교하게 나부끼며 예리하게 부는 바람을 맞으며 노란 해가 새빨간 빛을 내며 지더니 사라지는 것을 서서 지켜보았다. 그리고 동녘에서 산봉우리와 산등성이가 생생한 장밋빛으로 달아올라, 갈색과 보랏빛의 하늘을 배경으로 불멸의 꽃처럼 찬란하게 빛났다. 하나의 기적이었다. 한편 저 아래 세상은 푸르스름한 그림자에 잠겼고 그 위로는 공중에 장밋빛 환희가 현현(顯現)처럼 맴돌았다.

그녀에게 그것은 너무나 아름다워서 광란의 상태로 보였다. 그녀는 가슴으로 그 타오르는 영원의 산봉우리들을 끌어안고 그대로 죽고 싶었다. 그도 그것들을 보았고 아름답다고 생각했다. 그러나 그의 가슴에선 어떤 아우성도 일어나지 않았고 단지 그 자체가 환영 같은 쓸쓸한 기분만 들었다. 그는 산봉우리가 차라리 회색이고 아름답지 않기를 바랐다. 그래야 그녀가 그것들에서 격려의 힘을 받을 수 없으니까. 왜 그녀는 타오르는 저녁놀을 끌어안아, 그들 두 사람을 그토록 흉측스럽게 배반하나? 왜 그녀는 얼음같이 찬 바람이 그의 가슴을 죽음처럼 꿰뚫으며 부는 그곳에 그를 거기에 마냥 서 있게 하고 자기는 장밋빛 눈 봉우리 가운데서 그토록 만족해하는가?

"저녁놀이 뭐 그리 대단하지?" 그가 말했다. "왜 당신은 저 앞에서 굽신거려? 저게 당신에게 그토록 중요해?"

그녀는 감정이 상해 분노하면서 몸을 움찔했다.

"저리로 가요." 그녀가 소리쳤다. "날 그냥 두세요. 저건 아름답고 아름다워요." 그녀가 낯설고 광상적인 어조로 말했다. "저건 내 생애에서 여태껏 본 것 중 가장 아름다운 거예요. 저것과 나 사이에 끼어들려고 하지 마요. 제발 저리로 가요. 당신은 어울리지 않으니까—"

그가 좀 뒤로 물러섰고, 그녀는 동상처럼 그곳에 서서 신비롭게 타오르는 동녘을 정신없이 쳐다보고 있었다. 장밋빛은 이미 흐려지고 커다란 하얀 별들이 돋아나고 있었다. 그가 기다렸다. 열망 외엔 뭐든지 내버릴 거였다.

"그건 내가 본 것 중 가장 완전한 것이었어요." 그녀가 마침내 그를 향했을 때 차갑고도 거친 어조로 말했다. "당신이 그걸 파괴하려 들다니 정말 놀라워요. 당신이 스스로 그걸 볼 수 없다면 왜 그걸 막으려 하지요?" 그러나 실제로는 그가 이미 그걸 파괴해버려서 다 없어진 효력을 그녀가 애써 찾으려 했다.

"언젠가," 그가 그녀를 쳐다보며 부드럽게 말했다. "당신이 저녁놀을 쳐다보며 서 있을 때 당신을 파괴해버리겠어. 당신은 대단한 거짓말쟁이니까."

이 말에는 그가 자신에게 다짐하는 부드럽고 관능적인 약속이 담겨 있었다. 그녀는 몸이 오싹해졌지만 도도했다.

"하!" 그녀가 대꾸했다. "당신의 그런 협박 무섭지 않다고요!"

그녀는 자신의 몸을 그에게 내주길 거부했다. 그녀는 단호하게 사적인 공간을 유지했다. 그러나 그는 그녀를 염원하는 마음에서 기묘하게 인내심을 발휘하며 계속 기다렸다.

'결국에는' 그가 정말로 관능적인 기약을 하며 혼잣말을 했다. '그런 시점에 다다르면 저 여잘 없애버리겠어.' 그리고 기대감에 사지를 미묘하게 떨었다. 그는 그녀에게 매우 폭력적으로 격정적으로 다가 갈 생각에, 너무나도 큰 욕정을 느끼며 몸을 부르르 떨었다.

그러는 동안 내내 그녀는 뢰르케에게 묘하게 충성적인 태도를 보였는데 그건 교활하고 배반하는 어떤 것이었다. 제럴드가 그것에 대해 알았다. 그러나 그는 부자연스럽게 인내를 하며 그가 처해있는 경직된 상태에서 그녀와 대항하고 싶은 생각이 없어 눈여겨보지 않았다. 그렇지만 그가 독충처럼 싫어하는 다른 남자에게 그녀가 부드럽고도 친절하게 대하는 태도는 그에게 거듭 기이한 오한을 몰고 와서 다시 몸을 떨게 했다.

그가 스키를 타러 갈 때만 그녀를 혼자 있게 했다. 그가 좋아하는 운동이지만 그녀는 스키를 타지 않았다. 그때는 그가 삶에서 획 미끄러져 나가 그 너머의 세계 속으로 들어가는 발사체가 되었다. 그가 스키를 타러 간 때엔 그녀가 자주 그 왜소한 독일 조각가에게 말을 걸었다. 그들은 늘 예술에 관해 이야기했다.

그들은 거의 똑같은 생각을 했다. 그가 메스트로비치*를 싫어하고 미래파 예술가에 만족하지 못하고, 서아프리카의 나무 조각상과 멕시코와 중앙아메리카의 아스텍 예술을 좋아했다. 그는 기괴한 물건을 눈여겨보았고, 진기한 종류의 기계적인 동작, 자연 본성의 혼란이 그를 도취시켰다.

구드룬과 뢰르케는 서로에게 기묘하게 추파를 던지며, 무한히 외설적인 야릇한 놀이를 했다. 그건 마치 그들이 삶의 비밀스러운 이해를 공유하고 있고, 세상은 감히 알지 못하는 무시무시한 중심적

---

*유고슬라비아의 표현파 조각가(1883-1962).

인 비밀을 자기들만 전수받은 것 같았다. 그들의 소통은 전부가 거의 이해가 안 되는 기이한 외설로 이루어졌다. 그들은 이집트인이나 멕시코인의 미묘한 욕정을 보고 몸이 달아올랐다. 놀이 전체는 미묘한 내부 도발의 놀이로 그들은 암시의 차원에서 소통하기를 원했다. 그들은 언어와 육체적인 뉘앙스들로부터 최고의 만족을 신경에서 얻었다. 또 절반쯤 암시하는 착상과 표정, 표현, 몸짓의 기이한 상호교환에서 최고의 만족을 얻었다. 제럴드는 이들을 통 이해할 수가 없지만, 견디기 어려웠다. 그들의 교제를 생각할 수 있는 어휘가 그에겐 없었다. 그의 어휘는 너무나도 지나치게 조잡했다.

원시적인 예술의 암시는 그들의 피난처가 되었고, 감각의 내적인 신비는 숭상의 대상이 되었다. 예술과 삶은 그들에게 현실과 비현실이었다.

"물론," 구드룬이 말했다. "삶은 진짜로 중요하지 않아요─중심이 되는 것은 인간의 예술이지요. 사람이 자기의 삶에서 행하는 것은 별로 상관이 없어요. 의미하는 바가 크지 않아요."

"네, 그래요, 바로 그거예요." 조각가가 대답했다. "사람이 예술에서 행하는 바가 바로 인간 존재의 호흡이지요. 삶에서 인간이 행하는 것, 그것은 문외한들이 법석을 떠는 사소한 일에 불과하지요."

구드룬이 이러한 의사소통에서 왕성한 원기와 자유를 발견하는 것은 정말로 신기했다. 그녀는 영원히 안착하였다고 느꼈다. 물론 제럴드는 하찮은 존재였다. 사랑은, 그녀가 예술가인 경우를 제외하고는, 인생에서 일시적인 것 중의 하나였다. 그녀는 클레오파트라를 생각했다─클레오파트라는 예술가임이 틀림없다. 그녀는 남자에게서 핵심을 빼가고, 궁극적인 감각을 거두어들이고 껍질은 던져버렸다.

그리고 메리 스튜어트[*]도 그랬고, 엘레오노라 두제^{**}도 그랬는데, 연인들과 함께 숨을 헐떡거리며 극장가를 누볐다. 이들이 대중적인 사랑의 주창자였다. 결국, 연인이란 이러한 미묘한 인식에 빠져들게 하는 연료에 불과하지 않은가. 여성적인 예술을 위한, 관능적인 이해 속에 있는 순수하고 완벽한 앎의 예술을 위한 연료에 불과하지 않은가.

어느 날 저녁 제럴드가 뢰르케와 이탈리아와 트리폴리에 관해 논쟁을 벌이고 있었다. 이 영국인은 이상하게 격하기 쉬운 상태에 있었고 독일인은 흥분한 상태였다. 그건 말의 시합이었으나 두 남자 사이의 정신적인 갈등을 의미했다. 구드룬은 제럴드에게서 외국인을 향한 도도한 영국적인 태도를 볼 수 있었다. 제럴드가 몸을 떨고 있었지만, 눈은 반짝였고 얼굴은 달아올랐고, 논쟁에서 퉁명스러웠으며 태도엔 야만스런 경멸감이 배어있어, 구드룬의 피가 거꾸로 치솟았고, 뢰르케는 예민하게 만들어 굴욕감을 느끼게 했다. 왜냐하면, 제럴드가 큰 망치를 내려치듯 단언을 해서, 독일인이 말하는 모든 것은 경멸적인 쓰레기가 되었기 때문이다.

마침내 뢰르케가 구드룬을 향해 어쩔 수 없다고 양손을 쳐들며 어깨를 으쓱했다. 논쟁을 계속할 수 없다는 반어적인 몸짓이었다. 어린애처럼 호소하는 태도였다.

"부인, 아시겠지만(Sehen sie, gnadige Frau)―" 그가 말을 시작했다.

"친애하는 부인, 부인이라고 좀 부르지 마세요(Bitte sagen Sie nicht immer, gnadige Frau)." 구드룬이 눈을 번뜩이며 뺨은 달아오른 채 소

---

[*] 스코틀랜드의 여왕(1542-1587)

^{**} 이탈리아의 여배우(1859-1924)

리쳤다. 그녀는 분명 메두사처럼 생생해 보였다. 그녀의 목소리는 크고 쩡쩡 울려서 방 안의 다른 사람들이 흠칫 놀랐다.

"제발 날 크라이치 부인이라고 부르지 마세요." 그녀가 크게 외쳤다.

그 이름은, 특히 뢰르케의 입을 통해서 나오는 그 이름은 요 며칠 간 그녀에게 도저히 참을 수 없는 치욕이고 속박이었다.

두 남자가 놀라서 그녀를 쳐다보았다. 제럴드는 광대뼈 주변이 창백해졌다.

"그럼 뭐라 부를까요?" 뢰르케가 야유하듯 암시적인 어투로 부드럽게 물었다.

"적어도 그렇게 부르지 마세요(Sagen Sie nur nicht das)." 구드룬이 뺨이 새빨갛게 달아오르며 대답했다. "적어도 그건 아니에요."

그녀는 뢰르케의 표정이 바뀌는 것을 보고 그가 이해한 것을 알았다. 그녀가 크라이치 부인이 아니었구나! 그래서—그것으로 상당히 많은 것을 이해하게 되었다.

"그러면 무슨, 무슨 양이라 부를까요(Soll ich Fräulein sagen)?" 그가 악의적으로 물었다.

"난 결혼하지 않았어요." 그녀가 도도하게 대답했다.

그녀는 당황한 새처럼 날개를 퍼덕였고 심장은 마구 팔딱거렸다. 그녀는 잔인하게 제럴드에게 상처를 주었음을 알았고, 그것을 감내할 수가 없었다.

제럴드가 완전히 꼼짝 않고 똑바로 앉아 있었고, 얼굴은 조각상의 얼굴처럼 창백하고 침착한 표정이었다. 그는 그녀를, 뢰르케나 그 누구도 의식하지 않았다. 그는 변함없이 침착한 상태로 완전히 꼼짝하지 않고 앉아 있었다. 한편 뢰르케는 웅크리고 앉아 고개를 숙이고 흘낏 위를 보았다.

구드룬은 무슨 말을 해서 그 긴장감을 풀려고 고심했다. 그녀는 미소로 얼굴을 일그러트리며 알고 있다는 듯이, 거의 비웃듯 제럴드를 흘낏 보았다.

"진실이 최선이지." 그녀가 찡그린 표정으로 그에게 말했다.

그러나 이제 그녀는 다시 그의 지배 아래에 있게 되었다. 왜냐하면, 그녀가 그에게 이런 타격을 주었기 때문이고 그를 파괴했는데 그의 반응을 알 수 없었기 때문이다. 그를 지켜보았다. 그가 그녀에게 관심을 끌었다. 그녀는 뢰르케에 대한 관심을 잃게 되었다.

제럴드가 마침내 일어나 한가롭게 조용히 움직이면서 교수에게 다가갔다. 두 사람은 괴테에 대한 대화를 시작했다.

그녀는 이 저녁에 제럴드가 단순하게 행동하자 자극을 받았다. 그는 전혀 화를 내거나 역겨운 빛을 내보이지 않았다. 단지 신기하게 순진하고 순수하게 보였고 정말 멋있게 보였다. 때때로 이런 거리를 두는 표정이 그에게 떠올랐고 그럴 때마다 항상 그녀를 끌어당겼다.

그녀는 걱정되어 저녁 내내 기다렸다. 그녀는 그가 그녀를 피하거나 아니면 어떤 신호를 보이리라 생각했다. 그러나 그는 그녀에게 단순하고 감정 없이 방 안의 누구에게나 하는 식으로 말을 했다. 어떤 화평한 빛이, 몰두해서 멍한 표정이 그를 사로잡았다.

그녀는 그의 방으로 가서 뜨겁고 격렬하게 그와 사랑을 벌였다. 그는 너무나 아름답고 접근할 수 없었다. 그가 그녀에게 키스했고 그는 그녀에게 연인이었다. 그래 그녀는 그를 지극히 즐겼다. 그러나 그는 제정신이 들지 않았고 동떨어져 숨김없이 무의식적이었다. 그에게 말을 걸고 싶었다. 그러나 그를 엄습한 이 순진하고 아름다운 무의식의 상태는 이를 막았다. 그녀는 괴로워하고 암울해졌다.

그러나 아침이 되자, 그는 약간의 혐오와 공포, 증오심이 어둡게 나타나는 눈으로 그녀를 쳐다보았다. 그녀는 예전의 입장으로 물러났다. 그러나 그는 아직도 온 힘을 한데 모아 그녀와 대항하려 하지 않았다.

뢰르케가 이젠 그녀를 기다리고 있었다. 그 왜소한 예술가는 자기만의 완벽한 겉껍질 속에 고립되어 있다가 마침내 여기에 그가 무언가를 얻을 수 있는 여자가 있다는 감을 잡았다. 그는 항상 불안해하며 그녀와 이야기하려고 기다렸다. 미묘하게 그녀 곁에 있을 묘책을 마련했다. 그녀의 존재가 그에게 예민함과 흥분을 가득 느끼게 했다. 마치 그녀가 눈에 보이지 않게 끄는 힘을 가진 듯 그녀 주위를 교묘하게 맴돌았다.

그는 제럴드에 관해서는 조금도 미심쩍어하지 않았다. 제럴드는 문외한 중의 한 사람이었다. 뢰르케는 단지 그가 부자이고 자부심이 강하고 외모가 특출 나서 싫어했다. 그러나 이러한 모든 것, 부유함, 사회적인 위치에서의 자부심, 잘 생긴 외모는 외부적인 조건들이었다. 구드룬과 같은 여자와의 관계에 이르면 뢰르케는 제럴드가 꿈도 못 꾸는 접근성과 힘을 갖고 있었다.

어떻게 제럴드는 구드룬 같은 여자가 만족하길 바랄 수 있나? 자부심이나 지배적인 의지, 신체적인 힘이 그에게 도움이 되리라 생각했나? 뢰르케는 이러한 것들을 능가하는 비밀을 알았다. 가장 큰 힘은 막무가내로 공격하는 것이 아니라, 섬세하면서 맞추는 것이었다. 그리고 제럴드가 잘 모르는 것을 그는 잘 이해했다. 뢰르케는 제럴

드의 지식을 훨씬 앞질러 심층까지 꿰뚫을 수 있었다. 제럴드는 이
여자, 신비의 성전의 대기실에서 성직 지망생처럼 뒤에 남겨졌다. 그
러나 뢰르케, 그는 어두운 내부로 뚫고 들어가 그 후미진 곳에 있는
여자의 정신을 발견하고 그곳에서 그 정신과 씨름을, 삶의 핵심에서
똬리를 틀고 있는 그 중심부의 뱀과 맞붙어 싸울 수 있지 않은가.

결국, 여자가 원했던 것은 무엇일까? 사회적인 세계에서, 인간 공
동체 안에서 사회적인 효과, 야망의 성취였던가? 사랑과 좋음 안
에서 결합이었나? 그녀가 '좋음'을 원했던가? 바보가 아니고서야 누
가 구드룬이 이런 것을 원한다고 생각하겠나? 이것은 단지 그녀가
원하는 피상적인 모습에 불과했다. 일단 문지방을 넘어서면 당신은
그녀가 사회적인 세상과 그것의 이점에 대해 완전히, 깡그리 냉소적
이라는 것을 발견할 것이다. 일단 그녀의 영혼의 집 안에 들어가면
코를 쏘는 부식의 공기, 불이 붙는 어두운 감각, 세상을 왜곡되고
끔찍스럽게 보는 선명하고 미묘한 그녀의 비판적인 의식이 있었다.

그러면 다음엔 무엇이 있었나? 그건 지금 그녀를 만족하게 할 물
불 안 가리고 달려드는 열정의 힘이었나? 이것이 아니라 환원 속에
서 느끼는 첨예한 감정의 미묘한 전율이었다. 그건 환원의 수많은
미묘한 전율 속에서 그녀의 꺾이지 않는 의지에 대항하여 반응하는
꺾이지 않는 의지였다. 분해와 와해의 마지막 미묘한 활동이 그녀의
암흑 속에서 진행되었다. 그러는 동안 바깥에서 본 모습, 개인은 완
전히 불변했고 심지어 그 태도에서 감상적이기까지 했다.

특정한 두 사람, 지상의 두 사람 사이에서의 순수한 감각적 체험
의 폭은 제한되어 있다. 관능적인 반응의 절정이 한 방향에서 일단
성취되고 최종적으로 이루게 되면, 더는 갈 곳이 없다. 단지 반복만

이 가능하고 아니면 두 사람이 헤어지던가, 한쪽의 의지가 다른 쪽에 종속되든가, 아니면 죽든가 하는 것이다.

제럴드는 구드룬 영혼의 외적인 영역 모든 곳을 꿰뚫었다. 그녀에게 그는 기존 세계의 가장 중대한 본보기였고, 그녀를 위해 존재하는 인간의 세상에서 최고의 도달점이었다. 그에게서 그녀가 세상을 알았고 그것으로 끝을 냈다. 그를 낱낱이 알고 나서는 알렉산드로스 왕처럼 새 세상을 찾으러 나섰다.─그러나 새로운 세상은 없었고 더 이상의 남자다운 남자는 없었다. 단지 뢰르케 같은 왜소하고 좀팽이 같은 녀석들만 있었다. 세상은 이제 그녀에게는 끝이 났다. 단지 내적인 개인의 암흑만이, 자아 안의 감각만이 있었다. 궁극적인 환원의 외설적인 종교적 신비만이 있었다. 활기찬 유기적인 생명체를 붕괴하는 악마적인 환원의 신비로운 마찰의 활동만 있을 따름이었다.

구드룬은 이 모든 것을 정신에서가 아니라 잠재의식에서 알고 있었다. 다음 단계를 알고 있었다─제럴드를 떠날 때 어디로 옮겨가야 할지를 알고 있었다. 그녀는 제럴드가 그녀를 살해할까 봐 겁을 먹고 있었다. 살해되고 싶지는 않았다. 아직 가는 실오라기가 그녀와 그를 통하게 했다. 그것을 끊는 것이 그녀의 죽음이어선 안 되었다.─그녀는 목숨이 끝나기 전에 앞으로 더 나아가야 했고, 더 천천히 나가 절묘한 경험을 얻고, 생각할 수 없는 감각상의 미묘한 것을 알아야 했다.

그 마지막 일련의 미묘한 것들을 제럴드는 창출할 수가 없었다. 그는 그녀의 급소를 찾아 손댈 수가 없었다. 그러나 그의 거친 손길이 꿰뚫지 못하는 곳을 뢰르케의 벌레 같은 이해력의 섬세하고 음흉한 칼날이 꿰뚫을 수 있었다. 적어도 그녀가 타자에게로, 생물에게로, 최종적인 장인에게로 옮겨갈 때가 되었다. 그녀는 뢰르케가 그의 가장 깊은 영혼에서 모든 것과 동떨어져 있고, 그에게 천국이나 지상이나 지옥이 없다는 것을 알고 있었다. 그는 충성 같은 것을 받아들이지 않고 어느 곳에든 애착을 갖지 않았다. 그는 홀로였고 나머지 다른 것들과 단절되어 있어서 절대적으로 자신 속에 들어 있었다.

반면에 제럴드의 영혼에는 나머지 다른 것들에, 전체에 대한 애착이 아직은 남아 있었다. 이것이 그의 한계였다. 그는 한정되어 있었으며, 옳음과 정의감과 궁극적인 목적과의 합일을 위해 최종적인 문제에선 자신의 필연성에 따랐다. 궁극적인 목표는, 의지는 손상되지 않은 채, 죽음의 과정을 완벽하고 섬세하게 체험하는 것일지 모른다. 그것은 그에게 허용되지 않았다. 이것이 그의 한계였다.

구드룬이 제럴드와의 결혼을 부정한 이래로 뢰르케에겐 의기양양한 기운이 감돌았다. 그 조각가는 내려앉을 곳을 살피면서 날개를 파닥이는 새처럼 주변을 감돌았다. 그는 노골적으로 구드룬에게 접근하지 않았다. 그는 때를 잘 못 택하는 법이 절대 없었다. 그러나 그의 영혼의 완전한 암흑 속에서 확실한 본능에 따라 이끌려, 그는 그녀와 감지할 수 없게 그러나 손에 잡힐 듯이 신비롭게 교류했다.

이틀 동안 그가 그녀에게 말을 걸어왔다. 예술과 삶에 관해 토론을 벌이며 두 사람은 대단한 즐거움을 맛보았다. 그들은 지나간 것들을 칭찬했고, 과거의 성취된 완성에서 감상적이고 유치한 기쁨을 누렸다. 특별히 그들은 18세기 말, 괴테와 셸리와 모차르트의 시대를 좋아했다.

그들은 과거와 과거의 위대한 인물들을 가지고 놀았고, 그것은 죄다 그들 자신이 즐기기 위한 일종의 작은 장기놀이나 인형극과 같은 것이었다. 그들은 인형극에 모든 위대한 인물들을 등장시켰고 그들 두 사람은 그 모든 것을 주관하면서 그 놀이의 절대적인 조물주로 행세했다. 미래에 대해 말한다면 그들은 인간이 발명한 우스꽝스러운 재앙으로 인해 세상이 파괴되는 것을 꿈속에서 떠올리며 조롱하는 웃음을 지은 것 외엔 단 한 번도 언급하지 않았다. 즉, 인간이 너무나도 완벽한 폭발물을 발명하여 그것이 지구를 둘로 가르고 그 두 개의 반쪽은 우주의 다른 방향으로 떨어지게 되어 그곳 주민들이 크게 실망한다든가, 아니면 세상 사람들이 절반으로 나뉘어서 각기 자기네가 완전하고 올바르고, 다른 반쪽은 글렀으니 파괴돼야 한다고 결정을 해서 세상이 끝장나리라는 것이었다. 또는 뢰르케의 공포에 절은 꿈에 따르면 세상은 추워지고 사방에 눈이 내려, 새하얀 생물체들, 북극곰과 흰 여우, 끔찍스런 흰멧새와 같은 인간만이 잔혹한 얼음 속에서 계속 살아남는다는 것이었다.

그들은 이러한 이야기와 동떨어져서는 미래에 대해 말한 적이 없었다. 그들은 파괴를 조롱하는 상상의 이야기나 아니면 과거의 감상적이고 섬세한 인형극을 가장 즐겼다. 바이마르에서의 괴테의 세상, 아니면 실러, 가난과 신실한 사랑의 세계를 다시 구축하거나 아니면, 떨고 있는 장 자크나 페르네의 볼테르, 아니면 자기의 시를 읽는 프리드리히 대제를 재구축하는 데에서 감상적인 즐거움을 느꼈다.

그들은 몇 시간이고 문학과 조각, 그림 이야기를 했다. 플랙스맨*

---

* 영국의 신고전주의 조각가로 선 도안가(1755-1826)

과 블레이크*와 퓨젤리에** 관해, 포이어바하와*** 뵈클린에**** 대해 애정을 가지고 이야기를 나누었다. 위대한 예술가들의 삶을 정신 속에서 다시 사는 것은, 일생이 걸릴 것이라 느꼈다. 그러나 그들은 18세기와 19세기에 머무는 것을 더 좋아했다.

그들은 여러 가지 언어를 뒤섞어가며 썼다. 기본이 되는 언어는 양쪽 다 프랑스어였다. 그러나 그는 자기 문장 대부분을 영어로 더듬거리며 끝을 맺다가 결국은 독일어로 마감했다. 그녀는 무슨 문구가 자신에게 생각나든, 자신의 목적에 맞게 능란하게 엮어갔다. 이런 대화를 특히나 즐겼다. 대화는 야릇하고 환상적인 표현, 이중적인 의미와 암시, 외설적인 막연한 말로 가득했다. 세 개의 언어로 각기 다른 색깔의 가닥으로 엮어나가며 이 대화를 하는 것이 그녀에겐 진정한 물질적인 기쁨이었다.

그러는 동안 그 두 사람은 눈에 보이지 않는 선언의 불꽃 주위로 망설이며 맴돌고 있었다. 그는 선언하고 싶었지만 어떤 불가피하게 마지못한 마음 때문에 뒤로 미루었다. 그녀도 그걸 원했지만, 연기하길 원했고 무기한으로 연기했다. 그녀는 아직 제럴드에 대한 얼마간의 연민과 그와 얼마간 연결되어 있었다. 그리고 무엇보다 가장 치명적인 것은 그녀가 그와 연관된 자신에 대한 회고의 감상적인 연민의 정을 가지고 있는 점이었다. 과거에 맺었던 관계 때문에

---

* 영국의 시인, 환상적인 예술가(1757-1827).

** 스위스 태생의 화가로 영국에서 거주(1741-1825).

*** 독일의 철학가(1804-72).

**** 스위스의 풍경화가(1827-1901).

그녀는 보이지 않는 불멸의 실오라기로 그와 연결되어 있다고 느꼈다—그 첫날 밤에 그가 극한 상황에서 그녀의 집으로 그녀를 찾아왔기에—

제럴드는 점점 뢰르케에 대한 진저리나는 혐오감에 짓눌렸다. 그는 그 인간을 심각하게 여기지 않았고 단지 멸시할 따름이었다. 단 구드룬의 핏줄에서 그 왜소한 인간의 영향력을 느낄 때는 예외였다. 제럴드를 미칠 정도로 내모는 것은 바로 구드룬의 피에서 뢰르케의 존재를 느낄 때였다. 뢰르케의 존재가 그녀의 몸에서 현저하게 흐르고 있을 때였다.

"무엇 때문에 그 벌레 같은 인간에게 꼼짝 못 하게 물린 거야?" 그가 정말 수수께끼 같아 보여 물었다. 왜냐하면, 사내다운 그의 눈에는 뢰르케에게서 끌리거나 중요하게 보이는 점이 전혀 없었기 때문이다. 제럴드는 여자의 복종을 설명하기 위해선 잘났다거나 고상한 면을 발견하리라 기대했었다. 그러나 이런 것은 전혀 없고 다만 벌레 같은 혐오감만 느꼈을 따름이었다.

구드룬이 진하게 낯을 붉혔다. 이런 공격을 그녀는 절대로 용서하지 않을 것이었다.

"무슨 말이에요?" 그녀가 대꾸했다. "세상에! 당신하고 결혼을 안 한 것이 얼마나 다행인지!"

그녀의 우롱하고 경멸하는 목소리가 그에게 상처를 입혔다. 그가 갑자기 말문이 막혔다. 그러나 그는 냉정함을 되찾았다.

"단지 말만 해줘. 말해 달라고." 그가 위험스럽게 긴장된 목소리로 반복했다—"그 녀석에게로 당신을 끌어당기는 게 무언지 말해줘."

"난 끌리지 않았어요." 그녀가 냉랭하게 반발하는 목소리로 대꾸했다.

"끌렸어. 그렇다고. 당신은 그 작은 말라빠진 뱀에 홀렸다고. 그 꼴이 새가 뱀의 목구멍으로 들어가려고 해하고 입을 벌린 상태라고."

그녀가 분노로 얼굴이 험악해지며 그를 쳐다보았다.

"난 당신이 나에 대해 이러쿵저러쿵 말하는 걸 원치 않아요." 그녀가 말했다.

"당신이 선택했건 안 했건 문제가 안 돼." 그가 대답했다. "그렇다고 당신이 그 쪼그마한 벌레의 발에 엎드려 키스하려는 사실이 바뀌진 않아. 난 당신을 막고 싶지 않아—그 짓을 하라고, 엎드려 그 발에 키스하라고. 그러나 뭐에 끌려서 그렇게 하는지를 알고 싶어—그게 뭐야?"

그녀는 분노로 질려 조용히 있었다.

"어떻게 감히 날 협박하며 다가서는 거야?" 그녀가 소리쳤다. "어떻게 감히 이러는 거야? 이 형편없는 지주 양반. 협박꾼! 무슨 권리로 날 지배하려 들지?"

그의 얼굴이 파랗게 질리고 번쩍거렸다. 그녀는 그의 눈빛을 보고 자기가 그의 힘 안에—늑대의 힘 안에 있다는 걸 깨달았다. 그녀가 그의 힘 안에 들어있기에 그를 죽일 정도로 맹렬하게 힘을 쓰며 그를 증오했다. 그녀의 의지 안에서 그가 서 있는 그대로 그를 살해했고, 지워버렸다.

"그건 권리의 문제가 아니야." 제럴드가 걸상에 앉으며 말했다. 그녀가 그의 몸이 변하는 걸 지켜보았다. 그의 잔뜩 긴장된 기계적인 몸이 강박에 사로잡힌 듯 움직이는 것을 보았다. 그녀의 증오심에 치명적인 멸시의 기운이 감돌았다.

"이건 당신을 지배하는 권리의 문제가 아니야—나에게 권리가 어느 정도 있긴 하지만, 기억해둬—난 알고 싶은 거야. 아래층에 있는 저 왜소한 인간쓰레기 같은 조각가에게 당신이 굽신거리는 이유를 단지 알고 싶은 거야. 형편없는 구더기처럼 당신을 굽혀 그자를 경배케 하는 게 뭐냐고? 난 당신이 굽신거리며 따라가는 것이 무엇인지 알고 싶은 거야."

그녀가 창문에 기대고 서서 듣고 있었다. 그러다 그녀가 홱 몸을 돌렸다.

"알고 싶어요?" 그녀가 매우 자연스럽고 아주 비꼬는 목소리였다. "그이 안에 든 그것이 뭔지 알고 싶어요? 그건 그가 여자를 이해하기 때문이에요. 그는 우둔하지가 않아요. 바로 그게 이유예요."

야릇하고 험악한 동물 같은 미소가 제럴드의 얼굴에 퍼졌다.

"그렇지만 어떤 이해심이지?" 그가 물었다. "벼룩의 이해심? 주둥이를 달고 위로 튀는 벼룩의? 벼룩의 이해 앞에서 왜 그렇게 납작 엎드려 기지?"

구드룬의 뇌리에 블레이크의 벼룩의 영혼에 대한 그림이 스쳐 지나갔다. 그녀는 그 그림을 뢰르케에게 적용하고 싶었다. 블레이크 또한 익살꾼이었다. 그러나 제럴드에게 대답해야 했다.

"벼룩의 이해심이 바보의 이해심보다 훨씬 더 흥미롭다고 생각지 않아요?" 그녀가 물었다.

"바보라고!" 그가 되풀이했다.

"바보요. 난체하는 바보요—멍청이요(Dummkopf)." 그녀가 독일어 낱말을 덧붙이며 대답했다.

"날 바보라고 부르는 거야?" 그가 대꾸했다. "글쎄, 내가 아래층의 벼룩보다는 바보가 되는 게 더 낫지 않을까?"

그녀가 그를 쳐다보았다. 그의 무디고 물불 가리지 않는 멍청함이 그녀를 한정하며 영혼을 싫증 나게 했다.

"바로 그 말로 본색을 드러내는군." 그녀가 말했다.

그가 앉아서 무슨 말인가 궁리했다.

"난, 곧 떠날 거야." 그가 말했다.

그녀가 그에게로 향했다.

"유념해요." 그녀가 말했다. "난 당신하고는 완전히 독립되어 있어요—완전히! 당신은 당신 길을 마련하세요. 나도 할 테니."

그가 이 말을 곰곰이 생각했다.

"이 순간부터 우리가 남남이란 말인가?" 그가 물었다.

그녀가 멈칫하면서 낯을 붉혔다. 그가 그녀의 손을 억지로 잡아끌어 궁지에 몰아넣고 있었다. 그녀가 그에게로 몸을 돌렸다.

"우린," 그녀가 입을 열었다. "남남이 절대로 될 수 없지요. 그렇지만 만약에 나와 떨어져 무슨 행동을 하길 원한다면 전적으로 그럴 자유가 있다는 걸 알길 바라요. 나를 조금도 고려하지 마요."

그녀가 그를 필요하고, 아직 그에게 의존한다는 약간의 암시가 들어간 그런 말조차 그에게 열정을 일으키기에 충분했다. 그가 앉아 있을 때 그의 몸뚱이에 변화가 일어났다. 뜨겁게 녹아내린 물줄기가 자신도 모르게 그의 핏줄을 타고 흘렀다. 그는 이런 속박에 내심 신음을 했으나 그런 것이 좋았다. 그가 맑은 눈으로 그녀를 쳐다보며 그녀를 기다렸다.

그녀는 단박에 알아차렸다. 그리고 차가운 혐오감으로 몸을 떨었다. 도대체 어떻게 지금까지도 그가 그런 맑고 따스하고 기다리는 눈으로 그녀를 쳐다볼 수 있을까? 그들 사이에 오간 말이 그들의 세계를 갈라놓을 만하지 않았단 말인가? 두 사람을 영원히 갈라 얼어붙게 하기에 충분하지 않다니! 그런데도 그는 온통 새 기운이 뻗치고 흥분이 되어 그녀를 기다리고 있었다.

그 상황이 그녀를 교란했다. 그녀가 고개를 옆으로 돌리면서 말했다.

"당신에게 언제든 말할게요. 내게 무슨 변화가 생기게 되면—"

그녀는 이 말을 하고는 방 밖으로 나갔다.

그는 실망하여 몸을 움츠리고 꼼짝 않고 앉아 있었다. 그게 점차 그의 이해심을 훼손시키는 것 같았다. 그러나 무의식적인 인내의 상태가 집요하게 계속되었다. 그는 오랫동안 생각이나 의식 없이 꼼짝 않고 있었다. 그러다 그가 일어나 아래층으로 내려가 학생 하나와 체스를 두었다. 그의 얼굴은 환하게 열렸고 맑았으며 순진한 방종의 표정을 지었는데, 이 표정에 구드룬이 굉장히 심란해졌고 그를 두려워하기까지 했다. 그녀는 그런 그가 심히 혐오스러웠다.

이 일이 있은 후에, 전에는 한 번도 사적으로 그녀에게 말을 붙여본 적이 없던 뢰르케가 그녀의 처지에 관해 묻기 시작했다.

"결혼한 게 아니지요? 그렇지요?" 그가 물었다.

그녀가 그를 빤히 쳐다보았다.

"전혀 그렇지 않아요." 그녀가 신중한 태도로 대답했다. 뢰르케가 소리 내어 웃었고 그의 얼굴에 주름이 기이하게 잡혔다. 가는 머리카락 가닥이 그의 이마에 흐트러져 있었다. 그의 살갗이 맑은 갈색이었고, 그의 손과 손목도 그러했다. 그의 손이 꽉 쥐는 힘이 있어 보였다. 그는 보석 토파즈 같아 보였고 아주 이상하게 갈색빛이 돌면서 투명했다.

"좋아요." 그가 말했다.

아직 그가 말을 계속하기엔 어느 정도의 용기가 필요했다.

"버킨 씨 부인이 언니인가요?" 그가 물었다.

"그래요."

"언니는 결혼했나요?"

"결혼했어요."

"그럼, 부모가 계세요?"

"그래요." 그녀가 대답했다. "부모가 계세요."

그리고 그녀가 자기의 처지를 짧고도 간명하게 알려주었다. 그러는 내내 그는 그녀를 자세히, 호기심을 가지고 지켜보았다.

"그렇군요!" 그가 좀 놀라서 소리쳤다. "그리고 크라이치 씨는 부자인가요?"

"그래요. 부자예요. 탄광 주인이에요."

"그와는 얼마 동안 사귀었나요?"

"몇 개월 되었어요."

침묵이 흘렀다.

"그래요. 놀랐어요." 그가 마침내 입을 열었다. "내 생각에 영국인들은 아주—차가워요. 그래 이곳을 떠난 후엔 무엇을 할 거예요?"

"무얼 할 생각이냐고요?" 그녀가 그 질문을 되받아 물었다.

"그래요. 교직으론 다시 돌아갈 수 없지요. 아니죠—" 그가 어깨를 으쓱했다—"그건 불가능해요. 그 일은 다른 일은 할 수 없는 어리석은 백성에게 맡겨요. 당신은, 당신의 몫으로 말하면—당신은 놀라운 여자예요. 놀라운 여자(eine seltsame Frau). 왜 그 사실을 부인하지요?—왜 그걸 의심하지요? 당신은 비범한 여자인데, 왜 평범한 일상적인 길을 걷고 있지요?"

구드룬이 낯을 붉히며 자기 손을 보며 앉아 있었다. 그가 그렇게 단순하게 그녀가 놀라운 여자라고 말하는 것에 기분이 좋았다. 그는 그녀에게 아첨을 떨려고 말할 사람이 아니었다—그는 천성이 지나치게 자부심이 강하고 객관적인 사람이었다. 그는 하나의 조각품이 사실 그러하니까 비범하다고 말하는 것처럼 그 말을 했다.

그런데 그에게서 그런 말을 듣는 것이 그녀에겐 너무나 만족스러웠다. 다른 사람들은 대단한 열정을 갖고 있어 모든 것을 같은 급의, 같은 문양의 것으로 만들어 버리는데. 영국에서는 완전히 평범한 것이 멋진 것이었다. 그런데 그녀가 비상하다는 인정을 받으니 퍽 안심이 되었다. 그렇다면 그녀가 평범한 기준에 대해 안달을 낼 필요가 없었다.

"저," 그녀가 말을 시작했다. "저에겐 돈이란 게 없어요."

"아이고. 돈이요!" 그가 어깨를 으쓱하며 외쳤다. "사람이 성인이 되면, 돈은 쓰라고 여기저기에 널려 있어요. 젊을 때만 돈이 귀하지요. 돈에 대해선 신경을 쓰지 마세요—돈은 항상 손에 들어와요."

"그래요?" 그녀가 웃으며 말했다.

"항상요. 당신이 청하면 제럴드 씨가 좀 주겠지요—"

그녀가 낯을 짙게 붉혔다.

"전 다른 사람에게 청할 거예요." 그녀가 어렵사리 말했다—"그이는 아니에요."

뢰르케가 그녀를 자세히 보았다.

"좋아요." 그가 말했다. "그러면 다른 사람에게 청하세요. 단 영국으로는, 그 학교로는 돌아가지 마세요. 그건 멍청한 짓이에요."

다시 침묵이 흘렀다. 그는 자기와 함께 가자고 곧장 청하기엔 망설여졌다. 자신이 그녀를 원하는지도 실은 잘 몰랐다. 그리고 그녀는 그런 청을 받을까 봐 겁이 났다. 그는 자신의 외톨이 생활을 매우 귀중하게 여겼다. 단 하루라도 그의 생활을 다른 사람과 공유하길 굉장히 꺼렸다.

"내가 알고 있는 영국 외의 다른 곳은 파리예요." 그녀가 말했다. "그런데 파리는 견딜 수가 없어요."

그녀는 눈을 크게 뜨고 뢰르케를 뚫어지게 쳐다보았다. 그가 고갤 숙이고 얼굴을 돌렸다.

"파리, 그건 아니지요!" 그가 말했다. "사랑의 종교, 최신 '주의', 그리스도로 새롭게 돌아가는 것 사이에서는, 차라리 온종일 회전목마를 타는 게 낫겠지요. 드레스덴으로 오세요. 거기에 내 작업실이 있어요. 일거리를 줄 수 있어요.—아, 그건 아주 쉬울 거예요. 당신의 작품을 아직 보진 못했지만, 당신을 믿어요. 드레스덴으로 오세요—그곳은 몸담기에 좋은 도시예요. 도시에서 기대할 수 있는 좋은 생활이 있고요. 거기엔 모든 것이 있어요. 파리의 어리석음이나 뮌헨의 맥주는 없어요."

그가 앉아서 차가운 시선으로 그녀를 쳐다보았다. 그에게서 그녀가 좋아하는 것은 그가 자신에게 말하듯 그녀에게 단순하고 곧이곧대로 말해주는 것이었다. 우선에 그는 동료 조각가요, 같은 일에 종사하는 동료였다.

"아니—파리는 아니에요." 그가 다시 말을 이었다. "그곳은 메스꺼워요. 흥! 사랑이라니, 난 사랑을 혐오해요. 사랑, 사랑이라, 사랑

(L'amour, l'amore, die Liebe)—난 어느 언어에서든 그 사랑이란 말을 싫어해요. 여자들과 사랑, 그 이상으로 싫증 나는 건 없어요." 그가 소리를 질렀다.

그녀는 좀 불쾌했다. 그런데도 이건 그녀 자신의 근본적인 감정이었다. 남자들, 그리고 사랑—그보다 더 싫증 나는 건 없었다.

"나도 똑같은 생각이에요." 그녀가 말했다.

"지겨운 일이에요." 그가 반복해 말했다. "내가 이 모자를 쓰든 다른 모자를 쓰든 그게 무슨 상관이지요? 사랑도 마찬가지예요. 난 전혀 모자를 쓸 필요가 없지요. 단 편리해서 쓰지요. 사랑도 편리해서 할 따름이지요. 저 아가씨, 말하지만—" 그가 그녀 쪽으로 몸을 기울였다. 그리곤 무엇인가를 피하는 듯이 이상한 손짓을 재빨리 했다. "저, 아가씨. 조금도 신경 쓰지 마세요—제가 말하는데요, 전 지성적인 교제를 좀 하는 대가로 모든 것을, 모든 사랑을 내어놓겠어요—" 그의 눈이 그녀에게 흉악하게 검은빛을 내며 껌뻑였다. "이해하시겠어요?" 그가 미소를 약간 띠며 물었다. "전 그 여자가 백 살이건, 천 살이건 개의치 않아요.—그녀가 이해만 할 수 있다면 나에겐 그건 똑같을 테니까요." 그가 눈 깜짝할 사이에 눈을 감았다.

구드룬은 다시 매우 불쾌했다. 그렇다면 그녀가 잘 생겼다고 생각하지 않는 건가? 그녀가 갑자기 소리를 내며 웃어댔다.

"당신에게 어울리려면 난 80년은 더 기다려야겠어요." 그녀가 말했다. "전 아주 못생겼지요? 안 그래요?"

그가 예술가답게 갑자기 눈을 가늘게 뜨고 그녀를 가늠하며 쳐다보았다.

"당신은 아름다워요." 그가 말했다. "그래서 내가 기분이 좋아요. 그러나 그게 아니에요—그게 아니라고요." 그가 힘주어 소리쳤고 그녀는 기분이 우쭐해졌다. "당신은 기지가 있어요. 그게 이해심이지요. 나로 말하면 난 약골이고 보잘것없어요. 좋아요! 나에게 힘이 세고 잘 생긴 걸 요구하지 마요. 그러나 본질적인 나는—" 그가 야릇하게 그의 손가락을 입에 갖다 대었다—"연인을 찾고 있는 것이 본질적인 나예요. 그리고 본질적인 내가 당신이 나의 연인이 되길 바라고 있어요. 나의 특출난 지성에 짝이 되기를 바라요—이해가 돼요?"

"네." 그녀가 대답했다. "이해해요."

"그리고 이 사랑으로 말하면—" 그가 무슨 골칫거리를 손으로 쳐서 옆으로 내던지는 듯한 몸짓을 했다—"그건 중요하지 않아요. 중요하지 않다고요. 오늘 저녁에 내가 백포도주를 마시건, 아예 아무것도 안 마시건 그게 어디 중요해요? 그건 아무런 문제가 되지 않아요. 그처럼 이 사랑, 성교라는 것도 그래요. 사랑을 오늘 하건, 내일 하건 아니면 영영 안 하건 그건 똑같은 거지요. 문제가 되지 않아요—백포도주처럼 아무 문제가 되지 않아요."

그가 이상하게 고갤 떨구고 필사적으로 부정하며 말을 그쳤다. 구드룬이 그를 계속 쳐다보았다. 그녀의 낯이 창백해졌다.

그녀가 갑자기 손을 뻗어 그의 손을 잡았다.

"그건 진실이에요." 그녀가 굉장히 활기찬 높은 목소리로 말했다. "그건 제 생각이에요. 진실이에요. 관건이 되는 건 이해심이지요."

그가 겁을 먹은 듯이 슬쩍 눈치를 보며 그녀를 쳐다보았다. 그리곤 그가 약간 샐쭉해서 고갤 끄덕였다. 그녀가 그의 손을 놓았다. 그는 조금만치의 반응도 보이지 않았다. 그리고 그들은 침묵 속에 앉아 있었다.

그가 갑자기 자부심에 찬, 예언적인 시커먼 눈으로 그녀를 쳐다보며 말했다. "당신의 운명과 나의 운명이 평행선을 그을 것이란 것 알아요? 그러다 마침내—" 그가 얼굴을 약간 찡그리며 말을 갑자기 그쳤다.

"언제까지요?" 그녀가 움찔하고 입술은 하얘지면서 물었다. 그녀는 이 불길한 예언에 극도로 민감했다. 그러나 그는 고개를 젓기만 했다.

"몰라요." 그가 대답했다. "모르겠어요."

제럴드는 스키를 타러 갔다가 어둑어둑해질 때까지 돌아오지 않았다. 그녀가 4시에 커피와 케이크를 들 때도 오지 않았다. 눈이 완벽한 상태여서 그가 스키를 타고 눈 산등성이 가운데의 먼 데까지 갔다. 그가 아주 높은 데까지 올라가서 산길의 꼭대기에서 5마일 떨어진 데까지 굽어볼 수 있었다. 산꼭대기의 길가에 눈에 반쯤 묻힌 마리엔휘트 호스텔과 그 너머의 깊은 골짜기 깊숙이와 컴컴한 소나무들까지 볼 수 있었다. 그 길을 따라 집으로 갈 수 있었으나 집이란 생각에 구역질이 나면서 치가 떨렸다.—스키를 타고 그 밑으로 내려가면 고갯길 밑의 고대 황제의 길에 닿을 수 있었다. 그러나 왜 길 있는 데로 간단 말인가. 그는 자신이 세상에 다시 내려간다는 생각에 반항했다. 그는 설산 높은 곳에 언제까지나 머물러야 한다. 높은 데서 홀로 스키를 재빠르게 타면서 높이까지 비상하고 반짝이는 눈이 줄무늬를 낸 검은 바위를 지나 미끄럼을 타며 행복감에 젖었다.

그러나 얼음같이 차가운 것이 가슴에 몰려오는 것을 느꼈다. 며칠간 그의 안에서 집요하게 머무르던 인내심과 순수함의 낯선 분위기가 빠져나가고 있었다. 그는 다시 무서운 열정과 고뇌의 먹이가 되어 괴로워할 것이다.

그래서 그는 마지못해 눈 속에서 그을리고 호젓해진 기분으로 산꼭대기의 돌쩌귀 사이를 지나 분지에 있는 호텔로 내려왔다. 불빛이 노랗게 비치는 것을 보고 뒤로 물러났다. 그곳으로 들어가 사람들을 대면하고 시끄러운 소릴 들으며 다른 사람들이 왁자지껄하게 모여 있는 분위기를 대하고 싶지 않았다. 그의 심장 주위로 진공 상태가 둘러처진 양 또는 순수한 얼음 칼집으로 둘러싸인 양, 그는 고립되어 있었다.

그가 구드룬을 본 순간 그의 영혼에서 무언가가 급격히 흔들렸다. 그녀는 고결하고 눈부시게 보였고 독일인들에게 천천히 상냥하게 미소를 짓고 있었다. 그녀를 죽여야겠다는 욕정이 갑자기 그의 가슴에서 꿈틀거렸다. 그녀를 죽이는 것이 얼마나 완벽하게 관능적인 성취가 될까 하고 생각했다. 그의 마음은 눈과 격정으로 소원해져 저녁 내내 멍해 있었다. 그러나 그 생각을 계속 마음속에 품고 있었다. 그녀의 목을 졸라 생명의 불꽃을 모조리 내보내서, 그녀가 마침내 완전히 기력을 잃고 부드럽게 영원히 늘어져 있게 하는 것이 얼마나 완벽하게 관능적인 성취가 될까! 그의 손아귀에서 완전히 죽어서 부드럽게 누워있는 몸뚱이는. 그러면 그는 그녀를 최종적으로 영구히 소유하게 될 것이다. 너무나 완벽하게 관능적인 최종적 성취가 될 것이다.

구드룬은 그가 무엇을 느끼는지 전혀 몰랐다. 그가 여느 때처럼 아주 조용하고 온순해 보였다. 그가 귀염성 있어 보이자 그녀가 그를 향해 야수적으로 굴었다.

그녀가 그의 방으로 들어갔을 땐 그가 반쯤 옷을 벗고 있었다. 그녀는 그가 그녀를 쳐다보는 그의 눈에서 증오로 불타는 진기한 빛을 알아보지 못했다. 그녀는 손을 뒤로하고 문가에 서 있었다.

"제럴드, 난 이런 생각을 했어요." 그녀가 모욕적일 정도로 태연한 어조로 말했다. "영국으로 돌아가지 않으려고요."

"오?" 그가 대답했다. "그러면 어디로 갈려고?"

그러나 그녀는 이런 질문을 무시했다. 그녀는 나름대로 논리적인 말을 해야 했고 그건 생각했던 대로 해야 했다.

"귀국할 이유가 없어요." 그녀가 말을 계속했다. "당신과 나 사이의 일은 다 끝났어요—"

그가 뭐라 말하도록 그녀가 입을 다물었다. 그러나 그는 아무 말도 하지 않았다. 그는 속으로만 말을 하고 있었다. '끝났다고? 그래? 끝났다고 믿어. 그렇지만 끝난 것은 아니지. 기억해. 끝나지 않았어. 네가 거기에 끝내는 매듭을 지어야지. 종결이 있어야지. 종국적 결말이 있어야 한다고.'

그렇게 그가 속으로 말했지만, 소리를 내서 아무 말도 하지 않았다.

"이미 과거지사는 과거로 끝난 거예요." 그녀가 말을 계속했다. "전 아무런 유감이 없어요. 당신도 유감이 없기를 바라요—"

그가 대답하길 그녀가 기다렸다.

"아, 난 유감 없어." 그가 유순하게 말했다.

"그러면 좋아요." 그녀가 대답했다. "좋다고요. 어느 쪽도 유감이 없다니. 마땅히 그래야지요."

"그래야 마땅하지." 그가 막연하게 말했다.

그녀가 생각의 실마리를 한데 모으려고 잠깐 가만히 있었다.

"우리의 시도는 실패였어요." 그녀가 말했다. "그렇지만 다른 데서 또 해볼 수 있지요."

분노의 작은 불꽃이 그의 핏줄을 타고 흘렀다. 그녀가 그의 분을 일으키고 선동을 하는 것 같았다. 저 여자가 왜 저러지?

"무엇을 시도한다고?" 그가 물었다.

"연인이 되는 것 말이에요." 그녀가 약간 당황했지만 아주 사소한 문제인 양 대답했다.

"우리가 연인이 되려는 시도가 실패했다고?" 그가 큰소리로 거듭 말했다.

그가 혼자서 속으로 말했다. '저 여잘 여기서 죽여야 해. 이 일만 남았어. 저 여잘 죽이는 일만.' 그녀를 죽이려는 과충전된 무거운 욕망이 그를 사로잡았다. 그녀는 의식하지 못했다.

"그러지 않았어요?" 그녀가 물었다. "그래, 성공이었다고 생각해요?"

경솔한 질문이 주는 모욕감이 전류처럼 그의 핏줄을 타고 흘렀다.

"우리의 관계엔 몇 가지 성공적인 점들이 있었지." 그가 대답했다. "그게—성공적으로 될 수도 있었지."

그러나 그가 마지막 말을 끝내기 전에 잠깐 멈추었다. 그가 그 말을 시작했지만, 그 진의를 믿지 않았다. 그게 결코 성공적으로 될 수 없다는 걸 알고 있었다.

"아니에요." 그녀가 대답했다. "당신은 사랑을 못 해요."

"그래 당신은?" 그가 물었다.

그녀의 크게 뜬 검은 눈동자가 마치 암흑 속의 두 개의 달덩이처럼 그를 응시했다.

"난 당신을 사랑할 수가 없었어요." 그녀가 냉랭하게 진실을 토로했다.

앞을 가리는 번쩍하는 불빛이 그의 뇌리를 스쳤다. 그의 몸은 튀어 올랐다. 그의 심장은 갑자기 불꽃을 뿜기 시작했다. 그의 의식이 손목으로, 다음엔 손으로 확 몰려갔다. 그는 그녀를 살해하려는, 맹목적이고 자제할 수 없는 욕망이었다. 그의 손목이 욕망으로 터지는 것 같았고 그의 손으로 그녀의 목을 조를 때까지는 만족감이 없을 것이었다.

그러나 그의 몸이 그녀 쪽으로 다가가기 전에 갑자기 교묘한 이해의 표정이 그녀의 얼굴에 나타났고 눈 깜짝할 사이에 그녀가 문밖으로 나갔다. 눈 깜짝할 사이에 그녀는 자기 방으로 달려가서 문을 걸어 잠갔다. 그녀는 겁이 났지만, 자신이 있었다. 그녀는 자신의 생명이 심연의 가장자리에서 떨고 있음을 알았다. 그렇지만 묘하게 그녀가 발 디딘 곳이 안전하다고 느꼈다. 자신의 교활성이 그보다 한 수 더 높다는 걸 알았다.

그녀는 자기 방에서 흥분되고 기운이 무섭게 솟구쳐서 떨면서 서 있었다. 그보다 한 수 위라는 걸 알았다. 자신의 정신과 분별에 의존할 수 있었다. 그러나 그건 죽을 때까지의 싸움이란 걸 이제 알고 있었다. 한 번 발을 잘못 디디면, 끝이었다. 그녀는 몸이 이상하게 긴장되고 기운이 고양되어 메스꺼웠다. 마치 아주 높은 데서 떨어질 위험에 처해 있는데 아래를 내려다보지 않고, 겁나는 걸 용납하지 않는 것 같았다.

"난 모레 이곳을 떠나야겠어." 그녀가 말했다.

그녀가 제럴드를 무서워한다고, 그녀가 그를 무서워해서 도망친다고 그가 생각하지 않길 바랐다. 그녀는 근본적으로 그를 무서워하지 않았다. 그의 육체적인 폭력을 피하는 것이 안전장치란 걸 알았다. 그러나 육체적으로도 그를 무서워하지 않았다. 그것을 그에게 증명하고 싶었다. 그것을 증명한 다음엔 그가 어떤 존재든 간에 그를 두려워하지 않을 것이었다. 그녀가 이것을 증명한 다음엔 그를 영원히 떠날 수 있을 거다. 그러나 싸움이 그들 사이에 지속하면, 그녀가 무시무시하다고 아는 대로, 끝이 나지 않을 것이었다. 그녀는 자신을 확신하고 싶었다. 아무리 공포감이 있다 해도, 그녀는 그에 의해 겁을 먹지 않고 위협을 받지 않을 것이었다. 그가 그녀를 절대로 으르거나 지배하거나 그녀에게 권리를 행사할 수 없었다. 이 점을 그녀가 증명할 때까지 지속해야 했다. 일단 증명이 되면 그녀는 영원히 그에게서 자유로워질 것이었다.

그러나 그녀는 그것을 증명하지 못했다. 그에게도 자신에게도 못했다. 그래서 그녀가 아직 그에게 묶여있는 것이었다. 그녀는 그에게 묶여있었다. 그를 초월해 살 수가 없었다. 그녀가 여러 시간 동안 몸을 감싸고 침대에 앉아서 끊임없이 이런 생각을 혼자 했다. 생각으로 큰 대책을 세우는 것은 절대로 끝이 날 것 같지 않았다.

'그가 진짜로 날 사랑하는 것 같지 않아.' 그녀가 혼자 중얼거렸다. '사랑하지 않아. 그가 만나는 여자마다 자기를 사랑하길 바라지. 자신이 그런 짓을 한다는 것조차 모르고 있어. 그렇지만 모든 여자 앞에서 그가 남성의 매력을 펄럭이고, 자신이 굉장히 바랄만한 대상이라는 것을 드러내지. 그는 모든 여자가 그를 애인으로 삼으면 얼마나 멋질까 하고 생각하도록 애쓰지. 그가 여자들을 무시하는 자체가 그 게임의 한 부분이지. 그는 절대로 여자들을 의식하지 않는 건 아니야. 그가 수탉이 되어야 하는데. 그래서 그를 따르는 오십 마리의 모든 암탉 앞에서 우쭐대야 하는데. 그러나 실제로 그의 방탕하게 구는 돈 후안적인 면은 나에게 조금도 흥미롭지 않아. 내가 그보다 백만 배 이상으로 방탕한 여자 노릇을 할 수 있으니까. 그자는 날 싫증 나게 해. 그의 남성성이 날 싫증 나게 해. 남근만큼 싫증 나게 하는 건 없지. 태생적으로 저렇게 우둔하고 어리석게 잘난 척하다니. 정말로, 이런 남자들의 끝없는 자부심은 우스꽝스러워—저 우쭐대며 걷는 좀팽이들.

'그자들은 하나같이 똑같아. 버킨을 좀 봐. 그들은 자만심의 한계에서 만들어졌지. 그 외엔 아무것도 없어. 진짜로 우스꽝스러운 한계와 타고난 쪼잔함이 저자들을 저렇게 우쭐대게 하는 거지.

'뢰르케로 말하면 제럴드 같은 자보다 천 배는 더 나은 점이 있지. 제럴드는 너무나 제한되어있어서 막다른 골목만이 있을 뿐이야. 그자는 언제까지나 낡은 방앗간에서 가루를 빻고 있겠지. 진짜는 맷돌 사이에 곡식은 하나도 없는데. 가루로 빻을 것이 없는데도 계속 빙빙 돌아가고 있어—똑같은 말을 계속하고, 똑같은 것을 믿고, 똑같이 행동하면서—아, 정말이지, 돌덩이의 인내심까지 지치게 할 거야.

'난 뢰르케를 숭상하진 않아. 그렇지만 하여간에 그인 자유로운 개체지. 그인 남자인데도 난체하며 몸을 뻣뻣하게 세우진 않아. 그인 낡은 방앗간에서 의무를 수행한답시고 가루를 빻지는 않아. 아. 세상에, 제럴드와 그가 하는 일을 생각하면—벨도버의 그의 사무실과 탄광을 생각하면—속이 메슥거려. 내가 그런 것과 무슨 상관이야—여자와는 언제든 사랑을 할 수 있다고 생각하는 그자하고 말이야! 자족적인 가로등 기둥한테 청하는 게 낫지.—영구적인 일을 가진 이 남자들—영구적으로 방앗간을 지키며 실제로 빻는 것은 없는데 계속 돌아가지! 그건 정말 지루해. 지루하단 말이야. 도대체 내가 어떻게 해서 저자를 심각하게 생각했던 걸까!

'적어도 드레스덴에 가면 거기에선 이런 것들과 등질 수 있을 거야. 재미나는 일거리들이 있을 거야. 리듬 체조 발표회와 독일 오페라와 독일 극장에 가는 건 재미있을 거야. 독일식 보헤미아 생활에 참여하는 것은 재미있을 거야. 뢰르케는 정말 예술가야. 그인 자유로운 개인이야. 너무나도 많은 것을 피할 수 있어. 그게 중요한 거지. 천박한 행동을 그토록 계속 반복해서 하는 걸 피할 수 있다니. 천박한 말과 천박한 태도를 보이지 않아도 된다니. 드레스덴에서 삶의 불로장수 약을 찾을 거라는 망상은 하지 않아. 그러지 못할 걸 알지. 그러나 자신의 집을 소유하고 애들이 있고 친지들과 이런저런 것을 소유한 사람들에게서 벗어날 수 있지. 소유물이 없고 집도 없고 늘 뒤편에 하인을 거느리지 않고 사회적 지위와 신분과 학위가 없고 똑같은 친구들과 늘 모임을 하지 않는 사람들과 섞이게 될 거야. 오, 하나님 맙소사. 사람들의 바퀴 안에 바퀴, 그게 사람의 머리를 벽시계처럼 똑딱똑딱 움직이게 하지, 생명 없는 기계적인 단조로움과 무의미함이라는 바로 그 광기를 갖고서 말이야. 난 그런 삶을 증오해. 그걸 얼마나 싫어하는지. 제럴드 같은 사람들을 얼마나 내가 증오하나! 그자들은 단조로움 이외에는 줄 것이 없지.

'숏랜즈!—세상에! 거기서 1주일 살 것을 생각해봐. 2주일, 그러고 나서 3주일—

'아니, 난 그런 생각을 하지 않을래—그건 너무나 지나쳐—'

그리고 그녀가 정말로 겁을 먹고 도저히 더는 참을 수 없어서 생각을 중단해 버렸다.

기계적인 연속의 날이 매일 무한정으로 계속되리란 생각을 하니 그녀는 진짜로 미칠 것 같았고 심장이 팔딱거렸다. 이렇게 시간이 똑딱거리고, 시계의 바늘이 까딱거리고, 시간과 날이 영원히 반복되는 것은 얼마나 무서운 속박인가! 오, 하나님 맙소사. 그건 너무 끔찍해서 생각조차 할 수 없어. 그리고 그것을 피할 길이 없다니. 도피구가 없다니.

그녀는 제럴드가 그녀와 함께 있어서 이런 무시무시한 생각에서 벗어나게 해주길 바랄 지경이었다. 오, 끊임없이 똑딱거리는 그 무시무시한 벽시계를 홀로 누워 대면하며 그녀는 얼마나 괴로워했는가. 모든 삶이, 모든 삶이 죄다 여기로 귀착되는구나. 똑딱똑딱, 똑딱똑딱 그런 다음 시간을 알리는 종소리, 그런 다음 똑딱똑딱, 똑딱똑딱 그리고 시곗바늘의 까딱거림.

제럴드가 이런 곳에서 그녀를 구제할 수가 없었다. 그가, 그의 몸뚱이가, 그의 동작이, 그의 인생이—그건 똑같이 똑딱거리고 시계 판에서 바늘이 까딱거리는 것이지. 시계 판에서 기계적으로 무섭게 바늘이 까딱거리는 것이야. 그의 키스와 포옹이 무엇이람? 그녀는 그들의 똑딱, 똑딱거리는 소릴 들을 수 있었다.

하—하—그녀가 혼자서 소리 내 웃었다. 너무나 겁이 나서 크게 웃음으로 겁을 떨쳐버리려고 애를 쓰고 있었다—하—하, 정말 미칠 지경이야. 확실히 그래. 정말!

그리곤 순식간의 자의식적인 동요와 함께 만약에 아침에 일어나서 머리칼이 백발로 변한 것을 알게 되면 얼마나 놀랄까 하는 생각이 들었다. 그녀는 견딜 수 없이 무거운 생각과 감정을 겪은 후에, 그 압박감으로 자기 머리칼이 백발이 되었다는 느낌을 아주 자주 받았다. 그러나 머리칼은 여전히 갈색으로 그대로 있었고 그녀도 완전히 건강한 모습을 보이며 그대로 있었다.

아마도 그녀가 건강한 것은 사실일 것이다. 어쩌면 그녀가 진실을 그토록 대면할 수 있었던 것은 쇠하지 않는 그녀의 건강 때문일 것이다. 만약에 그녀가 병약하다면 환상도 볼 것이고 상상도 했을 것이다. 사실은 그렇지 않아서 탈출이란 없었다. 그녀가 항상 보고 알아야만 해서, 도저히 탈출할 수 없었다. 절대로 탈출할 수 없었다. 그녀는 삶의 시계 판 앞에 그대로 놓여 있었다. 만약에 그녀가 기차역에서 책 가판대를 찾으려고 몸을 돌렸는데 벽시계만 눈에 들어온다면 등골이 오싹해질 것이다. 항상 커다란 하얀 벽시계 얼굴만 눈에 들어온다면 말이다. 그녀가 헛되게 책장을 넘겼고 진흙으로 작은 조각상을 만들었다. 자신이 진짜는 책을 읽고 있지 않다는 걸 알았다. 그녀가 진짜로는 작업하고 있지 않았다. 그녀는 시곗바늘이 영원히 기계적이고 단조로운 시계 판에서 움직이는 것을 보고 있었다. 그녀는 진정으로 산 적이 없었고 단지 지켜보기만 했다. 정말로 그녀는 영원의 거대한 벽시계와 마주 보는 열두 개의 눈금이 그려진 작은 벽시계와 같은 존재였다—그녀는 '위엄과 뻔뻔스러움' 혹은 '뻔뻔스러움과 위엄"이란 제목의 그림처럼 그냥 그 자리에 있었다.

---

* 화가 에드윈 헨리 랜드시어 경(1802-1873)의 그림.

그 그림은 그녀 마음에 들었다. 그녀의 얼굴이 정말로 벽시계 판과 닮지 않았나—좀 둥글넓적하고 희멀건 하고 둔감하지 않나? 그녀는 일어나서 거울에서 자기 얼굴을 보고 싶었지만 열두 시간짜리 벽시계와 같은 자신의 얼굴을 보게 될까 봐 굉장히 두려워서 얼른 다른 생각을 했다.

왜 그녀에게 친절한 누군가가 없나? 그녀를 팔로 얼싸안고 가슴에 품어주며 휴식을 줄, 순수하고 깊은 치유의 휴식을 줄 사람이 없지? 아, 왜 아무도 그녀를 안고 안전하고 완전하게 껴안아 잠잘 수 있게 해주질 않지? 그녀는 이런 완벽하고 포근한 잠을 너무나도 원했다. 그녀는 항상 제대로 안기지 못한 채 잠이 들었다. 그녀는 항상 제대로 안기지 못한 채 변화가 없이, 구원을 받지도 못하며 자곤 했다. 오, 이것을 어찌 감내할 수 있는가? 이 끊임없는 근심과 이 영원한 불안을.

제럴드! 그자가 그녀를 팔로 안고 꼭 껴안아 잠재울 수 있단 말인가? 하! 그는 자신이 잠을 자도록 하는 게 필요했다—불쌍한 제럴드. 그게 그가 필요한 전부였다. 그가 무얼 했던가? 그가 그녀에게 짐을 더 무겁게 했다. 그가 곁에 있을 때는 그녀의 잠의 짐을 더 참지 못하게 했다. 그는 그녀에게 피로를 더 가중했다. 잠을 설치게 했고 곤한 잠을 자지 못하게 했다. 오히려 그가 그녀에게서 얼마의 편안함을 얻었지. 어쩌면 그랬다고. 그래서 그가 항상 굶주린 어린애처럼 그녀를 졸졸 따라다닌 거지. 젖을 달라고 조르면서. 어쩌면 이것이 그녀에 대한 열정의 비밀이었어. 그가 언제까지나 만족 못 하고 그녀를 계속 요구한 것이. 그녀가 그를 잠재우는 것이 그에겐 필요했던 거지. 그에게 안식을 주는 것이.

그러면 뭐야! 그녀가 그의 어머니란 말인가? 그녀가 애인 대신에 밤새도록 젖을 먹여야 할 어린애를 청했단 말인가? 그녀는 그를 깔보고 또 깔보았다. 그녀는 마음이 굳어졌다. 밤에는 울며 보채는 어린애. 이 난봉쟁이 돈 후안.

아-아, 밤에 보채는 그 어린애를 그녀가 얼마나 미워했는지. 애를 기꺼이 죽이고 싶을 심정이었다. 헤티 소렐[*]이 그랬던 것처럼, 그 애를 목 졸라 죽여 매장하고 싶었다. 물론 헤티 소렐의 아기가 밤새 보채며 울었을 테고—의심할 바 없이 아서 도니손의 아기가 그랬을 것이다. 하!—이 세상의 아서 도니손 같은 남자들, 제럴드 같은 남자들. 낮엔 아주 씩씩하게 굴다가도 밤이면 아기처럼 칭얼거리며 울어대지. 그런 자들은 기계로 변해야 해. 그래야 해. 그런 자들은 도구가 되고 순전히 기계가 되고, 순전히 의지가 되어 벽시계처럼 영구히 같은 동작을 반복해야 해. 바로 이런 것이 돼야 해. 완전히 일에 몰두하도록 해야 해. 계속 반복되는 선잠을 자면서, 커다란 기계의 완벽한 부품이 되어야 해. 제럴드는 회사나 경영하라고 하지. 그는 온종일 널빤지 위에서 앞뒤로 왔다 갔다 하는 외바퀴 손수레처럼 만족할 거야, 거기서 만족할 거야.—그녀가 그것을 보았던 거다.

외바퀴 손수레—초라한 외바퀴—회사의 단위이지. 두 개의 바퀴가 달리면 수레가 되고, 네 개가 달리면 트럭이고, 여덟 개가 달리면 소형 기관차가 되고, 그다음에 열여섯 개가 달리면 윈치 엔진 등, 그렇게 가다가 천 개의 바퀴가 달린 광부, 삼천 개가 달린 전기기사,

---

[*] 조지 엘리엇의 소설 《아담 비드》의 여주인공. 그녀는 지주의 손자인 아서 더니슨의 유혹에 넘어가 임신을 하고, 출산 후엔 아기를 살해한다.

이만 개가 달린 탄광 현장 감독, 십만 개의 작은 바퀴가 달린 총지배인에게 가서 그의 직무를 완수하게 일을 해대지. 다음엔 백만 개의 바퀴와 톱니바퀴와 굴대가 달린 제럴드에게 가지.

불쌍한 제럴드. 그토록 많은 작은 바퀴가 그를 구성하다니! 그는 크로노미터 정밀시계보다 더 복잡해. 그러나 아, 하나님 맙소사. 얼마나 지겨운지! 하나님 맙소사. 얼마나 지겨운지! 크로노미터 정밀시계—딱정벌레—그녀의 영혼은 그런 생각에 극도의 권태감이 몰려와 진이 빠졌다. 너무나도 많은 바퀴를 세고 고려하고 계산을 해야 하다니! 그것으로 충분해. 그만!—복잡다단한 일을 하는 데엔 인간의 한계가 있는 거야. 어쩌면 한계가 없을 수 있지.

한편 제럴드는 자기 방에 앉아서 독서를 하고 있었다. 구드룬이 사라진 후엔 그가 욕망이 저지되어 멍한 상태로 있었다. 한 시간 동안 침대 옆에 멍해서 앉아 있었다. 의식의 작은 가닥이 오락가락했다. 그러나 그는 움직이지 않고 긴 시간 동안 무기력해져 고개를 가슴에 떨구고 있었다.

그러다가 그가 눈을 들어보니 잠자야 할 시간이란 걸 깨달았다. 몸이 차가 왔다. 그는 곧 어둠 속에서 누웠다.

그러나 그가 참지 못하는 것이 어둠이었다. 견고한 어둠이 그를 대면하니 미칠 것 같았다. 그래서 그가 일어나 불을 켰다. 잠시 앞을 노려보고 앉아 있었다. 구드룬 생각은 하지 않았다. 그 어떤 생각도 하지 않았다.

그러다 갑자기 아래층으로 내려가 책 한 권을 가져왔다. 그는 잠이 오지 않을 때 밤이 닥치는 것을 평생 두려워했다. 이것이 그에겐 그건 너무나 참을 수 없는 것임을 알았다. 뜬 눈으로 공포에 질려 시간 가는 것만 지켜보는 밤이 지긋지긋했다.

그래서 조각상처럼 몇 시간이고 책을 읽으며 침대에 앉아 있었다. 강퍅해지고 예민해진 정신이 책을 속독했지만, 몸은 아무것도 이해하지 못했다. 경직된 무의식의 상태에서 그가 밤을 지새우며 책을 읽었고 마침내 아침이 되어 정신이 나른해지고 역겨워졌다. 무엇보다도 자신이 역겨워져서, 두 시간 동안 잤다.

그러고 나서 일어났더니 단단해지고 에너지가 가득 찼다. 구드룬은 좀처럼 그에게 말을 걸지 않았고 단지 커피를 마실 때 입을 열었다.

"난 내일 떠날 거예요."

"체면을 차리기 위해서 인스브루크까지 우리 함께 가면 어떨까?" 그가 물었다.

"그럴지도 모르죠." 그녀가 말했다.

그녀가 커피를 홀짝홀짝 마시며 "그럴지도 모르죠"이라고 내뱉었다. 그녀가 그 말을 하면서 내는 숨소리가 그에게 메스껍게 들렸다. 그가 얼른 일어나 그녀 곁을 떠났다.

그가 자리를 떠, 다음 날 출발할 절차를 밟았다. 그리곤 음식을 좀 들고 낮 동안 스키를 타러 출발했다. 어쩌면 그가 호텔 주인에게 마리언휘트 호스텔까지, 아니면 저 밑의 골짜기까지 갔다 오겠다고 말했으리라.

구드룬에게 이날은 봄날처럼 희망이 넘쳤다. 그녀는 해방이 다가오는 걸 느꼈고, 마음속에서 새로운 생명의 샘이 솟아올랐다. 짐을 챙기며 빈둥빈둥 시간을 보내는 것이 즐거웠고 책을 살짝살짝 읽는 것이 즐거웠다. 이 옷 저 옷을 입어 보면서 거울에 비춰보는 것이 즐거웠다. 그녀는 더 행복하게 살 기회가 임박한 듯 느꼈다. 어린애처럼 행복했고 그녀가 부드럽고 호사스럽게 차려입고 행복해하는 모습이 모든 이에게 굉장히 매력적이고 아름다워 보였다. 그러나 그녀마음속은 죽음 자체였다.

오후에는 뢰르케와 외출을 해야 했다. 그녀에게 내일은 완전히 희미했다. 그래서 즐거웠다. 제럴드와 잉글랜드로 갈 수도 있고, 뢰르케와 드레스덴으로 갈 수도 있고, 뮌헨에 있는 여자 친구 집으로 갈 수도 있었다. 내일은 무슨 일이라도 일어날 수 있을 거다. 오늘은 온통 하얀, 눈처럼 하얀, 무지갯빛 문턱, 모든 가능성이었다. 모든 가능성—그것이 그녀에게 매력으로 다가왔다. 사랑스럽고 무지갯빛으로 빛나는 무한한 매력—순수한 환상이었다. 모든 가능성—왜냐하면, 죽음은 불가피하고, 죽음 외에 아무것도 가능하지 않으니까.

구드룬은 일이 구체적으로 실현되는 걸, 어떤 명확한 형태를 취하는 것을 원치 않았다. 그녀는 내일의 여행이 어떤 전혀 예상치 못한 사건이나 행동으로 한순간에 갑자기 전혀 새로운 진로로 표류하길 원했다. 그래서 비록 그녀가 뢰르케와 마지막으로 눈 가운데로 외출하길 원했지만 심각하거나 사무적으로 되길 원치 않았다.

그리고 뢰르케는 심각한 인물이 아니었다. 갈색 벨벳 모자를 쓰니 그의 머리가 알밤처럼 둥글게 보였고, 갈색 벨벳 귀 덮개가 양쪽 귀 위에 헐겁게 아무렇게나 내려와 있었고, 요정같이 가는 검은 머리칼이 요정같이 검고 큰 눈 위로 흩날렸고, 이목구비가 작은 얼굴에 야릇한 미소를 지으니 반짝거리며 투명한 갈색 피부가 주름을 잔뜩 지었다. 그런 것들로 인해 그는 기묘하게 생긴 작은 애어른, 아니면 박쥐 같았다. 그러나 초록색의 두꺼운 방수천 옷을 입은 그의 모습은 나머지 사람들과 여전히 이상하게 달라 보이면서도 허약하고 보잘것없게 보였다.

그가 두 사람을 위해 작은 터보건 썰매를 가져왔고, 그들은 눈이 부시는 눈 비탈 사이를 터벅터벅 걸어갔다. 눈이 그들의 굳어진 얼굴을 그을렸고 그들은 끊임없이 계속 재담과 익살, 여러 언어로 표현된 공상을 뇌까리며 웃었다. 공상이 그들 두 사람에게는 현실처럼 되었고 그들은 농담과 변덕의 작은 색깔 공을 이곳저곳으로 던지며 너무나 행복하게 지냈다. 그들의 본성이 완전한 상호작용 속에서 영롱히 빛나는 것 같았다. 그들은 순수한 게임을 즐겼다. 그들의 관계를 게임의 수준에서 계속 유지하길 원했다. 너무나도 멋진 게임으로 말이다.

뢰르케가 터보건 썰매를 그리 진지하게 다루지 않았다. 그는 제럴드가 그런 것만큼 썰매에다 열정과 에너지를 쏟지 않았다. 그래서 구드룬이 즐거웠다. 그녀는 제럴드가 온통 힘을 주며 썰매를 단단히 붙잡는 행동에 싫증을, 오, 너무나 싫증을 느꼈다. 뢰르케는 썰매가 바람에 날리는 잎사귀처럼 제멋대로 기분 좋게 가도록 놔두었다. 굴곡진 데서 두 사람이 눈 속으로 내팽개쳐지면, 두 사람이 날카롭고 하얀 바닥에서 다치지 않고 똑바로 서서 웃어젖히며, 작은 요정처럼 까불거릴 때까지 그는 기다렸다. 그가 지옥엘 갈 때도 빈정거리는 장난스러운 말을 할 거로 생각했다―만약에 그가 그런 기분이 들면. 그리고 그것이 그녀를 엄청나게 즐겁게 해 주었다. 그건 황량한 현실과 단조롭고 우발적인 일 위로 높이 비상하는 것 같았다.

그들은 해가 질 때까지 순수하게 즐기며 걱정도 없이, 시간 가는 줄도 모르고 놀았다. 그러다 그 작은 썰매가 위험하게 빙빙 돌다가 비탈의 바닥에 내려앉았다.

"잠깐만!" 그가 갑자기 소리치며 어딘가에서 커다란 보온병과 비스킷 꾸러미와 브랜디 병을 꺼냈다.

"오, 뢰르케," 그녀가 소리 질렀다. "너무나 감동이에요! 정말로 너무나 즐거워요! 그게 무슨 술이지요?"

그가 병을 보더니 웃었다.

"하이델비어!" 그가 말했다.

"어머! 눈(雪) 밑에서 자라는 월귤 열매로 만든 거네요. 눈에서 증류된 것 같지 않아요? 저―" 그녀가 코를 술병에 대고 향을 맡았다. "월귤 열매 향이 나지요? 너무나 놀라워요! 마치 눈 사이로 그 향을 맡는 것과 똑같아요."

그녀가 땅 위로 발을 가볍게 굴렀다. 그가 무릎을 꿇고 휘파람을 불더니 귀를 눈(雪)에 갖다 대었다. 그가 그런 동작을 취할 때 그의 검은 눈동자가 반짝였다.

"하! 하!" 그녀의 말장난을 놀려대는 그의 변덕스러운 태도에 신이 나서 그녀가 웃어댔다. 그는 항상 그녀의 태도를 조롱하며 그녀를 놀려댔다. 그러나 그가 놀려댈 때는 그녀가 과장해서 떠드는 것보다 더 우스꽝스럽게 굴었다. 그걸 보면 그저 웃고 해방감을 느끼지 않을 수 없었다.

그들의 목소리, 그녀의 목소리와 그의 목소리가, 초저녁 황혼의 얼어붙어 꼼짝 않는 공기 속에서 은방울처럼 울리는 것을 그녀가 느낄 수 있었다. 그게 얼마나 완벽하게 들리는지. 그건 정말로 얼마나 완벽한가. 이렇게 은빛 눈 속에서 단둘이 서로 장난치는 것은.

그녀가 뜨거운 커피를 홀짝홀짝 마셨다. 그 향기가 그들 주위에 퍼져나갔다. 마치 벌들이 눈 덮인 공기 중에서 꽃 주위를 윙윙거리며 몰려드는 것 같았다. 그녀가 하이델비어를 조금씩 마셨고 차갑고 달콤하고 크림이 든 와퍼를 먹었다. 모든 게 얼마나 좋은지! 이 완전히 정적이 깔린 눈과 황혼이 지는 여기서 모든 것이 얼마나 완벽하게 맛이 나고, 냄새가 나고, 소리가 나는지!

"내일 떠난다고요?" 그의 목소리가 마침내 들렸다.

"그래요."

말이 없었다. 저녁이, 고요 속에서 한없이 높이 창백하게 울려 퍼지며, 손 가까이 있는 무한까지, 치솟는 것 같았다.

"어디로요(Wohin)?"

그것이 문제였다—Wohin? 어디로? Wohin? 이 얼마나 아름다운 말인가! 그녀는 그 말에 대답이 있다고 절대로 바라지 않았다. 그 말이 종소리처럼 영원히 울리게 하라!

"몰라요." 그녀가 미소 지으며 대답했다.

그가 그녀의 미소 의미를 파악했다.

"절대로 알 수 없지요." 그가 말했다.

"절대로 알 수 없어요." 그녀가 똑같이 말했다.

고요가 흘렀다. 그 속에서 그가 과자를 빨리 오물거리며 먹었다. 꼭 토끼가 이파리를 먹는 모양이었다.

"그렇지만," 그가 웃으며 말했다. "어디로 가는 표를 끊을 거예요?"

"오, 세상에!" 그녀가 외쳤다. "표를 끊어야 하는구나."

그녀는 타격을 받았다. 자신이 철도역 매표소 창구에 있는 모습이 떠올랐다. 그러다 숨을 돌릴 생각이 떠올랐다. 그녀가 자유로이 숨을 쉬었다.

"그렇지만 꼭 갈 필요가 없지요." 그녀가 소리쳤다.

"물론 그렇지요." 그가 대답했다.

"내 말은 차표에 나온 데까지 갈 필요가 없다고요."

그가 그 말에 감동하였다. 차표는 끊지만, 차표에 나온 종착지까지 가지 않는다. 도중에 하차해 버린다. 기분 나는 대로 장소를 정한다. 기발한 생각이야!

"그러면 런던으로 가는 표를 끊어요." 그가 말했다. "거기로는 절대로 안 갈 테니까."

"맞아요." 그녀가 대답했다.

그가 양철 깡통에 커피를 조금 따랐다.

"그래, 어디로 간다고 말 안 해 줄 거예요?" 그가 물었다.

"진짜, 정말로 몰라요." 그녀가 대답했다. "바람이 어느 쪽으로 부는가에 달려있어요."

그가 짓궂은 표정으로 그녀를 쳐다보더니 입을 제피러스*같이 오므리더니 눈 위로 입김을 확 불어댔다.

"독일 쪽으로 부는데요." 그가 말했다.

"그러네요." 그녀가 웃어댔다.

갑자기 그들은 가까이에서 희뿌연 형상을 의식하게 되었다. 제럴드였다. 구드룬의 심장이 갑자기 겁을 먹고 팔딱거렸다. 굉장히 겁을 먹었다. 그녀가 벌떡 일어섰다.

"사람들이 당신네가 여기 있다고 말하더군." 제럴드의 목소리가 석양이 지는 허여멀건 공중에서 심판의 말처럼 들렸다.

---

* 그리스 신화에서 서풍을 의인화한 신.

"깜짝이야! 당신이 귀신처럼 나타났어요." 뢰르케가 소리쳤다.

제럴드는 대답하지 않았다. 그가 나타난 것이 그들에겐 부자연스럽고 유령 같았다.

뢰르케가 휴대용 병을 흔들었다―그리곤 그걸 눈 위에서 거꾸로 들었다. 몇 방울만이 똑똑 떨어졌다.

"다 없어졌네!" 그가 말했다.

제럴드에게 그 자그마하고 이상하게 생긴 독일인의 모습은 쌍안경을 통해 보는 것같이 선명하고 객관적인 목적물로 보였다. 그는 그 왜소한 모습이 지독히 싫었다. 그걸 없애버리고 싶었다.

그러더니 뢰르케가 비스킷이 든 상자를 흔들어 보았다.

"비스킷이 아직 남았네." 그가 말했다.

그가 썰매에 앉아있는 자리에서 손을 내밀어 비스킷을 구드룬에게 건넸다. 그녀가 손으로 더듬어 한 개를 꺼냈다. 그가 과자를 제럴드에게 건네려 했지만, 제럴드가 너무도 완강히 받지 않을 것처럼 보여 그가 좀 어색하게 그 상자를 한쪽으로 치웠다. 그리곤 작은 병을 쳐들어 빛에 비쳐 보았다.

"술(Schnapps)이 좀 남아있네." 그가 혼자 중얼거렸다.

그때 갑자기 그가 병을 공중으로 당당하게 높이 쳐들면서 그의 기이하고 기괴한 몸을 구드룬에게 기대며 말했다.

"친애하는 아가씨(Gnadiges Fraulein)," 뢰르케가 말했다. "저(wohl)―"

딱 소리가 나며, 병이 공중으로 날아갔고, 뢰르케는 놀라 뒤로 물러났다. 세 사람이 격한 감정으로 부들부들 떨며 서 있었다.

뢰르케가 제럴드 쪽으로 몸을 획 돌렸다. 그의 반짝이는 얼굴에 악마 같은 눈초리가 서려 있었다.

"잘했어요!" 그가 빈정거리며 귀신에 들린 듯 극도로 흥분되어 말했다. 그리고 말했다. "물론 그게 진짜 스포츠지(C'est le sport, sans doute)."

그다음 순간 그는 눈 속에 우스꽝스럽게 앉아 있었다. 제럴드의 주먹이 그의 옆머리를 퍽 소리 나게 갈겼기 때문이다. 그러나 뢰르케는 정신을 차려 일어나 몸을 떨며 제럴드를 빤히 쳐다보았다. 그의 몸이 약해서 피하는 듯했지만, 눈은 야유하는 악마 같은 표정이었다.

"영웅 만세, 만세(Vive le heros, vive)—" 그가 외쳤다.

그러나 그가 움찔했고, 눈 깜짝할 사이에 제럴드의 주먹이 그를 쳤다. 그의 머리의 다른 쪽을 쾅하고 쳐서 부서진 지푸라기처럼 그를 옆으로 나자빠지게 했다.

그러나 구드룬이 앞으로 나섰다. 그녀가 주먹을 쥔 손을 높이 쳐들어서 제럴드의 얼굴과 가슴팍을 세게 내리쳤다.

그가 너무나도 깜짝 놀랐다. 마치 하늘이 갈라진 듯했다. 그의 영혼이 경이롭게 크고도 크게 갈라졌고 아픔을 느꼈다. 그리고 그의 영혼이 웃어 젖혔다. 그가 몸을 돌려 마침내 그가 열망하던 사과를 따기 위해 힘센 팔을 뻗었다. 마침내 그의 욕망을 채울 수 있었다.

그가 양손으로 구드룬의 목을 조였다. 그의 손은 단단하고 반항할 수 없도록 강력했다. 그녀의 목구멍은 아주, 아주 멋지게 부드러웠다. 단 목구멍 안쪽에 있는 그녀의 생명의 힘줄이 미끌미끌한 걸느낄 수 있었다. 이걸 그가 내리눌렀다. 으깰 참이었다. 이 희열이라니! 오, 마침내 이 희열을 느끼다니! 마침내 만족하다니! 만족에서 오는 순수한 열기가 그의 영혼을 채웠다. 그가 그녀의 부은 얼굴이 의식을 잃는 것을 지켜보았다. 눈알이 뒤로 돌아가는 것을 지켜보았다. 얼마나 보기에 흉측스러운지! 이 얼마만의 성취인가! 얼마만의 만족인가! 이게 얼마나 좋은지, 얼마나 좋은지! 마침내 하나님이 주신 얼마나 큰 만족감인가! 그녀가 바둥거리며 저항하는 것을 그는 의식하지 못했다. 그 저항은 그녀가 이 억눌림에 완강히 반항하는 열정이었다. 저항이 더 격렬해질수록 그에게 주는 기쁨의 열기는 더 커졌다. 마침내 위기의 절정에 이르렀다. 반항은 진압되고 그녀의 움직임이 더 맥이 없어지더니 잠잠해졌다.

뢰르케가 눈 위에서 몸을 일으켰다. 일어나기엔 너무나 정신이 멍하고 몸이 아파졌다. 그의 눈만이 살아있었다.

"선생(Monsieur)!" 그가 가늘고 흥분된 목소리로 말을 했다. "다 끝을 냈으면(Quand vous aurez fini)—"

경멸과 혐오의 역겨움이 제럴드의 영혼에 밀려왔다. 혐오감이 그의 몸 저 밑창까지 이르러 욕지기가 났다. 아, 내가 무슨 짓을 하고 있나! 어디까지 떨어지고 있나! 그녀의 목숨을 내 손에 쥐고, 그녀를 죽일 만큼 내가 그녀를 배려했단 말인가!

그의 온몸에서 기운이 쭉 빠졌다. 무지하게 몸이 풀리고 힘이 눈녹듯 빠져나갔다. 자기도 모르게 그가 손을 놓았다. 구드룬이 무릎을 꿇으며 앞으로 쓰러졌다. 그가 똑똑히 보아야만 하는가, 알아야만 하는가?

무시무시하게 몸에서 힘이 싹 빠져나갔다. 그의 팔다리가 따로 노는 것 같았다. 그가 바람을 탄 것처럼 표류하더니 방향을 바꾸어 먼 곳으로 표류해 갔다.

"내가 그걸 원한 건 아니었는데. 정말로." 이것이 그의 영혼이 혐오감에 차서 마지막으로 내뱉은 고백이었다. 그가 허약하고 일의 끝이 난 것같이 비탈을 목적 없이 올라갔다. 단지 더 이상의 인간과의 접촉을 피해 무의식적으로 멀리 떠나가고 있었다. "난 충분히 겪었어—이제 자고 싶어. 난 충분히 겪었어." 그는 욕지기를 느끼며 푹석 주저앉았다.

그는 기운이 없었다. 그렇지만 쉬고 싶지는 않았다. 계속 걷고 또 걸어서 끝까지 가고 싶었다. 절대로 다시는 멈추지 않고 끝까지 가리라. 그게 그에게 남아있는 욕망 전부였다. 그래서 그는 의식이 없는 허약한 상태에서 계속 밀리듯 걸어갔다. 그가 움직일 수 있는 한 아무것도 생각하지 않았다.

황혼이 괴상하고 이 세상 것 같지 않은 기분 나쁜 빛을 머리 위로 퍼뜨렸다. 색깔이 푸르스름한 장밋빛이었다. 차가운 푸르스름한 밤이 눈 위에 내려앉았다. 저 밑의 골짜기에, 저 뒤 커다란 눈의 분지에 두 개의 작은 모습이 보였다. 구드룬이 무릎을 꿇고 쓰러져 있었다. 처형당한 사람 같았다. 뢰르케가 그녀 가까이에서 등을 꼿꼿이 세우고 앉아 있었다. 그게 전부였다.

제럴드는 눈이 쌓인 비탈을 비틀거리며 올라갔다. 푸르스름한 어둠 속에서 계속 올라가고 있었다. 지쳤지만 무의식 상태에서 계속 올라가고 있었다. 왼쪽에는 가파른 비탈이 있었다. 거기엔 검은 바위들과 떨어져 내린 돌무더기들이 있었다. 검은 바위들 속과 주변으로 눈 맥(脈)이 뻗어 있었다. 바위의 어둠 속과 주변으로 눈 맥(脈)이 희미하게 뻗어 있었다. 그렇지만 아무런 소리가 나지 않았다. 이런 모든 것이 아무 소리도 내지 않았다.

그가 힘들어하는데 설상가상으로 바로 머리 위에 작은 달이 환하게 비치고 있었다. 오른쪽으로 눈이 부시도록 그 밝은 달이 끈질기게 떡하니 버티고 있었다. 거기서 도망칠 방도가 없었다. 그래서 그는 종착지에 이르길 원했다—그는 충분히 겪었으니까. 그런데도 그는 잠이 오지 않았다.

그는 고통스레 끓어올랐다. 때로는 시커먼 바위로 된 비탈을 가로질러 가야 했다. 바위는 눈이 바람에 다 날아가 버려 그대로 드러나 있었다. 여기 낭떠러지에서 그가 떨어질까 봐 겁이 났다. 무척 겁이 났다. 이 높은 산꼭대기에서 바람이 잠처럼 내리누르는 한기로 그를 제압하다시피 했다. 단지 여기가 종착지는 아니었다. 그가 계속 나아가야 했다. 역겨움이 무지무지하게 나서 멈춰 설 수가 없었다.

산봉우리 하나를 넘어서니 앞에 더 높은 것의 희미한 그림자가 보였다. 언제든 더 높은 것이 나타나고 또 나타났다. 그는 비탈의 정상으로 이끄는 길을 가고 있다는 걸 알았다. 거기엔 마리언휘트 호스텔이 있고 다른 쪽엔 내려가는 길이 있었다. 그러나 그는 사실 의식이 별로 없었다. 그는 단지 계속 가길 원했다. 할 수 있는 한 계속 가길 원했다. 움직여 계속 가는 것이 전부였다. 끝이 날 때까지 계속 가는 것이. 그는 모든 방향감각을 잃어버렸다. 그러나 남아있는 생명의 본능으로 그의 발걸음이 스키가 지나간 길을 찾았다.

그가 깎아지른 듯한 눈 비탈에서 주르르 미끄러졌다. 겁이 엄청났다. 그에겐 등산용 지팡이건 뭐건 아무것도 없었다. 그러나 안전하게 휴식을 취한 다음에 그는 달이 휘영청 비치는 밤에 다시 걷기 시작했다. 공기가 잠만큼이나 차가웠다. 그는 두 개의 등성이 사이에 있는 분지에 있었다. 그래 그가 방향을 틀었다. 다른 등성이를 타고 올라갈까? 아니면 분지에서 배회할까? 그의 존재의 실 가닥이 얼마나 연약하게 뻗어있나! 그는 아마도 등성이를 올라가리라. 눈이 단

단해 걷기에 쉬워 보였다. 그는 계속 갔다. 무언가가 눈 가운데 우뚝
서 있었다. 아주 희미하게 호기심이 일어 다가갔다.

그것은 반쯤 눈에 묻힌 십자가였다. 막대기 끝에 비스듬한 두건
아래에 작은 그리스도 상이 있었다. 그가 멀리 비켜 갔다. 누군가
가 그를 살해할 것이다. 그는 살해될까 봐 굉장히 겁을 먹고 있었
다. 그러나 그건 그 자신의 혼령처럼 그의 몸밖에 서 있는 공포였다.

그런데 왜 두려워하지? 그건 일어날 것인데. 살해된다는 것! 그
는 겁에 질려 주변을 두리번거리며 눈을 보았다. 저 높은 세계에서
창백하게 흔들리며 그늘이 드리워진 비탈이었다. 그는 살해되기로
되어 있었다. 그걸 알 수 있었다. 지금이 죽음이 고양되는 순간이었
고 피할 곳이 없었다.

그리스도여! 이것은 일어나기로 되어 있었습니까—그리스도여!
그는 자신을 내려치는 타격을 느낄 수 있었다. 자신이 살해되는 것
을 알았다. 막연히 앞으로 비틀거리며 나가면서 두 손을 높이 쳐들
었다. 마치 앞으로 일어날 일을 손으로 느끼려는 듯했다. 그가 발걸
음이 멈추게 되는 순간을, 모든 것이 끝나는 순간을 기다리고 있었
다. 그런데 아직 끝나지 않았다.

그가 눈 덮인 텅 빈 분지에 이르렀다. 가파른 비탈과 낭떠러지로
둘러싸인 곳이었다. 그곳에서 산꼭대기로 이어주는 통로가 위쪽으
로 나 있었다. 그러나 그는 의식이 없이 배회하다가 마침내 미끄러져
넘어졌다. 그가 넘어질 때 그의 영혼 속의 무엇인가가 부서졌다. 그
리고 즉시로 그가 잠들었다.

제32장 퇴장하다

이튿날 사람들이 시신을 호텔로 가져왔을 때 구드룬은 자기 방에 들어가 꼼짝 않고 있었다. 그녀가 창문을 통해 남자들이 짐을 눈 위로 들고 오는 것을 보았다. 그녀는 가만히 앉아 시간이 흐르게 했다.

그녀의 방문을 누가 두드렸다. 그녀가 문을 열었다. 한 여자가 서서 부드럽게 오, 너무나 경건하게 말을 했다.

"부인. 그분을 발견했어요!"

"죽었나요(Il est mort)?"

"그래요. 수 시간 전에."

구드룬은 무슨 말을 해야 할지 몰랐다. 뭐라고 해야 하나? 어떻게 느껴야 하나? 어떻게 행동을 해야 하나? 사람들은 그녀에게 무엇을 기대하나? 그녀는 마음이 싸늘해지면서 어찌할 바를 몰랐다.

"고마워요." 그녀가 말하고 방문을 닫았다. 여자는 굴욕감을 느끼며 자리를 떴다. 슬픈 말 한마디 없고, 눈물 한 방울도 없다니―하! 구드룬은 냉정해. 냉정한 여자야.

구드룬은 얼굴이 창백하고 의식이 멍한 채 자기 방에 계속 앉아 있었다. 그녀가 무얼 해야 하나? 소리 내어 슬피 울거나 소란을 피울 수도 없었다. 자신의 태도를 바꿀 수가 없었다. 그녀는 사람들에게서 몸을 숨긴 채 꼼짝 않고 앉아 있었다. 그녀의 한 가지 생각은 사람들과의 실제적인 접촉을 피하는 것이었다. 그녀는 단지 어슐라와 버킨에게 긴 전보를 쳤다.

그러나 오후엔 갑자기 일어나 뢰르케를 찾았다. 그녀는 제럴드가 묵었던 방의 문을 우려하는 눈으로 힐끗 보았다. 세상을 다 준다 해도 그곳엔 들어가지 않을 것이었다.

뢰르케가 휴게실에서 혼자 앉아 있는 것을 보았다. 그녀가 그에게로 곧장 다가갔다.

"그건 사실이 아니지요? 안 그래요?" 그녀가 물었다.

그가 그녀를 올려다보았다. 그가 괴로워하며 약간의 미소를 지으니 얼굴이 일그러졌다. 그가 어깨를 움츠렸다.

"사실이냐고요?" 그가 되물었다.

"우리가 그일 죽인 건 아니지요?" 그녀가 물었다.

그는 그녀가 그런 태도로 다가오는 것이 싫었다. 그가 지친 듯 양어깨를 올렸다.

"그냥 일어난 거지요." 그가 대답했다.

그녀가 그를 쳐다보았다. 그가 얼마간 정신이 꺾이고 좌절되어 앉아 있었다. 그녀처럼 아주 무감각한 채 메말라 있었다. 하나님 맙소사! 이건 황량한 비극이야. 황량하고 또 황량해.

그녀는 자기 방에 돌아와 어슐라와 버킨을 기다렸다. 그녀는 이곳을 떠나고 싶었다. 그냥 떠나고 싶었다. 그곳을 떠나기 전엔 아무생각도 못 하겠고, 아무것도 느낄 수 없었다. 이런 입장에서 풀려나기 전에는.

그날이 지나갔다. 이튿날이 왔다. 그녀가 썰매 소릴 들었고 어슐라와 버킨이 내리는 걸 보았다. 그녀는 이들에게서도 몸을 움츠렸다.

어슐라가 곧바로 그녀에게 왔다.

"구드룬!" 그녀가 뺨에 눈물을 줄줄 흘리며 소리를 질렀다. 그리고 동생을 팔로 껴안았다. 구드룬은 언니의 어깨에다 얼굴을 숨겼다. 그러나 여전히 그녀의 영혼을 얼어붙게 하는 냉랭한 악마 같은 빈정대는 태도를 벗어날 수가 없었다.

'하, 하!' 그녀가 속으로 생각했다. '이게 올바른 처신이구나.'

그러나 그녀는 울 수가 없었다. 어슐라가 동생의 냉랭하고 해쓱하며 둔감한 얼굴을 보자 얼른 눈물을 그쳤다. 몇 분이 지나자 자매는 할 말이 없었다.

"여기로 다시 오게 되어서 몹시 불쾌했어?" 구드룬이 마침내 물었다.

어슐라가 당황해서 눈을 들었다.

"그런 생각은 해 본 적이 없는데." 그녀가 대답했다.

"언니를 다시 이곳으로 불렀을 때 몹쓸 짓을 한다는 느낌이었어." 구드룬이 말했다. "그렇지만 난 사람들을 대할 수가 없었어. 나에겐 너무나 힘들어."

"그래." 어슐라가 냉랭하게 말했다.

버킨이 방문을 두드리고 들어왔다. 그의 얼굴은 창백했고 무표정했다. 그가 사실을 알고 있다는 걸 구드룬은 알았다. 그가 손을 내밀며 말했다.

"하여간에 이 여행이 끝이 났군."

구드룬이 겁을 먹고 그를 힐끗 보았다.

세 사람 사이엔 침묵이 흘렀다. 할 말이 없었다. 마침내 어슐라가 작은 소리로 물었다.

"그이를 보았어요?"

버킨이 차갑고 딱딱한 시선으로 어슐라를 돌아보았다. 대답하려 들지 않았다.

"그이를 보았어요?" 그녀가 다시 물었다.

"봤어." 그가 차갑게 말했다.

그리곤 그가 구드룬을 쳐다보았다.

"무슨 일이 있었어요?" 그가 물었다.

"아무 일도 없었어요." 그녀가 대답했다. "아무 일도요."

그녀가 더 이상의 말을 하지 않으려고 냉랭하게 혐오감을 느끼며 몸을 움츠렸다.

"뢰르케 말이 제럴드가 처제에게 왔었다고 하는데. 처제가 루델반 골짜기 아래에서 썰매에 앉아 있을 때 말이야. 그리고 둘이서 말을 주고받고는 제럴드가 그곳을 떠나갔다고 하는데. 무슨 말이 오갔나? 내가 아는 게 좋겠어. 그래야 필요하면 당국에 만족할 만한 설명을 해야 하니까."

구드룬이 그를 올려다보았다. 그녀는 하얗게 질린 어린애처럼 걱정되어 입을 다물고 있었다.

"말이랄 것도 없었어요." 그녀가 대답했다. "그가 뢰르케를 때려눕혀 정신을 잃게 했어요. 그리곤 나를 목 졸라 반쯤 죽여놓고 그냥 떠나버렸어요."

그녀는 속으로 말을 했다.

'영원한 삼각관계의 아주 작은 본보기야!' 그리고 빈정거리며 몸을 돌렸다. 왜냐하면, 그 싸움은 제럴드와 그녀 사이에서 일어난 일이고, 제삼자가 현장에 있었던 것은 순전히 우발적이었다는 것을 알

왔기 때문이다—어쩌면 불가피한 우연의 일치였는지 모르지만, 하여간에 우연은 우연이었다. 그러나 사람들에게 이것을 영원한 삼각관계의 하나의 사례로 남겨두자. 증오의 삼위일체. 그래야 사람들이 이해하기에 쉬우니까.

버킨이 방을 나섰다. 그의 태도는 차갑고 명해 있었다. 그런데도 그녀 대신에 그가 사건을 수습해주리란 걸을, 이 일을 끝까지 보아줄 것을 그녀는 알았다. 그녀가 속으로 멸시의 미소를 살짝 지었다. 그가 그 일을 하도록 그냥 둬. 그는 남을 돌보아주는 일은 아주 잘하니까.

버킨이 제럴드에게로 다시 갔다. 버킨은 그를 사랑했다. 그런데도 그가 거기에 무기력하게 누워있는 걸 보니 몹시 혐오감이 밀려왔다. 그것은 너무나도 쳐지고 너무나도 꽁꽁 언 시신이어서, 버킨의 내장이 얼어오는 것 같았다. 한때는 제럴드였던 꽁꽁 언 시신을 쳐다보며 서 있어야만 했다.

그건 죽은 남자의 꽁꽁 언 시신이었다. 버킨은 눈 위에서 나무판자처럼 얼어서 굳은 토끼를 본 적을 회상했다. 그가 죽은 토끼를 들어 올렸을 때 그건 마른 나무판자처럼 경직되어 있었다. 이제 이것이 제럴드라니. 나무판자처럼 굳어있는 게. 자는 것처럼 몸을 웅크렸지만 끔찍하게 굳어있는 것은 분명했다. 버킨은 공포감에 사로잡혔다. 방을 덥혀서 시신을 녹여야만 했다. 팔다리를 펴려면 유리나 나무처럼 부러질 것이었다.

그가 손을 뻗어서 그의 얼굴을 만졌다. 톡 쏘는 냉기가 무섭게 옮겨와 그의 살아있는 내장에 상처를 주었다. 그가 자기도 얼어가고 있는 게 아닌가 생각했다. 안으로부터 얼어가는 게 아닌가 생각했다. 조용한 콧구멍 아래에, 짧게 기른 황금색 콧수염에서 생명의 호흡이 얼어붙어 얼음 한 덩어리로 변해 있었다. 이것이 제럴드라고!

그가 다시 꽁꽁 언 시체의 날카롭고 반짝이는 금발의 콧수염을 다시 만져 보았다. 그건 얼음처럼 차가웠고 거의 독을 뿜어내는 얼음처럼 차가운 터럭이었다. 버킨의 심장이 얼어오기 시작했다. 그는 제럴드를 사랑했었다. 이제 그가 색이 이상하게 변한 잘생긴 얼굴을 쳐다보았다. 잘 생긴 오그라든 작은 코와 사내다운 뺨이 얼음 조약돌같이 꽁꽁 얼어있었다—그러나 그는 그 얼굴을 좋아했었다. 인간은 무엇을 생각해야 하나, 혹은 무엇을 느껴야 하나?—그의 뇌가 얼어들기 시작했다. 그의 피가 얼음물로 변하고 있었다. 너무나도 차고 또 찬 살을 에는 심한 냉기가 밖으로부터 그의 팔을 짓눌렀고 이보다 더한 냉기가 그의 몸 안에서, 심장과 내장에서 응결하고 있었다.

버킨이 죽음이 일어난 장소를 알기 위해 눈 비탈을 넘어갔다. 마침내 그가 산길 정상 가까이에서 낭떠러지와 비탈 가운데 있는 커다란 분지에 도착했다. 잿빛 날씨였고, 잿빛과 정적이 사흘째 감도는 날이었다. 검은 바위 형상 외엔 모든 것이 하얗게 얼어 있었고 파랗게 질려 있었다. 바위는 때로는 뿌리처럼 삐죽이 튀어나와 있었고 때로는 맨 모습을 그대로 드러내고 있었다. 저 멀리 정상에서 한 개의 비탈이 깎아지르며 내려왔고 거기엔 미끄러운 검은 바위가 많이 있었다.

그건 천상 세계의 눈과 돌 사이에 놓여 있는 야트막한 항아리 같았다. 이 항아리에서 제럴드가 잠이 든 것이었다. 저 먼 끝자락에는 안내원들이 눈 벽 속으로 철제 말뚝을 깊게 박아 놓아서 사람들이 거기에 달린 큰 밧줄을 타고 거대한 눈 벽 위로 몸을 당겨 올라갈 수 있었다. 하늘에 모습을 그대로 드러낸 울퉁불퉁한 산길의 정상으로 나오면 그곳에 마리언휘트 호스텔이 바위 사이에 몸을 감추고 있었다. 주변에는 뾰족뾰족하고 갈라진 눈 봉오리들이 하늘을 찌르고 있었다.

제럴드가 이 밧줄을 발견해 자기 몸을 산 정상까지 끌어올릴 수 있었을 것이다. 마리언휘트 호스텔에서 개가 짖는 소리를 듣고 피난처를 찾았을 것이다. 그가 계속 가다가 남쪽의 가파른 길을 내려가 소나무가 우거진 시커먼 골짜기 안으로 들어갈 수 있었을 것이다. 그리고 남쪽 이탈리아로 이어지는 거대한 제국의 길을 만날 수 있었을 것이다.

그럴 수도 있겠지! 그러면 그다음엔 뭐란 말인가? 제국의 길이! 남쪽으로? 이탈리아로? 그다음엔? 그게 출구였을까?─그건 다시 입구였을 뿐이다. 버킨이 살을 에는 냉기 가운데 높이 서서, 산봉우리와 남쪽 길을 보았다. 남쪽으로, 이탈리아로 가는 게 무슨 소용이 있었을까? 오래된 제국의 길을 따라가는 것이?

그가 몸을 돌렸다. 가슴이 찢어지든가 아니면 관심을 그만두어야 했다. 관심을 그만두는 것이 최선이지. 인간과 우주를 탄생시킨 신비가 어떻든 간에 그건 비인간적인 신비이고, 나름대로 위대한 목적이 있고, 인간은 그 척도가 아니다. 모든 것을 광활하고 창조적이고 비인간적인 신비에 맡기는 게 최선이지. 우주와 겨루지 말고 자기와 겨루는 게 최선이지.

"신은 인간 없이는 살 수 없다." 이건 어느 프랑스의 위대한 종교학자의 말이었다.—그러나 이 말은 확실히 엉터리다. 신은 인간 없이 살 수 있다. 신은 어룡과 마스토돈 없이도 살 수 있다. 이들 괴물은 창의적으로 발달하질 못해서, 신, 창조적 신비가 그들을 없애 버렸다. 똑같은 방식으로 만약에 인간이 창조적으로 변화와 발전을 못 하는 경우엔 인간도 없애 버릴 수 있다. 영원한 창조의 신비는 인간을 제거하고, 인간 대신 더욱더 나은 창조물로 대체할 수 있다. 말이 마스토돈의 자리를 차지한 것같이.

이런 생각을 하니 버킨에게 크게 위안이 되었다. 만약에 인간이 막다른 골목에 들어가 소진되면 무시간적인 창조의 신비가 더 훌륭하고 더 경이로운 어떤 다른 생명체, 어떤 새롭고 더 사랑스러운 종족을 탄생시켜 창조의 구현을 계속 진행할 것이다. 그 게임은 절대로 끝나지 않았다. 창조의 신비는 깊이를 알 수 없고, 오류가 없으며, 고갈되지 않으며 영원하다. 종족들이 나타났다가 사라지고, 종이 사라지지만, 언제나 새로운 종이 새로 태어났다. 더 아름답거나 혹은 똑같이 아름다운 종이 경이를 뛰어넘었다. 샘물의 근원은 부패시킬 수 없고 찾아낼 수 없다. 그건 한계가 없다. 그건 기적을 낳았다. 자기 시간 속에서 완전히 새로운 종족과 새로운 종, 새로운 의식의 형태, 새로운 몸뚱이의 형태, 새로운 존재의 단위를 창조한다. 인간으로 존재한다는 것은 창조적 신비의 가능성에 비교하면 무와 같은 것이다. 인간의 맥박이 신비로부터 직접 힘을 받아 뛴다는 것, 이것은 완벽이요, 말할 수 없는 만족인 것이다. 인간적이거나 비인간적이거나 하는 것은 아무 문제가 되지 않는다. 완벽한 맥박은 형용할 수 없는 존재, 태어나지 않은 기적적인 종과 함께 고동치는 것이다.

버킨이 다시 제럴드의 시신이 있는 곳으로 갔다. 그 방에 들어가 침대에 앉았다. 죽었구나. 죽었어. 그리고 차게 얼었어!

　　최고 권력을 가진 카이사르는, 죽어 흙으로 변해,
　　바람을 막기 위해 구멍을 메웠을 것이다.*

　제럴드였던 그 시신은 아무런 반응을 보이지 않았다. 낯설고, 응결되고, 얼음으로 변한 물체일 뿐—물체 이상은 아니야. 물체일 뿐!
　버킨은 무지무지하게 지쳐 그곳을 떠나 일상으로 돌아갔다. 그는 야단스럽게 굴지 않고 그 모든 것을 조용히 처리했다. 고함치고, 미친 듯이 지껄이고, 비통해하고, 소동을 부리는 건—그러기엔 너무 늦었다. 인내하며 유감없이 조용히 처신하며 자신의 영혼을 지키는 것이 최선이었다.
　그러나 그가 저녁에 마음의 허기를 느껴 그곳에 다시 들어가 촛불 사이에 누운 제럴드를 쳐다보았을 때 갑자기 그의 심장이 조여들어 손에 들었던 촛불을 거의 떨어트릴 뻔했다. 그가 이상하게 소리를 내며 흐느껴 울었고 눈물이 터져 나왔다. 감정에 북받쳐 동요되어 의자에 앉았다. 그를 따라갔던 어슐라가 그를 보고 경악하여 몸을 움츠렸다. 그가 고개를 푹 숙이고 몸을 발작적으로 떨며, 이상하고 등골이 오싹하는 울음소리를 내었다.
　"난 일이 이렇게 되는 걸 원치 않았어—이렇게 되는 걸 원치 않

---

*《햄릿》5막 1장.

왔다고." 그가 혼자 외쳤다. 어슐라는 카이저가 한 이런 말을 생각하지 않을 수 없었다. "난 이렇게 되는 걸 원치 않았어"(Ich habe as nicht gewollt)." 어슐라가 경악해 마지않으며 버킨을 보았다.

갑자기 그가 조용해졌다. 고개를 떨구고 얼굴을 가리고 앉았다. 그리곤 몰래 손가락으로 눈물을 훔쳤다. 그리고는 갑자기 고개를 쳐들더니 거의 복수심에 불타는 어두운 눈으로 어슐라를 똑바로 바라보았다.

"그가 날 사랑했어야 했어." 그가 말했다. "내가 사랑을 제안했거든."

그녀가 겁을 먹고 해쓱해져 숨죽여 대답했다.

"그랬다고 무슨 차이가 있었을까!"

"차이가 있었겠지!" 그가 말했다. "차이가 있었지."

그가 그녀의 존재를 잊고 몸을 돌려 제럴드를 보았다. 그가 모욕을 받아 고개를 뒤로 돌리는 사람처럼, 묘하게 머리를 들더니, 그는 고개를 들어 차갑고 말이 없는 물체의 얼굴을 좀 도도하게 쳐다보았다. 그건 푸르스름한 색깔을 띠고 있었다. 거실에 있는 그의 심장을 얼음같이 차가운 창이 관통했다. 차갑고 말 없는 물체! 버킨은 기억했다. 제럴드가 한때 최종적인 사랑의 표시로 그의 손을 순간적으로 따스하게 꽉 잡던 때를. 단 일 초 동안이었다—그리고는 손을 놓았다, 영원히 손을 놓았다. 만약에 그가 그 꽉 잡은 언약에 충실했다면 죽음은 문제가 되지 않았을 텐데. 죽는 자 그리고 죽어가는 사람들은 여전히 사랑할 수 있고, 여전히 믿을 수 있으니, 죽지 않는다.

---

* 카이저가 일차대전 중 자기감정을 이렇게 자주 표현했다고 한다.

그들은 사랑하는 사람의 가슴속에 여전히 살아있으니까. 제럴드가 죽은 후에도 정신 속에서 버킨과 함께 여전히 살아 있을 거다. 그는 친구와 더불어 그 이후의 생을 더 살 수 있었을 텐데.

그러나 지금 그는 죽어 흙처럼, 푸르스름한 부패할 얼음처럼 되어버렸다. 버킨이 푸르스름한 손가락과 처진 몸덩이를 쳐다보았다. 그가 언젠가 보았던 죽은 준마가 생각났다. 죽어있는 남성성의 덩어리로 혐오스러웠다. 그는 또한 그가 사랑했던 사람의 그 아름다운 얼굴을 기억했다. 그는 죽었지만, 아직도 믿음을 갖고 창조의 신비에 자신을 맡긴 자다. 그 사자의 얼굴은 아름다워 아무도 그를 보고 차갑고 말 없는 물체라 말하지 않을 것이다. 그 누구도 이 얼굴을 기억하면 신비에 대한 믿음을 얻게 되고, 새롭고 심오한 생명에 대한 믿음을 얻어 영혼이 따스해질 것이다.

오, 제럴드! 거부한 자여! 그는 심장을 차갑게 얼어붙게 해 좀처럼 뛰지 못하게 했다. 제럴드의 부친은 삶에 대한 염원을 보여, 가슴을 찢어지게 했지. 그러나 차갑고 침묵하는 물질의 이런 최후의 무서운 모습은 아니었지. 버킨이 주시하고 또 주시했다.

어슐라가 산 사람이 죽은 자의 꽁꽁 언 얼굴을 응시하는 모습을 지켜보며 옆에 서 있었다. 두 얼굴이 움직임이 없이 고정되어 있었다. 쥐죽은 듯한 고요한데, 촛불이 얼어붙은 대기 속에서 깜빡이고 있었다.

"충분히 보지 않았어요?" 그녀가 말했다.

그가 일어났다.

"나에겐 쓰라린 실망이야." 그가 말했다.

"뭐가요—그가 죽었다는 거요?" 그녀가 물었다.

그녀와 눈이 바로 마주쳤다. 그는 대답하지 않았다.

"당신에겐 내가 있잖아요." 그녀가 말했다.

그가 미소를 지으며 그녀에게 키스했다.

"만약에 내가 죽는다 해도," 그가 말했다. "당신을 떠나지 않았다는 걸 알게 될 거야."

"그럼 나는요?" 그녀가 외쳤다.

"당신도 나를 떠나지 않을 거야." 그가 말했다. "우린 죽는다 해도 절망할 필요가 없어."

그녀가 그의 손을 잡았다.

"그렇지만 제럴드가 죽었다고, 절망이 필요한가요?" 그녀가 물었다.

"그래." 그가 대답했다.

그들은 그곳을 떠났다. 제럴드의 시신은 영국으로 운구하여 매장하기로 했다. 버킨과 어슐라가 제럴드의 남동생 하나와 운구에 동참했다. 영국에서의 매장을 고집한 것은 크라이치가(家)의 형제와 누이동생들이었다. 버킨은 그 죽은 사람을 눈 가까이 알프스에 두길 원했다. 그러나 가족들이 단호하게, 큰소리로 주장했다.

구드룬은 드레스덴으로 갔다. 그녀는 자신에 대해 특별한 소식을 보내지 않았다. 어슐라는 버킨과 함께 물방앗간 집에서 한두 주간을 머물렀다. 그들 두 사람은 아주 조용히 지냈다.

"제럴드가 필요해요?" 그녀가 어느 날 저녁에 물었다.

"그래." 그가 대답했다.

"내가 당신에게 충분치 않아요?" 그녀가 물었다.

"그래." 그가 대답했다. "여자에 관한 한, 당신 하나로 충분해. 당신은 나에게 모든 여자를 의미하니까. 그러나 난 남자 친구가 필요해. 당신과 내가 영원한 것처럼 그렇게 영원한 남자 친구가."

"왜 나로서 충분치 않지요?" 그녀가 말했다. "나에겐 당신 하나로 충분해요. 당신 외엔 다른 사람이 필요 없어요. 당신의 경우엔 왜 똑같지 않지요?"

"당신 하나만 있으면 난 누구도 필요 없이, 다른 순수한 교제 없이, 나의 삶을 통째로 살 수 있어. 그러나 내 삶을 완전케 하고 정말로 행복하게 하려면, 난 남자와의 영원한 결합도 원해. 다른 종류의 사랑 말이야." 그가 말했다.

"난 그걸 믿지 않아요." 그녀가 말했다. "그건 순전히 외고집이고, 이론이고, 뒤틀린 고집이에요."

"글쎄ー" 그가 입을 열었다.

"당신은 두 종류의 사랑을 누릴 수 없어요. 왜 그래야 하지요!"

"나는 그러질 못할 것 같네." 그가 말했다. "그렇지만 난 그러길 원했지."

"당신은 그걸 누릴 수 없어요. 그건 틀리고 불가능하기 때문이에요." 그녀가 대꾸했다.

"난 그렇다고 믿지 않는데." 그가 대답했다.

《연애하는 여인들》에 대한 비평적 서설

로렌스가 1912년 《아들과 연인》의 집필을 끝낸 후 이듬해 3월에
《자매들(The Sisters)》이란 제목으로 새로운 소설을 쓰기 시작했는
데 이것이 집필 과정에서 《무지개(The Rainbow)》와 《연애하는 여인
들(Women in Love)》로 발전되었다. 로렌스가 이 두 편의 소설이 "예
술적인 전체"를 이룬다고 주장했으나 실제로는 관계가 그리 긴밀한
것은 아니다. 《무지개》에 등장했던 브랑윈가의 자매인 어슐라와 구
드룬이 후자의 소설에서도 나오지만 몇몇 회고의 장면을 제외한다
면 각기 독립된 소설로 읽어도 무방하다.

로렌스는 《연애하는 여인들》을 1916년에 완성하면서 그 제목을
Dies Irae(최후 심판의 날)로 붙일 생각도 했다. 확실히 이 소설은 말
세적인 분위기로 팽배해 있다. 로렌스는 통시적(diachronic)인 《무지
개》에서 톰 브랑윈으로 시작하여 외손녀 어슐라 브랑윈에 이르는
3대에 걸친 브랑윈가의 생활을 자연계의 리듬과 밀접한 것으로 묘
사했는데 《연애하는 여인들》에서는 두 쌍의 남녀를 등장시켜 인위
적이고 폭력에 가득한 격렬한 세계를 보여준다. 《무지개》는 1차세
계대전이 발발하기 전에 완성하였으나 《연애하는 여인들》은 1세계
차대전의 와중에서 인간에의 희망이 깡그리 파괴되었던 시기에 집
필되었기 때문일 것이다.

속편의 이야기는 공시적(synchronic)으로 전개되며 길이가 더 길지만 담고 있는 사건은 비교적 짧은 기간에 일어난다. 《무지개》에서 브랑윈가의 사람들이 대대로 마쉬농장에서 함께 호흡하는 느린 자연계의 계절적 변화, 가축과 토양과 이들 사이에 오가는 맥박, 번식과 풍요의 삶에서 흘러나오는 리듬은 3대의 주인공인 어슐라가 현대의 문명사회로 들어서면서 종식된다. 그녀가 《연애하는 여인들》에서 동생 구드룬과 함께 각기 버킨, 제럴드를 만나 연애의 행각을 펼쳐가는 세계는 대신 불규칙적인 숨 가쁜 열기와 인간의 왜곡된 심성과 기계적이고 인위적이며 발작적인 리듬이 난무한다. 이런 면에서 가위 21세기의 그것과 매우 유사하다고 하겠다.

이 소설의 주된 배경은 다섯 군데이다. 브랑윈 씨의 가족들이 사는 몰골 사나운 탄광촌 벨도버, 아름답고 전원적인 풍치로 탄광지역과 대조를 이루는 탄광주 크라이치 씨의 저택 숏랜즈, 허마이어니 로디스의 조지 왕조풍의 시골 별장으로 메마른 지성적 생활을 상징하는 브레덜비, 런던의 타락상을 대변하는 카페 폼퍼두어, 끝으로 등장하는 오스트리아의 티롤지방의 스키 휴양지이다. 이러한 곳을 배경으로 인물들이 펼쳐가는 사건은 삶의 객체화가 되면서 다른 한편으론 상징적 의미를 갖는다.

어슐라는 《무지개》의 끝에서 "겨울이 지난 후 피어난 가냘픈 꽃"으로 비유되고 4년이 경과된 후 《연애하는 여인들》에 주인공으로 등장한다. 연애와 결혼의 상대인 버킨의 눈에 그녀는 항상 빛과 생명을 발산하는 유기체, 특히 꽃에 비유된다. 그녀는 버킨의 절망적인 사회관을 긍정적인 것으로 바꿔놓는 자연발로적인 생명체로, 티롤의 무생명적인 눈과 얼음의 산봉우리를 떠나자고 버킨에게 제안하는 장본인이다. 그녀는 꽁꽁 얼어붙은 하얀 정체된 설산에서 생명의 파멸을 읽어내고 기름진 검은 토양과 새싹을 어루만지는 태양의 남쪽으로 버킨과 이곳을 떠난다.

동생 구드룬은 다르다. 잔인할 정도로 극단적인 자의식의 소유자로 "모든 것이 그녀에게서 아이러니로 변한다." 연애의 관계를 맺었던 제럴드가 설산 깊은 골짜기에서 횡사한 후에도 "그녀의 영혼은 꽁꽁 언 악마적인 아이러니를 벗어날 수가 없었다." 이것은 현대의 독특한 질병이다. 그녀는 언니처럼 삶의 현장에 순수하게 애정을 가지고 뛰어드는 참가자가 되지 못하고 항상 삶의 언저리에서 빈정대는, 아니면 질시하고 부러워하는 방관자로, 구경꾼으로 남는다. 자신의 이러한 처지를 아프게 절감하며 언니와 대칭을 이룬다.

버킨과 제럴드도 서로 애정과 관심을 보이면서도 깊은 차원의 합일을 이루지 못하고 큰 차이를 보인다. 〈검투사들〉의 장에서 두 사람의 육체가 대조된다. 버킨은 "육체적인 지성"과 "승화된 에너지"를, 제럴드는 "보다 단단하고 떡 벌어진 체구"를 지녔다. 분명히 작가 로렌스를 모델로 한 버킨은 몸이 마르고 허약해 보이나 근원적인 저력을 보이면서 끝없이 인간관계 속에서 삶의 "실체"를 추구한다.

버킨에게 "홀로서기(singleness)"는 절대적인 의미를 갖는다. 그는 제럴드와 대화를 나누면서 "내겐 일인칭 단수가 족하네(First person singular is enough for me.)"라고 토로하는데, 이는 제럴드가 우려하는 것처럼 단순한 개인적인 이기주의의 선호가 아니다. 대중과 집단적 체제의 강요와 억압에 대항하여 개인을 방어하기 위한 보루이다. 그는 집단적 행위가 인간의 "인간됨"을 파괴한다고 믿으며 억압적인 일체의 행위는 비뚤어진 인성의 분출이라고 생각한다. 이는 버킨이 수년간 교제하던 허마이어니와 결별하는 이유이기도 하다.

그가 어슐라와의 논쟁에서 "사랑"하기를 거부한다. 인습적인 사랑에 그가 신물이 났기 때문이다. 재래의 흔한 사랑이라는 어휘 자체에 알레르기 반응을 한다. 그가 사회적 기틀에서의 일터, 조직체, 사랑, 결혼에 흡수되길 거부하는데, 이는 그가 자아의 자존감을 지키기 위해서다.

그가 어슐라와 불꽃 튀는 언쟁을 벌이는 것도 그의 사랑에 대한 태도 때문이다. 그녀에게 "당신 속엔 황금빛 광채가 있어요. 그걸 저에게 줘요."라고 청혼을 하면서도 그들의 관계는 사랑의 관계가 아니라고 고집한다. 종래의 사랑을 초월하여 궁극적 경지에서 서로가 대칭적 균형을 이루기를 그는 바란다. 이는 남녀가 결혼함으로 일심동체가 된다는 종래의 결혼관의 위선적인 억압성을 노정한다. 그가 "옛날식 사랑은 무서운 굴레이고 군대로의 징집 같다."고 생각하기 때문에 "사랑"이란 어휘를 입에 담기를 거부한다. 진정한 남녀의 관계는 하나로 합치는 것이 아니라 서로 "홀로 서서" "별의 평형 관계(star equilibrium)"를 이루는 것이다.

버킨은 이성의 결혼을 믿었다. 그러나 이를 넘어서 한층 더 앞선 관계를 원했다. 남편이 독자적 존재를 가지고, 아내 역시 독자적 존재를 가져서 두 개의 순수한 존재를 유지하며, 상대방의 자유를 형성해 주고, 두 천사나 악령처럼 한 세력을 떠받치는 두 개의 기둥같이 서로의 평형을 유지해 주는 관계를 원했다. (16장 〈남자 대 남자〉)

이러한 관계를 버킨이 어슐라에게서 추구했고, 어슐라는 이를 수용함으로써 부정적인 "죽음으로의 희구"에 빠진 그를 구원한다. 이들이 결혼하기까지는 복잡한 단계를 거친다. 〈하나의 섬〉과 〈수고양이 미노〉장에서 두 사람의 입장이 매우 먼 것으로 나타난다. 〈소풍〉장에서 두 사람은 격렬한 싸움을 치른 후에야 서로의 입장을 이해하고 몰아적인 육체적 관계로 결합한다.

네 주요 인물 가운데서 제럴드의 운명이 초반부터 가장 선명하게 그려져 있다. 그는 어릴 때 동생과 총기 장난을 하다가 실수로 동생을 살해한다. 그에겐 동생 아벨을 죽인 카인의 낙인이 부지중에 찍혀있다. 보통사람 같으면 동생이 총구를 들여다보고 있을 때 방아쇠를 본능적으로 당기지 않는다는 어슐라의 말에서 제럴드가 본능상 어딘가 결함이 있음을 시사한다. 그에겐 죽음의 그림자가 따라다닌다. 그가 책임을 지고 개최한 수상 파티에서 여자 동생이 익사한다. 동생을 구하려고 수없이, 캄캄한 밤 호수 밑을 다이빙하여 헤매던 제럴드는 깊은 물 속에서 죽음을 체험한다.

그가 부친에게서 탄광을 물려받자 옛 체제에 커다란 변화가 생긴다. 예전의 탄광이 몰골은 사나웠으나 그 독자적인 삶과 활기가 있었다. 제럴드가 탄광의 모든 체제를 효율적으로 기계화했을 때 광부들의 인간다운 면은 필요 없게 되고 단지 기계의 연장적인 기능만 요구된다. 기계화가 완벽할 정도로 능률을 성취하자 제럴드 자신마저 탄광에서 필요 없게끔 된다. 역설적인 것은 이러한 완벽한 기계화에 사람들은 매료되어 일종의 만족감까지 느낀다는 점이다.

위험한 것은 제럴드 같은 산업사회의 유능한 생산 관리자가 기계적 제도를 도입했을 때 집단이 그것의 위력에 현혹되어 속으로는 인간됨의 심성이 죽어가는 데도 그 인위성이 완벽한 질서를 배태할 때까지 기세를 몰아 정신없이 밀고 나가는 점이다. 이러한 집단의식에 대항하여 버킨은 흡수되지 않고 "홀로서기"를 고집한다.

제럴드는 현대산업사회를 대표하는 유능한 일꾼이다. 목표를 향해 강행하는 의지의 사나이다. 철도건널목에서 겁에 질려 날뛰는 아랍산 암말을 지나가는 화차에 가까이 서 있도록 옆구리에서 피가 흘러나오기까지 박차를 가하는 장면은 그의 지배적 의지를 생생하게 드러낸다. 제럴드 스타일의 인물이 의지 일변도로 밀고 나갈 때에 겉으로는 문제가 없어지고 사회적 질서가 잡힌다. 그러나 이러한 질서는 내면적 인간성에 혼돈을 가져온다. 로렌스는 그의 산문 〈왕관(Crown)〉에서 인간다운 조화의 상태는 갈등을 기반으로 한다고 했다. 갈등 요소를 제거하면 수라장이 되고 조화는 깨어진다고 했다. 바로 제럴드의 외적 생활의 완벽한 질서가 사적 생활에서는 공포의 공황을 자아내는 혼돈(chaos)임이 〈죽음과 사랑〉장에서 생생하게 노정된다.

그와 구드룬과의 교제는 처음부터 불행할 것으로 운명지어 있다. 그들의 사귐은 폭력으로 시작된다. 끝날 때도 그렇게 되듯이 구드룬은 〈수상 파티〉장에서 뚜렷한 이유없이 그의 뺨을 때린다. 공연히 그에게 반항하고 싶은 욕구가 일어났기 때문이다.

고통받는 말, 외마디 소리를 지르는 토끼는 이들 사이의 관계를 상징적으로 드러낸다. 폭력, 지배욕, 반항이 겉보기엔 낭만적으로 보이는 이들 교제의 내재적 특질이다. 이것은 투쟁이지, 부드러운 사랑의 결속이 아니다. 비뚤어진 심성의 구드룬과 본능적인 결함과 지배욕의 제럴드는 근본에 있어 사랑할 수 없는 관계이다. 버킨은 결혼을 그의 구원과 생명에 이르는 길로 생각하지만, 제럴드에게 결혼은 인습적인 제도를 수락하는 것에 그친다.

그들 관계의 총체적 의미는 첫 번째의 육체적 관계에서 무섭도록 정확하게 함축된다. 제럴드가 부친의 사망 후에 고독과 절망적 욕구에 떠밀려 한밤중에 돌연 구드룬의 침실을 찾는다. 그의 부츠에 최근에 돌아가신 부친의 묘소의 진흙이 잔뜩 매달려 있는 채로 구드룬은 그를 운명적으로 받아들인다. 제럴드는 구드룬과의 육체적 관계에서 "죽음의 절망"에서 소생하는 만족스런 밤을 보내지만 구드룬은 자신의 가슴속의 꽃봉오리를 그가 찢어발겼다고 느낀다. 그러므로 이들의 관계가 티롤의 스키 산장에서 극도의 증오의 것으로 변모되고 이러한 좌절감에 제럴드가 설산의 골짜기에서 자살로 치닫지만, 여기엔 멜로드라마적인 요소가 전혀 끼어들지 못한다. 제럴드가 거의 예정된 운명적 배역을 그대로 해내는 듯하다.

이 소설의 총체적 의미가 이들 주요인물 사이의 관계에 국한되는 것은 아니다. 그 깊은 의미는 이들 주인공들이 삶과 가치에 관하여 암암리에 또는 공공연하게 논평을 가하는 20세기 초의 영국의 사회상에 있다. 로렌스의 궁극적 관심은 인물들이 직관하는 사회상이다.

로렌스가 《연애하는 여인들》을 쓰던 시기(1914년-1918년)의 영국을 반영한 이 세상은 분명히 파멸로 치닫는 사회로 보인다. 버킨의 눈에 "파멸"은 필요불가결한 단계로 삶의 주기(life-cycle)의 일환으로 보인다. 하나의 파괴적인 창조(destructive creation)의 과정이다. 그러나 이러한 극한 상황을 극복하려면 형용할 수 없는 시련의 터널을 통과해야 한다. 더구나 버킨과 어슐라같이 과민한 인물들이 이 파멸의 구렁텅이에서 빠져나오려면 엄청난 내재적 생명력과 불굴의 예지가 요구된다. 제럴드와 구드룬에게 이 시련은 너무나 엄청난 것이어서 제럴드는 그 파멸의 과정에 휘말리어 희생되고 구드룬은 정신 이상에 근접한다.

버킨의 경우에 일차적으로 문제 해결은 간단하다. 인간이 빨리 사멸하는 것이다. 그는 "난 인간인 내가 보기 싫어요. 인간은 하나의 거대한 거짓말 집합체예요"라고 어슐라에게 토로한다. 버킨에 따르면 이러한 문명사회에서 인간이 살아남는 길은 집단에 흡수되지 않고 인간됨을 홀로 고수하는 것이며 하나의 방편은 이성과 육체적인 관계를 맺음으로써 인간적 "홀로서기"를 계속 견지하는 것이다. 파멸의 문명에서 살아남는 길은 "죽음의 배"(Ship of Death)를 타고 죽음을 향한 과감한 항해를 떠나는 것이다. 이 항해에서 살아남기 위해선 절대적인 신념과 사랑이 요구되며 이 요건은 평형의 남녀관계에서 얻을 수 있다.

제럴드는 사회의 사악한 영향을 그대로 받아 전달하는 인물이 된다. 그는 내적인 실존력이 결여된 인물로 현대사회에서 능률적인 생산을 지고의 목표로 삼는다. 그는 이를 위해 사적인 감정을 억누르고 의지를 강하게 발동한다. 이러한 행위에서 생명체의 유기적인 조화를 향한 내재적 성장이 깨어지고 조직의 원리만 지배한다.

구드룬은 사물을 아이러니의 눈으로 보며 전쟁의 파괴적 에너지를 직설적으로 구현하는 인물이라 해석할 수 있다. 그녀는 고도로 세련된 옷차림을 통해 자신의 예술적인 개성을 도전적으로 표출하며 작은 조각품을 생산하는 예술가이지만 인간 심성은 일그러져 있다. 그러한 그녀가 저돌적이며 예리한 투시력의 조각가인 뢰르케를 만나 절묘한 뉘앙스의 관계를 누린다. 그들은 인간이 발명한 초능력 폭탄이 지구를 둘로 쪼개 놓는 상상을 하며 즐거워한다. 이 조각가들은 분명 반생명적인 냉소주의자라 하겠다.

　버킨이 아프리카와 남태평양에서 나온 조각상을 놓고 인류 문명에 관하여 깊은 반추에 빠진다. 아기를 분만하는 산고로 괴로워하는 남태평양의 산모의 조각상과 목이 긴 서아프리카 흑인 여자 조각상에서 버킨은 존재의 의미를 감각에만 의존하는 원시문명을 본다. 그는 감각주의에 대칭되는 북유럽 백인 사회의 얼음처럼 차가운 지성의 문명을 떠올린다. 제럴드가 이러한 북구 백인 문명의 대변자처럼 느껴진다. 버킨은 이 두 문명 중의 택일이라는 생각에 경악했으나, 제3의 길, 자유의 길이 있음을 깨닫는다. 그것은 "감각적으로 사랑하고 자신을 내어 주면서도 자신의 자랑스러운 혼자임을 절대로 저버리지 않는(⋯⋯but never forfeits its own proud individual singleness, even while it loves and yields)" 단일자의 길이다.

　《연애하는 여인들》은 1차세계대전 중의 파괴적인 국면을 확대 노정한 이야기이지만 전적으로 절망의 이야기는 아니다. 파멸의 구덩이에서나마 그것을 모면할 틈을 보여주는 소설이다.

　이 소설이 구현한 파괴성은 오늘날 한국 사회와 무관하지 않다. 능률적인 기계화, 일체감, 전체화를 목표로 내걸고 20세기 후반부터 산업화로 치닫는 우리나라의 현실과 분명 맥락을 같이하는 면이 있다. 흔히 로렌스라면 한국의 일반 독자는 《채털리 부인의 연인》을 떠올리고 외설적인 작가로 치부할 우려가 전무하지 않은 현실에서 우리는 《연애하는 여인들》이 깊이 통찰한 "파괴적인 창조의 사이클"과 총체적인 인류 파멸의 근저를 고민해야 할 것이다.

　확실히 이 소설은 인간성의 옹호이다. 뢰르케의 '말 위의 여자'라는 조각상은 어슐라의 눈에 가짜로 보인다. 구드룬과 뢰르케에겐 예술의 문외한인 어슐라의 형편없는 무지의 말로 들릴지 모르나, 작가 로렌스는 어슐라의 편에 서서 삶을 떠난 예술의 무용론을 시사하는 듯 하다. 억압적인 인간집단의 파괴성 못지않게 삶의 진실을 떠난 예술도 '인간임'의 파괴로 규탄되고 있다.

이 소설이 제럴드의 죽음으로 끝나는 것은 아니다. 버킨이 빳빳하게 얼어붙은 제럴드의 시신을 보며 그가 한때 제안했던 "피의 형제 관계(blood brotherhood)"를 제럴드가 응낙했다면 그가 죽음에서 구원받았을 것이라고 통탄한다. 로렌스의 경우에 늘 그러하듯이 한 소설의 끝은 다른 소설의 시작을 기약한다. 그가 이 소설에 잇대어 집필한 세 편의 소설은 남성세계의 관계를 주제로 삼은 《아론의 지팡이》, 《캥거루》, 《깃털 달린 뱀》이다.

이 세 편의 정치소설에서 로렌스는 남성 세계의 반민주적인 지도력을 주제로 다루었다. 로렌스는 첫 소설에서부터, 특히 《아들과 연인》에서부터 참된 남녀 관계의 양상을 두드러지게 추구했고, 그 작업이 《무지개》, 《연애하는 여인들》에 이르기까지 일관된다고 보겠다. 이러한 추구가 폭탄적 물의를 일으킨 것이 그의 마지막 소설 《채털리 부인의 연인》이다.

D. H. 로렌스 (David Herbert Lawrence) 연보

1885년
광부 아서 로렌스와 전직 교사 리디어 비어줄 사이에 넷째 아이로 노팅엄셔의 이스트우드 탄광촌에서 태어남.

1891년-1898년
탄광촌 이스트우드의 보베일 초등학교에 다님.

1898년-1901년
노팅엄 군 의회의 장학금을 받고 노팅엄 고등학교에 다님.

1901년
노팅엄의 외과용 의족 등을 제조, 판매하는 회사에서 사무원으로 근무. 12월 폐렴으로 그만둠.

1902년
언더우드에 있는 해그즈 농장을 어머니와 방문, 제시 체임버즈와 사귀기 시작.

1902년-1905년
이스트우드의 브리티시 초등학교에서 교생으로 가르침.

1905년-1906년
브리티시 초등학교의 임시교사. 시를 창작하고 첫 소설《흰 공작》을 쓰기 시작.

1906년-1908년

노팅엄 대학의 2년제 사범과 과정을 이수하고 1908년에 교사자격증을 땀. 1907년 단편 〈전주곡〉을 제시 체임버즈의 이름으로 응모하여 《노팅엄셔 가디엄》이 주최한 성탄절 단편소설대회에서 상을 받음.

1908년-1911년

당시 런던 교외지역이었던 크로이던의 데이비드 로드 초등학교에서 가르침.

1909년

포드 매독스 후퍼(후에 포드로 개명)가 그의 시와 단편을 《잉글리시 리뷰》에 싣고 소설 《흰 공작》을 하이네만 출판사에 추천함. 희곡 《광부의 금요일 밤》과 《국화 향기》의 첫 본을 씀.

1910년

크로이던의 동료교사였던 헬렌 코크의 비련의 경험을 토대로 한 소설 《침입자》를 집필. 《아들과 연인》을 쓰기 시작. 12월에 어머니 사망. 10여 년간 사귀던 제시와 단교하고 학교의 후배였던 루이 버러즈와 약혼함.

1911년

심한 폐렴에 걸려 교사직을 사직. 《침입자》가 덕워스 출판사에서 출판됨.

1912년

루이와의 약혼 파혼. 이스트우드로 돌아와 노팅엄 대학시절의 스승인 어네스트 위클리 교수의 아내인 프리다를 만남. 프리다와 독일로 건너가 이탈리아를 여행. 프리다가 남편과 자식들을 떠나 로렌스와 동거 시작. 이탈리아에서 《아들과 연인》의 마지막 본을 완성.

1913년

《사랑의 시》 출판됨. 《자매들》(후에 《무지개》와 《연애하는 여인들》로 나뉨)의 집필 시작. 《아들과 연인》이 5월에 출판되어 문학적인 명성을 얻음. 로렌스와

프리다가 잉글랜드에서 여름을 보내며 캐서린 맨스필드와 비평가 존 미들턴 머리와 사귐. 9월에 이탈리아로 돌아감.

1914년

《자매들》을 다시 쓰고, 출판사에 출판을 의뢰. 잉글랜드로 돌아가 7월에 프리다와 법적인 결혼절차를 밟음. 2차 대전이 터져 영국에 갇힘. 《토마스 하디 연구》를 쓰고 《무지개》 집필 시작.

1915년

《무지개》 완성. 철학자 버트런드 러셀과 다툼. 《무지개》가 9월에 출판되었으나 10월에 압류되고 재판에 부쳐진 결과 11월에 음란물이란 판결이 나와 판매가 금지됨. 콘월의 외딴 해안가 집으로 이사함.

1916년

《연애하는 여인들》 집필. 《이탈리아의 황혼》과 시집 《아모레즈》 출판.

1917년

출판사들이 《연애하는 여인들》의 출판을 거부. 《미국의 고전문학 연구》를 집 필하기 시작. 《보라! 우리는 이겨냈도다》(시집)를 출판. 스파이 혐의를 받고 거처하던 콘월 해안지대에서 축출됨. 《아론의 지팡이》 집필 시작.

1918년

《새로운 시들》 출판. 중편 《여우》의 첫 본을 집필.

1919년

독감으로 심히 앓음. 프리다와 이탈리아를 여행하다가 카프리에 거주.

1920년

《정신분석과 무의식》 집필. 시실리의 타오르미나에 거처 정함. 《잃어버린 소녀》와 《미스터 눈》 집필. 《새, 짐승 그리고 꽃들》의 여러 편의 시를 창작. 드디어

《연애하는 여인들》출판됨.

1921년
사디니아를 방문하고 여행기《바다와 사디니아》를 집필.《아론의 지팡이》를 완성하고《무의식의 환상곡》집필.

1922년
실론(현재의 스리랑카)에 머물다가 호주로 여행.《캥거루》집필. 뉴멕시코의 타우스에 정착. 12월에 델몬테 목장으로 옮김.《미국 고전문학 연구》재집필.

1923년
멕시코의 차팔라에서 여름을 지냄.《깃털 달린 뱀》의 첫 본을 집필. 프리다와 다투고 혼자 유럽으로 건너감. 미국과 멕시코를 여행. 몰리 스키너의《엘리스의 집》을《숲 속의 소년》이란 제목으로 개작. 12월에 잉글랜드로 돌아감.

1924년
3월에 로렌스 부부가 화가 도로시 브렛을 대동하고 뉴멕시코로 돌아감. 여름을 키오와 목장에서 보내며《슨트 모어》,《말 타고 가버린 여자》,《공주》등 중편소설을 집필. 8월에 각혈. 9월 부친 사망. 10월에 멕시코의 와하카로 감.《깃털 달린 뱀》의 재집필을 시작하고《멕시코의 아침》을 거의 끝냄.

1925년
《깃털 달린 뱀》완성. 2월 장티푸스와 폐렴에 걸려 사경을 헤맴. 3월 폐병으로 진단 받음. 9월 유럽으로 건너감. 잉글랜드에서 한 달을 지낸 후 이탈리아로 건너가 거주.

1926년
《처녀와 집시》를 집필. 늦여름에 잉글랜드를 마지막으로 방문. 이탈리아로 돌아와《채털리 부인의 연인》의 첫 원고를 집필. 올더스 헉슬리와 그의 아내 머리어와 사귐. 그림을 그리기 시작.

1927년

《채털리 부인의 연인》의 두 번째 본 집필 완성.《에트루스카의 유적지》와《죽었던 사나이》의 제 1부를 집필.《채털리 부인의 연인》의 최종본을 집필 시작.

1928년

《채털리 부인의 연인》을 완성하고 피렌체에서 출판을 주선.《죽었던 사나이》의 2부를 집필. 프리다와 스위스를 여행한 후 프랑스의 남부 지방에 정착.《팬지》에 실린 여러 편의 시를 집필.

1929년

《팬지》(시집)의 타자 원본이 경찰에 압수됨. 런던의 그림전시장에 경찰이 들이닥쳐 그의 그림을 압수해감.《쐐기풀》,《묵시록》,《마지막 시들》을 집필.

1930년

2월 초에 방스(Vence)에 있는 아드 아스트라 요양원에 입원. 3월 1일 자원해서 퇴원. 3월 2일 방스에서 사망.

연애하는 여인들

초판 1쇄 인쇄 2015년 8월 10일
초판 1쇄 발행 2015년 8월 14일

지은이 데이비드 허버트 로렌스
옮긴이 김정매
발행인 신현부
발행처 부북스

주소 서울시 중구 동호로17길 256-15
전화 02-2235-6041
팩스 02-2253-6042
이메일 boobooks@naver.com

ISBN 978-89-93785-76-0 04840

이 도서의 국립중앙도서관 출판예정도서목록(CIP)은 서지정보유통지원시스템 홈페이지
(http://seoji.nl.go.kr)와 국가자료공동목록시스템(http://www.nl.go.kr/kolisnet)에서
이용하실 수 있습니다.(CIP제어번호: CIP2015019589)